KB260833

연암산문 정독

박지원朴趾源(1737~1805)

조선 후기의 문호이자 실학자로, 자는 중미仲美, 호는 연암燕巖이다. 그밖에 공작관孔雀館·무릉도인武陵道人·박유관주인薄遊館主人·성해星海·현공弦公 등의 호를 사용하였다. 『열하일기』를 저술하여 당시 중국의 정세를 살피고, 그 선진 문명을 소개하는 한편, 조선에 대한 심도 있는 내부 비판을 시도하였다. 1786년 음직으로 처음 선공감 감역이라는 벼슬을 지냈으며, 이후 여러 말단 벼슬을 거쳐 1792년 안의 현감에 임명되었고, 1797년 면천 군수가 되었다. 1800년 양양 부사에 승진, 이듬해 벼슬에서 물러났다.

홍대용과 함께 조선의 주체성에 대한 깊은 고민 위에서 이용후생의 실학을 모색했으며, 창조적이고 성찰적인 글쓰기를 통해 당시 조선의 사대부들이 갖고 있던 미망과 편견, 허위의식과 위선을 통렬하게 비판하면서 새로운 사유와 미의식의 지평을 몸소 열어 나갔다.

문집으로 『연암집』이 전한다.

연암산문 정독 역주譯注·고이考異·집평輯評

박희병·정길수·강국주·김하라·최지녀·김수진·박혜진 편역

2007년 7월 10일 초판 1쇄 발행
2016년 9월 20일 초판 2쇄 발행

펴낸이 한철희 | 펴낸곳 돌베개 | 등록 1979년 8월 25일 제406-2003-000018호
주소 (10881) 경기도 파주시 회동길 77-20 (문발동)
전화 (031) 955-5020 | 팩스 (031) 955-5050
홈페이지 www.dolbegae.co.kr | 전자우편 book@dolbegae.co.kr

책임편집 이경아 | 편집 김희동·윤미향·김희진·서민경·이상술
표지디자인 민진기 | 본문디자인 박정영·박정은·이은정
제작·관리 윤국중·이수민 | 마케팅 심찬식·고운성 | 인쇄 한영문화사 | 제본 경일제책

ⓒ 박희병 외, 2007

ISBN 978-89-7199-277-7 93810

이 도서의 국립중앙도서관 출판시도서목록(CIP)은 e-CIP 홈페이지
(http://www.nl.go.kr/cip.php)에서 이용하실 수 있습니다. (CIP제어번호:CIP2007001988)

역주譯注 · 고이考異 · 집평輯評

연암산문 정독

박희병 · 정길수 외 편역

돌베개

책머리에

아마 2002년 가을이지 싶다, 연암산문 강독을 시작한 건. 이후 나는 박사 과정에 있거나 박사 과정을 마친 나의 학우들 몇 명과 매주 수요일마다 연암산문을 읽고 음미하는 일을 해 오고 있다. 이 책은 이렇게 공부한 우리가 내놓는 첫 성과다.

공부란 궁극적으로 혼자 하는 것이지만, 경우에 따라선, 그리고 공부의 단계에 따라선, 같이 어울려 하는 것이 필요할 때도 있다. 나는 연암산문 강독 같은 것이 그런 공부라고 생각한다. 이 공부를 제 혼자서 할 수 있었겠는가? 같이 어울려 공부하는 바람에 연암 글의 이본異本들을 면밀히 검토할 수 있었고, 난해한 구절이나 미묘한 구절에 대해 많은 의심을 품은 채 요리조리 그 의미를 샅샅이 따져볼 수 있었으며, 논란이 될 수 있는 구절에 대하여는 기왕에 이루어진 연암 글의 번역을 일일이 확인해 그 동이同異를 밝혀 줄 수 있었다.

특히 번역의 동이를 밝혀 주는 일은 몹시 성가시고 품이 드는 일이었는데, 한국학술사에서 처음 시도되는 이 작업이 과연 적절하고 필요한가 하는 회의도 없지 않았으나, 다른 글도 아니고 우리나라 최고의 산문가散文家라 할 연암의 글인 만큼, 그리고 연암의 일부 글들에 대해서는 꽤 다양한 번역이 나와 있고 그 중에는 오역도 적지 않은 만큼, '번역'을 엄정한 '학문'의 수준으로 끌어올리기 위해서는 이 작업이 필요하다는 결론에 이르렀다. 뿐만 아니라, 독자들은 이 책에 제시된 번역의 동이를 대조해 가며 읽음으로써 하나의 구절이 이렇게 다양한 뉘앙스로 번역될 수 있다는 사실을 새삼 '발견'할 수 있을 것이고, 이를 통해 연암산문을 좀더 풍부하게 이해함과 더불어, 이 책의 번역까지 포함해 연암산문의 모든 번역을 좀더 비판적으로, 그리고 주체적으로 읽어 낼 수 있는 실마리를 얻을 수 있지 않을까 한다. 적어도 이 책의 독자들은 필시 연암산문의 애호가愛好家가 아니면 전문 연구자일 터인데, 이런 비판적이고 주체적인 '음미'가 한국학의 수준과 연암 연구의 수준을 향상시키는 데 큰 힘이 된다는 사실을 이 자리에서 굳이 환기시키고 싶다.

여기서 잠시 독자들의 양해를 구할 일이 하나 있다. 지난해 간행된 나의 책『연암을 읽는다』와 본서에 실린 연암산문은 그 대상 작품도 같을 뿐 아니라, 번역문에도 차이가 없다는 사실이다.『연암을 읽는다』의 서문에서 밝힌 대로 이 두 책은 같은 손에서 나온 것이기 때문에 그럴 수밖에 없다 하겠다. 이 두 책은, 비록 이런 공통점을 갖고 있기는 하나, 전혀 다른 성격의 책이다. 『연암을 읽는다』가 일반 독자를 상대로 연암의 글에 대한 나의 생각을 말하는 데 주안을 둔 책이라면, 이 책은 전문 연구자나 한문을 읽을 수 있는 독자를 염두에 둔 책이다. 그래서 이 책에서는 연암산문의 원문에 표점을 붙여 번역문과 나란히 수록함으로써 서로 대조해 가며 읽을 수 있게 했고, 이본들을 자세히 교감하여 그 결과를 각주로 제시했으며, 번역의 동이同異를 밝혔고, 고사나 전거典據가 있을 경우 학문적인 견지에서 그 내용을 최대한 자세히 밝혀 주었다.

연암은 자신의 작품을 몇 번이고 퇴고하면서 글의 완성도를 높여 간 작가였다. 이 책에서 수행한 면밀한 이본 교감은 연암의 이런 퇴고 과정을 여실히 보여준다. 그러므로 눈이 밝은 독자라면 이를 통해 연암이 글의 어떤 대목에서 이리저리 주저하며 생각에 골똘히 잠겨 글을 다듬고 표현을 고쳤는지, 어떤 대목에서 특히 마음이 흔들리고 고심을 했는지 알아보고는 입가에 잠시 미소를 띨지도 모를 일이다. 요컨대, 얼핏 보면 지리하고 쓸데없는 것처럼 여겨질 수도 있을 이 책의 이본 교감은 기실 연암의 창작 심리와 창작 방법에 대한 이해를 높이는 데 큰 도움을 주리라 생각한다. 뿐만 아니라, 그것은 한 편의 완성작을 퇴고의 '전 과정 속에서' 동태적으로 그리고 입체적으로 읽어 내게 해 줌으로써 작품 분석과 이해에 새로운 방법론적 지평을 열어 줄 것으로 기대한다.

기존의 연암 번역서와 이 책 사이에는 비단 이런 차이만 있는 것이 아니다. 이 책은 연암산문에 대한 '평점 비평'評點批評을 함께 수록하고 있다는 점에서 이전의 그 어떤 번역과도 다르다.

'평점 비평'評點批評이란, 동아시아의 전근대 시기에 전개되어 온 문학비평 방식으로, 그 형태가 자못 다양하다. 극히 개략적으로 말해, 평점 비평의 존재방식에는 다음의 몇 가지가 있다: 문두평文頭評, 미평眉評, 후평後評, 미비眉批, 행비行批, 원권圓圈, 첨권尖圈, 방점傍點. 이들에 대한 풀이는 이 책의 '일러두기'를 참고하기 바란다. 연암산문 중에는 연암 당대에, 그리고 그 이후에, 평점 비평의 대상이 된 작품들이 상당수 존재한다. 이들 평점 비평은 그 자체로서도 읽거나 보는 재미가 쏠쏠하지만, 연암산문이 이전에 미학적으로 어떻게 수용되고 읽혔는지를 알게 해 준다는 점에서도 중요하고, 더 나아가 연암산문을 정당하게 이해하고자 고심하는 오늘날의 우리에게 좋은 길잡이가 된다는 점에서 더욱 중요하다. 왜냐면 이들 비평은 이덕무, 이재성李在誠(연암의 처남), 김택영金澤榮 등등 문학에 대한 탁월한 식견과 교양은 물론이려니와 높은 비평적 통찰력을 지닌 사람들에 의해 수행된 것으로서, 연암산문의 묘의妙意와 정수精髓를 한두 마디 말로 예리하게 지적하고 있는 경우가 허다하기 때문이다. 이 점에서 얕은 식견에다 눈까지 어두운 오늘날의 연구자들이 종종 발하는 망발妄發이나 너절한 소리와는 그 유類가 다르다. 그러므로 이들 비평은 우리가 연암산문을 읽다가 혹 길을 잃거나 미로를 헤맬 때 나침반 구실을 할 수 있다. 우리는, 그동안 우리가 입수한 모든 평점 비평을 이 책에 수록하였다. 연암산문에 대해서 한 것처럼 이들 평점 비평에 대해서도 그 번역문과 원문을 함께 제시했으며, 주석이 필요한 경우 일일이 주석을 달아 주었다. 앞으로 새로운 평점 비평 자료가 입수되면 책에 추가로 반영할 수 있을 것이다.

지금까지, 기존의 연암 관련 서적들과 구별되는 이 책의 특징들에 대해 간단히 언급했지만, 이 책의 부제副題에 '고이'考異라든가 '집평'輯評이라는 별로 익숙하지 않은 말을 사용한 것도 이 책이 갖는 이런 특징의 일단을 드러내기 위함이다. '고이'考異란, '차이를 상고詳考했다'는 뜻이니, 이본의 교감 및 번역의 동이를 가리키는 말이요, '집평'輯評은 '평점評點을 수집했다'는 뜻이니, 평점 비평을 모아 놓은 것을 가리키는 말이다. 아무쪼록, 이 책이 국내외 연암학燕巖學의 수준을 끌어올리는 데 조금이나마 기여하고, 연암을 애호하는 독자들이 좀더 정세精細하게 연암의 글을 감상하는 데 도움을 준다면 그보다 더 큰 다행이 없겠다. '연암산문 정독'은 총 다섯 권을 계획하고 있는바, 이 책에 이어 곧 두 번째 책이 간행될 예정이다.

이 책을 내기까지 많은 분들의 도움을 받았다. 임형택 선생께서는 당신이 소장하고 계신, 지금까지 누구도 열람한 적이 없던 망창창재본莽蒼蒼齋本('망창창재'는 선생의 서재명) 갑본甲本과 을본乙本 두 종種의 『연암집』의 복사를 허락하는 은혜를 베풀어 주셨으며, 연암 후손가에 전해져 온 자료들의 복사본과 사진판을 이용할 수 있게 해 주셨다. 그리고 숭실대학교 한국기독교박물관의 학예과장이신 최은주 씨와 학예사인 전영철 씨는 귀중본인 자연경실본自然經室本('자연경실'은 실학자 서유구徐有榘의 서재명)『연암집』의 복사를 허락해 주셨다. 이밖에도 영남대학교 임완혁 교수는 영남대에 소장된 『연암집』을 복사해 보내 주었고, 계명대학교 김영진 교수는 단국대 퇴계기념도서관에 소장된 연민기증본淵民寄贈本 자료인 『엄계집』罨溪集의 복사본을 보내 주었으며, 한국학중앙연구원의 신익철 교수는 장서각 소장의 『백척오동각집』百尺梧桐閣集을, 경성대학교의 김철범 교수는 경상도 함양의 모씨가 소장한 『운산만첩당집』雲山萬疊堂集의 복사본을 각각 보내 주었다. 이분들의 도움이 없었다면 이 책은 나올 수 없었을 것이다. 이 자리를 빌려 이분들 모두에게 깊은 감사를 드린다.

나는 돌베개의 이경아 팀장만큼 한국 고전에 대한 식견을 갖춘 편집인을 알지 못한다. 그 노고에 감사드린다. 그리고 색인 작업을 하느라 수고한 김수영 군의 고마움도 잊을 수 없다.

끝으로, 이 작업에 '한국학 장기기초연구비'를 지원해 준 서울대학교 한국문화연구소에 사의를 표한다.

2007년 7월
박희병

차
례

1. 이 책은 연암燕巖 박지원朴趾源의 산문 중 문예성이 빼어난 작품 22편에 대하여 원문을 교감校勘하고 번역·주석한 것이다.

▪ 『연암집』의 이본들을 수합·대조하여 원문을 교감함으로써 연구자들에게 '정본'을 제공하고자 했다.

▪ 난해한 구절이나 논란이 되는 구절의 경우 기존 번역서의 번역을 함께 제시함으로써 독자의 이해를 돕고자 하였다.

▪ 난해한 구절에 상세한 주석을 달아 원문의 문의文義를 정확히 이해할 수 있게 하였다. 특히 기존의 주석서와는 달리 전고典故의 원출처를 일일이 찾아 상세한 내용을 밝히는 방식을 취하였다.

▪ 『연암집』의 제반 이본에 실려 있는 평문評文을 최초로 모두 번역하고 주석하였다.

2. 번역의 동이同異를 밝히는 데 쓰인 기왕 번역서의 서지 사항을 제시하면 다음과 같다.

홍기문, 『박지원 작품선집 1』(평양 : 국립문학예술서적출판사, 1960)
이동환, 『국역 여한십가문초』(민족문화추진회, 1977)
＿＿＿, 『한국의 실학사상』(삼성출판사, 1990)
이익성, 『朴趾源』(한길사, 1992)
리가원·허경진, 『연암 박지원 산문집』(한양출판, 1994)
김혈조, 『그렇다면 도로 눈을 감고 가시오』(학고재, 1997)
정민, 『비슷한 것은 가짜다』(태학사, 2000)
이승수, 『옥 같은 너를 어이 묻으랴』(태학사, 2001)
신호열·김명호, 『연암집 1』(민족문화추진회, 2005)
＿＿＿＿＿＿, 『연암집 2』(민족문화추진회, 2006)
이상은, 국역 『담헌서 II』(민족문화추진회, 1982)

▪ 해당 번역서의 내용을 그대로 옮기는 것을 원칙으로 했다. 따라서 북한에서 간행된 『박지원 작품선집 1』의 경우 우리 맞춤법과 다르더라도 원문 그대로 옮겼다. 다만 『비슷한 것은 가짜다』의 경우 괄호 없이 병기한 한자를 괄호 속에 넣었다. 한편 오식誤植이 명백한 경우 바로잡았다.

▪ 번역서의 면수를 제시할 때는 각 작품의 맨 처음에만 책 이름과 인용 면수를 표시하고, 이후에는 인용 면수만 괄호 속에 표시하였다.

3. 원문 교감은 박영철본朴榮喆本(박영철 편, 『燕巖集』, 17권 6책, 1932)을 저본으로 삼고, 이본異本 대조시 '박영철본'을 '저본'으로 지칭하였다. 이 책에서 사용한 『연암집』 이본 명칭과 이본의 원제목 및 서지 사항을 제시하면 다음과 같다.

『종북소선』鍾北小選: 연암 후손가 소장본, 1책.

성대본 『연암집초』燕巖集抄: 성균관대 소장본, 1책〔散稿〕.

『병세집』幷世集: 윤광심尹光心 찬撰, 국립중앙도서관 소장본.

『엄계집』罨溪集: 연암 후손가 소장본, 1책.

『하풍죽로당집』荷風竹露堂集: 성균관대 소장본, 1책.

『연상각집』煙湘閣集 갑: 연암 후손가 소장본.

『연상각집』煙湘閣集 을: 성균관대 소장본.

『연암제각기』燕岩諸閣記: 서울대 중앙도서관 소장본, 1책.

『운산만첩당집』雲山萬疊堂集 갑: 연암 후손가 소장본.

『운산만첩당집』雲山萬疊堂集 을: 개인 소장본.

『백척오동각집』百尺梧桐閣集: 한국학중앙연구원 장서각 소장본, 1책.

자연경실본自然經室本: 숭실대 소장본, 11책〔零本〕.

한씨문고본韓氏文庫本: 연세대 한씨문고 소장본.

『동문집성』東文集成: 송백옥宋伯玉 찬撰, 한국학중앙연구원 장서각 소장본.

창강초편본滄江初編本: 김택영金澤榮 편, 『燕巖集』, 6권 2책, 1900.

『여한십가문초』麗韓十家文抄: 김택영 편, 1921.

창강초편본 속집續集: 김택영 편, 『燕巖續集』, 3권 1책, 1901.

창강중편본滄江重編本: 김택영 편, 『重編燕巖集』, 7권 3책, 1917.

승계본勝溪本: 국립중앙도서관 승계문고勝溪文庫 소장본.

영남대본嶺南大本: 영남대 소장본, 8책〔零本〕.

용재문고본庸齋文庫本: 연세대 용재문고 소장본.

망창창재본莽蒼蒼齋本 갑: 임형택 교수 소장본〔제명題名 '燕巖集'〕.

망창창재본莽蒼蒼齋本 을: 임형택 교수 소장본〔제명題名 '燕岩集'〕.

- 다음의 약자略字나 이체자異體字에 대해서는 교감을 생략하였다.

減·减 決·决 間·閒 規·𮨑 繼·継 窮·窮 奈·柰 禮·礼 綿·緜 廟·庿 幷·並 賓·賔
膓·腸 世·丗 深·㴱 淫·滛 潛·潜 恥·耻 沈·沉 解·觧 虎·虍 闊·濶 聲·聮

4. 이 책에서 사용한 비평 용어 및 그 의미는 다음과 같다.
- 문두평文頭評: 제하평題下評(제목 아래에 붙인 평)을 말한다.
- 미평眉評: 두평頭評을 말한다. 작품의 첫머리에 있는, 작품 총평의 성격을 지닌 비평.
- 미비眉批: 상단 난외欄外에 있는, 작품의 일부 구절에 대한 비평.
- 행비行批: 본문의 행간에 있는, 작품의 일부 구절에 대한 비평.
- 후평後評: 작품의 맨 끝에 있는, 작품 총평의 성격을 지닌 비평.
- 원권圓圈: 권점圈點이라고도 한다. 글자 오른쪽에 있는 'ㅇ' 표시. 문장이 몹시 아름답거나 빼어난 곳에 사용한다.
- 방점傍點: 글자 오른쪽에 있는 검은 삐침 'ヽ' 표시. 문장이 상당히 아름답거나 빼어난 곳에 사용한다.
- 첨권尖圈: 삐침 표시인데, 속이 하얗게 빈 'ヽ' 표시. 문장이 조응照應하는 곳에 사용하기도 하고, 문장이 아름답거나 빼어난 곳에 사용하기도 한다.

큰누님 박씨 묘지명

伯姉孺人朴氏墓誌銘*

1 　　유인孺人 휘諱 모某는 반남潘南 박씨朴氏인데, 그 동생 지원趾源 중미仲美가 다음과 같이 묘지명墓誌銘을 쓴다.

　　孺人諱某, 潘南 朴氏, 其弟趾源 仲美誌之曰:[1]

역문풀이

유인孺人: 생전에 벼슬하지 못한 사람의 아내를 높여 일컫는 말. 대개 신주神主나 명정銘旌에 쓰는 말이다.

묘지명墓誌銘: 죽은 사람의 이름, 신분, 행적 따위를 기록한 글. 대개 돌에 새겨 무덤 속에 파묻는다. 이와 유사한 문체로 묘갈명墓碣銘과 묘비명墓碑銘이 있는데, 이것들은 묘지명과 달리 땅에 묻는 것이 아니라 비석에 새겨 무덤 옆에 세운다는 차이점이 있다.

휘諱: 죽은 이의 이름을 이르는 말.

---

* 伯姉孺人朴氏墓誌銘　『병세집』을 따른 것이다. 『종북소선』에는 "亡姉孺人朴氏墓誌銘"으로 되어 있고, 『연상각집』에는 "孺人朴氏墓誌銘"으로 되어 있고, 저본(박영철본)과 다른 이본(한씨문고본, 승계본, 영남대본, 용재문고본)에는 "伯姉贈貞夫人朴氏墓誌銘"으로 되어 있다. 연암의 누이 박씨가 정부인貞夫人으로 추증追贈된 것은 그 남편 이택모李宅模가 수직동지중추부사壽職同知中樞府事 벼슬을 하사받은 1809년 무렵인바, "伯姉贈貞夫人朴氏墓誌銘"은 연암의 아들인 박종채朴宗采(1780~1835)가 새로 붙인 제목으로 보인다. 이런 점을 고려해 여기서는 『병세집』의 원제原題를 따르기로 한다.

1) 孺人諱某~其弟趾源仲美誌之日　『종북소선』에는 "孺人, 德水李宅模伯揆之妻, 而潘南朴趾源仲美之伯姉也. 考諱某, 母咸平李氏. 伯揆之先日澤堂植"으로 되어 있고, 『병세집』에는 "孺人, 德水李宅模伯揆之妻, 而潘南朴趾源仲美之伯姉也. 孺人之考諱某, 母咸平李氏. 伯揆之先日澤堂植"으로 되어 있다.

모某: '아무개'라는 뜻이다. '모'某라는 말은 낮춤의 뜻이 없는 의례적 표현인데 '아무개'라고
　　　하면 상대방을 낮추는 듯한 느낌을 주기 때문에 여기에서는 원문의 어감을 살려 '모'라
　　　고 했다.

반남潘南: 박씨의 한 본관으로 반남현潘南縣을 말한다. 지금의 전라남도 나주시羅州市 반남면
　　　潘南面에 해당한다.

중미仲美: 박지원의 자字. 『과정록』에서는 연암의 자를 미중美仲이라고 기록하였다.

번역의 동이

1-1　　　유인孺人~묘지명을 쓴다

▪　　유인(孺人)의 이름이 ×요 반남(潘南) 박씨다. 그 손아래 동생 지원(趾源) 중미(仲美)가 다음과 같
이 묘지를 쓴다.　홍기문, 『박지원 작품선집 1』, 413면

▪　　유인(孺人)의 이름은 아무개요, 반남 박씨다. 그의 아우 지원 중미(仲美)가 아래와 같이 묘지(墓
誌)를 쓴다.　리가원·허경진, 『연암 박지원 산문집』, 121면

▪　　돌아가신 누님의 이름은 박 아무개이고 본관은 반남(潘南)이다. 손아래 동생인 나는 다음과 같이
묘지를 쓴다.　김혈조, 『그렇다면 도로 눈을 감고 가시오』, 326면

▪　　유인(孺人)의 이름은 아무이니, 반남박씨이다. 그 동생 지원(趾源) 중미(仲美)는 묘지명을 쓴다.
정민, 『비슷한 것은 가짜다』, 317면

▪　　유인(孺人)의 휘(諱)는 아무요 반남 박씨이다. 그 아우 지원(趾源) 중미(仲美 연암의 자)가 다음과
같이 기록한다.　신호열·김명호, 『연암집 1』, 237면

②　　　유인은 열여섯에 덕수德水 이씨 택모宅模 백규伯揆에게 시집가 딸 하나와
아들 둘을 두었으며 신묘년辛卯年(1771) 9월 1일에 세상을 뜨니 나이 마흔셋이었
다. 남편의 선산은 아곡鵶谷인바 장차 그곳 경좌庚坐 방향의 묏자리에 장사 지낼
참이었다.

백규는 어진 아내를 잃은 데다가 가난하여 살아갈 도리가 없자 어린 자식들과 계
집종 하나를 이끌고 솥과 그릇, 상자 따위를 챙겨서 배를 타고 산골짝으로 들어
가려고 상여와 함께 출발하였다.

나는 새벽에 두뭇개의 배에서 그를 전송하고 통곡하다 돌아왔다.

孺人十六, 歸德水 李宅模 伯揆, 有一女二男, 辛卯九月一日歿, 得年四十三.
夫之先山曰鵶谷, 將葬于庚坐之兆. 伯揆旣喪其賢室, 貧無以爲生, 挈其槥[1]弱婢指十,
鼎鎗箱簏, 浮江入峽, 與[2]喪俱發. 仲美曉送之斗浦舟中, 慟哭而返.[3]

역문풀이

덕수德水: 이씨의 한 본관으로, 덕수현德水縣을 말한다. 지금의 개성시開城市 개풍군開豐郡 개
  풍읍開豐邑에 해당한다.

택모宅模 백규伯揆: 이택모(1729~1812)를 가리킨다. '백규'는 그 자字다. 나중에 이름을 현모顯
  模라 고치고 그에 따라 자字도 회이晦而로 바꿨다. 이식李植(1584~1647)의 4대손인 이유李
  游(1702~1755)의 장남으로 선공감繕工監 감역監役을 지내고 80세가 되어 명예직인 수직동
  지중추부사壽職同知中樞府事를 하사받았다.

아곡鵶谷: 백아곡白鵶谷을 말한다. 조선 시대 지평현砥平縣 동쪽 경계의 마산馬山 아래이며, 현
  재 경기도 양평군楊平郡 양동면楊東面에 해당한다. 택당澤堂 이식이 이곳에 아버지의 장
  지葬地를 마련한 이래 그 후손들의 선영先塋이 되었으며, 이식은 여기에 택풍당澤風堂이
  라는 집을 짓고 기거하였다. 이에 대한 자세한 내용은 『택당집』澤堂集 별집別集 권11의
  「산기」山記와 「택풍당지」澤風堂志에 보인다.

경좌庚坐 방향: 남서쪽을 등진 방향.

두뭇개: 원문은 "斗浦"이며, '두모포'라고도 한다. 지금의 서울시 성동구 옥수동의 동호대교
  부근에 있던 작은 나루로, 한강나루(漢江津)의 보조나루였다. 이 일대 한강을 '동호'東湖라
  불렀으며, 강 건너편에 압구정狎鷗亭이라는 정자가 있었다.

원문풀이

指十: 손가락 열 개라는 뜻으로, 한 사람을 이르는 말. 흔히 계집종을 가리킬 때 쓴다.

---

1) **槥**　『연상각집』 을, 승계본, 영남대본에는 "槥"로 되어 있다.
2) **與**　『연상각집』 을과 승계본에는 "与"로 되어 있다.
3) **孺人十六~慟哭而返**　『종북소선』에는 "孺人孝順聰慧, 識度恢達, 脫略瑣屑, 十六歸李氏, 章姑宜宜, 庭闈謂謂, 琴瑟靜
  嘉, 有女方線, 二子能讀, 辛卯九月日歿, 距其生己酉, 得年四十三. 舟向砥平, 夫之先山曰鵶谷, 將葬于庚坐之原. 仲美送之斗
  浦舟中, 慟哭而返"으로 되어 있고, 『병세집』에는 "孺人孝順聰慧, 識度恢達, 脫略瑣屑, 十六歸伯揆, 章姑宜宜, 庭闈謂謂, 有
  女方線, 二男能讀, 辛卯九月一日歿, 享年四十三. 夫之先山曰鵶谷, 將葬于庚坐之原. 仲美曉送之豆浦舟中, 慟哭而返"으로 되
  어 있다.

2-1   백규는 어진 아내를~상여와 함께 출발하였다

-    백규가 이미 어진 안해를 잃고 나니 가난한 살림을 꾸려 가기 어려운 일이다. 이왕 관을 모시고 가는 길에 어린 것들과 계집종 한 명과 솥, 탕관, 상자, 고리 등속을 끌고 물길을 따라 산골로 들어 가려 하였다. 홍기문, 413면

-    백규가 어진 아내를 잃고 난 뒤에 가난한 살림을 꾸려 갈 길이 없었다. 그래서 이왕 관을 모시고 가는 길에 어린 것들과 계집종 한 명, 솥, 탕관, 상자, 고리 등속을 끌고, 물길을 따라 산골로 들어가기로 하였다. 리가원·허경진, 121~122면

-    백규가 아내를 잃고 나니 가난하여 살림을 꾸려갈 수 없었다. 이왕 운구하는 김에 어린 것들과 계집종 하나와 기껏해야 부엌살림 몇 가지, 상자, 고리짝 등속을 끌고 강을 건너 산골로 들어가려 하였다. 김혈조, 326면

-    백규가 그 어진 아내를 잃고 나서 가난하여 살 길이 막막하여, 어린것들과 계집종 하나, 솥과 그릇, 옷상자와 짐궤짝을 이끌고 강물에 띄워 산골로 들어가려고 상여와 더불어 함께 떠나가니 정민, 317면

-    백규가 어진 아내를 잃고 난 뒤 가난하여 살아갈 방도가 없게 되자, 그 어린것들과 계집 하나와 크고 작은 솥과 상자 등속을 끌고 배를 타고 협곡으로 들어갈 양으로 상여와 함께 출발하였다. 신호열·김명호, 238면

2-2   나는 새벽에~통곡하다 돌아왔다

- 새벽녘에 중미가 두포(斗浦) 배 속에까지 따라 갔다가 통곡을 하고 돌아 왔다. 홍기문, 413면
- 중미가 새벽녘에 두포(斗浦) 배 속까지 따라갔다가, 통곡하고 돌아왔다. 리가원·허경진, 122면
- 새벽녘 나는 두포(斗浦)의 나룻배까지 따라가 떠나보내고 통곡을 하고 돌아왔다. 김혈조, 326면
- 내가 새벽에 두포(斗浦)의 배 가운데서 이를 전송하고 통곡하며 돌아왔다. 정민, 317면
- 중미는 새벽에 두포(斗浦)의 배 안에서 송별하고, 통곡한 뒤 돌아왔다. 신호열·김명호, 238면

③   아아! 누님이 시집가던 날 새벽에 얼굴을 단장하시던 일이 마치 엊그제 같다. 나는 그때 막 여덟 살이었는데, 발랑 드러누워 발버둥을 치다가 새신랑의 말을 흉내 내 더듬거리며 점잖은 어투로 말을 하니, 누님은 그 말에 부끄러워하다 그만 빗을 내 이마에 떨어뜨렸다. 나는 골이 나 울면서 분에다 먹을 섞고 침을 발라 거울을 더럽혔다. 그러자 누님은 옥으로 만든 자그만 오리 모양의 노리개와 금으로 만든 벌 모양의 노리개를 꺼내 나를 주면서 울음을 그치라고 하였다.

지금으로부터 스물여덟 해 전의 일이다.

嗟乎[1]姊[2]氏! 新嫁曉粧如昨日. 余時方八歲, 嬌臥馬驫, 效婿[3]語口吃鄭重, 姊氏羞, 墮梳觸額. 余怒啼, 以墨和粉, 以唾漫鏡, 姊氏出玉鴨金蜂,[4] 賂我止啼. 至今二十八年矣.[5]

원문풀이

馬驫: 이는 원래 말이 땅바닥에 뒹굴며 몸을 비비거나 발길질하는 모습을 뜻하는 말인데, 여기서는 어리광을 부리며 발버둥치는 작자의 모습을 비유하는 말로 썼다.

번역의 동이

3-1　　　나는 그때~이마에 떨어뜨렸다

- 그 때 나는 겨우 여덟살이다. 응석으로 드러누워서 발버둥질을 치다가 새신랑을 흉내내여 말을 더듬더듬 하였더니 누님이 부끄러운 바람에 빗을 떨어뜨리여 내 아미를 쳤다. 홍기문, 414면

- 나는 그때 겨우 여덟 살이었다. 응석 부리느라고 드러누워 발버둥치다가 새 신랑을 흉내 내어 말을 더듬었더니, 누님이 부끄러워하는 바람에 빗을 떨어뜨려 내 이마를 건드렸다. 리가원·허경진, 122면

- 그때 내 나이 겨우 여덟이었다. 드러누워 뒹굴며 응석을 부리다가 새신랑을 흉내내어 말을 더듬더듬 점잖게 하였더니 누님은 부끄러운 나머지 그만 빗을 내 이마에 떨어뜨렸다. 김혈조, 326면

- 나는 그때 갓 여덟 살이었다. 장난치며 누워 발을 동동구르며 새 신랑의 말투를 흉내내어 말을 더듬거리며 점잖을 빼니, 누님은 그만 부끄러워 빗을 떨구어 내 이마를 맞추었다. 정민, 317~318면

- 나는 그때 막 여덟 살이었는데 응석스럽게 누워 말처럼 뒹굴면서 신랑의 말투를 흉내 내어 더듬거리며 은근하게 말을 했더니, 누님이 그만 수줍어서 빗을 떨어뜨려 내 이마를 건드렸다. 신호열·김명호, 238면

---

1) **乎**　　한씨문고본에는 "呼"로 되어 있다.
2) **姊**　　용재문고본에는 "伯"으로 되어 있다.
3) **婿**　　승계본에는 "壻"로 되어 있다.
4) **蜂**　　『연상각집』을에는 "鼕"으로 되어 있다.
5) **嗟乎姊氏~至今二十八年矣**　　『종북소선』에는 "嗟乎姊氏! 新嫁曉粧如昨日. 余時方八歲, 在旁戲, 姊氏羞, 墮梳觸額. 余怒啼, 以墨和粉, 以唾塗鏡. 至今二十八年矣"로 되어 있고, 『병세집』에는 "嗟乎姊氏! 新嫁曉粧如昨日. 余時方八歲, 在傍戲, 姊氏羞, 墮梳觸額. 余怒啼, 以墨和粉, 以唾漫鏡. 至今二十八年矣"로 되어 있다.

④　　　　강가에 말을 세우고 멀리 바라보니 붉은 명정銘旌이 펄럭이고 배 그림자는 아득히 흘러가는데, 강굽이에 이르자 그만 나무에 가려 다시는 보이지 않았다. 그때 문득 강 너머 멀리 보이는 산은 검푸른 빛이 마치 누님이 시집가는 날 쪽진 머리 같았고, 강물 빛은 당시의 거울 같았으며, 새벽 달은 누님의 눈썹 같았다. 울면서 그 옛날 누님이 빗을 떨어뜨리던 걸 생각하니, 유독 어릴 적 일이 생생히 떠오르는데 그때에는 또한 기쁨과 즐거움이 많았으며 세월도 느릿느릿 흘렀었다. 그 뒤 나이 들어 우환과 가난을 늘 근심하다 꿈결처럼 훌쩍 시간이 지나갔거늘 형제와 함께 지낸 날은 어찌 그리도 짧은지.

立馬江上, 遙見丹旌翩然, 檣影透迤, 至岸轉樹隱,[1] 不可復見. 而江上遙山, 黛綠如鬟, 江光如鏡, 曉月如眉[2] 泣[3]念墮梳, 獨幼時事歷歷, 又多歡樂, 歲月長. 中間常苦離患、憂貧困, 忽忽如夢中, 爲兄弟之日, 又何甚促也?[4]

역문풀이

명정銘旌: 붉은 천에 흰 글씨로 죽은 사람의 관직이나 성명 따위를 쓴 깃발.

원문풀이

丹旌: 명정銘旌.

苦離患: 우환을 괴로이 여기다. '離患'의 '離'는 '罹'의 뜻이니, '離騷'의 '離'와 같다.

번역의 동이

4-1　　　강가에 말을 세우고~누님의 눈썹 같았다
·　　강우에 말을 세워 놓고 배가 가는 것을 멀리 바라보며 있었다. 붉은 명정(銘旌)이 바람에 펄럭이고

---

1) **樹隱**　한씨문고본과 용재문고본에는 "樹陰隱"으로 되어 있다.
2) **眉**　『연상각집』을, 한씨문고본, 승계본, 영남대본, 용재문고본에는 "睫"로 되어 있다.
3) **泣**　용재문고본에는 "江"으로 되어 있으나 오기이다.
4) **立馬江上～又何甚促也**　『종북소선』에는 "立馬江上, 遙見丹旌翩然, 檣影透迤, 至岸轉樹隱, 不可復見. 而江上遙山, 黛綠如鬟, 江光如鏡, 曉月如眉, 可念墮梳時也"로 되어 있고, 『병세집』에는 "立馬江上, 遙見丹旌翩然, 檣影透迤, 至岸轉樹隱, 不可復見. 而江上遙山, 黛綠如鬟, 江光如鏡, 曉月如眉, 可念墮梳時也"로 되어 있다.

돛대 그림자가 길게 구불거리다가 산모롱이를 돌아 나무에 가리면서, 다시는 더 보이지 않았다. 그런데 강우에 멀리 섰는 산은 퍼런 것이 머리채 같고 강물은 거울 같고 새벽달은 눈썹과 같다. 홍기문, 414면

■ 강가에 말을 세워 놓고 멀리서 바라보았더니, 붉은 만장이 바람에 펄럭였다. 돛대 그림자가 길게 휘어지다가 산모퉁이를 돌면서 나무에 가려지더니, 이제는 더 이상 보이지 않았다. 그러자 강가에 멀리 서 있는 산이 머리채처럼 시퍼렇게 보이더니, 강물은 거울처럼 보이고, 새벽달은 눈썹처럼 보였다. 리가원·허경진, 122면

■ 강가에 말을 세워놓고 나룻배가 가는 것을 멀리 바라보았다. 붉은 명정이 바람에 펄럭이고 돛대 그림자가 어른거리다가 산모퉁이를 돌아 나무에 가려지면서 다시는 더 보이지 않았다. 강 위에 멀리 서 있는 산은 푸르러 누님의 머리채 같고 강물의 풍광은 거울 같고 새벽달은 눈썹과 같았다. 김혈조, 327면

■ 말을 세워 강 위를 바라보니, 붉은 명정은 바람에 펄럭거리고 돛대 그림자는 물 위에 꿈틀거렸다. 언덕에 이르러 나무를 돌아가더니 가리워져 다시는 볼 수가 없었다. 그런데 강 위 먼 산은 검푸른 것이 마치 누님의 쪽진 머리 같고, 강물 빛은 누님의 화장 거울 같고, 새벽 달은 누님의 눈썹 같았다. 정민, 318면

■ 강가에 말을 멈추어 세우고 멀리 바라보니 붉은 명정이 휘날리고 돛 그림자가 너울거리다가, 기슭을 돌아가고 나무에 가리게 되자 다시는 보이지 않는데, 강가의 먼 산들은 검푸르러 쪽 찐 머리 같고, 강물 빛은 거울 같고, 새벽 달은 고운 눈썹 같았다. 신호열·김명호, 238면

4-2   울면서 그 옛날~어찌 그리도 짧은지

■ 빗을 떨어뜨리던 때를 울면서 생각하니 어려서적 일이 가장 똑똑히 기억되고 또 기쁨과 즐거움으로 차 있다. 세월이 길다마는 그동안 언제나 리별, 우환, 가난 등으로 인하여 총총하기 꿈결인 듯하다. 형제로 지내던 날이 어째 그렇게 빨랐는고? 홍기문, 414면

■ 빗을 떨어뜨리던 시절을 울면서 생각하니, 어릴 적 일이라서 가장 또렷하게 기억되고, 기쁨과 즐거움이 또한 많았다. 세월이 깊다지만 그 사이에 언제나 이별, 근심, 가난이 있어 꿈결처럼 덧없이 지났다. 형제로 지내던 시절이 어찌 그리도 빨리 지나갔던가. 리가원·허경진, 122면

■ 눈물지으며 빗을 떨어뜨리던 때를 생각하니 유독 어렸을 때 일이 가장 똑똑히 기억되고 또 기쁨과 즐거움이 많았던 것 같다. 길고 긴 세월 중에 언제나 괴로움, 이별, 우환, 가난으로 문득문득 꿈속을 살아온 듯한데 형제로 지내던 날은 어찌 그리도 빠르게 지나갔을까? 김혈조, 327면

■ 그래서 울면서 빗을 떨구던 일을 생각하였다. 유독 어릴 적 일은 또렷하고 또 즐거운 기억이 많은데, 세월은 길어 그 사이에는 언제나 이별의 근심을 괴로워하고 가난과 곤궁을 근심하였으니, 덧없기 마치 꿈속과도 같구나. 형제로 지낸 날들은 또 어찌 이다지 짧았더란 말인가. 정민, 318면

■ 눈물을 흘리며 누님이 빗을 떨어뜨렸던 일을 생각하니, 유독 어렸을 적 일은 역력할 뿐더러 또한 즐거움도 많았고 세월도 더디더니, 중년에 들어서는 노상 우환에 시달리고 가난을 걱정하다가 꿈속처럼 훌쩍 지나갔으니 남매가 되어 지냈던 날들은 또 어찌 그리도 촉박했던고! 신호열·김명호, 238~239면

5 떠나는 이 정녕코 다시 오마 기약해도
보내는 자 눈물로 옷깃을 적시거늘
이 외배 지금 가면 어느 때 돌아올꼬?
보내는 자 쓸쓸히 강가에서 돌아가네.

去[1]者丁寧留後期, 猶令送者淚沾[2]衣. 扁舟從此何時返?[3] 送者徒然岸上歸.

번역의 동이

5-1　　　이 외배~강가에서 돌아가네

- 쪽배로 지금 떠나 언제나 돌아 오시노? / 외로이 강둑에서 내 발길 돌이키네. 홍기문, 415면

- 쪽배로 이제 떠나면 언제나 돌아오시려나 / 보내는 사람만 외로이 강가에서 발길을 돌리네. 리가원·허경진, 123면

- 쪽배로 이제 떠나면 언제 다시 오려나. / 보내는 자 부질없이 언덕 위로 발길을 돌이키네. 김혈조, 327면

- 조각배 이제 가면 언제나 돌아올꼬 / 보내는 이 하릴없이 언덕 위로 돌아가네. 정민, 318면

- 조각배 이제 가면 어느제 돌아오나 / 보내는 자 헛되이 언덕 위로 돌아가네. 신호열·김명호, 239면

1) **去**　『종북소선』과 『병세집』에는 이 앞에 "泣而銘之日"이 더 있다.
2) **沾**　『종북소선』에는 "霑"으로 되어 있다.
3) **扁舟從此何時返**　『종북소선』과 『병세집』에는 "此時此去何時返"으로 되어 있고, 『과정록』에는 "扁舟一去何時返"으로 되어 있다.

1 孺人, 德水 李宅模 伯揆之妻, 而潘南 朴趾源 仲美之伯姊也. 考諱某, 母咸平 李氏. 伯揆之
先曰澤堂 植.

2 孺人孝順聰慧, 識度恢達, 脫略瑣屑, 十六歸李氏, 章姑宜宜, 庭闈謂謂, 琴瑟靜嘉, 有女方
線, 二子能讀, 辛卯九月日歿, 距其生己酉, 得年四十三. 舟向砥平, 夫之先山曰鵝谷, 將葬于
庚坐之原. 仲美送之斗浦舟中, 慟哭而返.

3 嗟乎姊氏! 新嫁曉粧如昨日. 余時方八歲, 在旁戲, 姊氏羞, 墮梳觸額. 余怒啼, 以墨和粉, 以
唾塗鏡. 至今二十八年矣.

4 立馬江上, 遙見丹旐翩然, 檣影透迤, 至岸轉樹隱, 不可復見. 而江上遙山, 黛綠如鬟, 江光如
鏡, 曉月如眉, 可念墮梳時也.

5 泣而銘之曰: 去者丁寧留後期, 猶令送者淚霑衣. 此時此去何時返? 送者徒然岸上歸.

1 孺人, 德水 李宅模 伯揆之妻, 而潘南 朴趾源 仲美之伯姊也. 孺人之考諱某, 母咸平 李氏.
伯揆之先曰澤堂 植.

2 孺人孝順聰慧, 識度恢達, 脫略瑣屑, 十六歸伯揆, 章姑宜宜, 庭闈謂謂, 有女方線, 二男能
讀, 辛卯九月一日歿, 享年四十三. 夫之先山曰鵶谷, 將葬于庚坐之原. 仲美曉送之豆浦舟中,
慟哭而返.

3 嗟乎姊氏! 新嫁曉粧如昨日. 余時方八歲, 在傍戲, 姊氏羞, 墮梳觸額. 余怒啼, 以墨和粉, 以
唾漫鏡. 至今二十八年矣.

4 立馬江上, 遙見丹旐翩然, 檣影透迤, 至岸轉樹隱, 不可復見. 而江上遙山, 黛綠如鬟, 江光如
鏡, 曉月如眉, 可念墮梳時也.

5 泣而銘之曰: 去者丁寧留後期, 猶令送者淚沾衣. 此時此去何時返? 送者徒然岸上歸.

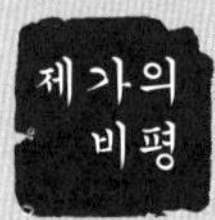

🏵 박영철본의 후평

· 정情을 따르면 지극한 예禮가 되고, 정황을 묘사하면 참된 글이 되는 법이거늘, 글에 어찌 정해진 법도가 있겠는가. 이 작품은 고인古人의 글인 양 읽으면 의당 이러쿵저러쿵 하는 말이 없겠는데, 금인今人의 글로 읽는 까닭에 의혹이 없을 수 없다. 그러니 상자에 감춰 두기 바란다. —중존仲存[1]

緣情爲至禮, 寫境[2]爲眞文, 文何嘗有定法哉! 此篇以古人之文讀之, 則當無異辭, 而以今人之文[3]讀之, 故不能無疑, 願秘之巾衍. —仲存[4]

원문풀이

巾衍: 옷이나 책 등을 넣어 두는 작은 상자.

번역의 동이

· 인정(人情)을 따른 것이 지극한 예(禮)가 되었고, 눈앞의 광경을 묘사한 것이 참문장이 되었다. 문장에 어찌 일정한 법이 있었던가? 이 글을 옛사람의 문장을 기준 삼아 읽는다면 당연히 이의가 없겠지만, 지금 사람의 문장을 기준 삼아 읽기 때문에 의아해하지 않을 수 없는 것이다. 상자 속에 감추어 두기 바란다. —중존(仲存: 이재성의 자)— 신호열·김명호, 249면

---

1) 이 평은 한씨문고본, 승계본, 영남대본, 용재문고본에도 있다.
2) **境** 승계본에는 "景"으로 되어 있다.
3) **今人之文** 한씨문고본에는 "今之人文"으로 되어 있다.
4) **仲存** 한씨문고본과 용재문고본에는 "中存"으로 되어 있으나 오기이다.

✤ 『종북소선』의 비평

〖 미평 〗

・ 친가親家 쪽 집안일을 알려면 고모에게 물어보면 되고, 외가外家 쪽 집안일을 알려면 이모에게 물어보면 된다. 그런데 고모나 이모가 없는 사람은 어떻게 해야 하나? 만일 누님이 있다면 친가나 외가의 집안일을 모두 알 수 있다. 자기가 혹 늦둥이로 태어나 친할머니나 외할머니를 섬기지 못한 데다 불행하게도 어린 나이에 어머니를 여의었다면, 누님에게 옛일을 물어볼 수밖에 없을 터이다. 그러면 누님은 혹 눈물을 흘리며 가르쳐 주고, 애통해하며 얘기해 줄 뿐더러, 이런 말도 들려주실 것이다.

“아무개 동생 얼굴은 할머니 얼굴을 닮았고 아무개 동생 목소린 외할머니 목소리를 닮았단다. 어머니가 웃는 모습은 네가 꼭 빼닮았다.”

동생 입장에서는 이렇게 생각할 터이다.

“내가 어렸을 때 날 빗질해 준 이도 누님이요, 내 낯을 씻어 준 이도 누님이요, 업어 주고 안아 준 이도 모두 내 누님이다. 내가 장가들자 내 처妻를 이끌어 준 분도 역시 누님이었다. 그 옛날 누님이 시집가던 날 난 새신랑에게 절하며 자형姉兄이라 불렀다. 혹 누님을 찾아 뵈면 늘 반갑게 맞아 주었고 배고프다 하면 먹을 걸 주고 춥다고 하면 술을 데워 주었다. 비록 누님이라고 하나 꼭 어머니를 뵌 듯했다.”

나는 본디 누님이 없으며, 할머니와 외할머니도 본 적이 없고, 어릴 때 어머니마저 잃은 처지다. 그래서 누님을 둔 사람을 상상해 보며 서글퍼하곤 하였다. 그래서 박朴 선생의「큰누님 박씨 묘지명」을 읽으니 통곡하고 싶어진다.

徵吾家閨門之事, 問諸姑焉; 徵吾外家閨門之事, 問諸姨焉. 人無姑姨, 當奈何? 人若有姉, 吾家与吾外家閨門之事, 皆可以徵. 吾或晚生, 不及承事吾王母与外王母, 而又不幸幼失慈母, 不得不拜吾姉而問故事也. 或垂泣而教之, 惻愴而談之, 且曰: “某弟之眉眼, 王母之眉眼, 某弟之聲音, 外王母之聲音, 吾母之笑貌, 汝則肖之.” 且吾幼時, 櫛我者, 吾姉也; 頮我者, 吾姉也; 負我抱我, 皆吾姉也. 我之娶妻, 導吾妻者, 亦吾姉也. 姉昔嫁夫, 我拜爲兄, 我或謁姉, 姉必歡迎, 飢則添飯, 寒則煖酒, 雖則女兄, 如見我母. 今吾素無姉, 而不及見王母与外王母, 且早失慈母者也. 故想有姉者而悲焉. 及讀<u>朴</u>子之<u>李</u>孺人誌, 幾欲哭焉!

- ②의 "有女方線, 二子能讀"에 방점旁點이 찍혀 있고 "창신創新한 어구로구만"(創語)이라는 비批가 붙어 있다.
- ②의 "仲美送之斗浦舟中, 慟哭而返"에 원권圓圈이 쳐져 있고 "진정眞情을 드러낸 게 완연해 남이 읽어도 눈물을 줄줄 흘리게 하는군"(情事宛然, 幾令它人淚落如霰)이라는 비가 붙어 있다.
- ③의 "嗟乎姊氏~至今二十八年矣"에 방점이 찍혀 있다.
- ④의 "立馬江上~可念墮梳時也"에 원권이 쳐져 있고 "극도의 슬픔 속에서도 빛이 나니, 진실하고도 참신하구만"(極悲愴中光景, 眞而且新)이라는 비가 붙어 있다.
- ⑤의 "泣而銘之曰"에 원권이 쳐져 있다.
- ⑤의 "去者丁寧留後期~送者徒然岸上歸"에 방점이 찍혀 있고 "명銘 역시 독특한 느낌을 자아내는군"(銘亦別調)이라는 비가 붙어 있다.

- 이 글은 채 300자도 안 되지만, 진정眞情을 토로해 문득 수천 글자나 되는 문장의 기세를 보이니, 마치 지극히 작은 겨자씨 안에 수미산須彌山을 품고 있는 형국이라 하겠다.

  文不滿三百言, 情緒迸發, 頓有數千言之勢, 是芥子納須彌.

- 만약 '하단下段의 얘기들은 모두 허구다'라고 말하는 자가 있다면, 그런 자는 평생 참된 글이라곤 하나도 읽어 보지 못한 자일 터이다.

  若或以爲下段皆拾虛影, 這一生不得讀半箇眞文.

역문풀이

지극히 작은~품고 있는 형국:『유마힐경』維摩詰經에 있는 "높고 넓은 수미산이 겨자씨 안에 있으니 더할 수도 뺄 수도 없다"라는 구절에서 유래한 말이다.

원문풀이

迸發: 세차게 솟구쳐 나오는 모양.

芥子納須彌: 이는 『유마힐경』의 "以須彌之高廣, 內芥子中, 無所增減"이라는 구절에서 유래한 말로, 보통 '수미개자'須彌芥子라는 말로 쓰인다.

- 정情이 지극한 말은 사람으로 하여금 하염없이 눈물을 흘리게 해야 비로소 진실되고 절절하다 말할 수 있을 것이다.[5]

情到語, 令人淚無從, 始得謂眞切.

원문풀이

無從: 자기도 모르게 눈물이 쏟아지는 것을 이르는 말.

---

5) 이 평은 『과정록』(권1, 47조條)에 보인다.

큰누님 박씨 묘지명

유인孺人 휘諱 모某는 반남潘南 박씨朴氏인데, 그 동생 지원趾源 중미仲美가 다음과 같이
묘지명을 쓴다.

유인은 열여섯에 덕수德水 이씨 택모宅模 백규伯揆에게 시집가 딸 하나와 아들 둘을 두
었으며 신묘년辛卯年(1771) 9월 1일에 세상을 뜨니 나이 마흔셋이었다. 남편의 선산은 아
곡鵶谷인바 장차 그곳 경좌庚坐 방향의 묏자리에 장사 지낼 참이었다.

백규는 어진 아내를 잃은 데다가 가난하여 살아갈 도리가 없자 어린 자식들과 계집종
하나를 이끌고 솥과 그릇, 상자 따위를 챙겨서 배를 타고 산골짝으로 들어가려고 상여와
함께 출발하였다.

나는 새벽에 두뭇개의 배에서 그를 전송하고 통곡하다 돌아왔다.

아아! 누님이 시집가던 날 새벽에 얼굴을 단장하시던 일이 마치 엊그제 같다. 나는 그
때 막 여덟 살이었는데, 발랑 드러누워 발버둥을 치다가 새신랑의 말을 흉내 내 더듬거리
며 점잖은 어투로 말을 하니, 누님은 그 말에 부끄러워하다 그만 빗을 내 이마에 떨어뜨렸
다. 나는 골이 나 울면서 분에다 먹을 섞고 침을 발라 거울을 더럽혔다. 그러자 누님은 옥
으로 만든 자그만 오리 모양의 노리개와 금으로 만든 벌 모양의 노리개를 꺼내 나를 주면
서 울음을 그치라고 하였다.

지금으로부터 스물여덟 해 전의 일이다.

강가에 말을 세우고 멀리 바라보니 붉은 명정銘旌이 펄럭이고 배 그림자는 아득히 흘
러가는데, 강굽이에 이르자 그만 나무에 가려 다시는 보이지 않았다. 그때 문득 강 너머 멀
리 보이는 산은 검푸른 빛이 마치 누님이 시집가는 날 쪽진 머리 같았고, 강물 빛은 당시
의 거울 같았으며, 새벽 달은 누님의 눈썹 같았다. 울면서 그 옛날 누님이 빗을 떨어뜨리
던 걸 생각하니, 유독 어릴 적 일이 생생히 떠오르는데 그때에는 또한 기쁨과 즐거움이 많
았으며 세월도 느릿느릿 흘렀었다. 그 뒤 나이 들어 우환과 가난을 늘 근심하다 꿈결처럼

훌쩍 시간이 지나갔거늘 형제와 함께 지낸 날은 어찌 그리도 짧은지.

　　떠나는 이 정녕코 다시 오마 기약해도
　　보내는 자 눈물로 옷깃을 적시거늘
　　이 외배 지금 가면 어느 때 돌아올꼬?
　　보내는 자 쓸쓸히 강가에서 돌아가네.

말 머리에 무지개가 뜬 광경을 적은 글
馬首虹飛記

Ⅰ　　밤에 봉상촌鳳翔村에서 자고 새벽에 강화로 출발하였다. 5리쯤 가자 비로소 동이 텄는데 티끌 기운 하나 없이 깨끗하였다. 해가 겨우 한 자쯤 떠오르는가 싶자 문득 까마귀 머리만 한 시커먼 구름이 해를 가리더니 얼마 지나지 않아 해를 반이나 덮어 버렸다. 침침하고 어둑하여 한을 품은 것 같기도 하고, 수심에 잠긴 것 같기도 한데, 잔뜩 찡그려 편치 않은 모습이었다. 햇살은 옆으로 뻗쳐 나와 모두 꼬리별을 이뤘으며, 하늘 아래로 방사放射되는 모양이 흡사 성난 폭포 같았다.

　　夜宿鳳翔邨, 曉入沁都. 行五里許, 天始明, 無纖氛點翳. 日纔上天一尺, 忽有黑雲點日如烏頭, 須臾掩日半輪, 慘憺窅冥, 如恨如愁, 頻[1]蹙不寧. 光氣旁溢, 皆成彗孛, 下射天際如怒瀑.

역문풀이

봉상촌鳳翔村: 지금의 김포군 통진면의 고을 이름이다.

강화: 원문은 "沁都"이다. '심도'沁都는 강화의 옛이름이다.

---

1) **頻**　영남대본에는 "顰"으로 되어 있다.

頻蹙: 얼굴을 찡그림. 마음이 편치 않은 모양.

彗字: 혜성. 꼬리에 긴 광망光芒이 있고 태양 주위에 있는 궤도를 운행하는 별로 그 꼬리의
형상이 비(帚)와 같다고 하여 살별이라고도 한다.

번역의 동이

1-1　　　　침침하고 어둑하여~편치 않은 모습이었다

▪ 서운하고 허전한 것이 한탄스러운 듯도 하고 근심스러운 듯도 하여 상이 찡그려지고 마음이 불안
해 졌다. 홍기문, 『박지원 작품선집 1』, 295면
▪ 참담하고 원망스러워 한탄스러운 듯 근심스러운 듯 인상이 찡그려지고 마음이 편치 못했다. 김혈
조, 「그렇다면 도로 눈을 감고 가시오」, 332면
▪ 한스러운 듯 근심하듯 얼굴을 찡그리며 편안치 못한 것 같더니 신호열·김명호, 『연암집 2』, 346면

1-2　　　　햇살은 옆으로~폭포 같았다

▪ 옆으로 쏟치여 나오는 햇발이 모두 꼬리별을 이루어 성난 폭포와도 같이 그 꼬리를 아래로 뻗쳤
는데 홍기문, 295면
▪ 옆으로 쏟아져 나오는 햇발이 모두 꼬리별을 이루어 성난 폭포와도 같이 그 꼬리를 하늘 아래로
뻗쳤다. 김혈조, 332면
▪ 바같으로 혜성과 같은 빛줄기를 뿜어 대는데 성난 폭포수처럼 하늘가로 내리쏘았다. 신호열·김명호,
346면

<u>2</u>　　　　바다 밖의 뭇 산에는 저마다 작은 구름이 피어올라 멀리서 서로 응하며 마
구 독기를 품고 있었다. 간혹 번갯불이 무섭게 번쩍거렸고 해 아래에서 우르르 쾅
쾅 천둥소리가 들렸다. 조금 있으니 사방이 온통 컴컴해져서 한 치의 틈도 없었다.
그런데 그 사이로 번개가 번쩍여, 겹겹이 쌓여 있어 주름이 잡힌 구름 1천 송이와
1만 이파리가 비로소 보였는데, 흡사 옷의 가장자리에 선을 두른 것 같기도 하고,
꽃에 윤곽이 있는 것 같기도 하여, 모두가 농담濃淡이 있었다. 천둥소리는 찢어질
듯하여 흑룡이라도 뛰쳐나올 성싶었다. 그러나 비는 그다지 심하지 않아서, 멀리
바라보니 연안延安과 배천白川 사이에 빗발이 흰 비단처럼 드리워 있었다.

海外諸山, 各出小雲遙相應, 蓬蓬有毒, 或出電耀威, 日下殷殷有聲矣. 少焉, 四面迨[1]遝[2]正黑, 無縫罅,[3] 電出其間, 始見雲之積疊襞褶者, 千朶萬[4]葉, 如衣之有緣, 如花之有暈, 皆有淺深. 雷聲若裂, 疑有墨龍跳出. 然雨不甚猛, 遙望延、白之間, 雨脚如垂正練.

역문풀이

연안延安과 배천白川: 원문은 "延白"인데, 황해도 남동부에 위치한 연안延安과 배천白川을 가리킨다. 연안과 배천은 각각 동서로 인접한 지역으로, 특히 남부는 한강과 예성강 어귀의 바다를 사이에 두고 강화군 교동도喬桐道와 마주한다. 1914년에 연안군과 배천군을 합하여 연백군으로 개편했다.

원문풀이

蓬蓬: 왕성한 모양.

殷殷: 소리가 요란하게 울리는 모양.

迨遝합답: 둘러싼 모습.

正練: 한 필의 누인 명주. 혹은 흰 비단처럼 보이는 물건.

번역의 동이

2-1　　　겹겹이 쌓여 있어~농담濃淡이 있었다

· 천 떨기, 만 쪼각의 구름장이 쌓이고 접히고 주름이 잡히 듯 한 중에도 옷에 선을 두른 것 같고 꽃에 테를 이룬 것 같이 그 빛갈이 짙고 엷고 다 달랐다. 홍기문, 295면

· 천 떨기, 만 조각의 구름장이 쌓이고 주름이 잡혀 마치 옷에 가장자리 선을 두른 것 같고 꽃에 테 모양을 이룬 것 같아서 그 빛깔이 진하고 옅은 것이 다양했다. 김혈조, 332면

· 첩첩이 주름진 구름이 수천 꽃가지 수만 꽃잎을 이루어 마치 옷 가장자리에 선을 덧댄 듯, 꽃잎 가장자리에 무늬가 번진 듯 각각 그 엷고 짙음이 다르다는 것을 알게 되었다. 신호열·김명호, 346면

---

1) 迨　승계본과 영남대본에는 "合"으로 되어 있다.
2) 遝　승계본과 영남대본에는 "遻"으로 되어 있다.
3) 罅　승계본과 영남대본에는 "嚇"로 되어 있다.
4) 萬　승계본에는 "万"으로 되어 있다.

③　　　　말을 재촉해 10리 남짓 가자 문득 햇빛이 비치는데 점점 밝고 고와졌다. 조금 전의 험상궂던 구름은 모두 아름답고 상서로운 구름으로 변해 오색이 영롱하였다. 말 머리에 한 길 남짓 무슨 기운이 어리는데, 누렇고 탁한 게 흡사 기름이 엉긴 것 같았다. 그것은 잠깐 새에 갑자기 청홍색으로 변하더니 높다라니 하늘까지 닿아 그것을 문으로 삼아 들어가거나 그것을 다리로 삼아 저편으로 건너갈 수 있을 성싶었다. 처음 말 머리에 있을 때는 손으로 만질 수 있을 것만 같았는데 앞으로 나아가면 나아갈수록 더욱 멀어졌다. 이윽고 문수산성文殊山城에 이르러 산기슭을 돌아 나오며 바라보니 강 따라 백 리 사이에 강화부 외성外城의 흰 성가퀴가 햇빛에 반짝거리고, 무지개 발은 아직도 강 한가운데 꽂혀 있었다.

　　　　促馬行十餘里, 日光忽透, 漸益明麗, 向之頑雲, 盡化慶靄祥曇, 五彩絪縕. 馬首有氣丈餘, 黃濁如凝油, 指顧之間, 忽變紅碧, 矯矯冲天, 可門而由也, 橋而度也. 初在馬首, 可手摸也, 益前益遠. 已而行至<u>文殊山城</u>, 轉出山足, 望見<u>沁府</u>外城, 緣江百里粉堞照日, 而虹脚猶挿江中也.

역문풀이

문수산성文殊山城: 경기도 김포시 월곶면 포내리에 있는 조선 시대의 석축 산성. 강화의 갑곶진甲串鎭을 마주 보고 있는 문수산의 험준한 줄기에서 해안 지대를 연결한 성으로, 현재 해안 쪽의 성벽과 문루門樓는 없어지고 산등성이를 연결한 성곽만이 남아 있다. 이 성은 갑곶진과 더불어 강화 입구를 지키는 성으로 1694년(숙종 20)에 축성되었고, 1821년(순조 12)에 대대적으로 중수되었다. 돌로 견고하게 쌓았고 그 위에 여장女墻을 둘렀다. 당시 성문은 취예루取豫樓와 공해루控海樓 등 세 개의 문루와 세 개의 암문暗門이 있었다. 이 가운데 취예루는 갑곶진과 마주 보는 해안에 있었으며 강화에서 육지로 나오는 관문 구실을 하였다.

강화부 외성外城: 강화도의 동쪽 해협을 따라 축조되었던 성. 고려 제23대 고종이 몽골의 침입에 맞서기 위해 강화도로 도읍을 옮기면서 처음 쌓았으며, 조선조 광해군 10년(1618)에 수축하고 영조 21년(1745)에 고쳐 쌓았다. 연암이 본 건 영조 때 고쳐 쌓은 성일 것이다. 그러나 지금은 거의 다 무너졌으며 오직 하점면 망월리와 불은면 오두리에 그 일부가 남아 있다.

성가퀴: 성 위에 낮게 쌓은 담으로 여기에 몸을 숨기고 적을 쏘거나 친다.

무지개 발: 원문은 "虹脚"인데, 무지개의 밑동, 즉 무지개의 지상에 닿은 부분을 말한다.

원문풀이

絪縕: 천지의 기운이 서로 합하여 왕성한 모양.

指顧之間: 매우 가까운 거리나 짧은 시간을 의미한다.

矯矯: 높이 올라가는 모양.

번역의 동이

3-1　　　이윽고 문수산성文殊山城에~꽂혀 있었다

· 　한참 뒤 문수산성(文殊山城)에 이르러서 산기슭을 돌아 나오잔즉 강화읍 외성의 회칠한 벽이 강을 끼고 백 리 어간이나 햇빛에 비치고 있고 무지개 줄기는 아직도 강 한중간에 꽂히어 있었다. 홍기문, 296면

· 　한참 뒤 문수산성(文殊山城)에 이르러 산기슭을 돌아나와 멀리 바라보니 강화읍 외성의 회칠한 벽이 강을 끼고 백리 어간이나 햇빛에 비치고 있고, 무지개 줄기는 아직도 강 한중간에 꽂혀 있었다. 김혈조, 333면

· 　이윽고 문수산성(文殊山城)에 당도하여 산기슭으로 돌아 나가 강화부(江華府)의 외성(外城)을 바라보니, 강을 누빈 백 리 연안에 하얀 성첩(城堞)이 해에 비치는데 무지개발은 여전히 강 가운데에 꽂혀 있었다. 신호열·김명호, 346~347면

말 머리에 무지개가 뜬 광경을 적은 글

　밤에 봉상촌鳳翔村에서 자고 새벽에 강화로 출발하였다. 5리쯤 가자 비로소 동이 텄는데 티끌 기운 하나 없이 깨끗하였다. 해가 겨우 한 자쯤 떠오르는가 싶자 문득 까마귀 머리만 한 시커먼 구름이 해를 가리더니 얼마 지나지 않아 해를 반이나 덮어 버렸다. 침침하고 어둑하여 한을 품은 것 같기도 하고, 수심에 잠긴 것 같기도 한데, 잔뜩 찡그려 편치 않은 모습이었다. 햇살은 옆으로 뻗쳐 나와 모두 꼬리별을 이뤘으며, 하늘 아래로 방사放射되는 모양이 흡사 성난 폭포 같았다.

　바다 밖의 뭇 산에는 저마다 작은 구름이 피어올라 멀리서 서로 응하며 마구 독기를 품고 있었다. 간혹 번갯불이 무섭게 번쩍거렸고 해 아래에서 우르르 쾅쾅 천둥소리가 들렸다. 조금 있으니 사방이 온통 컴컴해져서 한 치의 틈도 없었다. 그런데 그 사이로 번개가 번쩍여, 겹겹이 쌓여 있어 주름이 잡힌 구름 1천 송이와 1만 이파리가 비로소 보였는데, 흡사 옷의 가장자리에 선을 두른 것 같기도 하고, 꽃에 윤곽이 있는 것 같기도 하여, 모두가 농담濃淡이 있었다. 천둥소리는 찢어질 듯하여 흑룡이라도 뛰쳐나올 성싶었다. 그러나 비는 그다지 심하지 않아서, 멀리 바라보니 연안延安과 배천白川 사이에 빗발이 흰 비단처럼 드리워 있었다.

　말을 재촉해 10리 남짓 가자 문득 햇빛이 비치는데 점점 밝고 고와졌다. 조금 전의 험상궂던 구름은 모두 아름답고 상서로운 구름으로 변해 오색이 영롱하였다. 말 머리에 한 길 남짓 무슨 기운이 어리는데, 누렇고 탁한 게 흡사 기름이 엉긴 것 같았다. 그것은 잠깐 새에 갑자기 청홍색으로 변하더니 높다라니 하늘까지 닿아 그것을 문으로 삼아 들어가거나 그것을 다리로 삼아 저편으로 건너갈 수 있을 성싶었다. 처음 말 머리에 있을 때는 손으로 만질 수 있을 것만 같았는데 앞으로 나아가면 나아갈수록 더욱 멀어졌다. 이윽고 문수산성文殊山城에 이르러 산기슭을 돌아 나오며 바라보니 강 따라 백 리 사이에 강화부 외성外城의 흰 성가퀴가 햇빛에 반짝거리고, 무지개 발은 아직도 강 한가운데 꽂혀 있었다.

'죽오'라는 집의 기문

竹塢記

[1]　　　예로부터 대나무를 찬양한 사람은 무지하게 많다. 『시경』詩經 「기욱」淇澳 시 이래로 읊조리고 찬탄하는 것만으론 부족해서 '차군'此君이라 일컬으며 숭상 한 사람까지 있었으니, 대나무는 그래서 마침내 피폐해지게 되었다. 그러나 천하 에는 '죽'竹으로 자호字號를 삼는 사람이 그치지 않고 게다가 그런 호를 지은 까닭 을 기문記文으로 적곤 하지만, 설사 채윤蔡倫이나 몽염蒙恬의 지필紙筆이라 할지라 도, 대나무를 두고서 풍상風霜에도 변치 않는 지조라느니 소탈하고 자유로운 모 습이라느니 하고 서술하는 데서 벗어난 적이 없었다. 이처럼 사람들이 머리가 허 옇게 되도록 쓴 글이 죄다 진부한 글이니, 대나무는 그래서 마침내 그 정채를 잃 게 되었다. 나처럼 재주 없는 사람도 대나무의 덕성을 찬양하고 대나무의 소리와 빛깔을 형용한 시문詩文을 여러 편 지었거늘, 다시 글을 지어 무엇 하겠는가.

　　　古來讚竹者甚多. 自『詩』之「淇澳」, 歌咏之嗟嘆[1]之不足, 至有君而尊之者, 竹遂以病矣. 然而天下之以竹爲號[2]者, 不止, 又從以[3]文而記之, 則雖使蔡倫削牘, 蒙 恬束毫,[4] 不離乎風霜不變之操、疏簡偃仰之態, 頭白汗靑, 盡屬飣餖,[5] 竹於是乎餕矣.

---

1) 嘆　승계본과 영남대본에는 "歎"으로 되어 있다.
2) 號　『엄계집』에는 "号"로 되어 있다.
3) 以　『엄계집』과 영남대본에는 "而"로 되어 있다.
4) 毫　승계본과 영남대본에는 "豪"로 되어 있으나 오기이다.
5) 飣餖　『엄계집』, 승계본, 영남대본에는 "餖飣"으로 되어 있다.

顧以余之不文, 讚竹之德性, 以形容竹之聲色, 作爲詩文者, 多矣, 更[6]何能文爲?

역문풀이

『시경』詩經「기욱」淇澳 시: 『시경』위풍衛風「기욱」편에 "저 기수淇水 모롱이 바라보니 / 푸
　　른 대나무 무성하네"(瞻彼淇奧, 綠竹猗猗)라는 구절이 있다. 이는 『대학』大學에도 인용되어
　　있는데 거기서는 '淇澳'이라 표기하였다.

'차군'此君이라 일컬으며 숭상한 사람: 중국 동진東晋의 문인이자 서예가인 왕휘지王徽之를 가
　　리킨다. 그는 대나무를 너무도 사랑하여 '차군'此君(이 친구)이라고 불렀으며, "어찌 하루
　　라도 차군 없이 살 수 있겠는가"라고 말한 것으로 유명하다.

기문記文: 어떤 일의 경과를 기술하든가 정자나 누각의 조성 경위 등을 밝힌 글을 말한다.
　　'기'記라고도 한다.

채윤蔡倫: 후한後漢 중기의 환관. 처음으로 종이를 만들었다고 전한다.

몽염蒙恬: 진秦의 장군. 215년 흉노匈奴 정벌 때 활약이 컸으며, 이듬해 만리장성을 완성하였
　　다. 붓을 처음 만들었다고 전한다.

원문풀이

君而尊之: '君'으로 여기며 숭상한다는 뜻. 『진서』晋書「왕휘지전」王徽之傳에 "嘗寄居空宅中,
　　便令種竹, 或問其故, 徽之但嘯詠指竹曰: '何可一日無此君邪!'"라는 구절이 있다.

削牘: 댓조각과 나뭇조각을 깎아서 글씨를 새기는 일. 또는 그러한 댓조각과 나뭇조각. 여기
　　서는 종이라는 뜻으로 쓰였다.

汗靑: 푸른 대나무를 불에 구워 진을 빼낸 댓조각으로 그 위에 붓으로 글을 쓴바 이를 죽간
　　竹簡이라고 한다. 후대에는 문서나 서적의 뜻으로 쓰이기도 했다.

飣餖정두: 음식을 죽 늘어놓고 먹지 않는다는 뜻. 의미 없는 문사를 죽 늘어놓는 것의 비유.

餒뇌: 여기서는 '氣餒', 즉 기가 다 빠져 버린 상태를 의미한다.

不文: '不才'라는 말과 같다.

---

6) **更** 『엄계집』과 영남대본에는 "夏"으로 되어 있다.

1-1　　　대나무는 그래서 마침내 피폐해지게 되었다

▪　　대나무가 마침내 이 때문에 병들고 말았다. 신호열·김명호, 『연암집 2』, 350~351면

1-2　　　대나무를 두고서~정채를 잃게 되었다

▪　　대나무로 하여금 풍상(風霜)에도 변치 않는 지조와 소탈하면서도 고고한 태도를 벗어나지 않게 하고, 머리가 하얗게 세어서야 책을 완성한들 모두 다 쓸데없는 말만 번지르르하게 늘어놓은 것들이니, 대나무는 이 때문에 풀이 죽고 말았을 것이다. 신호열·김명호, 351면

1-3　　　나처럼 재주 없는~글을 지어 무엇 하겠는가

▪　　하지만 글 못하는 나조차도 대나무의 덕성(德性)을 칭송하고 대나무의 소리와 색깔을 형용하여 시문을 지은 것이 많은데 다시 또 무슨 글을 짓는단 말인가. 신호열·김명호, 351면

2　　　양군梁君 양직養直은 개결하고 곧으며 지조와 절개가 있는 사람이다. 그는 일찍이 '죽오'竹塢라 자호自號하고 그 호를 편액扁額에다 써서 자기 집에 걸고는 나에게 기문을 써 달라고 부탁하였다. 하지만 나는 끝내 응하지 않았는데 그건 내가 대나무를 소재로 한 글들에 대해 정말 괴로워하는 바가 있었기 때문이다. 나는 웃으며 그에게 이렇게 말했다.

"그대가 만일 편액의 글을 고친다면 내 당장 글을 쓰리다."

나는 그를 위하여 고금古今의 사람들이 쓴 기이한 호나 운치 있는 이름, 이를테면 연상각烟湘閣, 백척오동각百尺梧桐閣, 행화춘 우림정杏花春雨林亭, 소엄화계小罨畫溪, 주영염수재晝永簾垂齋, 우금운고루雨今雲古樓 등등 수십·수백 가지를 뇌까리며 그 중에 하나를 골라잡으라고 권하였다. 그러나 양직은 그 모두에 고개를 저으며 "아니에요, 아니에요"라고 하면서, 앉으나 누우나 '죽오', 자나 깨나 '죽오'였다. 매번 글씨 잘 쓰는 이를 만나면 그때마다 '죽오'를 써 달래서 벽에 거니 벽의 네 귀퉁이가 죄다 '죽오'였다. 향리에는 '죽오'를 놀리는 이도 많았지만 그는 느긋하니 부끄러워하지 않았으며 편안히 받아들였다.

36

　　梁君養直,[1] 介直有志節者也. 嘗自號[2]曰竹塢, 而扁其所居之室, 請余爲記, 而果未有以應之者, 吾於竹, 誠有所病焉故耳.[3] 余笑曰: "君改其額, 文當立就爾."[4] 爲誦古今人奇號[5]韻題之如烟[6]湘閣、百尺梧桐閣、杏花春雨林亭、小罨畫[7]溪、畫永簾垂齋、雨今雲古樓者, 屢數十百, 勸其自擇焉. 養直皆掉頭而否否,[8] 坐臥焉竹塢, 造次焉竹塢. 每一遇能書者, 輒書竹塢而揭之壁,[9] 壁之四隅, 盡是竹塢. 鄕里之以竹塢識者, 亦多,[10] 恬不知恥, 安而受之.[11]

역문풀이

양군梁君 양직養直: 양호맹梁浩孟(1738~1795). '양직'은 그 자字. 본관은 남원南原이며 개성 사
　　람이다. '죽오'竹塢는 양호맹의 당호堂號(집에 붙인 이름)이다. 박지원은 연암협에 은거한
　　첫 해인 1778년, 당시 개성 유수로 와 있던 친구 유언호兪彦鎬(1730~1796)의 배려로 잠시
　　개성의 금학동琴鶴洞에 있던 양호맹의 별장을 거처로 삼았다.

편액扁額: 종이나 나무 따위에 그림을 그리거나 글씨를 써서 방 안이나 문 위에 걸어 놓는 액자.

연상각烟湘閣: 안개가 낀 상수湘水(중국 강남의 강 이름) 가의 집이란 뜻. 훗날 연암은 안의 현감
　　安義縣監으로 있을 때 관아의 새로 지은 건물에다 이 이름을 붙인 바 있다.

백척오동각百尺梧桐閣: 백 척이나 되는 높다란 오동나무 곁에 있는 집이란 뜻. 연암이 안의 현
　　감으로 재직할 때 지은 건물의 이름 가운데 하나로, 『연암집』 권1에 「백척오동각기」百尺
　　梧桐閣記가 있어 참조된다. 한편 백척오동각은 청대淸代 왕무린汪懋麟(1640~1688)의 집 이
　　름이기도 하다.

행화춘 우림정杏花春雨林亭: 살구꽃이 핀 봄날에 비가 부슬부슬 내리는 숲 속의 집이라는 뜻.

---

1) **梁君養直**　『엄계집』에는 원권이 쳐져 있다.
2) **號**　『엄계집』에는 "号"로 되어 있다.
3) **吾於竹, 誠有所病焉故耳**　『엄계집』에는 방점이 찍혀 있다.
4) **余笑曰~文當立就爾**　『엄계집』에는 방점이 한 글자당 두 개씩 찍혀 있다.
5) **號**　『엄계집』에는 "号"로 되어 있다.
6) **烟**　영남대본에는 "煙"으로 되어 있다.
7) **畫**　『엄계집』과 영남대본에는 "画"로 되어 있다.
8) **養直皆掉頭而否否**　『엄계집』에는 방점이 찍혀 있다.
9) **每一遇能書者, 輒書竹塢而揭之壁**　『엄계집』에는 방점이 찍혀 있다.
10) **鄕里之以竹塢識者, 亦多**　『엄계집』에는 방점이 찍혀 있다.
11) **恬不知恥, 安而受之**　『엄계집』에는 방점이 한 글자당 두 개씩 찍혀 있다.

소엄화계小罨畫溪: 작은 엄화계罨畫溪라는 뜻. '엄화'는 채색한 그림을 뜻하는 말인바, '엄화
　　계'란 중국 절강성浙江省 장흥현長興縣에 있는 경치가 썩 좋은 시내 이름이다. 연암은 연
　　암협에 있는 시내에 '엄화계'라는 이름을 붙인 바 있다.
주영염수재晝永簾垂齋: 긴 낮 동안에 주렴을 드리우고 있는 집이라는 뜻. 이는 연암의 지인 양
　　인수梁仁叟의 초당 이름이기도 한데, 『연암집』 권10에 「'주영염수재'라는 집의 기문」晝永
　　簾垂齋記이 있어 참조된다.
우금운고루雨今雲古樓: 비는 지금의 비가 내리는데 구름은 옛날 구름이 떠 있는 정자라는 뜻.

원문풀이

晝永簾垂齋: '긴 낮 동안 주렴이 드리워져 있는 집'이라는 뜻. 송宋나라 도학자인 소강절邵康
　　節의 「늦은 봄을 읊다」(莫春吟)라는 시에 "林下居常睡起遲, 那堪車馬近來稀. 春深晝永簾
　　垂地, 庭院無風花自飛"라는 구절이 있는바, 여기서 따온 말이다.
造次: 지극히 짧은 동안. 눈 깜짝할 사이.

번역의 동이

2-1　　　"그대가 만일 편액의 글을 고친다면 내 당장 글을 쓰리다."
■　　"그대가 그 액호를 바꾸면 글은 당장이라도 지어 줄 수 있다." 신호열·김명호, 351면

③　　　　양직이 나에게 글을 부탁한 지 어언 10년이 되었건만 그는 여전히 조금
도 변함이 없으니, 천 번 좌절되고 백 번 억눌려도 그 뜻이 바뀌지 않았으며, 시
간이 흐를수록 더욱 절절해졌다. 심지어 그는 술을 따라주며 나를 달래기도 하고
목소리를 높여 촉구하기도 했지만, 그럼에도 내가 묵묵히 응하지 않자 발끈하여
화를 내며 팔을 쳐들어 노려보는데, 눈썹은 찡그려 '个'개 자 같고 손가락은 메마
른 마디 같아, 굳세고 뾰족한 게 홀연 대나무 모양이 되었다.
아아, 양직은 정말 대나무에 벽癖이 있어 그것을 지극히 사랑하는 사람이로구나!
겉으로만 봐도 그의 마음이 우뚝하고 커서 마치 기암괴석 같은데 그 속에는 아마
조릿대 떨기와 그윽한 왕대가 무성하리라. 이러하니 내가 글을 안 지을 수 있겠

는가. 옛사람 가운데 대나무를 숭상하여 '차군'此君이라 부른 이가 있었거니와, 양직과 같은 이는 백세百世의 뒤에 '차군'의 충신이 되었다 할 만하다. 이에 나는 대서특필하여 정려旌閭하기를,

'고고하며 곧고 편안할손, 양처사梁處士의 집'

이라 하였다.

所以請余文者, 今已十年之久, 而猶不少變, 千挫百抑, 不移其志,[1] 彌久而采切. 至酗酒而說之, 聲氣而加之, 余輒默而不應, 則奮然作色, 戟手[2]疾視, 眉[3]拂个字, 指若枯[4]節勁峭槎枒,[5] 忽成竹形. 嗚呼! **養直**豈眞癖於竹而愛之至哉! 觀於外, 可見其肝腎肺胃, 磐矶犖确, 如奇巖巉石, 而叢[6]篠幽篁, 森鬱其中也.[7] 余之文至此而惡能已乎? 古之人旣有尊竹而君之者, 則如**養直**者, 百世之下, 可爲此君之忠臣矣. 吾乃大書特書, 而旌之曰: '高孤貞靖, **梁處**[8]士之廬.'

역문풀이

벽癖: 무엇을 지나치게 즐기는 버릇을 말함.

옛사람 가운데~충신이 되었다 할 만하다: 대나무의 아칭雅稱인 '차군'此君의 '군'君이 '군자'라는 뜻도 가지지만 '임금'이라는 뜻 또한 가지는 데서 착안한 일종의 언어유희이다.

정려旌閭: 충신, 효자, 열녀 등의 행적을 기리기 위해 그 동네에 정문旌門을 세워 표창하는 것. 앞서 양직이 대나무의 충신이 되었다고 한 것과 조응하여 웃음을 자아내는 표현이다.

처사處士: 벼슬 하지 않고 초야에 묻혀 사는 선비.

---

1) **請余文者~不移其志** 『엄계집』에는 방점이 찍혀 있다.
2) **戟手** 『엄계집』에는 이 글자가 있는 행行의 상단에 "手似鬚肖"라는 두주頭註가 달려 있다.
3) **眉** 영남대본에는 "耆"로 되어 있다.
4) **枯** 『엄계집』에는 "苦"로 되어 있다.
5) **枒** 『엄계집』과 영남대본 및 승계본에는 "舒"로 되어 있다.
6) **叢** 『엄계집』과 영남대본 및 승계본에는 "藂"으로 되어 있다.
7) **觀於外~森鬱其中也** 『엄계집』에는 방점이 찍혀 있다.
8) **處** 『엄계집』에는 "処"로 되어 있다.

采미: 점점.

戟手: 화가 나서 사람을 치려고 할 때 한 손은 쳐들고 한 손은 팔꿈치를 아래로 굽혀 마치 창
　　모양처럼 하는 것.

槎枒사아: 나뭇가지가 엇벤 듯이 모나게 얽힌 모양.

磐矹반올: 우뚝한 모양.

犖确낙각: 뜻이 크고 높음을 가리킨다.

번역의 동이

3-1　　아아, 양직은~사랑하는 사람이로구나

▪　아아! 양직은 어쩌면 진정으로 대나무에 미쳐서 그렇게 극진히 사랑하는지도 모른다. 신호열·김명
호, 352면

3-2　　겉으로만 봐도~왕대가 무성하리라

▪　겉모습만 보아도 그의 간(肝)과 신(腎)과 폐(肺)와 위(胃)가 울뚝불뚝하여 기암괴석과 같으며, 그
윽한 대나무 숲이 그 마음속에 무성하게 들어차 있음을 볼 수 있다. 신호열·김명호, 352면

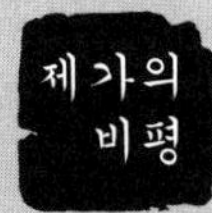

❀ 『엄계집』의 후평

- 익살스러운 글이다. 사람들로 하여금 깔깔 웃느라 몸을 가누지 못하고, 웃다가 쓰러지며, 배꼽을 잡고 웃게 할 터이다.

  滑稽之文. 令人胡盧嗢噱, 軒渠絶倒, 捧腹粲然.

원문풀이

胡盧: 입을 가리고 웃는 모양, 혹은 깔깔거리고 웃는 모양.

嗢噱올갹: 웃음을 그치지 아니함. 배를 안고 몸을 가누지 못할 정도로 웃는 모양.

軒渠헌거: 쾌활하게 웃는 모양.

粲然찬연: 흰 이가 드러나게 웃는 모양.

'죽오'라는 집의 기문

예로부터 대나무를 찬양한 사람은 무지하게 많다. 『시경』「기욱」淇澳 시 이래로 읊조리고 찬탄하는 것만으론 부족해서 '차군'此君이라 일컬으며 숭상한 사람까지 있었으니, 대나무는 그래서 마침내 피폐해지게 되었다. 그러나 천하에는 '죽'竹으로 자호字號를 삼는 사람이 그치지 않고 게다가 그런 호를 지은 까닭을 기문記文으로 적곤 하지만, 설사 채윤蔡倫이나 몽염蒙恬의 지필紙筆이라 할지라도, 대나무를 두고서 풍상風霜에도 변치 않는 지조라느니 소탈하고 자유로운 모습이라느니 하고 서술하는 데서 벗어난 적이 없었다. 이처럼 사람들이 머리가 허옇게 되도록 쓴 글이 죄다 진부한 글이니, 대나무는 그래서 마침내 그 정채를 잃게 되었다. 나처럼 재주 없는 사람도 대나무의 덕성을 찬양하고 대나무의 소리와 빛깔을 형용한 시문詩文을 여러 편 지었거늘, 다시 글을 지어 무엇 하겠는가.

양군梁君 양직養直은 개결하고 곧으며 지조와 절개가 있는 사람이다. 그는 일찍이 '죽오'竹塢라 자호自號하고 그 호를 편액扁額에다 써서 자기 집에 걸고는 나에게 기문을 써 달라고 부탁하였다. 하지만 나는 끝내 응하지 않았는데 그건 내가 대나무를 소재로 한 글들에 대해 정말 괴로워하는 바가 있었기 때문이다. 나는 웃으며 그에게 이렇게 말했다.

"그대가 만일 편액의 글을 고친다면 내 당장 글을 쓰리다."

나는 그를 위하여 고금古今의 사람들이 쓴 기이한 호나 운치 있는 이름, 이를테면 연상각烟湘閣, 백척오동각百尺梧桐閣, 행화춘 우림정杏花春雨林亭, 소엄화계小罨畫溪, 주영염수재晝永簾垂齋, 우금운고루雨今雲古樓 등등 수십·수백 가지를 뇌까리며 그 중에 하나를 골라잡으라고 권하였다. 그러나 양직은 그 모두에 고개를 저으며 "아니에요, 아니에요"라고 하면서, 앉으나 누우나 '죽오', 자나깨나 '죽오'였다. 매번 글씨 잘 쓰는 이를 만나면 그때마다 '죽오'를 써 달래서 벽에 거니 벽의 네 귀퉁이가 죄다 '죽오'였다. 향리에는 '죽오'를 놀리는 이도 많았지만 그는 느긋하니 부끄러워하지 않았으며 편안히 받아들였다.

양직이 나에게 글을 부탁한 지 어언 10년이 되었건만 그는 여전히 조금도 변함이 없으니, 천 번 좌절되고 백 번 억눌려도 그 뜻이 바뀌지 않았으며, 시간이 흐를수록 더욱 절절해졌다. 심지어 그는 술을 따라주며 나를 달래기도 하고 목소리를 높여 촉구하기도 했지만, 그럼에도 내가 묵묵히 응하지 않자 발끈하여 화를 내며 팔을 쳐들어 노려보는데, 눈썹은 찡그려 '个'개 자 같고 손가락은 메마른 마디 같아, 굳세고 뾰족한 게 홀연 대나무 모양이 되었다.

아아, 양직은 정말 대나무에 벽癖이 있어 그것을 지극히 사랑하는 사람이로구나! 겉으로만 봐도 그의 마음이 우뚝하고 커서 마치 기암괴석 같은데 그 속에는 아마 조릿대 떨기와 그윽한 왕대가 무성하리라. 이러하니 내가 글을 안 지을 수 있겠는가. 옛사람 가운데 대나무를 숭상하여 '차군'此君이라 부른 이가 있었거니와, 양직과 같은 이는 백세百世의 뒤에 '차군'의 충신이 되었다 할 만하다. 이에 나는 대서특필하여 정려旌閭하기를,

'고고하며 곧고 편안할손, 양처사梁處士의 집'

이라 하였다.

'주영염수재'라는 집의 기문

晝永簾垂齋記

[1]　　　주영염수재晝永簾垂齋는 양군梁君 인수仁叟의 초당草堂이다.

이 집은 오래된 소나무가 있는 검푸른 절벽 아래에 있으며 기둥이 여덟 개인데, 깊숙한 안쪽을 막아서 심방深房을 만들고, 격자창格子窓을 통하게 하여 탁 트인 대청을 만들었다. 높다랗게 다락을 만들고 아담하게 곁방을 둔 데다 대나무 난간을 두르고 이엉으로 지붕을 덮었으며 오른쪽엔 둥근창을 내고 왼쪽엔 빗살창을 내었으니, 집의 몸체는 비록 작아도 있을 것은 다 갖춰져 있어 겨울에는 환하고 여름에는 서늘하다.

집 뒤에는 배나무 십여 그루가 있고, 대나무 사립문 안팎으론 모두 오래된 살구나무와 붉은 과실이 열리는 복사나무다. 개울 머리에 흰 돌을 두어 맑은 물이 돌에 부딪쳐 세차게 흐르게 했고 멀리 있는 물을 섬돌 아래까지 끌어와 네모난 연못을 만들었다.

晝永簾垂齋, 梁君仁叟[1]草[2]堂也. 齋在古松蒼壁之下, 凡八楹, 隔其奧爲深房, 疎其櫳爲暢軒; 高而爲層樓, 穩而爲夾室; 周以竹欄, 覆以茅茨; 右圓牖, 左交窓;[3] 軆[4]

---

1) **梁君仁叟**　『엄계집』에는 원권이 쳐져 있다.
2) **草**　승계본과 영남대본에는 "艸"로 되어 있다.
3) **窓**　『엄계집』에는 "牕"으로 되어 있고, 승계본과 영남대본에는 "囱"으로 되어 있다.
4) **軆**　승계본과 영남대본에는 "體"로 되어 있다.

微事備, 冬明夏陰.[5] 齋後有雪梨十餘株, 竹扉內外, 皆古杏緋桃. 白石鋪前, 淸流激激,[6] 引遠泉, 入階下, 爲方池.

역문풀이

주영염수재晝永簾垂齋: '긴 낮 동안 주렴이 드리워져 있는 집'이라는 뜻. 송宋나라 도학자인 소강절邵康節의 「늦은 봄을 읊다」(莫春吟)라는 시에 "봄 깊어 긴 낮에 주렴을 드리웠네"(春深晝永簾垂地)라는 구절이 있는바, 여기서 따온 말이다. 이 시는 자연을 읊고 성정性情을 도야하는 은자의 생활을 읊은 시이다.

양군梁君 인수仁叟: 양현교梁顯敎(1752~?)를 말한다. 본관은 남원이며 '인수'는 그 자字. 1780년(정조 4) 생원시에 합격했다. 부친 양제호梁濟浩는 1756년(영조 32) 진사시에 합격했으며, 그 부친인 양지강梁枝剛은 절충장군折衝將軍으로서 중추부中樞府 첨지사僉知事를 지냈다. 양현교에게는 위로 양현재梁顯載·양현로梁顯老·양현주梁顯周 세 형이 있었다. 이상의 사실은 『사마방목』司馬榜目(정조 4년 식년式年 생원방생員榜)에 보인다. 한편 『사마방목』에는 양현교의 거주지를 김포로, 그 부친 양제호의 거주지를 개성으로 각각 기재해 놓고 있다. 주영염수재는 김포가 아니라 개성에 있던 초당草堂이 아닐까 추정된다. 양현교의 집안은 9대조인 양효선梁孝善 이래로 개성에 세거世居하였다. 양현교는 「'죽오'라는 집의 기문」竹塢記에 등장하는 죽오竹塢 양호맹梁浩孟과 6촌 형제간이다.

심방深房: 깊숙이 안에 있는 방.

곁방: 안방에 딸린 방.

빗살창: 살을 어긋나게 맞추어 촘촘하게 짠 창문.

원문풀이

茅茨모자: 띠 혹은 이엉.

圓牖원유: 문틀을 둥글게 짜서 만든 창.

交窓: 가로로 길게 짜서 끼우는 창. '橫窓'이라고도 함.

雪梨: 배나무의 일종. 육질이 눈처럼 희기에 이런 명칭이 붙었음.

---

5) **隔其奧爲深房~冬明夏陰** 『엄계집』에는 방점이 찍혀 있다. 한편 이 가운데 "微事備, 冬明夏陰"에는 원권이 쳐져 있다.
6) **竹扉內外~淸流激激** 『엄계집』에는 방점이 찍혀 있다.

緋桃비도: 복숭아나무의 한 종류로 붉은색 복숭아가 열림.

번역의 동이

1-1 　　　이 집은 오래된~대청을 만들었다

▪ 　집은 푸른 벼랑 늙은 소나무 아래 있었다. 모두 여덟 개의 기둥을 세우고 그 안쪽을 칸으로 막아 깊숙한 방을 만들었으며 창살을 성글게 하여 밝은 마루를 만들었다. 신호열·김명호, 『연암집 2』, 349면

1-2 　　　집 뒤에는~연못을 만들었다

▪ 　집 뒤에는 여남은 그루의 배나무가 있고 대 사립 안팎은 모두 묵은 은행나무와 붉은 복숭아나무요, 하얀 돌이 앞에 깔려 있다. 맑은 시냇물이 소리 내며 급히 흐르는데, 먼 샘물을 섬돌 밑으로 끌어들여 네 귀가 번듯한 연못을 만들었다. 신호열·김명호, 350면

2 　　　양군은 성품이 게으르고, 깊은 곳에 거처하길 좋아하는데, 권태로워지면 문득 주렴을 내리고, 오피궤烏皮几 하나, 거문고 하나, 검劍 하나, 향로 하나, 술병 하나, 다관茶罐 하나, 고서화古書畵 두루마리 하나, 바둑판 하나가 있는 사이에 벌렁 눕는다.

매양 자다 일어나 주렴을 걷고 해가 어디쯤 걸렸는지를 보는데, 섬돌 위로 나무 그늘이 언뜻 옮겨 가고 울타리 아래 한낮의 닭이 처음 운다. 그러면 안석에 기대어 검을 살피기도 하고, 혹은 거문고 몇 곡조를 타 보기도 하고, 한 잔 술을 조금씩 마시기도 하면서 스스로 마음을 상쾌하게 한다. 혹은 향을 피우고 차를 달이며, 혹은 서화를 펼쳐 보고, 혹은 옛 기보棋譜에 따라 바둑돌을 놓는데, 몇 판을 두다가 그만두면 하품이 밀물처럼 쏟아지고 눈꺼풀이 구름처럼 무거워져 다시 벌렁 눕는다.

객客이 찾아와 문에 들어오면 주렴이 조용히 드리워져 있고 낙화가 뜰에 가득하며 풍경風磬이 절로 운다. "인수! 인수!" 하고 서너 번 주인의 자字를 부른 후에야 양군은 일어나 앉아 다시 나무 그늘과 처마 그림자를 보는데, 해는 아직도 서산에 걸려 있다.

梁君性懶而好深居.[1] 倦至輒下簾, 頹然臥乎烏几一、琴一、劒[2]一、香爐[3]一、酒壺一、茶竈一、古書畫軸一、碁[4]局一之間. 每睡起揭簾, 看日早晏, 則階上樹陰乍轉, 籬下午鷄[5]初唱矣.[6] 於是乎據几看劒,[7] 或弄琴數引, 細吸一盃,[8] 以自暢懷. 或點香烹茗, 或展觀書畫,[9] 或棋[10]按古譜, 擺列數局已焉, 欠[11]來如納潮, 睫重若垂雲, 復頹然而臥. 客至入門, 則簾垂寂然, 落花滿庭, 簷鐸自鳴, 字呼主人三四[12]聲, 然後起坐,[13] 復觀樹陰簷影, 則日猶未西矣.[14]

역문풀이

오피궤烏皮几: 검은 염소가죽으로 싼 작은 궤석几席(안석을 이름). 몸을 기대는 데 사용했음.

다관茶罐: 찻주전자, 즉 찻물을 끓이는 그릇을 말한다.

기보棋譜: 바둑 두는 법에 대해 기술해 놓은 책. 혹은 바둑의 대국對局 내용을 기호로 기록한 책.

풍경風磬: 처마 끝에 매다는 작은 종. 바람 부는 대로 흔들려 정취 있는 소리를 낸다.

원문풀이

頹然: 무너지는 모양. 혹은 술에 취하여 비틀거리는 모양.

擺列파열: 배열한다는 뜻.

簷鐸: 풍경風磬. 처마 끝에 다는 작은 경쇠.

---

1) **性懶而好深居** 『엄계집』에는 방점이 찍혀 있다.

2) **劒** 승계본에는 "釰"으로 되어 있다.

3) **爐** 『엄계집』, 승계본, 영남대본에는 "罏"로 되어 있다.

4) **碁** 『엄계집』과 영남대본에는 "棊"로 되어 있다.

5) **鷄** 영남대본에는 "雞"로 되어 있다.

6) **看日早晏~籬下午鷄初唱矣** 『엄계집』에는 방점이 한 글자당 두 개씩 찍혀 있다.

7) **劒** 『엄계집』과 승계본에는 "釰"으로 되어 있다.

8) **盃** 영남대본에는 "杯"로 되어 있다.

9) **畫** 『엄계집』에는 "画"로 되어 있다.

10) **棋** 『엄계집』에는 "碁"로 되어 있고, 영남대본에는 "棊"로 되어 있다.

11) **欠** 저본에는 "久"로 되어 있으나 승계본과 영남대본에는 "欠"으로 되어 있는바 이에 의거해 바로잡는다.

12) **三四** 영남대본에는 "四三"으로 되어 있다.

13) **客至入門~然後起坐** 『엄계집』에는 방점이 찍혀 있다.

14) **簾垂寂然~則日猶未西矣** 『엄계집』에는 원권이 쳐져 있다.

2-1   양군은 성품이~벌렁 눕는다

- 양군은 본성이 게을러 들어앉아 있기를 좋아하며, 권태가 오면 문득 주렴을 내리고, 검은 궤(几) 하나, 거문고 하나, 검(劍) 하나, 향로 하나, 술병 하나, 다관(茶罐) 하나, 옛 서화축(書畫軸) 하나, 바둑판 하나 사이에 퍼진 듯이 누워 버린다. 신호열·김명호, 350면

2-2   "인수! 인수!" 하고~서산에 걸려 있다

- 주인의 자(字)를 서너 번 부르고 나서야 일어나 앉는데, 다시 나무 그늘과 처마 그림자를 바라보면 해가 여전히 서산에 걸리지 않았다. 신호열·김명호, 350면

✿ 『엄계집』의 후평

- 나대경羅大經이 당자서唐子西의 시詩를 언급하며 쓴 글에서 유래한 것이겠으나 더욱 정결 淨潔하고 간요簡要하다.

　從羅大經 唐子西詩云云來, 而尤潔淨簡要.

역문풀이

나대경羅大經: 중국 송나라 때의 문인. 자는 경륜景綸이다. 그는 주희朱熹·구양수歐陽脩·소식 蘇軾 등의 어록과 시화·평론을 모으고, 자신의 집에 찾아온 손님들과 주고받은 청담淸談 을 기록하여 『학림옥로』鶴林玉露를 엮어냈다.

당자서唐子西: 중국 송나라 때의 문인. 이름은 경庚이며 자서子西는 그 자다. 미주眉州의 단릉 丹陵 사람으로, 유명한 화가 당백호唐伯虎의 아우이기도 하다. 문집으로 『당자서집』唐子 西集이 있다.

당자서唐子西의 시詩를 언급하며 쓴 글: 당자서의 「춘면」春眠 시를 인용하여 산속의 한가로운 생활을 그려낸 『학림옥로』 권4의 글을 가리킨다. 해당 내용은 다음과 같다: "당자서가 이르기를 '산은 태곳적처럼 고요하고 / 해는 어린 시절처럼 길기도 해라'라 했다. 내 집 은 깊은 산 속에 있다. 매양 봄이 가고 여름이 올 때면 푸른 이끼는 섬돌에 돋아나고 떨 어진 꽃잎은 길에 가득하다. 문을 두드리는 소리 하나 없고 소나무 그늘은 이리저리 드 리워져 있다. 새들이 오르락내리락하며 울 때 낮잠에 든다. 이윽고 산에서 샘물을 긷고 솔가지를 주워 와 쌉싸름한 차를 달여 마시고, 마음 가는 대로 『주역』周易이며 국풍國風, 『좌씨전』左氏傳이며 『이소』離騷며 『사기』史記라든가 그리고 도연명陶淵明·두보杜甫의 시 와 한유韓愈·소식蘇軾의 글 몇 편을 읽는다. 조용히 산길을 걷다 소나무와 대나무를 어 루만져 보기도 하고 숲에서 송아지와 함께 노닐기도 한다."(唐子西云: '山靜似太古, 日長如 小年' 余家深山之中, 每春夏之交, 蒼蘚盈階, 落花滿徑, 門無剝啄, 松影叅差, 禽聲上下, 午睡初足. 旋汲

山泉拾松枝, 煮苦茗啜之, 隨意讀『周易』、國風、『左氏傳』、『離搔』、太史公書及陶、杜詩韓、蘇文數篇. 從容步山徑撫松竹, 與麕犢共偃息於長林豐草間.)

'주영염수재'라는 집의 기문

주영염수재晝永簾垂齋는 양군梁君 인수仁叟의 초당草堂이다.

이 집은 오래된 소나무가 있는 검푸른 절벽 아래에 있으며 기둥이 여덟 개인데, 깊숙한 안쪽을 막아서 심방深房을 만들고, 격자창格子窓을 통하게 하여 탁 트인 대청을 만들었다. 높다랗게 다락을 만들고 아담하게 곁방을 둔 데다 대나무 난간을 두르고 이엉으로 지붕을 덮었으며 오른쪽엔 둥근창을 내고 왼쪽엔 빗살창을 내었으니, 집의 몸체는 비록 작아도 있을 것은 다 갖춰져 있어 겨울에는 환하고 여름에는 서늘하다.

집 뒤에는 배나무 십여 그루가 있고, 대나무 사립문 안팎으론 모두 오래된 살구나무와 붉은 과실이 열리는 복사나무다. 개울 머리에 흰 돌을 두어 맑은 물이 돌에 부딪쳐 세차게 흐르게 했고 멀리 있는 물을 섬돌 아래까지 끌어와 네모난 연못을 만들었다.

양군은 성품이 게으르고, 깊은 곳에 거처하길 좋아하는데, 권태로워지면 문득 주렴을 내리고, 오피궤烏皮几 하나, 거문고 하나, 검劒 하나, 향로 하나, 술병 하나, 다관茶罐 하나, 고서화古書畫 두루마리 하나, 바둑판 하나가 있는 사이에 벌렁 눕는다.

매양 자다 일어나 주렴을 걷고 해가 어디쯤 걸렸는지를 보는데, 섬돌 위로 나무 그늘이 언뜻 옮겨 가고 울타리 아래 한낮의 닭이 처음 운다. 그러면 안석에 기대어 검을 살피기도 하고, 혹은 거문고 몇 곡조를 타 보기도 하고, 한 잔 술을 조금씩 마시기도 하면서 스스로 마음을 상쾌하게 한다. 혹은 향을 피우고 차를 달이며, 혹은 서화를 펼쳐 보고, 혹은 옛 기보棋譜에 따라 바둑돌을 놓는데, 몇 판을 두다가 그만두면 하품이 밀물처럼 쏟아지고 눈꺼풀이 구름처럼 무거워져 다시 벌렁 눕는다.

객客이 찾아와 문에 들어오면 주렴이 조용히 드리워져 있고 낙화가 뜰에 가득하며 풍경風磬이 절로 운다. "인수! 인수!" 하고 서너 번 주인의 자字를 부른 후에야 양군은 일어나 앉아 다시 나무 그늘과 처마 그림자를 보는데, 해는 아직도 서산에 걸려 있다.

술에 취해 운종교를 밟았던 일을 적은 글

醉踏雲從橋記

[I]　　　초가을 열사흗날 밤에 박성언朴聖彦이 이성위李聖緯 및 그 동생 이성흠李聖欽, 원약허元若虛, 여군呂君, 정군鄭君, 동자 현룡見龍과 함께 이무관李懋官의 집에 들렀다가 무관을 데리고 나를 찾아왔다. 마침 그때 참판 서원덕徐元德이 먼저 와 자리하고 있었다. 성언은 책상다리를 한 채 비스듬히 팔을 짚고 앉아 자주 시각을 살피며 입으로는 가겠다고 하면서도 짐짓 한참 동안 눌러앉아 좌우를 살피는데, 아무도 선뜻 먼저 일어나질 않고 원덕 또한 도무지 갈 뜻이 없었다. 마침내 성언은 사람들을 모두 데리고 가 버렸다.

한참 있다가 동자가 다시 와 성언의 말을 전했다.

"손님은 이미 가셨을 테지. 우린 거리를 산보하고 있는데, 그대가 오길 기다려 술을 마시려고 하네."

이 말을 듣고 원덕이 웃으며 말했다.

"진秦나라 사람이 아니라고 내쫓는구먼!"

　　　孟秋十三日夜, 朴聖彦與[1]李聖緯﹑弟聖欽﹑元若虛﹑呂生﹑鄭生﹑童子見龍, 歷携李懋官至. 時徐參判元德先至在座. 聖彦盤足橫肱坐, 數視夜, 口言辭去, 然故久坐, 左右視, 莫肯先起者, 元德亦殊無去意, 則聖彦遂引諸君俱去. 久之, 童子還言: "客已當去, 諸君散步街上, 待子爲酒." 元德笑曰: "非秦者逐."

---

1) **與**　영남대본에는 "与"로 되어 있다.

역문풀이

박성언朴聖彦: 박제가朴齊家의 적형嫡兄인 박제도朴齊道를 가리킨다. '성언'聖彦은 그 자字.

이성위李聖緯: 이희경李喜經(1745~?)을 가리킨다. '성위'聖緯는 그 자. 본관은 양성陽城이며 부
   친인 이소李熽(1728~1796)는 서얼庶孼 출신이었다. 젊은 시절에 연암을 모시고 '백탑시
   사'白塔詩社를 결성하였으며, 연암의 처남인 이재성과 함께 연암의 임종을 지키기도 했
   다. 특히 박제가와 교분이 깊었다.

이성흠李聖欽: 이희경의 동생인 이희명李喜明(1749~?)을 말한다. 성흠聖欽은 그 자. 사마시에
   합격해 전옥서典獄署 참봉參奉과 의금부義禁府 도사都事를 지냈다.

원약허元若虛: 원유진元有鎭(1751~1826)을 말한다. '약허'若虛는 그 자. 본관은 원주原州. 부친
   인 현천玄川 원중거元重擧(1719~1790)와 함께 연암 일파와 교유가 깊었으며 이덕무의 누
   이와 혼인했다. 본래는 원중거의 동생인 원중우元重遇의 아들인데 원중거의 아들로 입적
   되었다.

이무관李懋官: 이덕무李德懋(1741~1793)를 말한다. '무관'懋官은 그 자. 본관은 전주全州이고,
   호는 형암炯菴·아정雅亭·청장관青莊館이다. 서얼 출신으로 규장각奎章閣 검서檢書, 적성
   현감積城縣監을 지냈다. 박학가로 유명하며, 저서로 『청장관전서』青莊館全書가 전한다.

서원덕徐元德: 서유린徐有隣(1738~1802)을 가리킨다. '원덕'元德은 그 자. 호는 영호穎湖, 본관
   은 달성達城. 서효수徐孝修의 아들이자 김원행金元行의 제자이다. 온건한 입장의 소론少論
   에 속했던 인물로, 정조의 측근이 되어 탕평책에 적극적으로 협력하였다. 문과에 급제하
   여 도승지, 대사헌, 대사간, 호조참판, 이조판서 등을 역임했다.

진秦나라~내쫓는구먼: 진시황의 '축객령'逐客令 고사를 빗대어 한 말이다. '축객령'이란 진시
   황이 중국을 통일한 후 제후국諸侯國의 빈객賓客을 쫓아내라는 명령을 내린 일을 말한다.
   이때 이사李斯는 「상진황축객서」上秦皇逐客書라는 글을 올려서 진시황의 마음을 돌렸다
   고 한다. 『사기』史記 「이사열전」李斯列傳에 관련된 내용이 보인다. 여기서는 박제도 일행
   이 자신들과 같은 무리가 아닌 서유린에게 거듭 자리를 뜨라는 눈치를 보내자 서유린이
   이를 농으로 받아 말한 것이다.

원문풀이

盤足: 책상다리.

번역의 동이

1-1　　　성언은 책상다리를~데리고 가 버렸다

- 　　성언이 책상다리를 하고 팔을 기대고 앉아서 자주 시간을 묻고 입으로는 간다고 말을 하면서도 좌우를 돌아 보며 얼른 먼저 일어 서려고 하지 않았다. 그러나 원덕도 좀처럼 갈 것 같지 않으므로 결국 성언이 여러 사람들을 앞세우고 가버리였다. 홍기문, 『박지원 작품선집 1』, 297면

- 　　성언이 책상다리를 하고 팔을 기대고 앉아서 시간을 자주 묻고 입으로는 간다간다 하면서도 오랫동안 앉아 있었다. 이리저리 돌아보며 눈짓을 해도 아무도 먼저 일어서려고 하지 않았다. 그러나 원덕도 역시 좀처럼 갈 뜻이 없는 것 같아 결국 성언이 여러 사람들을 앞세우고 가버렸다. 김혈조, 『그렇다면 도로 눈을 감고 가시오』, 289면

- 　　성언은 책상다리를 한 채 팔꿈치를 기대고 앉아, 자주 밤이 깊었는가를 보면서 입으로는 가겠노라고 말하면서도 부러 오래 앉아 있었다. 좌우를 돌아봐도 선뜻 먼저 일어서려는 사람이 없었다. 원덕도 또한 애초에 갈 뜻이 없는지라, 성언은 마침내 여러 사람을 이끌고 함께 가버리고 말았다. 정민, 『비슷한 것은 가짜다』, 288면

- 　　이에 성언이 다리를 꼬고 팔장을 끼고 앉아서 자주 밤 시간을 살피며 입으로는 떠난다고 말하면서도 짐짓 오래도록 눌러앉았다. 좌우를 살펴보아도 아무도 선뜻 먼저 일어나려고 하지 않았다. 원덕 역시도 갈 뜻이 전혀 보이지 않아 성언이 마침내 여러 사람들을 끌고 함께 나가 버렸다. 신호열·김명호, 『연암집 2』, 347면

1-2　　　한참 있다가~술을 마시려고 하네

- 　　한참 지난 뒤 동자가 다시 돌아 와서 손님도 이제는 돌아 갔을 것인데 지금 여러 사람들이 거리우를 거닐면서 내가 나오기를 기다리여 술을 마시려고 한다고 전하였다. 홍기문, 297면

- 　　한참 있다가 동자가 되돌아와서 손님도 이제는 돌아갔을 것인데 지금 여러 사람들이 거리를 산보하며 내가 오기를 기다려 술을 마시려고 한다고 전갈하였다. 김혈조, 289면

- 　　한참 뒤 동자가 돌아와 말하기를, 손님은 이미 가셨을 테고 여러 분들이 거리 위를 산보하면서 나를 기다려 술을 마시려고 한다고 하였다. 정민, 288면

- 　　한참 후에 동자가 돌아와 말하기를, "손님이 이미 떠났을 터이라 여러 분들이 거리를 산보하다가 선생님이 오시기를 기다려 술을 마시려고 합니다." 하였다. 신호열·김명호, 347면

1-3　　　진秦나라 사람이 아니라고 내쫓는구면

- 　　진(秦) 나라가 아니라도 손을 쫓아 내는구나! 홍기문, 297면
- 　　진(秦)나라가 아니라도 손을 쫓아내는구나! 김혈조, 289면
- 　　진(秦)나라 사람이 아니면 내쫓는구만. 정민, 288면
- 　　진(秦) 나라 사람이 아닌 자는 쫓아내는구려. 신호열·김명호, 347면

2　　　마침내 자리에서 일어나 동자를 데리고 거리로 나갔더니 성언이 나를 보고 이렇게 나무랐다.

"달 밝은 밤 어른이 찾아갔으면 술을 준비해 환대하지는 못할망정 귀인貴人만 붙들고 이야기하면서 어른을 밖에 한참이나 서 있게 한단 말인가!"

내가 생각이 짧았음을 사죄하자 성언은 주머니에서 50전을 꺼내 술을 샀다.

조금 취하자 운종가雲從街로 나가 종각鍾閣 아래에서 달빛을 받으며 거닐었는데 시각은 이미 3경更 4점點을 친 상태였다. 달빛은 더욱 밝아져 사람 그림자 길이가 모두 열 길이나 되어 스스로 봐도 섬뜩하니 무서웠다.

거리에는 개들이 마구 짖어댔는데, 동쪽에서 오獒가 한 마리 나타났다. 흰 빛깔에 비썩 말랐는데 빙 둘러서서 쓰다듬어 주자 좋아라 꼬리를 흔들며 머리를 숙인 채 한참을 서 있었다.

　　　遂起相携, 步出街上. 聖彦罵曰: "月明, 長者臨門, 不置酒爲懽,[1] 獨留貴人語, 奈何令長者久露立?" 余謝不敏, 聖彦囊出五十錢沽酒. 少醉, 因出雲從衢, 步月鍾閣下, 時夜鼓已下三更[2]四點. 月益明, 人影長皆十丈, 自顧凜然可怖. 街上群狗亂嗥, 有獒東來, 白色而瘦,[3] 衆環而撫之, 喜搖其尾, 俛首久立.

역문풀이

50전: 50푼. 즉 반냥에 해당한다.

운종가雲從街: 원문은 '운종구'雲從衢이다. 종각鍾閣의 서쪽 거리, 곧 지금의 종로 2가 일대에 해당한다. 이 작품은 연암이 전의감동典醫監洞에 살던 1772년에서 1773년 사이의 작품으로 추정되는데, 전의감동은 지금의 견지동堅志洞으로 운종가에서 가까운 곳이었다.

3경更 4점點: '3경'更은 밤 11시에서 1시 사이를 가리키며, 1경은 5점點에 해당한다. 따라서 3경 4점은 밤 12시 30분쯤이다. 경更을 알릴 때는 북을 쳤고, 점點을 알릴 때는 꽹과리를 쳤다.

1) 懽　영남대본에는 "驩"으로 되어 있다.
2) 更　영남대본에는 "㪅"으로 되어 있다.
3) 瘦　승계본과 영남대본에는 "疲"로 되어 있다.

下三更: 여기서 '下'는 '치다'의 의미.

獒: 지금의 '장오'藏獒를 말한다. 장오는 '티베탄 마스티프'tibetan mastiff 혹은 '사자개'라고도 불린다. 『서경』書經 주서周書에 「여오」旅獒라는 편명이 있다. 한편, 유희柳僖(1773~1837) 는 『물명고』物名攷에서 이 개를 '호박'이라고 적고 있다.

번역의 동이

2-1   달 밝은 밤~서 있게 한단 말인가

▪   달 밝은 밤에 점잖은 사람이 찾아 갔으면 술이라도 내 놓고 유쾌하게 대접하는 것이 아니라 지위 높은 분을 붙들어 앉히고 이야기에만 정신이 팔려서 어찌 점잖은 사람을 한데서 이렇게 오래 서 있게 한단 말인가? 홍기문, 297면

▪   달 밝은 밤에 점잖은 사람이 찾아갔으면 술이라도 내놓고 환대하지는 않고 단지 지위 높은 분을 붙들어 앉히고 이야기에만 정신이 팔려서 점잖은 사람을 밖에서 이렇게 오래 서 있게 한단 말인가? 김혈조, 289~290면

▪   달이 밝아 어른이 문에 찾아왔거든 술을 차려 내와 즐겁게 해주는 것이 아니라, 단지 귀한 사람만 머물려 두고 이야기하면서, 어이해 어른으로 하여금 오래 바깥에 서 있게 한단 말이야? 정민, 288면

▪   달이 밝아서 어른이 집에 찾아왔는데 술을 마련하여 환대를 아니하고, 유독 귀인(貴人)만 붙들고 이야기하면서 어른을 오래도록 밖에 서 있게 하니 어쩌자는 거요? 신호열·김명호, 348면

2-2   조금 취하자~친 상태였다

▪   조금 취해진 뒤 종로(鍾路) 거리로 나와서 종각(鍾閣) 아래서 달을 구경하며 거니는데 그 밤은 벌써 삼경(三更) 사점(四點)이 지나서 홍기문, 297면

▪   약간 취해서 운종가(雲從街, 종로 거리)를 나와 종각 아래까지 달빛을 밟으며 걸었다. 그때 밤은 깊어 북은 이미 내렸고 삼경 사점(四點)이 지나 김혈조, 290면

▪   조금 술이 취하자 인하여 운종가(雲從街)로 나와 달빛을 밟으며 종각(鍾閣) 아래를 거닐었다. 이때 밤은 이미 삼경하고도 사점을 지났으되 정민, 288면

▪   조금 취하자, 운종가(雲從街)로 나가 종각(鐘閣) 아래서 달빛을 밟으며 거닐었다. 이때 종루(鐘樓) 의 밤 종소리는 이미 삼경(三更) 사점(四點)이 지나서 신호열·김명호, 348면

③　　언젠가 들은 말인데, 오는 몽고산蒙古産으로 그 크기가 말만 하고 몹시 사나워 길들이기가 어렵다고 한다. 중국으로 들어간 것은 그 중에 특히 작은 종種으로 길들이기가 쉬우며, 우리나라로 온 것은 더욱 작은 종이지만 이것도 우리나라 재래종 개와 비교하면 훨씬 큰 편인데, 이상한 것을 봐도 짖지 않지만 한번 화가 나면 으르렁거리며 사납게 구는바 우리말로는 ‘호백’胡白이라고 부른다. 그 중 아주 작은 종내기는 우리말로 발발이라고 하는데 운남산雲南産이다. 모두 고기를 좋아하지만 비록 몹시 굶주려도 깨끗하지 않은 것은 먹지 않으며 심부름을 시키면 사람 마음을 잘 알아차린다. 그래서 목에 편지를 걸어 주면 아무리 먼 곳이라도 꼭 전하고 혹시 주인을 만나지 못하면 꼭 그 주인집의 물건을 물고 돌아와서 그것으로 갔다 온 징표를 삼는다고 한다. 매년 사신들을 따라 우리나라에 들어오지만 대부분 굶어 죽으며 항상 혼자 다니면서 다른 개와 어울리지 못한다.
무관이 취해서 개에게 ‘호백’豪伯이라는 자를 지어 주었다. 잠시 후 개가 보이질 않자 무관은 서글피 동쪽을 향해 서서
“호백! 호백! 호백!”
하고 마치 친구를 부르듯이 세 번이나 불렀다. 우리들 모두 크게 웃어 거리가 소란해지자 개들이 이리저리 뛰어다니며 더욱 짖어댔다.

　　　　嘗聞獒出蒙古, 大如馬, 桀悍難制. 入中國者, 特其小者, 易馴. 出東方者, 尤其小者, 而比國犬絶大, 見怪不吠, 然一怒則猖狂示威, 俗號胡白. 其絶小者, 俗號犮犮, 種出雲南. 皆嗜胾, 雖甚飢, 不食不潔, 嗾能曉人意, 項繫赫蹄[1)書, 雖遠必傳, 或不逢主人, 必啣主家物而還, 以爲信云. 歲常隨使者至國, 然率多餓死, 常獨行不得意. 懋官醉而字之曰豪伯. 須臾失其所在, 懋官悵然東向立, 字呼豪伯如知舊者三. 衆皆大笑閧街, 群狗亂走益吠.

역문풀이

발발이: 짧은 다리와 긴 털을 가진 개의 한 종류.

운남雲南: 중국 남서부 국경 부근의 지역.

---

1) 蹄　승계본과 영남대본에는 “蹏”로 되어 있다.

호백豪伯: '豪'는 호걸스럽다는 뜻이며 '伯'은 으뜸이라는 뜻이다. 여기에는 이덕무의 존재감
　　과 비애가 실려 있다고 할 수 있는데, 모양이 초라하고 불쌍한 오에게 이러한 자字를 붙
　　인 것은 그가 득의得意하지 못한 자신의 처지를 오에게 투사했기 때문이다. 한편 오랑캐
　　의 개를 뜻하는 말인 '胡白' 대신 '豪伯'이라는 자를 지어 주었다는 사실은 청조淸朝 문
　　화에 대한 연암 일파의 태도를 보여주는 것이기도 하다.

원문풀이

猲猲: 개가 으르렁거리는 소리.

赫蹏: 『전한서』前漢書에 처음 나오는 말로 원래 글씨를 적는 작은 비단 조각을 뜻하는 말인
　　데, 후에 얇은 작은 종이를 뜻하는 말로 사용되었다. 흔히 편지를 가리키는 말로 쓰인다.

번역의 동이

3-1　　　모두 고기를~징표를 삼는다고 한다

· 　모두 고기를 잘 먹으며 비록 배가 고플 때도 깨끗지 않은 것을 먹지 않는다는 것이다. 사람의 의
사를 잘 알아 차려서 목에다가 편지를 걸고 가서 얼마나 먼데든지 반드시 가져다가 전해 주며 그 집
주인을 만나지 못하면 그 집의 어떤 물건을 물고 돌아 와서 신빙을 보인다고 한다. 홍기문, 298면

· 　모두 고기를 좋아하지만 아무리 배가 고플 때라도 불결한 음식은 먹지 않는다. 길을 들이면 주인
의 의사를 잘 알아차리고, 아주 먼 곳이라도 목에 편지를 걸고 가서 반드시 전해주며, 혹 그 집 주인을
만나지 못하면 그 집의 어떤 물건을 물고 돌아와서 전했다는 표시를 보인다고 한다. 김혈조, 290면

· 　모두 고기를 좋아하는데, 비록 아무리 배고파도 불결한 음식은 먹지 않는다. 능히 사람 뜻을 잘
알아, 목에다 붉은 띠로 편지를 매달아 주면 비록 멀어도 반드시 전한다. 혹 주인을 만나지 못하게 되
더라도 반드시 주인 집 물건을 물고서 돌아와 신표로 삼는다고 한다. 정민, 289면

· 　모두 고깃덩이를 즐기며 아무리 배가 고파도 똥을 먹지 않는다. 일을 시키면 사람의 뜻을 잘 알
아차려서 목에다 편지 쪽지를 매어 주면 아무리 먼 곳이라도 반드시 전달하며, 혹 주인을 못 만나면
반드시 그 주인집 물건을 물고 돌아와서 신표(信標)로 삼는다고 한다. 신호열·김명호, 348면

3-2　　　잠시 후 개가~세 번이나 불렀다

· 　조금 지나서 어디론지 가버리니 무관은 서운해서 동쪽을 향하고 친구나 부르듯이 세 번 련해서
부르기를 『호백이』 홍기문, 299면

· 　조금 지나서 어디론지 가버리자 무관은 서운해서 동쪽을 향하여 마치 친구나 부르듯 "호백아!"
하고 연거푸 세 번 불렀다. 김혈조, 290면

· 　잠시 후 어디 갔는지 알 수 없게 되자, 무관은 구슬프게 동쪽을 향해 서서 마치 친구라도 되는듯
이 '호백아!' 하고 이름을 부른 것이 세 차례였다. 정민, 289면

　　조금 뒤에 그 개가 어디론지 가 버리고 보이지 않자, 무관이 섭섭히 여겨 동쪽을 향해 서서 '호백이!' 하고 마치 오랜 친구나 되는 듯이 세 번이나 부르니 신호열·김명호, 348면

4　　그러다가 현현玄玄의 집을 찾아가 술을 더 마셨다. 우리는 크게 취하여 운종교雲從橋를 밟으며 난간에 기대어 대화를 나누었다. 그 옛날 대보름날 밤에 연옥連玉이 이 다리 위에서 춤을 춘 적이 있다. 그리고 우리는 백석白石의 집에 가 차를 마셨더랬다. 혜풍惠風은 장난삼아 거위의 목을 끌고 여러 번 빙빙 돌면서 마치 하인에게 뭔가를 분부하는 시늉을 하여 우리를 웃기고 즐겁게 했다. 벌써 6년 전 일이다. 혜풍은 지금 남녘의 금강錦江에 노닐고 있고 연옥은 서쪽의 평안도에 나가 있는데 다들 별고 없는지.

우리는 이번엔 수표교水標橋로 가서 다리 위에 쭉 벌여 앉았다. 달은 바야흐로 서쪽으로 기우는데 참으로 발그레하고, 별빛은 더욱 반짝거려 둥글고 크게 보이는 게 마치 얼굴에 쏟아질 듯하였다. 이슬은 무거워 옷과 갓이 다 젖었으며, 흰 구름이 동쪽에서 일어나 비껴 흐르다 천천히 북쪽으로 가는데 도성 동쪽의 푸른 산기운은 더욱 짙었다. 개구리 소리는 완악한 백성들이 아둔한 고을 원한테 몰려가 와글와글 소訴를 제기하는 것 같고, 매미 소리는 엄격하게 공부시키는 글방에서 정한 날짜에 글을 외는 시험을 보이는 것 같고, 닭 우는 소리는 임금에게 간언하는 것을 자신의 소임으로 여기는 한 강개한 선비의 목소리 같았다.

　　遂歷叩玄玄, 益飮大醉, 踏雲從橋, 倚[1]闌[2]干語. 曩時上元夜, 蓮[3]玉舞此橋上, 飮茗白石家, 惠風戲曳鵝頸數匝, 分付如僕隷[4]狀, 以爲笑樂. 今已六年. 惠風南遊錦江, 蓮[5]玉西出關西, 俱能無恙否? 又至水標橋, 列坐橋上. 月方西墮[6]正紅, 星光益搖搖

---

1) 倚　영남대본에는 "依"로 되어 있다.
2) 闌　영남대본에는 "欄"으로 되어 있다.
3) 蓮　영남대본에는 "連"으로 되어 있다.
4) 隷　영남대본에는 "隸"로 되어 있다.
5) 連　저본에는 "蓮"으로 되어 있으나 영남대본에 의거해 바로잡는다.
6) 墮　저본에는 "隨"로 되어 있으나 승계본과 영남대본에 의거해 바로잡는다.

圓大, 當面欲滴, 露重衣笠盡濕, 白雲東起橫曳, 冉冉北去, 城東蒼翠益重. 蛙聲, 如明
府昏聵, 亂民聚訟; 蟬聲, 如黌堂嚴課, 及日講誦; 鷄聲, 如一士矯矯, 以諍論爲己任.

역문풀이

현현玄玄: 미상.

운종교雲從橋: 종각鍾閣 남서쪽 서린방瑞麟坊(지금의 서린동)에 있었던 다리로, 서울 최대 규모
　　의 다리이자 답교놀이로 유명했던 대광통교大廣通橋로 추정된다. 현재 복원된 대광통교
　　는 원래 있던 자리보다 약간 상류 쪽이다.

연옥連玉: 유연柳璉(1741~1788)의 자. 유연의 다른 자는 탄소彈素, 호는 기하幾何이며 후일 유
　　금柳琴으로 개명했다. 서얼 출신으로 유득공의 숙부이며 서유본徐有本(1762~1822), 서유
　　구徐有榘(1764~1845) 형제의 어릴 적 스승이다.

백석白石: 이홍유李弘儒(1743~1812)의 호. 자는 사종士宗, 본관은 전주全州이며 후일 이정유李
　　正儒로 개명했다. 젊은 시절 김원행에게서 수학했고 문장이 뛰어나 그 밑에서 수학하는
　　자가 많았다고 한다. 문집으로 『백석유고』白石遺稿가 전한다.

혜풍惠風: 유득공柳得恭(1748~1807)의 자. 호는 영재泠齋, 본관은 문화文化이다. 연암의 제자이
　　며 서얼 출신으로 규장각 검서, 포천 현감, 풍천 부사 등을 지냈다. 역사학에 조예가 깊
　　었으며 문집으로 『영재집』泠齋集이 전한다.

수표교水標橋: 지금의 수표동水標洞과 관수동觀水洞 사이의 청계천에 놓였던 다리. 세종 2년
　　(1420)에 처음 건립되었을 때는 마전교馬廛橋라는 이름이었으나 세종 23년(1441)에 청계
　　천의 수위를 측정하기 위해 수표석水標石을 세우면서 수표교라는 이름이 붙게 되었다.
　　현재 장충단 공원에 원형이 보존되어 있으며 본래는 종로 2가 부근, 복원된 청계천의 임
　　시보도교와 관수교 사이에 위치하고 있었다.

원문풀이

關西: 평안도 지방.

搖搖: 흔들리는 모양.

冉冉: 천천히 흘러가는 모양.

明府: 태수太守, 현령縣令 등의 지방관을 가리키는 말.

昏聵: 어리석고 우매한 모양.

亂民: 사회의 질서를 어지럽히는 백성이라는 뜻.

矯矯: 강직한 모양.

번역의 동이

4-1   달은 바야흐로~더욱 짙었다

· 달은 서쪽으로 기울어져서 벌겋게 비치고 별빛은 둥글고 커다란 것이 흔드렁거리여 바로 곧 얼굴 우에라도 떨어질 듯하고 이슬은 무거워 옷갓이 푹 젖었다. 동쪽에서 흰 구름이 일어 나서는 차츰차츰 가로 질러서 북쪽으로 옮기니 성(城) 동쪽의 퍼런 나무 숲이 더욱 짙어 보이였다. 홍기문, 299~300면

· 달은 서쪽으로 기울어 진홍빛을 띠고, 별빛은 더욱 둥글고 커서 흔들흔들 움직여 곧 얼굴 위에라도 떨어질 듯하고, 이슬은 무거워 옷과 갓이 푹 젖었다. 동쪽에서 흰 구름이 일어나서는 낭창낭창하니 가로질러 북쪽으로 옮아가니 도성 동쪽의 청록빛은 더욱 짙어 보였다. 김혈조, 291면

· 다리 위 달은 바야흐로 서편에 기울어 덩달아 한창 붉고, 별빛은 더욱 흔들려 둥글고 큰 것이 얼굴 위로 떨어질 것만 같았다. 이슬은 무거워 옷과 갓이 죄 젖었다. 흰구름이 동편에서 일어나 가로로 끄을며 둥실둥실 북쪽으로 떠가자, 성 동편은 짙푸른 빛이 더욱 짙게 보였다. 정민, 290면

· 달은 바야흐로 서쪽으로 기울어 순수히 붉은빛을 띠고 별빛은 더욱 흔들흔들하며 둥글고 커져서 마치 얼굴 위로 방울방울 떨어질 듯하며, 이슬이 짙게 내려 옷과 갓이 다 젖었다. 흰 구름이 동쪽에서 일어나 옆으로 뻗어 가다 천천히 북쪽으로 옮겨 가니 성(城) 동쪽에서 청록색이 더욱 짙어졌다. 신호열·김명호, 349면

4-2   개구리 소리는~목소리 같았다

· 개구리 소리는 마치 멍청씨 원님한테 송사하는 백성들이 질서없이 몰켜 드는 듯하고 매미 소리는 마치 공부를 엄격하게 시키는 서당에서 강 받을 기한이 림박한듯 하고 닭의 소리는 마치 한 선비가 우뚝 서서 바른 말을 하는 것으로 자기의 직책을 삼은 듯하였다. 홍기문, 300면

· 와글거리는 개구리 소리는 마치 멍청한 원님에게 송사하는 백성들이 어지러이 몰려드는 듯하고, 매미 소리는 마치 공부를 엄격하게 시키는 서당에서 강(講) 받을 기한이 임박한 듯 시끄럽고, 들려오는 닭소리는 마치 큰 선비가 우뚝 서서 임금 앞에서 바른말을 하는 것을 자기의 직분으로 삼는 듯하였다. 김혈조, 291면

· 개구리 소리는 마치도 멍청한 원님에게 어지러운 백성들이 몰려들어 송사하는 것만 같고, 매미 울음은 흡사 공부가 엄한 서당에서 강송(講誦)하는 날짜가 닥친 듯하며, 닭 울음 소리는 마치 한 선비가 똑바로 서서 간쟁함을 제 임무로 삼는 것만 같았다. 정민, 290면

· 맹꽁이 소리는 눈 어둡고 귀먹은 원님 앞에 난민(亂民)들이 몰려와서 송사(訟事)하는 것 같고, 매미 소리는 일과를 엄히 지키는 서당에서 시험일에 닥쳐 글을 소리 내어 외우는 것 같으며, 닭 울음소리는 한 선비가 홀로 나서 바른 말 하는 것을 자기 소임으로 삼는 것 같았다. 신호열·김명호, 349면

술에 취해 운종교를 밟았던 일을 적은 글

초가을 열사흗날 밤에 박성언朴聖彦이 이성위李聖緯 및 그 동생 이성흠李聖欽, 원약허元若虛, 여군呂君, 정군鄭君, 동자 현룡見龍과 함께 이무관李懋官의 집에 들렀다가 무관을 데리고 나를 찾아왔다. 마침 그때 참판 서원덕徐元德이 먼저 와 자리하고 있었다. 성언은 책상다리를 한 채 비스듬히 팔을 짚고 앉아 자주 시각을 살피며 입으로는 가겠다고 하면서도 짐짓 한참 동안 눌러앉아 좌우를 살피는데, 아무도 선뜻 먼저 일어나질 않고 원덕 또한 도무지 갈 뜻이 없었다. 마침내 성언은 사람들을 모두 데리고 가 버렸다.

한참 있다가 동자가 다시 와 성언의 말을 전했다.

"손님은 이미 가셨을 테지. 우린 거리를 산보하고 있는데, 그대가 오길 기다려 술을 마시려고 하네."

이 말을 듣고 원덕이 웃으며 말했다.

"진秦나라 사람이 아니라고 내쫓는구먼!"

마침내 자리에서 일어나 동자를 데리고 거리로 나갔더니 성언이 나를 보고 이렇게 나무랐다.

"달 밝은 밤 어른이 찾아갔으면 술을 준비해 환대하지는 못할망정 귀인貴人만 붙들고 이야기하면서 어른을 밖에 한참이나 서 있게 한단 말인가!"

내가 생각이 짧았음을 사죄하자 성언은 주머니에서 50전을 꺼내 술을 샀다.

조금 취하자 운종가雲從街로 나가 종각鍾閣 아래에서 달빛을 받으며 거닐었는데 시각은 이미 3경更 4점點을 친 상태였다. 달빛은 더욱 밝아져 사람 그림자 길이가 모두 열 길이나 되어 스스로 봐도 섬뜩하니 무서웠다.

거리에는 개들이 마구 짖어댔는데, 동쪽에서 오獒가 한 마리 나타났다. 흰 빛깔에 비썩 말랐는데 빙 둘러서서 쓰다듬어 주자 좋아라 꼬리를 흔들며 머리를 숙인 채 한참을 서 있었다.

언젠가 들은 말인데, 오는 몽고산蒙古産으로 그 크기가 말만 하고 몹시 사나워 길들이기가 어렵다고 한다. 중국으로 들어간 것은 그 중에 특히 작은 종種으로 길들이기가 쉬우며, 우리나라로 온 것은 더욱 작은 종이지만 이것도 우리나라 재래종 개와 비교하면 훨씬 큰 편인데, 이상한 것을 봐도 짖지 않지만 한번 화가 나면 으르렁거리며 사납게 구는바 우리말로는 '호백'胡白이라고 부른다. 그 중 아주 작은 종내기는 우리말로 발발이라고 하는데 운남산雲南産이다. 모두 고기를 좋아하지만 비록 몹시 굶주려도 깨끗하지 않은 것은 먹지 않으며 심부름을 시키면 사람 마음을 잘 알아차린다. 그래서 목에 편지를 걸어 주면 아무리 먼 곳이라도 꼭 전하고 혹시 주인을 만나지 못하면 꼭 그 주인집의 물건을 물고 돌아와서 그것으로 갔다 온 징표를 삼는다고 한다. 매년 사신들을 따라 우리나라에 들어오지만 대부분 굶어 죽으며 항상 혼자 다니면서 다른 개와 어울리지 못한다.

무관이 취해서 개에게 '호백'豪伯이라는 자를 지어 주었다. 잠시 후 개가 보이질 않자 무관은 서글피 동쪽을 향해 서서

"호백! 호백! 호백!"

하고 마치 친구를 부르듯이 세 번이나 불렀다. 우리들 모두 크게 웃어 거리가 소란해지자 개들이 이리저리 뛰어다니며 더욱 짖어댔다.

그러다가 현현玄玄의 집을 찾아가 술을 더 마셨다. 우리는 크게 취하여 운종교雲從橋를 밟으며 난간에 기대어 대화를 나누었다. 그 옛날 대보름날 밤에 연옥連玉이 이 다리 위에서 춤을 춘 적이 있다. 그리고 우리는 백석白石의 집에 가 차를 마셨더랬다. 혜풍惠風은 장난삼아 거위의 목을 끌고 여러 번 빙빙 돌면서 마치 하인에게 뭔가를 분부하는 시늉을 하여 우리를 웃기고 즐겁게 했다. 벌써 6년 전 일이다. 혜풍은 지금 남녘의 금강錦江에 노닐고 있고 연옥은 서쪽의 평안도에 나가 있는데 다들 별고 없는지.

우리는 이번엔 수표교水標橋로 가서 다리 위에 쭉 벌여 앉았다. 달은 바야흐로 서쪽으로 기우는데 참으로 발그레하고, 별빛은 더욱 반짝거려 둥글고 크게 보이는 게 마치 얼굴에 쏟아질 듯하였다. 이슬은 무거워 옷과 갓이 다 젖었으며, 흰 구름이 동쪽에서 일어나 비껴 흐르다 천천히 북쪽으로 가는데 도성 동쪽의 푸른 산기운은 더욱 짙었다. 개구리 소리는 완악한 백성들이 아둔한 고을 원한테 몰려가 와글와글 소訴를 제기하는 것 같고, 매미 소리는 엄격하게 공부시키는 글방에서 정한 날짜에 글을 외는 시험을 보이는 것 같고, 닭 우는 소리는 임금에게 간언하는 것을 자신의 소임으로 여기는 한 강개한 선비의 목소리 같았다.

소완정이 쓴
「여름밤 벗을 방문하고 와」에 답한 글
酬素玩亭夏夜訪友記

⓵　6월 어느 날, 낙서洛瑞가 밤에 나를 찾아왔다가 돌아가 글을 지었는데 그 글 가운데 이런 구절이 들어 있었다.

"내가 연암燕巖 어르신을 찾아뵈었더니 어르신은 사흘을 굶으신 채 망건도 쓰지 않고 맨발로 창문에다 다리를 턱 걸치고 누워 행랑 사람과 말을 주고받고 계셨다." 이른바 '연암'이란 나의 집이 있는 금천金川의 산골짝 이름이다. 이 때문에 사람들은 나를 이렇게 불렀다.

당시 나의 가족은 처가인 광릉廣陵에 가 묵고 있었다. 나는 몸집이 비대해 더위를 몹시 타는 데다, 초목의 기운이 푹푹 찌고 여름밤에 모기가 설쳐대며 논에 개구리가 밤낮 쉬지 않고 울어대는 게 괴로워, 해마다 여름철이 되면 늘 서울 집으로 피서를 왔다. 서울 집은 몹시 비좁기는 하나 모기나 개구리, 초목의 괴로움이 없었다. 단지 여종 하나가 집을 지키고 있었는데 갑자기 눈병이 나 미친 듯 울부짖다가 주인을 버리고 가 버려 밥 지어 줄 사람이 없었다. 그리하여 마침내 행랑에 기식寄食하다 보니 자연 행랑 사람과 친근하게 되고 저들 또한 나를 꺼리지 않아 내 집 하인처럼 부리게 되었다.

六月某日, 洛瑞夜訪不佞, 歸而有記, 云: "余訪燕巖[1]丈人, 丈人不食三朝, 脫巾跣足, 加股房櫳而臥, 與廊曲賤隷相問答." 所謂燕巖[2]者, 卽不佞金川峽居而人因以號之也. 不佞眷屬, 時在廣陵, 不佞素肥苦暑, 且患草[3]樹蒸鬱, 夏多[4]蚊蠅, 水田蛙鳴, 晝夜不息, 以故每當夏月, 常避暑京舍. 京舍雖甚湫隘, 而無蚊蛙草[5]樹之苦. 獨有一婢守舍, 忽病眼狂呼, 棄主去,[6] 無[7]供飯者. 遂寄食廊曲, 自然款狎, 彼亦不憚, 使役如奴婢.

64

역문풀이

소완정素玩亭: 이서구李書九(1754~1825)의 당호堂號. 영조·정조·순조 때의 문신으로, 자는 낙
　　서洛瑞이고, 호는 강산薑山·척재惕齋·녹천관綠天館이다. 어린 시절 박지원에게 수학했으
　　며, 1774년(영조 50) 문과에 급제하여 대사간·이조판서·우의정 등을 지냈다. 문집으로
　　『척재집』惕齋集이 전한다.

「여름밤 벗을 방문하고 와」: 이서구가 쓴 글로 원제는 '하야방우기'夏夜訪友記이다. 이 글은
　　『척재집』에는 실려 있지 않고 이서구의 또 다른 문집인 『자문시하인언』自問是何人言(이것
　　이 누구의 말인지 스스로에게 묻는다)에만 같은 제목으로 실려 전한다. 여기서 '벗'이란 박지
　　원을 가리킨다. 연암은 자신의 문생들을 곧잘 '벗'이라고 불렀는데, 그것은 단지 겸손의
　　표시만이 아니라 인간의 삶에서 벗만큼 중요한 존재는 없다는 그의 지론 때문인 듯하다.
　　이서구가 본문에서는 연암에게 '어르신'(원문은 "丈人")이라는 호칭을 썼으면서 제목에서
　　굳이 '벗'이라는 말을 쓴 데에는 스승도 문생도 넓은 의미에서 모두 '벗'이라고 생각했던
　　연암 그룹의 사고방식이 담겨 있는 듯하다.

낙서洛瑞: 이서구의 자.

행랑 사람: '행랑'은 '행랑채'나 '행랑방'이라고도 하는데, 대문의 양쪽이나 문간 옆에 있는 방
　　으로, 이른바 '아랫것들'이 거처하는 곳이다. 행랑에 사는 것을 '행랑살이'라고 일컬으며,
　　행랑살이하는 남자를 행랑아범, 여자를 행랑어멈이라고 부른다. '행랑 사람'은 꼭 하인
　　은 아니며, 신분이 평민인 경우도 적지 않다. 이 경우 행랑 사람은 집주인과 주종 관계
　　는 아니며, 행랑을 빌려 사는 대가로 더러 주인집의 일을 돕거나 심부름을 해 줄 따름이
　　다.

금천金川: 황해도의 군郡 이름. 이곳에 '연암골'이 있다. '연암'이라는 호는 이 지명을 취한 것
　　이다. 연암은 1771년경 문생뻘인 백동수白東脩(1743~1816)와 함께 연암골을 답사한 뒤 이
　　곳에 은거하기로 마음먹었으며, 이후 이곳에 산방山房(이른바 연암산방)을 마련하여 수시

---

1)　巖　승계본, 영남대본, 망창창재본 갑, 망창창재본 을에는 "嵒"으로 되어 있다.
2)　巖　승계본, 영남대본, 용재문고본, 망창창재본 갑, 망창창재본 을에는 "嵒"으로 되어 있다.
3)　草　창강초편본, 영남대본, 용재문고본에는 "艸"로 되어 있다.
4)　多　저본에는 "夜"로 되어 있으나 한씨문고본, 창강초편본, 승계본, 영남대본, 용재문고본, 망창창재본 갑, 망창창재본
　　을에 의거하여 바로잡았다.
5)　草　영남대본과 용재문고본에는 "艸"로 되어 있다.
6)　去　망창창재본 갑에는 "厶"로 되어 있다.
7)　無　용재문고본에는 "益"으로 되어 있으나 오기이다.

로 거처하였다. 그러다가 1778년(정조 2)에 홍국영의 박해가 있자 아예 가족과 함께 이리
로 이주하였다. 따라서 연암이 1778년 비로소 연암골에 거주한 것처럼 말해 온 기존의
설은 사실에 부합되지 않는다.

광릉廣陵: 경기도 광주廣州를 말한다. 연암의 아들인 박종채朴宗采(1780~1835)는 연암 사후에
연암의 전기인 『과정록』過庭錄이라는 책을 쓴 바 있다. 이 책은 현재 초고본, 1차 수정본,
완성본의 세 가지 필사본이 전하고 있다. 그런데 그 1차 수정본에는, 연암이 1772년에서
1773년 사이 가족을 광주군 석마石馬의 처가로 보내고 늘 혼자 전의감동典醫監洞(지금의
서울 종로구 견지동 일대)의 우사寓舍에서 지냈다고 서술되어 있다. 하지만 이는 사실과 조
금 다른데, 연암은 당시 연암산방에서 지내기도 했으며, 필요에 따라 연암산방과 전의감
동의 집을 오가는 생활을 하고 있었던 것으로 보인다. '석마'('돌말' 혹은 '돌마리')는 지금
의 경기도 성남시 분당구 일대에 해당한다. '돌마'突馬라고도 썼다. 『전주이씨 계양군파
보』全州李氏桂陽君派譜에 연암의 장인인 이보천李輔天의 묘소가 "광주 돌마면突馬面 율촌
栗村"에 있다고 했는데, '율촌'은 지금의 분당구 율동 부근이다.

서울 집: 전의감동의 우사를 가리킨다.

원문풀이

不佞: 자신을 낮추어 일컫는 말.

廊曲: 행랑.

蒸鬱: 더워서 푹푹 찌는 것을 이르는 말.

湫隘: 비좁음. '湫'도 여기서는 좁다는 뜻.

번역의 동이

1-1　　　어르신은 사흘을~주고받고 계셨다

▪　선생은 끼니를 거른 지 벌써 사흘째다. 망건도 벗고 버선도 벗고 장롱짝에 발을 걸치고 누워서 행
랑 사람들과 말을 서로 주고 받고 있는 것이다. 홍기문, 『박지원 작품선집 1』, 270면

▪　어른은 끼니를 거른 지 사흘째였다. 망건도 벗고 버선도 벗고 방의 창문에 발을 걸치고 누워서 행
랑의 천한 것들과 말을 주고받고 있었다. 김혈조, 『그렇다면 도로 눈을 감고 가시오』, 283면

▪　어른은 사흘이나 굶고 계셨다. 탕건도 벗고 맨발로 방 창턱에 발을 걸치고 누워 행랑채의 아랫것
과 서로 문답하고 계셨다. 정민, 『비슷한 것은 가짜다』, 298면

▪　어른은 사흘이나 굶은 채 망건도 쓰지 않고 버선도 신지 않고서, 창문턱에 다리를 걸쳐 놓고 누워
서 행랑것과 문답하고 있었다. 신호열·김명호, 『연암집 1』, 322면

1-2   이른바 '연암'이란~이렇게 불렀다

- 소위 연암이란 것은 우리 시골 집이 있는 금천(金川)의 동리 이름이다. 사람들은 고만 그 이름을 내 별호로 부르고 있는 것이다. 홍기문, 270면
- 소위 연암이란 곧 나를 말함인데, 황해도 금천협(金川峽)의 시골집이 있는 동리 이름으로 사람들은 그만 그 이름을 내 별호로 부르고 있는 것이다. 김혈조, 283면
- 소위 연암(燕巖)이라는 것은 바로 내가 금천협(金川峽)에 살므로 사람들이 인하여 이를 호로 삼은 것이다. 정민, 298면
- 여기에서 말한 연암이란 금천(金川)의 협곡에 있는 나의 거처인데, 남들이 이것으로 내 호(號)를 삼은 것이었다. 신호열·김명호, 322면

1-3   나는 몸집이~피서를 왔다

- 내 본래 비대해서 더위를 몹시 타는데다가 풀과 나무가 울창해서 여름 밤의 모기와 파리도 견디기 어렵고 논고랑의 맹꽁이떼가 밤낮 없이 울어대는 것도 시끄러워서 여름 한철은 언제나 서울 집으로 피서를 왔다. 홍기문, 270면
- 내 본래 몸집이 비대해서 더위를 몹시 타는데다가 풀과 나무가 울창해서 여름밤의 모기와 파리도 견디기 어렵고 논고랑의 맹꽁이떼가 밤낮없이 울어대는 것도 시끄러워서 매번 여름 한철은 언제나 서울 집으로 피서를 왔다. 김혈조, 283면
- 나는 평소에 살이 쪄서 더위를 괴로워하는데다 또 푸나무가 울창해서 여름밤이면 모기와 파리가 걱정되고, 논에서는 개구리가 밤낮 쉴새없이 울어대는 까닭에, 매번 여름만 되면 항상 서울 집으로 피서를 오곤 했다. 정민, 298면
- 나는 본래 몸이 비대하여 더위가 괴로울 뿐더러, 풀과 나무가 무성하여 푹푹 찌고 여름이면 모기와 파리가 들끓고 무논에서는 개구리 울음이 밤낮으로 그치지 않을 것을 걱정하였다. 이 때문에 매양 여름만 되면 늘 서울 집에서 더위를 피하는데 신호열·김명호, 322면

1-4   그리하여 마침내~부리게 되었다

- 행랑 사람에게 붙여 놓고 먹자니까 자연히 친근해져서 저희들도 내 종이나 다름없이 심부름해 주기를 꺼리지 않았다. 홍기문, 270면
- 그래 행랑 사람에게 기식(寄食)을 하려니까 자연히 친근하게 대했고 저희들도 나를 꺼리지 않아 마치 노비처럼 부릴 수 있었다. 김혈조, 283면
- 마침내 행랑채에 밥을 부쳐 먹다보니 자연히 가까이 지내게 되었고, 저도 또한 일 시키는 것을 꺼리지 않는지라 노비와 같았다. 정민, 299면
- 그래서 행랑 사람에게 밥을 부쳐 먹다 보니 자연히 친숙해졌으며, 저들 역시 나의 노비인 양 시키는 일 하기를 꺼리지 않았다. 신호열·김명호, 322면

2　　　고요히 지내노라니 마음에 아무 생각이 없어, 때때로 시골에서 보내온 가족의 편지를 받으면 '평안' 두 글자만 확인하고 말 따름이었다. 갈수록 게으름에 이골이 나 경조사도 폐하고, 혹 며칠씩 세수도 않고, 혹 열흘간 망건을 쓰지 아니한 적도 있었다. 손님이 찾아오면 혹 잠자코 앉아 있었으며, 혹 땔나무 장수나 참외 장수가 지나가면 불러다 놓고 효제충신孝悌忠信이며 예의염치禮義廉恥에 대해 더불어 이야기하며 수백 마디 말을 다정스레 나누었다. 남들은 혹 내가 하는 짓이 오활하고 가당찮으며 지리하여 혐오할 만한 일이라고들 나무랐지만 그래도 나는 그만두질 않았다. 또 어떤 이들은 내가 제 집에서 객살이를 하고 아내가 있는데도 중처럼 지낸다며 놀리기도 했지만, 나는 그럴수록 더욱 느긋해져 바야흐로 아무것도 일삼지 않는 걸 흡족히 여겼다.

까치 새끼 한 마리가 다리 한 쪽이 부러져 찔뚝거리는 꼴이 우스꽝스러웠는데 내가 밥알을 던져 줬더니 점점 길이 들어서 날마다 찾아와 친해졌다. 그래서 마침내 그와 이런 농담을 했다.

"맹상군孟嘗君은 통 없고 평원군平原君의 식객食客만 있군!"

우리나라 시속에 돈을 '문'文이라고 하므로 '맹상군' 운운한 것이다.

　　　靜居無一念在意, 時得鄉書, 但閱其平安[1]字, 益習疎[2]懶, 廢絶慶弔, 或數日不洗面, 或一旬不裹巾. 客至或默然淸坐, 或販薪賣瓜[3]者過, 呼與語孝悌忠信、禮義廉恥, 款款語屢數百言. 人或譏其迂[4]闊無當、支離可厭, 而亦不知止也. 又有譏其在家爲客、有妻如僧者, 益晏然, 方以無一事爲自得. 有雛[5]鵲折一脚, 蹣跚可笑, 投飯粒益馴, 日來相親, 遂與之戲曰: "全無孟嘗君, 獨有平原客!" 東方俗謂[6]錢爲文, 故稱孟嘗君.

---

1) 安　한씨문고본에는 "生"으로 되어 있다.
2) 疎　한씨문고본, 승계본, 용재문고본, 망창창재본 을에는 "踈"로 되어 있다.
3) 瓜　창강초편본, 승계본, 망창창재본 갑, 망창창재본 을에는 "苽"로 되어 있다.
4) 迂　망창창재본 갑과 망창창재본 을에는 "汙"로 되어 있으나 오기이다.
5) 雛　용재문고본에는 "鄒"로 되어 있으나 오기이다.
6) 謂　창강초편본, 승계본, 망창창재본 갑, 망창창재본 을에는 "語"로 되어 있다.

효제충신孝悌忠信: 공자孔子의 말로서, '효'孝는 부모를 비롯한 수직적 관계 속에 있는 웃어른
　　에 대한 공경을, '제'悌는 수평적 관계에 있는 사람들과의 우애를, '충'忠은 자기 내면의
　　성실함을, '신'信은 남과의 신의를 뜻한다.

맹상군孟嘗君: 전국시대戰國時代 제齊나라의 왕족으로, 성은 전田, 이름은 문文이다. 천하의 인
　　재를 모아 후하게 대접하여 휘하에 식객 수천 명을 거느렸다는 이야기가 전한다. 제나
　　라와 위魏나라의 재상을 지내고 훗날 제후로 독립하였다. 여기서는 맹상군의 이름이 '문'
　　인 데 착안하여 돈을 가리키는 말로 썼다. '펀'pun, 즉 동음이의同音異義의 익살에 해당
　　한다.

평원군平原君의 식객食客: '평원군'은 전국시대 조趙나라의 왕족으로, 맹상군과 동시기에 활
　　약하며 조나라의 재상을 지냈던 인물이다. 맹상군처럼 그 휘하에 식객 수천 명을 거느
　　렸다고 한다. '평원군의 식객'이란 다리 부러진 까치를 가리키는데, 이 말은 『사기』「평
　　원군열전」平原君列傳의 다음 고사와 관련된다: 평원군 집 앞 민가民家에 다리를 저는 이
　　가 있었는데, 평원군의 첩 하나가 그 걷는 모습을 보고 큰소리로 웃었다. 이튿날 다리 저
　　는 이가 평원군을 찾아와 자신을 비웃은 첩의 머리를 베어 사士를 귀하게 여기고 첩을
　　천하게 여기는 뜻을 보여 달라고 했다. 평원군은 그렇게 하겠노라고 말한 후 그 사람을
　　돌려보냈다. 하지만 평원군은 그 약속을 이행하지 않았다. 그러자 1년 만에 그 식객 수
　　가 절반으로 줄어들었다. 잘못을 깨달은 평원군이 첩의 목을 베어 다리 저는 이에게 주
　　며 직접 사과한 뒤에야 떠났던 식객들이 다시 돌아왔다. 여기서는, 한쪽 다리가 부러진
　　까치를 평원군의 고사에 나오는 다리 저는 사람에 견주는 한편 연암 자신의 식객으로 간
　　주하여 익살스럽게 표현한 것이다.

時得鄕書, 但閱其平安字: 북송北宋의 문신이자 학자인 호원胡瑗(993~1059)이 태산泰山에 들어
　　가 10년 동안 집에 가지 않은 채 공부하며 집에서 편지가 오면 '평안' 두 글자만 확인하
　　고 다시는 거들떠보지 않았다는 고사에서 따온 말이다. 송나라의 조선료趙善璙가 송나라
　　명신들의 언행을 모아 편찬한 『자경편』自警編 권1에 다음의 내용이 보인다: "安定 胡侍
　　講布衣時, 與孫明復, 石守道, 同讀書泰山, 攻苦食淡, 終夜不寢一坐, 十年不歸, 得家問, 見
　　上有平安二字, 卽投之澗中, 不復展讀." '안정'安定은 호원의 호이다.

淸坐: 한가롭고 고요히 앉아 있음.

蹣跚반산: 절룩거리는 모양.

2-1   고요히 지내노라니~말 따름이었다

* 혼자 조용히 있어서 마음 속에 아무런 딴 생각이 없으며 가끔 시골 집의 편지를 받더라도 단지 평안하다는 글자나 훑어 보고 말았다. 홍기문, 270면

* 혼자 조용히 있자니 마음에 아무런 딴 생각도 나지 않고, 가끔 시골집의 편지를 받더라도 단지 편안하다는 글자나 훑어보고 말았다. 김혈조, 283~284면

* 고요히 앉아 한 생각도 뜻 속에 두지 않았다. 때로 시골 편지를 받으면, 단지 평안하단 글자나 살펴보고 말았다. 정민, 299면

* 고요히 지내노라면 마음속엔 아무 생각도 없었다. 가끔 시골에서 보낸 편지를 받더라도 '평안하다' 는 글자만 훑어볼 뿐이었다. 신호열·김명호, 322면

2-2   손님이 찾아오면~다정스레 나누었다

* 어느 때에는 손님을 맞아 들여다 놓고도 아무 말 없이 가만히 앉았기만 하다가 어느 때에는 나무 장사나 외 장사를 불러 들여서 효도, 우애, 충성, 신용, 례의, 체면 등을 친절하게 몇백 마디고 설명해 들리였다. 홍기문, 271면

* 손님이 와도 어떤 때는 말하지 않고 조용히 앉아 있기만 하고, 어떤 때는 나무장수나 참외장수가 지나가면 불러들여서 그들에게 효도, 우애, 충성, 신용, 예의, 체면 등을 친절하게 몇백 마디고 설명해 들려주기도 했다. 김혈조, 284면

* 손님이 이르면 말없이 가만히 앉아 있거나 하고, 혹 땔감이나 참외 파는 자가 지나가면 불러다가 더불어 효제충신(孝悌忠信)과 예의염치(禮義廉恥)를 이야기하며 정성스레 수백 마디의 말을 나누곤 하였다. 정민, 299면

* 손님이 오면 간혹 말없이 차분하게 앉았기도 하였다. 어쩌다 땔나무를 파는 자나 참외 파는 자가 지나가면, 불러서 그와 함께 효제충신(孝悌忠信)과 예의염치(禮義廉恥)에 대해 이야기하였는데 느릿느릿 하는 말이 종종 수백 마디였다. 신호열·김명호, 322면

2-3   남들은 혹~그만두질 않았다

* 남들은 나를 주책이 없고 수다를 떤다고 나무라지마는 종시 고치지를 못하였다. 홍기문, 271면

* 남들은 나를 물정에 어둡기 짝이 없고 수다를 떤다고 나무라지만 종시 고치지를 못하였다. 김혈조, 284면

* 남들이 그 우활하여 마땅함이 없고 지루하여 싫어할 만함을 책망해도 또한 그만둠을 알지 못하였다. 정민, 299면

* 사람들이 간혹 힐책하기를, 세상 물정에 어둡고 얼토당토아니하며 조리가 없어 지겹다고 해도 이야기를 그칠 줄을 몰랐다. 신호열·김명호, 322~323면

2-4   또 어떤 이들은~흡족히 여겼다

* 또 어떤 사람은 내가 집을 가지고도 혼자 나와서 살고 안해가 있는데도 중처럼 지낸다고 비웃건

만 나는 더욱 마음이 편안해져서 아무 일도 할 것이 없는 것만 만족하게 여기였다. 홍기문, 271면

- 또 어떤 사람은 멀쩡히 집을 놔두고 혼자 객살이하고 아내가 있는데도 중처럼 지낸다고 비웃건만 나는 더욱 마음이 느긋해져 아무 일도 할 것이 없는 것만 만족하게 여겼다. 김혈조, 284면
- 또 제 집에 있으면서 객처럼 지내고 아내가 있으면서 중처럼 사는 것을 나무람이 있어도, 더욱 편안하여 바야흐로 한 가지 일도 없음을 가지고 자득(自得)하며 지내었다. 정민, 299면
- 그리고 집에 있어도 손님이요 아내가 있어도 중과 같다고 기롱하는 사람도 있었지만, 그럴수록 더욱 느긋해하며, 바야흐로 한 가지도 할 일이 없는 것을 스스로 만족스러워하였다. 신호열·김명호, 323면

2-5 우리나라 시속에~운운한 것이다

- 우리 나라에서 돈의 단위를 문(文)이라고 하기 때문에 돈을 맹상군이라고 일컫고 있다. 홍기문, 271면
- 우리나라에서 돈의 단위를 문(文)이라고 하기 때문에 돈을 맹상군(田文→錢文)이라고 일컫는다. 김혈조, 284면
- 우리나라 시속(時俗)에 돈을 '문'이라 말하므로 맹상군이라 일컬었던 것이다. 정민, 299면
- 우리나라의 속어에 엽전을 푼〔文〕이라 하므로, 돈을 맹상군이라 일컬은 것이다. 신호열·김명호, 323면

③ 잠에서 깨면 책을 보고 책을 보다가 다시 잠이 들곤 했는데, 깨우는 사람이 없으면 어떤 때는 하루 종일 잠에 곯아떨어지기도 했다. 때때로 글을 지어 뜻을 드러내 보이기도 하고, 몹시 권태로우면 새로 배운 구라철사금歐邏鐵絲琴을 몇 곡조 타기도 했다. 어쩌다가 친구가 술이라도 보내오면 좋아라 마시고는 취하여 이렇게 스스로에 대한 찬贊을 지었다.

제 몸 위함은 양주楊朱를 닮았고
겸애兼愛함은 묵자墨子를 닮았고
집에 양식이 자주 떨어지는 건 안회顔回를 닮았고
고요히 앉았기는 노자老子를 닮았고
자유롭고 거리낌 없기는 장자莊子를 닮았고
참선하는 듯함은 부처를 닮았고
불공不恭스럽기는 유하혜柳下惠를 닮았고

술 잘 마시는 건 유령劉伶을 닮았고

밥 얻어먹는 건 한신韓信을 닮았고

하염없이 자는 건 진단陳摶을 닮았고

거문고 타는 건 자상호子桑戶를 닮았고

저술하는 건 양웅揚雄을 닮았고

자신을 큰 인물에 견주는 건 공명孔明을 닮았으니

나는 얼추 성인聖人일세!

다만 키가 조교曹交만 못하고

청렴함이 오릉於陵을 못 따라가니

부끄럽네 부끄러워!

그리고는 혼자서 껄껄 웃었다.

　　睡餘看書, 看書又睡, 無人醒覺, 或熟睡盡日. 時或著書見意, 新學鐵絃小琴, 倦至, 爲弄數操. 或故人有餉酒者, 輒欣然命酌, 旣醉乃自贊曰: "吾爲我似楊氏, 兼愛似墨氏, 屢空似顔氏, 尸居似老氏, 曠達似莊氏, 參禪似釋氏, 不恭似柳下惠, 飮酒似劉伶, 寄食似韓信, 善睡似陳摶,[1] 鼓琴似子桑[2]戶, 著書似揚[3]雄, 自比似孔明, 吾殆其聖矣乎! 但長遜[4]曹[5]交, 廉讓於陵, 慚愧慚[6]愧!" 因獨自大笑.

역문풀이

구라철사금歐邏鐵絲琴: '구라파의 쇠줄로 된 금琴'이라는 뜻인데, 양금洋琴을 말한다. 본래 이
　　슬람 음악에 쓰이다가 십자군전쟁 이후 유럽에 전파되었고, 우리나라에는 조선 영조英
　　祖 때 중국을 통해 들어왔다. 직사각형 판면의 양쪽 끝에 긴 괘棵(현을 괴는 기둥)를 하나

---

1) 摶　저본에는 "搏"으로 되어 있으나 오기이므로 바로잡았다. 한씨문고본, 창강초편본, 승계본, 용재문고본, 망창창재본
갑, 망창창재본 을에도 "搏"으로 되어 있다.
2) 桑　저본에는 이 뒤에 한 칸이 비어 있다.
3) 揚　한씨문고본, 승계본, 용재문고본, 망창창재본 갑, 망창창재본 을에는 "楊"으로 되어 있으나 오기이다.
4) 遜　한씨문고본과 용재문고본에는 "孫"으로 되어 있다.
5) 曹　한씨문고본, 승계본, 용재문고본에는 "曺"로 되어 있다.
6) 慚　창강초편본에는 "慙"으로 되어 있다.

씩 세우고 그 위에 네 줄의 철현鐵絃을 한 벌로 하여 14벌 56선을 걸친 모양이다. 대나무 채로 줄을 쳐서 소리를 낸다. 연암은 『열하일기』 「동란섭필」銅蘭涉筆에서, 1772년 6월 18일 오후 6시경 담헌湛軒 홍대용洪大容의 집에서 홍대용이 처음 양금 연주에 성공하던 장면을 자신이 목격했다고 기술한 바 있다. 한편 『과정록』에는, 연암이 홍대용의 집에서 홍대용과 함께 가야금으로 음을 조율하여 처음으로 연주했다고 서술되어 있는바, 연암 자신의 기록과는 다소 차이가 있다. 연암 자신의 기록을 따라야 하지 않을까 생각된다. 『과정록』에는 또 연암과 홍대용이 당시 거문고의 명인이었던 김억金檍 등과 어울려 양금과 생황의 합주를 즐겼다는 기록도 보인다.

찬贊: 한문 문체의 한 종류로, 어떤 사람을 찬미하는 글이다.

양주楊朱: 양자楊子를 말한다. 전국시대의 사상가로, 자기 몸의 터럭 하나를 뽑기만 한다면 온 천하를 이롭게 할 수 있는 상황이라 할지라도 자기 몸을 위해 절대 그렇게 하지 않겠다는, 극단적인 이기주의 사상을 주장하였다. 여기서는, 세수도 않고 망건도 쓰지 않고 경조사도 폐하는 등 예법을 따르지 않고 자기 편한 대로 사는 태도를 가리키기 위해 양주를 들먹였다.

묵자墨子: 묵적墨翟을 말한다. 전국시대의 사상가로, 자신을 사랑하듯이 남을 사랑하라는 겸애설兼愛說을 주장하였다. 맹자孟子가 양주와 묵적을 이단으로 지목하여 배격한 이래 이 두 사상가는 유가儒家에서 이단시되었다. 여기서는 땔나무 장수나 참외 장수를 불러 효제충신과 예의염치 등에 대해 이야기 나눈 것을 두고 한 말이다.

안회顏回: 공자의 제자. 학문을 즐겼으나 몹시 가난해 자주 끼니를 걸렀다는 말이 『논어』論語 「선진」先進에 보인다.

유하혜柳下惠: 노魯나라의 대부大夫로, 이름은 전획展獲, 자字는 금禽이다. '유하'는 식읍食邑 이름이고 '혜'는 시호이다. 공자가 거듭 그 어짊을 칭찬했던 인물이다. 맹자는 유하혜가 자신의 고결함이 타인에 의해 더럽혀지지 않는다는 것을 지나치게 자신하여 나쁜 군주를 섬김을 부끄러워하지 않았다면서 이를 '불공'不恭(삼가지 않다)한 태도로 간주하고, 백이伯夷의 협애함과 더불어 군자가 취할 길이 아니라고 지적한 바 있다. 『맹자』孟子 「공손추」公孫丑 상上에 해당 내용이 보인다.

유령劉伶: 위진 시대魏晉時代 죽림칠현竹林七賢의 한 사람. 술을 좋아한 것으로 유명하며 「주덕송」酒德頌을 짓기도 하였다.

한신韓信: 한漢나라의 개국공신. 젊은 시절 곤궁하여 빨래하는 아낙에게 밥을 얻어먹었다는 고사가 『사기』 「회음후열전」淮陰侯列傳에 보인다.

진단陳摶: 오대五代 말 북송北宋 초의 인물로, 자는 도남圖南, 호는 부요자扶搖子이고, 희이선생

希夷先生으로 불렸다. 도가道家 사상가로서, 호북성湖北省의 무당산武當山에서 선술仙術을 닦았는데, 한 번 잠을 자면 100일을 내리 잤다고 한다.

자상호子桑戶: 『장자』莊子 「대종사」大宗師에 보이는 인물인데, 이 책에 이렇게 언급되어 있다: "자상호와 맹자반孟子反과 자금장子琴張, 이 세 사람이 속세를 초탈하여 어울려 지냈다. 얼마 뒤 자상호가 죽자 맹자반과 자금장은 곡조를 짓고 거문고를 타며 '자상호여, 자상호여! 너는 자연으로 돌아갔건만 우린 아직 인간 세상에 머물러 있구나!'라고 노래하였다." 한편 『장자』 「대종사」에는 자상子桑이라는 인물도 보인다. 자상의 친구인 자여子輿가 자상을 방문하자 자상은 거문고를 타며 자신의 가난을 한탄하고 있었다는 내용인데, 연암이 여기서 언급한 '자상호'는 '자상'을 염두에 두고 착각하여 한 말일 수도 있다.

양웅揚雄: 서한西漢의 학자이자 문인. 『주역』을 모방한 『태현경』太玄經, 『논어』를 모방한 『법언』法言을 지었다. 자신이 저술한 책을 이해할 만한 사람이 당세에 없다고 여겨 후대에 자신의 뜻을 알아줄 또 다른 양웅을 기다린다고 말한 것으로 유명하다.

공명孔明: 삼국시대 촉한蜀漢의 승상 제갈량諸葛亮을 말한다. '공명'은 그 자이다. 유비의 막하에 들어가기 전 형주荊州에서 농사짓고 살면서 늘 자신을 춘추시대 제齊나라의 재상이던 관중管仲과 전국시대 연燕나라의 대장군이던 악의樂毅에 견주었다고 한다. 『삼국지』三國志 「제갈량전」諸葛亮傳에 해당 내용이 보인다.

조교曹交: 전국시대 조曹나라 군주의 아우로, 키가 9척 4촌(약 2미터)이나 되었다고 한다. 『맹자』 「고자」告子 하下에 조교가 자신은 키가 문왕文王 못지않게 크나 잘하는 일이 없다고 걱정하자 맹자가 실행하는 것이 중요하지 능력을 걱정할 게 아니라고 답하는 대목이 있다.

오릉於陵: 전국시대 제나라의 진중자陳仲子를 말한다. '오릉'은 산동성山東省에 있던 현縣 이름인데, 진중자가 이곳에 살았기에 '오릉자'於陵子라 불렸다. 불의를 용납하지 않고 청렴 결백하게 살았던 인물로 유명하다. 형이 제나라의 고관이었으나 불의한 벼슬을 한다 여겨 오릉으로 피해 궁핍하게 살았다는 고사가 『맹자』 「등문공」滕文公 하下에 보인다. 맹자는 진중자의 청렴을 인정하면서도 그것을 작은 절개라 치부한 바 있다.

원문풀이

屢空似顔氏: 『논어』 「선진」先進의 "回也, 其庶乎, 屢空"에서 따온 말이다.

尸居: 가만히 앉아 아무 일도 하지 않음. 『장자』 「재유」在宥의 "故君子苟能无解其五藏, 无擢其聰明, 尸居而龍見, 淵默而雷聲, 神動而天隨, 從容无爲而萬物炊累焉"에서 따온 말이다.

不恭似柳下惠: 『맹자』 「공손추」 상上의 "伯夷隘, 柳下惠不恭. 隘與不恭, 君子不由也"에서 따온 말이다.

鼓琴似子桑戶: '자상호'에 대해서는 『장자』 「대종사」에 다음의 내용이 있다: "子桑戶、孟子反、
  子琴張三人, 相與語曰: '孰能相與於無相與, 相爲於無相爲? 孰能登天遊霧, 撓挑無極, 相
  忘以生, 無所終窮?' 三人相視而笑, 莫逆於心, 遂相與爲友, 莫然有間, 而子桑戶死, 未葬.
  孔子聞之, 使子貢往侍事焉. 或編曲, 或鼓琴, 相和而歌曰: '嗟來桑戶乎! 嗟來桑戶乎! 而已
  反其眞, 而我猶爲人猗!'" 한편 '자상'에 대해서는 역시 『장자』 「대종사」에 다음의 내용이
  있다: "子輿與子桑友, 而霖雨十日, 子輿曰: '子桑殆病矣!' 裹飯而往食之, 至子桑之門, 則
  若歌若哭鼓琴曰: '父邪! 母邪! 天乎! 人乎!' 有不任其聲而趨擧其詩焉. 子輿入, 曰: '子之
  歌詩, 何故若是?' 曰: '吾思夫使我至此極者而不得也, 父母豈欲吾貧哉? 天無私覆, 地無私
  載, 天地豈私貧我哉? 求其爲之者而不得也. 然而至此極者, 命也夫!'"

自比似孔明: 『삼국지』 「제갈량전」의 "每自比於管仲、樂毅, 時人莫之許也"에서 따온 말이다.

번역의 동이

3-1　　　깨우는 사람이~찬贊을 지었다

- 아무도 깨울 사람이 없어서 하루 종일 내처 자버리기도 한다. 때로 혹 글을 지어 자기의 생각한
바를 표현하다가 피로를 느끼게 될 때에는 갓 배운 양금을 두어가락 치기도 한다. 어떤 벗님네가 술을
보내 주게 되면 아주 기뻐서 마시는바 얼근히 취한 뒤에 내 스스로 나를 례찬하기를 홍기문, 271~272면

- 아무도 깨울 사람이 없어서 어떤 때는 하루종일 내처 푹 자버리기도 하였다. 때때로 글을 지어 내
생각을 표현하기도 하고 그러다가 피로를 느끼게 될 때에는 갓 배운 구라철현금(洋琴)을 두어 가락 뜯
기도 하였다. 어떤 친구가 술을 보내주면 문득 흔연히 퍼마셨다. 취한 뒤에는 스스로 나를 예찬하였
다. 김혈조, 284면

- 아무도 깨우는 이가 없고 보니, 어떤 때는 하루 종일 쿨쿨 잠자기도 하고, 때로 간혹 글을 지어 뜻
을 보이기도 했다. 새로 철현금(鐵絃琴)을 배워, 지루할 때는 몇 곡조 뜯기도 하였다. 혹 술을 보내주
는 벗이라도 있으면 문득 기쁘게 따라 마셨다. 취한 뒤에는 스스로를 찬미하여 말하였다. 정민, 300면

- 깨워주는 이가 없으므로, 혹은 종일토록 실컷 자기도 하고, 때로는 글을 저술하여 의견을 나타내
기도 했다. 자그마한 철현금(鐵絃琴)을 새로 배워, 권태로우면 두어 가락 타기도 하였다. 혹은 친구가
술을 보내주기라도 하면 그때마다 흔쾌히 술을 따라 마셨다. 술이 취하고 나서 자찬(自贊)하기를 신호
열·김명호, 323~324면

3-2　　　제 몸 위함은~유하혜柳下惠를 닮았고

- 제 몸만 알기는 양자(楊子)만 못지 않고 남을 위하기는 묵자(墨子)만 못지 않고 끼니가 간데 없기
는 안자(顔子)만 못지 않고 꼼짝 않고 앉았기는 로자(老子)만 못지 않고 속이 탁 트이기는 장자(莊子)
만 못지 않고 도를 깨닫기 위해서 생각을 전일하게 하기는 석가(釋迦)만 못지 않고 공손치 않기는 류
하혜(柳下惠)만 못지 않고 홍기문, 272면

- 내가 내 몸만 아끼기는 양주(楊朱)와 같고, 모든 사람을 평등하게 사랑하기는 묵자(墨子)와 같고, 자주 쌀독이 비기는 안연과 같고, 꼼짝 않고 앉았기는 노자와 같고, 마음이 넓어 구애받지 않기는 장자와 같고, 참선을 하기는 석가모니와 같고, 이것 저것 따지지 않기는 유하혜(柳下惠)와 같고 김혈조, 284~285면

- 저만을 위함은 양주(楊朱)와 비슷하고, 남을 같이 사랑하기는 묵적(墨翟)과 같구나. 뒤주가 자주 비기는 안연(顏淵)과 같고, 꼼짝 않고 지내기는 노자(老子)와 한가질세. 광달(曠達)함은 장자(莊子)인가 싶고, 참선(參禪)하기는 석가(釋迦)인 듯하다. 공손치 않기는 유하혜(柳下惠)와 진배없고 정민, 300면

- 내가 나를 위하는 것은 양주(楊朱)와 같고 / 만인을 고루 사랑하는 것은 묵적(墨翟)과 같고 / 양식이 자주 떨어짐은 안회(顏回)와 같고 / 꼼짝하지 않는 것은 노자(老子)와 같고 / 활달한 것은 장자(莊子)와 같고 / 참선하는 것은 석가(釋迦)와 같고 / 공손하지 않은 것은 유하혜(柳下惠)와 같고 신호열·김명호, 324면

3-3　　하염없이 자는 건~자상호子桑戶를 닮았고

- 잠을 잘 자기는 진 단(陳摶)만 못지 않고 거문고를 타기는 자상(子桑戶)만 못지 않고 홍기문, 272면
- 잠을 잘 자기는 진박(陳摶)과 같고, 거문고를 잘 타기는 사상호(子桑戶)와 같고 김혈조, 285면
- 잠을 잘 자기는 진박(陳摶)과 같은 것을. 거문고를 연주함은 자상호(子桑戶)와 방불하고 정민, 300면
- 잠을 잘 자는 것은 진단(陳摶)과 같고 / 거문고를 타는 것은 자상(子桑)과 같고 신호열·김명호, 324면

3-4　　다만 키가~부끄럽네 부끄러워

- 단지 꾸준한 것이 조 교(曹交)보다 떨어지고 렴치를 차리는 것이 오릉중자(於陵仲子)에 미치지 못하니 그게 부끄럽다. 그게 부끄럽다. 홍기문, 272면
- 다만 키만 크고 무능하기는 조교(曹交)에게 겸손해야 하고, 3일 굶어도 염치를 찾기는 오릉중자(於陵仲子)에 양보해야 하니 그게 부끄럽다. 그게 부끄럽다. 김혈조, 285면
- 다만 키는 조교(曹交)만 못하고, 청렴함은 오릉중자(於陵仲子)에게 양보해야 하니 부끄럽구나! 부끄럽구나! 정민, 300면
- 다만 키가 조교(曹交)보다 모자라고 / 청렴함은 오릉(於陵)에 못 미치니 신호열·김명호, 325면

[4]　　당시 내가 과연 사흘을 굶었는데, 행랑 사람이 남의 집에 지붕을 얹어 주고 품삯을 받아 와 밤에서야 밥을 지었다. 아이가 밥투정을 해 울며 먹으려 들지 않자 행랑 사람은 성이 나서 밥을 엎어 개에게 주고는 자식에게 욕을 하며 '뒈져 버려라!'라고 악담을 하였다. 그때 나는 막 식사를 마치고 곤하여 누워 있던 중이었다. 나는 장괴애張乖崖가 촉蜀의 지방관으로 있으면서 어린아이의 목을 벤 일을

들어 행랑 사람을 타이르는 한편 이렇게 말했다.

"평소에 가르치지 않고 꾸짖기만 하면 커서 은혜를 원수로 갚는 법일세!"

그러면서 하늘을 보니 은하수가 지붕에 드리웠는데 별똥별이 서쪽으로 흐르며 하늘에 하얀 자취를 남기고 있었다. 말이 채 끝나기도 전에 낙서가 찾아와 묻는 것이었다.

"어르신께서는 혼자 누워서 누구랑 이야기하십니까?"

이른바 행랑 사람과 말을 주고받더라는 것은 이를 두고 한 말이다.

낙서는 또 그 글에서 언젠가 눈 오는 날 함께 떡을 구워 먹었던 일에 대해 말했던데, 내가 예전에 살던 집이 낙서의 집과 문을 마주하고 있었기에 낙서는 어려서부터 내 집에 손님이 날마다 가득 들어찬 것과 내가 세상에 뜻을 두었던 걸 목도한 바 있다. 그렇건만 이제 내 나이 채 마흔이 못 되어 이미 머리가 허옇게 세었으니 이 때문에 낙서는 자못 그 서글픈 느낌을 적었던 것이다. 하지만 나는 이미 병들고 곤궁한 데다 기백은 쇠락하였으며, 덤덤하니 세상사에 뜻이 없어 더는 예전 같지가 않다. 이에 낙서를 위해 이 글을 써서 답한다.

時余果不食三朝, 廊隷爲人蓋[1]屋, 得雇直, 始夜炊.[2] 小兒妬飯, 啼不肯食, 廊隷怒, 覆盂與狗, 惡言詈死. 時不佞纔飯, 旣[3]困臥, 爲擧張乖崖守蜀時斬小兒事, 以譬曉之, 且曰: "不素敎反罵, 爲長益賊恩." 而[4]仰視天河垂屋, 飛星[5]西[6]流, 委白痕空. 語未卒而洛瑞至, 問: "丈人獨臥誰語也?" 所謂與廊曲問答者, 此也.

洛瑞又記雪天燒餅時事, 時不佞舊居, 與洛瑞對門, 自其童子時, 見不佞賓客日盛, 有意當世, 而今年未四十, 已白頭, 頗爲道其感慨. 然不佞已[7]病困, 氣魄衰落, 泊然無意, 不復向時也. 玆爲之記以酬.

---

1) **蓋**　창강초편본에는 "盖"로 되어 있다.
2) **炊**　용재문고본에는 "欣"으로 되어 있으나 오기이다.
3) **旣**　한씨문고본, 창강초편본, 승계본, 영남대본, 용재문고본, 망창창재본 갑, 망창창재본 을에는 "已"로 되어 있다.
4) **而**　망창창재본 갑에는 "이 글자 앞에 '已'가 있어야 할 듯하다"(而字上似有已字)라는 두주頭注가 붙어 있다.
5) **星**　용재문고본에는 "皇"으로 되어 있으나 오기이다.
6) **西**　창강초편본과 망창창재본 갑에는 "四"로 되어 있다.
7) **已**　승계본과 망창창재본 갑에는 "囚"으로 되어 있다.

장괴애張乖崖가~벤 일: '장괴애'는 북송 초의 문신인 장영張詠을 말한다. '괴애'는 그 호다. 익주 자사益州刺史와 이부상서를 지냈다. 장영이 촉蜀의 지방관으로 있을 때 한 늙은 병사가 어린 자식을 안고 있었는데 그 아이가 장난으로 아비의 볼을 때리는 것을 보고 노하여 아무리 아이라 해도 그대로 둘 수 없다며 그 아이를 죽인 일이 있다. 익주益州는 지금의 사천성四川省, 곧 촉에 해당하므로 장영이 익주 자사를 지내던 시절의 일로 생각된다. 이덕무의 『이목구심서』耳目口心書(『청장관전서』 권48)에 이 고사가 보이는데, 원래의 출전은 미상이다.

원문풀이

張乖崖守蜀時斬小兒事: 이덕무의 『이목구심서』(『청장관전서』 권48)에는 해당 고사가 다음과 같이 기록되어 있다: "古云: '張乖崖守蜀, 見老卒抱孩, 孩戲捽其頰, 乖崖怒以爲:《雖孩, 漸不可長.》遂殺之.'"

天河: 은하銀河.

飛星: 유성流星.

委白痕空: 흰 빛을 내어 하늘에 자취를 남김.

번역의 동이

4-1   평소에 가르치지~갚는 법일세

- 평시에 가르치지는 않고 욕질만 하면 커서 더 삐뚜루 나간다고 타일렀다. 홍기문, 273면
- 평소에 가르치지 않고 욕질만 하면 커서 은혜도 모르는 불효자가 된다고 타일렀다. 김혈조, 285면
- "평소에 가르치지 않고 도리어 욕만 하면 자라서 더욱 은공을 저버리게 되네"라고 타일러 주었다. 정민, 301면
- 평소에 가르치지 않고서 도리어 꾸짖기만 하면, 커 갈수록 부자간의 은의(恩義)를 상하게 되는 법이다. 신호열·김명호, 326면

4-2   하늘을 보니~남기고 있었다

- 고개를 쳐들고 보니 은하수가 지붕 우에 드리웠고 별똥이 서쪽으로 쭉 나가면서 공중에는 흰 금이 그어지고 있다. 홍기문, 273면
- 고개를 들어 하늘을 보니 은하수는 지붕 위에 드리웠고 별똥이 서쪽으로 쭉 나가며 공중에 하얀 자국을 남긴다. 김혈조, 285면
- 우러러보니 은하수는 집에 드리워 있고, 별똥별이 서편으로 날아가며 흰 금을 허공에 남기고 있었다. 정민, 301면

- 하늘을 쳐다보니 은하수는 지붕에 드리우고, 별똥별은 서쪽으로 흐르며 흰 빛줄기를 공중에 남겼다. 신호열·김명호, 326면

4-3   내가 예전에~목도한 바 있다

- 나의 옛집과 락서의 집이 마주 있어서 어려서부터 나를 찾아 오는 손들이 많고 나도 세상에 대해서 의욕이 높았던 것을 잘 아는 바다. 홍기문, 273면
- 나의 옛집과 낙서의 집이 마주 있어서 그가 어려서부터 가끔 나를 찾아왔고 당시에는 찾아오는 손님들이 많았으며 나도 세상에 대해서 의욕이 높았던 시절이었다. 김혈조, 286면
- 그 당시는 내 옛 집이 낙서의 집과는 문을 마주하고 있었으므로 아이 적부터 이따금씩 보았는데, 나는 손님이 날마다 많았고 당시 세상에 대해 의욕도 있었다. 정민, 301면
- 마침 나의 옛 집이 낙서의 집과 대문을 마주하고 있었으므로, 그는 동자(童子) 때부터 나를 찾아오곤 하였다. 당시 나의 집에는 손님들이 날마다 가득했으며, 나도 당세에 뜻이 있었다. 신호열·김명호, 326~327면

4-4   이제 내 나이~적었던 것이다

- 이제 내 나이 四○도 못 되어 벌써 머리털이 하얘진 것을 보고 감개무량한 뜻을 표시한 것이다. 홍기문, 273면
- 금년에 내 나이가 마흔도 못 되어 벌써 머리털이 하얗게 센 것을 보고는 그 감개무량한 뜻을 표시한 것이다. 김혈조, 286면
- 그러나 금년에 마흔도 못되었는데 이미 터럭이 허옇게 세었으므로 자못 그 감개함을 말한 것이다. 정민, 301면
- 그런데 지금 나이 40이 채 못 되어 이미 나의 머리가 허옇게 되었다며, 그는 자못 감개한 심정을 말했다. 신호열·김명호, 327면

4-5   하지만 나는~예전 같지가 않다

- 그러나 나는 이미 병들고 피로해서 기개가 꺾이고 의욕도 사라져 버리였으니 그 때의 내가 아니다. 홍기문, 273면
- 그러나 나는 이미 병들고 피로해져서 기백이 쇠하고 꺾였으며 세상에 대한 의욕도 담담히 사라져 버렸으니 다시는 그때의 내가 아니다. 김혈조, 286면
- 그러나 나는 이미 병들고 지쳐서 기백이 쇠락하여 담담히 세상에 뜻이 없으니, 그때로 돌아가지는 못할 것이다. 정민, 301면
- 그러나 나는 이미 병들고 지쳐서 기백이 꺾이고 세상에 아무런 뜻이 없으니, 다시는 지난날의 모습을 회복하지 못하였다. 신호열·김명호, 327면

낙서의 글은 다음과 같다.

음력 6월 어느 날, 걸어서 서쪽 인근의 연암 어르신을 찾아뵈었다. 하늘에는 옅은 구름이 끼어 있어서 숲속에 걸린 달이 어스름하였다. 초경初更을 알리는 종소리가 울렸는데 처음은 크게 들리더니 마지막에는 희미해져 마치 물거품이 흩어지는 것같이 느껴졌다. 어르신께서 댁에 계시려나 생각하며 골목에 들어서기가 무섭게 그 댁 창문부터 봤는데, 마침 불이 켜져 있었다.

문을 들어서니 어르신께서는 사흘을 굶으신 채 맨발에다 망건도 쓰지 않고 창문에다 다리를 턱 걸치고는 행랑 사람과 말을 주고받고 계셨다. 내가 온 것을 보시고는 마침내 옷매무새를 바로하고 앉으시더니 고금의 정치 및 당대 문장의 유파流派와 당론黨論의 동이同異에 대해 거침없이 말씀하셨다. 나는 그 말씀을 듣고 퍽 신기하게 여겼다.

시각은 이미 3경을 지나 있었다. 창밖을 쳐다보니 하늘에 갑자기 빛이 번쩍번쩍하더니 은하수에 흰 빛이 뻗치는데 점점 더 희뜩희뜩하며 사라지지 않았다. 나는 놀라 이렇게 여쭈었다.

"저건 어째서 저렇사옵니까?"

어르신은 웃으며 말씀하셨다.

"자네 곁을 한 번 보게나!"

촛불이 꺼지려고 하면서 불꽃을 깜빡이며 더욱 커다랗게 되어 있지 않은가. 나는 그제야 방금 전에 본 게 촛불이 비쳐 그랬다는 걸 깨달았다.

곧 초가 다 타 버려 마침내 컴컴한 방 안에 두 사람이 앉았으나 그럼에도 태연자약하게 웃으며 이야기하였다. 나는 이런 말을 했다.

"지난날 어르신께서 저와 한동네에 사실 적에 어느 눈 오는 밤 어르신을 찾아뵌 일이 있지 않습니까? 어르신은 저를 위해 직접 술을 데우셨고 저는 손으로 떡을 집어 질화로에 노릇노릇 굽는 참이었는데, 불기운이 솟구쳐 올라 제 손이 너무 뜨거운지라 자꾸 재 속에 떡을 떨어뜨리자 그걸 보시며 즐거워하셨더랬지요. 그랬건만 이제 몇 년 새에 어르신의 머리는 벌써 허옇게 세고 저는 수염이 무성해졌습니다."

이 말끝에 서로 한참을 서글퍼하였다.

이날 밤으로부터 열사흘째 되는 날 글을 완성하다.

洛瑞記曰: "季夏之弦,[1] 步自東鄰,[2] 訪燕巖[3]丈人. 時微雲在天, 林月蒼翳, 鍾聲初起, 其始也殷殷, 其終也泛泛, 若水漚之方散. 意以爲丈人[4]在家否, 入其巷, 先覘其牖, 燈照焉. 入其門, 丈人不食, 已三朝矣, 方跣足解巾, 加股[5]房櫳, 與[6]廊曲賤隷相問答. 見余至, 遂整衣坐, 劇談古今治亂及當世文章名論之派[7]別同異, 余聞而甚奇之也. 時夜已下三更, 仰見窓[8]外, 天光倓開倓翕, 輕河亘白, 盎悠揚[9]不自定. 余驚[10]曰: '彼曷爲而然?' 丈人笑曰: '子試觀其側!' 蓋[11]燭火將滅, 焰[12]動搖益大. 乃知向之所見者, 與[13]此相映[14]徹而然也. 須臾燭盡,[15] 遂兩坐黑室中, 諧笑猶自若. 余曰: '昔丈人與[16]余同里, 嘗雪夜訪丈人, 丈人爲余親煖酒, 余亦手執餠, 蓺之土爐[17]中, 火氣烘騰,[18] 余手甚熱, 數墮餠于灰, 相視甚歡.[19] 今幾年之間, 丈人頭已白, 余亦髭鬚蒼然矣.' 因相與[20]悲歡者, 久之.[21] 是夜後十三日而[22]記成."

---

1) 弦 승계본, 망창창재본 갑, 망창창재본 을에는 "絃"으로 되어 있으나 잘못이다.

2) 鄰 『자문시하인언』, 승계본, 용재문고본, 망창창재본 갑, 망창창재본 을에는 "隣"으로 되어 있다.

3) 巖 한씨문고본, 승계본, 영남대본, 용재문고본, 망창창재본 갑에는 "岩"으로 되어 있다. 『자문시하인언』에는 이 뒤에 "朴"이 더 있다.

4) 人 『자문시하인언』에는 이 뒤에 "能"이 더 있다.

5) 股 『자문시하인언』에는 "膝"로 되어 있다.

6) 與 『자문시하인언』, 승계본, 영남대본, 용재문고본에는 "与"로 되어 있다.

7) 派 한씨문고본, 승계본, 용재문고본, 망창창재본 갑, 망창창재본 을에는 "泒"로 되어 있다.

8) 窓 『자문시하인언』, 한씨문고본, 승계본, 영남대본, 용재문고본, 망창창재본 갑, 망창창재본 을에는 "囱"으로 되어 있다.

9) 揚 한씨문고본과 용재문고본에는 "楊"으로 되어 있으나 오기이다.

10) 驚 『자문시하인언』에는 "顧謂丈人"으로 되어 있다.

11) 蓋 『자문시하인언』에는 "余驚視之"로 되어 있다.

12) 焰 승계본과 망창창재본 갑에는 "熖"으로 되어 있다.

13) 與 승계본, 영남대본, 용재문고본에는 "与"로 되어 있다.

14) 映 승계본과 용재문고본에는 "暎"으로 되어 있다.

15) 盡 『자문시하인언』에는 이 뒤에 "余欲歸待僕, 卒不至, 且檠上無膏燭可以繼者"가 더 있다.

16) 與 『자문시하인언』, 승계본, 영남대본, 용재문고본에는 "与"로 되어 있다.

17) 爐 한씨문고본, 영남대본, 용재문고본에는 "罏"로 되어 있다.

18) 騰 승계본에는 "動"으로 되어 있다.

19) 歡 『자문시하인언』에는 "驩"으로 되어 있다.

20) 與 『자문시하인언』, 승계본, 영남대본, 용재문고본에는 "与"로 되어 있다.

21) 久之 『자문시하인언』에는 "良久"로 되어 있고, 이 뒤에 "夜半, 始歸家"가 더 있다.

22) 而 『자문시하인언』에는 없다.

초경初更: 오후 8시경.

정치: 원문은 "治亂"인데, 흥망성쇠를 말한다.

당론黨論: 당파적 견해. 당시 조선에는 노론老論, 소론少論, 남인南人, 소북小北의 네 당파가 있었는데, 연암은 노론에 속해 있었다.

3경: 밤 12시경.

지난날 어르신께서 저와 한동네에 사실 적: 1768년 연암이 백탑白塔 부근(원각사圓覺寺 터, 곧 지금의 탑골공원 부근)으로 이사하여 이덕무·이서구·서상수徐常修·유금·유득공 등과 한 동네에 살던 시절을 가리킨다. 이때 연암이 32세, 이서구가 15세였다.

원문풀이

弦: 음력 7·8·9일을 '상현'上弦, 22·23·24일을 '하현'下弦이라고 한다.

蒼翳: 어스레하고 흐릿함.

名論: 당론黨論.

派別: 분파나 유파를 뜻하는 말.

倏開倏翕: 홀연 열렸다 홀연 닫힘. 어둠 속에서 순간적으로 빛이 번득이는 모양.

輕河: 은하銀河.

번역의 동이

■-1   음력 6월~어르신을 찾아뵈었다

· 5월 그믐에 동편 이웃으로부터 걸어 연암 어른 댁을 찾았다. 정민, 295면

· 유월 상현(上弦 7~8일경)에 동쪽 이웃 마을로부터 걸어가서 연암 어른을 방문했다. 신호열·김명호, 327면

■-2   초경初更을 알리는~흩어지는 것같이 느껴졌다

· 종소리가 울렸다. 처음엔 은은하더니 나중엔 둥둥 점차 커지는 것이 마치 물방울이 사방으로 흩어지는 것만 같았다. 정민, 295면

· 종소리가 처음 울렸는데 시작할 때에는 우레처럼 은은(殷殷)하더니, 끝날 때에는 물거품이 막 흩어지는 것처럼 여운이 감돌았다. 신호열·김명호, 327면

■-3   내가 온 것을~거침없이 말씀하셨다

· 내가 온 것을 보시더니 옷을 고쳐 입고 앉으시고는, 고금(古今)의 치란(治亂)과 당대 문장명론(文章名論)의 파별동이(派別同異)를 자세히 말씀하시는 것이었다. 정민, 295면

- 내가 온 것을 보고서야 드디어 옷을 갖추어 입고 앉아서, 고금의 치란(治亂) 및 당세의 문장과 명론(名論)의 파별(派別)·동이(同異)에 대해 거침없이 이야기하므로 신호열·김명호, 327면

■-4 　　창밖을 쳐다보니~사라지지 않았다

- 우러러 창 밖을 보았다. 하늘빛이 갑자기 열릴 듯 모여들어 은하수가 환해지는가 싶더니만 더욱 멀리로 날리어 이리저리 흔들렸다. 정민, 296면

- 창밖을 쳐다보니 하늘 빛은 갑자기 밝아졌다 갑자기 어두워졌다 하고, 은하수는 하얗게 뻗쳐 더욱 가볍게 흔들리며 제 자리에 있지 않았다. 신호열·김명호, 327~328면

■-5 　　불기운이 솟구쳐~보시며 즐거워하셨더랬지요

- 불기운이 올라와 손이 너무 뜨거워 자꾸만 떡을 재 속으로 떨어뜨리는 바람에 서로 보면서 몹시 즐거워했었지요. 정민, 296면

- 불기운이 훨훨 올라와 손이 몹시 뜨거운 바람에 떡을 잿속에 자주 떨어뜨리곤 하여, 서로 쳐다보며 즐거워했었지요. 신호열·김명호, 328면

🌼 김택영의 문두평

- 글 끝에 와서 기세가 갑자기 꺾인다.[1]

  頓挫.

---

1) 이 평은 창강초편본에 있다.

소완정이 쓴
「여름밤 벗을 방문하고 와」에 답한 글

6월 어느 날, 낙서洛瑞가 밤에 나를 찾아왔다가 돌아가 글을 지었는데 그 글 가운데 이런 구절이 들어 있었다.

"내가 연암燕巖 어르신을 찾아뵈었더니 어르신은 사흘을 굶으신 채 망건도 쓰지 않고 맨발로 창문에다 다리를 턱 걸치고 누워 행랑 사람과 말을 주고받고 계셨다."

이른바 '연암'이란 나의 집이 있는 금천金川의 산골짝 이름이다. 이 때문에 사람들은 나를 이렇게 불렀다.

당시 나의 가족은 처가인 광릉廣陵에 가 묵고 있었다. 나는 몸집이 비대해 더위를 몹시 타는 데다, 초목의 기운이 푹푹 찌고 여름밤에 모기가 설쳐대며 논에 개구리가 밤낮 쉬지 않고 울어대는 게 괴로워, 해마다 여름철이 되면 늘 서울 집으로 피서를 왔다. 서울 집은 몹시 비좁기는 하나 모기나 개구리, 초목의 괴로움이 없었다. 단지 여종 하나가 집을 지키고 있었는데 갑자기 눈병이 나 미친 듯 울부짖다가 주인을 버리고 가 버려 밥 지어 줄 사람이 없었다. 그리하여 마침내 행랑에 기식寄食하다 보니 자연 행랑 사람과 친근하게 되고 저들 또한 나를 꺼리지 않아 내 집 하인처럼 부리게 되었다.

고요히 지내노라니 마음에 아무 생각이 없어, 때때로 시골에서 보내온 가족의 편지를 받으면 '평안' 두 글자만 확인하고 말 따름이었다. 갈수록 게으름에 이골이 나 경조사도 폐하고, 혹 며칠씩 세수도 않고, 혹 열흘간 망건을 쓰지 아니한 적도 있었다. 손님이 찾아오면 혹 잠자코 앉아 있었으며, 혹 땔나무 장수나 참외 장수가 지나가면 불러다 놓고 효제충신孝悌忠信이며 예의염치禮義廉恥에 대해 더불어 이야기하며 수백 마디 말을 다정스레 나누었다. 남들은 혹 내가 하는 짓이 오활하고 가당찮으며 지리하여 혐오할 만한 일이라고들 나무랐지만 그래도 나는 그만두질 않았다. 또 어떤 이들은 내가 제 집에서 객살이를 하고 아내가 있는데도 중처럼 지낸다며 놀리기도 했지만, 나는 그럴수록 더욱 느긋해져 바야흐로 아무것도 일삼지 않는 걸 흡족히 여겼다.

까치 새끼 한 마리가 다리 한 쪽이 부러져 찔뚝거리는 꼴이 우스꽝스러웠는데 내가 밥알을 던져 줬더니 점점 길이 들어서 날마다 찾아와 친해졌다. 그래서 마침내 그와 이런 농담을 했다.

"맹상군孟嘗君은 통 없고 평원군平原君의 식객食客만 있군!"

우리나라 시속에 돈을 '문'文이라고 하므로 '맹상군' 운운한 것이다.

잠에서 깨면 책을 보고 책을 보다가 다시 잠이 들곤 했는데, 깨우는 사람이 없으면 어떤 때는 하루 종일 잠에 곯아떨어지기도 했다. 때때로 글을 지어 뜻을 드러내 보이기도 하고, 몹시 권태로우면 새로 배운 구라철사금歐邏鐵絲琴을 몇 곡조 타기도 했다. 어쩌다가 친구가 술이라도 보내오면 좋아라 마시고는 취하여 이렇게 스스로에 대한 찬贊을 지었다.

제 몸 위함은 양주楊朱를 닮았고

겸애兼愛함은 묵자墨子를 닮았고

집에 양식이 자주 떨어지는 건 안회顔回를 닮았고

고요히 앉았기는 노자老子를 닮았고

자유롭고 거리낌 없기는 장자莊子를 닮았고

참선하는 듯함은 부처를 닮았고

불공不恭스럽기는 유하혜柳下惠를 닮았고

술 잘 마시는 건 유령劉伶을 닮았고

밥 얻어먹는 건 한신韓信을 닮았고

하염없이 자는 건 진단陳摶을 닮았고

거문고 타는 건 자상호子桑戶를 닮았고

저술하는 건 양웅揚雄을 닮았고

자신을 큰 인물에 견주는 건 공명孔明을 닮았으니

나는 얼추 성인聖人일세!

다만 키가 조교曹交만 못하고

청렴함이 오릉於陵을 못 따라가니

부끄럽네 부끄러워!

그리고는 혼자서 껄껄 웃었다.

당시 내가 과연 사흘을 굶었는데, 행랑 사람이 남의 집에 지붕을 얹어 주고 품삯을 받아 와 밤에서야 밥을 지었다. 아이가 밥투정을 해 울며 먹으려 들지 않자 행랑 사람은 성이 나서 밥을 엎어 개에게 주고는 자식에게 욕을 하며 '뒈져 버려라!'라고 악담을 하였다. 그때 나는 막 식사를 마치고 곤하여 누워 있던 중이었다. 나는 장괴애張乖崖가 촉蜀의 지방관으로 있으면서 어린아이의 목을 벤 일을 들어 행랑 사람을 타이르는 한편 이렇게 말했다.

"평소에 가르치지 않고 꾸짖기만 하면 커서 은혜를 원수로 갚는 법일세!"

그러면서 하늘을 보니 은하수가 지붕에 드리웠는데 별똥별이 서쪽으로 흐르며 하늘에 하얀 자취를 남기고 있었다. 말이 채 끝나기도 전에 낙서가 찾아와 묻는 것이었다.

"어르신께서는 혼자 누워서 누구랑 이야기하십니까?"

이른바 행랑 사람과 말을 주고받더라는 것은 이를 두고 한 말이다.

낙서는 또 그 글에서 언젠가 눈 오는 날 함께 떡을 구워 먹었던 일에 대해 말했던데, 내가 예전에 살던 집이 낙서의 집과 문을 마주하고 있었기에 낙서는 어려서부터 내 집에 손님이 날마다 가득 들어찬 것과 내가 세상에 뜻을 두었던 걸 목도한 바 있다. 그렇건만 이제 내 나이 채 마흔이 못 되어 이미 머리가 허옇게 세었으니 이 때문에 낙서는 자못 그 서글픈 느낌을 적었던 것이다. 하지만 나는 이미 병들고 곤궁한 데다 기백은 쇠락하였으며, 덤덤하니 세상사에 뜻이 없어 더는 예전 같지가 않다. 이에 낙서를 위해 이 글을 써서 답한다.

■ 낙서의 글은 다음과 같다.

음력 6월 어느 날, 걸어서 서쪽 인근의 연암 어르신을 찾아뵈었다. 하늘에는 옅은 구름이 끼어 있어서 숲속에 걸린 달이 어스름하였다. 초경初更을 알리는 종소리가 울렸는데 처음은 크게 들리더니 마지막에는 희미해져 마치 물거품이 흩어지는 것같이 느껴졌다. 어르신께서 댁에 계시려나 생각하며 골목에 들어서기가 무섭게 그 댁 창문부터 봤는데, 마침 불이 켜져 있었다.

문을 들어서니 어르신께서는 사흘을 굶으신 채 맨발에다 망건도 쓰지 않고 창문에

다 다리를 턱 걸치고는 행랑 사람과 말을 주고받고 계셨다. 내가 온 것을 보시고는 마침 내 옷매무새를 바로하고 앉으시더니 고금의 정치 및 당대 문장의 유파流派와 당론黨論의 동이同異에 대해 거침없이 말씀하셨다. 나는 그 말씀을 듣고 퍽 신기하게 여겼다.

시각은 이미 3경을 지나 있었다. 창밖을 쳐다보니 하늘에 갑자기 빛이 번쩍번쩍하더니 은하수에 흰 빛이 뻗치는데 점점 더 희뜩희뜩하며 사라지지 않았다. 나는 놀라 이렇게 여쭈었다.

"저건 어째서 저렇사옵니까?"

어르신은 웃으며 말씀하셨다.

"자네 곁을 한 번 보게나!"

촛불이 꺼지려고 하면서 불꽃을 깜빡이며 더욱 커다랗게 되어 있지 않은가. 나는 그제야 방금 전에 본 게 촛불이 비쳐 그랬다는 걸 깨달았다.

곧 초가 다 타 버려 마침내 컴컴한 방 안에 두 사람이 앉았으나 그럼에도 태연자약하게 웃으며 이야기하였다. 나는 이런 말을 했다.

"지난날 어르신께서 저와 한동네에 사실 적에 어느 눈 오는 밤 어르신을 찾아뵌 일이 있지 않습니까? 어르신은 저를 위해 직접 술을 데우셨고 저는 손으로 떡을 집어 질화로에 노릇노릇 굽는 참이었는데, 불기운이 솟구쳐 올라 제 손이 너무 뜨거운지라 자꾸 재 속에 떡을 떨어뜨리자 그걸 보시며 즐거워하셨더랬지요. 그랬건만 이제 몇 년 새에 어르신의 머리는 벌써 허옇게 세고 저는 수염이 무성해졌습니다."

이 말끝에 서로 한참을 서글퍼하였다.

이날 밤으로부터 열 사흘째 되는 날 글을 완성하다.

한여름 밤에 모여 노닌 일을 적은 글
夏夜讌記

□　　　22일, 국옹麴翁과 함께 걸어서 담헌湛軒의 집에 갔는데 풍무風舞도 밤에 왔다. 담헌이 슬瑟을 연주하자 풍무는 거문고로 화음을 맞추고 국옹은 갓을 벗어 던지고 노래를 불렀다. 밤이 깊어지자 구름이 사방으로 흩어져 더위가 건듯 물러나 거문고 소리가 더욱 맑았다. 좌우에 앉은 사람들이 고요하니 말이 없는 게 마치 도가道家의 단丹을 닦는 이가 생각을 끊고 가만히 마음을 들여다보고 있는 것도 같고, 참선 중인 승려가 전생을 문득 깨치는 것 같기도 했다. 무릇 스스로를 돌이켜 떳떳할진댄 삼군三軍과도 맞설 수 있는 법이거늘, 국옹은 노래를 부를 때 옷을 풀어헤치고 턱하니 다리를 벌리고 앉아 방약무인하였다.

언젠가 매탕梅宕은 처마의 늙은 거미가 거미줄 치는 걸 보고서는 기뻐하며 내게 이런 말을 한 적이 있다.

"절묘하지 않습니까! 때때로 멈칫멈칫하는 것은 무슨 생각을 하는 것 같고, 때때로 잽싸게 움직이는 것은 흡사 득의한 바가 있는 것 같습니다. 보리 파종할 때 씨를 밟는 발 모양 같기도 하고 거문고 탈 때 줄 누르는 손가락 같기도 합니다."

지금 담헌과 풍무가 소리를 맞추는 모습을 보고 내 비로소 늙은 거미에 대한 매탕의 말이 이해되었다.

　　　二十二日, 與[1]麴[2]翁步至湛軒, 風舞夜至. 湛軒爲瑟, 風舞琴而和之, 麴[3]翁不冠而歌. 夜深, 流雲四綴, 暑氣乍退,[4] 絃[5]聲益淸. 左右靜默, 如丹家之內觀臟神, 定僧之頓悟[6]前生. 夫自反而直, 三軍必往,[7] 麴[8]翁當其歌[9]時, 解衣磅[10]礴,[11] 旁若無人者. 梅宕[12]嘗見簷間老蛛布網,[13] 喜而謂余曰: "妙[14]哉! 有時遲[15]疑若有思也,[16] 有時揮霍若有得也.[17] 如蒔麥[18]之踵, 如按琴之指." 今湛軒與[19]風舞相和[20]也, 吾得老蛛之解矣.

역문풀이

국옹麴翁: 누구의 호號이겠는데 누군지는 미상이다. 아마도 술을 몹시 좋아해 이렇게 자호自號한 듯하다. 성은 이씨다. 홍대용洪大容의 문집인 『담헌서』湛軒書에 「벗의 시에 차운하여 이국옹에게 부치다」(次友人韻, 却寄李麴翁)라는 시가 수록되어 있어 국옹과 홍대용의 교분을 짐작케 한다. 이 시 중의 "취한 후 노래 소리 하늘에 가득컨만 / 세상 사람 뉘라서 그 마음 알리?"(醉後高歌聲滿天, 世人誰得窺其中)라는 구절로 미루어 짐작컨대 국옹은 세상과 뜻이 맞지 않아 술로 자오自娛했던 것 같다. 연암 주변의 인물 중에서 이와 비슷한 성향을 가진 사람으로는 이유동李儒東(1753~1787)이 있다. 이유동은 취미翠眉라는 호로 널리 알려져 있다. 본관은 함평이고, 유명한 문인화가인 표암豹菴 강세황姜世晃(1713~1791)의 손녀사위이며, 정조 7년(1783)에 진사시에 합격했다. 연암, 이덕무, 박제가 등과 교유가 있었다. 협기俠氣가 있어 자잘한 법도에 구애되지 않았으며, 술을 좋아했고, 악회樂會에서 곧잘 노래를 하거나 춤을 춘 기인으로 전한다. 연암은 이유동을 위해 「취미루기」翠

---

1) **與** 『종북소선』에는 "与"로 되어 있다.
2) **麴** 『종북소선』에는 "麹"으로 되어 있고, 한씨문고본, 승계본, 영남대본, 용재문고본에는 "麴"으로 되어 있다.
3) **麴** 『종북소선』에는 "麹"으로 되어 있고, 한씨문고본, 영남대본, 용재문고본에는 "麴"으로 되어 있다.
4) **夜深, 流雲四綴, 暑氣乍退** 『종북소선』에는 "夜深, 暑氣乍退, 流雲四綴"로 되어 있다.
5) **絃** 『종북소선』에는 "兩絃"으로 되어 있다.
6) **悟** 『종북소선』에는 "寤"로 되어 있다.
7) **往** 『종북소선』에는 '往'이 "逛"으로 되어 있다.
8) **麴** 『종북소선』에는 "麹"으로 되어 있고, 한씨문고본, 영남대본, 용재문고본에는 "麴"으로 되어 있다.
9) **歌** 한씨문고본과 용재문고본에는 빠져 있다.
10) **磅** 『종북소선』에는 "盤"으로 되어 있다.
11) **礴** 승계본에는 "碑"으로 되어 있다.
12) **梅宕** 『종북소선』에는 "炯菴"으로 되어 있다.
13) **綱** 저본에는 "綱"으로 되어 있으나, 『종북소선』, 한씨문고본, 승계본, 영남대본, 용재문고본, 망창창재본 갑, 망창창재본 을을 따른다.
14) **妙** 『종북소선』에는 "竗"로 되어 있다.
15) **遲** 한씨문고본, 승계본, 용재문고본, 망창창재본 갑, 망창창재본 을에는 "遟"로 되어 있다.
16) **有時遲疑若有思也** 『종북소선』에는 "有時遲疑"로 되어 있다.
17) **有時揮霍若有得也** 『종북소선』에는 "有時揮霍"으로 되어 있다.
18) **麥** 『종북소선』에는 "夌"로 되어 있다.
19) **與** 『종북소선』에는 "与"로 되어 있다.
20) **和** 『종북소선』에는 "樂"으로 되어 있다.

眉樓記라는 글을 써 준 바 있다. 이유동이 혹 국옹이 아닐까 의심이 가나 확실한 것은 아니다.

담헌湛軒: 홍대용(1731~1783)의 당호堂號. 이 당호는 홍대용의 스승 김원행金元行(1702~1772)이 충청도 천원군天原郡 수촌壽村에 있던 홍대용의 시골집 이름으로 지어 준 것인데 홍대용은 이를 자신의 호로 삼았다. 그런데 이 글 중 '연암과 국옹이 걸어서 담헌의 집에 갔다'고 한 말이나 서울에 거주한 당대의 유명한 악사樂師 김억이 모임에 참가했다고 한 말을 감안할 때, 여기서 말한 '담헌의 집'이란 수촌이 아니라 서울에 있던 홍대용의 집을 가리키는 것으로 보인다. 연암과 홍대용이 음악과 관련해 자주 모임을 가진 시기는 1772년부터 몇 년 간인데 이 시기 홍대용은 서울의 남산 집에 거주하고 있었다.

풍무風舞: 조선 후기의 이름난 거문고 연주자였던 김억金檍의 호號다. 서얼 출신이다. 『과정록』에 따르면, 당시 예악禮樂의 종장宗匠 노릇을 하며 노론계 후배들의 존경을 받고 있던 안동 김씨 명문가 출신의 효효재嘐嘐齋 김용겸金用謙(1702~1789)이 이 호를 지어 주었다고 한다. 성대중成大中(1732~1812)의 『청성집』靑城集에 실려 있는 「유춘오의 악회樂會를 기록하다」(記留春塢樂會)라는 글에 홍대용의 가야금에 맞추어 김억이 양금을 연주했다는 말이 보인다. 봄이 머무는 언덕이란 뜻의 '유춘오'留春塢는 남산에 있던 담헌의 집 이름이다.

슬瑟: 25줄의 현악기로, 고려 시대 이후 주로 아악 연주에 사용되었다.

스스로를 돌이켜~있는 법이거늘: 『맹자』「공손추」公孫丑 하下에 나오는 "스스로를 돌이켜 정직하다면 비록 천만 명이 있더라도 내가 가서 대적할 수 있다"라는 구절을 염두에 두고 한 말이다. 여기서 '삼군에 맞설 수 있다'는 것은 아무 두려움이 없다는 뜻이다.

옷을 풀어헤치고~벌리고 앉아: 원문은 '해의방박'解衣磅礴이다. 이 말은 『장자』의 다음 고사에서 유래한다: 송宋나라 군주가 화공들에게 그림을 그리게 하자 뭇 화공들이 인사를 드린 뒤 공손히 자리에 서 있었는데 늦게 온 한 화공만은 유유히 걸어와 인사를 한 후 곧장 방으로 들어가 버렸다. 군주가 이상히 여겨 그가 뭘 하는지 엿보게 했더니, 옷을 풀어헤치고 두 다리를 쭉 뻗은 채 앉아 있다고 하는 것이었다. 이 말을 들은 군주는 규범에 얽매이지 않는 이 화공의 태도에 감탄하며 이 사람이야말로 진정한 예술가일 것이라고 칭찬하였다. 이 고사로 인하여 '해의방박'은 높은 경지에 오른 예술가의 자유로운 정신을 형용하는 말로 쓰인다.

매탕梅宕: 이덕무李德懋(1741~1793)의 호인데, 매화를 혹애하여 이런 호를 지었다. 이덕무의 다른 호로는 선귤당蟬橘堂, 형암炯庵, 단좌헌端坐軒, 주충어재注蟲魚齋, 학초목당學草木堂, 향초원香草園, 청장관靑莊館, 영처嬰處, 무문無文, 무일산인無一散人, 요매산사窅昧散士 등이 있다. 자는 무관懋官이다.

丹家: 도가를 일컫는 말.

內觀: 도가의 수양 방법 중 하나로 잡념을 끊고 고요히 정신을 안정시키는 행위.

臟神: 오장의 신명함을 가리키기도 하나 여기서는 마음을 일컫는 말.

自反而直, 三軍必往: 『맹자』「공손추」하下의 "自反而縮, 雖千萬人, 吾往矣"라는 구절을 부분적으로 변형하여 옮긴 것이다.

三軍: 제후의 군대. 주周의 법제에 의하면 천자는 육군六軍을 거느리고 대국의 제후는 삼군三軍을 거느린다고 한다. 삼군은 상군上軍·중군中軍·하군下軍으로 이루어졌다. 여기서는 대군大軍 정도의 뜻으로 쓰였다고 보면 된다.

解衣磅礴: 『장자』「전자방」田子方에 나오는 "解衣槃礴"과 같은 말이다.

妙哉! 有時遲疑若有思也~如按琴之指: 『청장관전서』靑莊館全書 권63 「선귤당농소」蟬橘堂濃笑에 이와 비슷한 표현이 보인다. 해당 구절은 다음과 같다: "暑月之夕, 步荳花籬畔, 玩瓦色蛛結絲, 妙悟可以通佛. 産絲汲絲, 股法玲瓏, 有時遲疑, 有時揮霍. 大畧如蒔麥之踵, 按琴之指."

遲疑: 의심하여 망설이는 모양.

揮霍: 매우 빠른 모양.

번역의 동이

1-1　　　좌우에 앉은~같기도 했다
·　　좌우에 있는 사람은 아무 소리도 안 하고 고요하게 앉았은 것이 마치 신선을 배우는 이가 금시 도를 깨달으려는 듯 하고 부처를 믿는 이가 문득 전생을 알게나 될 듯 하다. 홍기문, 『박지원 작품선집 1』, 268면
·　　옆에 앉은 사람들도 고요하기만 해서, 마치 신선을 배우는 이들이 금세 도를 깨달으려는 듯하고, 부처를 믿는 이들이 문득 전생을 깨치려는 듯싶었다. 리가원·허경진, 『연암 박지원 산문집』, 77면
·　　좌우의 사람이 고요하게 침묵하는 것이 마치 신선을 배우는 도사들이 도를 깨달으려는 듯, 재를 올리던 중이 문득 전생을 깨닫는 듯하다. 김혈조, 『그렇다면 도로 눈을 감고 가시오』, 334면
·　　좌우에 있는 사람은 모두 고요히 묵묵하다. 마치 내단(內丹) 수련하는 이가 내관장신(內觀臟神)하는 것 같고, 입정에 든 스님이 돈오전생(頓悟前生)하는 듯하다. 정민, 『비슷한 것은 가짜다』, 285면
·　　곁에 있는 사람들은 조용히 침묵하고 있어 마치 단가(丹家)가 장신(臟神)을 내관(內觀)하고 참선하는 승려가 전생(前生)을 돈오(頓悟)하는 것 같았다. 신호열·김명호, 『연암집 1』, 313면

1-2　　　무릇 스스로를~방약무인하였다
·　　제 앞이 떳떳하면 무서울 것이 무엇이냐? 국옹이 노래를 부를 적에 의관을 파탈하고 나서서 그 옆에 어떤 사람이 있거나 조금도 구애하지 않는 것 같다. 홍기문, 268면

·   제 앞이 떳떳하면, 삼군도 두려울 게 없다. 국옹은 노래 부를 때에 옷을 벗어부치고 마음껏 노니
는데, 마치 옆에 아무도 없는 것처럼 행동하였다. 리가원·허경진, 77면
·   스스로 반성하여 떳떳하면 아무것도 무서울 것이 없다더니 국옹이 노래를 부를 적에 의관을 파탈
하고 나서서 마치 방약무인(傍若無人)하듯, 조금도 구애받지 않았다. 김혈조, 334면
·   대저 스스로를 돌아보아 곧으매 삼군이 막아선다 해도 반드시 나아갈 기세다. 국옹이 노래할 때
를 보면 옷을 죄 벗어 붙이고 곁에 사람이 없는 듯 방약무인하다. 정민, 285면
·   무릇 자신을 돌아보아 올바를 경우에는 삼군(三軍)이라도 반드시 가서 대적한다더니, 국옹은 한
창 노래 부를 때는 옷을 벗어젖히고 두 다리를 쭉 뻗고 앉은 품이 옆에 아무도 없는 듯이 여겼다. 신호
열·김명호, 313면

1-3   보리 파종할 때~같기도 합니다
·   보리씨를 뿌리는 발뒤굼치와도 같고 거문고를 누르는 손가락과도 같단 말일세. 홍기문, 268~269면
·   보리씨를 뿌리는 발뒤꿈치 같기도 하다가, 거문고를 누르는 손가락 같기도 하네그려. 리가원·허경
진, 78면
·   영판 보리씨를 파종하며 놀리는 발뒤꿈치 같고 거문고를 누르는 손가락 같습니다. 김혈조, 334면
·   발뒤꿈치로 질끈 밟아 보리 모종하는 것도 같고, 거문고 줄을 고르는 손가락 같기도 하구나. 정민,
286면
·   파종한 보리를 발로 밟아주는 것과 같고, 거문고 줄을 손가락으로 누르는 것과도 같습다. 신호
열·김명호, 313면

②   지난 여름 내가 담헌의 집에 갔을 때 담헌은 한창 악사樂師 연씨延氏와 거
문고에 대해 이야기하고 있었다. 하늘은 비를 머금어 동쪽 하늘가 구름은 온통
먹빛이어서 한번 우레라도 치면 금방 비가 쏟아질 참이었다. 이윽고 긴 우렛소리
가 하늘을 지나갔는데 담헌은 연씨에게 "저 소리는 어떤 음에 속할까요?"라고 묻
더니 마침내 거문고를 가져와 그 소리에 화답하였다. 나는 이에 감발되어 「하늘
의 우레」라는 노래를 지었다.

去年夏, 余嘗至湛軒, 湛軒方與[1]師延論琴. 時天欲雨, 東方天際, 雲色如墨,
一雷則可以龍[2]矣. 旣而長[3]雷去天, 湛[4]軒謂延曰: "此屬何聲?" 遂援琴[5]而諧之, 余遂
作「天雷操」.[6]

악사樂師 연씨延氏: 조선 후기 궁중의 거문고 연주자였던 연익성延益成을 말한다. 『담헌서』에
는 홍대용이 쓴 연익성의 제문이 실려 있는데, 이에 의하면 그는 조정의 음악을 관장하
는 벼슬을 했으며, 홍대용과 30년간 거문고로 친분을 맺었다고 한다.

원문풀이

龍: 속설에 용이 내려오면 비가 내린다는 말이 있다. 여기서는 비가 내린다는 뜻으로 사용되
었다.

操: 거문고의 곡조를 가리키는 말.

번역의 동이

2-1   하늘은 비를~쏟아질 참이었다

· 　그 때 비가 쏟아지려고 해서 동쪽 하늘 가의 구름이 먹빛 같았는데 그저 우뢰 한번이면 룡이 비
를 퍼붓지 않을가 하는 판에 홍기문, 269면

· 　그때 비가 쏟아지려고 동쪽 하늘가에 구름빛이 먹빛 같았다. 우레 소리가 한 번 나면 용이 비를
퍼부을 것 같았는데 리가원·허경진, 78면

· 　그때 비가 쏟아지려고 해서 동쪽 하늘가의 구름이 먹빛 같아 그저 우레 한번이면 용이 비를 퍼부
을 참이었다. 김혈조, 334~335면

· 　그때 하늘은 비를 잔뜩 머금어, 동녘 하늘 가엔 구름장이 먹빛이었다. 우레가 한번 치기만 하면
비가 쏟아질 것 같았다. 정민, 286면

· 　때마침 비가 올 듯이 동쪽 하늘가의 구름이 먹빛과 같아, 천둥소리 한 번이면 용이 승천하여 비를
부를 수 있을 듯싶었다. 신호열·김명호, 314면

2-2   이윽고 긴~노래를 지었다

· 　우루루하고 긴 우뢰 소리가 하늘로 지나갔다. 담헌이 연씨더러 말하기를 "이게 어느 성(聲)에 속
할가?" 그러고는 거문고로 그 소리를 맞추기에 내가 거기서 천뢰조(天雷操)란 글을 지은 일이 있다. 홍
기문, 269면

---

1) **與**　『종북소선』에는 "与"로 되어 있다.
2) **龍**　한씨문고본과 용재문고본에는 "能"으로 되어 있다.
3) **長**　한씨문고본과 용재문고본에는 "將"으로 되어 있다.
4) **湛**　망창창재본 을에는 "堪"으로 되어 있으나 오기이다.
5) **琴**　승계본에는 "棊"으로 되어 있다.
6) **余遂作天雷操**　『종북소선』에는 "終未得云"으로 되어 있다.

▪ 우레 소리가 한 바탕 하늘을 지나갔다. 그러자 담헌이 연씨더러 "이게 어느 성(聲)에 속할까?" 하더니 바로 거문고를 끌어다 그 소리를 맞추었다. 나도 그 자리에서 〈천뢰조(天雷操)〉를 지었다. 리가원·허경진, 78면

▪ 잠시 뒤 우르르 하고 긴 우레 소리가 하늘로 지나가자 담헌이 연씨더러 "저 소리는 어느 소리에 해당할까?" 하니, 드디어 거문고를 당겨 그 소리에 곡조를 맞추었다. 나는 거기서 하늘의 우레 곡조라는 뜻의 천뢰조(天雷操)란 글을 적은 일이 있다. 김혈조, 335면

▪ 잠시 후 긴 우레가 하늘로 지나갔다. 담헌이 연에게 말하였다. "이 우레 소리는 무슨 소리에 속할까?" 그리고는 마침내 거문고를 당겨 소리를 맞춰보는 것이었다. 나도 마침내 〈천뢰조(天雷操)〉를 지었다. 정민, 286면

▪ 이윽고 긴 천둥소리가 하늘을 지나가자, 담헌이 연(延)더러 "이것은 무슨 성(聲)에 속하겠는가?" 하고서, 마침내 거문고를 당겨 그에 맞추어 조율하니, 나는 드디어 천뢰조(天雷操)를 지었다. 신호열·김명호, 314면

※ 『종북소선』

1 二十二日, 与麴翁步至湛軒, 風舞夜至. 湛軒爲瑟, 風舞琴而和之, 麴翁不冠而歌. 夜深暑氣乍退, 流雲四綴, 兩絃益淸. 左右靜默, 如丹家之內觀臟神, 定僧之頓悟前生. 夫自反而直, 三軍必迋, 麴翁當其歌時, 解衣盤礴, 旁若無人者. 炯菴嘗見簷閒老蛛布網, 喜而謂余曰: "竗哉! 有時遲疑, 有時揮霍. 如蒔麥之踵, 如按琴之指." 今湛軒与風舞相樂也, 吾得老蛛之解矣.

2 去年夏, 余嘗至湛軒, 湛軒方与師延論琴. 時天欲雨, 東方天際, 雲色如墨, 一雷則可以龍矣. 旣而長雷去天, 湛軒謂延曰: "此屬何聲?" 遂援琴而諧之, 終未得云.

❋『종북소선』의 비평

【 미평 】

• 수레가 왔다갔다 하는 게 딱히 흐르는 물과 관련 있는 게 아닌데도 '수레가 흐르는 것 같다'고 표현하고, 낙신洛神이 딱히 놀란 기러기와 관련 있는 게 아닌데도 '놀란 기러기같이 훨훨 날아간다'고 표현하고, 눈길을 옆으로 둔 모습이 우수 어린 눈빛의 오랑캐와 아무 관련이 없는데도 '눈길을 옆으로 둔 모습이 우수 어린 눈빛의 오랑캐 같다'고 표현하고, 누런 거위 새끼가 술과 아무런 관련이 없는데도 '거위 새끼의 누런빛이 술과 같다'고 표현하고, 강요주江瑤柱와 여지荔枝는 아무 관련이 없건만 '강요주의 모양이 여지 같다'고 표현하고, 서호西湖가 딱히 서시西施와 관련 있다고 할 수 없건만 '서호의 풍경이 서시의 미모와 비슷하다'고 표현하고, 세월이 꼭 흰 말과 관련된다고 할 수 없건만 세월이 빨리 흐르는 것을 '마치 문틈 사이로 흰 말이 지나가는 것을 보는 것 같다'고 표현하고, 장씨張氏 집안의 여섯째아들이 꼭 연꽃과 관련된다고 할 수 없건만 '여섯째아들의 외모가 연꽃 같다'고 표현하고, 강물이 딱히 흰 명주와 관련 있는 게 아니건만 '맑은 강물이 깨끗한 게 하얀 명주 같다'고 표현한다.

이들 표현에서 '무엇이 무엇과 같다'는 말은, 퍼뜩 떠오르는 대로 발發해진 데 그 묘미가 있으니, 꼭 그런 비유를 하려고 한 게 아닌데도 그런 비유가 되었고, 자기도 모르게 그런 비유를 하게 된 것이다. 그러니 표절도 아니요, 모방도 아니다. 하늘이 애초에 어떤 물건을 낼 때 반드시 그에 대한 비유도 갖추어 놓게 마련인지라 비유에는 일정한 짝이 있는바 저 부부나 형제처럼 함부로 바꿀 수 없다.

만약 어떤 어리석은 이가 앞의 표현을 모방하여 '수레가 왔다갔다 하는 게 뜬 구름 같다'고 하거나 '놀란 새같이 훨훨 날아간다'고 하거나 '눈길을 옆으로 둔 모습이 괴로워하는 오랑캐 같다'고 하거나 '거위 새끼의 누런빛이 기름과 같다'고 하거나 '강요주의 모양이 용안龍眼 같다'고 하거나 '서호西湖의 풍경이 조비연趙飛燕의 미모와 비슷하다'고 하거나 '문틈 사이로 흰 사슴이 지나가는 것을 보는 것 같다'고 하거나 '여섯째아들의 외모가 복사꽃 같다'고 하거나 '맑은 강물이 깨끗한 게 생사生絲 같다'고 한다면, 말이야 같은 말이겠지만 문장에 전혀 정채精彩가 없게 된다. 혹 꽃으로 꽃을 비유하고, 돌로 돌을 비유한다면, 이는 마치 이 말이 저 말과 같다고 하고, 저 소가 이 소와 같다고 하고, 왼쪽 눈썹이 오른쪽 눈썹과 같다고 하고, 오른쪽 콧구멍이 왼쪽 콧구멍과 같다고 한 격이어서 또한 전혀 정채가 없게 될 터이다.

(車不与流水)[1]期, 而(日車如流水), 神女(不與驚鴻期), 而曰(翩若驚鴻, 側目)不与(愁胡期, 而曰)側目(似愁胡, 鵝兒黃)不与(酒期, 而曰鵝)兒黃(似酒, 江瑤柱)不与(荔支期, 而曰)江瑤柱似荔支, 西湖不与西子期, 而曰西湖比西子, 光陰不与白駒期, 而曰如白駒之過隙, 六郎不与蓮花期, 而曰六郎似蓮花, 江不与練期, 而曰澄江淨似練. 凡曰: "彼曰如者, 妙在瞥然悠然之間, 不期然而然, 莫知爲而爲, 毋勦說, 毋雷同. 天旣生此事, 必又備彼喻, 可以一定, 不可移易, 如婚姻, 如兄弟. 如有癡人倣之, 曰: '車如浮雲, 翩若鷲鳥, 側目似憂夷, 鵝兒黃似油, 江瑤柱似龍眼, 西湖比飛鷰, 如白鹿之過隙, 六郎似桃花, 澄江淨似絹', 同則同矣, 索然無精采耳. 如或以花喻花, 以石喻石, 是此馬如彼馬, 彼牛如此牛, 左眷如右眷, 右鼻孔如左鼻孔, 又索(然無精采耳.)"

역문풀이

수레가 흐르는 것 같다: 한漢나라 때 명제明帝의 비妃였던 마후馬后는 명제가 세상을 떠나고 그의 아들 장제章帝가 즉위하자 태후太后로 봉해졌다. 장제는 태후의 인품을 높이 여겨 태후의 외삼촌에게 관직을 내리려 하였는데, 이때 태후가 나서서 말하길 '친정에 가니 찾아오는 수레는 물 흐르는 듯하고, 찾아오는 말은 용이 헤엄치는 것 같았다'라고 하며 외삼촌의 사치를 비판하고 장제에게 관직을 거둘 것을 요청했다고 한다.

거위 새끼의 누런빛이 술과 같다: 아황주鵝黃酒를 말한다. 당唐나라 때 한주漢州에서 생산되던 술인데, 황색을 띠었으므로 새끼 거위의 털색과 유사하다 하여 아황주라 불렀다.

강요주江瑤柱: 강물에 사는 조개의 일종이다. 패주貝柱가 엄지 손가락만 한데 맛이 아주 감미롭다. 혹은 바닷가 개펄에 사는 조개라는 설도 있다.

여지荔支: 중국 남방에서 자라는 상록교목의 열매로, 용안과 비슷한 모양이다. 하지만 여지는 향기가 있는 반면 용안은 없다.

서호西湖: 중국 절강성浙江省 항주성杭州城 서쪽에 있는 아름다운 호수. 백거이白居易와 소동

---

1) 『종복소선』 사진 자료에는 괄호 속의 글자들이 촬영되지 못했다. 여기서는 전후 문맥을 고려하여 추정에 의해 복원하였다. 복원한 부분은 모두 괄호로 표시한다.

파蘇東坡를 비롯해 여러 시인이 노래했을 정도로 이름난 명승지이다. 송宋나라 때 시인 소동파는 서호의 풍경을 항주 출신의 미인인 서시西施의 미모에 빗댄 바 있는데, 이로 인해 서호를 서자호西子湖라 부르기도 한다.

장씨張氏 집안의~연꽃 같다고 표현하고: 장씨 집안의 여섯째아들은 당나라 측천무후則天武后 때 간신 장역지張易之의 동생인 장창종張昌宗을 말한다. 장창종은 빼어난 외모로 여제女帝의 총애를 받았는데, 집안의 여섯째아들이었으므로 당시 사람들이 그를 두고 "여섯째의 외모가 연꽃 같다"고 말했다고 한다.

용안龍眼: 중국 남방에서 자라는 상록교목의 열매로, 씨가 크고 과육이 적다.

조비연趙飛燕: 중국 전한前漢 말기 성제成帝의 황후인 조의주趙宜主를 말한다. 서시에 버금가는 미모와 뛰어난 춤 솜씨를 지닌 것으로 유명하다.

원문풀이

車如流水: 『후한서』後漢書 권10 상上 「마황후기」馬皇后紀에 나오는 말이다. 해당 부분을 보이면 다음과 같다: "太后素好儉, 前過濯龍門上, 見外家, 問起居者, 車如流水, 馬如游龍, 倉頭衣綠, 構領袖正白, 顧視御者, 不及遠矣. 故不加譴怒, 但絶歲用而已."

翩若驚鴻: 조식曹植의 「낙신부」洛神賦에서 복비宓妃의 모습을 형용한 말이다. 해당 부분을 보이면 다음과 같다: "余告之曰: '其形也, 翩若驚鴻, 婉若游龍, 榮曜秋菊, 華茂春松, 髣髴兮 (…).'" 『조자건집』曹子建集 권3 참조.

側目似愁胡: 두보杜甫의 「매 그림」(畵鷹)이라는 시에 나오는 말이다. 시의 전문은 다음과 같다: "素練風霜起, 蒼鷹畵作殊. 攫身思狡兔, 側目似愁胡. 條鏃光堪摘, 軒楹勢可呼. 何當擊凡鳥, 毛血灑平蕪." 『두시상주』杜詩詳註 권18 참조.

鵝兒黃似酒: 두보가 지은 「뱃전의 새끼 거위」(舟前小鵝兒)라는 시에 나오는 말이다. 시의 전문은 다음과 같다: "鵝兒黃似酒, 對酒愛新鵝. 引頸嗔船逼, 無行亂眼多. 翅開遭宿雨, 力小困滄波. 客散層城暮, 狐狸奈若何" 『두시상주』 권12 참조.

江瑤柱似荔支: 소식蘇軾의 『동파지림』東坡志林에 나오는 말이다. 해당 부분을 보이면 다음과 같다: "僕嘗問荔枝何所似, 或曰荔枝似龍眼, 坐客皆笑其陋, 荔枝實無所似也. 僕云荔枝似江瑤柱, 應者皆憮然, 僕亦不辨. 昨日見畢仲游, 問杜甫似何人, 仲游曰似司馬遷, 僕喜而不答. 蓋與曩言會也." 『동파지림』 권11 참조.

西湖比西子: 소식蘇軾이 지은 「유경문劉景文의 〈개정介亭에 올라〉에 차운하다」(次韻劉景文登介亭)라는 시에 나오는 표현을 조금 고쳐 인용한 것이다. 원래의 시에는 '西湖眞西子'로 되어 있는데 시의 전문을 보이면 다음과 같다: "澤國梅雨餘, 衰年困蒸溽. 高堂磨新磚, 頗

覺利腰足. 松根百尺井, 兩綆飛淨渌. 流觴聚兒童, 一笑爲捧腹. 淸風信可御, 剛氣在巖麓.
始知共此世, 物外無三伏. 長歌入雲去, 不待絃官逐. 西湖眞西子, 煙樹點眉目. 濤江少醞
藉, 高浪翻雪屋. 俛仰拊四海, 百世飛鳥速. 遠追錢氏餘, 近弔祖侯躅. 吾生如寄耳, 寸晷輕
尺玉, 誰似劉將軍, 逸韻謝邊幅. 千言一揮手, 五車不再讀. 春嵐彩雞舞, 月峽哀猿哭. 朝先
啼鴂起, 暮與寒螿續. 我老廢吟哦, 賴君時擊觸. 淸游得三昧, 至樂謝五欲. 莫作狂道士, 氣
壓劉師服.』『소식시집합주』蘇軾詩集合註 권32 참조.

光陰不与白駒期, 而日如白駒之過隙: 『장자』莊子「지북유」知北遊에 "人生天地之間, 若白駒之
　　過卻"이라는 말이 나온다.

六郎似蓮花: 『구당서』舊唐書 권90「양재사전」楊再思傳에 해당 내용이 보인다: "易之之弟昌宗
　　以姿貌見寵倖. 再恩又諛之曰: '人言六郎面似蓮花, 再思以爲蓮花似六郎, 非六郎似蓮花
　　也.' 其傾巧取媚也如此."

澄江淨似練: 사조謝朓가 지은「저녁에 삼산三山을 올라 경읍京邑을 돌아보다」(晩登三山, 還望京
　　邑)라는 시에 나오는 말이다. 시의 전문은 다음과 같다: "灞涘望長安, 河陽視京縣. 白日
　　麗飛甍, 衆差皆可見. 餘霞散成綺, 澄江淨如練. 喧鳥覆春洲, 雜英滿芳甸. 去矣方滯淫, 懷
　　哉罷歡宴. 佳期悵何許, 淚下如流霰. 有情如望鄕, 誰能鬒不變."『사선성집』謝宣城集 권3
　　참조.

勦說: 남의 학설이나 문장을 표절하는 것.

- 　[1]"丹家之內觀臟神, 定僧之頓牾前生"에 원권이 쳐져 있고, "정신을 딱 모아 필묵이 영
묘靈妙하고 생기가 있군"(聚精會神, 筆墨靈活)이라는 비批가 붙어 있다.

- 　[1]의 "麴翁當其歌時, 解衣盤礴, 旁若無人者"에 방점이 찍혀 있다.

- 　[1]의 "有時遲疑, 有時揮霍. 如蒔麥之踵, 如按琴之指"에 원권이 쳐져 있고, "복사꽃을 보
고 도를 깨닫고 혼탈무渾脫舞를 보고 초서의 서법을 깨쳤다고 하니, 어디 간들 깨달음을 주
지 않는 사물이 있겠는가"(見桃花悟道, 見渾脫舞悟艸書, 安往而非不悟之物)라는 비가 붙어 있다.

- 　[1]의 "吾得老蛛之解矣"에 원권이 쳐져 있다.

- 　[2]의 "時天欲雨, 東方天際, 雲色如墨, 一雷則可以龍矣"에 원권이 쳐져 있다.

- 　[2]의 "旣而長雷去天"에 방점이 찍혀 있다.

역문풀이

복사꽃을 보고 도를 깨닫고: 당나라 때 위앙종潙仰宗의 선사禪師였던 영운靈雲이 복사꽃을 보고 깨달음을 얻었다는 일화가 있다. 영운선사가 지은 오도송悟道頌에 관련 내용이 보이는데, 그 전문을 들면 다음과 같다: "三十年來尋劍客, 幾回落葉又抽枝. 自從一見桃花後, 直至如今更不疑."『석창역대시선』石倉歷代詩選 권111 참조.

혼탈무渾脫舞를 보고 초서의 서법을 깨쳤다: 당나라 현종玄宗 때 이름난 서예가였던 장욱張旭이 공손대랑公孫大娘의 검무劍舞와 혼탈무를 보고 초서의 서법을 깨쳤다는 일화가 있다. 이 일화는 두보杜甫가 지은 「공손대랑公孫大娘의 제자가 검무劍舞를 추는 것을 보고 지은 노래」(觀公孫大娘弟子舞劍器行)의 서문에 간략히 언급되어 있는데 해당 부분을 인용하면 다음과 같다: "昔者吳人張旭, 善草書帖, 數嘗於鄴縣, 見公孫大娘舞西河劍器, 自此草書長進, 豪蕩感激, 即公孫可知矣."『두시상주』杜詩詳註 권20 참조.

【 후평 】

- 국옹麯翁과 풍무風舞에 대해서는 두 번 언급하고 담헌湛軒에 대해서는 세 번 언급하고 형암炯菴과 악사樂師 연씨延氏에 대해서는 한 번 언급하고 있어 들쑥날쑥하여 정돈되지 않은 듯 보이지만 지엽枝葉과 근간根幹을 다 갖추고 있어 짧은 글 안에 고원한 기세가 있다.

  再引麯翁、風舞, 三引湛軒, 一引炯菴、師延, 參差若不齊, 俱具枝葉頭目, 尺幅中有遠勢.

- 고요하면 깨닫게 되고 깨달으면 활발발지活潑潑地하게 된다. 이 글은 뜬 구름을 우러르고 흐르는 물을 바라보듯 읽으면 담박함과 심원함을 느낄 수 있다.

  靜則悟, 悟則活. 此文, 仰浮雲觀流水而讀, 可知其澹且逈.

역문풀이

활발발지活潑潑地: 생기 있고 힘차고 상쾌하고 시원스런 상태를 뜻하는 말. 흔히 천리天理가 구현된 모습을 뜻하는 말로 쓰는데 여기서는 도를 깨친 정신의 상태를 가리키는 말로 썼다.

한여름 밤에 모여 노닌 일을 적은 글

22일, 국옹麴翁과 함께 걸어서 담헌湛軒의 집에 갔는데 풍무風舞도 밤에 왔다. 담헌이 슬瑟을 연주하자 풍무는 거문고로 화음을 맞추고 국옹은 갓을 벗어 던지고 노래를 불렀다. 밤이 깊어지자 구름이 사방으로 흩어져 더위가 건듯 물러나 거문고 소리가 더욱 맑았다. 좌우에 앉은 사람들이 고요하니 말이 없는 게 마치 도가道家의 단丹을 닦는 이가 생각을 끊고 가만히 마음을 들여다보고 있는 것도 같고, 참선 중인 승려가 전생을 문득 깨치는 것 같기도 했다. 무릇 스스로를 돌이켜 떳떳할진댄 삼군三軍과도 맞설 수 있는 법이거늘, 국옹은 노래를 부를 때 옷을 풀어헤치고 턱하니 다리를 벌리고 앉아 방약무인하였다.

언젠가 매탕梅宕은 처마의 늙은 거미가 거미줄 치는 걸 보고서는 기뻐하며 내게 이런 말을 한 적이 있다.

"절묘하지 않습니까! 때때로 멈칫멈칫하는 것은 무슨 생각을 하는 것 같고, 때때로 잽싸게 움직이는 것은 흡사 득의한 바가 있는 것 같습니다. 보리 파종할 때 씨를 밟는 발 모양 같기도 하고 거문고 탈 때 줄 누르는 손가락 같기도 합니다."

지금 담헌과 풍무가 소리를 맞추는 모습을 보고 내 비로소 늙은 거미에 대한 매탕의 말이 이해되었다.

지난 여름 내가 담헌의 집에 갔을 때 담헌은 한창 악사樂師 연씨延氏와 거문고에 대해 이야기하고 있었다. 하늘은 비를 머금어 동쪽 하늘가 구름은 온통 먹빛이어서 한번 우레라도 치면 금방 비가 쏟아질 참이었다. 이윽고 긴 우렛소리가 하늘을 지나갔는데 담헌은 연씨에게 "저 소리는 어떤 음에 속할까요?"라고 묻더니 마침내 거문고를 가져와 그 소리에 화답하였다. 나는 이에 감발되어 「하늘의 우레」라는 노래를 지었다.

『중국인 벗들과의 우정』에 써 준 서문

會友錄序

Ⅰ   삼한三韓 서른여섯 도회지에 노닐다 동쪽으로 가 동해를 굽어보면 바다는 하늘과 맞닿아 가없는데 이름난 산과 높다란 봉우리가 그 사이에 솟아 있어 백 리 이어진 들이 드물고 천 호戶 되는 고을이 없으니, 그 땅덩어리가 참으로 좁다 하겠다.

遊乎三韓三十六都之地,[1] 東臨滄海, 與[2]天無極, 而名山巨嶽, 根盤其中, 野鮮百里之闢, 邑無千[3]室之聚, 其爲地也, 亦已狹[4]矣.

역문풀이

『중국인 벗들과의 우정』: 홍대용洪大容(1731~1783)이 엮은 책으로 원제는 '회우록'會友錄이다.

홍대용은 1765년 11월에 작은아버지 홍억洪檍(1722~1809)의 수행원 자격으로 청나라를 방문했고 이듬해인 1766년 북경에서 중국 항주杭州 선비인 엄성嚴誠, 반정균潘庭筠, 육비陸飛 등을 만나 국적을 초월하여 우정을 나누었는데, 이 책은 귀국한 후 당시 서로 주고받았던 필담筆談과 시문詩文, 편지들을 엮은 것이다. 『중국인 벗들과의 우정』이란 책은

---

1) **遊乎三韓三十六都之地** 창강중편본에는 원권이 쳐져 있다.
2) **與** 자연경실본에는 "与"로 되어 있다.
3) **千** 『하풍죽로당집』과 『연상각집』 갑에는 "萬"으로 되어 있다.
4) **狹** 『하풍죽로당집』과 『연상각집』 갑에는 "陜"으로 되어 있다.

1766년 6월 15일에 완성되었는데, 홍대용의 저서인 『담헌서』湛軒書 외집外集 권2의 『간
정동필담』乾淨衕筆談 및 외집 권3에 실린 『간정동필담 속』乾淨衕筆談續과 「간정록 후어」乾
淨錄後語가 이에 해당한다. 간정동은 세 중국 선비의 숙소가 있던 곳이다.

삼한三韓: '삼한'은 원래 고조선 이후 세워진 부족국가인 마한馬韓, 진한辰韓, 변한弁韓을 총칭
하는 말인데 여기서는 조선을 가리키는 말로 쓰였다.

서른여섯 도회지: 전국의 여러 도회지를 총칭하는 말로 보인다.

번역의 동이

1-1　　　삼한三韓 서른여섯~좁다 하겠다

·　삼한(三韓) 옛땅의 서른 여섯 도회지를 두루 돌아서 동으로 동해에 이르면 바닷물이 하늘에 닿아
서 끝이 보이지 않는 것이다. 그런데 류지 우에는 이름난 산과 웅장한 봉우리들이 뻗치고 있어서 백리
되는 평야가 드물고 천호 되는 고을이 없으니 그 지역 된 품이 애초에 좁다란 것이다. 홍기문, 「박지원 작
품선집 1」, 163면

·　삼한(三韓) 삼 십 육도(三十六都)의 땅을 둘러보건대, 동쪽으로 창해(滄海)에 임하여 하늘과 맞닿
아 끝이 없고, 이름난 산과 거대한 산악이 그 가운데 뿌리 박아 서리고 있는데, 들은 백리 되는 데가 드
물고 읍(邑)은 천호 되는 데가 없으니 그 땅덩이가 또한 너무나 좁다하겠다. 이상은, 국역 「담헌서 II」, 7면

·　삼한(三韓) 36도(都)의 땅을 두루 돌아서 동으로 동해에 이르면 바다가 하늘과 맞닿아 끝이 없는
데, 명산거악(名山巨嶽)이 그 가운데 뿌리박고 서려 있는 이 땅, 백 리 되는 평야가 드물고 천 호 되는
고을이 없으니, 그 지세의 되어 있는 품부터가 역시 애초에 편협하다. 이동환, 「한국의 실학사상」, 235면

·　삼한 옛 땅의 서른여섯 도회지를 두루 돌아서 동으로 동해에 이르면 바닷물이 하늘에 맞닿아서
끝이 보이지 않는다. 그런데 땅 위에는 이름난 산과 웅장한 봉우리들이 그 안에 뻗치고 서리어 있어
백리 되는 평야가 드물고 천 호(戶) 되는 고을이 없으니 그 땅덩이 된 품이 또한 애초부터 좁다란 것
이다. 김혈조, 「그렇다면 도로 눈을 감고 가시오」, 246면

·　우리나라 36도(都)의 땅을 돌아보면 동쪽으로는 큰 바다에 임하여 바닷물이 하늘과 더불어 끝이
없고 이름난 산과 큰 멧부리들이 그 중앙에 서리어 있어, 들판은 백 리가 트이어 있는 곳이 드물고 고
을은 천 호가 모여 있는 곳이 없으니 그 지역 자체가 벌써 편협하다 하겠다. 신호열·김명호, 「연암집 1」, 3~4면

2　　　옛날의 이른바 양자楊子, 묵자墨子, 노자老子, 부처와 같은 유도 아니건만
네 가지 의론이 존재하고, 옛날의 이른바 사士, 농農, 공工, 상商도 아니건만 네 가
지 신분이 존재한다. 단지 그 숭상하는 바가 같지 않아서일 뿐이건만 서로 헐뜯

는 의론을 펼쳐 진秦나라와 월越나라가 소원한 것보다 더 소원하고, 그 처한 바가 달라서일 뿐이건만 신분에 차등을 둠이 중화中華와 오랑캐를 구분하는 것보다 더 엄격하다.

그리하여 그 의론이 다름을 꺼려, 이름은 들어 알고 있으면서도 친구 하지는 아니하고, 지체가 다름에 구애되어, 서로 접촉은 하면서도 감히 벗 삼으려고는 않는다. 그 사는 마을이 같고 종족이 같으며 언어와 의관衣冠이 나와 저 사이에 별로 다른 것이 없건만 서로 친구 하지 않으니 서로 혼인인들 하겠는가? 서로 벗을 삼지 않으니 더불어 도道를 꾀할 수 있겠는가? 이 네 가지 의론과 네 가지 신분이 아득히 수백 년 동안 사람들을 진나라와 월나라, 중화와 오랑캐의 관계처럼 만들었으나 지붕을 맞대고 담장을 나란히 한 채 생활하고 있다. 그 습속이 어찌 이리 편협할까!

非古之所謂楊、墨、老、佛, 而議論之家, 四[1]焉; 非古之所謂士農工商,[2] 而名分之家, 四[3]焉.[4] 是惟所賢者, 不同耳, 議論之互激, 而異於秦、越; 是惟所處者, 有差耳, 名分之較畫, 而嚴於[5]華夷. 嫌於形跡,[6] 則相聞而不相知; 拘於等威, 則相交而不敢[7]友. 其里閈同也, 族類[8]同也, 言語衣冠, 其與我異者幾希矣, 旣不相知, 相與[9]爲婚姻乎! 不敢友焉, 相與[10]爲謀道乎![11] 是數家者, 漠然數百年之間, 秦、越華夷焉, 比屋連墻[12]而居矣. 其俗又何其隘也!

---

1) **四** 이 글자 뒤에 『여한십가문초』에는 "노론당, 소론당, 남인당, 북인당이다"(老黨、小黨、南黨、北黨)라는 세주가 있고, 창강중편본에는 "노론, 소론, 남인, 북인의 네 가지 당파이다"(老、少、南、北四黨)라는 세주가 있다.

2) **商** 『동문집성』에는 "賈"로 되어 있다.

3) **四** 『여한십가문초』에는 이 글자 뒤에 "네 가지 당파에 속한 사람, 네 가지 당파에 속하지 않은 사람, 중인, 서얼이다"(四黨人, 非四黨人, 中人, 庶孼)라는 세주가 있다. 창강중편본에는 "네 가지 당파에 속한 사람, 네 가지 당파에 속하지 않은 사람, 중인, 서족이다"(四黨人, 非四黨人, 中人, 庶族)라는 세주가 있다.

4) **非古之所謂楊、墨、老、佛~而名分之家, 四焉** 승계본에는 "의론이란 노론, 소론, 남인, 북인의 넷이고, 명분이란 네 가지 당파에 속한 사람, 네 가지 당파에 속하지 않은 사람, 중인, 서족의 넷이다"(議論之家, 老少南北四黨. 名分之家, 四黨人, 非四黨人, 中人, 庶族)라는 두주가 달려 있다.

5) **於** 『하풍죽로당집』에는 "如"로 되어 있다.

6) **跡** 『하풍죽로당집』과 『동문집성』에는 "迹"으로 되어 있다.

7) **敢** 『여한십가문초』에는 "相"으로 되어 있다.

8) **族類** 『하풍죽로당집』과 『연상각집』 갑에는 "類族"으로 되어 있다.

9) **與** 자연경실본에는 "与"로 되어 있다.

10) **與** 자연경실본에는 "与"로 되어 있다.

11) **旣不相知~相與爲謀道乎** 창강중편본에는 방점이 찍혀 있다.

12) **墻** 영남대본에는 "牆"으로 되어 있다.

역문풀이

양자楊子, 묵자墨子, 노자老子, 부처와~네 가지 의론이 존재하고: 이 구절은 당시 조선에서 노
　　론老論, 소론少論, 남인南人, 소북小北의 네 당파가 정치적, 사회적 견해를 달리하며 공존
　　했던 것을 역사상 서로 다른 논의를 펼치며 대립했던 사상들에 빗대어 말한 것이다. 양
　　자는 양주楊朱라고도 하는데, 전국시대의 사상가로 극단적인 이기주의利己主義를 내세웠
　　다. 묵자는 양자와는 반대로 이타주의利他主義에 해당하는 겸애설兼愛說을 주장했다. 노
　　자는 무위자연無爲自然을 주장한 인물이다.

사士, 농農, 공工, 상商도 아니건만~네 가지 신분이 존재한다: '네 가지 신분'이란 문반文班·
　　무반武班·서족庶族·중인을 가리키는 것이 아닌가 한다. 김택영金澤榮(1850~1927)은 이를
　　사당인四黨人, 비사당인非四黨人, 중인中人, 서족庶族이라고 보았으나 수긍하기 어렵다.

진秦나라와 월越나라가~더 소원하고: 진나라와 월나라는 춘추시대의 나라로 진나라는 중국
　　서북부에, 월나라는 중국 동남부에 위치해 있어 두 나라가 멀리 떨어져 있었다. 그래서
　　멀리 떨어져 있거나 소원한 사이, 피차 상관없는 것을 비유할 때 '진나라와 월나라 사
　　이'라는 표현을 쓴다. 이 비유는 한유韓愈의「쟁신론」諍臣論에서 처음으로 사용되었다.

종족이 같으며: 같은 민족이라는 뜻이다.

언어와 의관衣冠이~다른 것이 없건만: 홍대용이 언어와 의관이 다른 중국 항주 선비들과 교
　　유한 것을 염두에 둔 말이다.

원문풀이

名分: 명의名義가 정해진 데 따라 지켜야 할 직분. 여기서는 신분을 가리킴.

賢: 좋아한다는 뜻.

華夷: 중화민족과 오랑캐.

形跡: 원래 자취라는 뜻인데 여기서는 당색黨色을 가리킨다.

等威: 신분상의 엄격한 차등.

是數家者: 원문의 '議論之家'와 '名分之家'를 합해서 이른 것이다.

번역의 동이

2-1　　　옛날의 이른바~신분이 존재한다

· 　옛날에 이르던 양주(楊朱), 묵적(墨翟), 로자(老子), 부처 등이 아니언만 대립된 의논이 네 파요 옛
날에 이르던 선비, 농삿군, 공장바치, 장사치 등이 아니언만 구별되는 등급이 네 층이다. 홍기문, 163면

· 　옛날의 이른바 양·묵·노·불(楊·墨·老·佛)도 아니면서 의론의 파벌이 넷이나 되고 옛적의 이른

106

바 사·농·공·상(士·農·工·商)도 아니면서 명분(名分)의 주장이 넷이나 되니 이상은, 7면

- 옛날의 이른바 양주(楊朱)·묵적(墨翟)·노자(老子)·불타도 아니면서 의논의 대립은 네 파(派)나 되고, 옛날의 이른바 사족(士族)·농민·공장(工匠)·상고(商賈)도 아니면서 명분의 차등이 네 가지나 된다. 이동환, 235면
- 옛날의 이른바 양주, 묵적, 노자, 부처 등이 아니건만 대립된 이론이 네 파가 생겨나고, 옛날의 이른바 선비, 농사꾼, 공장바치, 장사치 등이 아니건만 구별되는 등급이 네 층 생겼다. 김혈조, 246면
- 그런데 옛날의 이른바 양(楊)·묵(墨)·노(老)·불(佛)이 아닌데도 의론의 유파가 넷이며, 옛날의 이른바 사(士)·농(農)·공(工)·상(商)이 아닌데도 명분의 유파가 넷이다. 신호열·김명호, 4면

2-2 그리하여 그 의론이~삼으려고는 않는다

- 피차에 이름을 들으면서도 남의 혐의를 꺼리어 서로 찾아 다니지 못하고 피차에 상종을 하면서 신분이 구애되어 감히 벗으로 사귀지 못한다. 홍기문, 163~164면
- 형적이 혐의쩍으면 서로 들으면서도 모르는 체하고 등위(等威 신분 위세)에 구애되면 서로 상대하면서도 감히 벗하지 못한다. 이상은, 7~8면
- 피차에 이름은 들으면서도 남의 이목에 드러날까 꺼리어 서로 알려고 하지 않고, 서로 교제는 하면서도 신분상의 차등에 구애되어 감히 벗으로 삼지는 아니한다. 이동환, 235면
- 피차에 알면서도 남의 혐의를 꺼리어 찾아다니지 못하고 피차에 상종을 하면서도 신분에 구애되어 감히 벗으로 사귀지 못한다. 김혈조, 246면
- 그리하여 형적이 드러남을 꺼려서 서로 소문은 들으면서도 알고 지내지 못하며, 신분상의 위엄에 구애되어 서로 교류를 하면서도 감히 벗으로 사귀지는 못한다. 신호열·김명호, 4면

2-3 이 네 가지 의론과~어찌 이리 편협할까

- 아득하니 수백년 이래로 이 몇 집안이 집을 맞대고 담을 련해서 살면서도 적대되는 두 나라의 형세처럼 또는 문명인이 야만인을 대한 관계와 같이 지내는구나! 그 풍속이 어째 이다지도 좁단 말인가? 홍기문, 164면
- 이 몇갈래 가(家)들이 막연하게 수 백년 동안을 진·월과 같고 화·이와 같이 대립된 상태로 집을 나란히 하고 담장을 연대어 살고 있으니, 그 습속이 또한 어찌 그리도 좁은 것일까! 이상은, 8면
- 이 몇 집안은 아득하니 수백년 동안을 지붕을 맞대고 담장을 연해 살면서도 마치 진·월과 화이(華夷)의 관계처럼 지내오고 있으니 그 풍속이 또 어찌 이다지도 협애(狹隘)한가! 이동환, 236면
- 아득하니 수백 년 이래 이 몇 집안이 적대되는 두 나라처럼, 또는 문명인이 야만인을 대하는 것처럼 지내는구나. 집을 맞대고 담을 연하여 살면서도 그 풍속은 어째 이다지 좁아빠졌단 말인가? 김혈조, 246~247면
- 이러한 몇몇 유파가 아득한 수 백 년 동안 진과 월, 화와 이처럼 서로 대하면서 집을 나란히 하고 담을 잇대어 살고 있으니, 그 습속이 또 어찌 그리도 편협한가. 신호열·김명호, 4면

3   홍군洪君 덕보德保는 일찍이 한 필 말을 타고 사행使行을 따라 중국에 간 적이 있다. 시가지를 배회하고 여항閭巷의 좁은 골목을 바장이다가 마침내 항주杭州에서 온 세 명의 선비를 만나게 되었다. 그리하여 몰래 그들이 묵는 여관을 찾아가 마치 오랜 친구처럼 환담했으니, 하늘의 명命이 사람에게 성性으로 품부稟賦된 이치라든가 주자학朱子學과 육왕학陸王學의 차이라든가 세도世道가 성하고 쇠한 기미라든가 벼슬길에 나아가거나 물러나는 일의 영광스러움과 욕됨의 분간 등등에 대하여 샅샅이 논하며, 근거를 들어 고찰하고 입증하니, 서로 마음에 맞지 않는 게 없었다. 서로간에 잘못을 지적하고 충고하는 말은 모두 지성스럽고 간절한 데서 우러나온 것이었다. 이에 처음에 서로 지기知己로 허여하다가 종국에는 의형제를 맺었다. 서로 흠모하고 좋아함은 마치 성색聲色을 좇는 것 같았고, 서로 저버리지 않음은 마치 하늘에 맹세한 것 같았으니, 그 의義가 족히 사람들을 감읍感泣시킬 만했다.

洪君德保, 嘗一朝蹄一騎, 從使者, 而至中國,[1] 彷徨乎[2]街市之間, 屛營於側陋之中, 乃得杭州之遊[3]士三人焉. 於是間步旅邸, 歡[4]然如舊, 極論天人性命之源、朱陸道術之辨、進退消長之機、[5]出處榮辱之分, 攷[6]據證定, 靡不契合, 而其相與[7]規告箴導之言, 皆出於至誠惻怛, 始許以知己, 終結爲兄弟. 其相慕悅也, 如嗜欲, 其相無負也, 若詛盟, 其義有足以感泣人者.

역문풀이

덕보德保: 홍대용洪大容의 자字. 호는 담헌湛軒이다.

항주杭州: 중국 절강성浙江省에 위치한 도시이다.

주자학朱子學과 육왕학陸王學의 차이: '주자학'은 남송南宋의 주희朱熹(1130~1200)가 북송 이

---

1) 嘗一朝蹄一騎~而至中國 창강중편본에는 방점이 찍혀 있다.
2) 乎 한씨문고본, 용재문고본, 『담헌서』에는 "于"로 되어 있다.
3) 遊 창강초편본, 『여한십가문초』, 창강중편본에는 "游"로 되어 있다.
4) 歡 『동문집성』에는 "懽"으로 되어 있다.
5) 機 영남대본에는 "幾"로 되어 있다.
6) 攷 『여한십가문초』와 『담헌서』에는 "考"로 되어 있다.
7) 與 자연경실본에는 "与"로 되어 있다.

래의 이학理學을 집대성하여 정립한 학문 체계를 일컫는 말이며, '육왕학'은 송나라 육구
연陸九淵(1139~1192)과 명나라 왕수인王守仁(1472~1528)의 학문을 일컫는 말이다. 주희와
육구연은 송대宋代 유학의 중요한 두 흐름을 대표하는 인물로, 주자학자들은 육구연이
학문 연구를 경시하고 마음의 수양만 중시한 점을 들어 그를 이단시하며 공격하였다. 왕
수인은 주자학의 공소空疎함과 번쇄함을 깨닫고 육구연의 학설을 계승하여 마음공부와
지행합일知行合一을 강조하는 새로운 사상 체계를 창시한바 이것이 바로 양명학陽明學이
다. 주자학에서는 마음과 사물에서 부단히 '이'理를 궁구해 가는 일이 요구되는 반면, 양
명학에서는 '심'心의 수양만이 요구된다. 전자가 객관적 유심론이라면 후자는 주관적 유
심론이라고 할 수 있는데, 이런 점에서 양명학은 선학禪學과의 친연성이 두드러졌으며
주자학과는 확연히 구분되었다. 조선에서는 주자학만을 정통으로 여겼으며 퇴계가 양명
학을 이단이라 비판한 이래 양명학을 늘 이단으로 간주하였다.

원문풀이

屛營: 배회하는 모습.

側陋: 궁벽하고 좁은 곳.

間步: 사잇길로 감. 혹은 몰래 감.

天人性命之源: 하늘의 명命이 사람에게 성性으로 품부된 이치를 말한다. 『중용』中庸의 "天命
　　之謂性"에 대한 주자의 다음과 같은 해석이 참고된다: "命猶令也, 性卽理也. 天以陰陽五
　　行, 化生萬物, 氣以成形, 而理亦賦焉, 猶命令也. 於是, 人物之生, 因各得其所賦之理, 以爲
　　健順五常之德, 所謂性也."

朱陸: '朱'는 주희朱熹를, '陸'은 육구연陸九淵을 가리킨다. 그런데 여기서 육陸은 비단 육구
　　연만이 아니라 그를 잇는 명대明代 학자인 왕수인王守仁도 포함한다.

進退消長: 세도가 성하고 쇠하며 나타나고 사라진다는 뜻으로 쓰인 말이다. 여기서는 한 시
　　대의 기수氣數가 좋아질 때도 있고 나빠질 때도 있다는 것을 말한다. 당시 선비들은 청
　　나라가 오랑캐에 의해 건립된 것과 관련해 세계의 기수氣數가 암흑세계로 들어갔다고 보
　　는 경우가 많았는데 이 말은 그러한 의미를 염두에 두고 한 말이다.

攷據: 참고하여 근거로 삼음.

契合: 꼭 들어맞음. 부합됨.

規告: 잘못을 지적해 줌.

箴導: 충고하여 이끌어 줌.

詛盟: 맹세함.

번역의 동이

3-1　　　하늘의 명命이~우러나온 것이었다

· 하늘과 사람의 유래며 정통과 이단(異端)의 구별이며 력대 정치와 사상의 변천이며 거기 대처할
선비들의 태도를 따지고 단정하는 데서 합치되지 않는 견해가 없었을 뿐 아니라 서로 권면하고 충고
하는 말이 모두 간절한 성심성의로부터 우러나왔던 것이다. 홍기문, 164면

· 천명·인성의 근원〔天人性命之源〕, 주자(朱子)와 육 상산(陸象山)의 학술의 구분, 진퇴(進退)·소
장(消長)의 기미, 출처(出處)·영욕(榮辱)의 분수 같은 것을 더할 수 없이 토론하였는데, 고거(考據)와
증정(證定)이 들어맞지 않는 것이 없었으며, 그 서로 서로 충고하고 선도하여 주는 말이, 모두 지성(至
誠)과 측은한 마음에서 나온 것이었다. 이상은, 8면

· 천인성명(天人性命)의 근원이며, 주륙도술(朱陸道術)의 분변이며, 진퇴소장(進退消長)의 기미며,
출처영욕(出處榮辱)의 분수 등의 문제에 걸쳐 열띤 토론을 했는데, 증거를 따지고 결론을 내리는 데에
서로 계합(契合)하지 않는 것이 없었으며, 피차에 주고받는 충고와 조언도 모두 지성스럽고 간절한 마
음에서 우러나온 것이었다. 이동환, 236면

· 하늘과 사람의 근원이며 정통과 이단의 구별, 역대의 정치와 사상의 변천이며 거기 대처한 선비
들의 태도를 따지고 단정하는 데서 합치되지 않은 견해가 없었을 뿐 아니라, 서로 권면하고 충고하는
말이 모두 간절한 성심성의로부터 우러나왔던 것이다. 김혈조, 247면

· 천인(天人)과 성명(性命)의 근원이며, 주자학(朱子學)과 육왕학(陸王學)의 차이며, 진퇴(進退)와
소장(消長)의 시기며, 출처(出處)와 영욕(榮辱)의 분별 등을 한껏 토론하였는데, 고증하고 증명함에 있
어 의견이 일치하지 않은 적이 없었으며, 서로 충고하고 이끌어 주는 말들이 모두 지극한 정성과 염려
하고 걱정하는 마음에서 우러나왔다. 신호열·김명호, 4~5면

3-2　　　서로 흠모하고~감읍感泣시킬 만했다

· 서로 사모하기를 무슨 탐나는 물건이나 욕심내듯 하고 서로 저버리지 말자고 언약하기를 무슨 맹
세나 하듯 하니 그 의리가 족히 다른 사람들을 감격시키어 눈물을 흐르게 하는 것이다. 홍기문, 164~165면

· 서로 사모하고 좋아하기를 기욕(嗜慾)과 같이 하고, 서로 저바리지 않기를 굳은 맹서와 같이하여,
그 의리가 사람들을 감읍(感泣) 시켰다. 이상은, 8면

· 서로 흠모하고 좋아하기를 마치 기욕(嗜慾)이 발동된 듯이 했으며, 서로 저버리지 말자고 언약하
기를 마치 무슨 맹세나 하듯이 했다. 이와 같이 그 의리가 족히 사람을 감동시켜서 눈물이 나오게 할
만했다. 이동환, 236면

· 서로 사모하기를 무슨 탐나는 물건이나 욕심내듯 하고, 서로 저버리지 말자고 언약하기를 무슨
맹세나 하듯 하니, 그 의리가 족히 사람들을 감격시켜 눈물을 흘리게 하는 것이었다. 김혈조, 247면

· 서로 그리워하고 좋아하기를 여색을 탐하듯이 하고, 서로 저버리지 말자 하기를 마치 동맹을 맺
기로 서약하듯 하니 그 의기가 사람을 눈물겹게 하기에 충분하였다. 신호열·김명호, 5면

④　　　아! 우리나라에서 항주까지는 거의 만 리이니 홍군은 이제 다시는 세 선비를 만나볼 수 없으리라. 그런데 접때 자기 나라에 살 땐 같은 동네에 살면서도 서로 친구 하지 않더니 지금 만 리나 먼 곳에 있는 사람들과 교우하고 있고, 접때 자기 나라에 살 땐 같은 종족이면서도 서로 사귀지 않더니 지금 다시는 만나볼 수 없는 사람들을 벗 삼고 있으며, 접때 자기 나라에 살 땐 언어와 의관이 같아도 서로 벗 삼지 않더니 지금 갑자기 서로 말도 다르고 옷차림도 다른 사람들을 친구로 받아들이니 어떻게 된 일일까?

홍군은 서글픈 표정으로 이윽히 있더니 이렇게 말했다.

“나는 우리나라에 사람이 없어 벗을 사귈 수 없다고 생각지는 않지만, 실로 지경地境에 국한되고 습속에 구애되어 답답한 마음이 없지 않았사외다. 지금의 중국이 옛날의 중국이 아니고 그 사람들이 입고 있는 옷이 저 옛날 중국의 선왕先王들이 만든 옷이 아니라는 걸 난들 왜 모르겠습니까? 그렇기는 하나 그들이 살고 있는 땅은 어찌 요堯임금, 순舜임금, 우禹임금, 탕湯임금, 문왕文王, 무왕武王, 주공周公, 공자孔子가 밟던 땅이 아니겠습니까? 또 그들이 사귀는 선비는 어찌 제齊, 노魯, 연燕, 조趙, 오吳, 초楚, 민閩, 촉蜀 땅의 넓은 견문과 멀리 노닌 경험을 지닌 선비가 아니겠습니까? 그리고 그들이 읽는 책은 어찌 삼대三代 이래 사해四海 만국萬國에서 나온 온갖 서적이 아니겠습니까? 제도는 비록 변했어도 도의道義는 바뀌지 않거늘, 이른바 옛날의 중국이 아니라고 한 그곳에 어찌 그 백성은 될지언정 그 신하는 되지 않겠다는 사람이 없다고 하겠습니까?

그렇다고 한다면 저들 세 선비가 나를 볼 때 중화와 오랑캐의 구별이라든가 의론이나 지체가 다른 데 대한 거리낌이 왜 없었겠습니까? 그럼에도 번거로운 법도를 깨뜨리고 자잘한 예절도 치워 버리고는 진정眞情을 드러내고 간담을 토로했으니 그 크고 너른 마음이 쩨쩨하게 명예나 권세나 이익의 길에서 아득바득하는 치들과 어찌 같다고 하겠습니까?”

嗟呼!¹⁾ 吾東之去吳,²⁾ 幾萬里矣, 洪君之於三士也, 不可以復見矣. 然而向也居其國, 則同其里閈, 而不相知, 今也交之於萬里之遠; 向也居其國, 則同其族類,³⁾ 而不相交, 今也友之於不可復見之人; 向也居其國, 則言語衣冠之與⁴⁾同, 而不相友也, 迺⁵⁾ 今猝然相許於殊音異服之俗者, 何也?⁶⁾ 洪君愀然爲間⁷⁾曰: “吾非敢謂⁸⁾域中之無其人, 而不可與⁹⁾相¹⁰⁾友也. 誠局於地, 而拘於俗, 不能無鬱然於心矣. 吾豈不知中國之非古之諸夏也, 其人之非先王之法服也? 雖然, 其人所處之地, 豈非堯、舜、禹、湯、文、武、周公、孔子所履之土乎; 其人所交之士,[11] 豈非齊、魯、燕、趙、吳、楚、閩、蜀博見遠遊之士乎; 其人所讀之書, 豈非三代以來四海萬國極博之載籍乎? 制度雖變, 而道義不殊, 則所謂非古之諸夏者, 亦豈無爲之民而不爲之臣者乎? 然則, 彼三人者之視吾, 亦豈無華夷之別而形跡等威之嫌乎? 然而破去繁文, 滌除苛節, 披情露眞, 吐瀝肝膽, 其規模之廣大, 夫豈規規齷齪於聲名勢利之道[12]者乎?"

역문풀이

선왕先王: 중국 고대의 성인들을 가리키는 말이다. 아래에서 거론되는 요임금, 순임금, 우임금, 탕임금, 문왕, 무왕, 주공, 공자와 같은 이상화된 군주이자 인류의 스승을 가리킨다.

지금의 중국이~왜 모르겠습니까: 당시 청나라는 한족이 세운 명나라를 무너뜨리고 들어선 이민족 왕조였다. 그래서 중화사상에 젖어 있던 조선의 선비들은 청나라가 더 이상 중화의 전통을 잇는 중국이 아니라 여기고 부정하였다. 그리고 변발과 같은 이민족 특유의 두발 문화나 복식 문화를 통해 청나라가 기존의 중화와 다르다는 사실을 확인하였다.

그들이 살고 있는 땅은~밟던 땅이 아니겠습니까: 여기서 거론된 인물들은 모두 중국의 성군聖君, 성인聖人들이다. 따라서 이 말은 중국이 비록 이민족의 지배 하에 있지만 중화 문화의 전통은 그대로 남아 있다는 의미이다. 요堯임금과 순舜임금은 전설상의 인물로 중국 고대의 이상적인 제왕들이며, 우禹임금은 순임금이 죽은 후 제왕으로 추대된 인물로,

---

1) 呼　『하풍죽로당집』, 『연상각집』 갑, 『동문집성』, 승계본, 영남대본, 망창창재본 갑에는 "乎"로 되어 있다.
2) 吳　『하풍죽로당집』, 『연상각집』 갑, 『동문집성』에는 "杭"으로 되어 있고, 창강중편본과 『여한십가문초』에는 "越"로 되어 있다.
3) 族類　『하풍죽로당집』, 『연상각집』 갑, 자연경실본, 한씨문고본, 승계본, 영남대본, 망창창재본 갑, 망창창재본 을에는 "類族"으로 되어 있다.
4) 與　자연경실본에는 "与"로 되어 있다.
5) 酒　한씨문고본, 창강초편본, 창강중편본, 영남대본, 망창창재본 갑에는 "廼"로 되어 있다.
6) **然而向也居其國~何也**　창강중편본에는 방점이 찍혀 있다.
7) 間　망창창재본 을에는 "問"으로 되어 있다.
8) 謂　한씨문고본에는 "爲"로 되어 있다.
9) 與　자연경실본에는 "与"로 되어 있다.
10) 相　용재문고본에는 "同"으로 되어 있다.
11) 士　『하풍죽로당집』, 『연상각집』 갑, 『동문집성』에는 "人"으로 되어 있다.
12) 道　창강초편본, 『여한십가문초』, 창강중편본, 영남대본에는 "塗"로 되어 있다.

중국 최초의 왕조로 알려진 하夏나라의 건립자로 알려져 있다. 탕湯임금은 하나라의 폭군 걸왕桀王을 제거하고 은나라를 건립한 인물이다. 문왕文王은 주周나라 왕실의 기틀을 다진 인물이며, 무왕은 문왕의 아들로 은나라를 타도하고 주나라를 세운 인물이다. 주공周公은 주나라 무왕의 아우로 주공단周公旦으로 불리는데, 무왕을 도와 은나라를 무너뜨렸고, 무왕이 죽은 후에는 섭정攝政을 했지만 무왕의 아들인 성왕成王이 장성한 뒤 권력에 미련을 두지 않았다.

그들이 사귀는 선비는~선비가 아니겠습니까: 중국이 비록 이민족의 지배 하에 있긴 하지만 중국 선비들은 여전히 유구한 중화 문화의 전통을 두루 견문하고 배울 수 있다는 뜻이다. 여기서 제齊, 노魯, 연燕, 조趙, 오吳, 초楚, 민閩, 촉蜀은 중국 각지를 대표하는 지역의 전통적인 명칭이다. 제齊와 노魯는 산동성 일대, 연燕은 하북성 일대, 조趙는 산서성 일대, 오吳는 강소성 일대, 초楚는 호남성과 호북성 일대, 민閩은 복건성 일대, 촉蜀은 사천성 일대를 가리킨다.

삼대三代: 중국 상고시대의 세 나라인 하夏나라, 은殷나라, 주周나라를 가리킨다.

어찌 그 백성은 될지언정~없다고 하겠습니까: 이민족이 지배하는 청나라에서 어쩔 수 없이 살아가지만 그들의 조정에 나아가 신하가 되려는 뜻이 없는, 곧 출세를 거부하는 지조 있는 선비들이 없지 않으리라는 뜻이다.

원문풀이

吳: 중국 강소성江蘇省 소주蘇州를 가리킨다. 그런데 '오'吳라 한 것은 연암의 착각으로, 홍대용의 중국인 벗들은 소주가 아니라 항주杭州 사람들이기에 '오'吳가 아니라 '월'越이라고 해야 옳다. 예전에 중국 절강성浙江省 항주를 '월'越이라고 했다. 소주와 항주는 예로부터 물산이 풍부하고 학문과 예술의 요람이었던바, 이른바 '강남'江南으로 일컬어지면서 중국 사대부 문화의 기지基地를 형성하였다. 특히 남송南宋대 이래 강남은 중국 문화를 견인하는 핵심적 역할을 하였다. 당시 조선의 지식인들은 만주족이 세운 청나라를 업신여기면서 한족漢族이 이룩한 중화 문명의 거점으로서 강남을 주목하거나 동경하고 있었다. 따라서 홍대용이 항주 선비들을 만나 교유하고 토론을 벌인 것은 중화 전통과의 대화라는 의미를 갖는다.

愀然: 발끈하여 안색이 변하는 모양.

諸夏: 중국을 가리키는 말.

法服: 제정된 정식 의복.

形跡: 원래 겉으로 드러나는 자취를 가리키는 말이나 여기서는 입장의 차이를 가리키는 말로 썼다고 생각된다. 곧 의론이나 이념에 따른 입장이나 생각의 차이를 말한다.

規規: 작은 모양.

齷齪: 작은 모양. 혹은 작은 일에 구애되는 모양.

번역의 동이

4-1　　지금의 중국이~왜 모르겠습니까

* 내가 어찌 오늘의 중국이 옛날의 중국이 아니요 또 그 사람들도 옛날의 옷차림이 아니라는 것을 모르겠는가? 홍기문, 165면

* 내가 어찌 오늘의 중국이 옛날의 저하(諸夏 중화(中華)의 제후국(諸侯國))가 아니고 그 사람의 옷이 선왕들의 법복(法服)이 아닌 것을 모르겠는가. 이상은, 9면

* 난들 왜 오늘날의 중국이 옛날의 그 중국이 아니며, 또 그 사람들의 복식(服飾)도 옛 중국 정통의 복식이 아님을 모르겠는가? 이동환, 236면

* 난들 어찌 오늘의 중국이 옛날의 중국이 아니며 또 그 사람들의 복식이 옛날의 옷차림이 아니라는 것을 모르고 있으랴? 김혈조, 247면

* 내 어찌 중국이 옛날 중국이 아니며 그 사람들이 선왕의 법복(法服)을 그대로 따르지 않는다는 것을 모르겠소. 신호열·김명호, 5면

4-2　　제도는 비록~없다고 하겠습니까

* 제도는 비록 변했다고 하더라도 도덕과 의리가 달라질 수 없다면 그 밑에서 백성으로는 살망정 관리로 나서지는 않겠다는 사람이 어째서 없다고 볼 것인가? 홍기문, 166면

* 제도는 비록 변경되었어도 도의는 달라질 수 없는 것이니, 이른바 옛적의 저하(諸夏)가 아니라는 것이, 또한 어찌 그 백성 노릇을 하면서도 그 신하 노릇은 하지 않는 사람이 없겠는가? 이상은, 9면

* 제도는 비록 변했다고 하더라도 도덕과 의리는 달라지지 않았다면, 이른바 옛날의 그 중국이 아닌 상황하에도 백성으로는 살지언정 신자(臣子)는 되지 않겠다는 사람들이 어찌 없겠는가? 이동환, 237면

* 제도는 비록 바뀌었다고 하더라도 도덕과 의리는 달라지지 않을 것이다. 그렇다면 옛날의 중국이 아닌 그곳에 백성으로는 살망정 신하가 되지 않겠다는 사람이 어찌 없다 할 것인가? 김혈조, 248면

* 제도는 비록 바뀌었으나 도의는 달라지지 않았으니, 이른바 옛 중국이 아닌 지금 중국에도 그 나라의 백성으로는 살고 있을망정 그 나라의 신하가 되지 않는 사람이 어찌 없겠소. 신호열·김명호, 6면

4-3　　그렇다고 한다면~왜 없었겠습니까

* 그와 함께 저 세 사람이 나를 볼 적에도 외국 사람이라고 해서 소외하는 마음과 신분과 처지를 따지여 혐의쩍은 생각이 어째서 없다고 볼 것인가? 홍기문, 166면

* 그렇다면 저 세 사람들을 우리와 비교할 때 또한 어찌 화·이(華夷)의 구별이 없고, 형적이나 등위에 관한 혐의가 없을 것인가? 이상은, 9면

* 그렇다면 저 세 인사가 나를 볼 적에도 화이(華夷)의 구별의식과 이에 따른 남의 이목 및 신분

상 차등에의 거리낌이 어찌 없겠는가? 이동환, 237면

- 그렇게 본다면 저 세 사람이 나를 보는데도 화이의 구별이나 처지나 신분을 따지는 혐의적은 생각이 어찌 없다할 것인가? 김혈조, 248면

- 그렇다면 저들 세 사람이 나를 볼 때에도 화(華)가 아닌 이(夷)라고 차별하며 형적이 드러나고 신분의 위엄이 손상될까 꺼리는 마음이 어찌 없을 수 있겠소. 신호열·김명호, 6면

5⃞　　마침내 홍군은 항주의 세 선비와 이야기 나눈 것을 적은 세 권의 초고를 꺼내서 내게 보여주며,

"서문을 부탁하외다!"

라고 하였다.

나는 그 책을 다 읽고 탄복하여 혼자 이렇게 중얼거렸다.

"홍군은 벗 사귀는 법에 통달했구나! 나는 이제야 벗 사귀는 법을 알았다. 그가 누구를 벗으로 삼는지를 보고, 누가 그를 벗으로 삼는지를 보며, 또한 그가 누구를 벗으로 삼지 않는지를 보는 것, 이것이 나의 벗 사귀는 방법이다."

　　　　遂¹⁾出其所與²⁾三士譚³⁾者, 彙爲三卷, 以示余曰: "子其序之!" 余旣讀畢而歎曰: "達矣哉! 洪君之爲友也. 吾乃⁴⁾今得友之道矣. 觀其所友, 觀其所爲友, 亦觀其所不友, 吾之所以友也."⁵⁾

원문풀이

觀其所友~吾之所以友也: 『논어』「위정」의 "視其所以, 觀其所由, 察其所安, 人焉廋哉? 人焉廋哉?"라는 문장을 변용하여 쓴 것이다.

---

1) 遂　한씨문고본, 창강초편본, 창강중편본, 영남대본, 망창창재본 갑에는 "遹"로 되어 있다.
2) 與　자연경실본에는 "与"로 되어 있다.
3) 譚　『하풍죽로당집』에는 "談"으로 되어 있다.
4) 乃　『하풍죽로당집』, 『연상각집』갑, 『동문집성』, 용재문고본에는 "迺"로 되어 있고, 한씨문고본과 영남대본에는 "遹"로 되어 있다.
5) **吾之所以友也**　『담헌서』에는 이 뒤에 "연암 박지원이 서문을 쓴다"(燕巖朴趾源序)라는 구절이 있다.

5-1 홍군은 벗 사귀는~사귀는 방법이다

- 툭, 틔였고나, 홍군이 벗을 사귀는 것이야말로. 나도 이제 벗 사귀는 묘리를 알았노라. 그가 벗으로 삼는 바를 보고, 벗으로 되는 바를 보고 또 벗으로 삼지 않는 바를 보아서 내가 벗을 사귀리라. 홍기문, 166면

- 홍군은 벗 사귀는 도리를 통달하였도다! 내 이제야 벗 사귀는 도리를 알게 되었도. 그 벗삼는 바도 보았고 그 벗되는 바도 보았으며, 또한 그 내가 벗하는 바를 그는 벗하지 않음도 보았도다. 이상은, 9면

- 툭 틔었구나, 덕보의 벗 사귀는 것이야말로! 나는 이제야 벗 사귀는 도를 알았다. 그 벗으로 삼는 바를 보고, 그 벗이 되는 바를 보고, 또한 그 벗으로 삼지 않는 바를 보아서 하는 것, 이것이 나의 벗 사귀는 소이리라. 이동환, 237면

- 막힌 데 없이 툭 터졌구나, 홍군이 벗을 사귀는 것이야말로! 내 이제야 벗을 사귀는 묘리를 알았노라. 그가 벗으로 삼는 바를 보고, 그가 벗으로 되는 바를 보고, 또 그가 벗으로 삼지 않은 바를 보아서 사귀는 것, 이것이 내가 벗을 사귀는 방법이리라. 김혈조, 248면

- 통달했구나, 홍군의 벗함이여! 내 지금에야 벗 사귀는 도리를 알았도다. 그가 누구를 벗하는지 살펴보고, 누구의 벗이 되는지 살펴보며, 또한 누구와 벗하지 않는지를 살펴보는 것이 바로 내가 벗을 사귀는 방법이다. 신호열·김명호, 6면

✿『연상각집』갑의 비평

【 행비와 미비 】

- ①의 "遊乎三韓三十六都之地, 東臨滄海～其爲地也, 亦已陝矣"에 "바다와 산의 규모를 총괄하고 있는 40자는 한 책의 지도라 함 직하다"(海山幅員該括四十字, 可當一部方輿圖)라는 미비가 붙어 있다.

- ②의 "非古之所謂楊﹑墨﹑老﹑佛, 而議論之家, 四焉; 非古之所謂士農工商, 而名分之家, 四焉"에 방점이 찍혀 있고, "우리나라 풍속을 꿰뚫었다"(左海風俗通)라는 미비가 붙어 있다.

- ③의 "於是間步旅邸, 歡然如舊～若詛盟, 其義有足以感泣人者"에 "천하의 선비들이 우정을 나눔은 본래 이와 같다"(天下士交情, 本自如此)라는 미비가 붙어 있다.

- ④의 "吾東之去越, 幾萬里矣～迺今猝然相許於殊音異服之俗者, 何也?"에 방점이 찍혀 있고, 이 구절 중 "吾東之去吳, 幾萬里矣, 洪君之於三士也, 不可以復見矣"에 "처량하고 서글프네그려"(凄愴)라는 행비가 붙어 있다.

- ④의 "吾非敢謂域中之無其人, 而不可與相友也. 誠局於地, 而拘於俗, 不能無鬱然於心矣"에 "깊이 와닿아 한탄하게 되는군"(感慨)이라는 행비가 붙어 있다.

- ④의 "制度雖變, 而道義不殊, 則所謂非古之諸夏者, 亦豈無爲之民而不爲之臣者乎"에 방점이 찍혀 있다.

- ⑤의 "觀其所友, 觀其所爲友, 亦觀其所不友, 吾之所以友也"에 원권이 쳐져 있다.

❀ 김택영의 문두평

- 기개 있고 깨끗한 것이 태사공太史公의 글 같다.[1]

  豪潔似<u>太史公</u>.

- 솜씨가 걸출하다.[2]

  俊茂.

---

1) 이 평은 창강초편본에 있다.
2) 이 평은 창강중편본과 승계본에 있다. 승계본에는 이 평 뒤에 "창강 김택영 우림于霖이 평했다. 아래도 마찬가지다"(滄江金澤榮于霖評. 下仝)라는 주가 덧붙어 있다. '우림' 于霖은 김택영의 자字다.

『중국인 벗들과의 우정』에 써 준 서문

    삼한三韓 서른여섯 도회지에 노닐다 동쪽으로 가 동해를 굽어보면 바다는 하늘과 맞닿아 가없는데 이름난 산과 높다란 봉우리가 그 사이에 솟아 있어 백 리 이어진 들이 드물고 천 호戶 되는 고을이 없으니, 그 땅덩어리가 참으로 좁다 하겠다.

    옛날의 이른바 양자楊子, 묵자墨子, 노자老子, 부처와 같은 유도 아니건만 네 가지 의론이 존재하고, 옛날의 이른바 사士, 농農, 공工, 상商도 아니건만 네 가지 신분이 존재한다. 단지 그 숭상하는 바가 같지 않아서일 뿐이건만 서로 헐뜯는 의론을 펼쳐 진秦나라와 월越나라가 소원한 것보다 더 소원하고, 그 처한 바가 달라서일 뿐이건만 신분에 차등을 둠이 중화中華와 오랑캐를 구분하는 것보다 더 엄격하다.

    그리하여 그 의론이 다름을 꺼려, 이름은 들어 알고 있으면서도 친구 하지는 아니하고, 지체가 다름에 구애되어, 서로 접촉은 하면서도 감히 벗 삼으려고는 않는다. 그 사는 마을이 같고 종족이 같으며 언어와 의관衣冠이 나와 저 사이에 별로 다른 것이 없건만 서로 친구 하지 않으니 서로 혼인인들 하겠는가? 서로 벗을 삼지 않으니 더불어 도道를 꾀할 수 있겠는가? 이 네 가지 의론과 네 가지 신분이 아득히 수백 년 동안 사람들을 진나라와 월나라, 중화와 오랑캐의 관계처럼 만들었으나 지붕을 맞대고 담장을 나란히 한 채 생활하고 있다. 그 습속이 어찌 이리 편협할까!

    홍군洪君 덕보德保는 일찍이 한 필 말을 타고 사행使行을 따라 중국에 간 적이 있다. 시가지를 배회하고 여항閭巷의 좁은 골목을 바장이다가 마침내 항주杭州에서 온 세 명의 선비를 만나게 되었다. 그리하여 몰래 그들이 묵는 여관을 찾아가 마치 오랜 친구처럼 환담했으니, 하늘의 명命이 사람에게 성性으로 품부稟賦된 이치라든가 주자학朱子學과 육왕학陸王學의 차이라든가 세도世道가 성하고 쇠한 기미라든가 벼슬길에 나아가거나 물러나는 일의 영광스러움과 욕됨의 분간 등등에 대하여 샅샅이 논하며, 근거를 들어 고찰하고 입증하니, 서로 마음에 맞지 않는 게 없었다. 서로간에 잘못을 지적하고 충고하는 말은 모두 지성스럽고 간절한 데서 우러나온 것이었다. 이에 처음에 서로 지기知己로 허여하다가 종국에는 의형제를 맺었다. 서로 흠모하고 좋아함은 마치 성색聲色을 좇는 것 같았고, 서로 저버리지 않음은 마치 하늘에 맹세한 것 같았으니, 그 의義가 족히 사람들을 감읍感泣시킬 만했다.

아! 우리나라에서 항주까지는 거의 만 리이니 홍군은 이제 다시는 세 선비를 만나볼 수 없으리라. 그런데 접때 자기 나라에 살 땐 같은 동네에 살면서도 서로 친구 하지 않더니 지금 만 리나 먼 곳에 있는 사람들과 교우하고 있고, 접때 자기 나라에 살 땐 같은 종족이면서도 서로 사귀지 않더니 지금 다시는 만나볼 수 없는 사람들을 벗 삼고 있으며, 접때 자기 나라에 살 땐 언어와 의관이 같아도 서로 벗 삼지 않더니 지금 갑자기 서로 말도 다르고 옷차림도 다른 사람들을 친구로 받아들이니 어떻게 된 일일까?

홍군은 서글픈 표정으로 이윽히 있더니 이렇게 말했다.

"나는 우리나라에 사람이 없어 벗을 사귈 수 없다고 생각지는 않지만, 실로 지경地境에 국한되고 습속에 구애되어 답답한 마음이 없지 않았사외다. 지금의 중국이 옛날의 중국이 아니고 그 사람들이 입고 있는 옷이 저 옛날 중국의 선왕先王들이 만든 옷이 아니라는 걸 난들 왜 모르겠습니까? 그렇기는 하나 그들이 살고 있는 땅은 어찌 요堯임금, 순舜임금, 우禹임금, 탕湯임금, 문왕文王, 무왕武王, 주공周公, 공자孔子가 밟던 땅이 아니겠습니까? 또 그들이 사귀는 선비는 어찌 제齊, 노魯, 연燕, 조趙, 오吳, 초楚, 민閩, 촉蜀 땅의 넓은 견문과 멀리 노닌 경험을 지닌 선비가 아니겠습니까? 그리고 그들이 읽는 책은 어찌 삼대三代 이래 사해四海 만국萬國에서 나온 온갖 서적이 아니겠습니까? 제도는 비록 변했어도 도의道義는 바뀌지 않거늘, 이른바 옛날의 중국이 아니라고 한 그곳에 어찌 그 백성은 될지언정 그 신하는 되지 않겠다는 사람이 없다고 하겠습니까?

그렇다고 한다면 저들 세 선비가 나를 볼 때 중화와 오랑캐의 구별이라든가 의론이나 지체가 다른 데 대한 거리낌이 왜 없었겠습니까? 그럼에도 번거로운 법도를 깨뜨리고 자잘한 예절도 치워 버리고는 진정眞情을 드러내고 간담을 토로했으니 그 크고 너른 마음이 쩨쩨하게 명예나 권세나 이익의 길에서 아득바득하는 치들과 어찌 같다고 하겠습니까?"

마침내 홍군은 항주의 세 선비와 이야기 나눈 것을 적은 세 권의 초고를 꺼내서 내게 보여주며,

"서문을 부탁하외다!"

라고 하였다.

나는 그 책을 다 읽고 탄복하여 혼자 이렇게 중얼거렸다.

"홍군은 벗 사귀는 법에 통달했구나! 나는 이제야 벗 사귀는 법을 알았다. 그가 누구를

벗으로 삼는지를 보고, 누가 그를 벗으로 삼는지를 보며, 또한 그가 누구를 벗으로 삼지 않는지를 보는 것, 이것이 나의 벗 사귀는 방법이다."

홍덕보 묘지명

洪德保墓誌銘

[1]　덕보德保가 숨을 거둔 지 사흘째 되던 날 어떤 객客이 북경으로 가는 사신을 따라 중국으로 떠났는데 그 가는 길이 삼하三河를 지나게 되어 있었다. 삼하에는 덕보의 벗이 있는데 이름은 손유의孫有義이고 호는 용주蓉洲다. 3년 전 내가 북경에서 돌아오는 길에 용주를 방문했으나 만나지 못해 편지를 남겨 덕보가 남쪽 땅에서 고을살이를 하고 있다는 소식을 자세히 전하고 아울러 우리나라의 토산품 두어 가지를 정표情表로 두고 온바 용주는 그 편지를 읽어 내가 덕보의 친구인 줄 알고 있을 터였다. 그래서 떠나는 객에게 다음과 같은 부고訃告를 용주에게 전하게 하였다.

건륭乾隆 계묘년癸卯年 모월 모일에 조선의 박지원은 용주 족하足下께 머리 숙여 아뢰나이다. 우리나라의 전 영천 군수榮川郡守 남양南陽 홍담헌洪湛軒 휘諱 대용大容, 자字 덕보德保가 금년 10월 23일 유시酉時에 운명하였나이다. 평소 병이 없었는데 갑자기 풍증이 생겨 입이 돌아가고 말을 못하더니 얼마 되지 않아 이런 일이 닥쳤습니다. 향년 53세입니다. 고자孤子 원薳은 곡을 하며 슬픔에 잠겨 있는지라 직접 글을 써 부고하지 못하나이다. 게다가 양자강 이남은 편지를 전할 길이 없사오니 바라옵건대 이쪽을 대신하여 오중吳中에 부음訃音을 전해 천하의 지기知己들이 그 운명한 일시日時를 알도록 해 주신다면 살아 있는 분이든 돌아가신 분이든 여한이 없을 것이옵니다.

德保歿越三日, 客有從年[1]使入中國者, 路當過三河. 三河有德保之友, 曰孫有義, 號蓉洲. 曩歲, 余自燕還, 爲訪蓉洲[2]不遇, 留書俱[3]道德保作官南土, 且留土物數事, 寄意而歸, 蓉洲發書, 當知吾德保友也.[4] 乃屬客赴之, 曰: "乾隆癸卯月日, 朝鮮 朴趾[5]源頓首白蓉洲足下. 敝邦前任榮[6]川郡守南陽 洪 湛軒, 諱大容, 字德保, 以本年十月卄三日酉時不起. 平昔無恙,[7] 忽風喎[8]噤瘖, 須臾至此, 得年五十三. 孤子薳,[9] 哭擗未可手書自赴, 且大江以南, 便信無階, 並祈替此轉赴吳[10]中, 使天下知己, 得其亡日, 幽明之間, 足以不恨."[11]

역문풀이

덕보德保: 홍대용洪大容(1731~1783)의 자字. 홍대용은 영조·정조 때의 학자로, 호는 담헌湛軒, 본관은 남양南陽이다. 미호渼湖 김원행金元行의 문인으로, 북학파北學派의 지도자 역할을 했으며, 음직蔭職으로 태인 현감泰仁縣監과 영천 군수榮川郡守를 지냈다. 저술로 『담헌서』 湛軒書가 전한다.

삼하三河: 직예성直隷省 순천부順天府의 현縣 이름. 당시 중국 북경에 간 우리나라 외교 사절단은 이곳을 거쳐 귀국하였다.

손유의孫有義: 삼하현三河縣에 살고 있던 한족漢族의 선비로, 자는 심재心栽이고, 호는 용주蓉洲이다. 1765년(영조 41) 홍대용이 중국 외교 사절단의 서장관書狀官으로 임명된 숙부 홍억洪檍의 수행원으로 북경에 갔다가 귀국하는 길에 삼하를 지났는데, 이때 손유의가 홍대용을 찾아와 서로 알게 되었고, 이후 두 사람은 편지를 주고받으며 교유하였다.

---

1) 年 『운산만첩당집』 갑에는 "秊"으로 되어 있다.
2) 洲 승계본에는 "州"로 되어 있으나 오기이다.
3) 俱 『연상각집』 을, 『운산만첩당집』 갑, 『운산만첩당집』 을, 창강초편본, 『여한십가문초』, 창강중편본에는 "具"로 되어 있다.
4) **蓉洲發書, 當知吾德保友也** 창강중편본에는 원권이 쳐져 있다.
5) 趾 『동문집성』에는 본래 처음 글자를 고쳐 '趾'로 만들어 놓았는데, 처음 글자는 '祗'로 보인다.
6) 榮 망창창재본 갑에는 "榮"으로 되어 있으나 오기이다.
7) 恙 『연상각집』 을, 『운산만첩당집』 갑, 『운산만첩당집』 을, 한씨문고본, 『동문집성』, 승계본, 영남대본, 용재문고본, 망창창재본 갑에는 "蕬"으로 되어 있다.
8) 喎 『연상각집』 을, 『운산만첩당집』 갑, 『운산만첩당집』 을에는 "蝸"로 되어 있으나 오기이다.
9) 薳 『운산만첩당집』 을에는 "蓬"으로 되어 있으나 오기이다.
10) 吳 『여한십가문초』에는 "浙"로 되어 있고, 창강중편본에는 "越"로 되어 있다.
11) **使天下知己~足以不恨** 창강중편본에는 원권이 쳐져 있다.

3년 전: 1780년을 말한다. 이해 연암은 중국 외교 사절단의 정사正使로 임명된 삼종형三從兄
　　박명원朴明源의 수행원으로 중국 여행길에 오른 바 있다. 이때 홍대용은 중국의 손유의
　　에게 연암을 소개하는 편지를 써서 연암에게 건네준 적이 있다. 연암은 손유의를 만나
　　지 못했으므로 그 집에 홍대용의 친서와 자신의 편지를 남겨 두고 왔다.

남쪽 땅에서 고을살이를 하고 있다: 당시 홍대용이 경상도 영천에서 고을 수령을 한 것을 이
　　른다.

건륭乾隆 계묘년癸卯年: 1783년(정조 7). 이해에 홍대용이 세상을 하직하였다. ‘건륭’은 청나라
　　제6대 황제인 순황제純皇帝의 연호이다.

족하足下: 상대방을 몹시 높이는 말로, 요즘의 ‘귀하’ 쯤에 해당한다.

남양南陽: 홍대용의 본관.

휘諱: 이름을 이르는 말. 예전에는 남의 이름을 부르는 것을 큰 실례로 여겼기에 ‘꺼린다’는
　　뜻의 ‘휘’ 자를 ‘이름’을 뜻하는 말로 쓰게 되었다.

고자孤子: 아버지를 잃은 자식을 이르는 말. 어머니를 잃은 자식은 ‘애자’哀子라고 한다.

원蕙: 홍대용의 아들 이름.

오중吳中: 중국 강소성江蘇省 소주蘇州를 가리킨다. 그런데 이는 연암의 착각으로, 홍대용의
　　중국인 벗들은 소주가 아니라 항주杭州 사람들이기에 ‘오중’吳中이 아니라 ‘월중’越中이라
　　고 해야 옳다. 예전에 중국 절강성浙江省 항주를 ‘월’越이라고 했다.

원문풀이

赴: ‘訃’와 같다.

哭擗: 곡을 하며 가슴을 친다는 말. 『효경』孝經 「상친」喪親에 “擗踊哭泣, 哀以送之”라는 구절
　　이 보인다.

번역의 동이

1-1　　　덕보德保가 숨을~지나게 되어 있었다

- 　덕보가 돌아간 지 사흘이 지나서 아는 사람 하나가 사신 행차를 따라서 중국을 가는데 길이 응당
삼하(三河)를 지낼 것이다. 홍기문, 『박지원 작품선집 1』, 415면

- 　덕보(德保)가 돌아간 지 사흘이 지나 사신 행차를 따라 중국에 가는 사람이 있어 의당 삼하(三河)
를 경유하게 되어 있었다. 이동환, 『국역 여한십가문초』, 184면

- 　덕보(홍대용)가 세상을 떠난 지 사흘이 지난 뒤에, 어떤 사람이 동지사의 행차를 따라서 중국에
들어가게 되었다. 그 길이 응당 삼하(三河)를 지날 것이다. 리가원·허경진, 『연암 박지원 산문집』, 124면

* 덕보(德保)가 세상을 떠난 지 사흘이 되어 사신 행차를 따라 중국으로 들어가는 사람이 있었다. 그 노정이 삼하(三河)를 지나가게 될 터인데 김혈조, 『그렇다면 도로 눈을 감고 가시오』, 255면

* 덕보(德保 홍대용(洪大容))가 죽은 지 3일 후에 조객(弔客) 중에 연사(年使 동지사)를 따라 중국에 들어가는 사람이 있었는데, 사행길은 응당 삼하(三河)를 거치게 되어 있었다. 신호열·김명호, 『연암집 1』, 244면

1-2 게다가 양자강 이남은~여한이 없을 것이옵니다

* 또 양자강 이남은 소식을 전할 길이 없습니다. 선생이 절강(浙江)까지 대신 소식을 전해서 천하에 널려 있는 그 친구들로 하여금 그의 돌아간 날자나마 알게 하신다면 이 세상과 저 세상에서 다 함께 유한이 없이 될 것입니다. 홍기문, 416면

* 그리고 양자강(揚子江) 이남은 편지를 전할 길이 없으니 선생께서 이 쪽을 대신하여 이 소식이 절강(浙江) 지방에까지 전달이 되도록 하시어 천하의 그의 지기(知己)들로 하여금 그 돌아간 날짜나마 알게 하신다면 돌아간 사람이나 세상에 남아 있는 친구들이나 한스럽지 않게 될 것입니다. 이동환, 185면

* 또 양자강 이남으로는 소식을 전할 길이 없습니다. 선생께서 이 소식을 절강까지 대신 전해 주시어, 천하의 친구들이 그 죽은 날짜나마 알게 해 주신다면, 이 세상과 저 세상에서 한이 없게 될 것입니다. 리가원·허경진, 125면

* 게다가 양자강 이남은 소식을 전할 길이 없사오니 선생께서 절강(浙江)으로 대신 소식을 전해서 천하에 널려 있는 그의 친구들에게 그가 돌아간 날짜나마 알게 해주신다면 유명(幽明)간에 유한이 없을 것입니다. 김혈조, 255면

* 양자강(揚子江) 남쪽에는 편지를 전할 길이 없습니다. 이 부고를 오중(吳中)으로 대신 전달해서 천하의 지기(知己)들로 하여금 그가 죽은 날짜를 알도록 해 주어, 망자나 산 자나 족히 한이 없도록 해 주시기 바랍니다. 신호열·김명호, 245면

2 중국 가는 사람을 보내고 난 뒤 나는 항주杭州 사람들이 덕보에게 보낸 서화書畵며 서로 주고받은 편지와 시문詩文이며 이런 것 열 권을 손수 찾아내어 빈소 옆에 벌여 놓고 관을 어루만지며 통곡하였다.

아아! 덕보는 통달하고 명민하고 겸손하고 고아高雅했으며, 식견이 심원하고 아는 것이 정밀하였다. 특히 율력律曆에 정통하여 그가 만든 혼천의渾天儀 등 여러 기구들은 깊이 생각하고 오래 궁구하여 슬기를 발휘해 제작한 것이었다. 애초 서양인은 땅이 둥글다는 것만 말하고 회전한다는 사실은 말하지 않았다. 덕보는 일찍이 지구가 한 번 돌면 하루가 된다고 논했는데 그 이론이 미묘하고 심오하였

다. 그는 미처 이에 관한 책을 쓰지는 못했지만 만년에 이르러 지구가 회전한다는 사실을 더욱 자신하여 의심치 않았다. 덕보를 흠모하는 사람들조차도 그가 일찍부터 스스로 과거를 단념한 채 명리名利에의 생각을 끊고서 조용히 집에 들어앉아 좋은 향을 피우거나 거문고를 타며 지내는 것을 보고는 그가 담박하게 자중자애하면서 세속을 벗어나 마음을 닦고 있구나 하고 생각할 뿐이었다. 그래서 덕보가 백사百事를 두루 잘 다스리고, 문란하고 그릇된 일을 척결할 수 있으며, 나라의 재정을 맡기거나 먼 나라에 사신으로 보냄 직하며, 군대를 통솔해 나라를 방어하는 데 뛰어난 책략을 지녔다는 걸 통 알지 못했다. 하지만 덕보는 자신의 재주가 남에게 드러나는 걸 좋아하지 않았으므로 한두 고을의 수령으로 지낼 때에도 그저 관아의 장부를 잘 정리하고, 일을 미리미리 처리하며, 아전들을 공손하게 만들고, 백성들을 잘 따르게 함이 고작이었다.

既送客, 手自檢[1]其杭人書畫、尺牘、諸詩文[2]共十卷, 陳設殯側, 撫柩而慟[3]曰: 嗟乎[4]德保! 通敏謙雅, 識遠解精. 尤長於律曆,[5] 所造渾儀諸器, 湛思積慮, 刱[6]出機智. 始泰西人諭[7]地球, 而不言地轉, 德保嘗論地一轉爲一日, 其說渺[8]微玄奧. 顧未及著書, 然其晚歲益自信地轉無疑. 世之慕德保者, 見其早自廢擧, 絶意名利, 閒[9]居蓺名香、鼓琴瑟, 謂將泊然自喜, 玩心世外, 而殊不識德保綜理庶物, 剸[10]棼劊錯, 可使掌邦賦、使絶域,[11] 有統禦奇略. 獨不喜赫赫耀[12]人,[13] 故其莅數郡, 謹簿書, 先期會, 不過使吏拱民馴而已.

---

1) 檢　『동문집성』에는 “撿”으로 되어 있다.
2) 詩文　『연상각집』 을,『운산만첩당집』 갑,『운산만첩당집』 을에는 “文獻”으로 되어 있다.
3) **旣送客～撫柩而慟**　창강중편본에는 원권이 쳐져 있다.
4) 乎　한씨문고본, 창강초편본,『여한십가문초』, 창강중편본, 용재문고본에는 “呼”로 되어 있다.
5) 曆　『운산만첩당집』 갑,『운산만첩당집』 을,『여한십가문초』에는 “歷”으로 되어 있다.
6) 刱　『여한십가문초』에는 “創”으로 되어 있다.
7) 諭　한씨문고본과 용재문고본에는 “輸”로 되어 있으나 오기이다.『동문집성』, 창강초편본,『여한십가문초』, 창강중편본, 승계본에는 “諭”으로 되어 있다.
8) 渺　한씨문고본에는 “妙”로 되어 있다.
9) 閒　『연상각집』 을,『운산만첩당집』 갑,『운산만첩당집』 을에는 “閑”으로 되어 있다.
10) 剸　승계본에는 “轉”으로 되어 있으나 오기이다.
11) **世之慕德保者～可使掌邦賦、使絶域**　창강중편본에는 방점이 찍혀 있다.
12) 耀　용재문고본에는 “輝”로 되어 있다.
13) 人　용재문고본에는 “入”으로 되어 있으나 오기이다.

역문풀이

율력律曆: 원래 악률樂律(음률에 관한 이론)과 역법曆法을 이르는 말인데, 여기서는 요즘의 천문학을 가리키는 말로 썼다. 홍대용은 수학과 천문학에서 당대 제1인자였다.

혼천의渾天儀: 천체의 운행과 그 위치를 측정하여 천문시계의 구실을 한 기구인데, 중국과 우리나라에서 오래전부터 제작되어 왔다. 홍대용은 전라도 동복同福에 살고 있던 선배 과학자 나경적羅景績의 도움을 받아 두 대의 혼천의를 제작하여 충청도 천원군天原郡의 향리에 농수각籠水閣이라는 사설 천문대를 짓고 거기에 비치하였다. 조선 초기와 중기에 제작된 혼천의들이 수력으로 작동된 데 반해, 홍대용이 만든 혼천의는 톱니바퀴로 자명종과 연결되어 그 힘에 의해 움직이게 되어 있었다.

백사百事를 두루 잘 다스리고: 영의정과 같은 재상의 자질이 있음을 말한 것이다.

문란하고 그릇된 일을 척결할 수 있으며: 대사헌大司憲과 같은 벼슬을 맡아 할 수 있는 자질을 갖추고 있음을 말한 것이다.

나라의 재정을~사신으로 보냄 직하며: 나라의 재정을 관장하는 호조戸曹의 책임자 노릇을 할 수 있는 역량을 지녔으며, 정사正使의 책임을 맡겨 외국과 외교적 교섭을 벌이게 할 만한 경륜을 갖추었다는 말이다. 이 비슷한 표현은 이 글보다 10년 쯤 뒤에 쓰인 『열하일기』熱河日記 중의 「허생전」許生傳에도 보이는데, 해당 구절은 다음과 같다: "조성기趙聖期 같은 분은 적국敵國에 사신으로 보낼 만한 인물이었건만 아무 벼슬도 하지 못한 채 늙어 죽었고, 유형원柳馨遠 같은 분은 군량軍糧을 조달할 만한 재능이 있었건만 저 바닷가에서 소요하고 있지 않소? 그러니 지금의 국정을 맡은 자들이 어떤 자들인지 알 수 있소이다." 졸수재拙修齋 조성기(1638~1689)나 반계磻溪 유형원(1622~1673)처럼 식견이 높고 학문이 뛰어난 선비들이 그 역량을 발휘하지 못한 채 궁벽한 곳에서 하릴없이 처사로 늙어 간 것에 대한 허생許生의 개탄이다.

군대를 통솔해~책략을 지녔다: 병법에 뛰어나고 군사 제도에 밝아 병조판서의 소임을 담당할 역량이 있었다는 말이다.

한두 고을의 수령: 태인 현감과 영천 군수를 지낸 것을 말한다.

원문풀이

尺牘: 편지글.

玩心: '마음을 오로지하다'라는 뜻.

綜理: 전체를 모두 다스림.

2-1   그래서 덕보가 백사百事를~따르게 함이 고작이었다

- 덕보가 아무런 일이든지 맡고 나서서 어지러운 것을 정리하고 그릇된 것을 교정할 수 있으며 전국의 재정을 관리할만 하고 먼 나라로 사신도 갈만 하며 사람들을 통솔하는 데 특별한 재주가 있다는 것은 누구도 잘 아지 못하였다. 오직 그는 남에게 드러내놓기를 좋아하지 않아서 두어 고을의 원을 지내는 데는 그저 서류를 잘 정돈하고 매사를 미리 준비해서 아전들이 순종하고 백성들이 따르게 하였을 뿐이다. 홍기문, 417면

- 그래서 덕보가 무슨 일이든지 조리 정연하게 처리하여 어지럽고 그릇된 것을 정리할 수 있으며, 일국의 재정(財政)을 맡길 만하고 먼 나라에 사신으로 보낼 만도 하며, 군대를 통솔하여 나라를 방어하는 데에도 뛰어난 방략이 있다는 것은 전연 알지 못하고 있다. 유독 그는 자기의 자질을 요란스럽게 남들에게 과시하기를 좋아하지 않기 때문에 그가 두어 고을 원으로 지낼 때에도 그저 서류를 잘 정리하고 매사를 미리 준비하며, 아전들이 공손히 받들고 백성들이 잘 따르게만 하였을 따름이다. 이동환, 186면

- 덕보가 여러 가지 일을 정리하여 어지럽고 잘못된 것들을 바로잡을 수 있으며, 온 나라의 재정을 맡거나 먼 나라에 사신도 갈 수 있고, 사람들을 거느리고 적을 막아 내는 기이한 재주가 있다는 것은 아무도 알지 못했다. 그는 남에게 자랑하며 드러내기를 좋아하지 않았다. 그래서 두어 고을의 사또 노릇을 하면서도 서류나 잘 추리고 매사를 잘 준비하여, 아전들이 순종하고 백성들이 따르게 하였을 뿐이다. 리가원·허경진, 126면

- 그러나 덕보가 모든 일을 종합하고 다스리며 어지럽고 그릇된 것을 정리할 수 있으며, 한 나라의 조세 관리와 외교적 능력에다 군대를 통솔하여 외적을 막을 수 있는 기략을 가졌으나 단지 남들에게 드러내 보이기를 좋아하지 않는다는 사실은 모르고 있었다. 그래서 몇몇 고을의 원을 지낼 때는 그저 서류를 잘 정리하고 매사를 미리미리 준비해서 아전들이 공손하고 백성들이 따르게만 하였을 따름이다. 김혈조, 256면

- 그러나 덕보가 만물을 종합하고 정리해서 아무리 복잡한 것도 단호히 처리하여, 나라의 재정을 맡길 만도 하고 먼 외국에 사신을 보낼 만도 하며, 군대를 통솔하는 기발한 책략을 지녔다는 것을 전혀 알지 못했다. 그는 유독 남들에게 혁혁하게 과시하는 것을 기뻐하지 않았다. 그러므로 두어 고을을 다스리면서도, 문서를 신중히 처리하고 정령(政令)을 기한 내에 집행하는 데 앞장섬으로써 아전들은 설치지 않고 백성들은 절로 따르게 한 데에 지나지 않았을 따름이다. 신호열·김명호, 246면

3　　　덕보는 일찍이 서장관書狀官인 작은아버지를 수행하여 북경에 가 육비陸飛, 엄성嚴誠, 반정균潘庭筠을 유리창琉璃廠에서 만났다. 이 세 사람은 모두 집이 전당錢塘인데 다 문장과 예술에 능한 선비였으며, 그 사귀는 이들도 모두 중국의 저명한 인사들이었다. 그러나 그들은 모두 덕보를 대유大儒로 떠받들며 심복心服하였다. 덕보는 그들과 수만 글자의 필담을 나눴는데, 그 내용은 경전의 취지며 하늘의 명命이 사람에게 품부稟賦된 이치며 고금古今 출처出處의 도리를 분변한 것으로, 그 견해가 웅대하고 걸출하여 기쁘기 그지없었다. 급기야 그들은 헤어질 때 서로 마주보고 눈물을 흘리면서 이렇게 말했다.

"이제 한번 헤어지면 천고千古에 다시 만나지 못할 테지요. 지하에서 만날 그날까지 부끄러운 일이 없도록 합시다."

덕보는 특히 엄성과 마음이 맞았다. 그래서 군자는 때를 살펴 벼슬을 하기도 하고 벼슬을 않고 처사處士로 살아가기도 하는 법이라고 엄성에게 넌지시 일러 줬는데, 엄성은 크게 깨달아 그만 남쪽의 고향으로 돌아가기로 뜻을 정하였다. 그로부터 두어 해 뒤 엄성은 민중閩中에서 객사하였다. 반정균이 글을 써서 덕보에게 부음을 전하자 덕보는 애사哀辭를 짓고 향을 갖추어 용주에게 부쳤는데 그것이 전당에 전해진 그날 저녁이 마침 엄성의 대상大祥 날이었다. 서호西湖 주변의 두어 고을에서 대상에 참예하러 왔던 사람들은 모두 경탄해 마지않으며 혼령이 감응한 결과라고들 하였다. 엄성의 형인 과果가, 덕보가 보내온 향을 피운 뒤 그 애사를 읽고 초헌初獻을 하였다.

엄성의 아들 앙昂이 덕보를 백부伯父라 일컫는 편지를 써서 아버지의 글을 모은 『철교유집』鐵橋遺集을 덕보에게 부쳤는데, 이리저리 떠돈 지 9년 만에야 도착하였다. 그 책에는 엄성이 손수 그린 덕보의 작은 초상이 있었다. 엄성은 민閩에서 병이 위독한 중에도 덕보가 선물한 우리나라 먹을 꺼내어 그 향기를 맡다가 가슴에 올려놓은 채 운명하였다. 그래서 가족들은 그 먹을 관에 넣어 주었다. 오중吳中에서는 이 일이 기이한 일로 널리 전파되었으며 사람들이 서로 다투어 시문을 지어 이 일을 기렸다. 주문조朱文藻라는 사람이 편지로 이러한 사실을 알려 주었다.

　　　嘗隨其叔父書狀[1]之行, 遇陸飛、嚴誠、潘庭筠於[2]琉璃廠. 三人者俱家錢塘, 皆文章藝[3]術之士, 交遊[4]皆海內知名, 然咸推服[5]德保爲大儒. 所與筆談[6]累萬言, 皆辨析經旨、天人性命、古今出處大義, 宏肆儁傑, 樂不可勝.[7] 及將訣去, 相視泣下曰: "一別千古矣. 泉下相逢, 誓無愧[8]色." 與誠尤相契可, 則微諷君子顯晦隨時, 誠大悟, 決意南歸. 後數歲, 客[9]死閩中. 潘庭筠爲書赴德保, 德保作哀辭、具香幣, 寄蓉洲, 轉入錢塘, 乃其夕將大祥也. 會祭者環西湖數郡, 莫不驚歎,[10] 謂冥感所致. 誠兄果[11]焚香幣, 讀其辭, 爲初獻. 子昂[12]書稱伯父, 寄其父『鐵橋遺集』, 轉傳[13]九年始至, 集中有誠手畫德保小影. 誠之在閩病篤, 猶出德保所贈鄕墨嗅香, 置胸間而逝, 遂以墨殉于柩中. 吳下[14]盛傳爲異事, 爭撰述詩文, 有朱文藻者, 寄書言狀.

역문풀이

육비陸飛, 엄성嚴誠, 반정균潘庭筠: '육비'는 자字가 기잠起潛이고 호는 소음篠飮이며 1719년생이다. '엄성'은 자가 역암力闇이고 호는 철교鐵橋이며 1732년생이다. '반정균'은 자가 난공蘭公이고 호는 추루秋庳이며 1742년생이다. 홍대용은 첫날은 엄성과 반정균을 만났으며, 나중에 엄성과 반정균의 소개로 육비를 알게 되었다. 이들은 북경에서 6천 리 떨어진 항주에서 과거를 보기 위해 올라왔던 한족漢族 선비들인데, 홍대용은 이들과 약 한 달에 걸쳐 일곱 번을 만났다.

---

1) 狀 『여한십가문초』에는 이 뒤에 "使燕"이 더 있다.
2) 於 『연상각집』 을, 『운산만첩당집』 갑, 『운산만첩당집』 을, 한씨문고본, 『동문집성』, 창강초편본, 『여한십가문초』, 창강중편본, 승계본, 영남대본, 용재문고본, 망창창재본 갑, 망창창재본 을에는 "于"로 되어 있다.
3) 藝 『동문집성』에는 "蓺"로 되어 있다.
4) 遊 『연상각집』 을에는 "游"로 되어 있다.
5) 服 『운산만첩당집』 을에는 빠져 있다.
6) 談 『연상각집』 을과 『운산만첩당집』 갑에는 "譚"으로 되어 있다.
7) 宏肆儁傑, 樂不可勝 창강중편본에는 원권이 쳐져 있다.
8) 愧 한씨문고본, 창강초편본, 『여한십가문초』, 창강중편본, 승계본, 영남대본, 용재문고본, 망창창재본 갑, 망창창재본 을에는 "媿"로 되어 있다.
9) 客 『동문집성』에는 이 앞에 보입補入한다는 표시와 함께 "誠"이 더 있다.
10) 歎 용재문고본에는 "嘆"으로 되어 있다.
11) 果 저본, 『연상각집』 을, 『운산만첩당집』 갑, 한씨문고본, 『동문집성』, 승계본, 영남대본, 용재문고본, 망창창재본 갑, 망창창재본 을에는 "이름"(名)이라는 세주가 붙어 있다. 『운산만첩당집』 을, 창강초편본, 『여한십가문초』, 창강중편본에는 세주가 없다.
12) 昂 저본, 『연상각집』 을, 『운산만첩당집』 갑, 한씨문고본, 『동문집성』, 승계본, 영남대본, 용재문고본, 망창창재본 갑, 망창창재본 을에는 "이름"(名)이라는 세주가 붙어 있다. 『운산만첩당집』 을, 창강초편본, 『여한십가문초』, 창강중편본에는 세주가 없다.
13) 傳 『여한십가문초』에는 "輾"으로 되어 있다.
14) 吳下 『여한십가문초』에는 "浙中"으로 되어 있고, 창강중편본에는 "越中"으로 되어 있다.

유리창琉璃廠: 현재 중국 북경시北京市에 있는 문화의 거리. 화평문和平門 남쪽과 호방교虎坊橋
북쪽에 위치하며, 행정구역상 선무구宣武區에 속한다. 원元·명明 때 이곳에 유리가마 공
장이 있었기에 이런 명칭이 붙었다. 청나라 초기에는 북경 외성外城의 상업이 날로 번창
하여 한족 관리들이 선무문宣武門 밖에 저택을 짓고 살았다. 이로써 외지고 쓸쓸했던 유
리 공장 일대가 점차 번성하여 고서적·골동품·그림·탁본·문방사구 등을 판매하는 상점
거리가 형성되었으며, 상인·관리·학자·서생 등이 끊이지 않는 문화의 거리가 되었다.

전당錢塘: 지금의 절강성 항주시杭州市의 옛 이름.

민중閩中: 지금의 복건성福建省 일대를 가리키는 말.

애사哀辭: 일찍 세상을 떠난 이를 애도하는 글. 엄성은 홍대용이 귀국한 2년 뒤인 1768년 37
세의 나이로 세상을 하직하였다. 당시 홍대용은 부친상 중이었지만 엄성이 죽었다는 부
고를 받고 몹시 애통해하였다.

대상大祥 날: 죽은 지 2년 만에 지내는 제삿날로, 이날 삼년상이 끝난다.

초헌初獻: 제사에서 첫 번째 술을 올리는 것을 이르는 말.

서호西湖: 항주에 있는 유명한 호수 이름.

『철교유집』鐵橋遺集: 엄성의 유고집遺稿集으로, 그 아들인 엄앙이 편집했다.

주문조朱文藻: 항주의 선비로, 호는 낭재朗齋이다. 엄성·육비·반정균의 3인과 홍대용을 비롯
한 조선 외교 사절단 6인이 주고받은 시와 편지를 묶은 『일하제금집』日下題襟集에 서문
을 쓴 바 있다.

원문풀이

香幣: 향백香帛. 향이나 초 등의 제사용품을 말한다.

번역의 동이

3-1　　　덕보는 그들과~기쁘기 그지없었다

· 붓을 가지고 서로 이야기한 것이 여러만 마디인 가운데는 고전 문헌의 뜻과 하늘과 사람에 관한
리치와 정치적 환경에 따른 정당한 립장을 분석하고 토론하는 등 해박하고 기걸하여 즐거움을 이기지
못하게 하였다. 홍기문, 417~418면

· 그들과 함께 필담(筆談)한 것이 여러 만 마디인데 모두 경지(經旨)와 천인 성명(天人性命)과 고금
의 출처 대의(出處大義)를 따지고 논한 것으로서 웅장하고 기걸한 견해가 즐거움을 이기지 못해 했다.
이동환, 186면

· 붓을 가지고 수만 마디를 이야기하였는데, 경전의 뜻, 하늘과 사람의 성명(性命), 고금의 출처와

대의(大義)를 분석하고 토론하였다. 해박하고도 호걸스러운 사람들이어서 즐거움을 이기지 못하였다. 리가원·허경진, 126면

- 그들과 필담한 수만의 언설들은 경전의 뜻, 천인성명설(天人性命說), 역사 인물들의 처세관 등을 논변 분석한 것이니, 그 해박하고 기걸한 즐거움을 이길 수 없었다. 김혈조, 256~257면
- 이들과 더불어 필담한 것이 누만언(累萬言)으로, 유교 경전의 뜻과 천인성명(天人性命)과 고금(古수)의 출처대의(出處大義)를 분석하였는데, 굉장하고 뛰어나서 즐거움을 이루 다 말할 수 없었다. 신호열·김명호, 247면

4　　아아! 덕보는 생전에 이미 우뚝하여 옛사람의 기이한 자취와 같았으니, 훌륭한 덕성을 지닌 벗이 이 일을 널리 전해 그 이름이 한갓 강남江南에만 유포되는 데 그치지 않게 한다면 굳이 묘지명을 쓰지 않더라도 덕보의 이름은 불후不朽가 되리라.

그 부친은 이름이 역櫟인데 목사牧使를 지내셨고, 조부는 이름이 용조龍祚인데 대사간大司諫을 지내셨으며, 증조부는 이름이 숙璛인데 참판參判을 지내셨다. 모친은 청풍清風 김씨金氏이니, 군수 방枋의 따님이시다. 덕보는 영조英祖 신해년(1731)에 태어났으며, 음보蔭補로 선공감繕工監 감역監役에 제수되었고, 곧 돈녕부敦寧府 참봉參奉으로 옮겼으며, 다시 세손익위사世孫翊衛司 시직侍直에 제수되었다가 사헌부司憲府 감찰監察로 승진되고, 종친부宗親府 전부典簿로 전임되었다가 태인 현감泰仁縣監으로 나갔으며, 영천 군수榮川郡守로 승진하여 두어 해 재임하다 노모 봉양을 이유로 사직하고 돌아왔다. 처는 한산韓山 이홍중李弘重의 따님인데, 1남 3녀를 낳았다. 사위는 조우철趙宇喆·민치겸閔致謙·유춘주俞春柱이다. 돌아가신 그해 12월 8일에 청주清州 모좌某坐의 땅에 장사지냈다.

---

1) **友朋** 한씨문고본과 용재문고본에는 "朋友"로 되어 있다.
2) **以** 『여한십가문초』와 창강중편본에는 "已"로 되어 있다.
3) **噫~以不朽德保也** 창강중편본에는 원권이 쳐져 있다.
4) **璛** 『여한십가문초』를 제외한 모든 이본과 저본에는 "潚"으로, 『여한십가문초』에는 "瀟"로 되어 있으나, 『숙종실록』肅宗實錄 및 『남양홍씨세보』南陽洪氏世譜 등에 의거하여 바로잡았다.

噫! 其在世時, 已落落如往古奇蹟, 有友朋[1]至性者, 必將廣其傳, 非獨名遍江南, 則不待誌其墓, 以[2]不朽德保也.[3] 考諱㰒, 牧使; 祖諱龍祚, 大司諫; 曾祖諱璛,[4] 叅判. 母淸風 金氏, 郡守枋之女. 德保以英宗辛亥生. 得蔭除繕工監[5]監役, 尋移敦寧[6]府叅奉, 改授世孫翊衛司侍直, 敍陞司憲府監察, 轉宗親府典簿, 出爲泰仁縣監, 陞[7]榮川郡守, 數年以母老辭歸. 配韓山 李弘重女, 生一男三女, 婿曰趙宇喆, 閔致謙, 兪春柱. 以其[8]年十二月八日, 葬于淸州某坐之原.

역문풀이

강남江南: 양자강 이남 지역.

역㰒: 홍역洪㰒(1708~1767)을 말한다. 영조 때의 문신으로, 자는 수옹壽翁, 호는 의재毅齋이다. 1744년(영조 20) 사마시에 합격하였고, 음보蔭補로 장릉 참봉章陵叅奉이 되었으며, 이후 의금부도사·호조정랑·영천 군수榮川郡守·나주 목사羅州牧使 등을 지냈다.

용조龍祚: 홍용조洪龍祚(1686~1741)를 말한다. 숙종·경종·영조 때의 문신으로, 자는 희서羲瑞, 호는 금백金伯이다. 1717년(숙종 43) 문과에 급제하여 정언正言·지평持平을 지냈다. 1721년(경종 1) 연잉군延礽君(훗날의 영조)의 세제世弟 책봉에 반대하는 소론少論 측의 문신 유봉휘柳鳳輝를 처형하라고 상소한 일로 소론의 탄핵을 받아 능주 목사綾州牧使로 좌천되었다가 파직되었으며, 곧이어 소론이 주도한 신임옥사辛壬獄事 때 함경도 온성穩城으로 유배되었다. 1724년 영조가 즉위하자 유배에서 풀려나 종부시宗簿寺 정正(정3품 관직)에 임명되었고, 이후 동부승지·좌승지·충청도 관찰사·병조참의를 역임하다가 1727년(영조 3) 정미환국丁未換局으로 소론이 재집권하면서 해임되었다. 1728년 이인좌李麟佐의 난으로 정세가 바뀌자 다시 기용되어 충주 목사·호조참의·대사간을 지내고 1741년 삼화 부사三和府使로 재임하던 중에 병사하였다.

숙璛: 홍숙洪璛(1654~1714)을 말한다. 숙종 때의 문신으로, 자는 옥여玉汝이다. 7세 때 이미 산법算法에 능했다고 한다. 박학다식한 재사才士로서 특히 『자치통감강목』資治通鑑綱目에 조예가 깊어 중국의 역사·인물·지형에 밝았다. 1683년(숙종 9) 문과에 급제하여 충청도

---

5) **監** 용재문고본에는 빠져 있다.
6) **寧** 승계본에는 "領"으로 되어 있으나 오기이다.
7) **陞** 망창창재본 을에는 "陛"로 되어 있다.
8) **其** 창강중편본에는 "卒"로 되어 있다.

관찰사·승지·경기 수사京畿水使·호조참판·강원도 관찰사를 역임하였다.

음보蔭補: 조상의 음덕으로 벼슬함을 이르는 말.

선공감繕工監 감역監役: '선공감'은 궁궐과 관청의 건축 및 수리를 관장하던 관서 이름이고, '감
　　역'은 선공감에 두었던 종9품 관직이다.

돈녕부敦寧府 참봉參奉: '돈녕부'는 종친부宗親府에 속하지 않은 종친宗親과 외척外戚을 예우하
　　기 위해 설치한 관서 이름이다. '참봉'은 종9품 관직이다.

세손익위사世孫翊衛司 시직侍直: '세손익위사'는 세손世孫을 모시고 호위하는 임무를 맡기 위
　　하여 설치한 관서이고, '시직'은 세손익위사의 정8품 관직이다. 당시 세손은 훗날의 정조
　　正祖(1752~1800)이다. 홍대용은 1774년(영조 50) 11월에 시직으로 임명되어 정조에게 학문
　　을 가르치며 정조와 많은 대화를 나누었다. 홍대용은 당시 정조와 주고받았던 말을 일
　　기로 자세히 기록해 두었는데, 그것이 지금 전하는 『계방일기』桂坊日記('계방'은 세손익위사
　　의 별칭)이다.

감찰監察: 사헌부의 종6품 관직.

종친부宗親府 전부典簿: '종친부'는 조선 시대 역대 제왕의 어보御譜·어진御眞을 받들고 종실
　　宗室 여러 파派를 관장하는 등 종실과 관련된 제반 업무를 관장하던 관서이다. '전부'는
　　종친부의 종5품 관직이다.

태인 현감泰仁縣監: '태인'은 조선 시대 전라도 정읍井邑 지역에 두었던 현縣 이름.

영천 군수榮川郡守: '영천'은 조선 시대 경상도 영주榮州 지역에 두었던 군郡 이름.

영천 군수榮川郡守로 승진하여~사직하고 돌아왔다: 홍대용은 1780년 영천 군수가 되었다가
　　1783년 모친이 연로하다는 이유로 사직하고 돌아왔다. 내관內官 3년, 고을 원으로 6년,
　　도합 9년의 벼슬살이를 했다. 김태준 교수가 작성한 홍대용 연보에 의하면 홍대용은
　　1783년 10월 22일 중풍으로 상반신에 마비가 왔고 이튿날 별세하였다.

모좌某座: 무슨 방향이라는 뜻인데, 무덤이 향하는 위치를 가리키는 말이다. 홍대용은 향리
　　인 충남 천원군 수신면 장산리, 속칭 구미들 기슭에 묻혔다.

원문풀이

落落: 크고 우뚝한 모양.

번역의 동이

4-1　　　덕보는 생전에~불후不朽가 되리라

▪　　그가 살아 있을 때 그의 기이한 사적은 이미 저 먼 옛날의 이야기와 같다. 진정을 가진 친구와 벗

들이 더욱 더 그 사적을 전파시킬 것이니 비단 양자강 남쪽에서만 이름이 퍼질 것 아니다. 그 무덤에 묘지를 쓰지 않더라도 덕보의 이름은 길이 전해 갈 것이다. 홍기문, 419면

• 그가 세상에 살아 있을 때의 일들은 이미 저 먼 옛날의 특이한 자취와 같다. 친구로서 성품이 지극한 이가 있어 그의 생전의 일을 반드시 더욱 널리 전파시키게 될 것이고, 그래서 그의 명성이 양자강 이남 지방에만 퍼질 뿐이 아니게 되면 묘지(墓誌)를 쓰지 않더라도 덕보의 이름은 불후(不朽)의 그것이 되리라. 이동환, 187면

• 그가 살아 있던 시절의 기이한 사적이 벌써 저 먼 옛날의 이야기처럼 되었다. 지성을 지닌 벗들이 그의 사적을 더욱 전파할 것이니, 양자강 남쪽에서만 그의 이름이 퍼질 것은 아니리라. 그 무덤에 묘지명을 쓰지 않더라도, 덕보의 이름은 길이 전해질 것이다. 리가원·허경진, 127면

• 그가 살았을 때의 우뚝한 모습은 마치 저 먼 옛날의 기이한 사적과 같아서 착한 성품을 가진 그의 친구들이 반드시 그 사적을 더욱 전파시킬 것이니 비단 양자강 남쪽에만 이름이 퍼지지는 않을 것이다. 그 무덤에 묘지를 쓸 필요 없이 덕보의 이름은 길이길이 썩지 않으리라. 김혈조, 257면

• 그는 세상에 살아 있을 때에도 이미 비범하기가 마치 옛날의 특이한 사적 같았다. 벗으로서 지성(至性 선량한 천성)을 지닌 이라면 반드시 그 일을 널리 전파하여 비단 이름이 양자강 남쪽 지방에 두루 알려질 뿐만이 아닐 터이니, 구태여 내가 그의 묘지(墓誌)를 짓지 않더라도 덕보의 이름을 불후(不朽)하게 할 것이다. 신호열·김명호, 248면

⑤   명銘은 다음과 같다.

하하 웃고, 덩실덩실 춤추고, 노래하고 환호할 일,
서호西湖에서 이제 상봉하리니.
서호의 벗은 나를 부끄러워하지 않으리.
입에 반함飯含을 하지 않은 건,
보리 읊조린 유자儒者를 미워해서지.

銘曰:[1] "宜笑舞歌呼, 相逢西子湖. 知君不羞吾. 口中不含珠, 空悲詠麥儒."[2]

---

1) **銘曰** 저본에는 "원고原稿에 명銘이 빠져 있다"(銘佚原稿)라는 세주가 붙어 있다. 『동문집성』에는 "생각건대 명銘은 본래의 문집에 빠져 있다"(按銘本集佚)라는 세주가 붙어 있다. 창강초편본, 『여한십가문초』, 창강중편본에는 "銘曰"이 빠져 있다.

역문풀이

서호西湖: 항주에 있는 서호를 말하는바, 여기서는 곧 항주를 뜻한다.

반함飯含: 옛날에 염습殮襲(죽은 사람의 몸을 씻긴 뒤 옷을 입히고 염포로 묶는 일)할 때 죽은 사람의 입에 구슬이나 쌀을 물리는 일. 이와 관련하여 박종채가 쓴 『과정록』에 이런 말이 보인다: "담헌공(홍대용)은 평소 주장하기를, 장례 때 꼭 반함飯含을 할 필요는 없다고 했으며, 또한 아버지(연암)에게 자신의 장례를 돌봐 달라고 당부하셨다. 급기야 공께서 돌아가시자 아버지는 이 사실을 그 아들 원薲에게 일러 주었다. 원 또한 부친의 유지遺旨를 들은 터라, 부친이 쓰시던 물건들을 무덤에 묻었을 뿐 반함하지는 않았으니 그 뜻에 따른 것이다." 연암 역시 홍대용이 한 것처럼 자신의 장례 때 반함을 하지 말라는 말을 죽기 전에 자식에게 남겼다.

보리 읊조린 유자儒者: 『장자』莊子에서 유래하는 말이다. 『장자』 「외물」外物 편에 유자란 입만 열면 시詩와 예禮를 거론하지만 실제로는 남의 무덤을 몰래 파헤쳐 시체의 입안에 있는 구슬을 빼내는 도둑이라는 이야기가 나온다. 이 이야기에서 유자는 가증스럽게도 이런 시를 읊고 있다: "푸릇푸릇한 보리 / 무덤가 언덕에 무성하네 / 생전에 남에게 보시한 적 없으면서 / 죽어서 어찌 구슬을 머금고 있나?" 이 이야기를 통해 『장자』는 점잖은 체하면서 실제로는 더없이 위선적인 유자를 야유하고 있다. 연암은 『장자』의 이 고사를 끌어들여 양심적인 실학자 홍대용을 당시 조선의 위선적인 유자들과 대비시키고 있다.

원문풀이

西子湖: 서호西湖. '서자'는 월나라 미인 서시西施를 가리키는데 서시가 서호 근처에 살았기에 이런 이름이 붙었다.

詠麥儒: 『장자』 「외물」 편에 다음의 내용이 보인다: "儒以詩禮發冢, 大儒臚傳曰: '東方作矣! 事之何若?' 小儒曰: '未解裙襦, 口中有珠.' 詩固有之曰:《青青之麥, 生於陵陂, 生不佈施, 死何含珠爲?》接其鬢, 壓其顪, 而以金椎控其頤, 徐別其頰, 无傷口中珠.'"

---

2) **宜笑舞歌呼~空悲詠麥儒** 『연상각집』을, 『운산만첩당집』 갑, 『운산만첩당집』 을, 한씨문고본, 『동문집성』, 창강초편본, 『여한십가문초』, 창강중편본, 승계본, 영남대본, 용재문고본, 망창창재본 갑, 망창창재본 을에는 빠져 있으나, 『연암산고』에 의거하여 보충해 넣었다. 이 명은 『과정록』 초고본, 가장본 『열하일기』에도 실려 있는데, 약간의 글자 출입이 있다. 『과정록』에는 첫 구절인 "宜笑舞歌呼"가 없다. 『열하일기』에는 "魂去不冥招, 相逢西子湖, 口裏不含珠, 怊悵詠麥儒"(넋이 떠난다고 초혼招魂할 것 없네 / 서호西湖에서 상봉하리니 / 입에 반함飯含을 하지 않은 건 / 보리 읊조린 유자儒者를 미워해서지)로 되어 있다.

5-1 서호西湖에서 이제~유자儒者를 미워해서지

▪ 서호에서 서로 만난다면, 그대는 날 부끄러워하지 않을 줄 아노라. 죽어서 입에 구슬 물지 않았으니, 도굴꾼 같은 타락한 선비를 공연히 딱하게 여겼도다. 신호열·김명호, 249면

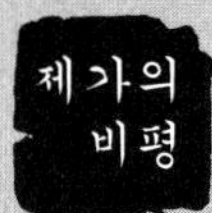

🏵 박영철본의 후평

- 수미首尾의 800여 자를 붕우朋友라는 말로써 시작하고 붕우라는 말로써 맺은바 효성과 우애, 인자함과 공경스러움, 집안에 있을 때의 여러 가지 예의범절에 대해서는 한 글자도 언급하지 않았지만, 그 인간이 인륜에 독실했다는 것이 언외言外에 드러난다.[1]

首尾八百餘言, 以友朋起結, 一字不及孝友慈敬﹑居家行誼, 然其人篤於倫彝, 言外可見.

번역의 동이

- 처음부터 끝까지 800여 언(言)이 벗으로써 시작하여 벗으로써 맺었다. 한 글자도 효성과 우애, 자애와 공경 같은 집안의 바른 행실에 대해 언급하지 않았다. 그러나 그 사람이 인륜에 독실했다는 것을 말 밖에서 찾아볼 수 있다. 신호열·김명호, 249면

🏵 『운산만첩당집』 갑의 비평

【 행비와 미비 】

- ⊡의 "路當過三河. 三河有德保之友"에 "문장이 매우 곡진하고 서술이 넉넉하여 정취가 있군"(文甚委曲, 敍得寬暇, 有情致)이라는 행비가 붙어 있다.
- ⊡의 "曩歲~寄意而歸"에 방점이 찍혀 있다.
- ⊡의 "蓉洲發書, 當知吾德保友也"에 원권이 쳐져 있다.

---

1) 이 평은 『운산만첩당집』 갑, 한씨문고본, 승계본, 영남대본, 용재문고본, 망창창재본 갑, 망창창재본 을에도 있다.

- 　①의 "乾隆癸卯月日"에 "어째서 오랑캐 연호를 장무章武처럼 내건 걸까?"(何必揭年如章武)라는 행비가 붙어 있다.
- 　①의 "白蓉洲足下"에 "부고의 글이 정중하여 법도가 있군"(訃書鄭重有法)이라는 행비가 붙어 있다.
- 　①의 "敝邦前任榮川郡守南陽洪湛軒~哭擗未可手書自訃"에 "관직, 이름, 자호字號, 죽은 연월일, 고자孤子의 이름 아무개를 글 사이에 끼워 넣어 서술했으니, 이 글에서 가장 간략하게 글을 쓴 곳이군"(夾敍職官、姓名、字號、卒年月日、孤子名某, 篇中大省筆處)이라는 행비가 붙어 있다.
- 　①의 "平昔無恙, 忽風喝喋瘖, 須臾至此"에 방점이 찍혀 있다.
- 　①의 "孤子蓮~足以不恨"에 방점이 찍혀 있다.
- 　②의 "手自檢其杭人書畫尺牘諸詩文共十卷, 陳設殯側, 撫柩而慟"에 "훌륭한 덕성을 지닌 벗은 생사를 초월하니, 벗이란 오직 그 벗을 통해 그 고심했던 바가 무엇이며 그 훌륭한 점이 무엇인지를 알 수 있는 법이지"(乏朋至性, 無間生死, 惟乏於乏, 知病賢也)라는 행비가 붙어 있다.
- 　②의 "嗟乎德保~刱出機智"에 "덕을 형용한 곳이 글자글자마다 진실되고 절실한바, 학문이 체體와 용用을 갖추어 결코 너절하거나 썩은 유자儒者가 아니었음을 알 수 있다"(狀德處, 字字眞切, 可見其有體有用之學, 大非猥糟腐熟之儒)라는 미비가 붙어 있다.
- 　②의 "世之慕德保者~有統禦奇略"에 방점이 찍혀 있다.
- 　②의 "其莅數郡~不過使吏拱民馴而已"에 방점이 찍혀 있고, "吏拱民馴"에 원권이 쳐져 있다.
- 　③의 "遇陸飛嚴誠潘庭筠於琉璃廠"에 원권이 쳐져 있다.
- 　③의 "三人者俱家錢塘~然咸推服德保爲大儒"에 방점이 찍혀 있다.
- 　③의 "及將訣去~誓無愧色"에 방점이 찍혀 있고, 원권이 쳐져 있다.
- 　③의 "後數歲~轉入錢塘"에 방점이 찍혀 있다.
- 　③의 "乃其夕將大祥也"에 원권이 쳐져 있다.
- 　③의 "會祭者環西湖數郡~爲初獻"에 방점이 찍혀 있다.
- 　③의 "書稱伯父, 寄其父『鐵橋遺集』"에 원권이 쳐져 있다.
- 　③의 "轉傳九年始至, 集中有誠手畫德保小影"에 방점이 찍혀 있다.
- 　③의 "遂以墨殉于柩中~爭撰述詩文"에 원권이 쳐져 있다.
- 　③의 "有朱文藻者, 寄書言狀"에 방점이 찍혀 있고, 원권이 쳐져 있다.
- 　④의 "噫~以不朽德保也"에 방점이 찍혀 있고, "噫! 其"와 "不待誌其墓, 以不朽德保也"에 원권이 쳐져 있다.

역문풀이

장무章武: 삼국시대 촉蜀나라 소열제昭烈帝(유비劉備)의 연호. 221~223년.

【 후평 】

· 장강이 천리를 흐르듯 기이한 변화가 층층이 일어나지만, 조리와 맥락이 정연함이 마치
무늬를 짜 놓은 듯하다.

　　長河往千里, 奇變層生, 而條理脈絡, 齊整如織文.

· 수미首尾의 800여 자를 붕우朋友라는 말로써 시작하고 붕우라는 말로써 맺은바 효성과
우애, 인자함과 공경스러움, 집안에 있을 때의 여러 가지 예의범절에 대해서는 한 글자도 언
급하지 않았지만, 그 사람이 인륜에 독실했다는 것이 언외言外에 드러난다.

　　首尾八百餘言, 以友朋起結, 一字不及孝友慈敬·居家行誼, 然其人之篤於倫懿, 言外可見.

· 조금이라도 아첨하는 말이 있다면 저승에서 이 좋은 벗을 저버리는 일일 뿐 아니라 중
국의 지기知己들에게도 매우 부끄러운 일일 터이니, 나는 반드시 그렇지 않음을 알겠다.

　　如有半分諛辭, 非但冥冥之中負此良友, 當遠愧海內知己, 吾知其必不然.

· 종래의 비지문碑誌文은 덕을 형용하는 것이 대개 판에 박힌 모습이어서 고인故人의 정신
을 생생히 그려내기 어려웠다. 이 글은 담헌을 본 적이 있는 사람으로 하여금 읽게 하면 꼭
옛 친구를 만났는 줄 알 테고, 덕보를 본 적이 없는 사람으로 하여금 읽게 하면 정말 이런 사
람이 있었음을 알게 될 것이다.

　　從來碑誌, 狀德大略如印板類, 難摹神寫生之筆, 此文, 使及見湛軒者讀, 知宛逢舊識, 未見
德保者讀, 知確有此人.

🏵 김택영의 문두평

- 호탕하다.[2]

  宕.

- 앞부분과 뒷부분에 중국과 관련된 일을 말하고 그 속에다 자신의 비통한 마음을 담은 구절을 삽입하여 몰래 자기와 덕보가 모두 본국本國에서 뜻을 펴지 못한 것을 말했거늘, 필세筆勢가 풍격風格이 있고, 변화가 지극하다.[3]

  首尾綴<u>中國</u>事, 而中挿己痛一句, 以暗寫己與<u>德保</u>之俱不得於本國者, 而筆勢之風韻[4]變化極矣.

역문풀이

호탕하다: 여기서는 필세의 풍격과 변화를 가리키는 말이다.

자신의 비통한 마음을 담은 구절: ②의 "아아! 덕보는 통달하고~따르게 함이 고작이었다"
　　구절을 가리킨다.

풍격風格: 글의 격조나 정취情趣.

홍덕보 묘지명

덕보德保가 숨을 거둔 지 사흘째 되던 날 어떤 객客이 북경으로 가는 사신을 따라 중국으로 떠났는데 그 가는 길이 삼하三河를 지나게 되어 있었다. 삼하에는 덕보의 벗이 있는데 이름은 손유의孫有義이고 호는 용주蓉洲다. 3년 전 내가 북경에서 돌아오는 길에 용주를 방문했으나 만나지 못해 편지를 남겨 덕보가 남쪽 땅에서 고을살이를 하고 있다는 소식을 자세히 전하고 아울러 우리나라의 토산품 두어 가지를 정표情表로 두고 온바 용주는 그 편지를 읽어 내가 덕보의 친구인 줄 알고 있을 터였다. 그래서 떠나는 객에게 다음과 같은 부고訃告를 용주에게 전하게 하였다.

건륭乾隆 계묘년癸卯年 모월 모일에 조선의 박지원은 용주 족하足下께 머리 숙여 아뢰나이다. 우리나라의 전 영천 군수榮川郡守 남양南陽 홍담헌洪湛軒 휘諱 대용大容, 자字 덕보德保가 금년 10월 23일 유시酉時에 운명하였나이다. 평소 병이 없었는데 갑자기 풍증이 생겨 입이 돌아가고 말을 못하더니 얼마 되지 않아 이런 일이 닥쳤습니다. 향년 53세입니다. 고자孤子 원薳은 곡을 하며 슬픔에 잠겨 있는지라 직접 글을 써 부고하지 못하나이다. 게다가 양자강 이남은 편지를 전할 길이 없사오니 바라옵건대 이쪽을 대신하여 오중吳中에 부음訃音을 전해 천하의 지기知己들이 그 운명한 일시日時를 알도록 해 주신다면 살아 있는 분이든 돌아가신 분이든 여한이 없을 것이옵니다.

중국 가는 사람을 보내고 난 뒤 나는 항주杭州 사람들이 덕보에게 보낸 서화書畵며 서로 주고받은 편지와 시문詩文이며 이런 것 열 권을 손수 찾아내어 빈소 옆에 벌여 놓고 관을 어루만지며 통곡하였다.

아아! 덕보는 통달하고 명민하고 겸손하고 고아高雅했으며, 식견이 심원하고 아는 것이 정밀하였다. 특히 율력律曆에 정통하여 그가 만든 혼천의渾天儀 등 여러 기구들은 깊이 생각하고 오래 궁구하여 슬기를 발휘해 제작한 것이었다. 애초 서양인은 땅이 둥글다는 것만 말하고 회전한다는 사실은 말하지 않았다. 덕보는 일찍이 지구가 한 번 돌면 하루가 된다고 논했는데 그 이론이 미묘하고 심오하였다. 그는 미처 이에 관한 책을 쓰지는 못했지만 만년에 이르러 지구가 회전한다는 사실을 더욱 자신하여 의심치 않았다. 덕보를 흠모하는 사람들조차도 그가 일찍부터 스스로 과거를 단념한 채 명리名利에의 생각을 끊고서 조용히 집에 들어앉아 좋은 향을 피우거나 거문고를 타며 지내는 것을 보고는 그가 담박하게 자중자애하면서 세속을 벗어나 마음을 닦고 있구나 하고 생각할 뿐이었다. 그래서 덕보가 백사百事를 두루 잘 다스리고, 문란하고 그릇된 일을 척결할 수 있으며, 나라의 재정을 맡기거나 먼 나라에 사신으로 보냄 직하며, 군대를 통솔해 나라를 방어하는 데 뛰어난 책략을 지녔다는 걸 통 알지 못했다. 하지만 덕보는 자신의 재주가 남에게 드러나는 걸 좋아하지 않았으므로 한두 고을의 수령으로 지낼 때에도 그저 관아의 장부를 잘 정리하고, 일을 미리미리 처리하며, 아전들을 공손하게 만들고, 백성들을 잘 따르게 함이 고작이었다.

덕보는 일찍이 서장관書狀官인 작은아버지를 수행하여 북경에 가 육비陸飛, 엄성嚴誠, 반정균潘庭筠을 유리창琉璃廠에서 만났다. 이 세 사람은 모두 집이 전당錢塘인데 다 문장과 예술에 능한 선비였으며, 그 사귀는 이들도 모두 중국의 저명한 인사들이었다. 그러나 그들은 모두 덕보를 대유大儒로 떠받들며 심복心服하였다. 덕보는 그들과 수만 글자의 필담을 나눴는데, 그 내용은 경전의 취지며 하늘의 명命이 사람에게 품부稟賦된 이치며 고금古今 출처出處의 도리를 분변한 것으로, 그 견해가 웅대하고 걸출하여 기쁘기 그지없었다. 급기야 그들은 헤어질 때 서로 마주보고 눈물을 흘리면서 이렇게 말했다.

"이제 한번 헤어지면 천고千古에 다시 만나지 못할 테지요. 지하에서 만날 그날까지 부끄러운 일이 없도록 합시다."

덕보는 특히 엄성과 마음이 맞았다. 그래서 군자는 때를 살펴 벼슬을 하기도 하고 벼슬을 않고 처사處士로 살아가기도 하는 법이라고 엄성에게 넌지시 일러 줬는데, 엄성은 크게 깨달아 그만 남쪽의 고향으로 돌아가기로 뜻을 정하였다. 그로부터 두어 해 뒤 엄성은 민중閩中에서 객사하였다. 반정균이 글을 써서 덕보에게 부음을 전하자 덕보는 애사哀辭를 짓고 향을 갖추어 용주에게 부쳤는데 그것이 전당에 전해진 그날 저녁이 마침 엄성의 대상大祥 날이었다. 서호西湖 주변의 두어 고을에서 대상에 참예하러 왔던 사람들은 모두 경탄해 마지않으며 혼령이 감응한 결과라고들 하였다. 엄성의 형인 과果가, 덕보가 보내온 향을 피운 뒤 그 애사를 읽고 초헌初獻을 하였다.

엄성의 아들 앙昻이 덕보를 백부伯父라 일컫는 편지를 써서 아버지의 글을 모은 『철교유집』鐵橋遺集을 덕보에게 부쳤는데, 이리저리 떠돈 지 9년 만에야 도착하였다. 그 책에는 엄성이 손수 그린 덕보의 작은 초상이 있었다. 엄성은 민閩에서 병이 위독한 중에도 덕보가 선물한 우리나라 먹을 꺼내어 그 향기를 맡다가 가슴에 올려놓은 채 운명하였다. 그래서 가족들은 그 먹을 관에 넣어 주었다. 오중吳中에서는 이 일이 기이한 일로 널리 전파되었으며 사람들이 서로 다투어 시문을 지어 이 일을 기렸다. 주문조朱文藻라는 사람이 편지로 이러한 사실을 알려 주었다.

아아! 덕보는 생전에 이미 우뚝하여 옛사람의 기이한 자취와 같았으니, 훌륭한 덕성을 지닌 벗이 이 일을 널리 전해 그 이름이 한갓 강남江南에만 유포되는 데 그치지 않게 한다면 굳이 묘지명을 쓰지 않더라도 덕보의 이름은 불후不朽가 되리라.

그 부친은 이름이 역櫟인데 목사牧使를 지내셨고, 조부는 이름이 용조龍祚인데 대사간大司諫을 지내셨으며, 증조부는 이름이 숙瑃인데 참판參判을 지내셨다. 모친은 청풍淸風 김씨金氏이니, 군수 방枋의 따님이시다. 덕보는 영조英祖 신해년(1731)에 태어났으며, 음보蔭補로 선공감繕工監 감역監役에 제수되었고, 곧 돈녕부敦寧府 참봉參奉으로 옮겼으며, 다시 세손익위사世孫翊衛司 시직侍直에 제수되었다가 사헌부司憲府 감찰監察로 승진되고, 종친부宗親府 전부典簿로 전임되었다가 태인 현감泰仁縣監으로 나갔으며, 영천 군수榮川郡守로 승진하여 두어 해 재임하다 노모 봉양을 이유로 사직하고 돌아왔다. 처는 한산韓山 이홍중李弘重의 따님인데, 1남 3녀를 낳았다. 사위는 조우철趙宇喆·민치겸閔致謙·유춘주兪春柱이다. 돌아가신 그해 12월 8일에 청주淸州 모좌某坐의 땅에 장사지냈다.

명銘은 다음과 같다.

하하 웃고, 덩실덩실 춤추고, 노래하고 환호할 일,
서호西湖에서 이제 상봉하리니.
서호의 벗은 나를 부끄러워하지 않으리.
입에 반함飯含을 하지 않은 건,
보리 읊조린 유자儒者를 미워해서지.

발승암 기문

髮僧菴*記**

⬚　　내가 동東으로 금강산을 유람할 적이다. 골짝 어귀에 들어서자마자 옛사람과 요즘 사람들이 자신의 이름을 바위에 써 놓은 게 보였는데 큼지막한 글씨로 깊이들 새겨 놓아 작은 틈도 없었으니 마치 장 보러 나온 사람들이 북적거려 어깨가 부딪는 것 같기도 하고 교외의 묘지에 빽빽이 들어선 무덤 같기도 했다. 옛날에 새긴 이름은 이끼에 덮여 있었고, 새로 쓴 이름은 붉은 글씨가 환히 빛났다. 깎아지른 듯한 천 길 벼랑의 바위 위에 이르매 날아가는 새 그림자도 없었으며 오직 '金弘淵'김홍연이라고 새긴 세 글자만 눈에 들어왔다. 나는 내심 참 이상하다고 여기며 혼자 이렇게 중얼거렸다.

"예로부터 관찰사의 위세란 족히 사람을 죽일 수도 있고 살릴 수도 있을 만큼 대단하고, 또 저 양봉래楊蓬萊 같은 이는 기이한 경치를 좋아하여 그 발자취가 이르지 아니한 곳이 없었다. 하지만 그들 모두 감히 이런 곳에 이름을 새기지는 못하였다. 그런데 저기다 이름을 새긴 자는 대체 누구기에 석공石工으로 하여금 다람쥐나 원숭이와 목숨을 다투게 한 걸까?"

余東遊楓嶽, 入其洞門, 已見古今人題名,[1] 大書深刻, 殆無片隙, 如觀場疊肩,

---

*　菴　용재문고본에는 "庵"으로 되어 있다.
**髮僧菴記　『엄계집』에는 "髮僧庵銘 幷序"로 되어 있다. 한편 '髮' 자를 처음에는 "不" 자로 썼다가 "髮" 자로 고쳤다.

1) 古今人題名　『엄계집』에는 처음에 "石壁製名"으로 썼다가 "左右壁古今人題刻姓名"으로 고쳤다.

郊阡叢墳.[2] 舊刻纔沒苔蘚, 新題又煥[3]丹砯. 至崩崖裂石, 削立千仞, 上絶飛鳥之影, 而獨有金弘淵三字.[4] 余固心異之曰: '古來觀察使之威, 足以死生人, 楊蓬萊之耽奇, 足跡無所不到, 猶未能置名此間.[5] 彼題名者, 誰耶[6], 乃能令工與鼯猱爭性命也?' [7]

역문풀이

내가 동東으로 금강산을 유람할 적: 『과정록』에 따르면, 연암은 29세 때인 1765년(영조 41) 가을에 유언호兪彦鎬·신광온申光蘊 등의 벗들과 함께 금강산을 유람하였다.

양봉래楊蓬萊: 양사언楊士彦(1517~1584)을 말한다. '봉래'는 그 호號다. 큰 글씨의 초서를 잘 썼으며, 산수에 노니는 것을 몹시 좋아한 것으로 유명하다. 회양 군수로 있을 때 금강산을 유람하며 만폭동萬瀑洞 바위에다 "蓬萊楓嶽元化洞天" 여덟 자를 새긴 일화가 널리 알려져 있다.

원문풀이

楓嶽: 금강산의 다른 이름.

郊阡: '郊'는 성城 주변의 지역, 곧 교외郊外를 말한다. '阡'은 보통 '두렁'을 가리키지만 여기서는 '阡原', 즉 '묘지'의 뜻으로 쓰였다.

丹砯: 단사丹砂. 붉은 색이 나오는 염료로, 글씨를 쓰는 데 사용한다.

崩崖裂石: 무너질 듯한 낭떠러지에 있는 균열이 있는 바위라는 뜻.

鼯猱오노: 다람쥐와 원숭이.

性命: 생명生命.

---

2) **如觀場疊肩, 郊阡叢墳** 창강초편본과 창강중편본에는 빠져 있다. 『운산만첩당집』 갑에는 "觀場疊肩, 郊阡叢墳"에 방점이 찍혀 있다.

3) **煥** 한씨문고본과 용재문고본에는 "渙"으로 되어 있다.

4) **金弘淵三字** 『하풍죽로당집』에는 각 글자 바로 위에 '㊎弘淵㊂字'와 같이 동그라미를 쳐 놓았다.

5) **間** 한씨문고본에는 "聞"으로 되어 있으나 오기이다.

6) **耶** 『운산만첩당집』 을에는 "也"로 되어 있다.

7) **余東遊楓嶽~乃能令工與鼯猱爭性命也** 『엄계집』에는 "余東遊楓嶽, 纔入洞門, 已見左右石壁古今人題刻姓名, 如觀場疊肩, 北邙累冢. 舊者纔沒蘚花, 新者又煥丹砯. 至斷崖陡壁, 削立千仞, 非人迹所到, 輒有金弘淵三字. 余固心異之"로 되어 있다. 한편 『엄계집』에는 이 구절의 "煥丹砯"와 "至斷崖陡壁" 사이에 처음에는 "猒嶂鬼轗, 不勝黥刺. 余誦中郎曰: '青山白石, 有何罪過?' 同遊皆大笑"라는 구절이 있었는데 뒤에 빼 버렸다. 『운산만첩당집』 을에는 "觀察使", "楊蓬萊", "乃能令工與鼯猱爭性命也"에 방점이 찍혀 있다. 창강중편본에는 "古來觀察使之威~乃能令工與鼯猱爭性命也"에 방점이 찍혀 있다.

번역의 동이

1-1   옛날에 새긴~환히 빛났다

- 옛날 새긴 것이 채 이끼에 묻히기도 전에 새로 새긴 것이 붉은 칠로 인해서 더 환하게 드러나고 있다. 홍기문, 『박지원 작품선집 1』, 259~260면
- 예전에 새긴 것이 겨우 이끼에 묻히자 새로 써서 또 인주(印朱)가 밝게 빛났다. 이익성, 『朴趾源』, 169면
- 예전에 새긴 것에 채 이끼도 돋기 전에 새로 새긴 것이 붉은 칠로 인해 빛났다. 김혈조, 『그렇다면 도로 눈을 감고 가시오』, 303면
- 오래 전에 새긴 글씨가 겨우 이끼에 묻히자 새 글씨가 또 단주(丹硃)로 빛나고 있었다. 신호열·김명호, 『연암집 2』, 78면

1-2   깎아지른 듯한~눈에 들어왔다

- 심지어 터진 석벽과 짜개진 바윗돌이 천길이나 깎아질리여 나는 새의 그림자가 어르대지 못할만한 곳에도 김 홍연(金弘淵)의 석 자가 없는 곳이 없다. 홍기문, 260면
- 무너진 벼랑에 이르니 벌어진 돌이 천 길이나 깎아지른 듯하고, 위에는 날아가는 새 그림자도 없건만 홀로 '김홍연(金弘淵)'이라는 세 글자가 있었다. 이익성, 169면
- 심지어 무너진 벼랑과 갈라진 석벽이 천길이나 깎아지른 듯하여 나는 새의 그림자도 얼씬하지 못할 곳이건만 '김홍연(金弘淵)'이라는 세 글자가 없는 곳이 없었다. 김혈조, 303면
- 무너진 벼랑과 갈라진 바위에 이르니 깎아지른 듯 천 길이나 높이 서 있어, 그 위에는 나는 새의 그림자조차 끊겼는데도 홀로 '김홍연(金弘淵)'이란 세 글자가 남아 있었다. 신호열·김명호, 79면

② 　그 후 나는 나라 안의 명산들을 두루 돌아다닌바, 남南으로는 속리산과 가야산, 서西로는 천마산과 묘향산에 올랐다. 깊숙하고 외딴 곳에 이르러 세상 사람들이 도저히 올 수 없는 곳까지 왔다고 자부할 양이면 그때마다 늘 김홍연이 새겨 놓은 이름자가 눈에 들어오는 게 아닌가. 나는 화가 치밀어 이렇게 욕을 했다. "홍연이 어떤 놈이기에 감히 이리도 당돌한가!"

　其後, 余遊歷方內名山, 南登俗離·伽倻, 西登天摩·妙[1]香. 所至僻奧, 自謂能窮世人之所不能到, 然[2]常得金所題,[3] 輒[4]發憤罵曰: "何物弘淵, 敢爾唐突耶!"[5][6]

---

1) **妙** 『연상각집』 갑에는 "玅"로 되어 있다.

역문풀이

남으로는 속리산과~묘향산에 올랐다: 연암은 35세 때인 1771년(영조 47) 과거를 포기한 후
　　　이덕무, 백동수 등과 함께 송도와 평양을 유람하며 천마산과 묘향산에 올랐으며, 남쪽으
　　　로는 속리산, 가야산, 화양동華陽洞, 단양 등지를 유람하였다.

번역의 동이

2-1　　　깊숙하고 외딴 곳에~들어오는 게 아닌가
- 　어느 산에를 오르거나 아주 궁벽한 데까지 들어 가서 내만은 세상 사람이 이르지 못하는 데를 나
혼자 본다고 생각하였다. 그러나 가는 곳마다 김씨의 이름을 발견하게 되니 홍기문, 260면
- 　궁벽지고 깊숙한 곳에 가서, 세상사람이 능히 이르지 못하는 곳을 다 갔다고 생각하였다. 그런데
항상 김홍연의 이름 쓴 것을 보게 되었다. 이익성, 169면
- 　아주 궁벽지고 깊숙한 곳에 들어가서 내 딴에는 세상 사람이 아무도 이르지 못할 곳을 나 혼자 본
다고 생각하였다. 그러나 가는 곳마다 김홍연의 이름을 보고는 김혈조, 303면
- 　외지고 깊숙한 곳에 이를 때마다 나는 세상 사람들이 오지 못한 곳을 나만이 왔노라고 스스로 생
각하곤 하였다. 그러나 노상 김(金)이 써 놓은 것을 발견하고는 신호열·김명호, 79면

2-2　　　홍연이 어떤 놈이기에 감히 이리도 당돌한가
- 　홍연이란 게 어떻게 생긴 인간이기에 이렇게 당돌하게 구는 것이람! 홍기문, 260면
- 　홍연이 어떤 인간인데 감히 이렇게 당돌한가. 이익성, 170면
- 　홍연이란 자는 도대체 어떤 인간이기에 감히 이렇게도 당돌하단 말인가? 김혈조, 304면
- 　어떤 홍연이 이다지도 당돌한가? 신호열·김명호, 79면

---

2) **然**　창강중편본에는 "而"로 되어 있다.
3) **金所題**　『하풍죽로당집』에는 각 글자 바로 위에 '㊎㉒㉞'와 같이 동그라미를 쳐 놓았다.
4) **輒**　용재문고본에는 "輙"으로 되어 있으나 오기이다.
5) **輒發憤罵日~敢爾唐突耶**　창강초편본과 창강중편본에는 빠져 있다.
6) **其後~敢爾唐突耶**　『엄계집』에는 "其後, 余遊歷方內名山, 頗爲不少, 所至僻奧, 自謂能窮衆人之所不能至, 然常得金所
題, 如逢舊識"으로 되어 있다. 이 중 '爲' 자를 처음에는 "自" 자로 썼다가 "爲" 자로 고쳤다. 또한 『엄계집』의 이 구절 중
"然常得金所題, 如逢舊識"에 방점이 찍혀 있다. 『운산만첩당집』 을에는 "自謂能窮世人之所不能到~敢爾唐突耶"에 방점이
찍혀 있다.

3   무릇 명산을 유람하기 좋아하는 사람은, 지극히 위험한 곳까지 찾아가 온갖 어려움을 감당하지 않는다면 기이한 경치를 구경할 수 없는 법이다. 나는 평소 이전에 산에 오른 일을 회상할 적마다 오싹해지며 자신의 무모함을 뉘우치지 않은 적이 없었다. 그렇지만 다시 산에 오르면 그만 지난날의 경계를 소홀히 해 가파른 바위에 오르기도 하고 깊은 낭떠러지를 내려다보기도 하며, 몸을 모로 하여 아슬아슬하게 썩은 잔도棧道를 밟고 낡은 사다리를 오르기도 하면서 왕왕 천지신명에게 무사하기를 빌며 살아 돌아가지 못할까봐 벌벌 떨면서 두려워하곤 하였다. 그러나 그때마다 주사朱砂로 사슴 정강이 크기는 될 정도로 큼지막하게 쓴 붉은 글씨가 늙은 나무 등걸과 오래된 등나무 사이로 보일 듯 말 듯 서렸는데, 어김없이 '김홍연' 세 글자였다. 나는 마침내 험난하고 궁박하고 위태롭고 곤란한 상황에서 옛 친구를 만난 것처럼 기뻐 그로 인해 힘을 내어 더위잡고 앞서거니 뒤서거니 나아갈 수 있었다.

    大凡好遊名山者, 非犯至危排衆難[1], 亦不得搜奇探[2]勝. 余平居追思往躅,[3] 未嘗不慄然自悔也. 然而復當登臨,[4] 猶忽宿戒, 履巉巖, 俯幽深, 側身于朽棧枯梯, 往往默禱神明, 惴惴然尚恐其不能自還, 而大字硃塡, 如鹿脛之大, 隱約盤挐於[5]老槎壽藤之間者, 必金弘淵也.[6] 乃反欣然如逢舊識於險阨[7]危困之際, 爲之出力而扳援先後之也.[8]

<hr>

1) **犯至危排衆難** 『운산만첩당집』 을에는 방점이 찍혀 있다.
2) **大凡好遊名山者~亦不得搜奇探** 창강중편본에는 방점이 찍혀 있다.
3) **躅** 『하풍죽로당집』, 『연상각집』 갑, 『운산만첩당집』 갑, 『운산만첩당집』 을, 용재문고본에는 "躅"으로 되어 있다.
4) **當登臨** 용재문고본에는 "登當路"로 되어 있다.
5) **於** 『운산만첩당집』 을에는 "于"로 되어 있다.
6) **金弘淵** 『하풍죽로당집』에는 각 글자 바로 위에 동그라미를 쳐 놓았다.
7) **阨** 용재문고본에는 "厄"으로 되어 있다.
8) **大凡好遊名山者~爲之出力而扳援先後之也** 『엄계집』에는 이 단락 중 "如逢舊識" 네 글자가 2의 "然常得金所題" 바로 다음에 이어지고 있으며, 나머지 구절은 모두 없다. 한편 이 대목 중 "勝, 余平居追思往躅~先後之也"에 창강중편본은 원권을 쳐 놓았고, "大字硃塡~先後之也"에 『운산만첩당집』 갑은 방점을 찍어 놓았으며, "然而復當登臨~爲之出力而扳援先後之也"에 『운산만첩당집』 을은 방점을 찍어 놓았다.

역문풀이

잔도棧道: 위험한 절벽이나 바위 위에 나무로 가설하여 만든 통로.

주사朱砂: '단사' 丹砂라고도 하는데, 붉은 색의 염료로 부적이나 글씨를 쓰는 데 사용한다.

험난하고 궁박하고 위태롭고 곤란한 상황: 원문은 "險阨危困"인데 어려운 상황의 절박함을
　　장황한 구기口氣로 표현한 것이다.

원문풀이

往躅: 지난날의 행적이나 자취.

慄然: 두려워하는 모양.

惴惴然: 해를 입을까봐 근심하고 두려워하여 마음이 불안한 모습.

隱約: 보일 듯 말 듯 불분명한 모양.

盤挐반나: 강하고 굳센 상태로 서려 있는 모습. 교룡蛟龍이나 굽은 고목의 모습을 형용하는 데
　　쓰이나 여기서는 석벽에 새겨진 글을 가리키는 말이다.

舊識: 서로 알게 된 지 오래된 친구.

번역의 동이

3-1　　나는 평소~않은 적이 없었다

· 나도 보통때에는 지난 날의 모험을 회상하면서 갑자기 후회스럽지 않은 것도 아니언만 홍기문, 260
~261면

· 나도 조용할 때에 지난 일을 다시 생각해보고는 움찔하여 스스로 후회하지 않을 적이 없었다. 이
익성, 170면

· 나도 조용할 때에 지난날의 모험을 다시 생각하면서 움찔하여 스스로 후회하지 않은 적이 없었
다. 김혈조, 304면

· 나 또한 평상시 지난날의 발자취를 추억할 때면 벌벌 떨면서 스스로 후회하지 않은 적이 없었다.
신호열·김명호, 79면

3-2　　몸을 모로 하여~두려워하곤 하였다

· 썩은 줄과 약한 사다리에 몸을 의지하고 가끔가끔 하느님에게 빌기까지 해서 행여나 살아 돌아
가지 못할가봐 겁을 내는 홍기문, 261면

· 썩은 잔도(棧道)와 비뚤어진 사다리에 몸이 기울게 된다. 가끔은 맘속으로 신명(神明)에게 기도
하며, 또 두려워서 능히 스스로 돌아오지 못하게 될까 염려하기도 했다. 이익성, 170면

· 썩은 줄과 약한 사다리에 몸을 의지하게 된다. 가끔은 맘속으로 천지신명께 기도까지 해서 혹 살
아 돌아가지 못할까 겁을 내는데 김혈조, 304면

150

- 썩은 잔교(棧橋)와 앙상한 사닥다리에 몸을 의지하기도 한다. 왕왕 천지신명께 속으로 빌며 다시
돌아가지 못할까 두려워하기도 하는데 신호열·김명호, 79면

3-3　그러나 그때마다~'김홍연' 세 글자였다

- 그 때에도 늙은 나무 가지와 오래 묵은 넝쿨 사이에서 사슴의 다리만큼씩 큰 글자의 붉게 칠한 획
이 가리였다 드러났다 하는 것은 반드시 김 홍연이다. 홍기문, 261면
- 그런데 사슴다리만큼 큰 획(劃)에 인주로 메운 글자가, 묵은 등걸과 오래된 등(藤)넝쿨 사이에 보
일락말락하는 것은 반드시 김홍연이란 글자였다. 이익성, 170면
- 그때에도 사슴다리만큼 큰 획의 붉은 글씨가 묵은 등걸과 오래된 넝쿨 사이에 보일락말락하는 것
은 반드시 김홍연이란 이름이었다. 김혈조, 304면
- 그런 곳에서도 사슴 정강이 크기만 한 큰 글자가 단주로 메워져 늙은 나뭇가지와 해묵은 칡덩굴
사이로 보일락말락 서려 있다 하면 반드시 '김홍연(金弘淵)' 석 자였다. 신호열·김명호, 79면

3-4　나는 마침내~나아갈 수 있었다

- 그제는 도리여 위태하고 험난한 경우에 알던 친구나 만난 듯이 반가울 뿐이 아니라 힘을 다시 얻
어서 그 길을 무사하게 지나 나오는 것이다. 홍기문, 261면
- 이에 도리어 반가워서, 위험하고 곤란한 즈음에 옛부터 알던 사람을 만난 것 같았고, 힘을 내어
끌어당겨서 앞으로 나가기도 하였다. 이익성, 170면
- 그제는 위험하고 곤란한 즈음에 오랜 친구를 만난 듯 반가워 이 때문에 더욱 힘을 내어 무사히 나
아가게 되었다. 김혈조, 304면
- 그런데 이때에는 도리어 마치 위험하고 곤경에 처했을 때 옛 친구를 만난 듯 기뻤으며, 그로 인해
힘을 내어 기어 올라가 앞서거니 뒤서거니 하였다. 신호열·김명호, 79면

4　　어떤 이가 본래 김金의 행적을 잘 알아 나에게 얘기해 줬는데, 그에 의하
면 김은 곧 왈짜였다. 왈짜란 대개 여항의 허랑방탕하고 오활한 이들을 일컫는
말인데, 이른바 검객이나 협객俠客과 같은 부류를 말한다. 그는 젊은 시절 말 타
기와 활쏘기를 잘하여 무과武科에 합격했으며, 힘이 세어 범을 때려잡거나 좌우
옆구리에 기생 둘을 끼고 몇 길의 담을 뛰어넘을 수 있을 정도였지만 쩨쩨하게
벼슬자리를 얻으려고 하지 않았다는 것이다. 그리고 집이 본래 부유하여 돈을 물
쓰듯 하였고, 고금古今의 유명한 서첩書帖과 좋은 그림, 칼이며 거문고며 골동품,
기이한 꽃과 풀 따위를 수집하는 취미가 있어, 혹 하나라도 마음에 드는 게 있으

면 천금을 아끼지 않았으며, 준마駿馬와 송골매를 늘 좌우에 두었단다. 하지만 지금은 이미 늙어 머리가 세었으며, 자루에다 끌과 정을 넣고 다니며 명산에 두루 노니는데, 이미 한라산에 한 번 올랐고 백두산에 두 번 오른바 그때마다 손수 바위에 자기 이름을 새겨 후세 사람들로 하여금 세상에 자기가 있었음을 알리려고 한다는 거였다.

或有素知金行跡[1]爲道, 金乃澗者. 蓋閭里間, 浪[2]蕩迂澗之稱, 如所謂釖[3]士俠客之流.[4] 方其少年時, 善騎射, 中武科, 能[5]力扼虎, 挾兩妓超越數仞牆,[6] 不肯碌碌求仕進. 家本富厚, 用財如糞[7]土, 傍蓄古今法書、名畵、劍[8]琴、[9]彝器、奇花、異卉,[10] 遇一可意, 不惜千金, 駿馬名鷹, 動在左右.[11] 今旣老白首, 則囊置錐[12]鑿, 遍遊名山,[13] 已一入漢挐,[14] 再登長白, 輒[15]手自刻石, 使後世知有是人[16]云.[17]

---

1) **跡** 『하풍죽로당집』과 『운산만첩당집』 갑, 『운산만첩당집』 을에는 "迹"으로 되어 있다.

2) **浪** 『운산만첩당집』 을에는 "放"으로 되어 있다.

3) **釖** 『연상각집』 갑, 『운산만첩당집』 갑, 창강초편본, 영남대본에는 "劒"으로 되어 있고, 창강중편본에는 "劍"으로 되어 있다.

4) **流** 창강초편본과 창강중편본에는 "類"로 되어 있다.

5) **能** 창강중편본에는 빠져 있다.

6) **牆** 『하풍죽로당집』, 『연상각집』 갑, 『운산만첩당집』 갑, 『운산만첩당집』 을, 한씨문고본, 용재문고본, 망창창재본 갑, 망창창재본 을에는 "墻"으로 되어 있다.

7) **糞** 용재문고본에는 "薰"으로 되어 있다.

8) **劍** 『하풍죽로당집』, 『운산만첩당집』 을, 자연경실본, 한씨문고본, 승계본, 용재문고본, 망창창재본 갑, 망창창재본 을에는 "釖"으로 되어 있고, 창강중편본에는 "劍"으로 되어 있다.

9) **琴** 한씨문고본과 승계본, 망창창재본 갑, 망창창재본 을에는 "琹"으로 되어 있다.

10) **卉** 창강초편본과 창강중편본에는 "草"로 되어 있다.

11) **駿馬名鷹, 動在左右** 창강중편본에는 원권이 쳐져 있다.

12) **錐** 『하풍죽로당집』, 『운산만첩당집』 갑, 『운산만첩당집』 을, 창강중편본, 승계본에는 "椎"로 되어 있다.

13) **名山** 『하풍죽로당집』, 『운산만첩당집』 갑, 『운산만첩당집』 을에는 "山川"으로 되어 있다.

14) **挐** 창강중편본에는 "拿"로 되어 있다.

15) **輒** 창강중편본에는 이 앞에 "所至"가 더 있다.

16) **知有是人** 『하풍죽로당집』에는 각 글자 바로 위에 동그라미를 쳐 놓았다.

17) **或有素知金行跡爲道～使後世知有是人云** 『엄계집』에는 "或有素知金行迹爲道, 金乃澗者. 盖閭里迂澗之稱, 如所謂釖客俠士. 方其少年時, 善騎射, 中武科. 家本富厚, 用財如糞土, 多蓄古今法書、名畵、釖琴、彝器. 今旣老白首, 則囊置椎鑿, 遍遊山川, 所過輒手自刻名, 使後世知有是人云"으로 되어 있다. 또한 『엄계집』에는 "爲道, 金乃澗者"에 원권이 쳐져 있고, "今旣老白首～使後世知有是人云"에 방점이 찍혀 있으며, "囊置椎鑿～使後世知有是人云"에 또 다른 방점이 찍혀 있다.

원문풀이

濶者: 우리 말 '왈짜'의 차자借字 표기.

浪蕩: 행위가 방탕하여 구속됨이 없음.

迂濶: 생각과 행동이 실제에 부합하지 않음.

糞土: 더러운 흙. 썩은 흙.

彝器: 고대에 종묘宗廟에서 사용한 제기의 총칭.

長白: 백두산의 다른 이름.

번역의 동이

4-1   어떤 이가~부류를 말한다
-      김씨의 사적을 잘 아는 사람의 이야기를 들으면 그는 마치 검객(劍客)이나 협객(俠客)들처럼 내활(乃闊)이라는 별명으로 행세를 하고 있었다. 홍기문, 261면
-      평소부터 김의 행적을 아는 자가 있어, 나를 위해 말해주었다. "김은 활자(濶者)이다. 대개 마을에 부랑하고 호협(豪俠)하다는 말인데, 소위 검사(劍士)·협객(俠客) 따위 같다. 이익성, 170면
-      평소부터 김의 행적을 잘 아는 사람의 말을 들으면 그는 왈자였다. 왈자란 민간에서 부랑 방탕하고 세속적이지 않은 사람을 일컫는 말인데, 소위 검사·협객 따위를 말한다. 김혈조, 304면
-      평소에 김(金)의 행적을 아는 사람이 나에게 이렇게 말했다. "김은 바로 왈짜인데 왈짜란 대개 항간에서 방탕하고 물정 모르는 자를 일컫는 말로서 이른바 검사(劍士), 협객(俠客)의 부류와 같소. 신호열·김명호, 80면

4-2   그리고 집이~물 쓰듯 하였고
-      집안이 본래 견디기 때문에 돈을 물쓰듯 하며 홍기문, 261면
-      집이 본디 부자여서 재물을 똥같이 여겼다. 이익성, 170면
-      집이 본디 부자여서 재물을 흙을 퍼다 쓰듯 하여 김혈조, 304면
-      집이 본래 부유해서 돈 쓰기를 더러운 흙같이 하였다오. 신호열·김명호, 80면

5   내가 물었다.
"그 사람이 뉜가?"
"김홍연이외다."
"이른바 김홍연은 뉜가?"

"그 자字가 대심大深이외다."

"대심이라는 이는 뉜가?"

"자호自號를 발승암髮僧菴이라고 하외다."

"이른바 발승암은 뉜가?"

이야기하던 자가 대꾸가 없자 나는 웃으며 말했다.

"옛날 사마상여司馬相如가 '없다'라는 분과 '있을 리가 있나'라는 선생을 허구적으로 설정해 서로 문답하게 하는 글을 쓴 적이 있거늘 지금 나와 그대가 우연히 절벽 아래 흐르는 물가에서 만나 서로 문답하고 있네그려. 먼 훗날 생각하면 우리 모두가 '있을 리가 있나' 선생일 터이니 이른바 발승암이란 자가 있을 리가 있나?"

그러자 그는 발끈하여 얼굴에 노기를 띠고 말했다.

"내 어찌 황당한 말을 지어낸 것이겠습니까? 정말 김홍연은 존재하외다!"

나는 껄껄 웃으며 말하였다.

"그대는 너무 집요하이. 지난날 왕안석王安石이 「진秦나라를 비판하고 신新나라를 찬미함」이라는 글에 대해 변증辨證하면서 '이건 필시 곡자운谷子雲이 지은 글이지 양자운揚子雲이 지은 글이 아니다'라고 하였고, 또 소동파蘇東坡는 '서경西京에 과연 양자운이 존재했는지 모르겠다'라고 했네. 대저 두 사람의 문장은 당세에 밝게 빛나 역사책에 이름이 전하는데도 뒷사람이 그들을 논할 적엔 오히려 이런 의심을 두거늘, 하물며 심산유곡에 헛된 이름을 새겨 비바람에 깎이고 패여 백 년도 못 가 잊힐 사람이야 말해 무엇하겠나!"

이 말을 듣고 그 사람 또한 껄껄 웃고는 가 버렸다.

余問: "是人爲誰?"[1] 曰: "金弘淵."[2] "所謂金弘淵爲誰?" 曰: "字大深." 曰: "大深者, 誰歟[3]?" 曰: "是自號髮[4]僧菴."[5] "所謂髮[6]僧菴, 誰歟?" 談者無以應, 則余笑曰: "昔長卿設無是[7]公、烏有先生以相難, 今吾與子, 偶然相遇於古壁流水之間, 相答[8]問焉, 他日相思, 皆烏有先生也, 安有所謂髮[9]僧菴者乎?"[10] 客勃然怒於色曰: "吾豈謏辭而假設哉? 果眞有是人[11]也!" 余大笑曰: "君太執拗. 昔王介甫辨「劇秦美新」: '必谷子雲所著, 非揚[12]子雲.' 蘇子瞻曰: '未知西京果有揚[13]子雲否也?'[14] 夫二子之文章, 炳蔚當世, 流名史傳, 而後之尙論者, 猶有此疑, 而况寄空名[15]於深山窮壑[16]之中[17], 而風消[18]雨渤,[19] 不百年而磨滅者乎!"[20] 客亦大笑而去.[21]

역문풀이

사마상여司馬相如: 생몰년 기원전 179~기원전 117년. 자字는 장경長卿이다. 한漢나라 경제景帝 때 무기상시武騎常侍를 지냈고, 양梁나라 효왕孝王의 문하에서 문학청객文學淸客을 하기도 하였다. 「자허부」子虛賦가 무제武帝의 상찬賞讚을 받아 시종관으로 발탁되었고, 이후 무제를 섬기면서 「상림부」上林賦 등 빼어난 부賦 작품을 많이 지었다.

사마상여司馬相如가~문답하게 하는 글: 사마상여가 무제에게 바친 「유렵부」遊獵賦의 내용을 가리킨다. 이 글은 자허子虛, 오유선생烏有先生, 무시공無是公이라는 세 사람의 대화를 가

---

1) **爲誰** 용재문고본에는 "誰也"로 되어 있다.

2) **金弘淵** 『하풍죽로당집』에는 각 글자 바로 위에 동그라미를 쳐 놓았다.

3) **歟** 『운산만첩당집』 을에는 "也"로 되어 있다.

4) **髪** 『엄계집』에는 처음에 "不" 자로 썼다가 "髪" 자로 고쳤다.

5) **是自號髮僧菴** 『하풍죽로당집』에는 각 글자 바로 위에 동그라미를 쳐 놓았다. 한편 용재문고본에는 "菴"이 "庵"으로 되어 있다.

6) **髪** 『엄계집』에는 처음에 "不" 자로 썼다가 "髪" 자로 고쳤다.

7) **是** 용재문고본에는 "無"로 되어 있다.

8) **答** 『하풍죽로당집』에는 "荅"으로 되어 있다.

9) **髪** 『엄계집』에는 처음에 "不" 자로 썼다가 "髪" 자로 고쳤다.

10) **昔長卿設無是公~安有所謂髮僧菴者乎** 『운산만첩당집』 을에는 방점이 찍혀 있고, 창강중편본에는 원권이 쳐져 있다.

11) **眞有是人** 『하풍죽로당집』에는 각 글자 바로 위에 동그라미를 쳐 놓았다.

12) **揚** 저본, 『하풍죽로당집』, 『연상각집』 갑, 『운산만첩당집』 갑, 『운산만첩당집』 을, 자연경실본, 한씨문고본, 창강초편본, 승계본, 용재문고본에는 "楊"으로 되어 있으나 창강중편본, 영남대본, 망창창재본 갑, 망창창재본 을에 의거해 바로잡는다.

13) **揚** 저본, 『하풍죽로당집』, 『연상각집』 갑, 『운산만첩당집』 갑, 『운산만첩당집』 을, 자연경실본, 한씨문고본, 창강초편본, 승계본, 용재문고본에는 "楊"으로 되어 있으나 창강중편본, 영남대본, 망창창재본 갑, 망창창재본 을에 의거해 바로잡는다.

14) **王介甫辨~未知西京果有揚子雲否也** 『운산만첩당집』 을에는 방점이 찍혀 있다.

15) **名** 『하풍죽로당집』에는 이 글자 바로 위에 동그라미를 쳐 놓았다.

16) **壑** 창강초편본과 창강중편본에는 "谷"으로 되어 있다.

17) **窮壑之中** 『운산만첩당집』 을에는 "窮谷"으로 되어 있다.

18) **消** 『하풍죽로당집』, 『운산만첩당집』 갑, 『운산만첩당집』 을에는 "銷"로 되어 있다.

19) **泐** 『하풍죽로당집』, 한씨문고본, 승계본, 망창창재본 갑, 망창창재본 을에는 "泗"으로 되어 있다.

20) **夫二子之文章~不百年而磨滅者乎** 창강중편본에는 원권이 쳐져 있다. 한편 이 대목 중 "後之尙論者~不百年而磨滅者乎"에 『운산만첩당집』 을은 방점을 찍어 놓았다.

21) **余問~客亦大笑而去** 『엄계집』에는 "余問: ‘是人爲誰?’ 曰: ‘金弘淵.’ ‘所謂金弘淵爲誰?’ 曰: ‘字大深.’ 曰: ‘大深者, 誰歟?’ 曰: ‘是自號髮僧庵.’ ‘所謂髮僧庵, 誰歟?’ 談者無以應, 則余笑曰: ‘昔長卿設無是公、烏有先生以相難, 今吾与子, 偶然相逢於古壁流水之間, 相荅問焉, 他日相思, 皆烏有先生也, 安有所謂髮僧庵者乎? 客未解則慨然曰: ‘吾豈假設哉? 果眞有是人也!’ 余大笑曰: ‘君太執拗. 昔王介甫辨「劇秦美新」, 論:〈必谷子雲所著, 非揚子雲.〉 蘇子瞻曰:〈未知西京果有揚子雲否也.〉 後世誰復知果有金弘淵否也?’ 客乃大笑而去"로 되어 있다. 『엄계집』은 이 대목 중의 "京果有揚子雲否也"와 "後世誰復知果有金弘淵否也" 사이에 "古人亦有此戱劇則"이라는 여덟 글자가 원래 있었으나 뒤에 빼 버렸고, "介甫"를 처음에는 "荊公"으로 썼다가 "介甫"로 고쳤다. 또한 『엄계집』에는 "余問~談者無以應"에 방점이 찍혀 있고, "他日相思~安有所謂髮僧庵者乎"에 방점이 찍혀 있다.

상적으로 설정하여 천자가 원유苑囿를 화려하게 꾸미며 유렵遊獵과 풍류를 일삼는 것을 경계하고, 여민동락與民同樂의 제도와 예법을 시행할 것을 은근히 건의한 내용이다.

'없다'라는 분: 원문은 "無是公"이다. '무시'無是는 '그런 사람이 없다'는 뜻이다.

'있을 리가 있나'라는 선생: 원문은 "烏有先生"이다. '오유'烏有는 '어찌 있겠는가'라는 뜻이다.

왕안석王安石: 생몰년 1021~1086년. 자字는 개보介甫다. 송나라 신종神宗 때의 문인이자 정치가이다. 문장에 능해 당송팔대가唐宋八大家의 한 사람으로 꼽힌다. 신법新法을 통해 개혁을 시도한 것으로 유명하다. 그의 신법은 국가 재정의 확보 등에 일정한 성과를 거두기도 했지만 급격한 개혁으로 많은 부작용을 낳기도 했다. 그는 기존의 유학자들과 견해를 달리하는 부분이 많았는데, 양웅揚雄에 대해서도 보통의 유학자들과 달리 그 행위와 공적을 높이 평가했다.

「진秦나라를 비판하고 신新나라를 찬미함」이라는 글: 원제는 '극진미신'劇秦美新이다. '극진'劇秦은 진나라를 몹시 비판한다는 뜻이다. 진秦을 배척하고 왕망王莽이 세운 신新나라를 찬미한 글인데, 양웅이 왕망에게 아첨하기 위해 지었다고 한다. 일설에는 양웅이 지은 것이 아니고 양웅과 동시대의 인물인 곡자운谷子雲이 지었다고도 한다.

곡자운谷子雲: 곡영谷永을 말한다. '자운'은 그 자字다. 전한前漢 말 성제成帝 때의 학자로, 양웅과 동시대인이다. 경서經書에 이해가 깊고 문장이 뛰어났지만, 당시 권세가였던 왕봉王鳳에게 아부해 출세를 꾀했으므로 후에 간신으로 칭해졌다.

양자운揚子雲: 양웅揚雄을 말한다. '자운'은 그 자字다. 『태현경』太玄經과 『법언』法言 등 경전 해석과 관련된 저작 외에 성제의 사치를 풍자한 부賦를 남기기도 하였다. 왕망이 정권을 찬탈해 신新나라를 세우자 이를 찬미하는 문장을 써서 후대 사람들의 비난을 받았다. 일설에는 그렇지 않다는 주장도 있다.

소동파蘇東坡: 소식蘇軾(1036~1101)을 말한다. '동파'는 그 호號다. 소순蘇洵의 아들이자 소철蘇轍의 형으로, 대소大蘇라고도 불린다. 촉蜀 지방 사람으로, 구양수歐陽脩의 후원으로 문단에 등장하였다. 왕안석의 신법이 실시되자 구법당舊法黨으로 지목되어 지방관으로 전출되었고, 나중에는 해남도海南島로 유배되었다. 7년간의 유배 후 서울로 돌아오던 중 강소성江蘇省 상주常州에서 사망하였다. 당송팔대가의 한 사람으로 문장에 뛰어났으며 시詩·서書·화畵에 모두 능했다.

서경西京: 서한西漢의 수도인 장안長安을 가리킨다. 한편 동한東漢 때의 도읍인 낙양洛陽은 동경東京이라고 부른다.

지난날 왕안석王安石이~했네: 정확한 출전은 미상. 왕안석의 말은 양자운의 학식과 공업功業을 높이 평가했던 그의 평소 입장으로 미루어보아 양자운의 결점을 옹호하고자 한 것으로 보이나 소식은 어떤 의도로 이 말을 했는지 알 수 없다.

두 사람: 양자운과 곡자운을 가리킨다.

원문풀이

炳蔚병울: 문채文采가 선명하게 빛남. 여기서는 문장이 뛰어나다는 뜻으로 쓰였다.

尙論: 고인古人의 언행과 인격을 논함.

泐륵: 원래 바위 등에 글귀를 새긴다는 뜻인데 여기서는 비에 글씨가 마모된다는 뜻으로 쓰였다.

번역의 동이

5-1 옛날 사마상여司馬相如가~쓴 적이 있거늘

▪ 옛날에 사마 상여(司馬相如)는 『없는 공(公)』과 『안 있는 선생』을 만들어서 서로 묻고 대답케 했더니 홍기문, 262면

▪ 옛적에 장경(長卿)이 무시공(無是公)과 오유선생(烏有先生)을 내세워서 서로 논란(論難)토록 하더니 이익성, 171면

▪ 옛적에 사마상여(司馬相如)가 가공 인물인 무시공(無是公)과 오유 선생(烏有先生)을 내세워서 서로 문답케 했더니 김혈조, 305면

▪ 옛날에 장경(長卿)이 무시공(無是公)과 오유선생(烏有先生)을 설정하여 서로 힐난하게 한 바 있었소. 신호열·김명호, 80면

5-2 그대는 너무 집요하이~말해 무엇하겠나

▪ 그대가 너무나 고집불통이요. 옛날 왕 안석(王安石)은 극진미신(劇秦美新)이란 글을 반드시 곡자운(谷子雲)의 저작일 것이라고 주장하고 소 식(蘇軾)은 서경(西京)에 과연 양 자운(揚子雲)이란 사람이 있었던지 모른다고 말하였소. 저 두 사람은 그의 작품이 그 당시부터 높이 평가되고 그의 이름이 길이 력사에 전해 오건만 사람을 따라서는 그런 의심을 품게 되오. 더구나 깊은 산 속, 험한 골안에다가 새겨 놓은 이름쯤이야 백년 이내에 다 마멸되여 버릴 것이 아니겠소? 홍기문, 263면

▪ 그대는 너무 고집하지 마소. 옛적에 왕개보(王介甫)가 진(秦)나라를 흉악하게, 신(新)나라는 아름답게 변론하면서 반드시 곡자운(谷子雲)이 지은 것이고 양자운(揚子雲)은 아니다 했으나, 소자첨(蘇子瞻)은 서경(西京)에 과연 양자운이 있었는지 모르겠다 하였다. 대저 두 사람의 문장이 그때 세상에 밝게 빛났고 『사기(史記)』에도 이들이 전해오는데, 후세에 언론하는 자가 오히려 이런 의심을 했다. 하물며 헛된 이름을 깊은 산, 궁벽진 골짜기 속에 새겼다가 바람에 사라지고 빗물에 닳아지면, 백 년이 못 되어서 없어져 버리는 것이겠는가. 이익성, 171~172면

▪ 그대는 너무 고집이 세구려. 옛적에 왕안석(王安石)이 〈극진미신(劇秦美新)〉이라는 글은 곡자운(谷子雲)이 지은 것이고 양자운(揚子雲)은 아니다라고 논변했으나, 소식(蘇軾)은 서경(西京)에 과연 양

자운이란 사람이 있었는지 모르겠다 하였소. 무릇 두 사람의 문장은 당시 세상에 밝게 빛났고 역사 기록에도 전해오는 인물이건만 후세에 논변하는 사람에 따라서 이런 의심을 했소이다. 하물며 깊은 산 궁벽진 골짜기 속에 새겨놓은 부질없는 이름쯤이야 바람에 사라지고 빗물에 닳아져, 백년이 못 되어 마멸될 것 아니겠소? 김혈조, 305~306면

■　　　그대는 너무 집요하군. 옛날 왕개보(王介甫 왕안석(王安石))가 극진미신(劇秦美新)이란 작품을 변증(辨證)하여, 틀림없이 곡자운(谷子雲)의 저작이지 양자운(揚子雲)의 저작이 아니라 했고, 소자첨(蘇子瞻 소식(蘇軾))은 서경(西京 장안(長安))에 과연 양자운이란 인물이 있었는지 없었는지조차 모르겠다고 했소. 무릇 이 두 사람의 문장이 당대에 빛났고 이름이 역사에 남아 있지만 후세에 옛일을 논하는 사람들이 오히려 이와 같은 의심을 가졌거늘, 하물며 심산궁곡 중에 헛된 명성을 남겨 바람에 삭고 비에 부스러져 백 년이 못 가서 마멸되는 것에 있어서리오. 신호열·김명호, 81면

⬚

6　　　그로부터 9년 뒤다. 나는 평양에서 김을 만날 수 있었다. 누가 그의 뒷모습을 가리키며 "저 사람이 김홍연입니다"라고 하는 게 아닌가. 나는 그의 자字를 부르며 이렇게 말했다.

"대심! 발승암 아닌가?"

김군은 고개를 돌려 물끄러미 보더니,

"어떻게 저를 아시지요?"

라고 하였다. 나는 이렇게 대꾸했다.

"옛날 만폭동에서 이미 자네를 알게 됐지. 집은 어딘가? 옛날에 수집한 물건들은 잘 간직하고 있는가?"

김군은 서글픈 얼굴로 말했다.

"가난해져 다 팔아 버렸지요."

"왜 발승암이라고 하나?"

"불행히도 병 때문에 불구가 된 데다 늘그막에 아내도 없어 늘 절집에 붙어사는 까닭에 그렇게 자호自號하지요."

그 말과 행동거지를 살펴보니 옛날의 모습과 태도가 아직 남아 있었다. 나는 젊을 적의 그를 보지 못한 걸 참 애석하게 생각하였다.

其後九年, 余遇金平壤. 有背指者,[1] 此金弘淵[2]也.[3] 余字呼[4]曰：“大深! 君豈
非髮僧菴[5]耶?” 金君回顧熟視曰：“子何以知我?” 余應之曰：“舊已識君於萬瀑洞中
矣.[6] 君家何在? 頗存舊時所蓄否?” 金君憮[7]然曰：“家貧, 賣之盡矣.” “何謂髮僧菴?”[8]
曰：“不幸殘疾形毀, 年老無妻, 居止[9]常依佛舍, 故稱焉.” 察其言談舉止, 舊日習氣,
猶有存者. 惜乎! 吾未見其少壯時也.[10]

역문풀이

그로부터 9년 뒤: ②의 명산 유람 시기를 고려하면 이해는 1779년경이 아닐까 한다. 연암은
1778년 홍국영을 피해 연암협燕巖峽으로 이거移去했다. 그리고 1780년 5월, 연행길에 올
라 동년 10월에 귀국한 후 서울과 연암협을 오가는 생활을 하며 『열하일기』熱河日記를 집
필한 것으로 알려져 있다.

병 때문에 불구가 된 데다: 김홍연은 노년에 들어 한쪽 눈을 보지 못하는 장애를 갖게 되었
던 듯하다.

원문풀이

殘疾: 단순히 병을 가리키는 말이 아니고 역병疫病이나 중풍 등 병이 낫더라도 신체의 훼손
을 초래하는 질병을 가리키는 말이다.

---

1) **有背指者**　창강초편본에는 이 뒤에 “曰”이 더 있다.
2) **金弘淵**　『하풍죽로당집』에는 각 글자 바로 위에 동그라미를 쳐 놓았다.
3) **有背指者, 此金弘淵也**　창강중편본에는 원권이 쳐져 있다.
4) **呼**　창강초편본과 용재문고본에는 “號”로 되어 있다.
5) **菴**　용재문고본에는 “庵”으로 되어 있다.
6) **舊已識君於萬瀑洞中矣**　『운산만첩당집』 갑에는 방점이 찍혀 있다.
7) **憮**　한씨문고본, 승계본, 망창창재본 갑, 망창창재본 을에는 “撫”로 되어 있다.
8) **菴**　용재문고본에는 “庵”으로 되어 있다.
9) **居止**　『운산만첩당집』 을에는 빠져 있다.
10) **其後九年～吾未見其少壯時也**　『엄계집』에는 “其後九年, 余遇金平壤. 或有指此金弘淵也. 余字呼曰：‘大深! 君豈非髮
僧庵邪?’ 金君大驚曰：‘子何以知我?’ 余應之曰：‘舊已識君於萬瀑洞中矣. 君頗存舊所蓄書、畵、琴、器否?’ 金君憮然曰：‘家貧,
賣之盡矣.’ ‘何謂髮僧庵?’ 曰：‘年老廢疾, 居止常依佛舍, 故稱髮僧庵.’ 察其言談舉止, 舊日習氣, 猶有存者, 惜乎! 吾未見其少
壯時也”로 되어 있다. 이 대목 중 “平壤. 或有指此金弘淵也”를 처음에는 “松京, 金松京人也”로 썼다가 뒤에 고쳤고, “少壯”
을 처음에는 “盛”으로 썼다가 뒤에 고쳤으며, “髮” 자를 처음에는 “不” 자로 썼다가 “髮” 자로 모두 고쳤다. 또한 『엄계집』
에는 “余字呼曰～君豈非髮僧庵邪”에 원권이 쳐져 있고, “何謂髮僧菴”과 “察其言談舉止～吾未見其少壯時也”에 방점이 찍
혀 있다. 그리고 이 대목 중 “惜乎! 吾未見其少壯時也”에 『운산만첩당집』 갑은 방점을 찍어 놓았고 창강중평본은 원권을
쳐 놓았다. 또 이 대목 중 “察其言談舉止～吾未見其少壯時也”에 『운산만첩당집』 을은 방점을 찍어 놓았다.

6-1   누가 그의 뒷모습을~하는 게 아닌가

- 그가 지나가는 것을 어떤 사람이 등에다 대고 손가락질하면서 제게 김 홍연이라고 가르쳐 주었다. 홍기문, 263면
- 이 부분의 번역이 없음. 이익성
- '저 사람이 김홍연이다'라고 그의 등을 가리켜주는 사람이 있었다. 김혈조, 306면
- 뒤에서 손가락으로 가리키며 "이이가 김홍연이오."라고 말해 주는 사람이 있기에 신호열·김명호, 81 ~82면

6-2   불행히도 병 때문에~그렇게 자호自號하지요

- 불행히 병으로 인해서 꼴이 망칙하게 된 데다가 나이는 늙고 안해도 없어 절에 가서 붙이여 지내기 때문에 그런 별호를 지은 것이요. 홍기문, 264면
- 불행하게 병을 앓아서 얼굴이 파리해졌고 늙은 나이에 아내마저 없어서 거처(居處)를 항상 절에 의탁하기 때문에 그렇게 호칭(呼稱)한다. 이익성, 172면
- 불행하게 병을 앓아서 꼴이 망측하게 된데다 늙은 나이에 아내마저 없기에 행동거지를 항상 절에 의탁하기 때문에 그런 별호를 지은 것이오. 김혈조, 306면
- 불행히도 몹쓸 병에 온몸이 훼손되고, 늙은 몸에 아내도 없어 늘 불당에 의지하고 살기 때문에 그렇게 부른 것이오. 신호열·김명호, 82면

7   어느 날 그는 나의 우거寓居에 찾아와 이런 부탁을 했다.

"제가 이제 늙어 머잖아 죽을 터인데, 마음인즉슨 진작 죽었고 머리카락만 남아 있을 뿐이며, 거주하는 곳은 모두 중들의 암자입니다. 바라건대 선생의 문장에 의탁해서 후세에 이름을 전했으면 합니다."

나는 그가 늙어서도 그 뜻을 아직 잊지 못하고 있는 게 슬펐다. 나는 마침내 그 옛날 함께 산에 노닐던 객과 주고받았던 말을 글로 써서 보내 주면서 그 글 끝에 다음과 같은 게偈를 붙였다.

까마귀는 뭇 새가 검다고 믿고,
백로는 안 흰 새를 의아해하네.

흑백 모두 자기가 옳다고 하니,
하늘도 판정하길 싫어한다지.
사람들 모두 두 눈 있지만,
한쪽 눈 없어도 또한 본다네.
하필 두 눈 있어야 밝게 보일까?
외눈박이만 사는 나라도 있는데.
두 눈도 오히려 적다고 여겨,
이마에 눈 하나를 보태기도 하네.
또한 저 관음보살은,
변신하여 눈이 일천 개라지.
천 개의 눈을 어디에 쓰리?
장님도 검은 것은 볼 수 있다마다.
김군은 몹쓸 병 걸려 몸이 불편해,
부처에 의지해 연명한다지.
돈을 쌓아 두고 쓰지 않으면,
가난한 거지와 무어 다를까?
중생들 제각각 살면은 되지,
억지로 남을 배울 건 없네.
대심大深이 뭇사람과 다르다 보니,
이 때문에 의아히들 여기는 게지.

一日, 詣余寓邸而請曰: "吾今老且死, 心則先死, 特髮存耳, 所居皆僧菴[1]也.
願托子文而傳[2]焉." 余悲其志老猶不忘者存. 遂書其舊與遊客[3]答問者以歸[4]之, 且爲
之說偈曰:[5]

烏信百鳥黑, 鷺訝他不白. 白黑各自是,[6] 天應厭訟獄.[7] 人皆兩目俱,[8] 瞭一目

---

1) **菴** 용재문고본에는 "庵"으로 되어 있다.
2) **托子文而傳** 『하풍죽로당집』에는 각 글자 바로 위에 동그라미를 쳐 놓았다. 한편 『하풍죽로당집』, 『연상각집』 갑, 『운
산만첩당집』 갑, 『운산만첩당집』 을, 한씨문고본, 영남대본, 용재문고본에는 '而'가 "以"로 되어 있다.
3) **遊客** 『운산만첩당집』 을에는 빠져 있다.
4) **歸** 『연상각집』 갑에는 "遄"로 되어 있다.

亦覿.[9] 何必雙[10]後明? 亦有一目國. 兩目猶嫌小,[11] 還有眼添額. 復有觀音佛, 變相目千隻.[12] 千目更何有? 瞽者亦觀黑.[13] 金君廢疾人,[14] 依佛以存身. 積錢若不用, 何異丐者[15]貧? 衆生各自得, 不必[16]强相學.[17] 大深旣異衆, 以玆相訝惑.

역문풀이

게偈: '게송'偈頌이라고도 하는데, 원래 부처의 공덕이나 가르침을 찬미하는 시를 말한다. 하지만 여기서는 김홍연의 일생에 관한 연암의 소회를 부친 시구詩句를 지칭한다.

까마귀는~의아해하네: 까마귀는 자기가 검으므로 다른 새들도 다 검다고 믿으며 백로는 자기가 희므로 희지 않은 새들을 보면 의아해한다는 말이다.

외눈박이만 사는 나라:『산해경』山海經에 보면 눈이 하나뿐인 사람들만 사는 일목국一目國이라는 나라가 있다.

두 눈도~보태기도 하네:『산해경』에 보면 이마에 눈이 하나 더 있는 삼안인三眼人이 나온다.

관음보살: 자비를 상징하는 보살로서, 그는 여러 중생의 모습으로 변신하여 중생을 구제한다고 한다. 여기서는 그 화신化身의 하나인 천수천안관세음千手千眼觀世音(손이 천 개이고 눈이 천 개인 관세음보살)을 지칭한다. '천 개의 눈'(千眼)은 모든 세상을 비추는 것을 상징하고, '천 개의 손'(千手)은 모든 중생을 구제한다는 의미이다.

---

5) 一日~且爲之說偈曰　『엄계집』에는 "一日請余文曰: '吾今老且死, 心則先死, 特髮存耳, 所居皆僧庵也. 願托子文以傳焉.' 余悲其志老猶未忘于名也. 爲書舊所与遊客答問者以贈之, 且爲之說偈曰"로 되어 있다. 이 대목 중 "所居皆僧庵也"의 "僧"자 앞에 처음에는 "不"자가 더 있었으나 뒤에 없앴다. 또한『엄계집』에는 "心則先死~所居皆僧庵也"에 방점이 찍혀 있고, "余悲其志老猶未忘于名也"에 원권이 쳐져 있다.

6) 白黑各自是　『엄계집』에는 "白黑若一色"으로 되어 있다.

7) 烏信百鳥黑~天應厭訟獄　창강중편본에는 원권이 쳐져 있다.

8) 俱　『운산만첩당집』갑,『운산만첩당집』을, 창강초편본, 창강중편본에는 "具"로 되어 있다.

9) 覿　영남대본에는 "矚"으로 되어 있다.

10) 雙　『하풍죽로당집』,『연상각집』갑,『운산만첩당집』갑, 한씨문고본, 영남대본, 용재문고본, 망창창재본 갑, 망창창재본 을에는 "雙"으로 되어 있다.

11) 小　『연상각집』갑,『운산만첩당집』갑,『운산만첩당집』을, 창강중편본에는 "少"로 되어 있다.

12) 烏信百鳥黑~變相目千隻　『운산만첩당집』갑에는 방점이 찍혀 있다. 한편 이 대목 중 "人皆兩目俱~變相目千隻"에『엄계집』에는 원권이 쳐져 있고 방점이 찍혀 있다.

13) 千目更何有, 瞽者亦觀黑　『운산만첩당집』갑에는 원권이 쳐져 있다.

14) 千目更何有~金君廢疾人　『엄계집』에는 방점이 찍혀 있다.

15) 者　『하풍죽로당집』,『엄계집』,『연상각집』갑,『운산만첩당집』갑,『운산만첩당집』을에는 "子"로 되어 있다.

16) 必　창강중편본에는 "用"으로 되어 있다.

17) 衆生各自得, 不必强相學　『엄계집』에는 원권이 쳐져 있고,『운산만첩당집』갑에는 방점이 찍혀 있다.

원문풀이

變相: 본질은 변하지 않고 외면의 형식과 방법이 변함. 또는 그 변한 모습의 총칭.

번역의 동이

7-1 제가 이제~전했으면 합니다

- 내가 지금 늙어서 다 죽게 되었소. 마음은 이미 죽었고 안 죽은 것이라고는 머리털 뿐이요. 그런데 내가 지금 살고 있는 곳에 중의 암자 밖에 없단 말이요. 그대의 글을 빌어서 후세에까지 이름이나 전하게 해 주시오그려. 홍기문, 264면

- 내가 지금 늙어서 죽게 되었다. 마음이 먼저 죽었고, 특히 머리털이 있으나 붙어 사는 데는 모두 중의 집이니, 그대에게 글을 부탁해서 나의 일생을 전하기를 원한다. 이익성, 173면

- 내가 지금 늙어서 다 죽게 되었소. 마음은 이미 죽었고 다만 머리털만 남았을 뿐이오. 내가 거처하는 곳이란 모두 중의 암자요. 그대의 글을 빌려 후세에 이름이나 전하게 해주구려. 김혈조, 306면

- 내가 이제 늙어서 다 죽게 되었소. 마음은 벌써 죽고 터럭〔髮〕만 남았으며, 거처하는 곳은 모두 승암(僧菴)이오. 그대의 글에 의탁하여 후세에 이름이 전해지기를 원하오. 신호열·김명호, 82면

7-2 나는 마침내~게偈를 붙였다

- 전날 함께 유람 다니던 친구와 서로 문답한 내용을 적어 보내면서 불경의 게(偈)를 본떠서 끝을 맺는다. 홍기문, 264~265면

- 드디어 전일 유객(遊客)과 더불어 문답하던 것을 적어서 돌려 주었다. 또 게(偈, 글귀라는 뜻)를 만들어서 말하였다. 이익성, 173면

- 전날 함께 유람다니던 친구와 서로 문답한 내용을 적어 보내면서 불교의 게송(偈頌)을 본떠 짓는다. 김혈조, 306면

- 드디어 예전에 유람 중에 만났던 사람과 문답한 것을 써서 돌려주고 또 그를 위해 다음과 같이 게(偈)를 설하였다. 신호열·김명호, 82면

7-3 까마귀는 뭇 새가~외눈박이만 사는 나라도 있는데

- 온갖 새 다 검은 양 까마귀 믿고 있네. / 다른 것 희지 않다 백로는 의심하네. / 검둥이, 센둥이가 제가끔 저 옳다니 / 하늘도 그런 판결 싫증을 느끼오리! / 사람의 얼굴에는 두 눈이 박혔으나 / 한 눈 궂은 애꾸도 보기는 마찬가지. / 두 눈을 갖추어서 더 보는게 무엇인가? / 외눈이만 살고 있는 나라도 있지 않나? 홍기문, 265~266면

- 까마귀는 온갖 새도 검은 줄 믿고, / 해오리는 딴 새 안 흼을 의심한다. / 흰 것 검은 것이 각자 옳게 여기니, / 하늘도 송사(訟事)를 싫어하리라. / 사람은 모두 눈이 두 개이지만, / 한쪽 눈을 감아도 보기는 한다. / 어찌해서 둘이라야 밝다는 건가. / 한 눈씩인 나라도 또한 있다네. 이익성, 173면

- 까마귀는 모든 새가 자기처럼 검은 줄 믿고, / 백로는 다른 새가 희지 않음을 의아해한다. / 흰 것, 검은 것이 각자 자기의 빛깔을 옳다고 여긴다면, / 하늘도 응당 그런 판결에 싫증을 느끼리. / 사람은

모두 두 개의 눈을 가졌다지만 / 한쪽 눈을 감아도 보이는 건 마찬가지. / 하필 둘이라야 밝게 보이랴! / 외눈박이 나라도 있다는데 김혈조, 307면

- 까마귀는 새마다 검은 줄 믿고 / 해오리는 딴 새가 희지 않음을 의아해하네 / 검은 놈 흰 놈이 저마다 옳다 여기니 / 하늘도 그 송사에 싫증나겠군 / 사람은 다 두 눈이 달려 있지만 / 애꾸는 눈 하나로도 능히 보는걸 / 어찌 꼭 쌍이라야 밝다 하리오 / 어떤 나라 사람은 한 눈뿐이네 신호열·김명호, 82~83면

7-4   또한 저 관음보살은~일천 개라지

- 관세음(觀世音)이라 하는 부처의 상을 보라. / 천개의 눈망울이 이리 굴고 저리 구네. 홍기문, 266면
- 다시 관음 부처가 있어, / 변화한 상에 눈이 천 개나 있다. 이익성, 173면
- 관세음이라는 부처상은 / 여러 가지 변화한 상(相)에 천 개의 눈을 가졌구나. 김혈조, 307면
- 더더구나 저 관음보살은 / 변상도(變相圖)에 눈이 천 개나 되네 신호열·김명호, 83면

7-5   김군은 몹쓸 병~연명한다지

- 김군은 신병으로 외양이 변한 사람 / 중들에게 의탁해서 여생을 보내고 있네. 홍기문, 266~267면
- 김군은 몹쓸 병을 앓고서, / 부처에게 의탁해 몸 보전한다. 이익성, 173면
- 김군은 몹쓸 병으로 외양이 변해 / 부처에 의탁해 여생을 보내는 사람. 김혈조, 307면
- 김군은 불구의 몸으로 / 부처에 의지하여 살아간다네 신호열·김명호, 83면

7-6   중생들 제각각~의아히들 여기는 게지

- 제 생긴 제 대로들 다 각각 살 것이요 / 배우라고, 배우자고 굳이 애쓸 맛은 없네. / 대심(大深)이 애초부터 남과는 다른 사람, / 그러니 남의 의심 면하지 못하오리! 홍기문, 267면
- 중생(衆生)은 제가끔 우쭐대는데, / 억지로 배우게 할 필요는 없다. / 대심(大深)은 중생과 이미 달라서, / 이 때문에 서로가 이상해한다. 이익성, 174면
- 중생은 제가끔 잘났다고 우쭐대지만 / 억지로 자신을 배우라 강요할 순 없으리. / 대심(大深)은 중생과 다른 삶 때문에 / 세속에서 의혹의 눈총을 받는구나. 김혈조, 307면
- 중생은 다 제멋으로 사는 법 / 애써 본뜰 건 없지 않은가 / 대심은 중생과 달리했기에 / 이로써 서로들 의심한 게지 신호열·김명호, 83면

① 余東遊楓嶽, 纔入洞門, 已見左右石壁古今人題刻姓名, 如觀場疊肩, 北邙累冢. 舊者纔沒蘚花, 新者又煥丹砆. 至斷崖陟壁, 削立千仞, 非人迹所到, 輒有金弘淵三字. 余固心異之.

② 其後, 余遊歷方內名山, 頗爲不少, 所至僻奧, 自謂能窮衆人之所不能至, 然常得金所題, 如逢舊識.

③ 或有素知金行迹爲道, 金乃澗者. 盖閭里迂澗之稱, 如所謂釰客俠士. 方其少年時, 善騎射, 中武科. 家本富厚, 用財如糞土, 多蓄古今法書、名畵、釰琴、彜器. 今旣老白首, 則囊置椎鑿, 遍遊山川, 所過輒手自刻名, 使後世知有是人云.

④ 余問: "是人爲誰?" 曰: "金弘淵." "所謂金弘淵爲誰?" 曰: "字大深." 曰: "大深者, 誰歟?" 曰: "是自号髮僧庵." "所謂髮僧庵, 誰歟?" 談者無以應, 則余笑曰: "昔長卿設無是公、烏有先生以相難, 今吾与子偶然相逢於古壁流水之間, 相荅問焉. 他日相思, 皆烏有先生也, 安有所謂髮僧庵者乎?" 客未解則慨然曰: "吾豈假設哉? 果眞有是人也!" 余大笑曰: "君太執拗. 昔王介甫辨「劇秦美新」, 論: '必谷子雲所著, 非楊子雲.' 蘇子瞻曰: '未知西京果有楊子雲否也.' 後世誰復知果有金弘淵否也?" 客乃大笑而去.

⑤ 其後九年, 余遇金 平壤. 或有指此金弘淵也. 余字呼曰: "大深! 君豈非髮僧庵邪?" 金君大驚曰: "子何以知我?" 余應之曰: "舊已識君於萬瀑洞中矣. 君頗存舊所蓄書、畵、琴、器否?" 金君憮然曰: "家貧, 賣之盡矣." "何謂髮僧庵?" 曰: "年老廢疾, 居止常依佛舍, 故稱髮僧庵." 察其言談擧止, 舊日習氣, 猶有存者. 惜乎! 吾未見其少壯時也.

⑥ 一日, 請余文曰: "吾今老且死, 心則先死, 特髮存耳, 所居皆僧庵也. 願托子文以傳焉." 余悲其志老猶未忘于名也. 爲書舊所与遊客答問者以贈之, 且爲之說偈曰:
烏信百鳥黑, 鷺訝他不白. 白黑若一色, 天應厭訟獄. 人皆兩目俱, 贖一目亦覢. 何必雙後明?
亦有一目國. 兩目猶嫌小, 還有眼添額. 復有觀音佛, 變相目千隻. 千目更何有? 瞽者亦觀黑.
金君廢疾人, 依佛以存身. 積錢若不用, 何異丐子貧? 衆生各自得, 不必强相學. 大深旣異衆,
以茲相訝惑.

🏵 박영철본의 후평

- 세상을 깨우치는 뜻이 절절하다. 그러니 이름을 좋아해 외물外物에 의탁하여 불후不朽를 도모하는 자가 이 글을 본다면 망연자실하지 않음이 없을 것이다.[1]

  警世之切切. 然好名托物以圖不朽者, 觀此文, 未有不憮[2]然自喪.

- 붓이 춤추고 먹이 살아 움직이는 것 같으니, 저 『시경』詩經에 나오는 "북을 둥둥 치자 펄쩍 뛰면서 칼을 휘두르네"라는 구절은 이런 걸 가리키는 것일 터이다.[3]

  筆舞墨跳, 『詩』云: "擊鼓其鏜, 踴躍用兵", 其此之謂歟.[4]

- 게偈에서 한 말은 몹시 원만융통하고 기발하다.[5]

  偈語, 尤圓悟警發.

- 「영감게」靈感偈와 「나한찬」羅漢贊 사이에 두더라도 어느 게 옛 것이고 어느 게 지금 것인지 모르겠다.[6]

  寘之「靈[7]感偈」、「羅漢贊」之間, 未知孰古孰[8]今.

---

1) 이 평은 『하풍죽로당집』, 『연상각집』 갑, 한씨문고본, 자연경실본, 승계본, 영남대본, 용재문고본, 망창창재본 갑, 망창창재본 을에도 있다.
2) 憮 한씨문고본, 망창창재본 갑, 망창창재본 을에는 "撫"로 되어 있다.
3) 이 평은 『하풍죽로당집』, 『연상각집』 갑, 한씨문고본, 자연경실본, 승계본, 영남대본, 용재문고본, 망창창재본 갑, 망창창재본 을에도 있다.
4) 歟 『연상각집』 갑과 영남대본에는 "㦲"로 되어 있다.
5) 이 평은 『하풍죽로당집』, 『연상각집』 갑, 한씨문고본, 자연경실본, 승계본, 영남대본, 용재문고본, 망창창재본 갑, 망창창재본 을에도 있다.
6) 이 평은 『하풍죽로당집』, 『연상각집』 갑, 『운산만첩당집』 갑, 한씨문고본, 자연경실본, 승계본, 영남대본, 용재문고본, 망창창재본 갑, 망창창재본 을에도 있다.
7) 靈 한씨문고본, 영남대본, 용재문고본, 망창창재본 갑, 망창창재본 을에는 "霝"으로 되어 있다.
8) 孰 용재문고본에는 "熟"으로 되어 있으나 오기이다.

역문풀이

「영감게」靈感偈: 소식蘇軾의 작품으로 『소식문집』蘇軾文集 권22에 실려 있다. '영감'靈感은
　　불·보살에게 빌거나 경전 독송을 통해 얻게 되는 영험하고 신령한 감응을 말한다.
「나한찬」羅漢贊: 소식의 작품으로 『소식문집』 권22에 실려 있다. '나한'羅漢은 주로 소승불교
　　에서 최고의 깨달음을 얻은 이를 지칭한다.

원문풀이

擊鼓其鏜, 踊躍用兵: 『시경』 패풍邶風 「격고」擊鼓의 한 구절이다. '鏜'은 북치는 소리이고, '踊
　　躍'은 앉았다 일어서며 치고 찌르는 모양을 가리킨다.
圓悟警發: '圓悟'는 원묘圓妙와 같은 뜻으로 원만한 깨달음, 혹은 원만융통하다는 뜻이고 '警
　　發'은 경발警拔과 같은 뜻으로 기발하여 사람을 깨닫게 한다는 뜻이다.

번역의 동이

▪　세상에서 못내 명예를 좋아하여 외물에 의탁해서 불후(不朽)를 도모하는 자들은 이 글을 보면 망
연자실하지 않을 자 없을 것이다.
붓이 춤을 추고 먹방울이 뛰노니 《시경》의 이른바 "북소리 두둥둥 울리거늘 이리 뛰고 저리 뛰며 창
을 겨룬다〔擊鼓其鏜, 踊躍用兵〕"는 것이 아마 이를 두고 이름인저.
게어(偈語)는 특히 원오경발(圓悟警發)하다.
영감게(靈感偈)나 나한찬(羅漢贊)의 사이에 두어도 어느 것이 옛 글이고 어느 것이 요새 글인지 알지
못하겠다. 신호열·김명호, 83~84면

❀ 『연상각집』 갑의 비평

〖 행비와 미비 〗

▪　①의 "古今人題名～殆無片隙"에 "청산의 흰 바위가 무슨 죄가 있겠는가"(靑山白石, 有何
罪過)라는 행비가 붙어 있다.
▪　①의 "獨有金弘淵"에 "갑자기 나타났네"(突如其來)라는 행비가 붙어 있다.
▪　①의 "金弘淵三字"에 "이름을 새긴 것 가운데 으뜸일세"(題名狀元)라는 행비가 붙어 있다.
▪　③의 "乃反欣然如逢舊識～先後之也"에 "꼭 정을 두지 않아도 될 곳에 자연히 정情이 생
겨나니, 사람의 마음도 종종 이와 같다"(於其不必有情處, 自然生情, 人心往往如此)라는 미비가 붙

어 있다.

- ④의 "能力扼虎~動在左右"에 "기인일세"(奇人)라는 행비가 붙어 있다.
- ④의 "今旣老白首, 則囊置錐鑿"에 "그 자취가, 곤궁하고 늙어갈수록 더욱 기이해지는 군"(其跡, 窮老益奇)이라는 행비가 붙어 있다.
- ⑤의 "余問~安有所謂髮僧菴者乎"에 "우스갯소리이지만, 자못 지극한 이치가 있네그려"(諧語, 便有至理)라는 행비가 붙어 있다.
- ⑤의 "客勃然怒於色曰~果眞有是人也"에 "화를 내는 것이 어리석고 고지식하군"(怒得痴直)이라는 행비가 붙어 있다.
- ⑤의 "況寄空名於深山窮壑之中~不百年而磨滅者乎"에 "바야흐로 참된 뜻으로 들어가는 참일세"(才入正意)라는 행비가 붙어 있다.
- ⑥의 "其後九年~此金弘淵也"에 "아니, 진짜 이런 사람이 있었군"(果眞有了此人)이라는 행비가 붙어 있다.
- ⑥의 "余字呼曰~君豈非髮僧菴耶"에 "이름을 불러서 사람을 놀래키는구먼"(呼得驚人)이라는 행비가 붙어 있다.
- ⑥의 "何謂髮僧菴~故稱焉"에 "제목의 뜻을 밝혔군"(破題)이라는 행비가 붙어 있다.
- ⑦의 "遂書其舊與遊客答問以歸之~願托子文而傳焉"에 "산의 바위에 이름을 새긴 것과 비교할 때 어느 게 낫고 어느 게 못한지 모르겠다. 그러나 그 이름을 전하려는 마음은 죽어도 쇠하지 않을 듯하다"(未知与寄名山石, 孰脩孰短. 然其名心, 抵死不衰)라는 미비가 붙어 있다.
- ⑦의 "兩目猶嫌小~瞽者亦觀黑"에 "『남화경』南華經의 '발이 하나밖에 없는 기夔가 수많은 발을 가진 현蚿을 부러워한 이야기'를 좇아 한 번 위로하였으니, 호백구狐白裘를 훔친 수법을 사용하였다"(從『南華』夔憐蚿一解, 用狐⁹⁾白裘手段)라는 미비가 붙어 있다.
- ⑦의 "金君廢疾人~以兹相訝惑"에 "창려씨昌黎氏의 「장적張籍을 대신해 절동浙東 관찰사 이손李遜에게 보낸 편지」는 이 구절과 비교할 때 오히려 장황한 혐의가 있다"(昌黎氏「代与李浙東書」, 却嫌張皇)라는 미비가 붙어 있다.

역문풀이

남화경南華經: '남화진경'南華眞經의 준말로 『장자』의 다른 이름이다. 당나라 현종玄宗이 장자에게 '남화진인'南華眞人이라는 호를 추증追贈하고 그의 책을 『남화진경』이라 한 데서 유

---

9) **狐** 원문은 "孤"로 되어 있으나 오기이다.

168

래한다.

기夔:『산해경』에 나오는 상상의 동물. 소의 형상에 푸른색을 띠었으며 발이 하나뿐인데, 동
　　해의 먼 바다 유파산流波山에 산다고 한다.

현蚿: 수많은 발이 달린 노래기를 말한다.

호백구狐白裘를 훔친 수법: 다음의 이야기가『사기』「맹상군열전」孟嘗君列傳에 보인다: 전국
　　시대 진秦나라의 소왕昭王은 맹상군孟嘗君이 어질다는 소문을 듣고 그를 재상으로 삼고
　　자 만남을 청했다. 그러나 제齊나라의 왕족 출신인 맹상군이 등용되면 진나라보다는 제
　　나라를 위해 행동할 것이라는 얘기를 듣자 이내 그를 가두고 죽이려 했다. 다급해진 맹
　　상군은 소왕의 애첩을 찾아가 자신을 도와줄 것을 부탁했는데, 소왕의 애첩은 그 대가로
　　호백구狐白裘, 즉 흰 여우 가죽으로 만든 값비싼 옷을 요구했다. 그러나 맹상군은 천하에
　　하나뿐인 호백구를 이미 소왕에게 진상했던 터라 다른 방도가 없었다. 그런데 맹상군의
　　식객 중에 개의 흉내를 잘 내는 사람이 꾀를 내서, 밤에 개로 변장한 후 진나라 궁중에
　　잠입해 호백구를 훔쳐 왔다. 이에 맹상군은 소왕의 애첩에게 호백구를 바치고 그녀의 도
　　움으로 진나라를 탈출할 수 있었다. 여기서는 맹상군의 식객이 몰래 진나라 궁궐의 창
　　고 속에 있는 호백구를 훔쳐내 온 것처럼 연암이『장자』莊子 고사의 진수를 잘 체득하여
　　창조적으로 글을 쓴 것을 가리키는 말이다.

창려씨昌黎氏: 중국 당唐나라의 문학가이자 사상가인 한유韓愈(768~824)를 말한다. '창려'는
　　그 호號다.

장적張籍: 생몰년 766~830년. 당나라의 문학가로, 한유韓愈의 추천을 받아 국자박사國子博士
　　가 되었으나, 눈이 멀어 하급 관리인 태상시太常寺 태축太祝으로 좌천되었다.

이손李遜: 당나라 헌종憲宗 때의 문신으로, 한유가 편지를 보낼 당시 절동浙東 관찰사로 있었
　　다.

「장적張籍을 대신해 절동浙東 관찰사 이손李遜에게 보낸 편지」: 원제는 "代張籍與李浙東書"
　　이다. 평소 장적과 교분이 있던 한유가 눈이 먼 장적을 대신해 쓴 편지로,『창려선생집』
　　昌黎先生集 권4에 실려 있다. 한유는 이 편지에서 장적이 비록 눈은 멀었다 해도 그 능력
　　과 재주는 뛰어난 선비이며, 멀쩡한 두 눈을 가졌지만 마음의 눈이 먼 세속世俗의 인물
　　과 달리 시비是非를 분별하는 마음을 가진 자라는 점을 자세히 말하고 있다.

원문풀이

諧語: 희롱하는 말. 농담이나 익살.

破題: '제목을 논파하다'라는 뜻.

夔憐蚿:『장자』외편外篇「추수」秋水에 다음과 같은 말이 보인다: "夔憐蚿, 蚿憐蛇, 蛇憐風, 風憐目, 目憐心. 夔謂蚿曰: '吾以一足趻踔而行, 予無如矣. 今子之使萬足, 獨奈何?' 蚿曰: '不然. 子不見夫唾者乎? 噴則大者如珠, 小者如霧, 雜而下者不可勝數也. 今予動吾天機, 而不知其所以然.' 蚿謂蛇曰: '吾以衆足行, 而不及子之無足, 何也?' 蛇曰: '夫天機之所動, 何可易邪? 吾安用足哉!' 蛇謂風曰: '予動吾脊脅而行, 則有似也. 今子蓬蓬然起於北海, 蓬蓬然入於南海, 而似無有, 何也?' 風曰: '然. 予蓬蓬然起於北海, 而入於南海也, 然而指我則勝我, 鰌我亦勝我. 雖然, 夫折大木, 蜚大屋者, 唯我能也. 故以衆小不勝爲大勝也. 爲大勝者, 唯聖人能之.'"

狐白裘:『사기』「맹상군열전」에 이와 관련된 고사가 보인다: "(秦昭王)囚孟嘗君, 謀欲殺之. 孟嘗君使人抵昭王幸姬求解. 幸姬曰: '妾願得君狐白裘.' 此時, 孟嘗君有一狐白裘, 直千金, 天下無雙, 入秦獻之昭王, 更無他裘. 孟嘗君患之, 遍問客, 莫能對. 最下坐有能爲狗盜者, 曰: '臣能得狐白裘.' 乃夜爲狗, 以入秦宮藏中, 取所獻狐白裘至, 以獻秦王幸姬. 幸姬爲言昭王, 昭王釋孟嘗君. 孟嘗君得出, 卽馳去, 更封傳, 變名姓, 以出關, 夜半至函谷關. 秦昭王後悔出孟嘗君, 求之, 已去, 卽使人馳傳逐之. 孟嘗君至關, 關法雞鳴出客, 孟嘗君恐追至, 客之居下坐者, 有能爲雞鳴, 而雞齊鳴, 遂發傳出."

【 후평 】

- 박영철본과 동일한 4개의 후평이 붙어 있다.

✳ 『엄계집』의 후평

- 게시偈詩에 눈 '목'目자 비유를 쓴 것은 『능엄경』楞嚴經의 진수를 얻었다.

  偈詩目喩, 得『首楞』之髓.

역문풀이

능엄경楞嚴經: 중국에서 성립된 것으로 추정되는 불경. 부처의 제자 아난다阿難陀가 여인의 유혹에 빠졌다가 부처의 도움으로 헤어난 뒤 부처와의 대화를 통하여 자신이 신뢰하던 감각과 인식이 허상임을 깨닫고 참된 인식에 이른다는 내용을 담고 있다. 조선 불교에서는 『화엄경』, 『금강경』과 함께 대단히 중시한 경전이다. 특히 그 문장이 빼어나 조선 후기 문인들은 문장 학습을 위해 이 경전을 읽곤 하였다. 연암도 이 경전을 읽었던 것으로 보인다.

원문풀이

首楞: 『능엄경』을 말한다. 『능엄경』의 정식 명칭은 '대불정여래 밀인수증 요의 제보살만행수능엄경'大佛頂如來密因修證了義諸菩薩萬行首楞嚴經인데 줄여서 '수능엄경', 혹은 '능엄경'이라 한다.

❀ 『하풍죽로당집』의 비평

【 행비와 미비 】

- 1의 "古今人題名~殆無片隙"에 "청산의 흰 바위가 무슨 죄가 있겠는가"(青山白石, 有何罪過)라는 미비가 붙어 있다.
- 1의 "獨有金弘淵"에 "갑자기 나타났다"(突如其來)라는 미비가 붙어 있다.
- 1의 "金弘淵三字"에 "이름을 새긴 것 가운데 으뜸이다"(題名狀元)라는 미비가 붙어 있다.
- 3의 "乃反欣然如逢舊識~先後之也"에 "꼭 정을 두지 않아도 될 곳에 자연히 정情이 생겨나니, 사람의 마음도 종종 이와 같다"(於其不必有情處, 自然生情, 人情往往如此)라는 미비가 붙어 있다.
- 4의 "今旣老白首, 則囊置錐鑿"에 "그 자취가, 곤궁하고 늙어갈수록 더욱 기이해지는군"(其迹, 窮老益奇)이라는 행비가 붙어 있다.
- 5의 "余問~安有所謂髮僧菴者乎"에 "우스갯소리이지만, 자못 지극한 이치가 있네그려"(諧語, 便有至理)라는 행비가 붙어 있다.
- 5의 "客勃然怒於色曰~果眞有是人也"에 "화를 내는 것이 어리석고 고지식하군"(怒得痴直)이라는 행비가 붙어 있다.
- 5의 "況寄空名於深山窮壑之中~不百年而磨滅者乎"에 "바야흐로 참된 뜻으로 들어가고 있다"(纔入正意)라는 미비가 붙어 있다.
- 6의 "其後九年~此金弘淵也"에 "아니, 진짜 이런 사람이 있었구나"(果然眞有是人)라는

미비가 붙어 있다.

- ⑥의 "余字呼曰~君豈非髥僧菴耶"에 "이름을 불러서 사람을 놀래키는구먼"(呼得驚人)이라는 행비가 붙어 있다. 동일한 평어가 또한 미비로도 붙어 있다.

- ⑥의 "何謂髥僧菴~故稱焉"에 "제목의 뜻을 밝혔다"(破題)라는 미비가 붙어 있다.

- ⑦의 "一日~遂書其舊與遊客答問以歸之"에 "거듭 제목의 뜻을 밝혔다"(重破)라는 미비가 붙어 있다.

- ⑦의 "遂書其舊與遊客答問以歸之~願托子文而傳焉"에 "산의 바위에 이름을 새긴 것과 글에다 이름을 기탁한 것 중 어느 게 낫고 어느 게 못한지 모르겠다. 그러나 그 이름을 전하려는 마음은 죽어도 쇠하지 않을 듯하다"(未知寄名山石, 与寄名文字, 孰脩孰短. 然其名心, 抵死不衰)라는 미비가 붙어 있다.

- ⑦의 "兩目猶嫌小~瞽者亦觀黑"에 "『남화경』南華經의 '발이 하나밖에 없는 기夔가 수많은 발을 가진 현蚿을 부러워한 이야기'를 좇아 한 번 위로하였으니, 호백구狐白裘를 훔친 수법을 사용하였다"(從『南華』夔憐蚿一解, 用狐白裘手段)라는 미비가 붙어 있다.

- ⑦의 "金君廢疾人~以玆相詡惑"에 "창려씨昌黎氏의 「장적張籍을 대신해 절동浙東 관찰사 이손李遜에게 보낸 편지」는 이 구절과 비교할 때 오히려 장황한 혐의가 있다"(昌黎氏「代与李遜東書」, 却嫌張皇)라는 미비가 붙어 있다.

원문풀이

果然眞有是人: 이 구절 뒤에 행을 달리 하여 "了此人"이라는 세 글자가 더 있다. 현재 전하는 『하풍죽로당집』은 원본이 아니며 기존의 어떤 본을 필사한 것으로 보이는데, 원래의 본에 "果然眞有了此人"으로 되어 있던 것을 필사자가 착각으로 "果然眞有是人"이라 하여 '是人' 두 글자를 첨가하고 '了此人'은 행을 바꾸어 써 놓은 것으로 추정된다.

【 후평 】

박영철본과 동일한 4개의 후평이 붙어 있다. 다만 박영철본의 네 번째 평이 여기서는 첫 번째 평으로 제시되어 있는 점이 다르며, 나머지 평은 순서대로다.

🏵 김택영의 문두평

- 동파東坡의 글과 비슷하다.[10]

   似東坡.

- 바위에 이름을 새겨 후세에 전해짐을 구하는 것은 남의 기이한 글을 얻어 이름이 전해
지는 것만 못하다. 그러므로 바위에 이름 새긴 일을 잔뜩 언급하기를 천 리의 연파烟波로 삼
고 끝에 가서 기문記文을 청한다는 구절에서 강물이 한데 어우러지는 격이다. 문채文彩는 날
듯이 춤을 추고, 음절은 유머러스하고 몹시 예리하니, 바로 소동파의 문자로서 골계의 여기
餘技다.[11]

   刻名求傳, 不如得奇文以傳. 故極論刻名之事, 以爲千里之烟波, 而終匯于請記一節. 詞采
飛舞, 音節啁[12]嶢,[13] 直是蘇長公文字, 滑稽之餘技也.

원문풀이

烟波: 안개 낀 물결.

啁嶢조소: '啁'는 '조해'啁該, '조학'嘲謔으로 해학기가 있는 것을 말하고, '嶢'는 소리가 급박
하거나 몹시 예리한 것을 가리키는 말이다.

---

10) 이 평은 창강초편본에 있다.
11) 이 평은 창강중편본과 승계본에 있다.
12) 啁   승계본에는 "周"로 되어 있다.
13) 嶢   승계본에는 "裏"로 되어 있다.

발승암 기문

내가 동東으로 금강산을 유람할 적이다. 골짝 어귀에 들어서자마자 옛사람과 요즘 사람들이 자신의 이름을 바위에 써 놓은 게 보였는데 큼지막한 글씨로 깊이들 새겨 놓아 작은 틈도 없었으니 마치 장 보러 나온 사람들이 북적거려 어깨가 부딪는 것 같기도 하고 교외의 묘지에 빽빽이 들어선 무덤 같기도 했다. 옛날에 새긴 이름은 이끼에 덮여 있었고, 새로 쓴 이름은 붉은 글씨가 환히 빛났다.

깎아지른 듯한 천 길 벼랑의 바위 위에 이르매 날아가는 새 그림자도 없었으며 오직 '金弘淵'김홍연이라고 새긴 세 글자만 눈에 들어왔다. 나는 내심 참 이상하다고 여기며 혼자 이렇게 중얼거렸다.

"예로부터 관찰사의 위세란 족히 사람을 죽일 수도 있고 살릴 수도 있을 만큼 대단하고, 또 저 양봉래楊蓬萊 같은 이는 기이한 경치를 좋아하여 그 발자취가 이르지 아니한 곳이 없었다. 하지만 그들 모두 감히 이런 곳에 이름을 새기지는 못하였다. 그런데 저기다 이름을 새긴 자는 대체 누구기에 석공石工으로 하여금 다람쥐나 원숭이와 목숨을 다투게 한 걸까?"

그 후 나는 나라 안의 명산들을 두루 돌아다닌바, 남南으로는 속리산과 가야산, 서西로는 천마산과 묘향산에 올랐다. 깊숙하고 외딴 곳에 이르러 세상 사람들이 도저히 올 수 없는 곳까지 왔다고 자부할 양이면 그때마다 늘 김홍연이 새겨 놓은 이름자가 눈에 들어오는 게 아닌가. 나는 화가 치밀어 이렇게 욕을 했다.

"홍연이 어떤 놈이기에 감히 이리도 당돌한가!"

무릇 명산을 유람하기 좋아하는 사람은, 지극히 위험한 곳까지 찾아가 온갖 어려움을 감당하지 않는다면 기이한 경치를 구경할 수 없는 법이다. 나는 평소 이전에 산에 오른 일을 회상할 적마다 오싹해지며 자신의 무모함을 뉘우치지 않은 적이 없었다. 그렇지만 다시 산에 오르면 그만 지난날의 경계를 소홀히 해 가파른 바위에 오르기도 하고 깊은 낭떠러지를 내려다보기도 하며, 몸을 모로 하여 아슬아슬하게 썩은 잔도棧道를 밟고 낡은 사다리를 오르기도 하면서 왕왕 천지신명에게 무사하기를 빌며 살아 돌아가지 못할까봐 벌벌 떨면서 두려

위하곤 하였다. 그러나 그때마다 주사朱砂로 사슴 정강이 크기는 될 정도로 큼지막하게 쓴 붉은 글씨가 늙은 나무 등걸과 오래된 등나무 사이로 보일 듯 말 듯 서렸는데, 어김없이 '김홍연' 세 글자였다. 나는 마침내 험난하고 궁박하고 위태롭고 곤란한 상황에서 옛 친구를 만난 것처럼 기뻐 그로 인해 힘을 내어 더위잡고 앞서거니 뒤서거니 나아갈 수 있었다.

어떤 이가 본래 김金의 행적을 잘 알아 나에게 얘기해 줬는데, 그에 의하면 김은 곧 왈짜였다. 왈짜란 대개 여항의 허랑방탕하고 오활한 이들을 일컫는 말인데, 이른바 검객이나 협객俠客과 같은 부류를 말한다. 그는 젊은 시절 말 타기와 활쏘기를 잘하여 무과武科에 합격했으며, 힘이 세어 범을 때려잡거나 좌우 옆구리에 기생 둘을 끼고 몇 길의 담을 뛰어넘을 수 있을 정도였지만 쩨쩨하게 벼슬자리를 얻으려고 하지 않았다는 것이다. 그리고 집이 본래 부유하여 돈을 물 쓰듯 하였고, 고금古今의 유명한 서첩書帖과 좋은 그림, 칼이며 거문고며 골동품, 기이한 꽃과 풀 따위를 수집하는 취미가 있어, 혹 하나라도 마음에 드는 게 있으면 천금을 아끼지 않았으며, 준마駿馬와 송골매를 늘 좌우에 두었단다. 하지만 지금은 이미 늙어 머리가 세었으며, 자루에다 끌과 정을 넣고 다니며 명산에 두루 노니는데, 이미 한라산에 한 번 올랐고 백두산에 두 번 오른바 그때마다 손수 바위에 자기 이름을 새겨 후세 사람들로 하여금 세상에 자기가 있었음을 알리려고 한다는 거였다.

내가 물었다.

"그 사람이 뉜가?"

"김홍연이외다."

"이른바 김홍연은 뉜가?"

"그 자字가 대심大深이외다."

"대심이라는 이는 뉜가?"

"자호自號를 발승암髮僧菴이라고 하외다."

"이른바 발승암은 뉜가?"

이야기하던 자가 대꾸가 없자 나는 웃으며 말했다.

"옛날 사마상여司馬相如가 '없다'라는 분과 '있을 리가 있나'라는 선생을 허구적으로 설정해 서로 문답하게 하는 글을 쓴 적이 있거늘 지금 나와 그대가 우연히 절벽 아래 흐르는 물가에서 만나 서로 문답하고 있네그려. 먼 훗날 생각하면 우리 모두가 '있을 리가 있나' 선생일 터이니 이른바 발승암이란 자가 있을 리가 있나?"

그러자 그는 발끈하여 얼굴에 노기를 띠고 말했다.

"내 어찌 황당한 말을 지어낸 것이겠습니까? 정말 김홍연은 존재하외다!"

나는 껄껄 웃으며 말하였다.

"그대는 너무 집요하이. 지난날 왕안석王安石이 「진秦나라를 비판하고 신新나라를 찬미함」이라는 글에 대해 변증辨證하면서 '이건 필시 곡자운谷子雲이 지은 글이지 양자운揚子雲이 지은 글이 아니다'라고 하였고, 또 소동파蘇東坡는 '서경西京에 과연 양자운이 존재했는지 모르겠다'라고 했네. 대저 두 사람의 문장은 당세에 밝게 빛나 역사책에 이름이 전하는데도 뒷사람이 그들을 논할 적엔 오히려 이런 의심을 두거늘, 하물며 심산유곡에 헛된 이름을 새겨 비바람에 깎이고 패여 백 년도 못 가 잊힐 사람이야 말해 무엇하겠나!"

이 말을 듣고 그 사람 또한 껄껄 웃고는 가 버렸다.

그로부터 9년 뒤다. 나는 평양에서 김을 만날 수 있었다. 누가 그의 뒷모습을 가리키며 "저 사람이 김홍연입니다"라고 하는 게 아닌가. 나는 그의 자字를 부르며 이렇게 말했다.

"대심! 발승암 아닌가?"

김군은 고개를 돌려 물끄러미 보더니,

"어떻게 저를 아시지요?"

라고 하였다. 나는 이렇게 대꾸했다.

"옛날 만폭동에서 이미 자네를 알게 됐지. 집은 어딘가? 옛날에 수집한 물건들은 잘 간직하고 있는가?"

김군은 서글픈 얼굴로 말했다.

"가난해져 다 팔아 버렸지요."

"왜 발승암이라고 하나?"

"불행히도 병 때문에 불구가 된 데다 늘그막에 아내도 없어 늘 절집에 붙어사는 까닭에 그렇게 자호自號하지요."

그 말과 행동거지를 살펴보니 옛날의 모습과 태도가 아직 남아 있었다. 나는 젊을 적의 그를 보지 못한 걸 참 애석하게 생각하였다.

어느 날 그는 나의 우거寓居에 찾아와 이런 부탁을 했다.

"제가 이제 늙어 머잖아 죽을 터인데, 마음인즉슨 진작 죽었고 머리카락만 남아 있을 뿐이며, 거주하는 곳은 모두 중들의 암자입니다. 바라건대 선생의 문장에 의탁해서 후세에 이름을 전했으면 합니다."

나는 그가 늙어서도 그 뜻을 아직 잊지 못하고 있는 게 슬펐다. 나는 마침내 그 옛날 함께 산에 노닐던 객과 주고받았던 말을 글로 써서 보내 주면서 그 글 끝에 다음과 같은 게偈를 붙였다.

까마귀는 뭇 새가 검다고 믿고,
백로는 안 흰 새를 의아해하네.
흑백 모두 자기가 옳다고 하니,
하늘도 판정하길 싫어한다지.
사람들 모두 두 눈 있지만,
한쪽 눈 없어도 또한 본다네.
하필 두 눈 있어야 밝게 보일까?
외눈박이만 사는 나라도 있는데.
두 눈도 오히려 적다고 여겨,
이마에 눈 하나를 보태기도 하네.
또한 저 관음보살은,
변신하여 눈이 일천 개라지.
천 개의 눈을 어디에 쓰리?
장님도 검은 것은 볼 수 있다마다.
김군은 몹쓸 병 걸려 몸이 불편해,
부처에 의지해 연명한다지.
돈을 쌓아 두고 쓰지 않으면,
가난한 거지와 무어 다를까?
중생들 제각각 살면은 되지,
억지로 남을 배울 건 없네.
대심大深이 뭇사람과 다르다 보니,
이 때문에 의아히들 여기는 게지.

기린협으로 들어가는 백영숙에게 주는 서

贈白永叔入麒麟峽序

[1]　　영숙永叔은 장수 집안의 후예다. 그 선조 중에 나랏일로 죽은 충신이 있으니 지금도 사대부들은 그 일을 슬피 여긴다. 영숙은 전서篆書와 예서隸書를 잘 쓰고, 옛일과 전거典據에 밝으며, 젊어서부터 말 타기와 활쏘기를 잘해 마침내 무과에 급제하였다. 비록 벼슬은 운세 때문에 막히고 말았지만 임금에게 충성하고 나라를 위해 죽으려는 뜻은 족히 선대의 위업을 이을 만하여 사대부들에게 부끄러울 게 없었다. 아! 영숙은 어찌하여 온 식솔을 이끌고 예맥穢貊의 땅으로 가려 하는가?

　　永叔將家子. 其先有以忠死國者, 至今士大夫悲之. 永叔工篆隸, 嫺掌故, 年少善騎射, 中武擧. 雖爵祿拘於時命, 其忠君死國之志, 有足以繼其祖烈, 而不媿其士大夫也. 嗟呼[1]永叔! 胡爲乎盡室穢[2]貊之鄕?

역문풀이

기린협麒麟峽: 지금의 강원도 인제군麟蹄郡 기린면麒麟面에 해당하는데, 당시에는 춘천도호부春川都護府에 속해 있었다.

---

1) 呼 『하풍죽로당집』, 『연상각집』 갑, 한씨문고본, 『동문집성』, 승계본, 영남대본, 용재문고본, 망창창재본 갑, 망창창재본 을에는 “乎”로 되어 있다.
2) 穢 창강중편본과 영남대본에는 “濊”로 되어 있다.

백영숙白永叔: 백동수白東脩(1743~1816)를 말한다. '영숙'永叔은 그 자다. 백동수의 호는 야뇌野
饐, 인재靭齋, 점재漸齋 등이다. 백동수는 1771년에 무과에 급제하였고, 1773년 기린협麒
麟峽으로 들어가 직접 농사와 목축을 하며 지내다가 1780년 다시 서울로 돌아왔다. 1788
년에 장용영 초관哨官에 임명되었으며, 1789년에는 『무예도보통지』武藝圖譜通志의 간행
을 도왔다. 1791년 충청도 비인 현감庇仁縣監에, 1802년 평안도 박천 군수博川郡守에 임명
되었다.

장수 집안의 후예: 백영숙이 황해도, 함경도, 평안도의 병마절도사를 지낸 백시구白時耉(1649
~1722)의 증손이었기에 이런 말을 했다. 그러나 백영숙의 조부인 백상화가 백시구의 서
자였으므로 백영숙은 서얼 신분이었다.

그 선조 중에 나랏일로 죽은 충신이 있으니: 백영숙의 증조부 백시구가 경종景宗 때 신임사
화申壬士禍에 연루되어 죽은 일을 가리킨다. 신임사화는 노론老論이 훗날의 영조인 연잉
군延礽君을 왕세제 자리에 앉히고 왕세제의 대리청정을 요구하자 경종을 비호하며 노론
과 대립하던 소론少論 측에서 노론이 역모를 꾀한다는 상소를 올려 노론 4대신이 사사賜
死되고 그 밖의 노론계 인사 수백 명이 사형 당하거나 유배되었던 사건이다. 백시구는
노론의 거두였던 영의정 김창집金昌集과 연루되었다는 자백을 강요받다가 고문으로 옥
사하였다. 이에 노론측에서는 백시구가 노론의 의리를 지키다 순절하였다고 평가하여
그를 충절을 지킨 무장으로 기렸다.

전거典據: 말이나 글의 근거가 되는 문헌상의 출처.

무과에 급제하였다: 백동수는 1771년 3월 무과에 급제하였다.

벼슬은 운세 때문에 막히고 말았지만: 당시에 서얼들은 무과에 급제해도 벼슬자리를 얻기가
힘들었다. 1772년에 영조가 서얼을 중용하라는 교시를 내렸지만 실제로 병조兵曹에서
기용한 서얼 출신의 인사는 영조가 직접 거명한 한 사람뿐이었다. 이듬해 영조는 이러
한 병조의 처사가 임금의 명령을 가볍게 여긴 것이라 하여 훈련도감의 수석 선전관이던
백동준白東俊과 그 밖의 선전관들을 유배 보내고 무과에 급제해 선전관에 추천된 후보자
로 그 자리를 채우게 하였다. 이때 백동수도 후보 명단에 올랐으나 유배 간 백동준이 재
종형이었으므로 재종형제 사이의 교체는 불가하다는 조정의 의론에 따라 선전관에 임명
되지 못했다. 이런 일이 있은 후 백동수는 기린협에 들어가게 된다.

예맥穢貊: 강원도 지방을 가리킨다.

원문풀이

將家子: 이 말은 『진서』晉書 이래 사서史書에서 많이 보인다.

篆隷: 서체書體 중에서 전서篆書와 예서隷書를 가리킨다.

掌故: 고사故事나 한 나라의 관례慣例·제도·문물을 이른다.

時命: 명운命運.

穢貊: '濊貊'이라고도 표기한다.

번역의 동이

1-1   그 선조 중에~슬피 여긴다

- 그 조상에는 나라 일로 죽은 충신이 있으니 지금까지 그를 위해서 슬퍼하는 인사들이 있다. 홍기문, 『박지원 작품선집 1』, 170~171면
- 그의 선조에는 충성으로 나라를 위해 목숨을 바친 사람도 있어 지금도 사대부들이 강개(慷慨)히 여기고 있다. 이동환, 『국역 여한십가문초』, 161면
- 그의 조상 중에는 충성으로 나라를 위해 죽은 사람이 있어 지금까지도 그를 위해 비분강개하는 사대부들이 있다. 김혈조, 『그렇다면 도로 눈을 감고 가시오』, 202면
- 그의 조상 가운데는 나라에 충성을 바치다 죽은 분이 있어서, 지금까지도 사대부들이 그의 죽음을 슬퍼한다. 리가원·허경진, 『연암 박지원 산문집』, 87면
- 그 선대에 충성으로 나라를 위해 죽은 이가 있으니, 지금까지 사대부들이 이를 슬퍼한다. 정민, 『비슷한 것은 가짜다』, 273면
- 그 조상 중에 충성을 다하여 나라에 목숨 바친 이가 있어서 이제까지도 사대부들이 그를 슬프게 여긴다. 신호열·김명호, 『연암집 1』, 11면

1-2   옛일과 전거典據에 밝으며

- 우리 나라의 제도와 관습에 익으며 홍기문, 171면
- 장고(掌故)에도 숙달되어 있다. 이동환, 161면
- 우리나라의 제도와 관습에 익숙하였다. 김혈조, 202면
- 우리나라의 제도와 관습에도 익숙하였다. 리가원·허경진, 87면
- 장고(掌故)에 밝다. 정민, 273면
- 전장(典章)과 제도(制度)도 익숙히 잘 알며 신호열·김명호, 12면

1-3   비록 벼슬은~부끄러울 게 없었다

- 비록 때를 만나지 못하여 영달하지는 못하나마 나라 일에 죽으려는 그 뜻은 넉넉히 조상의 핏줄을 계승하고 있으며 다른 인사들에게 향해서도 부끄러울 점이 없는 것이다. 홍기문, 171면
- 비록 시운을 만나지 못해 영달하지는 못했지만 군주에 충성하고 나라를 위해 목숨을 바치려는 그 뜻은 넉넉히 그 선조의 공렬(功烈)을 계승함직 하여 사대부로서의 신분을 가짐에 부끄럽지가 않다. 이동환, 161면
- 비록 벼슬과 봉록은 시운에 구애되었으나, 그 충군 애국하려는 뜻이야 넉넉히 조상의 큰 공적을

계승할 만하며, 사대부란 신분을 가짐에 부끄럽지 않을 만하다. 김혈조, 202면

- 비록 때를 만나지 못해서 높은 벼슬을 얻지는 못했지만, 임금에게 충성하고 나라를 위해 죽으려는 그의 뜻은 선조의 충렬을 잇기에 넉넉하였고, 사대부로서 부끄러울 게 없었다. 리가원·허경진, 87면
- 비록 벼슬은 시명(時命)에 매인 바 되었으나, 임금에게 충성하고 나라를 위해 죽으려는 뜻만은 선조의 공덕을 잇기에 족함이 있었으니 사대부에게도 부끄럽지가 않다. 정민, 273면
- 비록 시운(時運)을 타지 못해서 작록(爵祿)을 누리지는 못하였으나, 임금에게 충성하고 나라를 위해 죽을 그 뜻만은 조상의 공적을 계승함직하여 사대부들에게 부끄럽지 않았다. 신호열·김명호, 12면

2　　　전에 영숙은 나를 위해 금천金川 연암협燕巖峽에 집터를 봐 준 일이 있다. 산은 깊고 길은 험해 종일 가 봐야 사람 하나 만날 수 없는 곳이었다. 영숙은 나와 함께 갈대밭 가운데 말을 세우고 채찍으로 높은 언덕배기를 이리저리 구획하며 이런 말을 했다.

"저기에다 울타리를 치고 뽕나무를 심으면 좋겠습니다. 갈대에 불을 질러 밭을 일구면 해마다 좁쌀 천 석은 거둘 수 있겠습니다."

시험 삼아 부시를 치자 바람 따라 불이 번졌다. 그러자 꿩이 푸드득 놀라서 날고, 새끼 노루가 앞에서 튀었다. 영숙은 팔뚝을 걷어붙이고 그걸 쫓다가 시내에 막혀 돌아왔다. 이에 나를 보고 웃으며 이리 말했다.

"백 년도 못 살 인생인데, 어찌 답답하게 나무와 바위뿐인 곳에 살며 조밥 먹고 꿩, 토끼나 쫓는 사람이 되겠습니까!"

　　　永叔嘗爲我相居於金川之燕巖[1]峽. 山深路阻, 終日行, 不逢一人. 相與[2]立馬於蘆葦之中, 以鞭區其高阜曰: "彼可籬而桑也. 火葦而田, 歲可粟千石." 試敲鐵, 因風縱火, 雉格格驚飛, 小麕逸於前, 奮臂[3]追之, 隔溪而還. 仍相視而笑曰: "人生不百年, 安能鬱鬱木石居、食粟雉兎者爲哉!"[4]

---

1) 巖　자연경실본, 승계본, 영남대본, 용재문고본, 망창창재본 을에는 "嵒"으로 되어 있다.
2) 與　자연경실본에는 "与"로 되어 있다.
3) 臂　『하풍죽로당집』에는 "飛"로 되어 있으나 오기이다.

역문풀이

금천金川 연암협燕巖峽: 금천은 황해도 남동부에 위치해 있다. 연암협은 금천군에 속하며 개
　　성에서 30리 떨어진 산골짜기다. 우리말로는 '제비바위'라고 불렀다.

전에 영숙은~봐 준 일이 있다: 연암은 1771년(영조 47) 경에 백동수와 황해도 금천군 연암협
　　을 답사한 후 장차 이곳에 은거하기로 마음을 정하고, 이때부터 '연암'燕巖이라는 호를
　　사용하였다.

원문풀이

蘆葦: 갈대.

敲鐵: 불씨를 얻기 위해 쇳조각으로 된 부시를 부싯돌에 치는 것.

格格: 꿩이 우는 소리를 형용한 것.

木石居: 『맹자』孟子 「진심」盡心 상上에 순임금이 나무와 돌 사이에서 살며 사슴, 돼지와 함께
　　노닐었다는 내용이 있다. 해당 구절을 옮기면 다음과 같다: "孟子曰: "舜之居深山之中,
　　與木石居, 與鹿豕遊, 其所以異於深山之野人者幾希. 及其聞一善言, 見一善行, 若決江河,
　　沛然莫之能禦也.""

번역의 동이

2-1　　　전에 영숙은~봐 준 일이 있다

▪　　영숙이 일찍이 나를 위해서 금천(金川) 연암(燕岩)이라는 산골짜기에다가 집터를 잡아 준 일이 있
다. 홍기문, 171면

▪　　영숙이 일찌기 나를 위하여 금천(金川)의 연암협(燕巖峽)에 살 곳을 잡아 준 적이 있다. 이동환, 162면

▪　　영숙은 일찍이 나를 위해 금천(金川) 연암이라는 산골짜기에 집터를 잡아준 일이 있다. 김혈조, 202면

▪　　영숙이 예전에 나를 위해서 금천(金川)의 연암이라는 산골짜기에다 집터를 잡아 준 적이 있다. 리
가원·허경진, 87면

▪　　영숙이 일찍이 나를 위해 금천(金川)의 연암협(燕巖峽)에 거처를 잡아준 일이 있었다. 정민, 273면

▪　　영숙이 일찍이 나를 위해서 금천(金川)의 연암협(燕巖峽)에 집터를 살펴준 적이 있었는데 신호열·
김명호, 12면

---

4) **以鞭區其高卑曰~安能鬱鬱木石居, 食粟雉兔者爲哉**　창강중편본에는 방점이 찍혀 있다. 『여한십가문초』에는 이 대
목의 끝에 "'말을 세우고'라는 구절부터 여기까지는 모두 백영숙이 한 일을 쓴 것이다"(自'立馬'至此, 皆述白永叔事)라는
세주가 붙어 있다.

182

2-2 　　영숙은 나와 함께~이런 말을 했다

- 둘이서 갈대 밭에 말을 세워 놓고 채찍으로 높은 언덕배기를 금그면서 말하기를 홍기문, 171면
- 둘이서 갈대밭에 말을 세우고 서서 채찍으로 높은 언덕배기를 구획지으며 말했다. 이동환, 162면
- 둘이서 갈대밭에 말을 세우고 채찍으로 높은 언덕배기에 금을 그으면서 말하였다. 김혈조, 202면
- 둘이서 갈대밭 속에 말을 세워 놓고 높은 언덕에 금을 그으면서 리가원·허경진, 87~88면
- 서로 더불어 갈대 숲 가운데에 말을 세우고 채찍으로 높은 언덕배기를 구획지으면서 말하였다. 정민, 273면
- 갈대숲 속에 둘이 서로 말을 세우고 채찍을 들어 저 높은 언덕을 구분하며 신호열·김명호, 12면

2-3 　　시험 삼아~앞에서 뛰었다

- 시험 삼아 부싯돌을 쳐서 불을 달이매 바람을 따라 불길이 올랐다. 꿩이 푸드득푸드득 날아가고 노루 새끼가 앞으로 뛰어 달아나는데 홍기문, 171면
- 시험 삼아 부시를 쳐서 바람을 따라 불을 놓아 보았다. 꿩이 푸드득 놀라 날아 오르고 작은 노루가 우리 앞에 튀어나와 냅다 달아났다. 이동환, 162면
- 시험삼아 부싯돌을 쳐 불을 놓으니 바람을 따라 불길이 솟아올랐다. 꿩이 푸드덕푸드덕 놀라 날아가고 노루 새끼가 앞으로 튀어 달아났다. 김혈조, 202면
- 부싯돌을 쳐서 불을 붙여 보았더니, 바람을 따라 불길이 올랐다. 꿩이 놀라서 꿕꿕거리며 날아가고, 노루 새끼가 앞으로 달아났다. 리가원·허경진, 88면
- 시험삼아 쇠를 쳐서 바람을 타고 불을 놓으니, 꿩이 깍깍대며 놀라 날고, 새끼 노루가 앞으로 달아났다. 정민, 274면
- 시험 삼아 부시를 쳐서 바람 따라 불을 놓으니 꿩이 깍깍 울며 놀라서 날아가고, 노루 새끼가 바로 앞에서 달아났다. 신호열·김명호, 12면

2-4 　　백 년도 못 살~사람이 되겠습니까

- 한 백년도 더 못 살 인생이 어떻게 답답하게 일생을 나무와 돌 속에 파묻혀서 조밥이나 꿩, 토끼의 고기로 배를 불리는 그런 생활을 한단 말인가? 홍기문, 171면
- 백년도 못 되는 인생을 어찌 울울히 목석과 함께 살며 조 농사나 지어 먹고 꿩·토끼 사냥이나 하는 자로 지낼까보냐. 이동환, 162면
- 백년도 못 살 인생에 어떻게 답답하게 일생을 나무와 돌 속에 파묻혀 조밥이나 먹고 꿩, 토끼나 사냥하는 사람으로 살까 보냐? 김혈조, 203면
- 인생이 백 년도 못 되는데, 어찌 답답하게 나무나 돌 속에 파묻혀서 조밥이나 꿩 고기, 토끼 고기만 먹으며 살 수 있으랴. 리가원·허경진, 88면
- 백년도 못되는 인생이 어찌 답답하게 목석같이 살면서, 조나 꿩, 토끼를 먹으며 지낼 수 있겠는가? 정민, 274면
- 인생이 백 년도 못 되는데, 어찌 답답하게 나무와 돌 사이에 거처하면서 조 농사나 짓고 꿩·토끼나 사냥한단 말인가? 신호열·김명호, 12면

3   이제 영숙은 기린협麒麟峽에서 살겠다고 한다. 송아지를 업고 들어가 그걸 키워 농사를 짓겠다는 것이다. 그곳엔 소금도 메주도 없어 아가위와 돌배로 장을 담가야 한단다. 그 험준하고 궁벽하기가 연암협보다 훨씬 심하니 어찌 같이 비교나 할 일인가.

나는 갈림길에서 망설이며 거취를 정하지 못하고 있거늘 감히 떠나는 영숙을 막을 수 있겠는가. 나는 그의 뜻을 장하게 여길지언정 그의 곤궁함을 슬퍼하지 않으련다.

　　　　今永叔將居麒麟¹⁾也. 負犢而入,²⁾ 長而耕之. 食無鹽³⁾豉, 沈樝⁴⁾梨而爲醬. 其險阻僻遠, 於燕巖⁵⁾豈可比而同之哉! 顧余徊徨歧路間, 未能決去就, 況敢止永叔之去乎! 吾壯其志, 而不悲其窮.

역문풀이

송아지를 업고 들어가: 기린협으로 들어가는 길이 송아지를 몰고 갈 수 없을 정도로 험하다는 의미이다. 송아지를 업는다는 표현은 『후한서』後漢書 유림열전儒林列傳 「유곤전」劉昆傳에 보인다. 유곤은 혼란한 정국을 피해 하남河南의 부독산負犢山으로 들어갔다고 하는데, 부독산의 '부독'은 송아지를 업고 들어간다는 뜻이다. 연암은 이러한 표현을 사용하여 뜻있는 사람이 때를 만나지 못하고 은거한다는 점을 드러내고자 한 것으로 보인다.

소금도 메주도~담가야 한단다: 산골짜기에서 화전火田부터 시작해야 하는 빈궁한 처지를 뜻한다. 메주가 없어 장을 담글 수 없을 것이므로 아가위나 돌배 같은 야생 열매로 장을 담그리라는 것이다.

나는 갈림길에서~못하고 있거늘: 이 글을 쓴 1773년에 연암은 이미 연암협에 거주지를 마련해 놓고 서울과 연암협을 오가는 생활을 하고 있었다. 그러나 연암이 가족과 함께 연암협으로 이주한 것은 5년 후인 1778년인바, 백영숙이 기린협으로 떠날 무렵 연암은 서

---

¹⁾ **麒麟** 『하풍죽로당집』과 『동문집성』에는 "猉獜"으로 되어 있다.
²⁾ **負犢而入, 長而耕之** 창강중편본에는 원권이 쳐져 있다.
³⁾ **鹽** 『하풍죽로당집』, 자연경실본, 『동문집성』, 승계본, 용재문고본, 망창창재본 갑, 망창창재본 을에는 "塩"으로, 창강초편본, 『여한십가문초』, 창강중편본에는 "鹽"으로 되어 있다.
⁴⁾ **樝** 『여한십가문초』에는 "楂"로 되어 있다.
⁵⁾ **巖** 한씨문고본, 승계본, 영남대본, 용재문고본, 망창창재본 갑, 망창창재본 을에는 "岩"으로 되어 있다.

울을 완전히 떠날 결심을 굳히지 못한 채 갈등하고 있었던 것으로 보인다.

원문풀이

負犢:『후한서』유림열전「유곤전」에 다음과 같은 구절이 보인다:"王莽以昆多聚徒衆, 私行
　　　大禮, 有僭上心, 乃繫昆及家屬於外黃獄. 尋莽敗得免. 旣而天下大亂, 昆避難河南 負犢
　　　山中."
鹽豉염시: 소금과 메주.
樝梨: 아가위와 돌배.

번역의 동이

3-1　　　　나는 갈림길에서~막을 수 있겠는가
▪　그런데 나는 이럴가 저럴가 망설이면서 아직까지 거취(去就)를 딱 결정하지 못하고 있다. 어떻게
감히 영숙의 길을 만류할 수 있겠는가? 홍기문, 172면
▪　그런데 나 자신 이럴까 저럴까 망설이면서 아직 거취(去就)를 작정하지 못하고 있다. 그러니 하
물며 영숙이 떠나가는 것을 감히 만류하겠는가. 이동환, 162면
▪　그런데 나 자신은 이럴까 저럴까 망설이면서 아직까지 거취를 결정하지 못하고 있다. 하물며 감
히 영숙의 길을 만류할 수 있겠는가? 김혈조, 203면
▪　나는 갈림길에 서서 망설이며, 아직도 어떻게 해야 좋을는지 결정하지 못하였다. 그러니 영숙이
가는 길을 어찌 말릴 수 있으랴. 리가원·허경진, 88면
▪　그러나 나는 갈림길 사이를 서성이면서 여태도 거취를 결정하지 못하고 있으니, 하물며 감히 영
숙이 떠나는 것을 막을 수 있겠는가. 정민, 274면
▪　그런데도 나 자신은 지금 갈림길에서 방황하면서 거취를 선뜻 정하지 못하고 있는 형편이니, 하
물며 영숙의 떠남을 말릴 수 있겠는가. 신호열·김명호, 13면

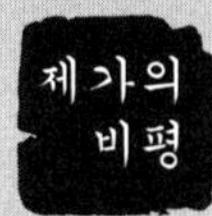

✸ 박영철본의 후평

▪ 그 사람을 떠나보내는 것이 이렇듯 슬프지만 도리어 슬퍼하지 않으니, 떠날 수 없는 사람이 더 슬프다는 사실을 알겠다.[1]

其人之行之,[2] 可悲如此, 而却不爲之悲, 其不能去者之尤有可悲, 可知.

▪ 음절이 호방하고 씩씩하여 마치 축筑 켜는 소리를 듣는 듯하다.[3]

音節豪壯, 如聞擊筑.

역문풀이

축筑 켜는 소리를 듣는 듯하다: '축'은 거문고와 비슷한 다섯 줄의 현악기다. 여기서 '축筑 켜는 소리'란 『사기』 「자객열전」刺客列傳에 보이는 고점리高漸離의 축 켜는 소리를 가리킨다. 「자객열전」에 의하면 고점리는 축을 잘 타기로 유명했고, 그의 벗 형가荊軻는 그 소리에 맞춰 노래 부르기를 즐겼다고 한다. 형가가 연나라 태자의 명으로 진시황을 살해하기 위해 떠나게 되자 고점리는 마지막이 될지도 모를 이별의 순간을 위해 축을 켰고 형가는 그 곡조에 맞추어 노래를 불렀는데, 그 곡조와 노래가 하도 비장하여 듣는 사람을 격동시켰다고 한다.

---

1) 이 평은 『연상각집』 갑, 자연경실본, 한씨문고본, 승계본, 영남대본, 용재문고본, 망창창재본 갑, 망창창재본 을에도 있다.
2) **其人之行之**　저본에는 "其人□行之"로 되어 있으나 『연상각집』 갑, 자연경실본, 한씨문고본, 승계본, 영남대본, 용재문고본, 망창창재본 갑, 망창창재본 을에 의거해 바로잡는다.
3) 이 평은 『연상각집』 갑, 자연경실본, 한씨문고본, 승계본, 영남대본, 용재문고본, 망창창재본 갑, 망창창재본 을에도 있다.

번역의 동이

- 그 사람의 떠남이 이처럼 슬피 여길 만한데도 도리어 슬피 여기지 않았으니, 선뜻 떠나지 못한 자에게는 더욱 슬피 여길 만한 사정이 있음을 짐작할 수 있다. 신호열·김명호, 13면

❀ 『연상각집』 갑의 비평

【 행비 】

- ①의 "永叔將家子. 其先有以忠死國者"에 방점이 찍혀 있다.
- ①의 "永叔工篆隷～而不媿其士大夫也"에 "그 처지가 슬프군"(其人可悲)이라는 비가 붙어 있다.
- ①의 "嗟呼永叔～胡爲乎盡室穢貊之鄕"에 방점이 찍혀 있고, "그 떠나감이 슬프군"(其行可悲)이라는 비가 붙어 있다.
- ②의 "相與立馬於蘆葦之中～隔溪而還"에 원권이 쳐져 있다.
- ②의 "人生不百年, 安能鬱鬱木石居、食粟雉兔者爲哉"에 방점이 찍혀 있고, "그 말이 더더욱 슬프군"(其語更益可悲)이라는 비가 붙어 있다.
- ③의 "負犢而入, 長而耕之"에 "영숙은 과연 거기에 아주 오래 있으려는 거구나!"(永叔其果久於此乎)라는 비가 붙어 있다.
- ③의 "吾壯其志, 而不悲其窮"에 방점이 찍혀 있고, "그런데도 슬프지 않다니, 더욱 묘하군"(然且不悲, 更妙)이라는 비가 붙어 있다.

【 후평 】

- 박영철본의 후평과 같다.

🌸 김택영의 문두평

- 비장하다.[4]

  悲壯.

- '높은 언덕배기'라는 구절 이하는 모두 영숙의 일을 서술한 것으로 이 글 끝의 '그의 뜻
을 장하게 여길지언정' 운운한 구절과 서로 호응한다.[5]

  '高阜'句以下, 皆述永叔之事, 與[6]篇末'壯其志'句相應.

🌸 김택영의 문두평

기린협으로 들어가는 백영숙에게 주는 서

영숙永叔은 장수 집안의 후예다. 그 선조 중에 나랏일로 죽은 충신이 있으니 지금도 사대부들은 그 일을 슬피 여긴다. 영숙은 전서篆書와 예서隸書를 잘 쓰고, 옛일과 전거典據에 밝으며, 젊어서부터 말 타기와 활쏘기를 잘해 마침내 무과에 급제하였다. 비록 벼슬은 운세 때문에 막히고 말았지만 임금에게 충성하고 나라를 위해 죽으려는 뜻은 족히 선대의 위업을 이을 만하여 사대부들에게 부끄러울 게 없었다. 아! 영숙은 어찌하여 온 식솔을 이끌고 예맥穢貊의 땅으로 가려 하는가?

전에 영숙은 나를 위해 금천金川 연암협燕巖峽에 집터를 봐 준 일이 있다. 산은 깊고 길은 험해 종일 가 봐야 사람 하나 만날 수 없는 곳이었다. 영숙은 나와 함께 갈대밭 가운데 말을 세우고 채찍으로 높은 언덕배기를 이리저리 구획하며 이런 말을 했다.

"저기에다 울타리를 치고 뽕나무를 심으면 좋겠습니다. 갈대에 불을 질러 밭을 일구면 해마다 좁쌀 천 석은 거둘 수 있겠습니다."

시험 삼아 부시를 치자 바람 따라 불이 번졌다. 그러자 꿩이 푸드득 놀라서 날고, 새끼 노루가 앞에서 튀었다. 영숙은 팔뚝을 걷어붙이고 그걸 쫓다가 시내에 막혀 돌아왔다. 이에 나를 보고 웃으며 이리 말했다.

"백 년도 못 살 인생인데, 어찌 답답하게 나무와 바위뿐인 곳에 살며 조밥 먹고 꿩, 토끼나 쫓는 사람이 되겠습니까!"

이제 영숙은 기린협麒麟峽에서 살겠다고 한다. 송아지를 업고 들어가 그걸 키워 농사를 짓겠다는 것이다. 그곳엔 소금도 메주도 없어 아가위와 돌배로 장을 담가야 한단다. 그 험준하고 궁벽하기가 연암협보다 훨씬 심하니 어찌 같이 비교나 할 일인가.

나는 갈림길에서 망설이며 거취를 정하지 못하고 있거늘 감히 떠나는 영숙을 막을 수 있겠는가. 나는 그의 뜻을 장하게 여길지언정 그의 곤궁함을 슬퍼하지 않으련다.

형수님 이씨 묘지명

伯嫂恭人李氏墓誌銘*

[1]　　　공인恭人 휘諱 모某는 완산完山 이동필李東馝의 따님으로 왕자 덕양군德陽君의 후손이다. 열여섯에 반남潘南 박희원朴喜源에게 시집 와 아들 셋을 낳았는데 모두 일찍 죽었다. 형수님은 평소 몸이 여위고 약해 온갖 병에 시달렸다. 희원의 할아버지는 당대에 이름난 고관高官이었는데, 선왕先王께서는 매양 한漢나라 탁무卓茂의 고사故事를 거론하며 그 벼슬을 올려 주셨다. 할아버지께서는 관직에 계실 때 자손에게 물려주기 위한 재산을 손톱만큼도 늘린 적이 없어 청빈淸貧이 뼈에 사무쳤으니, 별세할 때 집안에는 돈이 몇 푼 없었다. 집안에 연거푸 상喪이 났지만 형수님은 힘써 가족 열 명의 생계를 꾸려 나갔으며, 제사를 모시거나 손님을 접대함에 대가大家의 법도를 잃는 것을 부끄럽게 여겨 이리 깁고 저리 맞추며 온갖 노력을 다하셨다. 이렇게 20년을 노심초사하며 뼈 빠지게 일했지만 적빈赤貧을 면할 수 없어 의기소침해지고 낙담했으나 어쩔 도리가 없었다. 매양 낙엽이 지고 추워지는 가을이면 형수님은 더욱 실망하고 낙심하여 병이 더욱 도졌다. 이렇게 몇 년을 시름시름 앓으시다가 마침내 금상今上 2년인 무술년戊戌年(1778) 7월 25일에 운명하셨다.

---

* **伯嫂恭人李氏墓誌銘**　성대본 『연암집초』에는 "伯嫂李恭人墓碣銘"으로 되어 있고, 『엄계집』에는 "伯嫂李恭人墓誌銘"으로 되어 있고, 『하풍죽로당집』과 『연상각집』 을에는 "恭人李氏墓誌銘"으로 되어 있다.

恭人諱某, 完山 李東馝之女, 王子德陽君之後也. 十六歸潘南 朴喜源,[1] 生三男, 皆不育. 恭人素羸弱, 身嬰百疾. 喜源[2]大父爲世名卿, 先王時每擧漢 卓茂[3]故事以增秩.[4] 其居官, 不長尺寸爲子孫遺業, 淸寒入骨,[5] 捐舘[6]之日, 家乏[7]無十金之産. 歲且荐[8]喪, 恭人力能存活其十口,[9] 奉祭接賓, 恥失大家規度,[10] 綢繆補苴, 且[11]卄載嘔腸擢[12]髓, 瓶[13]罍垂倒, 屈抑[14]挫銷, 無所展施.[15] 每値高秋木落天寒,[16] 意益廓然霣沮,[17] 疾益發,[18] 綿延[19]數歲,[20] 竟以上之二年[21]戊戌七月[22]卄[23]五日歿.

역문풀이

형수님: 연암의 형 박희원朴喜源(1722~1787)의 아내인 완산完山 이씨李氏(1724~1778)를 말한다.

공인恭人: 조선 시대에 5품 관리의 아내에게 내리던 작호爵號.

휘諱: 보통 죽은 이의 이름을 일컫는 말. 예전에는 이름을 말하는 것을 실례라고 생각했기에

---

1) **喜源** 성대본 『연암집초』와 『엄계집』에는 "某"로 되어 있다.

2) **喜源** 성대본 『연암집초』와 『엄계집』에는 "某"로 되어 있다.

3) **茂** 저본, 한씨문고본, 창강초편본, 승계본, 용재문고본, 망창창재본 갑, 망창창재본 을에는 "武"로 되어 있으나, 성대본 『연암집초』, 『엄계집』, 『하풍죽로당집』, 『연상각집』 을, 『동문집성』, 창강중편본, 영남대본에는 "茂"로 되어 있는바, 이에 의거해 바로잡는다.

4) **增秩** 성대본 『연암집초』와 『엄계집』에는 "襃之"로 되어 있다.

5) **淸寒入骨** 성대본 『연암집초』에는 방점이 찍혀 있다.

6) **舘** 한씨문고본, 창강초편본, 창강중편본, 승계본, 영남대본, 용재문고본, 망창창재본 갑, 망창창재본 을에는 "館"으로 되어 있다.

7) **乏** 성대본 『연암집초』에는 없다.

8) **荐** 『엄계집』에는 "薦"으로 되어 있다.

9) **其十口** 성대본 『연암집초』에는 없다.

10) **恥失大家規度** 성대본 『연암집초』에는 "務存大家規"로 되어 있다.

11) **且** 창강중편본에는 빠져 있다.

12) **擢** 성대본 『연암집초』와 『엄계집』에는 "鉥"로 되어 있다.

13) **瓶** 성대본 『연암집초』에는 "缾"으로 되어 있다.

14) **抑** 용재문고본에는 "仰"으로 되어 있다.

15) **恭人力能存活其十口~無所展施** 『엄계집』에는 방점이 찍혀 있다.

16) **天寒** 한씨문고본과 용재문고본에는 "寒天"으로 되어 있다.

17) **每値高秋木落天寒, 意益廓然霣沮** 『엄계집』에는 원권이 쳐져 있다.

18) **疾益發** 성대본 『연암집초』에는 "疾益甚"으로 되어 있고, 『엄계집』에는 "益致疾"로 되어 있다.

19) **延** 한씨문고본과 용재문고본에는 "然"으로 되어 있다.

20) **嘔腸擢髓~綿延數歲** 성대본 『연암집초』에는 원권이 쳐져 있다.

21) **二年** 성대본 『연암집초』에는 없다.

22) **戊戌七月** 『엄계집』에는 원권이 쳐져 있다.

23) **卄** 창강중편본에는 "二十"으로 되어 있다.

‘피하다’ ‘꺼리다’는 뜻의 ‘휘’諱라는 단어를 사용한 것이다.

모某: 굳이 우리말로 하면 ‘아무개’의 뜻이 된다. 예전의 글쓰기 방법에 있어 ‘모’某라는 말은 낮춤의 뜻이 없는 의례적 표현인데 ‘아무개’라고 하면 상대방을 낮추는 듯한 인상을 주기 때문에 여기에서는 원문의 어감을 살려 ‘모’某라고 옮겼다.

완산完山: 전주全州의 옛이름으로, 공인 이씨의 본관이다.

이동필李東泌: 생몰년 1704~1772년. 공인 이씨의 아버지. 호號는 초은樵隱 혹은 오천梧川이며, 자字는 덕훈德薰이다. 통덕랑通德郎을 지냈다. 『연암집』 권3에 「오천 처사 이공李公께 올리는 제문」(祭梧川處士李丈文)이 있어 참조할 수 있다.

덕양군德陽君: 생몰년 1524~1581년. 이름은 기岐이며, 자는 백고伯高이다. 중종中宗의 다섯째 아들로, 어머니는 숙의淑儀 이씨李氏이다.

반남潘南: 박씨의 한 본관으로 반남현潘南縣을 말한다. 지금의 전라남도 나주시羅州市 반남면潘南面에 해당한다.

박희원朴喜源: 연암의 형. 자는 성구聖懼이다. 『연암집』 권5에 「돌아가신 형님을 연암협에서 그리워하며」(燕巖憶先兄)라는 시가 있어 참조할 수 있다.

희원의 할아버지: 장간공章簡公 박필균朴弼均(1685~1760)을 말한다. 초명初名은 필현弼賢이다. 자는 정보正甫이며, 시호諡號는 장간章簡이다. 문과에 급제하여 경기도 관찰사, 대사간大司諫, 지돈녕부사知敦寧府事 등을 지냈다. 어려서 종숙부인 박세채朴世采(1631~1695)에게 글을 배웠다. 사유師愈(1703~1767), 사헌師憲(1707~1777), 사근師近(1715~1767) 세 아들을 두었는데, 장남인 사유가 연암의 부친이다.

선왕先王: 조선 제21대 왕 영조英祖(1694~1776)를 가리킨다.

선왕先王께서는~벼슬을 올려 주셨다: 한나라 탁무卓茂는 재능 있고 인자해 백성들을 잘 다스렸는데 왕망王莽이 집권하자 벼슬에서 물러났다. 그후 후한後漢을 건국한 광무제光武帝는 그의 재능과 지조를 높이 사 태부太傅에 임명하고 포덕후襃德侯에 봉하였다. 이상이 탁무 고사의 내용인바, 여기서는 박필균이 탁무처럼 재능 있고 지조 있는 관리로 인정받아 벼슬이 올라갔음을 말한다.

집안에 연거푸 상喪이 났지만: 1759년에 연암의 어머니 함평咸平 이씨李氏(1701~1759)의 상喪이 있었고, 이듬해인 1760년에 연암의 할아버지 박필균의 상이 있었다.

제사를 모시거나 손님을 접대함에: ‘봉제사奉祭祀 접빈객接賓客’, 곧 제사를 모시고 손님을 대접하는 일을 말한다. 이는 조선 시대 사대부가士大夫家 부녀자들의 가장 중요한 소임이었다.

이렇게 20년을 노심초사하며: 여기서 20년은 시어머니가 죽은 이후 연암의 형수가 실질적인 안주인이 되어 집안일을 맡은 햇수를 말한다.

의기소침해지고 낙담했으나: 원문은 "屈抑挫銷"이다. 이 네 글자는 평생 가난에 찌든 연암
　　형수의 심리 상태를 곡진하면서도 집약적으로 표현하고 있다. '굴'屈은 위축되다는 뜻이
　　고 '억'抑은 억눌리다는 뜻이며 '좌'挫는 꺾이다는 뜻이고 '소'銷는 녹아 없어지다는 뜻
　　이다. 이처럼 이 네 글자는 가난으로 인한 연암 형수의 좌절감과 절망감을 잘 드러내고
　　있다. '소'銷 자의 용례에는 넋을 잃다는 의미의 '소혼'銷魂, 삭아 없어진다는 뜻의 '소
　　잔'銷殘, 녹아 없어진다는 뜻의 '소훼'銷毀 등을 떠올려 볼 수 있는데, 이들 용례에서 짐작
　　되듯 이 '소'銷 자는 절망감으로 마음이 소멸되어 버릴 것만 같은 심리 상황을 담고 있다
　　고 여겨진다.

금상今上: 현재의 임금. 조선 제22대 왕 정조正祖(1752~1800)를 가리킨다.

원문풀이

卿: 경卿은 2품 이상의 관리로 9경九卿을 가리킨다. 9경은 좌참찬左參贊과 우참찬右參贊, 6조
　　六曹의 각 판서, 한성부漢城府의 판윤判尹에 대한 총칭이다.

捐舘: 살던 집을 버린다는 뜻으로 사람의 죽음을 가리키는 말.

十金: 금 열 근斤(16냥), 혹은 열 일鎰(24냥). 얼마 안 되는 재산을 일컫는 말. 『사기』史記「유협
　　열전」游俠列傳과 『한서』漢書「양웅전」揚雄傳의 다음 구절을 참조할 수 있다: "及劇孟死,
　　家無餘十金之財."(『사기』) "(揚雄)家産不過十金, 乏無儋石之儲, 晏如也."(『한서』)

綢繆補苴주무보저: '綢繆'는 부지런히 노력하는 모습을, '補苴'는 부족한 것을 수리하거나 수
　　선하는 일을 뜻하는바, 여기서 '綢繆補苴'란 가족을 위해 노심초사하며 헌신적으로 노력
　　하는 공인 이씨의 형상을 비유적으로 나타낸 말이다.

嘔腸: '嘔心抽腸'의 준말. 심혈을 토하고 창자를 뽑아낸다는 말로, 노심초사하거나 진력盡力
　　한다는 뜻이다.

甁罍垂倒: 쌀독의 쌀이 거의 바닥이 났다는 말.

高秋: 중추仲秋와 같은 말.

廓然: 원래 '횅뎅그렁하다' '텅 비다'라는 뜻인데, 여기서는 삶에 대한 의지나 희망이 소진되
　　거나 낙담한 상태를 가리킨다.

번역의 동이

1-1　　회원의 할아버지는~몇 푼 없었다

▪　　회원의 할아버지는 한 시대에 이름 날 만큼 높은 지위에 올랐다. 선왕 때에 매양 한나라 탁무(卓
武)의 고사를 들어 벼슬자리에 있으면서 조금이라도 봉록을 늘이지 않을 것을 유업으로 남기셨으니

가난이 뼈에 사무쳤다. 돌아가실 때 집에는 약간의 재산도 남아있지 않았다. 이승수, 『옥 같은 너를 어이 묻
으랴』, 42면

▪ 희원의 조부는 당세에 이름난 고관으로서 선왕 때에 매양 한(漢) 나라 탁무(卓武)의 고사를 들어
벼슬을 올려 주었다. 그러나 그분은 관직에 있을 때에 조그만큼도 재산을 늘려서 자손에게 물려주지
않았으므로 청빈(淸貧)이 뼛속까지 스몄으며, 별세하던 날에 집안에는 단 열 냥의 재산도 남겨 둔 것
이 없었다. 신호열·김명호, 『연암집 1』, 240면

1-2   집안에 연거푸~병이 더욱 도졌다

▪ 해가 바뀌면서 연이어 상례를 치렀는데 공인은 힘써 열 식구의 생계를 꾸렸다. 제사를 모시고 손
님을 접대함에 대가의 법도를 잃는 것을 부끄러이 여겨 이리 맞추고 저리 기우고 하였다. 그러기를 20
년, 온 힘을 다해 바닥까지 짜냈지만 기력이 다해 더 이상 베풀 것이 없었다. 가을이 되어 잎이 지고
날이 추워지면 뜻은 더욱 공허하여 낙심하고 병은 심해졌으니 이승수, 42~43면

▪ 게다가 해마다 거듭 상(喪)을 당했다. 공인은 힘을 다하여 그 열 식구를 먹여 살렸으며, 제사 받
들고 손님 접대하는 데에 있어서도 명문 대가의 체면이 손실되는 것을 부끄러이 여겨 미리 준비하고
변통하기 거의 20년 동안에, 애가 타고 뼛골이 빠졌으며 근소한 식량마저 바닥이 나게 되니, 마음이 위
축되고 기가 꺾이어 마음먹은 뜻을 한 번도 펴 본 적이 없었다. 매양 늦가을에 나뭇잎이 지고 날이 차
지면 마음이 더욱 허전하고 좌절됨으로써 병이 더욱 더치어 신호열·김명호, 240면

2   아아! 옛사람들은 가난한 선비의 아내를 약소국의 대부大夫에 견주었다.
조석朝夕도 보전키 어려운 상황에 놓인 기울고 망해 가는 나라를 부지하며 조정
에서 혼자 국사國事를 맡아 고군분투하듯 하셨고, 변변찮은 것이지만 정성스레
제수祭需를 마련해 선조의 혼령이 굶주리지 않게 하셨으며, 또 좋은 음식은 못 되
더라도 음식을 장만해 손들을 잘 접대하셨으니, 이 어찌 이른바 '온 힘을 다해 죽
은 이후에야 그만둔다'는 데에 해당하지 않겠는가.
내가 자식을 낳아 그 아이가 겨우 태胎를 벗었을 때 형수님은 그 아이가 사내인
걸 보고 마침내 양자養子로 삼으셨는데, 지금 열세 살이다.

　　嗟乎!¹⁾ 貧士之妻, 昔人比之弱國之大夫. 其扶傾支²⁾覆, 莫保朝夕, 猶³⁾能自立⁴⁾
於辭令制度之間,⁵⁾ 而澗蘩⁶⁾沼毛, 不餒其鬼神,⁷⁾ 不腆之廚庖, 足以嘉會,⁸⁾ 豈非所謂'鞠
躬⁹⁾盡瘁、死而後已'者耶? 夫弟趾¹⁰⁾源生子, 纔脫胞, 恭人視其男也, 遂子之,¹¹⁾ 今十三
歲.¹²⁾

변변찮은 것이지만~해당하지 않겠는가: 이 구절은 ①의 "제사를 모시거나 손님을 접대함에
　　대가大家의 법도를 잃는 것을 부끄럽게 여겨 이리 깁고 저리 맞추며 온갖 노력을 다하셨
　　다"라는 구절에 호응한다.

내가 자식을 낳아~양자養子로 삼으셨는데: 연암의 큰아들 종의宗儀(1766~1815)를 박희원에
　　게 입계入係한 것을 말한다. 당시 연암에게는 아들이 종의 하나밖에 없었다. 연암은 종
　　의와 종채宗采(1780~1835) 두 아들을 두었다. 종채는 연암의 전기에 해당하는 『과정록』過
　　庭錄을 남겼다.

辭令: 외국과 외교적으로 응대하는 말.

澗蘩沼毛간번소모: '澗蘩'은 『시경』詩經 소남召南 「채번」采蘩의 "于以采蘩, 于沼于沚. 于以用之,
　　公侯之事"에서 유래하는 말로, 제사를 지내기 위해 나물을 뜯는 것을 뜻한다. '沼毛'는
　　물가의 나물이라는 뜻이다. 여기서 '毛'는 '芼'와 같다. 결국 '澗蘩沼毛'란 정성스레 제수
　　祭需를 마련해 제사를 드린다는 뜻이다.

廚庖: 부엌. 혹은 음식.

嘉會: 선비들이 모여 주식酒食을 들며 담소하는 일을 일컫는 말.

鞠躬盡瘁、死而後已: 제갈량諸葛亮의 「후출사표」後出師表 말미에 나오는 구절이다. 한편 형수
　　의 아버지 이동필을 애도하는 제문인 「오천 처사 이공李公 제문」(祭梧川處士李丈文, 『연암
　　집』 권3)에도 이와 유사한 "盡瘁後已"라는 말이 보인다.

---

1) 乎　한씨문고본, 창강초편본, 창강중편본에는 "呼"로 되어 있다.
2) 支　성대본 『연암집초』와 『엄계집』에는 "撑"으로 되어 있다.
3) 猶　『엄계집』에는 이 앞에 "而"가 더 있다.
4) 自立　성대본 『연암집초』에는 "强"으로 되어 있다.
5) **嗟乎~猶能自立於辭令制度之間**　『엄계집』에는 방점이 찍혀 있다.
6) 蘩　성대본 『연암집초』와 『엄계집』에는 "蘋"으로 되어 있다.
7) **不餒其鬼神**　성대본 『연암집초』에는 "足以享神"으로 되어 있고, 『엄계집』에는 "使神不餒"로 되어 있고, 『하풍죽로당
　　집』과 『연상각집』 을에는 "俾神不餒"로 되어 있고, 『동문집성』에는 "不餒其鬼"로 되어 있다.
8) **其拄傾支覆~足以嘉會**　창강중편본에는 방점이 찍혀 있다.
9) 躬　한씨문고본과 영남대본에는 "躳"으로 되어 있다.
10) 趾　성대본 『연암집초』와 『엄계집』에는 "祗"로 되어 있다.
11) **恭人視其男也, 遂子之**　창강중편본에는 원권이 쳐져 있다.
12) **生子~今十三歲**　『엄계집』에는 방점이 찍혀 있다.

2-1   조석朝夕도 보전키 어려운~해당하지 않겠는가

▪   기우는 것을 떠받치고 엎어지는 것을 바로 잡느라 조석을 보전하지 못하면서도 사령과 제도의 사
이에 서서 시냇가에 나는 나물로 귀신을 주리지 않게 하고 넉넉하지 못한 살림으로 아름다운 모임을
넉넉하게 하였으니, 어찌 온 힘을 다하다가 진기가 다 해 병들고 죽은 뒤에야 그친다는 것이 아니겠는
가? 이승수, 43면

▪   다 기울어져 가는 나라를 지탱하려 하나 언제 망할지 모르는 지경인데도 능히 제 힘만으로 외교
사령(外交辭令)을 잘하고 나라의 체모를 갖추었던 약소국의 대부처럼, 가난한 선비의 아내로서 보잘
것없는 제물이나마 결코 제사를 거르지 않았으며 넉넉지 못한 부엌살림이나마 잔치를 너끈히 치러 냈
으니, 어찌 이른바 몸이 닳도록 힘을 다하여 죽어서야 마는 경우가 아니겠는가? 신호열·김명호, 241면

3   나는 화장산華藏山의 연암골에 새로 터를 잡아 그 산수를 어여삐 여기며
내 손으로 가시덤불을 베어 내 나무 곁에다 집을 세웠다.

언젠가 형수님께 이런 말씀을 드린 적이 있다.

"형님이 연로하시니 장차 저와 함께 시골에서 사셨으면 합니다. 담을 둘러 천 그
루의 뽕나무를 심고, 집 뒤엔 천 그루의 밤나무를 심고, 문 앞에는 천 그루의 배
나무를 심고, 시냇가에는 천 그루의 복숭아나무와 살구나무를 심으렵니다. 못에
는 한 말 가량 치어穉魚를 풀어 놓고, 바위 절벽 밑에는 벌통 백 개를 놓아두며, 울
타리 사이에 소 세 마리를 묶어 두렵니다. 제 처가 길쌈할 때면 형수님께선 그저
계집종이 기름 짜는 일이나 살펴 제가 밤에 옛사람의 글을 읽을 수 있게만 해 주
십시오."

그 당시 형수님은 병이 몹시 위독했지만 자기도 모르게 벌떡 일어나 손으로 머리
를 가누고선 한 번 웃으며 이렇게 말씀하셨다.

"이는 제 오랜 꿈인 걸요."

그래서 밤낮 오시기를 바랐건만 그해 벼가 채 익기도 전에 형수님은 일어날 수
없게 되었다. 마침내 운구하여 그해 9월 10일 집 북쪽 동산의 서북쪽을 등진 묏
자리에 장사지내니, 형수님의 뜻을 이뤄 주기 위해서다. 그 땅은 황해도 금천金川
에 속한다.

趾[1]源新卜居華藏山中燕岩[2]洞, 樂其水石, 手剪[3]荊榛,[4] 因樹爲屋. 嘗對恭人言: "我伯氏老矣, 行當與[5]弟偕隱. 繞墙[6]千樹種桑,[7] 屋後千樹栽栗, 門前千樹接梨,[8] 溪上下千樹桃杏, 三畝[9]陂[10]塘,[11] 一斗魚苗,[12] 巖[13]崖百筒[14]鼇,[15] 籬落之間, 繫牛六角. 妻[16]績麻, 嫂氏但課婢趣榨油,[17] 夜佐叔讀古人[18]書."[19] 恭人時雖疾甚, 不覺蹶然起, 扶頭一笑,[20] 謝曰: "是吾[21]宿昔之志." 所以日夜望其同來者[22]甚殷, 禾稼未熟,[23] 而恭人已不可起矣. 竟以柩歸, 以其年[24]九月十[25]日,[26] 葬于[27]舍北園中亥坐之兆, 所[28]以成恭人之志也.[29] 地系海西之金川.

---

1) 趾　성대본 『연암집초』와 『엄계집』에는 "衹"로 되어 있다.

2) 岩　『하풍죽로당집』, 『연상각집』 을, 한씨문고본, 창강초편본, 창강중편본, 용재문고본, 망창창재본 갑에는 "巖"으로 되어 있다.

3) 剪　『하풍죽로당집』과 『연상각집』 을에는 "翦"으로 되어 있다.

4) 榛　성대본 『연암집초』, 『엄계집』, 『하풍죽로당집』, 『연상각집』 을, 한씨문고본, 『동문집성』, 창강초편본, 창강중편본, 승계본, 영남대본, 용재문고본, 망창창재본 갑, 망창창재본 을에는 "榛"으로 되어 있다.

5) 與　『엄계집』에는 "与"로 되어 있다.

6) 墙　성대본 『연암집초』, 한씨문고본, 승계본, 영남대본, 망창창재본 을에는 "牆"으로 되어 있다.

7) 桑　성대본 『연암집초』, 『동문집성』, 망창창재본 갑, 망창창재본 을에는 "柔"로 되어 있다.

8) 梨　성대본 『연암집초』에는 "梨"로 되어 있다.

9) 畝　『엄계집』, 『하풍죽로당집』, 『연상각집』 을, 한씨문고본, 『동문집성』, 승계본, 용재문고본, 망창창재본 갑, 망창창재본 을에는 "畝"로 되어 있다.

10) 陂　『동문집성』에는 "坡"로 되어 있다.

11) 三畝陂塘　성대본 『연암집초』에는 없다.

12) 一斗魚苗　성대본 『연암집초』에는 없다. 한편 『엄계집』, 『하풍죽로당집』, 『연상각집』 을에는 "十斛量魚"로 되어 있고, 『동문집성』에는 "十斛養魚"로 되어 있다.

13) 巖　성대본 『연암집초』, 『엄계집』, 『동문집성』, 용재문고본에는 "岩"으로 되어 있다.

14) 筒　『동문집성』에는 "桶"으로 되어 있다.

15) 鼇　『엄계집』, 『동문집성』, 망창창재본 을에는 "蜂"으로 되어 있다.

16) 妻　성대본 『연암집초』에는 이 앞에 "身耕耘"이 더 있다.

17) 課婢趣榨油　성대본 『연암집초』와 『엄계집』에는 "收苴趣瀝油"로 되어 있다.

18) 人　성대본 『연암집초』에는 없다.

19) 嘗對恭人言～夜佐叔讀古人書　성대본 『연암집초』에는 방점이 찍혀 있다. 한편 창강중편본은 이 대목 중의 "我伯氏老矣～夜佐叔讀古人書"에 방점을 찍어 놓았다.

20) 不覺蹶然起, 扶頭一笑　성대본 『연암집초』에는 "聞輒欣然樂"으로 되어 있고, 『엄계집』에는 "聞輒欣然樂, 强疾起一笑"로 되어 있다.

21) 吾　성대본 『연암집초』와 『엄계집』에는 "我"로 되어 있다.

22) 恭人時雖疾甚～所以日夜望其同來者　『엄계집』에는 방점이 찍혀 있다.

23) 禾稼未熟　성대본 『연암집초』에는 "築室未竟"으로 되어 있다.

24) 以其年　성대본 『연암집초』에는 없다.

25) 十　성대본 『연암집초』에는 "卄"으로 되어 있다.

26) 九月十日　『엄계집』에는 원권이 쳐져 있다.

27) 于　『하풍죽로당집』, 『연상각집』 을, 『동문집성』에는 "於"로 되어 있다.

28) 所　성대본 『연암집초』에는 없다.

29) 恭人時雖疾甚～所以成恭人之志也　성대본 『연암집초』와 창강중편본에는 원권이 쳐져 있다.

역문풀이

화장산華藏山: 황해도 장단長湍 임강현臨江縣에 있는 산.

원문풀이

三畝: '무'畝는 땅의 단위. 1무는 약 30평 넓이다. 따라서 3무는 약 100평에 해당한다.

陂塘: 물을 막아 만든 못.

魚苗: 치어穉魚.

籬落: 울타리.

六角: 황소 세 마리.

蹶然: 벌떡 일어나는 모양.

亥坐之兆: 서북쪽을 등진 방향의 묏자리.

번역의 동이

3-1　　　그 당시 형수님은~일어날 수 없게 되었다

▪　형수님께서는 그때 병환이 심했는데, 이 말에 자기도 모르게 뛸 듯이 일어나 머리를 매만지고 빙그레 웃으시며 말씀하셨다. "그것이야말로 저의 오랜 바램입니다." 그래서 밤낮으로 함께 오시기를 밤낮으로 기다렸는데 벼가 익기도 전에 형수님께서는 끝내 다시 일어나시지를 못했다. 이승수, 44면

▪　공인은 이때 비록 병이 심했으나, 자기도 모르게 벌떡 일어나 머리를 손으로 떠받치고 한 번 웃으며 말하기를, "이는 바로 나의 오랜 뜻이었소!" 하였다. 그래서 같이 오기를 밤낮으로 간절히 바라던 터인데, 심어 놓은 곡식이 익기도 전에 공인은 이미 일어나지 못하게 되었다. 신호열·김명호, 242면

[4]　　　나는 친구인 규장각 직제학直提學 유언호俞彦鎬에게 묘지명을 지어 줄 것을 부탁했다. 그는 마침 개성 유수開城留守로 와 있었는데 개성은 연암골에서 가까웠다. 그는 장례를 도와주었을 뿐 아니라 명銘도 지어 주었다. 그 명은 다음과 같다.

　　연암이라 그 골짝은,
　　산 깊고 물 맑은데,

시동생이 유택幽宅을 마련했지요.

아아! 온 가족이 함께 은거하려 했거늘,

마침내 이곳에 머무시게 됐군요.

계시는 곳 편안하고 굳건하니,

아무쪼록 후손들 보우保佑하소서.

趾源[1]求銘於[2]其友人奎章閣直提學[3]兪彦鎬, 彦鎬方留守中京,[4] 地接燕岩,[5] 爲助葬且銘之.

其銘曰: "燕岩[6]之洞, 山窈而水渌,[7] 繄惟小郞之所營築.[8] 嗚呼![9] 鹿門盡室[10]之計, 竟於焉而托體.[11] 旣安且固, 以保佑[12]厥後."

역문풀이

직제학直提學: 조선 시대 홍문관·예문관·규장각의 정3품 당상관직.

유언호兪彦鎬: 생몰년 1730~1796년. 자는 사경士京이며, 호는 즉지헌則止軒이다. 본관은 기계杞溪로 아버지는 직기直基이다. 정조 때의 중신重臣으로 원래 벽파僻派였는데 정조의 즉위와 함께 시파時派로 입장을 바꾸었다. 정조의 총애를 받아 즉위 이듬해 이조참의로 발탁되었고, 후에 형조판서를 거쳐 좌의정에까지 올랐다. 연암의 절친한 벗으로 연암이 곤경에 처해 있을 때 물심양면으로 도와주었다. 문집으로 『연석』燕石이 전한다. 한편 『연

---

1) **趾源** 『엄계집』에는 "祇源"으로 되어 있고 원권이 쳐져 있다.
2) **於** 성대본 『연암집초』와 『엄계집』에는 "于"로 되어 있다.
3) **奎章閣直提學** 성대본 『연암집초』와 『엄계집』에는 "內閣直學士"로 되어 있다.
4) **京** 망창창재본 갑에는 "原"으로 되어 있다.
5) **岩** 『하풍죽로당집』, 『연상각집』 을, 한씨문고본, 창강초편본, 창강중편본, 용재문고본, 망창창재본 갑에는 "巖"으로 되어 있다.
6) **岩** 『하풍죽로당집』, 『연상각집』 을, 한씨문고본, 창강초편본, 창강중편본, 용재문고본, 망창창재본 갑에는 "巖"으로 되어 있다.
7) **渌** 『하풍죽로당집』과 『연상각집』 을에는 "綠"으로 되어 있다.
8) **築** 『하풍죽로당집』에는 "等"으로 되어 있다.
9) **呼** 『동문집성』에는 "乎"로 되어 있다.
10) **室** 망창창재본 을에는 "空"으로 되어 있으나 오기이다.
11) **體** 『동문집성』에는 "軆"로 되어 있다.
12) **佑** 『엄계집』에는 "祐"로 되어 있다.

암집』에는 유언호와 관련해 「금학동 별장에서 작은 모임을 가진 데 대한 기문」(琴鶴洞別墅小集記, 권3), 「유사경에게 답한 편지」(答兪士京書, 권3), 「『어리석은 사람이 쓴 글』 서문」(愚夫草序, 권7)이 실려 있어 참조할 수 있다. 또 유언호의 『연석』 제2책 「평양에서 작은 모임을 가진 데 대한 기문」(西京小集記)에도 연암에 대한 언급이 있다.

유수留守: 수도 외곽을 방어하는 군사적 요충지에 두었던 유수부留守府의 장長을 말한다. 조선 후기에는 개성, 강화, 화성(지금의 수원), 광주에 유수부를 두었다.

원문풀이

中京: 개성開城의 옛이름.

繁에: 지시대명사 시是와 같은 뜻.

小郎: 도련님.

鹿門: 중국 호북성湖北省 양양현襄陽縣에 있는 녹문산을 말한다. 후한後漢 때 방덕공龐德公이 가족을 이끌고 녹문산에 들어가 은거隱居한 일이 있다.

번역의 동이

4-1　　　연암이라 그 골짝은~아무쪼록 후손들 보우保佑하소서

- 연암 골짝은 산은 깊고 물은 맑으니, 이는 작은 서방님이 지은 것입니다. 아아 온 가족이 함께 숨어살려고 했는데, 끝내 이루지 못하고 몸을 맡기게 되었군요. 편안하게 머무시면서 후손들을 보우하소서. 이승수, 44면
- 연암 골짜기는 산 곱고 물 맑은데 / 여기에 시아주비가 터를 닦았네 / 아! 온 가족 다 함께 은거하려 했더니 / 마침내 여기에 몸을 맡기셨도다 / 안온하고도 견고하니 / 후손들을 보호하고 도와주시리라 신호열·김명호, 243면

✿ 박영철본의 후평

- ‘유순柔順하다’거나 ‘바르고 정숙하다’거나 ‘부지런하고 검소하다’는 등의 글자는 단 한
자도 없지만, 선조를 받들고 살림살이를 하는 공인恭人의 모습이나 자애롭고 온순한 그 덕성
을 마치 직접 눈으로 본 것처럼 떠올릴 수 있다. 요컨대 지극히 진실하고 지극히 맑은 글이
라, 읽으면 슬프게 사람을 감동시킨다. ―중존仲存[1]

무一婉嫕,[2] 莊淑,[3] 勤儉等字, 而恭人之奉先御家, 友[4]慈[5]和順之德, 像想如見, 要是至眞至潔
之文, 讀之悽惋動人. ―仲存[6]

- 옛날 공자의 제자인 원헌原憲은 “가난한 것이지 병든 게 아니다”라고 했지만, 요즘 가
난한 선비 집 규방의 아낙들에겐 가난이 곧 병이고 병이 곧 가난이 되니, 이 둘은 얽히고설
킨 채 뒤엉켜 있어 도무지 풀 수가 없다. 백 사람이 같은 증세이고 천 사람이 한결같은 병
증病症인데, 간혹 진찰 끝에 그 원인을 알아내더라도 그것을 풀이해 놓은 묘방妙方이 없고,
비록 뭐라고 풀이해 놓은 묘방이 있다 하더라도 또한 그것을 처방할 명의名醫가 없다. 동
전을 끈에 꿰어 비단구렁이처럼 똬리를 틀어 놓거나 비단이 담긴 상자를 열어 놓거나 곡식
을 창고에 들여놓은 후, 그것들에 손을 한 번 갖다 대기만 하면 아픈 것이 씻은 듯이 싹 없
어지고, 눈을 들어 그것들을 한 번 보기만 하면 심장을 보補하고 비위를 돋우어 다 죽게 되
었다가도 도로 살아난다. 이것이 바로 가장 좋은 약이다. 사슴의 뿔을 자르고 갓난아이 모
양의 신령한 산삼이 있다 해도 이들 부인의 병을 고치는 데는 아무런 효험이 없을 것이다.

---

1) 이 평은 『하풍죽로당집』, 한씨문고본, 승계본, 영남대본, 용재문고본, 망창창재본 갑, 망창창재본 을에도 있다.
2) **嫕** 한씨문고본과 용재문고본에는 “嫟”으로 되어 있으나 오기이다.
3) **淑** 한씨문고본과 용재문고본에는 “叔”으로 되어 있다.
4) **友** 『하풍죽로당집』에는 “호”로 되어 있다.
5) **慈** 승계본과 망창창재본 갑에는 “玆”로 되어 있으나 오기이다.
6) **仲存** 『하풍죽로당집』에는 없고, 승계본에는 빠져 있다.

이 말은 약왕보살藥王菩薩의 『괴로움을 구하는 경전』에 나온다. ―중존仲存[7]

　　昔原憲言:[8] “貧也, 非病.” 近世寒士, 閨閣中人, 貧則[9]是病, 病則[10]是貧, 纏綿膠漆, 莫可解釋.[11] 百家同[12]證,[13] 千人一崇, 往往診察, 得其源因, 而無妙文爲之詮錄, 雖有詮錄如此妙文, 更無國醫爲之處方. 鑄銅貫綖, 若繡蟠蟠, 布帛開箱, 米穀入倉, 以手一摩, 痛苦如失, 擧目一見, 補心歸[14]脾, 起死回生, 斯爲上藥. 鹿頭截茸, 神葈[15]如嬰, 瘳此婦人, 如水投石. 此出藥王菩薩 『救苦眞經』. ―仲存[16]

역문풀이

옛날 공자의~라고 했지만: 원헌은 공자의 제자로 집이 몹시 가난하였으나 의지가 견고하여 이를 감내하며 공부했다 한다. 『사기』 「중니제자 열전」仲尼弟子列傳에 관련 내용이 보인다.

약왕보살藥王菩薩: 사람들에게 약을 주어 그들을 고통에서 구제하는 보살로, 불교에서 말하는 25보살의 하나이다. 약사여래藥師如來와는 다르며, 관약왕觀藥王이라고도 한다. 대비大悲의 약으로써 일체 중생의 혹업惑業을 치료하고 그들을 고통에서 구제하는 보살이다. 약왕보살의 두 팔은 금빛으로 찬란한데, 특히 열 손가락 끝에서는 여러 가지 보약이 쏟아져 나와 그의 손가락만 보아도 404가지 병이 자연히 낫고 어떠한 번뇌煩惱도 생기지 않는다고 한다.

원문풀이

昔原憲言~非病: 『사기』 「중니제자 열전」의 다음 글에 관련 내용이 보인다: “子貢相衛, 而結駟連騎, 排藜藿入窮閣, 過謝原憲. 憲攝敝衣冠見子貢. 子貢恥之曰: ‘夫子豈病乎?’ 原憲曰: ‘吾聞之, 無財者謂之貧, 學道而不能行者謂之病, 若憲, 貧也, 非病也.’ 子貢慙, 不懌而

---

7) 이 평은 『하풍죽로당집』, 한씨문고본, 승계본, 영남대본, 용재문고본, 망창창재본 갑, 망창창재본 을에도 있다.
8) 言　승계본에는 “者”로 되어 있으나 오기이다.
9) 則　『하풍죽로당집』에는 “卽”으로 되어 있다.
10) 則　『하풍죽로당집』에는 “卽”으로 되어 있다.
11) 釋　『하풍죽로당집』에는 “析”으로 되어 있다.
12) 同　한씨문고본과 용재문고본에는 “百”으로 되어 있다.
13) 證　『하풍죽로당집』에는 “症”으로 되어 있다.
14) 歸　한씨문고본, 승계본, 영남대본, 용재문고본, 망창창재본 갑, 망창창재본 을에는 “遁”로 되어 있다.
15) 葈　승계본, 영남대본, 망창창재본 갑, 망창창재본 을에는 “蒦”으로 되어 있다.
16) 仲存　『하풍죽로당집』에는 없다.

去, 終身恥其言之過也."

國醫: 한 나라의 이름 높은 의사, 곧 명의名醫를 말한다.

歸脾: 비장脾臟의 기능을 정상적인 상태로 되돌린다는 뜻. 여기서 '歸'라는 글자는 비정상적
　　이거나 균형이 깨진 상태를 정상적인 상태로 되돌린다는 의미이다. 한의학에 따르면 비
　　장은 사思를 주관하는데, '귀비'란 '비장이 주관하는 사思를 돌아가게 하다', 즉 '마음을
　　편안하게 안정시킨다'는 의미인바, '귀비탕'이라는 약도 있다.

如水投石: 물에다 돌을 던진다는 말로 아무 소용없다는 뜻. 우리나라 속담에도 "한강에 돌
　　던지기"라는 말이 있다.

『救苦眞經』: 불교 경전 중에 『구고경』救苦經이라는 경전이 있다.

번역의 동이

* 옛날 원헌(原憲)은 '가난은 병이 아니'라고 했는데, 요즘 빈한한 선비나 규방의 아낙들은 가난하
면 병이 생기고 병들면 가난해진다고 생각한다. 이러한 생각이 얽히고 설킨 채 굳어져 풀어낼 방법이
없다. 천 사람이나 백 사람이나 모두 이런 증상을 나타내고 있는데, 간혹 진찰 끝에 그 원인을 알아내
도 이를 잘 설명한 묘문(妙文)이 없고, 비록 증상을 제대로 설명한 묘문이 있어도 처방을 내리는 국의
(國醫)가 없다. 만약 면류관의 줄처럼 엽전을 꿰어 수놓은 이무기 모양으로 절렁거리고, 비단이 가득
든 상자를 열고 쌀과 곡식을 곳집에 들이고는, 손으로 한번 어루만지게 하면 고통은 씻은 듯 사라지고
보기만 해도 심장이 든든해지고 입맛이 돌아와 다 죽었다가도 살아날 것이니, 이것이 바로 가장 좋은
약이다. 사슴의 뿔을 자르고 어린아이 모양의 신령한 삼이 있어도 이러한 아낙네의 병을 고치는 데는
아무런 효험이 없을 것이다. 이승수, 44~45면

* 부드럽고 순하다〔婉嬺〕, 엄하고 착하다〔莊淑〕, 부지런하고 검소하다〔勤儉〕는 등의 글자가 하나
도 없는데도, 조상 제사를 받들고 집안을 다스리고 우애하고 인자하고 온화하고 유순한 공인의 덕이
눈으로 보는 듯이 상상된다. 요컨대 지극히 참되고 지극히 깨끗한 글이다. 이 글을 읽으면 슬픔과 탄
식으로 사람을 감동시킨다. ─중존(仲存)─ 신호열·김명호, 243면

옛날에 원헌(原憲)은 "가난한 것이지 병든 것이 아니다."라고 말했는데, 최근 세상의 가난한 선
비 집안의 부인네들에게는 가난이 바로 병이요, 병이 바로 가난이다. 가난이라는 병이 단단히 엉겨 붙
어 벗어 내고 떼어 버릴 길이 없어, 집집마다 똑같은 증세요, 사람마다 매한가지 빌미이다. 왕왕 진찰
하여 그 원인을 찾아내도, 가려서 취해 쓸 만한 묘한 약방문이 없으며, 이와 같은 묘한 약방문이 있어
가려서 취해 쓴다 한들 또한 국의(國醫)가 없어 처방을 낼 수 없다.

엽전 꿰미가 관복에 수놓은 이무기가 서린 것 같고, 상자를 열면 베와 비단이요, 쌀과 곡식이 창고에
가득 들어오면, 손으로 한번 어루만지기만 해도 고통이 씻은 듯 가셔 버리고, 눈을 들어 한번 보기만
해도 심장이 튼튼해지고 구미가 돌아와서, 죽다가도 되살아나니 이것이 바로 최상의 약이다. 사슴 머
리에서 잘라 낸 녹용과 갓난애만 한 신비한 인삼으로도 이런 부인네를 낫게 하기란 마치 물에 돌을 던

지는 것과 같다. 이것은 약왕보살(藥王菩薩)의 구고진경(救苦眞經)에서 나온 약방문이다. ─중존(仲存)─

신호열 · 김명호, 243~244면

❀『엄계집』의 후평

· 비지碑誌에서 상투어常套語를 사용해 망자亡者를 찬미讚美하기만 하는 것은 망자를 두 번
죽이는 일이다. 이 묘지명의 경우 그 정신이 찬연하여, 비록 상투어를 쓰지는 않았지만 형수
의 아름다운 법도가 글 밖에 철철 넘쳐난다.

　　碑誌用套語, 一例贊美, 是使死人復死之也. 如此誌者, 精神曄然, 雖不用套語, 而徽則懿
範, 洋溢言外.

역문풀이

비지碑誌: 한문 문체의 하나로 죽은 이의 생전의 사적을 기록한 글. 흔히 산문으로 이루어진
　　서문과 운문으로 이루어진 명銘으로 구성되며, 묘지명墓誌銘, 묘비명墓碑銘, 신도비명神道
　　碑銘, 묘갈명墓碣銘 등이 이에 해당된다.

❀『하풍죽로당집』의 미비眉批

· ①의 "意益廓然賈沮, 疾益發, 綿延數歲"에 "청빈淸貧으로 인한 병이다"(淸寒之疾)라는 비
批가 있다.
· ②의 "貧士之妻, 昔人比之弱國之大夫"에 "객으로 주인을 형상화했다"(以客形主)라는 비
가 있다.
· ②의 "豈非所謂'鞠躬盡瘁、死而後已'者耶"에 "객인지 주인인지 분간할 수 없다"(不知是客
是主)라는 비가 있다.
· ③의 "溪上下千樹桃杏"에 "청보淸補의 약제藥劑다"(淸補之劑)라는 비가 있다.
· ③의 "所以成恭人之志也"에 "진작 한 번 복용해보지 못한 게 한스럽다"(恨未能早試一服)라
는 비가 있다.

역문풀이

객으로 주인을 형상화했다: 여기서 '객'은 약소국의 대부를, '주인'은 형수를 가리킨다.

청보淸補의 약제藥劑: '청보'淸補란 한방의 네 가지 보양법 가운데 하나인 청보법淸補法을 가
리킨다. 한방에는 네 가지 보양법이 있으니, 평보법平補法, 청보법淸補法, 온보법溫補法,
준보법峻補法이 그것이다. 평보법은 차지도 뜨겁지도 않은 평이한 성질의 음식물로 인체
의 기혈음양을 보補하는 방법이고, 청보법은 찬 성질을 가진 음식물로 체내에 있는 열을
내리면서 건강을 유지하게 하는 방법이고, 온보법은 따뜻한 성질을 가진 음식물로 추위
를 잘 타고 손과 발이 차며 피로를 자주 느끼는 사람들에게 사용하는 방법이고, 준보법
은 보익補益 효과가 강한 음식물로 체력이 많이 떨어진 사람에게 사용하는 방법이다.

✿ 김택영의 문두평

- 글 끝에 와서 기세가 갑자기 꺾인다.[17]

  頓挫.

- 메마른 제목을 가지고 윤택한 글을 지었으며, 생동감이 있는 데다가 글 끝에 와서 기세
가 갑자기 꺾이는 수법을 보여주니, 대체 이 어떤 솜씨란 말인가?[18]

  將枯題爲腴文, 淋漓頓挫, 是何手段?

원문풀이

淋漓: 글이나 글씨 등이 생동한 것을 일컫는 말.

---

17) 이 평은 창강초편본에 있다.
18) 이 평은 창강중편본과 승계본에 있다.

형수님 이씨 묘지명

공인恭人 휘諱 모某는 완산完山 이동필李東馝의 따님으로 왕자 덕양군德陽君의 후손이다. 열여섯에 반남潘南 박희원朴喜源에게 시집 와 아들 셋을 낳았는데 모두 일찍 죽었다. 형수님은 평소 몸이 여위고 약해 온갖 병에 시달렸다. 희원의 할아버지는 당대에 이름난 고관高官이었는데, 선왕先王께서는 매양 한漢나라 탁무卓茂의 고사故事를 거론하며 그 벼슬을 올려 주셨다. 할아버지께서는 관직에 계실 때 자손에게 물려주기 위한 재산을 손톱만큼도 늘린 적이 없어 청빈淸貧이 뼈에 사무쳤으니, 별세할 때 집안에는 돈이 몇 푼 없었다. 집안에 연거푸 상喪이 났지만 형수님은 힘써 가족 열 명의 생계를 꾸려 나갔으며, 제사를 모시거나 손님을 접대함에 대가大家의 법도를 잃는 것을 부끄럽게 여겨 이리 깁고 저리 맞추며 온갖 노력을 다하셨다. 이렇게 20년을 노심초사하며 뼈 빠지게 일했지만 적빈赤貧을 면할 수 없어 의기소침해지고 낙담했으나 어쩔 도리가 없었다. 매양 낙엽이 지고 추워지는 가을이면 형수님은 더욱 실망하고 낙심하여 병이 더욱 도졌다. 이렇게 몇 년을 시름시름 앓으시다가 마침내 금상今上 2년인 무술년戊戌年(1778) 7월 25일에 운명하셨다.

아아! 옛사람들은 가난한 선비의 아내를 약소국의 대부大夫에 견주었다. 조석朝夕도 보전키 어려운 상황에 놓인 기울고 망해 가는 나라를 부지하며 조정에서 혼자 국사國事를 맡아 고군분투하듯 하셨고, 변변찮은 것이지만 정성스레 제수祭需를 마련해 선조의 혼령이 굶주리지 않게 하셨으며, 또 좋은 음식은 못 되더라도 음식을 장만해 손들을 잘 접대하셨으니, 이 어찌 이른바 '온 힘을 다해 죽은 이후에야 그만둔다'는 데에 해당하지 않겠는가.

내가 자식을 낳아 그 아이가 겨우 태胎를 벗었을 때 형수님은 그 아이가 사내인 걸 보고 마침내 양자養子로 삼으셨는데, 지금 열세 살이다.

나는 화장산華藏山의 연암골에 새로 터를 잡아 그 산수를 어여삐 여기며 내 손으로 가시덤불을 베어 내 나무 곁에다 집을 세웠다.

언젠가 형수님께 이런 말씀을 드린 적이 있다.

"형님이 연로하시니 장차 저와 함께 시골에서 사셨으면 합니다. 담을 둘러 천 그루의 뽕나무를 심고, 집 뒤엔 천 그루의 밤나무를 심고, 문 앞에는 천 그루의 배나무를 심고, 시냇가에는 천 그루의 복숭아나무와 살구나무를 심으렵니다. 못에는 한 말 가량 치어穉魚를 풀어 놓고, 바위 절벽 밑에는 벌통 백 개를 놓아두며, 울타리 사이에 소 세 마리를 묶어 두렵니다. 제 처가 길쌈할 때면 형수님께선 그저 계집종이 기름 짜는 일이나 살펴 제가 밤에 옛사람의 글을 읽을 수 있게만 해 주십시오."

그 당시 형수님은 병이 몹시 위독했지만 자기도 모르게 벌떡 일어나 손으로 머리를 가누고선 한 번 웃으며 이렇게 말씀하셨다.

"이는 제 오랜 꿈인 걸요."

그래서 밤낮 오시기를 바랐건만 그해 벼가 채 익기도 전에 형수님은 일어날 수 없게 되었다. 마침내 운구하여 그해 9월 10일 집 북쪽 동산의 서북쪽을 등진 묏자리에 장사지내니, 형수님의 뜻을 이뤄 주기 위해서다. 그 땅은 황해도 금천金川에 속한다.

나는 친구인 규장각 직제학直提學 유언호俞彦鎬에게 묘지명을 지어 줄 것을 부탁했다. 그는 마침 개성 유수開城留守로 와 있었는데 개성은 연암골에서 가까웠다. 그는 장례를 도와주었을 뿐 아니라 명銘도 지어 주었다. 그 명은 다음과 같다.

연암이라 그 골짝은,
산 깊고 물 맑은데,
시동생이 유택幽宅을 마련했지요.
아아! 온 가족이 함께 은거하려 했거늘,
마침내 이곳에 머무시게 됐군요.
계시는 곳 편안하고 굳건하니,
아무쪼록 후손들 보우保佑하소서.

정석치 제문
祭鄭石癡文

[1]   살아 있는 석치石癡라면 함께 모여 곡哭도 하고, 함께 모여 조문도 하고, 함께 모여 욕지거리도 하고, 함께 모여 웃기도 하고, 몇 섬이나 되는 술을 마시기도 하고, 맨몸으로 서로 치고받고 하며 고주망태가 되도록 잔뜩 취해 서로 친한 사이라는 것도 잊어버린 채 인사불성이 되어, 마구 토해서 머리가 지끈거리고 속이 뒤집혀 어질어질하여 거의 죽을 지경이 되어서야 그만둘 터인데, 지금 석치는 진짜 죽었구나!

    生<u>石癡</u>,[1] 可會哭, 可會吊, 可會罵, 可會笑, 可飮之數石酒, 相嬴體歐擊, 酩酊大醉, 忘爾汝, 歐吐·頭痛·胃翻·眩暈, 幾死乃已, 今<u>石癡</u>眞死矣.

역문풀이

정석치鄭石癡: 정철조鄭喆祚(1730~1781)를 가리킨다. '석치'는 그 호號다. 자字는 성백誠伯이며
    본관은 해주海州이다. 소북小北 집안으로 공조판서를 지낸 정운유鄭運維(1704~1772)의 아
    들이다. 18세기의 저명한 산림 학자 김원행金元行(1702~1772)의 문인이며, 남인南人 이가
    환李家煥(1742~1801)의 처남이다. 1774년 문과에 급제하여 지평持平과 정언正言을 지냈
    다. 홍대용洪大容(1731~1783), 황윤석黃胤錫(1729~1791) 등과 친교가 있었으며, 영·정조

---

1) 癡   영남대본에는 "痴"로 되어 있다.

때의 뛰어난 자연과학자의 한 사람이다. 그림에도 뛰어나 정조正祖의 초상화를 그린 적
이 있다. 벼루 제작에 깊은 조예가 있어 '석치'라고 자호自號했다고 한다.

제문祭文: 죽은 사람을 애도하는 뜻을 드러낸 글. 흔히 제물祭物을 올리고 축문祝文처럼 읽는다.

곡哭: 제사나 장례를 지낼 때 일정한 소리를 내며 우는 일. 또는 그런 울음.

서로 친한 사이라는 것도 잊어버린 채: 원문은 "忘爾汝"이다. 여기서 '이여'爾汝는 '너'를 낮
추어 부르는 말로, 막역한 친구 사이에나 쓸 수 있는 말이다. 결국 '忘爾汝'는 너와 나 사
이에 조금의 거리감도 없다는 것을 암시하는 말이다.

원문풀이

數石: 몇 섬. '石'은 부피 단위인 '섬'이라는 뜻이다. 한 섬은 열 말(斗)에 해당한다. 여기서는
과장된 표현으로 쓰였다.

胃翻: 위가 뒤집힌다는 뜻.

眩暈: 눈이 찔하고 머리가 어지러운 것. '眩氣'와 같은 뜻.

번역의 동이

1-1　　　살아 있는~진짜 죽었구나

• 　석치(石癡, 鄭喆祚의 호)! 살아 있는 자네라면 초상집에 모여서 함께 통곡할 수 있고, 모여서 함께
조문할 수도 있고, 모여서 함께 욕도 할 수 있고, 모여서 함께 껄껄거릴 수도 있고, 몇 섬의 술을 들이
켜고 서로 벌거벗은 몸으로 치고 박고 싸울 수 있으며, 몸이 꼬꾸라지도록 대취하여 너니 내니 하는
것도 잊어버리고 웩 하고 토해내어 머리가 지끈지끈 쑤시고 속이 뒤집혀 어질어질 어지러워 거의 빈
사 상태가 되어서야 그칠 수 있을 터인데, 이제 이 초상집에 그런 자네가 없는 걸 보니 석치 자네는 정
말 죽었구나. 김혈조, 「그렇다면 도로 눈을 감고 가시오」, 262면

• 　살아 있는 석치(石癡)라면 함께 모여서 곡을 할 수도 있고, 함께 모여서 조문할 수도 있고, 함께
모여서 욕을 할 수도 있고, 함께 모여서 웃을 수도 있고, 여러 섬의 술을 마실 수도 있어 서로 벌거벗
은 몸으로 치고받고 하면서 꼭지가 돌도록 크게 취하여 너니 내니도 잊어버리다가, 마구 토하고 머리
가 짜개지며 위가 뒤집어지고 어찔어찔하여 거의 죽게 되어서야 그만둘 터인데, 지금 석치는 참말로
죽었구나! 신호열·김명호, 「연암집 2」, 357면

2　　　　석치가 죽자 시신을 둘러싸고 곡하는 이들은 석치의 처첩과 형제, 아들과 손자, 친척 들인데, 그 곁에 함께 모여 곡하는 이들이 적지 않다. 이들은 석치 유족의 손을 잡고 이렇게 위로한다.

"훌륭한 가문의 불행입니다. 철인哲人이 어찌해 이렇게 되셨는지……."

그러면 그 형제와 아들과 손자들이 절하고 일어나 머리를 조아리며 이렇게 대꾸한다.

"저희 집안의 흉액입니다."

석치의 벗들은 서로 이렇게 탄식한다.

"이런 사람은 정말 쉽게 얻을 수 없는데……."

함께 모여 조문하는 이들은 실로 적지 않다. 한편, 석치에게 원한이 있던 자들은 평소 석치더러 병들어 죽으라고 저주를 퍼붓곤 했거늘 이제 석치가 죽었으니 그 원한을 갚은 셈이다. 죽음보다 더한 벌은 없는 법이니까. 세상에는 참으로 삶을 한낱 꿈으로 여기며 이 세상에 노니는 사람이 있거늘 그런 사람이 석치가 죽었다는 말을 듣는다면 껄껄 웃으며 "진眞으로 돌아갔구먼!"이라고 말할 텐데, 하도 크게 웃어 입안에 머금은 밥알이 벌처럼 날고 갓끈은 썩은 새끼줄처럼 끊어질 테지.

　　　　石癡死, 而環尸而哭者, 乃石癡妻妾昆弟、子姓親媛. 固不乏會哭者, 握手相慰曰: "德門不幸. 哲人云胡至此?" 其昆弟子姓, 拜起頓首, 對曰: "私門凶禍." 其朋朋友友, 相與歎息言: "斯人者, 固不易得之人." 而固不乏會吊[1]者, 與石癡有怨者, 痛罵石癡病死, 石癡死, 而罵者之怨已報, 罪罰無以加乎死.

　　　　世固有夢幻此世, 遊戲人間, 聞石癡死, 固將大笑, 以爲歸眞, 噴飯如飛蜂, 絶纓如拉朽.

역문풀이

철인哲人: 어질고 사리에 밝은 사람을 일컫는 말.

---

1) 吊　영남대본에는 "弔"로 되어 있다.

子姓: '子孫'과 같은 말. 즉 아들과 손자를 가리킨다.

德門: 덕망이 높고 훌륭한 집안.

云胡: '어찌하여'라는 뜻. 여기서 '云' 자는 어조사, '胡' 자는 의문사로 쓰였다. '如胡', '如何'와 같은 뜻이다.

私門: 자신의 집이나 가문을 낮추어 이르는 말.

噴飯: 너무 우스워 입에 든 밥알을 내뿜는다는 뜻. 웃음을 참을 수 없음을 형용하는 말.

絶纓: 관冠의 끈을 끊는다는 말. 초楚나라 장왕莊王이 신하의 허물을 가려준 데서 유래하는 고사인데, 여기에서는 단어의 뜻만을 취하여 고사의 내용과 상관없이 '웃음을 참지 못한다'는 뜻으로 쓰인 듯하다.

번역의 동이

2-1   석치가 죽자~집안의 흉액입니다

- 석치 자네가 죽자 시신을 둘러싸고 통곡하는 사람은 바로 자네의 처첩과 형제 및 후손 들이다. 모여서 꼭 통곡할 필요가 없는 사람은 상주의 손을 잡고 서로 위로하며 "덕문(德門)이 불행하와 명철한 사람이 어찌하여 여기에 이르게 되었는가?" 하면 상주들은 "저의 집안이 흉화(凶禍)를 입었습니다"라 말하고 김혈조, 262면

- 석치가 죽자 그 시신을 빙 둘러싸고 곡을 하는 사람들은 바로 석치의 처첩과 형제 자손 친척들이니, 함께 모여서 곡을 하는 사람들이 진실로 적지 않다. 또한 손을 잡고 위로하기를, "덕문(德門 남의 집을 높여 부르는 말)이 불행하여 철인(哲人)이 어찌 이 지경에 이르렀습니까" 하면, 그 형제와 자손들이 절하고 일어나 머리를 조아리고 대답하기를, "제 집안이 흉한 화를 만났습니다." 하고 신호열·김명호, 357~358면

2-2   함께 모여~없는 법이니까

- 모여서 꼭 조문할 필요가 없는 사람은 석치 자네와 원한이 있는 사람으로, 그는 자네에게 "염병 들어 뒈져라" 하고 욕을 했던 사람이리라. 석치 자네가 죽으매 자네를 욕하던 사람의 원한은 이미 그 죄와 벌을 보복함이 죽음보다 더 나을 것은 없으리. 김혈조, 262~263면

- 함께 모여서 조문하는 사람들도 진실로 적지 않다. 한편 석치와 원한이 있는 자들은 석치더러 염병 걸려 뒈지라고 심하게 욕을 했지만, 석치가 죽었으니 욕하던 자들의 원한도 이미 갚아진 셈이다. 죄벌로는 죽음보다 더한 것이 없기 때문이다. 신호열·김명호, 358면

2-3   세상에는 참으로~새끼줄처럼 끊어질 테지

- 세상에는 정말 인간 세상을 허황된 꿈의 세계로 여기고 이 속세를 유희하는 사람이 있지. 이 사람이 석치 자네의 죽음을 듣는다면 장차 한바탕 웃으며 참 세상으로 돌아갔다 여길 터이니, 웃느라고

입 안에 머금은 밥알을 벌떼처럼 뿜어낼 것이고, 턱을 조인 갓끈은 썩은 새끼줄 끊어지듯 하리라. 김혈조, 263면

▪ 또한 세상에는 진실로 이 세상을 꿈으로 여기고 인간 세상에서 유희(遊戲)하는 자가 있을 터이니, 석치가 죽었다는 말을 들으면 진실로 한바탕 웃어젖히면서 본래 상태로 돌아갔다 여겨서, 입에 머금은 밥알이 나는 벌떼같이 튀어나오고 썩은 나무가 꺾어지듯 갓끈이 끊어질 것이다. 신호열·김명호, 358면

③ 석치는 진짜 죽었구나. 귓바퀴는 이미 문드러지고 눈알도 이미 썩었으니, 이젠 진짜 듣지도 보지도 못하겠지. 잔에 술을 따라 강신降神해도 진짜 마시지도 못하고 취하지도 못할 테지. 평소 석치와 함께 술을 마시던 무리를 진짜로 놔두고 떠나가 돌아보지도 않는단 말인가. 정말 우리를 놔두고 떠나가 돌아보지도 않는다면 우리끼리 모여 큼직한 술잔에다 술을 따라 마시지 뭐.

石癡眞死. 耳郭已爛, 眼珠已朽, 眞乃不聞不覩. 酌酒酹之, 眞乃不飮不醉. 平日所與石癡飮徒, 眞乃罷去不顧. 固將罷去不顧, 則相與會, 酌一大盃.

역문풀이

강신降神: 제사 때의 한 절차로 혼령을 부르기 위해 영전靈前에 술을 따르는 것.

원문풀이

耳郭: 귓바퀴.

酹: 제사 지낼 때 술을 올리는 행위.

번역의 동이

3-1 석치는 진짜~따라 마시지 뭐

▪ 석치 자네는 정말 죽었는가? 귓바퀴는 이미 썩어 문드러지고, 눈알도 이미 썩었는가? 정말 듣지도 보지도 못한단 말인가? 술을 쳐서 제주(祭酒)로 드려도 정말 마시지도 않고 취하지도 않는구나. 평소 석치 자네와 술을 마시던 무리들을 이젠 정말 작파하고 떠나 뒤돌아보지 않으려는가? 정말 작파하고 떠나 뒤돌아보지 않으려면 우리끼리라도 서로 모여 큰 바가지로 통음(痛飮)을 하고 김혈조, 263면

- 석치가 참말로 죽었으니 귓바퀴가 이미 뭉그러지고 눈망울이 이미 썩어서, 정말 듣지도 보지도 못할 것이며, 술을 따라서 땅에 부으니 참으로 마시지도 취하지도 못할 것이다. 그리고 평소에 석치와 서로 어울리던 술꾼들도 참말로 뒤도 돌아보지 않고 자리를 파하고 떠날 것이며, 진실로 장차 뒤도 돌아보지 않고 파하고 가서는 자기네들끼리 서로 모여 크게 한잔할 것이다. 신호열·김명호, 358면

4   나는 다음과 같은 글을 지어 읽는다.
(이하 글을 잃어버렸음)

爲文而讀之, 曰: ―缺[1]

역문풀이

글을 지어 읽는다: 아마도 이 뒤에는 상당히 긴 운어韻語가 있었을 것으로 보인다. 제문의 형식 중, 먼저 산문으로 서술한 다음 이어서 4언이나 6언, 혹은 잡언雜言이나 소체騷體의 운어가 서술되는 형식이 있는바, 연암의 이 글은 대체로 그런 형식을 취하고 있었던 게 아닌가 생각된다.

번역의 동이

4-1   나는 다음과 같은 글을 지어 읽는다

- 제문을 지어 읽으리로다. 김혈조, 263면
- 제문을 지어서 읽어 가로되, ―원문 빠짐 신호열·김명호, 358면

---

1) **缺** 승계본과 영남대본에는 빠져 있다.

정석치 제문

    살아 있는 석치石癡라면 함께 모여 곡哭도 하고, 함께 모여 조문도 하고, 함께 모여 욕지거리도 하고, 함께 모여 웃기도 하고, 몇 섬이나 되는 술을 마시기도 하고, 맨몸으로 서로 치고받고 하며 고주망태가 되도록 잔뜩 취해 서로 친한 사이라는 것도 잊어버린 채 인사불성이 되어, 마구 토해서 머리가 지끈거리고 속이 뒤집혀 어질어질하여 거의 죽을 지경이 되어서야 그만둘 터인데, 지금 석치는 진짜 죽었구나!

    석치가 죽자 시신을 둘러싸고 곡하는 이들은 석치의 처첩과 형제, 아들과 손자, 친척 들인데, 그 곁에 함께 모여 곡하는 이들이 적지 않다. 이들은 석치 유족의 손을 잡고 이렇게 위로한다.

    "훌륭한 가문의 불행입니다. 철인哲人이 어찌해 이렇게 되셨는지……."

    그러면 그 형제와 아들과 손자들이 절하고 일어나 머리를 조아리며 이렇게 대꾸한다.

    "저희 집안의 흉액입니다."

    석치의 벗들은 서로 이렇게 탄식한다.

    "이런 사람은 정말 쉽게 얻을 수 없는데……."

    함께 모여 조문하는 이들은 실로 적지 않다. 한편, 석치에게 원한이 있던 자들은 평소 석치더러 병들어 죽으라고 저주를 퍼붓곤 했거늘 이제 석치가 죽었으니 그 원한을 갚은 셈이다. 죽음보다 더한 벌은 없는 법이니까. 세상에는 참으로 삶을 한낱 꿈으로 여기며 이 세상에 노니는 사람이 있거늘 그런 사람이 석치가 죽었다는 말을 듣는다면 껄껄 웃으며 "진眞으로 돌아갔구먼!"이라고 말할 텐데, 하도 크게 웃어 입안에 머금은 밥알이 벌처럼 날고 갓끈은 썩은 새끼줄처럼 끊어질 테지.

    석치는 진짜 죽었구나. 귓바퀴는 이미 문드러지고 눈알도 이미 썩었으니, 이젠 진짜 듣지도 보지도 못하겠지. 잔에 술을 따라 강신降神해도 진짜 마시지도 못하고 취하지도 못할 테지. 평소 석치와 함께 술을 마시던 무리를 진짜로 놔두고 떠나가 돌아보지도 않는단 말인가. 정말 우리를 놔두고 떠나가 돌아보지도 않는다면 우리끼리 모여 큼직한 술잔에다 술을 따라 마시지 뭐.

나는 다음과 같은 글을 지어 읽는다.

(이하 글을 잃어버렸음)

안의에서 어떤 사람에게 보낸 편지

與人*

[1]   푹푹 찌는 더위에 형제분들은 두루 평안한지? 성흠聖欽은 근래 어찌 지내고 있나? 늘 생각하며 잊지 못하네. 중존仲存과는 이따금 만나 술잔을 나눌 테지만 백선伯善이 청교青橋를 떠나고 성위聖緯도 이동泥洞에 없으니 이처럼 긴긴 여름날 무엇으로 소일하는지 모르겠군. 듣자니 재선在先은 이미 벼슬에서 물러났다던데, 그가 돌아온 후 몇 번이나 만났는가? 재선은 이미 조강지처를 잃은 데다 설상가상으로 무관懋官 같은 좋은 친구마저 잃고서는 막막한 이 세상에 외로운 신세가 됐으니 그 모습과 언사는 보지 않아도 알 만하거늘, 정말 천지간의 궁한 사람이라 하겠네.

劇暑中, 僉履起居連勝否? 聖欽近作何樣生活否? 懸懸尤不能忘也. 仲存時得相逢飲酒, 伯善失青橋, 聖緯無泥洞, 則未知如此長日, 何以消遣否? 在先聞已罷官云, 未知歸後幾番相逢否? 彼旣喪糟糠之妻, 又喪良友之如懋官者, 悠悠此世, 踽踽凉凉, 其面目言語, 不見可想, 亦可謂天地間窮民.

---

* 이 작품이 수록된 이본으로 저본, 승계본, 영남대본이 있는데, 모두 제목 뒤에 "안의에서"(安義時)라는 세주細注가 달려 있다.

안의에서 어떤 사람에게 보낸 편지: 연암은 1792년 1월에 안의安義에 부임하여 1796년 2월까지 안의 현감安義縣監으로 있었다. 이 편지는 1793년 1월에 세상을 뜬 이덕무李德懋의 죽음을 언급하고 있는 것으로 보아 그 해 여름에 쓴 것으로 생각된다. 한편 이 편지의 수신인은 유득공으로 추정된다. 유득공柳得恭(1748~1807)은 연암이 가장 아끼던 문생의 한 사람인데, 이 무렵 서울에서 검서관 벼슬을 하고 있었다. 이 편지에는 연암의 가장 가까운 사람들이 모두 언급되고 있으나 유독 유득공만은 빠져 있다. 유득공이 이 편지의 수신인이었기 때문으로 보인다.

형제분들: 유득공에게는 네 명의 종형제가 있었는데, 유시공柳時恭, 유지공柳持恭, 유만공柳晚恭, 유재공柳在恭이 그에 해당한다.

성흠聖欽: 이희명李喜明(1749~?)의 자字. 이희명은 이희경李喜經의 동생으로, 사마시에 합격했으며 전옥서典獄署 참봉과 금부도사禁府都事를 지냈다.

중존仲存: 연암의 처남인 이재성李在誠(1751~1809)의 자. 이재성은 비평적 감식안이 빼어나 연암의 글에 대한 많은 평을 남겼다. 동시대인 중 이재성만큼 연암 문학의 핵심과 묘처를 꿰뚫어본 사람은 없었다고 생각된다. 연암은 열네 살 밑인 그를 친구처럼 대하고 새 글을 쓰면 그에게 보여 비평을 부탁하곤 했다고 한다.

백선伯善: 연암의 문하생인 윤인태尹仁泰(?~1824)의 자字가 아닌가 의심된다. 『과정록』에 의하면, 윤인태는 연암의 초청에 따라 이재성, 이희경 등과 함께 1793년 봄 안의현을 방문했다.

청교青橋: 옛날 쌍리문동雙里門洞(지금의 중구 쌍림동雙林洞)에 있던 다리 이름.

성위聖緯: 이희경李喜經(1745~?)을 말한다. '성위'는 그 자字다. 연암의 문생 중 한 사람이며 이희명의 형이다. 이덕무·박제가·유득공처럼 뛰어난 글재주를 지닌 것은 아니었으나 실학적 문제의식을 공유하여 『설수외사』雪岫外史라는 실학적 저술을 남겼다. 서울대 박물관에 소장되어 있는 『연암선생 서간첩』에 의하면, 연암은 만년에 그에게 집안일을 부탁하는 등 그를 각별히 신뢰했던 듯하다. 이 편지가 씌어진 1793년 무렵 이희경의 집은 이동泥洞에 있었다.

이동泥洞: 지금의 종로구 운니동雲泥洞에 해당한다. 우리말로는 '진골'이라고 했는데, 땅이 몹시 질어서 이런 이름이 붙었다. 지금의 운니동이라는 명칭은 일제강점기인 1914년의 행정구역 개편 때 운현雲峴과 이동泥洞에서 각각 머리글자를 따서 새로 붙인 이름이다.

재선在先은 이미 벼슬에서 물러났다던데: '재선'은 정조正祖 때의 문인이자 학자인 박제가朴齊家(1750~1805)의 자字다. 박제가는 승지를 지낸 박평朴坪의 서자庶子로, 자는 재선在先·

차수次修·수기修其, 호는 초정楚亭·정유貞蕤이다. 규장각 검서檢書, 영평 현감永平縣監 등을 지냈다. 저술로 시문집인 『정유각집』貞蕤閣集 외에 『북학의』北學議·『명농초고』明農草藁 등이 있다. 박제가는 1793년(정조 17) 5월 호서 암행어사가 임금께 올린 서계書啓 중의 '정사政事를 잘못했다'는 지적으로 인해 부여 현감扶餘縣監에서 파직되었다. "이미 벼슬에서 물러났다던데" 운운한 말은 이를 가리킨다.

조강지처를 잃은 데다: 조강지처糟糠之妻란 술지게미나 쌀겨 같은 거친 음식을 함께 먹은 아내라는 뜻으로, 몹시 가난하고 천하던 시절 함께 고생한 아내를 말한다. 박제가의 처는 덕수德水 이씨李氏로, 1792년 9월에 사망했다.

무관懋官: 이덕무李德懋(1741~1793)의 자. 박제가와는 평생 지기知己였으며 1793년 1월, 향년 53세로 사망했다. 박학하고 재주가 있었음에도 사람됨이 매우 겸손하여 연암 주변의 서얼 출신 인물 중 연암이 마음으로 가장 가깝게 여긴 사람이었던 듯하다. 연암은 훗날 정조의 명에 따라 「형암행장」炯菴行狀을 지어 그를 기렸다.

천지간의 궁한 사람: 『맹자』 「양혜왕」梁惠王 하下에 나오는 말이다. 맹자는 늙어 아내 없는 남자, 늙어 남편 없는 여자, 늙어 자식 없는 사람, 부모 없는 아이, 이 넷을 천하의 궁한 백성이라고 했다. 박제가가 아내와 벗을 비슷한 시기에 잃어 가엾게 되었으므로 이런 말을 한 것이다.

원문풀이

僉履: 여러 형제. 서간문에서 상대 형제의 안부를 물을 때 쓰는 말로 주로 형제가 많은 사람에게 쓴다.

起居: 안부安否.

懸懸: 잊지 못하거나 그리워하는 모습.

踽踽凉凉: 홀로 걸어가는 모습. 『맹자』 「진심」盡心 하下에 다음과 같은 구절이 나온다: "行何爲踽踽凉凉, 生斯世也, 爲斯世也, 善斯可矣."

天地間窮民: 『맹자』 「양혜왕」 하에 다음과 같은 구절이 나온다; "老而無妻曰鰥, 老而無夫曰寡, 老而無子曰獨, 幼而無父曰孤. 此四者, 天下之窮民而無告者."

번역의 동이

1-1 　　 푹푹 찌는~두루 평안한지

▪ 혹독한 더위 속에 형제분들의 안부는 모두 좋으신가? 김혈조, 「그렇다면 도로 눈을 감고 가시오」, 235면

▪ 한참 무더운 중에 그간 두루 평안하신가? 정민, 「비슷한 것은 가짜다」, 267면

- 심한 더위 속에 여러분들은 여전히 건강하게 지내는지? 신호열·김명호, 「연암집 2」, 360면

1-2　　중존仲存과는 이따금~소일하는지 모르겠군

- 중존(仲存, 연암의 처남인 李在誠)과는 더러 만나 술이라도 마시는가? 백선(伯善)은 청파교(靑坡橋)를 떠났고 성위(聖緯, 李喜經의 자)는 운니동(雲泥洞)에 없다 하니 이런 긴긴 날에 어떻게 소일하는지 모르겠네. 김혈조, 235면
- 중존(仲存)과는 이따금 서로 만나 술잔을 나누겠지만, 백선(伯善)은 청파교(靑坡橋)를 떠나고 성위(聖緯)도 운니동(雲泥洞)에 없다 하니, 이같은 긴 여름날에 무엇하며 지낼는지 모르겠구려. 정민, 267면
- 중존(仲存, 이재성(李在誠))과는 가끔 서로 만나 술이라도 마시는지? 백선(伯善)은 청교(靑橋)를 떠나고 성위(聖緯, 이희경(李喜經))도 이동(泥洞 현재 서울 종로구 운니동)에 없으니 이와 같이 긴긴날에 무얼로 소일하며 지내는지 모르겠네. 신호열·김명호, 360면

1-3　　재선은 이미~사람이라 하겠네

- 그가 진작 조강지처를 잃은데다 또 무관(懋官) 같은 훌륭한 친구를 여의어 아득한 이 세상에 아주 외롭고 쓸쓸하게 되었을 것이니, 그의 얼굴과 말을 보고 듣지 않더라도 상상이 되네. 정말 이 우주 사이의 불쌍한 사람이라 말할 만하네. 김혈조, 235면
- 저가 조강지처를 잃은 데 더하여 무관(懋官) 같은 좋은 친구마저 잃었으니, 아득한 이 세상에서 외롭고 쓸쓸해 할 그 모습과 언어는 보지 않고도 가늠할 만하네그려. 또한 하늘과 땅 사이의 궁한 백성이라 말할 만할 것이오. 정민, 267면
- 그가 이미 조강지처를 잃고 또 무관(懋官 이덕무(李德懋)) 같은 훌륭한 벗을 잃어, 이 세상을 떠돌면서 쓸쓸한 외톨이로 지낼 것은 그의 얼굴과 말을 보지 않아도 상상할 수 있네. 그 또한 천지간에 의지가지없는 사람이라 할 수 있고말고. 신호열·김명호, 360면~361면

2　　아아, 애통한 일일세! 내 일찍이 벗 잃은 슬픔이 아내 잃은 슬픔보다 훨씬 크다고 말한 적이 있네. 아내를 잃은 자는 두 번, 세 번 장가를 들 수도 있고 서너 차례 첩을 얻는다 해도 안 될 것이 없으니, 이는 마치 솔기가 터지고 옷이 찢어지면 깁거나 꿰매면 되고, 기물이 깨지거나 이지러지면 새것으로 바꾸면 되는 것과 같은 걸 테지. 혹 뒤에 얻은 아내가 전처前妻보다 나을 수도 있고, 혹 자신은 늙었더라도 새 아내는 어리고 예뻐 신혼의 즐거움이 초혼 때와 차이가 없는지도 모르지.

그러나 벗을 잃는다면 행여 내게 눈이 있다 하나 내가 보는 것을 뉘와 함께 볼 것이며, 행여 내게 귀가 있다 하나 내가 듣는 것을 뉘와 함께 들을 것이며, 행여 내게 입이 있다 하나 내가 맛보는 것을 뉘와 함께 맛볼 것이며, 행여 내게 코가 있다 하나 내가 맡는 향기를 뉘와 함께 맡을 것이며, 행여 내게 마음이 있다 하나 장차 나의 지혜와 깨달음을 뉘와 함께하겠나?

嗚呼痛哉! 吾嘗論絶絃之悲, 甚於叩盆. 叩盆者, 猶得再娶三娶, 卜姓數四, 無所不可, 如衣裳之綻裂而補綴, 如器什之破缺而更換. 或後妻勝於前配, 或吾雖皤而彼則艾, 其宴爾之樂, 無閒於新舊. 至若絶絃之痛, 我幸而有目焉, 誰與[1]同吾視也; 我幸而有耳焉, 誰與[2]同吾聽也; 我幸而有口焉, 誰與[3]同吾味也; 我幸而有鼻焉, 誰與[4]同吾嗅也; 我幸而有心焉, 將誰與同吾智慧靈覺哉?

역문풀이

벗 잃은 슬픔: 원문은 "絶絃之悲"이다. 여기에는 다음과 같은 고사가 있다. 백아伯牙는 중국 고대의 인물로 금琴의 명인이었다. 그의 음악을 제대로 이해하는 사람은 세상에 종자기鍾子期 단 한 사람밖에 없었다. 그래서 종자기가 죽자 그는 자기가 타던 악기의 줄을 스스로 끊어 버리고 다시는 금을 타지 않았다고 한다. '지음'知音(소리를 아는 사람이라는 뜻)이라는 말은 여기서 유래한다. 이 고사로부터 '절현'絶絃은 둘도 없는 절친한 지기知己의 죽음을 이르는 말로 쓰이게 되었다.

아내 잃은 슬픔: 원문은 "叩盆"고분인데, 질그릇을 두드리는 것을 말한다. 장자莊子는 아내가 죽자 두 다리를 뻗고 앉아 질그릇을 두드리며 노래를 불렀다고 한다. 문상을 온 혜자惠子가 이를 나무라자 장자는 '생生이 변해 사死가 된 것은 계절의 순환과 같은 이치로 아내가 지금 천지간에 편히 누워 있는데 내가 시끄러이 소리를 내어 운다면 이는 천명을 모르는 것이다' 라고 말했다 한다. 이 고사로부터 '고분'은 아내의 죽음을 뜻하는 말로 쓰이게 되었다.

---

1) **與**　영남대본에는 "与"로 되어 있다.
2) **與**　영남대본에는 "与"로 되어 있다.
3) **與**　영남대본에는 "与"로 되어 있다.
4) **與**　영남대본에는 "与"로 되어 있다.

원문풀이

卜姓: 첩을 얻을 때에 동성同姓을 피하여 가리는 일.

器什: 기물.

皤: 노인의 흰머리를 일컫는 말인데, 노인이라는 뜻으로도 쓰인다.

艾: 어여쁜 젊은 여자.

宴爾之樂: 신혼新婚의 즐거움을 가리키는 말. 『시경』 패풍邶風의 「곡풍」谷風에 "宴爾新婚"이
　　라는 구절이 나온다.

번역의 동이

2-1　　　아내를 잃은~같은 걸 테지

▪　아내를 잃은 사람은 그래도 두 번, 세 번 새 장가라도 들고, 서넛의 첩을 두더라도 못할 것도 없
네. 마치 의복이 터지거나 해지면 깁고 꿰매며, 그릇이 깨지고 이가 빠지면 새것으로 바꾸는 것과 같
네. 김혈조, 235면

▪　아내를 잃은 자는 오히려 두 번, 세 번 장가들어 아내의 성씨를 몇 가지로 하더라도 안될 바가 없
다. 이는 마치 옷이 터지고 찢어지면 깁거나 꿰메고, 그릇과 세간이 깨지거나 부서지면 새것으로 바꾸
는 것과 같다. 정민, 267면

▪　아내를 잃은 자는 그래도 두 번 세 번 장가라도 들 수 있고, 서너 차례 첩을 들여도 안 될 것이 없
네. 마치 의복이 터지고 찢어지면 꿰매고 때우는 것과 같고, 집기가 깨지고 이지러지면 새것으로 다시
바꾸는 것과 같네. 신호열·김명호, 361면

2-2　　　혹 뒤에 얻은~없을는지도 모르지

▪　경우에 따라서는 후처가 도리어 전처보다 나을 수도 있고, 나는 늙었지만 후처는 젊고 고우니 새
장가 드는 즐거움에서는 신혼과 구혼에 차이가 없을 것이야. 김혈조, 235면

▪　혹 뒤에 얻은 아내가 앞서의 아내보다 나은 경우도 있고, 혹 나는 비록 늙었어도 저는 어려, 그 편
안한 즐거움은 새 사람과 옛사람 사이의 차이가 없다. 정민, 267면

▪　때에 따라서는 후처(後妻)가 전처(前妻)보다 나을 수 있고, 때에 따라서는 나는 비록 늙었지만 상
대는 새파랗게 젊어서 신혼의 즐거움이 초혼과 재혼 사이에 차이가 없을 수도 있네. 신호열·김명호, 361면

3　　　　종자기鍾子期가 세상을 뜨자 백아伯牙는 자신의 금琴을 끌어안고 장차 뉘를 향해 연주하며 뉘로 하여금 감상케 하겠나? 그러니 허리춤에 찼던 칼을 뽑아 단번에 그 다섯 줄을 끊어 버려 쨍 하는 소리가 날밖에. 그리고 나서 자르고, 끊고, 냅다 치고, 박살내고, 깨부수고, 발로 밟아, 몽땅 아궁이에 쓸어 넣고선 불살라 버린 후에야 겨우 성에 찼다네. 그리고는 스스로 물었다네.

"속이 시원하냐?"

"그래 시원하다."

"엉엉 울고 싶겠지?"

"그래, 엉엉 울고 싶다."

그러자 울음소리가 천지를 가득 메워 마치 종소리와 경쇠 소리가 울리는 것 같고, 흐르는 눈물은 앞섶에 뚝뚝 떨어져 큰 구슬 같은데, 눈물을 드리운 채 눈을 들어 바라보면 빈산엔 사람 하나 없고 물은 흐르고 꽃은 절로 피어 있었다네.

내가 백아를 보고서 하는 말이냐구? 그럼, 보다마다!

　　　　鍾子期死矣, 爲伯牙者, 抱此三尺枯梧, 將向何人鼓之, 將使何人聽之哉? 其勢不得不拔佩[1]刀, 一撥五絃, 其聲戛然. 於是乎, 斷之、絶之、觸之、碎之、[2]破之、踏之, 都納竈口, 一火燒之, 然後乃滿於志也. 吾問於我曰: "爾快乎?" 曰: "我快矣." "爾欲哭乎?" 曰: "吾哭矣." 聲滿天地, 若出金石, 有水焉, 迸落襟前, 火齊瑟瑟. 垂[3]淚擧目, 則空山無人, 水流花開. 爾見伯牙乎? 吾見之矣.

원문풀이

三尺: 석 자. 대략 90~100cm.

枯梧: 금琴을 가리킨다. 말라죽은 오동나무로 금을 만들기에 흔히 금을 '고오'枯梧라고 한다.

戛然알연: 쇠붙이가 부딪치는 소리.

金石: 종·경쇠류의 악기.

火齊: 화제주火齊珠 혹은 화주火珠라고도 한다. 크기가 계란만 하고 수정과 비슷한 색인데, 이

---

1) **佩**　영남대본에는 "佩"로 되어 있다.
2) **之**　영남대본에는 빠져 있다.
3) **垂**　영남대본에는 "收"로 되어 있으나 오기이다.

것으로 햇빛을 모아 불을 붙인다.

瑟瑟: 방울방울 떨어지는 모양.

空山無人, 水流花開: 북송北宋의 문학가인 소식蘇軾이 쓴 「열여덟 아라한을 위한 게송」(十八
　　大阿羅漢頌) 중에 나오는 말이다.

번역의 동이

3-1　　　종자기鍾子期가 세상을~감상케 하겠나

· 　종자기(鍾子期)가 죽었을 때 백아(伯牙)란 자는 석 자의 오동나무 고목으로 만든 거문고를 끌어
안고, 내 장차 누구를 향해 연주할 것이며, 뉘로 하여금 이 소리를 듣게 할 것인가 생각했으리라. 김혈
조, 236면

· 　종자기가 죽으매, 백아가 석 자의 마른 거문고를 끌어 안고 장차 누구를 향해 연주하며 장차 누구
더러 들으라 했겠는가? 정민, 267면

· 　종자기(鍾子期)가 세상을 떠났을 때 백아(伯牙)가 이 석 자의 오동나무 고목을 안고 있었다면, '장
차 뉘를 향하여 타며 장차 뉘로 하여금 듣게 한단 말인가' 하면서 신호열·김명호, 361면

3-2　　　그러고 나서~스스로 물었다네

· 　그러고 나서 그는 거문고를 자르고, 끊고, 부딪치고, 깨고, 부수고, 지근지근 밟고, 모조리 아궁이
에 처넣고 단번에 불살라버린 연후에야 마침내 마음이 후련했을 것이다. 그리고 제가 제 자신에게 물
었으리라 김혈조, 236면

· 　그 소리가 투두둑 하더니, 급기야 자르고, 끊고, 집어던지고, 부수고, 깨뜨리고, 짓밟고, 죄다 아궁
이에 쓸어넣어 단번에 그것을 불살라 버린 후에야 겨우 성에 찼으리라. 그리고는 스스로 제 자신에게
물었을 테지 정민, 267면~268면

· 　그렇게 하여 줄을 자르고 끊고 부딪고 깨고 부수고 밟아서 모조리 아궁이에 밀어 넣고 단번에 불태
워 버린 연후에야 마음이 후련하였을 것이네. 그리고 제 자신과 이렇게 문답했겠지. 신호열·김명호, 361면

3-3　　　내가 백아를 보고서~그럼 보다마다

· 　당신이 백아를 만나보고 이런 소리를 하느냐고 묻는다면 나는 "암 보았고 말고!"라고 답하리라.
김혈조, 236면

· 　"너는 백아를 보았니?" "나는 보았다." 정민, 268면

· 　네가 백아를 보았느냐고 물을 테지. 암, 보았고말고! 신호열·김명호, 362면

안의에서 어떤 사람에게 보낸 편지

푹푹 찌는 더위에 형제분들은 두루 평안한지? 성흠聖欽은 근래 어찌 지내고 있나? 늘 생각하며 잊지 못하네. 중존仲存과는 이따금 만나 술잔을 나눌 테지만 백선伯善이 청교靑橋를 떠나고 성위聖緯도 이동泥洞에 없으니 이처럼 긴긴 여름날 무엇으로 소일하는지 모르겠군. 듣자니 재선在先은 이미 벼슬에서 물러났다던데, 그가 돌아온 후 몇 번이나 만났는가? 재선은 이미 조강지처를 잃은 데다 설상가상으로 무관懋官 같은 좋은 친구마저 잃고서는 막막한 이 세상에 외로운 신세가 됐으니 그 모습과 언사는 보지 않아도 알 만하거늘, 정말 천지간의 궁한 사람이라 하겠네.

아아, 애통한 일일세! 내 일찍이 벗 잃은 슬픔이 아내 잃은 슬픔보다 훨씬 크다고 말한 적이 있네. 아내를 잃은 자는 두 번, 세 번 장가를 들 수도 있고 서너 차례 첩을 얻는다 해도 안 될 것이 없으니, 이는 마치 솔기가 터지고 옷이 찢어지면 깁거나 꿰매면 되고, 기물이 깨지거나 이지러지면 새것으로 바꾸면 되는 것과 같은 걸 테지. 혹 뒤에 얻은 아내가 전처前妻보다 나을 수도 있고, 혹 자신은 늙었더라도 새 아내는 어리고 예뻐 신혼의 즐거움이 초혼 때와 차이가 없을는지도 모르지.

그러나 벗을 잃는다면 행여 내게 눈이 있다 하나 내가 보는 것을 뉘와 함께 볼 것이며, 행여 내게 귀가 있다 하나 내가 듣는 것을 뉘와 함께 들을 것이며, 행여 내게 입이 있다 하나 내가 맛보는 것을 뉘와 함께 맛볼 것이며, 행여 내게 코가 있다 하나 내가 맡는 향기를 뉘와 함께 맡을 것이며, 행여 내게 마음이 있다 하나 장차 나의 지혜와 깨달음을 뉘와 함께하겠나?

종자기鍾子期가 세상을 뜨자 백아伯牙는 자신의 금琴을 끌어안고 장차 뉘를 향해 연주하며 뉘로 하여금 감상케 하겠나? 그러니 허리춤에 찼던 칼을 뽑아 단번에 그 다섯 줄을 끊어 버려 쨍 하는 소리가 날밖에. 그리고 나서 자르고, 끊고, 냅다 치고, 박살내고, 깨부수고, 발로 밟아, 몽땅 아궁이에 쓸어 넣고선 불살라 버린 후에야 겨우 성에 찼다네. 그리고는 스스로 물었다네.

"속이 시원하냐?"

"그래 시원하다."

"엉엉 울고 싶겠지?"

"그래, 엉엉 울고 싶다."

그러자 울음소리가 천지를 가득 메워 마치 종소리와 경쇠 소리가 울리는 것 같고, 흐르는 눈물은 앞섶에 뚝뚝 떨어져 큰 구슬 같은데, 눈물을 드리운 채 눈을 들어 바라보면 빈산엔 사람 하나 없고 물은 흐르고 꽃은 절로 피어 있었다네.

내가 백아를 보고서 하는 말이냐구? 그럼, 보다마다!

'관재'라는 집의 기문

觀齋記*

匃 을유년(1765) 가을, 나는 팔담八潭에서 마하연摩訶衍으로 올라가 준대사俊大師를 방문하였다.

대사는 손가락을 감괘坎卦 모양으로 결인結印하고 시선은 코끝에 둔 채 참선 중이었다. 동자승이 화롯불을 뒤적여 향에 불을 붙였다. 향에서 연기가 동글동글 모락모락 피어오르는데, 곁에서 받쳐 주는 것이 없어도 곧게 올라가고 바람이 없어도 절로 흔들거려 한들한들 하늘하늘 스스로를 이기지 못하는 것 같았다.

　　歲乙酉[1]秋, 余溯自八潭, 入摩訶衍, 訪緇俊大師. 師指連坎中, 目視鼻端,[2] 有小童子, 撥爐[3]點香, 團如綰髮, 鬱如蒸芝, 不扶而直, 無風自波, 蹲蹲婀[4]娜, 如將不勝.

역문풀이

팔담八潭: 금강산 만폭동萬瀑洞에 있는 흑룡담黑龍潭·비파담琵琶潭·벽파담碧波潭·분설담噴雪潭·진주담眞珠潭·구담龜潭·선담船潭·화룡담火龍潭의 여덟 개 못. 이곳의 물이 내려와 구

---

* **觀齋記**　『종북소선』에는 제목이 "觀物軒記"로 되어 있다.

1) **酉**　한씨문고본과 용재문고본에는 "卯"로 되어 있으나 오기이다.
2) **端**　한씨문고본과 용재문고본에는 "耑"으로 되어 있다.
3) **爐**　한씨문고본과 용재문고본에는 "鑪"로 되어 있고, 망창창재본 갑에는 "爐"로 되어 있다.
4) **婀**　자연경실본, 승계본, 영남대본, 망창창재본 갑에는 "妸"로 되어 있다.

룡폭포九龍瀑布와 비룡폭포飛龍瀑布를 이룬다.

마하연摩訶衍: 금강산에 있던 절 이름. '마하연'Mahāyāna은 본래 '대승'大乘이라는 뜻의 산스크리트어이다. 661년(신라 문무왕 1) 의상대사가 창건하고 1831년(순조 31) 고쳐 지었으나 지금은 절터만 남아 있다. 팔담 중 제일 위에 있는 화룡담에서 계곡을 따라 더 올라가면 마하연 터(해발 846미터)가 있다. 금강산의 중심부로서 이곳을 경유해야만 주위의 다른 사찰로 갈 수 있는, 내금강의 요지이다.

준대사俊大師: 당시 금강산의 마하연에 거주하던 승려. 연암은 이 글 말고 「금학동 별장에서 작은 모임을 가진 데 대한 기문」(琴鶴洞別墅小集記)에서도 준대사에 대해 언급하고 있다.

손가락을 감괘坎卦 모양으로 결인結印하고: 참선하는 모습을 형용한 말. '감괘'坎卦는 『주역』의 괘卦 이름인데, ☵로 표시된다. 그러므로 여기서 말한 '감괘 모양'이란 엄지손가락과 가운뎃손가락 끝을 둥글게 맞닿게 한 모양을 가리킨다. 흔히 참선할 때 손가락을 이런 모양으로 한다. '결인'은 손가락을 이용하여 부처의 덕이나 깨달음을 여러 모양으로 나타내는 것을 이르는 말이다.

동글동글 모락모락: 이 구절은 직역하면 "상투처럼 둥글고 영지처럼 몽골몽골하며"이다.

원문풀이

連坎中: 감중련坎中連을 말한다. '감중련'은 감괘坎卦를 이르는 말로, 감괘(☵)의 모양이 가운데 효爻만 일자로 죽 연결되어 있기에 붙여진 이름.

縮髮: 둥글게 묶은 머리. 상투.

蒸芝: 무성하게 난 영지.

蹲蹲: 원래 춤추는 모습, 혹은 천천히 걷는 모습을 뜻하는 말인데, 여기서는 향의 연기가 하늘거리며 공중에 오르는 모습을 형용하는 말로 썼다.

婀娜아나: 날씬하고 아리따운 모습.

번역의 동이

1-1   동자승이 화롯불을~못하는 것 같았다

▪ 작은 동자(童子)가 화로를 헤쳐서 향에 불을 붙이는데 연기가 동굴하게 떠올라서 머리털을 묶은 것 같으며 자무룩하게 돈 지초(芝草) 같아서 붙들지 않아도 곧은 듯했다. 바람이 없어도 저절로 물결치듯 하고, 춤을 추는 듯 하늘거리면서, 못내 겨운 듯하였다. 이익성, 『朴趾源』, 182면

▪ 작은 동자승이 화로를 헤쳐서 향에 불을 붙이니 연기가 동글동글 피어올라 머리털을 묶은 모양 같기도 하고 자욱하게 돈 지초(芝草) 모양 같기도 한데, 붙잡아주지 않는데 곧게 오르기도 하고 바

람이 없어도 저절로 물결치듯, 춤추는 듯 하늘거리면서 못내 겨운 듯하였다. 김혈조, 「그렇다면 도로 눈을 감고 가시오」, 41면

▪ 작은 동자(童子)가 화로를 뒤적이며 향에 불을 붙이는데, 연기가 동글동글한 것이 마치 헝크러진 머리털을 비끄러 매어 놓은 것도 같고, 자욱한 것은 지초(芝草)가 무성히 돋아나는 듯도 하여, 그대로 곧게 오르다가는 바람도 없는데 절로 물결쳐서 너울너울 춤추듯 흔들려 마치 가누지 못하는 것 같았다. 정민, 「비슷한 것은 가짜다」, 213면

▪ 동자(童子)가 옆에서 화로를 헤치고 향(香)을 피우는데, 그 연기가 둥글게 피어올라 머리털을 묶은 듯 버섯이 돋아난 듯 방 안에 자욱하였다. 연기는 붙들지 않아도 곧게 피어오르고 바람이 없어도 저절로 출렁이며, 너울너울 한들한들하며 다함이 없을 듯싶었다. 신호열·김명호, 「연암집 2」, 177면

2　　동자승이 홀연 깨달았다는 듯 웃으며 말했다.

　　공덕功德이 가득하니
　　움직임이 바람으로 돌아가도다!
　　내가 깨달았으니
　　한 톨의 향에서 무지개가 일도다!

대사가 눈을 들어 말했다.
"애야, 넌 향내를 맡는구나, 난 타고 난 재를 보는데. 넌 연기를 기뻐하는구나, 난 '공'空을 보는데. 움직임도 이미 공적空寂하거늘 공덕을 어디다 베푼단 말이냐?"

　　童子忽妙[1]悟發笑曰: "功德旣滿, 動轉歸[2]風. 成我浮圖, 一粒起虹." 師展眼曰: "小子! 汝聞其香, 我觀其灰; 汝喜其烟,[3] 我觀其空. 動轉[4]旣寂, 功德何施?"[5]

---

1) **妙** 한씨문고본과 용재문고본에는 "玅"로 되어 있다.
2) **歸** 한씨문고본과 용재문고본에는 "隨"로 되어 있다.
3) **烟** 『종북소선』, 한씨문고본, 승계본, 영남대본, 용재문고본에는 "煙"으로 되어 있다.
4) **轉** 저본과 자연경실본에는 "靜"으로 되어 있으나 『종북소선』, 한씨문고본, 승계본, 영남대본, 용재문고본에는 "轉"으로 되어 있는바, 이를 따른다.
5) **施** 용재문고본에는 빠져 있다.

역문풀이

공덕功德: 산스크리트어 구낭Guṇa의 역어. '懼囊'구낭이라고도 표기한다. 여러 가지 뜻을 갖는
　　불교어인데, 흔히 좋은 일을 쌓은 공功과 불도를 수행한 덕德을 이르는 말로 쓴다. 여기
　　서는 향香의 공능功能을 가리키는 말로 썼다.

움직임이 바람으로 돌아가도다: '바람'은 불교에서 말하는 4대四大의 하나이다. 불교에서는
　　모든 존재가 지地, 수水, 화火, 풍風의 네 요소로 이루어져 있다고 본다. 여기서 동자승은
　　향 연기를 바라보다가 그것이 4대의 하나인 '풍'으로 돌아간다는 사실을 깨달은 것이다.

한 톨의 향: 여기서 말하는 향은 요즘 흔히 볼 수 있는 긴 막대기 모양이 아니고 작고 둥근
　　모양이다. 그래서 '한 톨'이라는 말을 썼다.

무지개: 『법화경』法華經에 다음과 같은 말이 보인다: "허공에 여러 색의 무지개가 일어나는
　　것은 저 4대四大가 인연을 더하기 때문이다. (…) 4대의 인연 때문에 여러 무지개 색을 낳
　　아 가지각색으로 같지 아니하다. 지地의 인연은 황색을 낳고, 수水의 인연은 청색을 낳
　　으며, 화火의 인연은 적색을 낳고, 풍風의 인연은 무지개의 아치 모양을 낳는다."

원문풀이

動轉: 움직임.

動轉歸風: 『원각경』圓覺經의 다음 구절 중에 보이는 말이다: "나는 지금 4대四大가 모여서 된
　　것이니 모발과 손톱과 이와 살과 뇌수腦髓 등은 땅으로 돌아가고, 눈물과 피와 침과 진
　　액 등은 물로 돌아가고, 따뜻한 기운은 불로 돌아가고, 움직임은 바람으로 돌아가나니,
　　4대가 다 흩어지면 지금의 망녕된 몸이 어디 있겠는가."

浮圖: 부처를 뜻하는 산스크리트어 '붓다'Buddha를 음차音借한 것으로, 흔히 '浮屠'부도로 표
　　기한다. 부처·불법·승려·불상·불탑 등을 가리킨다.

번역의 동이

2-1　　　공덕功德이 가득하니~무지개가 일도다

▪　　공덕이 이미 원만하니, 돌아가는 바람에 움직여서 나의 부도(浮圖)를 이룩하고 한낱은 무지개가
일어난 것 같습니다. 이익성, 182면

▪　　공덕이 이미 가득 차니 돌아가는 바람결에 움직여 옮아가는구나! 저의 깨달음이 이루어짐이 하나
의 조그만 무지개가 일어난 것 같습니다. 김혈조, 41면

▪　　공덕(功德)이 이미 원만하다가 지나는 바람에도 움직여 도는구나. 내가 부처를 이룸도 한낱 무지
개를 일으킴이로다. 정민, 213면

- 공덕(功德)이 이미 가득 차면 움직임〔動轉〕이 바람으로 돌아가네. 내가 깨달음을 성취하면 한낱 무지개가 되리라. 신호열·김명호, 177면

---

3   동자승이 말했다.

"무슨 말씀이옵니까?"

대사가 말했다.

"너는 재의 냄새를 한번 맡아 보아라. 뭔 냄새가 나느냐? 너는 '공'空을 한번 보아라. 뭐가 있느냐?"

> 童子曰: "敢問何謂[1]也?" 師曰: "汝試嗅其灰, 誰復聞者? 汝觀其空, 誰復有者?"

번역의 동이

3-1   너는 '공'空을~뭐가 있느냐

- 너는 그 공을 보라, 무엇이 다시 있느냐. 이익성, 182면
- 너는 허공을 살펴보아라. 허공에 다시 무엇이 남아 있느냐? 김혈조, 42면
- 너는 그 텅빈 것을 보거라. 또 무엇이 있더냐? 정민, 214면
- 너는 그 공(空)을 보아라. 다시 무엇이 있느냐? 신호열·김명호, 177면

---

4   동자승은 눈물을 줄줄 흘리며 말했다.

"예전에 스승님은 제 머리를 어루만져 주시며 오계五戒를 내리고 법명法名을 지어 주셨습니다. 지금 스승님께서는 이름인즉 내가 아니며 나는 '공'이라고 하오시니, '공'이라는 건 형체가 없는 것이거늘 이름을 얻다 쓰겠습니까? 제 이름을 돌

---

1) 謂 한씨문고본에는 "爲"로 되어 있으나 오기이다.

려드리고자 하옵니다."

대사가 말했다.

"너는 순순히 받아들이고 순순히 보내어라. 내가 60년 동안 세상을 보니 머물러 있는 것은 아무것도 없어 넘실넘실 흐르는 강물처럼 도도하게 흘러가나니, 해와 달은 가고 또 가서 잠시도 그 바퀴를 멈추지 않거늘 내일의 해는 오늘의 해가 아니란다. 그러므로 미리 맞이하는 것(迎)은 거스르는 것(逆)이요, 좇아가 붙잡는 것(挽)은 억지로 힘쓰는 것(勉)이요, 보내는 것(遣)은 순순히 따르는 것(順)이다. 네 마음을 머물러 두지 말며, 네 기운을 막아 두지 말지니, 명命을 순순히 따르며 명命을 통해 자신을 보아, 이치에 따라 보내고 이치로써 대상을 보라. 그러면 손가락으로 가리키는 곳에 물이 흐르고 거기 흰 구름이 피어나리라."

> 童子涕泣[1]漣如曰: "昔者夫子, 摩我頂, 律我五戒, 施我法名. 今夫子言之, 名則非我, 我則是空, 空則無形,[2] 名將焉施?[3] 請還其名." 師曰: "汝順受而遣之. 我觀世六[4]十年, 物無留者, 滔滔皆往,[5] 日月其逝, 不停其輪, 明日之日, 非今日也. 故迎者, 逆也; 挽者, 勉也; 遣者, 順也.[6] 汝無心留, 汝無氣滯, 順之以命, 命以觀我, 遣之以理, 理以觀物, 流水在指, 白雲起矣."

역문풀이

머리를 어루만져 주시며: 불교에서 수계授戒(계를 내리는 일)를 할 때 스승이 제자의 정수리를 어루만지는(摩頂) 일을 가리킨다.

오계五戒: 불교에서 지키는 다섯 가지 계율, 곧 불살생不殺生(살생하지 말 것)·불투도不偸盜(도둑질하지 말 것)·불사음不邪淫(음란한 일을 하지 말 것)·불망어不妄語(망녕된 말을 하지 말 것)·불음주不飮酒(술 마시지 말 것).

---

1) **涕泣** 『종북소선』, 한씨문고본, 승계본, 영남대본, 용재문고본, 망창창재본 갑에는 "泣涕"로 되어 있다.
2) **形** 『종북소선』에는 "托"으로 되어 있다.
3) **施** 용재문고본에는 "視"로 되어 있으나 오기이다.
4) **六** 『종북소선』에는 "八"로 되어 있다.
5) **往** 망창창재본 갑에는 "逞"으로 되어 있다.
6) **挽者, 勉也; 遣者, 順也** 『종북소선』에는 "留者, 强也; 送者, 順也"로 되어 있다.

원문풀이

漣如: 눈물이 줄줄 흐르는 모양.

摩我頂: 나의 정수리를 어루만지다. '마정'摩頂은 원래 부처가 제자의 정수리를 어루만지며
　　　불법을 널리 베풀기를 당부한 데서 유래한 말인데, 여기서는 스승이 제자의 머리를 어루
　　　만지며 수계授戒를 준 것을 이르는 말.

迎者逆也: '逆'에 '미리 맞이하다'(迎)라는 뜻과 '거스르다'라는 뜻이 있는바, 이 두 가지 뜻을
　　　잘 활용하여 '迎'과 '逆'의 관계를 묘하게 설정한 데에 이 구절의 묘미가 있다.

번역의 동이

4-1　　　너는 순순히 받아들이고 순순히 보내어라
- 너는 순리(順理)로 받아서 보내라. 이익성, 183면
- 너는 즐거운 마음으로 제 업을 받아서 깨우치도록 하여라. 김혈조, 214면
- 너는 순순히 받아서 이를 보내도록 해라. 정민, 42면
- 너는 공순히 받아서 고이 보내라. 신호열·김명호, 178면

4-2　　　미리 맞이하는 것(迎)은~순순히 따르는 것(順)이다
- 앞섬〔迎〕은 맞이〔逆〕하는 것이고, 붙잡음〔挽〕은 힘쓰는〔勉〕 것이며, 보냄〔遣〕은 순(順)케 하는 것
이니 이익성, 183면
- 마중한다(迎)는 것은 미리 맞이한다(逆)는 것이고, 붙잡는다(挽)는 것은 힘쓴다(勉)는 것이고, 깨
우친다(遣)는 것은 즐거운 마음(順)인 것이다. 김혈조, 42면
- 맞이한다는 것은 거스르는 것이요, 끌어당기는 것은 애만 쓰는 것이니라. 보내는 것을 순리대로
하면 정민, 214면
- '미리 맞이한다〔迎〕'는 것은 '거스르는〔逆〕' 것이요, '붙잡는다〔挽〕'는 것은 '억지로 애쓰는〔勉〕'
것이요, '보낸다〔遣〕'는 것은 '순응하는〔順〕' 것이다. 신호열·김명호, 178면

4-3　　　네 마음을 머물러~흰 구름이 피어나리라
- 너는 마음에 머묾이 없이 하고 기(氣)가 쌓임이 없게 하라. 명(命)에 순응(順應)하여 명으로써 나
를 보고 이(理)로 보내면서 이로써 물〔水〕을 보라. 흐르는 물이 손가락에 있고 흰구름이 일어나리라.
이익성, 183면
- 너는 마음에 머물게 하지 말고 기(氣)에 막힘이 없게 하라. 그것을 명(命)으로 순응케 하여 명으
로써 나를 보고(觀), 그것을 이치로 깨우쳐서 이치로써 사물을 본다면(觀) 흐르는 물이 손가락에 있고
흰구름이 일어나리로다. 김혈조, 42면
- 너는 마음에 머무는 것도 없게 되고, 기운이 막히는 것도 없게 되겠지. 명(命)에 따라 순응하여 명
(命)으로써 아(我)를 보고, 이(理)로써 떠나 보내 이(理)로써 물(物)을 보면, 흐르는 물이 손가락에 있

고 흰구름이 피어날 것이니라. 정민, 214면

■　너는 마음 속에 머물러 두지 말고 기운이 막힘이 없도록 하라. 명(命)에 순응하여 명(命)으로써 나를 보고, 이(理)에 따라 보내어서 이(理)로써 사물(物)을 보면, 흐르는 물이 손가락으로 가리켜 보이는 곳에 있을 것이요 흰 구름이 일어날 것이다. 신호열·김명호, 178면

5　　나는 당시 턱을 괴고 대사의 곁에 앉아 있다가 이 말을 들었는데 참으로 정신이 멍하였다.

　　　余時[1]支頤, 旁坐聽之, 固茫然[2]也.

6　　백오伯五가 자기 집 대청에 '관재'觀齋라는 이름을 붙이고는 나에게 글을 부탁하였다. 백오는 혹 준대사의 설법을 들은 것일까.
나는 마침내 준대사의 말을 적어 기문記文으로 삼는다.

　　　伯五名其軒曰'觀齋',[3] 屬余序[4]之. 夫伯五, 豈有聞乎俊師之說者耶?[5] 遂書其言, 以爲之記.

역문풀이

백오伯五: 서상수徐常修(1735~1793)의 자. 또 다른 자는 여오汝五, 호는 관재觀齋·기공旂公, 본관은 달성이다. 서명창徐命昌의 서자로, 1774년(영조 50) 생원시에 급제하여 종8품 벼슬인

---

1) **時**　『종북소선』에는 없다.
2) **然**　한씨문고본에는 "狀"으로 되어 있다.
3) **齋**　『종북소선』에는 "物"로 되어 있다.
4) **序**　『종북소선』에는 "記"로 되어 있다.
5) **耶**　한씨문고본과 용재문고본에는 "邪"로 되어 있다.

광흥창廣興倉 봉사奉事를 지냈다. 연암 일파의 한 사람으로, 연암을 비롯해 이덕무·박제가·유득공 등과 친밀하게 지냈다. 시詩·서書·화畵에 모두 조예가 있었으며, 특히 음률에 밝아 그의 통소 연주는 국수國手의 수준이었다고 전한다. 서화書畵·골동骨董에 대한 감식안이 높아 당대에 그 방면의 제1인자로 꼽혔다. 연암은「필세설」筆洗說(필세筆洗 이야기)에서 서상수가 우리나라 서화·골동의 감상을 하나의 학문 차원으로 끌어올린 인물이라고 높이 평가한 바 있다.

관재觀齋: 백탑白塔(지금의 서울시 종로구 탑골공원 안에 있는 원각사 탑) 북서쪽의 대사동大寺洞(지금의 종로구 인사동 일대)에 있던 서상수의 집 당호堂號. 이덕무는 1766년 바로 이 서상수의 집 근처로 이사하였으며, 1769년 서재를 신축해 청장서옥靑莊書屋이라 이름하였다.

[1] 歲乙酉秋, 余溯自八潭, 入摩訶衍, 訪緇俊大師. 師指連坎中, 目視鼻端, 有小童子, 撥爐點香, 團如縮髮, 鬱如蒸芝, 不扶而直, 無風自波, 蹲蹲婀娜, 如將不勝.

[2] 童子忽妙悟發笑曰: "功德旣滿, 動轉歸風. 成我浮圖, 一粒起虹." 師展眼曰: "小子! 汝聞其香, 我觀其灰; 汝喜其煙, 我觀其空. 動轉旣寂, 功德何施?"

[3] 童子曰: "敢問何謂也?" 師曰: "汝試嗅其灰, 誰復聞者? 汝觀其空, 誰復有者?"

[4] 童子泣涕漣如曰: "昔者夫子, 摩我頂, 律我五戒, 施我法名. 今夫子言之, 名則非我, 我則是空, 空則無托, 名將焉施? 請還其名." 師曰: "汝順受而遣之. 我觀世八十年, 物無留者, 滔滔皆往, 日月其逝, 不停其輪, 明日之日, 非今日也. 故迎者, 逆也; 留者, 强也; 送者, 順也. 汝無心留, 汝無氣滯, 順之以命, 命以觀我, 遣之以理, 理以觀物, 流水在指, 白雲起矣."

[5] 余支頤旁坐聽之, 固茫然也.

[6] 伯五名其軒曰 '觀齋', 屬余序之. 夫伯五, 豈有聞乎俊師之說者耶? 遂書其言, 以爲之記.

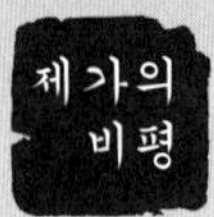

✹ 『종북소선』의 비평

〖 미평 〗

• 구름이 흘러갈 제 그걸 보내는 건 산이요, 물이 흘러갈 제 그걸 보내는 건 언덕이다. 수레바퀴가 굴러갈 제 그걸 보내는 건 바퀴축이요, 화살이 날아갈 제 그걸 보내는 건 활시위다. 가는 것이 소리면 귀가 보내고, 가는 것이 색이면 눈이 보내며, 가는 것이 맛이면 입이 보내고, 가는 것이 향이면 코가 보낸다. 가로로 기다란 것이든 세로로 기다란 것이든 네모진 것이든 동그란 것이든 간에 가지 않는 것이 없고 보내지 않는 것이 없다. 하늘을 나는 것이건 물속에서 사는 것이건 움직이는 존재건 달음박질치는 존재건 생물 치고 가지 않는 건 없으며 보내지 않는 건 없다. 기쁘든 슬프든 웃든 울든 누가 가지 않을 것이며, 노래하든 술 마시든 길을 가든 앉아 있든 누가 보내지 않겠는가? 가고 가고 보내고 보내며, 보내고 보내고 가고 가며, 가고 보내고 가고 보내며, 보내고 가고 보내고 가나니, 복희伏羲·요순堯舜·문무文武·제환공齊桓公·진문공晉文公도 이러하고 이러하며, 경사자집經史子集도 이러하고 이러하다. 이러하고 이러함 또한 이러하고 이러하며, 이러함 역시 또 이러하다.

　　雲之逝也, 遣者山焉; 水之逝也, 遣者岸焉; 輪之逝也, 遣者軸焉; 矢之逝也, 遣者弦焉. 逝之者聲, 耳者遣之; 逝之者色, 目者遣之; 逝之者味, 口者遣之; 逝之者香, 鼻者遣之. 橫橫縱縱, 方方圓圓, 無非逝也, 無非遣也; 飛飛潛潛, 動動走走, 無非遣也, 無非逝也. 歡之﹑悲之﹑笑之﹑泣之, 誰不逝之; 歌之﹑飮之﹑行之﹑坐之, 誰不遣之? 逝逝遣遣, 遣遣逝逝, 逝遣逝遣, 遣逝遣逝, 皇﹑王﹑帝﹑伯, 如是如是, 經﹑史﹑子﹑集, 如是如是. 如是如是, 又復如是如是, 如是亦復如是.

역문풀이

문무文武: 주周나라 문왕文王과 무왕武王.

제환공齊桓公: 춘추시대 제齊나라의 제후. 부국강병을 꾀하여 제후들의 우두머리가 되었다.

진문공晉文公: 춘추시대 진晉나라의 제후. 부국강병을 꾀하여 제후들의 우두머리가 되었다.

경사자집經史子集: 경전, 역사서, 제자백가서諸子百家書, 문집文集 등을 함께 일컫는 말.

원문풀이

皇王帝伯: '伯'는 '覇'와 같으며 '패'로 읽는다. 복희씨伏羲氏·헌원씨軒轅氏·요·순 등의 고성
　　왕古聖王과 제환공·진문공 등의 패자覇者를 가리키는 말.

【 행비 】

- ①의 "師指連坎中, 目視鼻端"에 원권이 쳐져 있고 "이는 만물을 꿰뚫어보는 방법이지"
(此所以覷破萬物)라는 행비가 붙어 있다.
- ①의 "有小童子, 撥爐點香"에 원권이 쳐져 있다.
- ①의 "團如綰髮～蹲蹲婀娜"에 원권이 쳐져 있고 "세상 사람들이 일컫기를, '서위徐渭의
향연시香烟詩가 향연의 모습과 빛깔, 정경을 극히 잘 그렸다'라고들 하지만 여기에 비하면 도
리어 섬세하지 못하군"(世稱: "徐渭香烟詩, 極其態色情境", 比此則反涉笨伯)이라는 행비가 붙어 있다.
- ①의 "如將不勝"에 원권이 쳐져 있다.
- ②의 "童子忽妙悟發笑曰"에 원권이 쳐져 있다.
- ②의 "功德旣滿～小子"에 방점이 찍혀 있다.
- ②의 "汝聞其香～我觀其空"에 방점이 찍혀 있고 "이는 혜안으로 사람들이 미처 보지 못
하는 걸 봄을 말하지"(此謂慧眼見人未暇見)라는 행비가 붙어 있다.
- ②의 "動轉旣寂, 功德何施"에 방점이 찍혀 있다.
- ③의 "汝試嗅其灰～誰復有者"에 원권이 쳐져 있고 "올바른 말로 깨우쳐 주니 어찌 울지
않을 수 있겠는가?"(正說以曉之, 安得不泣)라는 행비가 붙어 있다.
- ④의 "名則非我～請還其名"에 방점이 찍혀 있다.
- ④의 "師曰: 汝順受而遣之～非今日也"에 원권이 쳐져 있고 "대사의 가르침이 이에 이르
기까지 모두 세 단계의 충층을 넘고 있는데, 글자마다 굴窟을 감추고 있군"(師戒至此, 凡三度越
有層界, 字字埋窟)이라는 행비가 붙어 있다.
- ④의 "故迎者, 逆也"에 원권이 쳐져 있고 "글자 뜻이 좋다!"(好箇字義!)라는 행비가 붙어
있다.
- ④의 "留者强也～白雲起矣"에 원권이 쳐져 있다.

**역문풀이

서위徐渭의 향연시香烟詩: '서위'(1521~1593)는 명대明代의 문인으로, 자는 문장文長, 호는 천지
天池·청등青藤이다. 시문·서화·음악·희곡에 두루 뛰어났으며, 형식주의를 배격하고 독
창적인 예술 세계를 보여줌으로써 후대의 문인들, 특히 명말의 대표적 문인인 탕현조湯
顯祖와 원굉도袁宏道에게 큰 영향을 끼쳤다. 문집인 『서문장집』徐文長集과 희곡 『사성원』
四聲猿 등의 저술이 전한다. '향연시'는 「향연 6수」香烟六首 등 서위가 향연을 두고 지은
일련의 시들을 가리킨다.

굴窟을 감추고 있군: 깊은 이치를 숨기고 있다는 뜻.

원문풀이

笨伯분백: 원래는 뚱뚱한 사람을 일컫는 말인데, 여기서는 섬세하지 못하고 거칠고 조잡한 것
을 가리키는 말로 썼다.

【 후평 】

- 더할 나위 없이 훌륭한 작품이다.

  絶品.

- 천하사天下事라는 게 확고부동한 게 없고 곧잘 변하는 법이니 어디 간들 향 연기 아닌 것
이 없다. 이 글을 읽고도 여전히 교만하고 탐욕스럽다면 그런 사람이야 논할 게 뭐 있겠는가!

  天下事, 不堅牢而善遞易, 安往而非香煙. 讀此記而猶驕吝, 奚足論!

'관재'라는 집의 기문

을유년(1765) 가을, 나는 팔담八潭에서 마하연摩訶衍으로 올라가 준대사俊大師를 방문하였다.

대사는 손가락을 감괘坎卦 모양으로 결인結印하고 시선은 코끝에 둔 채 참선 중이었다. 동자승이 화롯불을 뒤적여 향에 불을 붙였다. 향에서 연기가 동글동글 모락모락 피어오르는데, 곁에서 받쳐 주는 것이 없어도 곧게 올라가고 바람이 없어도 절로 흔들거려 한들한들 하늘하늘 스스로를 이기지 못하는 것 같았다.

동자승이 홀연 깨달았다는 듯 웃으며 말했다.

공덕功德이 가득하니
움직임이 바람으로 돌아가도다!
내가 깨달았으니
한 톨의 향에서 무지개가 일도다!

대사가 눈을 들어 말했다.

"얘야, 넌 향내를 맡는구나, 난 타고 난 재를 보는데. 넌 연기를 기뻐하는구나, 난 '공'空을 보는데. 움직임도 이미 공적空寂하거늘 공덕을 어디다 베푼단 말이냐?"

동자승이 말했다.

"무슨 말씀이옵니까?"

대사가 말했다.

"너는 재의 냄새를 한번 맡아 보아라. 뭔 냄새가 나느냐? 너는 '공'空을 한번 보아라. 뭐가 있느냐?"

동자승은 눈물을 줄줄 흘리며 말했다.

"예전에 스승님은 제 머리를 어루만져 주시며 오계五戒를 내리고 법명法名을 지어 주셨습니다. 지금 스승님께서는 이름인즉 내가 아니며 나는 '공'이라고 하오시니, '공'이라는 건 형체가 없는 것이거늘 이름을 얻다 쓰겠습니까? 제 이름을 돌려드리고자 하옵니다."

대사가 말했다.

"너는 순순히 받아들이고 순순히 보내어라. 내가 60년 동안 세상을 보니 머물러 있는 것은 아무것도 없어 넘실넘실 흐르는 강물처럼 도도하게 흘러가나니, 해와 달은 가고 또 가서 잠시도 그 바퀴를 멈추지 않거늘 내일의 해는 오늘의 해가 아니란다. 그러므로 미리 맞이하는 것(迎)은 거스르는 것(逆)이요, 좇아가 붙잡는 것(挽)은 억지로 힘쓰는 것(勉)이요, 보내는 것(遣)은 순순히 따르는 것(順)이다. 네 마음을 머물러 두지 말며, 네 기운을 막아 두지 말지니, 명命을 순순히 따르며 명命을 통해 자신을 보아, 이치에 따라 보내고 이치로써 대상을 보라. 그러면 손가락으로 가리키는 곳에 물이 흐르고 거기 흰 구름이 피어나리라."

나는 당시 턱을 괴고 대사의 곁에 앉아 있다가 이 말을 들었는데 참으로 정신이 멍하였다.

백오伯五가 자기 집 대청에 '관재'觀齋라는 이름을 붙이고는 나에게 글을 부탁하였다. 백오는 혹 준대사의 설법을 들은 것일까.

나는 마침내 준대사의 말을 적어 기문記文으로 삼는다.

『초정집』서문

楚亭集序

1　　　　문장은 어떻게 써야 하는가? '반드시 옛것을 모범으로 삼아야 한다'라고 사람들은 말한다. 그리하여 세상에는 마침내 옛것을 모방하면서도 부끄러운 줄 모르는 사람들이 생겨나게 되었다. 이는 주周나라의 제도를 본떴던 역적 왕망王莽이 예악禮樂을 수립했다는 격이며, 공자孔子와 얼굴이 닮은 양화陽貨가 만세萬世의 스승이 될 수 있다는 격이다. 그러니 어찌 옛것을 모범으로 삼을 수 있겠는가?

그렇다면 새것을 만들어야 하겠지. 그리하여 세상에는 마침내 괴상하고 허황되고 지나치고 치우친 글을 쓰면서도 두려워할 줄 모르는 이들이 생겨나게 되었다. 이는, 임시 조처로써 세 길 높이의 나무를 옮기게 함이 통상通常의 법령보다 중요하다는 격이고, 이연년李延年의 새로 만든 간드러진 노래가 종묘宗廟의 음악으로 연주되어도 좋다는 격이다. 그러니 어찌 새것을 만들겠는가?

그렇다면 어찌해야 좋단 말인가? 우리는 장차 어찌해야 하는가? 글쓰기를 그만두어야 할 것인가?

　　　　爲文章如之何? 論者曰: "必法古."[1] 世遂有儗摹倣像而不之恥者,[2] 是王莽之周官,[3] 足以制[4]禮樂, 陽貨之貌類,[5] 可[6]爲萬世師耳, 法古[7]寧可爲也?[8] 然則刱新[9]可

---

1) **必法古**　『정유각집』에는 '法'이 "學"으로 되어 있다. 『백척오동각집』에는 '必法古' 세 글자에 원권이 쳐져 있다.

2) **世遂有儗摹倣像而不之恥者**　『정유각집』에는 "必學古而已者"로 되어 있다. 망창창재본 갑에는 '不之恥'가 "不知恥"로 되어 있는 한편, "'不知恥'가 어떤 본에는 '不之恥'로 되어 있다"(不知恥一本作不之恥)라는 두주頭注가 붙어 있다.

3) **之周官**　『정유각집』에는 없다.

乎? 世遙有恮[10]誕淫僻[11]而不知懼者.[12] 是三丈之木,[13] 賢於關石, 而延年之聲, 可登淸
廟矣, 刱新寧可爲也?[14] 夫然則如之何其可也?[15] 吾將奈何? 無其已乎?

역문풀이

주周나라의 제도를 본떴던 역적 왕망王莽: '왕망'(기원전 45~기원후 23)은 전한前漢 평제平帝 때
　　재상을 지냈던 인물로, 훗날 평제를 시해하고 평제의 아들을 황제로 세운 뒤 섭정攝政을
　　하다가 결국 황제의 자리를 찬탈하여 국호를 '신'新으로 바꾸었다. 왕망은 고대의 이상
　　적인 국가를 재현한다는 명목 아래 한나라 무제武帝 때 발견된 『주관』周官이라는 책에 의
　　거하여 신나라의 관제官制를 제정하였다. 그러나 신나라는 허울만 그러할 뿐 그 내부 모
　　순 때문에 백성들의 원성이 높았다. 『주관』은 『주례』周禮라고도 불리는데, 천天·지地·
　　춘春·하夏·추秋·동冬의 여섯 부문으로 나누어 관제를 편성하고 관직 이름을 정해 놓은
　　책이다. 주나라의 주공周公이 저술한 책이라고 전하나, 근대의 학자들은 후대 유학자의
　　저작으로 본다. 왕망은 재위 15년 만에 살해되고 광무제光武帝가 다시 한漢나라를 중흥
　　하게 된다. 이것이 곧 후한後漢이다.

양화陽貨: 춘추시대 노魯나라의 대부 계평자季平子의 가신家臣으로, 이름은 호虎이고, '화'貨는
　　그 자字다. 계평자가 죽자 그 아들인 계환자季桓子를 유폐시킨 뒤 국정을 제 마음대로 하
　　였다. 공자와 용모가 비슷했다고 하는데, 이 때문에 공자가 오해를 받아 곤란을 겪은 일
　　도 있다. 『논어』「자한」子罕과 『사기』史記「공자세가」孔子世家에 관련 기록이 있다.

임시 조처로써 세 길 높이의 나무를 옮기게 함: 전국시대에 상앙商鞅이 진秦나라의 법치를 확

---

4) **制**　『정유각집』에는 "製"로 되어 있다.

5) **之貌類**　『정유각집』에는 없다.

6) **可**　『정유각집』에는 이 뒤에 "以"가 더 있다.

7) **法古**　『정유각집』에는 '法'이 "學"으로 되어 있다. 『백척오동각집』에는 '法古' 두 글자에 원권이 쳐져 있다.

8) **寧可爲也**　『정유각집』에는 '也'가 없다. 『백척오동각집』에는 '寧可爲也'에 방점이 찍혀 있다.

9) **刱新**　『백척오동각집』에는 원권이 쳐져 있다.

10) **恮**　『하풍죽로당집』과 용재문고본에는 "怪"로 되어 있다.

11) **僻**　『동문집성』에는 "辟"으로 되어 있다.

12) **世遙有恮誕淫僻而不知懼者**　『정유각집』에는 "日苟刱新而賢乎"로 되어 있다. 『백척오동각집』에는 '知'가 "之"로 되
어 있다.

13) **木**　한씨문고본과 용재문고본에는 "本"으로 되어 있으나 오기이다.

14) **刱新寧可爲也**　『정유각집』에는 '寧'이 "亦安"으로 되어 있다. 『백척오동각집』에는 '刱新寧可爲也'에 방점이 찍혀 있다.

15) **其可也**　『정유각집』에는 없다. 『백척오동각집』, 창강초편본, 영남대본에는 '其'가 "而"로 되어 있다.

립하고자 취했던 임시 조치를 가리키는 말로, 여기서는 '임시적인 법령'을 뜻한다. 이 고
사는 『사기』「상군열전」商君列傳에 나오는데, 그 내용은 다음과 같다: 진나라 효공孝公에
게 등용된 상앙은 새로운 법령을 공포하기에 앞서, 세 길 높이의 나무를 도읍 남문에 세
워 두고 그 나무를 북문으로 옮기는 자에게 큰 상을 내리겠다고 하였다. 백성들이 그 말
을 믿지 못하고 주저하고 있을 때 어떤 사람이 시험 삼아 나무를 옮겼다. 그러자 상앙은
약속대로 그 사람에게 상을 주었다. 이 일이 있은 뒤 백성들이 나라의 법령을 의심하지
않고 지켰다고 한다.

이연년李延年의 새로 만든 간드러진 노래: 사람들이 좋아하는 당대의 유행가를 뜻한다. '이연
년'은 한나라 무제武帝 때 노래 잘하기로 이름났던 사람으로, 새로운 곡조를 잘 만들어
냈던 데다 무제의 후궁인 이부인李夫人의 오빠이기도 하여 무제의 총애를 받았다. 무제
는 천지신天地神을 제사지낼 때 이연년이 새로 만든 음악을 사용하게 하였다. 『사기』「효
무본기」孝武本紀 및 「영행열전」佞幸列傳에 관련 기록이 있다.

원문풀이

周官: 주周나라의 관직 제도.

關石: '關'은 무게 단위, '石'은 용량 단위로, 합하여 부세賦稅를 뜻한다. 여기서는 '통상의 기
본적인 법률'을 뜻하는 말로 쓰였다.

淸廟: 종묘宗廟.

번역의 동이

1-1　　　이는 주周나라의~수립했다는 격이며

- 이래서는 왕 망(王莽)의 주관(周官)을 고대의 제도로 알고 홍기문, 『박지원 작품선집 1』, 167면
- 이것은 왕망(王莽)의 주관(周官)이 마치 고대의 제도인 양 이동환, 『한국의 실학사상』, 258면
- 이것은 왕망(王莽)이 제멋대로 주관(周官)을 인증(引證)하면서 예(禮)와 악(樂)을 제정(制定)해도
족(足)하고 이익성, 『朴趾源』, 121면
- 이것은 왕망(王莽)이 신(新)이라는 나라를 세우고 제멋대로 주(周)나라의 관직제도를 모방하여
예악(禮樂)을 정해도 괜찮고 김혈조, 『그렇다면 도로 눈을 감고 가시오』, 73면
- 왕망(王莽)의 주관(周官)이 예악을 제정하기에 충분하고 정민, 『비슷한 것은 가짜다』, 159면
- 이는 왕망(王莽)의 《주관(周官)》으로 족히 예악을 제정할 수 있고 신호열·김명호, 『연암집 1』, 7면

1-2　　　임시 조처로써~중요하다는 격이고

- 림시 응변의 조치를 막중한 법전보다 더 중히 여기고 홍기문, 167면

- 임기응변의 조치를 통상의 떳떳한 법전보다 더 훌륭한 양 여기고 이동환, 258면
- 서발〔三丈〕되는 나무가 관석(關石)보다 좋으며 이익성, 121면
- 임시응변의 조처를 막중한 법전보다 훌륭하게 여기는 것이고 김혈조, 73면
- 석 자의 나무가 관석(關石)보다 낫고 정민, 160면
- 세 발〔丈〕되는 장대가 국가 재정에 중요한 도량형기(度量衡器)보다 낫고 신호열·김명호, 7면

1-3　　　이연년李延年의 새로 만든~좋다는 격이다

- 류행하는 노래 곡조를 고전 음악과 같이 보는 격이다. 홍기문, 167면
- 일시 유행하는 가곡을 전래의 고전음악과 같이 대우하는 격이다. 이동환, 258면
- 연연(延年)의 소리를 청묘(淸廟)에 연주(演奏)할 수 있다는 것이다. 이익성, 121~122면
- 일시 유행하는 노래 곡조를 엄숙해야 할 종묘의 음악으로 연주하는 것과 같은 격이다. 김혈조, 73면
- 이연년(李延年)의 목소리를 청묘(淸廟)에 올릴 수 있다는 것이니 정민, 160면
- 이연년(李延年)의 신성(新聲)을 종묘 제사에서 부를 수 있다는 셈이니 신호열·김명호, 7면

2　　　아아! 옛것을 모범으로 삼는 사람은 낡은 자취에 구애되는 것이 병이고, 새것을 만들어 내는 사람은 상도常道에서 벗어나는 것이 탈이다. 참으로 옛것을 모범으로 삼되 변통할 줄 알고, 새것을 만들어 내되 법도가 있게 할 수 있다면, 지금 글이 옛날 글과 같을 것이다.

噫! 法[1]古者病泥跡,[2] 刱新者患不經, 苟能法[3]古而知[4]變, 刱新而能典, 今之文, 猶古之文也.[5]

---

1) **法** 『정유각집』에는 "學"으로 되어 있다.
2) **跡** 『정유각집』과 『백척오동각집』에는 "迹"으로 되어 있다.
3) **法** 『정유각집』에는 "學"으로 되어 있다.
4) **知** 『정유각집』에는 "能"으로 되어 있다.
5) **苟能法古而知變~猶古之文也** 『백척오동각집』에는 방점이 찍혀 있다.

자취: 옛날 문장의 글자나 구절, 형식과 격식 등의 외적 표현 양식.

원문풀이

泥跡: 옛날의 자취에 구애되다. 여기서 '跡'은 옛날 문장의 글자나 구절, 형식과 격식을 포괄
　　적으로 이르는 말인데, '형적'形迹이라고도 한다.

不經: 상도常道에 벗어나다, 상도에 어긋나다.

번역의 동이

2-1　　옛것을 모범으로~벗어나는 것이 탈이다

▪　옛것을 배우는 사람은 형식에 구애되고 새것을 만들어 내는 사람은 법도가 없는 것이다. 홍기문,
167면

▪　옛것을 본받는 사람들은 그 옛것에 구니(拘泥)되어 벗어나지 못하는 법이 병통이고, 새것을 창안
해 내는 사람들은 불경(不經)한 것이 그 병통이다. 이동환, 258면

▪　옛 체 본뜨는 것은 틀에서 헤어나지 못함이 탈이고 새 체를 창시하는 것은 상도(常道)에 어긋남
이 걱정이다. 이익성, 122면

▪　옛 것을 본받는 사람은 묵은 틀에 빠지는 것이 탈이고, 새 문체를 만드는 사람은 상도(常道)에 어
긋남이 걱정이다. 김혈조, 73면

▪　옛것을 본받는다는 자는 자취에 얽매이는 것이 병통이 되고, 새 것을 창조한다는 자는 법도에 맞
지 않음이 근심이 된다. 정민, 160면

▪　소위 '법고' 한다는 사람은 옛 자취에만 얽매이는 것이 병통이고, '창신' 한다는 사람은 상도(常
道)에서 벗어나는 게 걱정거리이다. 신호열·김명호, 8면

2-2　　참으로 옛것을~할 수 있다면

▪　만약에 능히 옛것을 배우더라도 변통성이 있고 새것을 만들어 내더라도 근거가 있다면 홍기문, 167면

▪　참으로 옛것을 본받으면서도 변통할 줄을 알고 새것을 창안해 내면서도 근거가 있다면 이동환, 258면

▪　진실로 옛 체를 본하면서 능히 변화할 줄 알고 새 체를 창시하면서 능히 법을 지킬 줄 안다면 이
익성, 122면

▪　진실로 옛 것을 본받으면서도 능히 변화시킬 줄 알고, 새 문체를 만들면서도 고전에 근거를 둔다
면 김혈조, 73면

▪　진실로 능히 옛것을 본받으면서 변화할 줄 알고, 새 것을 만들면서도 법도에 맞을 수만 있다면 정
민, 160면

▪　진실로 '법고'하면서도 변통할 줄 알고 '창신'하면서도 능히 전아하다면 신호열·김명호, 8면

3

옛사람 중에 글 잘 읽은 이가 있었으니 공명선公明宣이 그 사람이요, 옛사람 중에 글 잘 쓴 이가 있었으니 회음후淮陰侯 한신韓信이 바로 그 사람이다. 어째선가?

공명선이 증자曾子에게 배우면서 3년이 지나도록 책을 읽지 않았다. 증자가 그 이유를 묻자 공명선은 이렇게 대답했다.

"저는 선생님께서 평소에 댁에서 지내시는 모습도 보고, 손님을 접대하시는 모습도 보며, 조정에서의 모습도 보면서 배우고 있으나 아직 제대로 익히지 못하였습니다. 제가 어찌 감히 아무것도 배우지 않으면서 선생님 문하에 있는 것이겠습니까?"

강을 등지고 진을 치는 법은 병법에 안 보이니 장수들이 복종하지 않는 것도 당연하다. 이에 회음후는 이렇게 말했다.

"병법에 들어 있는데, 제군諸君이 제대로 보지 못했군. 병법에 '죽을 땅에 들어간 다음에야 산다'고 하지 않았던가?"

그러므로 배우지 않음으로써 오히려 잘 배웠다고 할 만한 것은 노魯나라의 어떤 남자가 홀로 거처한 일이요, 아궁이 수를 줄이는 전술을 역이용해 아궁이 수를 늘림으로써 적을 속인 것은 우승경虞升卿이 보여준 변통이다.

古¹⁾之人有善讀書者, 公明宣是已; 古之人有²⁾善爲文者, 淮陰侯是已.³⁾ 何者?⁴⁾ 公明宣學於曾子, 三年不讀書, 曾子問之, 對曰: "宣見夫子之居庭, 見夫子之應賓客, 見夫子之居朝廷也, 學而未能. 宣安敢不學而處夫子之門乎?" 背水置陣, 不見於法, 諸將之不服, 固也. 乃淮陰侯則曰: "此在兵法, 顧諸君不察. 兵法不曰'置之死地而後生乎?'"⁵⁾ 故不學以爲善學, 魯男子之獨居也;⁶⁾ 增竈述於減竈, 虞升卿⁷⁾之知變也.⁸⁾

---

1) 古 『정유각집』에는 이 앞에 "何者"가 더 있다.

2) 古之人有 『정유각집』에는 없다.

3) 淮陰侯是已 『정유각집』에는 "莫如淮陰侯"로 되어 있다.

4) 何者 『정유각집』에는 없다.

5) 公明宣學於曾子~兵法不曰置之死地而後生乎 『정유각집』에는 없다.

6) 故不學以爲善學, 魯男子之獨居也 『정유각집』에는 "故如學古者, 若魯之男子獨居也, 則不泥於迹矣"로 되어 있다. 『백척오동각집』에는 원권이 쳐져 있다.

7) 升卿 『하풍죽로당집』, 『백척오동각집』, 한씨문고본, 용재문고본, 망창창재본 갑에는 "仲擧"로 되어 있다. 망창창재본 갑에는 "'虞仲擧'가 어떤 본에는 '虞升卿'으로 되어 있다"(虞仲擧一本作虞升卿)라는 두주가 붙어 있다. 『연상각집』 갑과 자연경실본에서는 처음에 "仲擧"로 썼다가 뒤에 "升卿"으로 고쳤다.

역문풀이

공명선公明宣: 춘추시대 노魯나라 사람. 증자曾子의 제자.

회음후淮陰侯: 한漢나라의 개국공신開國功臣인 대장군 한신韓信의 봉호封號.

증자曾子: 공자의 제자. 이름은 삼參.

노魯나라의 어떤 남자가 홀로 거처한 일: 다음의 고사가 『모시』毛詩 소아小雅 「항백」巷伯의 ‘전’
傳에 보인다: 노나라에 혼자 사는 어떤 남자가 있었는데, 그 이웃에 혼자 사는 여인이 있
었다. 폭풍우가 몰아치는 어느 날 밤 그만 여인의 집이 무너졌다. 여인은 이웃집 남자의
집에 잠시 유숙할 것을 청했으나 남자는 여인을 집 안으로 들이지 않았다. 여인은 유하
혜柳下惠(춘추시대 노나라의 현자)가 일찍이 비슷한 상황에서 여자를 집 안에 들였으나 아무
도 유하혜가 문란하다고 비난하지 않았던 일을 말하며 남자를 힐난했다. 이에 그 남자
는, 그것은 유하혜와 같은 군자에게는 가능한 일이나 자신에게는 불가능한 일이므로, 자
신은 유하혜와 다른 방식으로 같은 가치를 지키고자 한다고 대답하였다.

아궁이 수를 줄이는~보여준 변통이다: ‘우승경’은 후한後漢 안제安帝(재위 107~125) 때 여러
차례 무공을 세운 우후虞詡를 말한다. ‘승경’升卿은 그 자字다. 우후의 군대가 무도武都(감
숙성甘肅省의 현 이름)를 침입한 강족羌族(중국 서쪽의 감숙성 일대에 살던 종족)에게 쫓기게 되
었을 때 우후는 군사들이 밥을 해 먹은 아궁이 수를 실제보다 더 많이 만든 다음 이동함
으로써 구원병이 이른 것처럼 보이게 하는 속임수 전술을 구사한 적이 있다. 이 고사는
『후한서』「우부개장열전」虞傅蓋臧列傳에 보인다. 이는 전국시대의 손빈孫臏이 병력이 줄
어든 것처럼 보이도록 아궁이 수를 줄이며 이동하여 적을 방심하게 만든 뒤 대승을 거둔
전술을 역이용한 것이다. 손빈의 고사는 『사기』「손자오기열전」孫子吳起列傳에 보인다.

원문풀이

不見於法: ‘法’은 병법兵法의 뜻.

公明宣學於曾子~處夫子之門乎: 『설원』說苑 「반질」反質에 나오는 내용을 부분적으로 축약하
여 옮긴 것이다. 『설원』에는 다음과 같이 되어 있다: “公明宣學於曾子, 三年不讀書, 曾子
曰: ‘宣, 而居參之門, 三年不學, 何也?’ 公明宣曰: ‘宣見夫子居宮庭親在, 叱叱之聲, 未嘗
至於犬馬, 宣說之, 學而未能; 宣見夫子之應賓客, 恭儉而不懈惰, 宣說之, 學而未能; 宣見

---

8) **增竈述於減竈, 虞升卿之知變也** 『정유각집』에는 “如刱新者, 若虞詡之增竈也, 則不猒於學古矣”로 되어 있다. 『백척
오동각집』에는 원권이 쳐져 있다.

夫子之居朝廷, 嚴臨下而不毁傷, 宣說之, 學而未能. 宣說此三者, 學而未能, 宣安敢不學而居夫子之門乎? 曾子避席謝之曰: '參不及宣! 其學而已.'"

此在兵法~置之死地而後生乎: 『사기』「회음후열전」淮陰侯列傳에 나오는 말이다. 「회음후열전」에는 "此在兵法, 顧諸君不察耳. 兵法不曰'陷之死地而後生, 置之亡地而後存'?"으로 되어 있다.

번역의 동이

3-1　　배우지 않음으로써~거처한 일이요
- 배우지 않는 것이 도리어 잘 배우는 것으로도 될 수 있으니 그 바로 혼자 지내던 로(魯) 나라의 사내요 홍기문, 168면
- 배우지 않는 것이 도리어 잘 배우는 것이 될 수도 있으니, 노(魯)나라의 어느 사내의 경우가 그러하고 이동환, 259면
- 배우지 않음을 잘 배우는 것이라 이른 것은 노남자(魯男子)가 홀로 있는 것이었고 이익성, 123면
- 배우지 않음을 오히려 잘 배웠다고 할 수 있는 것은 혼자 밤을 새운 노(魯)나라 남자(男子)의 경우이고 김혈조, 74면
- 배우지 않음을 잘 배우는 것으로 여긴 것은 노남자(魯男子)의 홀로 지냄이고 정민, 161면
- 무턱대고 배우지는 아니하는 것을 잘 배우는 것으로 여긴 것은 혼자 살던 노(魯) 나라의 남자요 신호열·김명호, 8면

3-2　　아궁이 수를 줄이는~보여준 변통이다
- 밥해 먹은 자리를 감해 가던 옛사람의 전술로부터 그것을 늘이여 가는 전술을 배워 오기도 했으니 그 바로 우 허(羽詡)의 변통성이다. 홍기문, 168면
- 밥해 먹은 자리를 줄이어 간 전술에서 그것을 늘이어 간 전술을 도출해 오기도 했으니, 변통을 알았던 우허(羽詡)의 경우가 그러하다. 이동환, 259면
- 부엌 수효를 증가해서, 부엌 수효 줄인 일을 따른 것은 우승경(虞升卿)이 변화할 줄 안 것이었다. 이익성, 123면
- 아궁이 숫자를 줄여가는 옛사람의 전술을 오히려 늘려가는 방법으로 역이용했던 것은 우승경(虞升卿)의 변화시킬 줄 아는 경우이다. 김혈조, 74면
- 부뚜막 숫자를 늘이는 것을 부뚜막 숫자를 줄이는 것에서 본떠온 것은 우승경(虞升卿)의 변화를 앎이다. 정민, 161~162면
- 아궁이를 늘려 아궁이를 줄인 계략을 이어 받은 것은 변통할 줄 안 우승경(虞升卿)이었다. 신호열·김명호, 8~9면

4   이로써 보건대, 하늘과 땅이 비록 오래되었어도 끊임없이 만물을 낳고, 해와 달이 비록 오래되었어도 그 빛은 매일 새로우며, 세상에 책이 비록 많으나 담고 있는 뜻은 저마다 다르다. 그러므로 날짐승·물고기·길짐승 중에는 혹 이름이 아직 알려지지 않은 것이 있는가 하면, 산천초목에는 반드시 숨겨진 신령함이 있게 마련이다. 썩은 흙에서 지초芝草가 돋고, 썩은 풀에서 반딧불이가 생겨난다. 예禮를 둘러싸고도 시비가 끊이지 않고 악樂에 대해서도 논의가 분분하다. 『주역』周易의 괘卦와 효爻는 기호 그 자체로 의미를 충분히 드러내지 못하므로 후에 괘와 효를 설명하는 말을 덧붙였고, 이것으로도 충분치 않아 다시 후대의 성인聖人이 부연 설명하는 글을 추가하였다. 그리하여 똑같은 대상을 두고도 어진 사람이 보면 어질다고 말하고 지혜로운 사람이 보면 지혜롭다고 말하게 된다. 그러므로 "백세百世 뒤에 성인聖人이 나타난다 할지라도 내 말에 의혹을 품지 않을 것이다"라는 말은 앞 시대 성인의 뜻이요, "순舜임금과 우禹임금이 다시 살아난다 할지라도 내 말을 바꾸지 않으실 것이다"라는 것은 후대 현인賢人의 말이다. 우임금과 후직后稷과 안회顔回는 그 도가 하나다. 편협함과 공손하지 않음은 군자가 추구할 바가 아니다.

由是觀之, 天地雖久, 不斷生生, 日月雖久,[1] 光輝日新, 載籍雖博, 旨意各殊.[2] 故飛潛走躍, 或未著[3]名; 山川草木, 必有秘靈. 朽壤蒸芝,[4] 腐草化螢. 禮有訟,[5] 樂有議, 「書」不盡言, 「圖」不盡意,[6] 仁者見之謂之仁, 智者見之謂之智. 故俟百世聖人而不惑者, 前聖志也; 舜·禹復起不易吾言者, 後賢述也.[7] 禹·稷·顔回, 其揆一也. 隘與[8]不恭, 君子不由也.[9]

---

1) **久** 『정유각집』, 『하풍죽로당집』, 『연상각집』 갑, 『백척오동각집』, 『동문집성』에는 "舊"로 되어 있다.

2) **殊** 『정유각집』에는 "異"로 되어 있다.

3) **或未著** 『정유각집』에는 "必有闕"로 되어 있다.

4) **朽壤蒸芝** 『정유각집』에는 "積雨蒸菌"으로 되어 있다.

5) **訟** 『정유각집』에는 "詔"로 되어 있으나 오기이다.

6) **言, 圖不盡意** 『백척오동각집』에는 '言, 圖不盡'이 빠져 있다. 대신 '意' 자 옆에 작은 동그라미가 쳐져 있는바, 첨지로 보입補入한다는 표시라고 생각된다. 추측건대 본래 '言, 圖不盡' 네 글자가 첨지에 기입되어 있었을 듯하나, 현재 이 첨지는 떨어져 나가고 없다.

7) **也** 『정유각집』에는 이 뒤에 다음의 구절이 더 있다. "古人者, 先於我者也. 所謂智者, 先我思也. 我於後人, 亦自古也. 故明日之昔, 卽今朝也. 往者不可追, 俄者事已也. 言以道志, 匪由人也."

8) **與** 자연경실본에는 "与"로 되어 있다.

9) **俟百世聖人而不惑者~君子不由也** 『백척오동각집』에는 방점이 찍혀 있다.

역문풀이

괘卦와 효爻: '효'는 『주역』의 괘를 이루는 하나하나의 가로 그은 획을 말한다. 양효陽爻와 음효陰爻가 있는바, 양효는 '━'로, 음효는 '╍'로 표시한다. '괘'는 『주역』의 근간이 되는 것으로, 한 괘에 각각 3개의 효가 있고, 효를 음양에 따라 배합하여 8괘가 만들어진다. 8괘는 상고시대의 성인인 복희씨伏羲氏가 만들었다고 전한다.

괘와 효를 설명하는 말: 괘와 효를 풀이한 글인 괘사卦辭와 효사爻辭를 말한다. 원래 괘와 효는 기호에 불과한데, 기호만 갖고서는 그 뜻을 알기 어려우므로 후에 괘와 효를 설명하는 글인 괘사와 효사가 추가되었다. 주희朱熹는 괘사와 효사를 문왕文王과 주공周公이 붙였다고 보았다.

『주역』周易의 괘卦와 효爻는~글을 추가하였다: 이 구절의 해당 원문은 "書不盡言, 圖不盡意"인데, 일반적으로 '書'와 '圖'를 책과 그림으로 해석하고 있지만 잘못이다. 연암은 스무 살 무렵 단릉丹陵 이윤영李胤永(1714~1759)에게 『주역』을 배울 때 『주역』에 관한 독특한 생각을 피력하여 이윤영에게 창견創見이라는 칭찬을 들은 바 있다. 박종채의 『과정록』에 그 점이 자세히 서술되어 있는데, 이 단락과 관련된 부분을 보이면 다음과 같다: "괘卦와 효爻 자체만으로는 의미를 충분히 드러낼 수 없었으므로 괘사卦辭와 효사爻辭를 덧붙인 것이고, 이것으로도 충분치 않으니 다시 후대의 성인聖人이 해석하는 글을 덧붙인 게 아니겠는가."(圖不盡意, 故繫之辭焉, 而書又不盡言矣, 豈獨無後聖之從而釋之者耶? —『과정록』권4)

앞 시대 성인: 『중용』中庸을 지었다는 자사子思를 가리킨다.

후대 현인賢人: 맹자를 가리킨다.

후직后稷: 요堯·순舜 시대에 농사일을 관장하던 신하로서, 주周나라 문왕文王의 선조.

안회顔回: 공자의 수제자. 흔히 아성亞聖(성인에 버금가는 사람)이라고 불린다.

편협함과 공손하지 않음은 군자가 추구할 바가 아니다: 『맹자』에 나오는 말로, 본래의 의미는 백이伯夷의 편협함(隘)과 유하혜柳下惠의 공손하지 않은 태도(不恭)를 군자가 배워서는 안 된다는 것이었다. 연암은 이 말을 환골탈태하여, '편협함'은 옛 틀에 얽매여 새로운 것을 받아들이지 못하는 폐단을 가리키는 말로, '공손하지 않음'은 새것 만들기에 급급하다가 상도에 어긋나게 되는 폐단을 가리키는 말로 썼다.

원문풀이

天地雖久, 不斷生生: 『주역』周易 「계사」繫辭 상上에 나오는 말이다.

載籍: 책, 전적典籍.

仁者見之謂之仁, 智者見之謂之智: 『주역』 「계사」 상上에 나오는 말이다.

俟百世聖人而不惑: 『중용』中庸 제29장에 "君子之道, 本諸身, 徵諸庶民, 考諸三王而不謬, 建
　　諸天地而不悖, 質諸鬼神而無疑, 百世以俟聖人而不惑"이라는 구절이 보인다.
舜禹復起不易吾言: 『맹자』「등문공」滕文公 하下에 "聖人復起, 不易吾言矣"라는 말이 보인다.
禹稷顏回, 其揆一也: 『맹자』「이루」離婁 하下에 "先聖後聖, 其揆一也"라는 구절과 "禹、稷、顏
　　回同道"라는 구절이 보인다. 앞의 구절은 순임금과 문왕文王을 두고 한 말이다.
隘與不恭, 君子不由也: 『맹자』「공손추」公孫丑 상上에 "伯夷隘, 柳下惠不恭, 隘與不恭, 君子不
　　由也"라는 말이 보인다.

번역의 동이

4-1　　해와 달이~저마다 다르다

· 　해와 달이 아무리 오래되었다고 하지만 그 빛은 날마다 새로운 것이다. 또 이 세상의 문헌이 아
무리 방대하다고 한들 그 내용은 각각 다르지 않을 수 없을 것이다. 홍기문, 168~169면

· 　일월이 아무리 장구하다 하더라도 광휘(光輝)는 날마다 새로운 것이요, 마찬가지로 문헌이 아무
리 방대하다고 하더라도 그 내용은 각기 다른 것이다. 이동환, 259면

· 　일월(日月)이 비록 오래되었으나 빛이 날마다 새롭고, 재적(載籍, 서적)이 비록 넓으나 기록된 뜻
들이 각각 다르다. 이익성, 123면

· 　해와 달이 비록 오래되었으나 그 빛은 날마다 새롭고, 이 세상에 서적이 비록 방대하지만 기록된
뜻들은 각각 다르다. 김혈조, 75면

· 　해와 달이 비록 오래되었어도 그 광휘는 날마다 새롭다. 책에 실려 있는 것이 비록 방대하지만 가
리키는 뜻은 제각금 다르다. 정민, 162면

· 　해와 달이 아무리 유구해도 그 빛은 날마다 새롭듯이, 서적이 비록 많다지만 거기에 담긴 뜻은 제
각기 다르다. 신호열·김명호, 9면

4-2　　날짐승·물고기·길짐승~신령함이 있게 마련이다

· 　날짐승, 길짐승, 물 속에서 사는 짐승, 뛰는 짐승 중에는 아직 알려지지 않은 것이 있을 것이며 산
천 초목에는 반드시 신비스러운 구석이 있을 것이며 홍기문, 169면

· 　나는 것, 물에 사는 것, 내닫는 것, 뛰는 것 중에는 아직도 알려지지 않은 것이 있을 것이며, 산천
초목에는 아직도 신비한 구석이 꼭 있을 것이다. 이동환, 259면

· 　날짐승, 물짐승, 달아나는 것, 뛰는 것 중에 혹 이름은 비록 나타나지 않았으나 산천초목에 반드
시 신비한 것이 있다. 이익성, 123면

· 　날짐승, 길짐승, 달아나는 것, 뛰는 것 중에는 혹 아직 이름이 드러나지 않은 것이 있으며, 산천초
목에도 반드시 신비한 것이 있을 것이다. 김혈조, 75면

· 　날고 잠기고 달리고 뛰는 온갖 생물 가운데에는 간혹 이름이 드러나지 않은 것이 있고, 산천초목
에는 반드시 비밀스런 영(靈)이 있게 마련이다. 정민, 162면

- 날고 헤엄치고 달리고 뛰는 동물 중에는 아직 이름이 알려지지 않은 것도 있고 산천초목 중에는 반드시 신비스러운 영물(靈物)이 있으니 신호열·김명호, 9면

4-3   썩은 흙에서~반딧불이가 생겨난다

- 썩은 흙에서 지초(芝草)가 돋으며 썩은 풀에서 반딧불이 생긴다. 홍기문, 169면
- 썩은 흙에서 지초(芝草)가 돋고, 썩은 풀더미에서 반딧불이 생겨나니 말이다. 이동환, 259면
- 썩은 흙에 지초(芝草)가 돋아나고 썩은 풀에 반딧불이 화한다. 이익성, 123면
- 썩은 흙에서 지초가 돋고 썩은 풀에서 반딧불이 생긴다. 김혈조, 75면
- 썩은 흙에서 지초(芝草)가 나오고, 썩은 풀이 반딧불로 화한다. 정민, 162면
- 썩은 흙에서 버섯이 무럭무럭 자라고, 썩은 풀이 반디로 변하기도 한다. 신호열·김명호, 9면

4-4   『주역』周易의 괘卦와 효爻는~글을 추가하였다

- 책이라고 해서 할 말이 다 쓰인 것 아니요 그림이라고 해서 있는 뜻이 다 표시된 것 아니라 홍기문, 169면
- 책이라고 해서 할 말이 다 씌어져 있는 것은 아니며, 그림이라고 해서 뜻을 다 표현한 것은 아니다. 이동환, 259면
- 글로 말을 다 적어내지 못하고 그림으로 뜻을 다 나타내지 못한다. 이익성, 123면
- 글이라는 것은 말을 다 쓸 수 있는 것이 아니고 그림도 사람의 생각까지 다 표현하지는 못한다. 김혈조, 75면
- 글은 말을 다하지 못하고, 그림은 뜻을 다하지 못한다. 정민, 162면
- 문자는 말을 다 표현하지 못하고 그림은 뜻을 다 표현하지 못한다. 신호열·김명호, 9면

4-5   백세百世 뒤에~성인의 뜻이요

- 백대 이후 성인이 다시 나올 것을 기다리어 동요하지 않는 것은 새것을 개창하는 성인의 심정이요 홍기문, 169면
- 전대 성인들의 생각은 백세 후 성인이 다시 출현하기까지에는 종언되지 않으리라는 자세로 개창(開創)되고 이동환, 259면
- 백대(百代) 성인(聖人)이 나오더라도 의혹하지 않는다는 것은 전성(前聖, 공자)의 뜻이었고 이익성, 124면
- 백대 이후 성인이 다시 나오더라도 내 의견이 동요하지 않으리라는 것은 개창하는 성인의 심정이요 김혈조, 75면
- 백 세 뒤의 성인을 기다리더라도 의혹하지 않는다는 것은 앞선 성인의 뜻이고 정민, 162면
- 백세(百世) 뒤에 성인(聖人)이 나온다 하더라도 의혹되지 않을 것이라 한 것은 앞선 성인의 뜻이요 신호열·김명호, 9면

4-6   순舜임금과 우禹임금이~현인賢人의 말이다

- 옛성인이 다시 살아 와서도 자기의 견해를 바꾸지 않으리라는 것은 옛것을 계승하는 어진이의 신

넘이다. 홍기문, 169면

- 후대 현인들의 이 전대 성인들 생각의 계승·발전은 전대 성인이 다시 살아온다 하더라도 자신의 견해에 이의를 가하지 않으리라는 신념으로 이루어진다. 이동환, 259면
- 순(舜)이나 우(禹)가 다시 살아났다 하더라도 나의 말을 변경하지 않을 것이다 라는 것은 후성(後聖, 맹자)의 말이다. 이익성, 124면
- 옛 성인이 다시 살아오더라도 자신의 견해를 바꾸지 않으리라는 것은 옛 것을 계승하는 어진 사람의 신념이다. 김혈조, 75면
- 순임금과 우임금이 다시 살아나 일어나신다 해도 내 말은 고치지 않을 것이라고 한 것은 뒷 어진 이의 말이다. 정민, 162면
- 순 임금과 우 임금이 다시 태어난다 해도 내 말을 바꾸지 않으리라 한 것은 뒷 현인이 그 뜻을 계승한 말씀이다. 신호열·김명호, 9~10면

4-7　　　우임금과 후직后稷과~추구할 바가 아니다
- 모든 성인과 어진이가 그 틀에 있어 마찬가지니, 편애하거나 주제 넘은 것은 점잖은 사람의 나갈 길이 아니다. 홍기문, 169면
- 결국 전대 성인들과 후대 현인들은 동궤(同軌)인 것이다. 옛것에서 악착스런 묵수(墨守)도 주제 넘은 무시도 군자는 따르지 않는다. 이동환, 259면
- 우(禹)·직(稷)과 안회(顔回)도 그 법은 마찬가지이나, 고루〔隘〕함과 불공(不恭)함은 군자(君子)가 행하지 않는다. 이익성, 124면
- 모든 성인과 어진 이들의 법규는 같을 것이니, 지나치게 소견이 좁거나 또는 지나치게 주견이 없는 태도는 점잖은 사람이 취할 것이 아니다. 김혈조, 75면
- 우직(禹稷)과 안회(顔回)가 그 법도가 한가지이나, 소견이 좁아 융통성 없는 것과 제멋대로 공손치 않음은 군자가 말미암지 않는다. 정민, 163면
- 우 임금과 후직(后稷), 안회(顔回)가 그 법도는 한 가지요, 편협함〔隘〕과 공손치 못함〔不恭〕은 군자가 따르지 않는 법이다. 신호열·김명호, 10면

⑤　　　박씨의 아들 제운齊雲은 나이 스물셋으로 문장에 능하며 호를 초정楚亭이라고 하는데, 나에게 배운 지 몇 년이 된다. 제운은 선진先秦·양한兩漢의 글을 흠모하여 글을 짓지만 옛글의 격식에 얽매이지 않는다. 그러나 진부한 말을 없애려고 애쓰면 혹 황당무계한 데 빠지기도 하고, 주장을 너무 높이 내세우면 혹 상도常道에서 벗어나는 데 가까워지기도 한다. 명明나라의 여러 문장가들이 법고法古와 창신刱新을 두고 서로 옥신각신 싸웠으나 양쪽 다 올바름을 얻지 못하고 함께

말세의 하잘것없는 데로 떨어져, 도를 돕는 데에는 아무런 보탬이 되지 못한 채 한갓 풍속을 병들게 하고 교화를 해치는 쪽으로 귀결되고 말았거늘, 나는 이 점을 두려워한다. 새것을 만들다가 공교工巧해지기보다는 차라리 옛것을 모범으로 삼다가 고루해지는 편이 나을 터이다.

내가 지금 『초정집』楚亭集을 읽은 후 공명선과 노나라 남자의 독실한 배움에 대해 이야기하는 한편 회음후와 우후虞詡가 기묘한 계책을 낸 일을 이야기했는데, 이는 모두 옛것을 배워 잘 변통한 사례들이다. 밤에 초정과 더불어 이런 말을 하고, 마침내 그것을 책머리에 써서 권면한다.

朴氏子齊雲,[1] 年二十三,[2] 能文章, 號曰楚亭, 從余學有年矣.[3] 其爲文慕先秦、兩漢之作, 而不泥於跡.[4] 然陳言之務祛,[5] 則或失于無稽; 立論之過高, 則或近乎不經. 此有明諸家於法古刱新, 互相訾謷, 而俱不得其正, 同之並墮于[6]季世之瑣[7]屑, 無裨乎翼道, 而徒歸于病俗而傷化也, 吾是之懼焉. 與其刱新而巧也, 無寧法古而陋也.[8] 吾今讀其『楚亭[9]集』, 而並論公明宣、魯男子之篤學, 以見夫淮陰、虞詡之出奇, 無不學古之法而善變者也.[10] 夜[11]與[12]楚亭[13]言如此, 遂[14]書其卷首而勉之.[15]

---

1) **齊雲** 『정유각집』에는 "齊家"로 되어 있다.

2) **二十三** 『정유각집』에는 "十九"로 되어 있다.

3) **從余學有年矣** 『정유각집』에는 "從予遊"로 되어 있다.

4) **跡** 『하풍죽로당집』에는 "迹"으로 되어 있다.

5) **祛** 창강초편본과 영남대본에는 "祛"로 되어 있으나 오기이다.

6) **于** 『동문집성』에는 "乎"로 되어 있다.

7) **瑣** 『연상각집』 갑, 용재문고본, 망창창재본 갑, 망창창재본 을에는 "鎖"로 되어 있다.

8) **與其刱新而巧也, 無寧法古而陋也** 『백척오동각집』에는 방점이 찍혀 있다. 자연경실본에는 '與'가 "与"로 되어 있다.

9) **亭** 『하풍죽로당집』, 『연상각집』 갑, 『백척오동각집』에는 이 뒤에 "之"가 더 있다.

10) **其爲文慕先秦、兩漢之作~無不學古之法而善變者也** 『정유각집』에는 없다.

11) **夜** 『정유각집』에는 이 글자 앞에 "子"가 더 있다.

12) **與** 자연경실본에는 "与"로 되어 있다.

13) **楚亭** 『정유각집』에는 "之"로 되어 있다.

14) **遂** 『하풍죽로당집』에는 "首"로 되어 있으나 오기이다.

15) **而勉之** 『정유각집』에는 없다. 『정유각집』에는 본문 뒤에 "潘南朴趾源, 譔於孔雀舘中"이라는 후지後識가 있다. 창강초편본에는 본문 뒤에 "朴齊雲, 後改名齊家"라는 세주가 붙어 있다.

역문풀이

박씨의 아들 제운齊雲: 박제가朴齊家(1750~1805)를 말한다. '제운'은 박제가의 초명初名이다.
시·서·화에 뛰어나 일찍부터 명성이 높았으나, 서얼 출신인 까닭에 등용되지 못하다가
1779년(정조 3) 규장각 검서관檢書官이 되었다.

선진先秦·양한兩漢: 진秦나라 이전 시대로부터 전한前漢·후한後漢에 이르기까지의 시기.

명明나라의 여러~귀결되고 말았거늘: 명나라 전후칠자前後七子와 공안파公安派 문학론의 대
립을 염두에 두고 한 말이다. 이몽양李夢陽(1472~1529)·하경명何景明(1483~1521)을 중심
으로 한 전칠자前七子와 이반룡李攀龍(1514~1570)·왕세정王世貞(1526~1590)을 위시한 후
칠자後七子는 명대의 대표적인 의고파擬古派로 알려져 있다. 이들은 선진先秦·양한兩漢의
문文과 성당盛唐의 시詩를 창작의 모범으로 삼아야 한다는 주장을 펴면서, 당대의 중국
문단에 큰 영향력을 행사하였다. 한편 원굉도袁宏道(1568~1610)가 주도한 '공안파'는 16
세기 말 전후칠자의 의고 경향을 비난하면서 창신을 강조하는 문학론인 이른바 '성령론'性
靈論을 주창하였다. 두 문학 유파는 17세기 이래 조선 문학계에도 지대한 영향을 끼쳤다.

법고法古와 창신刱新: '법고'는 옛것을 모범으로 삼음을, '창신'은 새것을 만들어 냄을 뜻한다.

원문풀이

陳言之務祛: 한유韓愈의 「답이익서」答李翊書 중에 "惟陳言之務去, 戛戛乎其難哉"라는 구절이
보인다.

번역의 동이

5-1   진부한 말을~가까워지기도 한다

· 말을 간절히 한다는 것이 혹시 근거가 없는 데로 떨어지고 의논을 높이 세운다는 것이 혹시 법도
를 잃는 데로 돌아가고 있다. 홍기문, 169~170면
· 진부한 말을 없애기에 힘쓰다 보면 자칫 근거없는 데로 떨어지기도 하고, 입론(立論)을 지나치게
높이 하다 보면 자칫 불경(不經)에 가까워지기도 한다. 이동환, 259~260면
· 묵은 말 없애기를 힘쓰다가 혹 엉터리를 저지르게 되고, 언론(言論) 세우기를 너무 높게 하다가는
혹 상도(常道)를 벗어남에 가까워진다. 이익성, 124면
· 케케묵은 말을 지나치게 없애려 힘쓰다가 혹 전거가 없는 말을 짓는 실수를 저지르고, 입론(立論)
을 지나치게 높게 하여 혹 불경한 데 근접하기도 하였다. 김혈조, 75면
· 진부한 말을 제거하기에 힘쓰다 보니 간혹 근거 없는 데서 잃고, 논의를 세움이 지나치게 높은 것
은 간혹 법도에 어긋남에 가까웠다. 정민, 163면
· 진부한 말을 없애려고 노력하다 보면 혹 근거 없는 표현을 쓰는 실수를 범하기도 하고, 내세운 주

장이 너무 고원하다 보면 혹 상도(常道)에서 자칫 벗어나기도 한다. 신호열·김명호, 10면

5-2 　　　명明나라의 여러~이 점을 두려워한다

- 이 바로 명대(明代)의 여러 작가들이 옛것을 배우랴 또는 새것을 만들어 내랴 서로 흘근거리고 헐뜯었음에 불구하고 다 함께 정당한 것을 얻지 못한 점이다. 두 편이 꼭 같이 쇠퇴한 사회의 번쇄한 기풍을 면치 못하여 문화 발전에 도움으로 되기는커녕 세상을 병들이고 풍기를 절단 낼 뿐이다. 내 이런 점을 두려워한다. 홍기문, 170면
- 이래서 명대(明代)의 작가들이 옛것을 본받느니 새것을 창안하느니 서로 비난하고 나무랐음에도 불구하고 어느 편도 그 정도(正道)는 얻지 못하고, 결국 다같이 쇠퇴한 시대의 번쇄한 기풍에 떨어져 도(道)의 창달을 고무하는 데 도움은커녕, 한갓 풍속을 병들게 하고 교화를 해칠 뿐이었던 것이다. 나는 이 점을 우려한다. 이동환, 260면
- 명(明)나라 여러 문장가가 옛 체를 본뜨기도 하고 새 체를 창시하기도 하면서 서로 헐뜯고 서로 비방하여, 함께 그 바름을 깨치지 못하고 아울러 말세(末世)의 좀스러운 풍속에 타락해버렸다. 도(道)를 호위하는 데에 도움이 없으면서 한갓 풍속을 병들게 하고 교화(教化)를 해칠 뿐이다. 나는 이 점을 두려워한다. 이익성, 124면
- 이는 명나라 여러 문장가들이 법고(法古)와 창신(創新)에 대해서 서로 흘근거리고 헐뜯었음에 불구하고 다 함께 정당함을 얻지 못했고, 한결같이 말세의 번쇄한 기풍으로 떨어져 결국은 문화발전에 도움도 되지 못하고 한갓 세속을 병들이고 교화를 손상한 결과를 빚은 것과 같다. 나는 바로 이 점이 두렵다. 김혈조, 75면
- 이는 명나라의 여러 작가들이 법고와 창신으로 서로서로를 헐뜯으면서도 함께 바름을 얻지 못하고 나란히 말세의 자질구레함으로 떨어져서, 도를 지키는 데 보탬이 없이 한갓 풍속을 병들게 하고 교화를 손상시키는 데로 돌아간 것이니, 나는 이것을 염려한다. 정민, 163~164면
- 이래서 명 나라의 여러 작가들이 '법고'와 '창신'에 대하여 서로 비방만 일삼다가 모두 정도를 얻지 못한 채 다 같이 말세의 자질구레한 폐단에 떨어져, 도를 옹호하는 데는 보탬이 없이 한갓 풍속만 병들게 하고 교화를 해치는 결과를 낳고 만 것이다. 나는 이렇게 되지나 않을까 두렵다. 신호열·김명호, 10~11면

5-3 　　　새것을 만들다가~나을 터이다

- 새것을 만들려고 하다가 공교로운 것보다는 옛것을 배운다고 하다가 진부한 편이 나을 것이다. 홍기문, 170면
- 그러니 새것을 창안하려다가 작위적인 공교로움에 빠지기보다는 차라리 옛것을 본받으려다가 고루하게 되는 편이 낫지 않을까. 이동환, 260면
- 새 체를 창시해서 공교롭게 하기보다는 차라리 옛 체를 본떠서 고루함이 낫지 않겠는가. 이익성, 124면
- 창신을 하여 교묘한 문장을 짓기보다는 옛 것을 배우다 진부한 편이 차라리 낫지 않을까? 김혈조, 75면

256

- 새 것을 만들어 교묘하기보다는 차라리 옛것을 본받아 보잘것없는 것이 더 나으리라. 정민, 164면
- 그러니 '창신'을 한답시고 재주 부릴진댄 차라리 '법고'를 하다가 고루해지는 편이 낫다고 생각한다. 신호열·김명호, 11면

5-4 내가 지금~변통한 사례들이다

- 내가 이제 초정집을 읽고 나서 공 명선과 로(魯) 나라 사내가 독실하게 배우던 일을 설명하는 동시에 한 신과 우 허의 기이한 책략도 결국 옛것을 배워서 잘 변통한 데 지나지 않는다는 것을 지적하였다. 홍기문, 170면
- 내가 이제 그의 『초정집』(楚亭集)을 읽고 나서 공명선과 노나라 사내의 그 독학(篤學)에 대해 논설해 주고, 동시에 한신과 우허의 그 기이한 전술도 결국은 모두 옛법을 배워 변통을 잘한 데서 나온 것임을 지적해 주었다. 이동환, 260면
- 내가 지금 『초정집』을 읽으면서 공명선과 노남자의 독실한 배움을 아울러 논하고, 회음후와 우승경이 기묘한 계략(計略)을 내던 일을 적었는바, 옛 법을 배우면서 잘 변화한 것이 아님이 없다. 이익성, 124면
- 내가 지금 『초정집』을 읽으면서 공명선과 노나라 남자의 독실한 배움을 아울러 논하고, 회음후와 우승경이 기묘한 책략을 내었던 것이, 결국 옛 법을 배워서 이를 잘 변통하지 않음이 없음을 밝혔다. 김혈조, 76면
- 내 이제 그의 『초정집』을 읽고, 공명선과 노남자의 독실한 배움을 나란히 논하고서 회음후 한신과 우후의 기이한 계책을 냄이 예전의 법을 배워 잘 변화하지 않음이 없음을 보였다. 정민, 164면
- 내 지금 『초정집』을 읽고서 공명선과 노 나라 남자의 독실한 배움을 아울러 논하고, 회음후와 우후(虞詡)의 기이한 발상이 다 옛것을 배워서 잘 변화시키지 않은 것이 없음을 나타내 보였다. 신호열·김명호, 11면

① 爲文章如之何? 論者曰: "必學古." 必學古而已者, 是王莽足以製禮樂, 陽貨可以爲萬世師耳, 學古寧可爲? 然則刱新可乎? 曰苟刱新而賢乎? 是三丈之木, 賢於關石, 而延年之聲, 可登清廟矣, 刱新亦安可爲也? 夫然則如之何? 吾將奈何? 無其已乎?

② 噫! 學古者病泥迹, 刱新者患不經, 苟能學古而能變, 刱新而能典, 今之文, 猶古之文也.

③ 何者? 古之人有善讀書者, 公明宣是已; 善爲文者, 莫如淮陰侯. 故如學古者, 若魯之男子獨居也, 則不泥於迹矣; 如刱新者, 若虞詡之增竈也, 則不駭於學古矣.

④ 由是觀之, 天地雖久, 不斷生生, 日月雖舊, 光輝日新, 載籍雖博, 旨意各異. 故飛潛走躍, 必有闕名; 山川草木, 必有秘靈. 積雨蒸菌, 腐草化螢. 禮有韶, 樂有議, 書不盡言, 圖不盡意, 仁者見之謂之仁, 智者見之謂之智. 故俟百世聖人而不惑者, 前聖志也; 舜、禹復起不易吾言者, 後賢述也. 古人者, 先於我者也. 所謂智者, 先我思也. 我於後人, 亦自古也. 故明日之昔, 卽今朝也. 往者不可追, 俄者事已也. 言以道志, 匪由人也. 禹、稷、顏回, 其揆一也. 隘與不恭, 君子不由也.

⑤ 朴氏子齊家, 年十九, 能文章, 號曰楚亭, 從予遊. 予夜與之言如此, 遂書其卷首.

潘南 朴趾源, 譔於孔雀舘中.

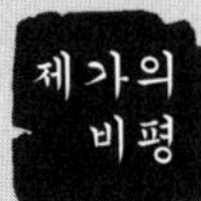

✿ 박영철본의 후평

- 문장을 논한 정경正經이다. 사람을 깨우쳐 주는 것이 마치 구리 반지 위의 은성석銀星石
을 어둠 속에서 더듬어 봐도 그 크고 작음을 분별해 낼 수 있듯 환하다.[1]

　　論文正經. 曉人處如銅環上銀星, 可以暗摹而知尺寸.

- 이 글에는 한 쌍의 짝이 있으니, 하나는 깎아지른 벼랑이요, 하나는 유유히 흐르는 장강
長江이다. 명나라 여러 문장가들이 서로 옥신각신하며 합치된 견해에 이르지 못했다는 지적
은 가히 한 마디 말로써 논쟁을 종식시켰다 이를 만하다.[2]

　　文有兩扇, 一爲斷崖,[3] 一爲長江. 有明諸家相晢馨, 莫可歸[4]一, 斯可謂[5]片言折獄.

역문풀이

정경正經: 유가儒家 경전經典을 말한다. 여기서는 '본보기가 되는 글'이라는 뜻이다.

은성석銀星石: 청흑색의 돌로, 벼루를 만드는 데 쓰기도 하고 장식용으로 쓰기도 한다.

깎아지른 벼랑: 이는 '창신'을 가리키는 말로 보인다.

유유히 흐르는 장강長江: 이는 '법고'를 가리키는 말로 보인다.

---

1) 이 평은 『하풍죽로당집』, 『연상각집』 갑, 자연경실본, 한씨문고본, 승계본, 영남대본, 용재문고본, 망창창재본 갑, 망창
창재본 을에도 있다.
2) 이 평은 『하풍죽로당집』, 『연상각집』 갑, 자연경실본, 한씨문고본, 승계본, 영남대본, 용재문고본, 망창창재본 갑, 망창
창재본 을에도 있다.
3) 崖 『하풍죽로당집』에는 "岸"으로 되어 있다.
4) 歸 『연상각집』 갑에는 "遄"로 되어 있다.
5) 謂 승계본과 용재문고본에는 "爲"로 되어 있다.

번역의 동이

▪　문장을 논한 정도(正道)라 하겠다. 사람을 깨우치는 대목이 마치 구리 고리 위에 은빛 별 표시가 있어 안 보고 더듬어도 치수를 알 수 있는 것과 같다.

이 글에는 두 짝의 문이 있는데, 하나는 끊어진 벼랑이 되고, 다른 하나는 긴 강물이 되었다. '명 나라의 여러 작가들이 서로 비방만 일삼다가 하나로 의견이 합치하지 못하고 말았다.'고 한 말은 편언절옥(片言折獄)이라고 이를 만하다. 신호열·김명호, 11면

❀ 『하풍죽로당집』의 비평

▪　①의 "爲文章如之何"에 "마음을 비우고 절절히 묻는군"(虛心切問)이라는 행비가 붙어 있다.

▪　①의 "不之耻者"에 "뻔뻔한 얼굴이지"(靦顏)라는 행비가 붙어 있다.

▪　①의 "不知懼者"에 "망령된 배짱이군"(妄膽)이라는 행비가 붙어 있다.

▪　①의 "夫然則如之何其可也~無其已乎"에 "정이 급하고 뜻은 긴박하군. 자기도 모르게 연달아 세 번을 묻는 사이에 세 번의 물음이 더욱 친근해지는군"(情急意蹙. 不覺其連聲三問而三問弥親)이라는 행비가 붙어 있다.

▪　②의 "苟能法古而知變~猶古之文也"에 "오묘한 비결과 참된 도리를 한 마디 말로 논파하니, 세 번의 급박한 물음에 대한 답을 꼭 집어내 주는군"(妙訣眞詮, 一言道破, 爲三問所迫, 不得不拈出)이라는 행비가 붙어 있다.

▪　③의 "善讀書者, 公明宣是已"에 "옛것을 모범으로 삼되 낡은 자취에 구애되지 않았군"(法古而不泥)이라는 행비가 붙어 있다.

▪　③의 "善爲文者, 淮陰侯是已"에 "새것을 만들어 내되 허황되지 않군"(刱新而有稽)이라는 행비가 붙어 있다.

▪　③의 "不學以爲善學, 魯男子之獨居也"에 "유하혜의 공명선일세"(柳下惠之公明善)라는 행비가 붙어 있다.

▪　③의 "增竈述於減竈, 虞升卿之知變也"에 "손빈의 배수진背水陣이군"(孫臏之背水陣)이라는 행비가 붙어 있다.

▪　④의 "天地雖久~腐草化螢"에 "이 대목을 읽으니 마음이 탁 트이며 상쾌하고 즐거워져 저도 모르게 손발이 움직여 덩실덩실 춤을 추게 되는군"(讀至此, 令人暢心快樂, 不知手之舞之、足之蹈之)이라는 미비가 붙어 있다.

▪　④의 "禮有訟~君子不由也"에 "옛것 또한 모범으로 삼을 만하고 새것 또한 만들어 낼 만

260

하니, 모범으로 삼되 낡은 자취에 구애되지 않고 새로 만들어 내되 허황되지 않다면, 나의 진퇴에 넉넉한 여유로움이 없겠는가!"(古亦可法, 新亦可刱, 法而不泥, 刱而有稽, 吾進退, 豈不綽綽然有餘裕哉)라는 미비가 붙어 있다.

- ⑤의 "其爲文慕先秦兩漢之作~徒歸于病俗而傷化也"에 "이에 힘입어 족히 원한을 풀고 껄껄 웃게 되는구만"(藉此, 足以鳴寃笑笑)이라는 미비가 붙어 있다.
- ⑤의 "與其刱新而巧也, 無寧法古而陋也"에 "예는 사치하기보다는 차라리 검소한 것이 낫지"(禮与其奢也, 寧儉)라는 행비가 붙어 있다.

원문풀이

禮与其奢也, 寧儉: 『논어』「팔일」八佾에 나오는 말이다.

❀ 『연상각집』 갑의 비평

- ①의 "爲文章如之何"에 방점이 찍혀 있고, "마음을 비우고 절절히 묻는군"(虛心切問)이라는 행비가 붙어 있다.
- ①의 "論者曰"에 방점이 찍혀 있고, "必法古"에 원권이 쳐져 있다.
- ①의 "不之耻者"에 "뻔뻔한 얼굴이지"(覥顔)라는 행비가 붙어 있다.
- ①의 "法古寧可爲也"에 원권이 쳐져 있다.
- ①의 "然則刱新可乎"에 방점이 찍혀 있다.
- ①의 "不知懼者"에 "망령된 배짱이군"(妄膽)이라는 행비가 붙어 있다.
- ①의 "刱新寧可爲也"에 원권이 쳐져 있다.
- ①의 "夫然則如之何其可也~無其已乎"에 "정이 급하고 뜻은 긴박하군. 자기도 모르게 연달아 세 번을 묻는 사이에 세 번의 물음이 더욱 친근해지는군"(情急意蹙. 不覺其連聲三問而三問益親)이라는 미비가 붙어 있다.
- ②의 "苟能法古而知變~猶古之文也"에 방점이 찍혀 있고, "오묘한 비결과 참된 도리를 한 마디 말로 논파하니, 세 번의 급박한 물음에 대한 답을 꼭 집어내 주는군"(妙訣眞詮, 一言道破, 爲三問所迫, 不得不拈出)이라는 미비가 붙어 있다.
- ③의 "善讀書者, 公明宣是已"에 "옛것을 모범으로 삼되 낡은 자취에 구애되지 않았군"(法古而不泥)이라는 행비가 붙어 있다.

- ③의 "善爲文者, 淮陰侯是已"에 "새것을 만들어 내되 허황되지 않군"(刱新而有稽)이라는 행비가 붙어 있다.
- ③의 "不學以爲善學, 魯男子之獨居也"에 방점이 찍혀 있고, "유하혜의 공명선일세"(柳下惠之公明善)라는 행비가 붙어 있다.
- ③의 "增竈述於減竈, 虞升卿之知變也"에 방점이 찍혀 있다.
- ④의 "天地雖久~腐草化螢"에 원권이 쳐져 있고, "이 대목을 읽으니 마음이 탁 트이며 상쾌하고 즐거워져 저도 모르게 손발이 움직여 덩실덩실 춤을 추게 되는군"(讀至此, 令人暢心快樂, 不知手之舞之、足之蹈之)이라는 미비가 붙어 있다.
- ④의 "禮有訟~君子不由也"에 원권이 쳐져 있고, "옛것 또한 모범으로 삼을 만하고 새것 또한 만들어 낼 만하니, 모범으로 삼되 낡은 자취에 구애되지 않고 새로 만들어 내되 허황되지 않다면, 나의 진퇴에 넉넉한 여유로움이 없겠는가!"(古亦可法, 新亦可刱, 法而不泥, 刱亦有稽, 吾進退, 豈不綽綽然有餘裕哉!)라는 미비가 붙어 있다.
- ⑤의 "其爲文慕先秦兩漢之作~徒歸于病俗而傷化也"에 "이에 힘입어 족히 원한을 풀고 껄껄 웃게 되는구만"(藉此, 足以鳴冤笑笑)라는 미비가 붙어 있다.
- ⑤의 "與其刱新而巧也, 無寧法古而陋也"에 "예는 사치하기보다는 차라리 검소한 것이 낫고, 상을 치르는 일은 성대하게 하기보다는 슬픔을 잘 드러내는 것이 나으며, 무고한 이를 죽이기보다는 차라리 죄 지은 자를 놓치는 것이 낫고 말고"(禮与其奢也, 寧儉; 喪与其易, 寧戚; 与其殺不辜, 寧失不經)라는 미비가 붙어 있다.
- ⑤의 "今讀其楚亭集~無不學古之法而善變者也"에 방점이 찍혀 있다.

원문풀이

禮与其奢也~寧戚: 『논어』「팔일」에 나오는 말이다.

与其殺不辜, 寧失不經: 『서경』 우서虞書 「대우모」大禹謨에 나오는 말이다.

✿ 김택영의 문두평

> 죽은 글귀를 여기저기서 끌어와 온통 생기발랄하게 만들었으니, 이 얼마나 대단한 기력氣力인가![6]

> 雜引死句來, 都活潑潑, 何等氣力!

---

6) 이 평은 창강초편본에 있다.

『초정집』서문

문장은 어떻게 써야 하는가? '반드시 옛것을 모범으로 삼아야 한다'라고 사람들은 말한다. 그리하여 세상에는 마침내 옛것을 모방하면서도 부끄러운 줄 모르는 사람들이 생겨나게 되었다. 이는 주周나라의 제도를 본떴던 역적 왕망王莽이 예악禮樂을 수립했다는 격이며, 공자孔子와 얼굴이 닮은 양화陽貨가 만세萬世의 스승이 될 수 있다는 격이다. 그러니 어찌 옛것을 모범으로 삼을 수 있겠는가?

그렇다면 새것을 만들어야 하겠지. 그리하여 세상에는 마침내 괴상하고 허황되고 지나치고 치우친 글을 쓰면서도 두려워할 줄 모르는 이들이 생겨나게 되었다. 이는, 임시 조처로써 세 길 높이의 나무를 옮기게 함이 통상通常의 법령보다 중요하다는 격이고, 이연년李延年의 새로 만든 간드러진 노래가 종묘宗廟의 음악으로 연주되어도 좋다는 격이다. 그러니 어찌 새것을 만들겠는가?

그렇다면 어찌해야 좋단 말인가? 우리는 장차 어찌해야 하는가? 글쓰기를 그만두어야 할 것인가?

아아! 옛것을 모범으로 삼는 사람은 낡은 자취에 구애되는 것이 병이고, 새것을 만들어 내는 사람은 상도常道에서 벗어나는 것이 탈이다. 참으로 옛것을 모범으로 삼되 변통할 줄 알고, 새것을 만들어 내되 법도가 있게 할 수 있다면, 지금 글이 옛날 글과 같을 것이다.

옛사람 중에 글 잘 읽은 이가 있었으니 공명선公明宣이 그 사람이요, 옛사람 중에 글 잘 쓴 이가 있었으니 회음후淮陰侯 한신韓信이 바로 그 사람이다. 어째선가?

공명선이 증자曾子에게 배우면서 3년이 지나도록 책을 읽지 않았다. 증자가 그 이유를 묻자 공명선은 이렇게 대답했다.

"저는 선생님께서 평소에 댁에서 지내시는 모습도 보고, 손님을 접대하시는 모습도 보며, 조정에서의 모습도 보면서 배우고 있으나 아직 제대로 익히지 못하였습니다. 제가 어찌 감히 아무것도 배우지 않으면서 선생님 문하에 있는 것이겠습니까?"

강을 등지고 진을 치는 법은 병법에 안 보이니 장수들이 복종하지 않는 것도 당연하다.

이에 회음후는 이렇게 말했다.

"병법에 들어 있는데, 제군諸君이 제대로 보지 못했군. 병법에 '죽을 땅에 들어간 다음에야 산다'고 하지 않았던가?'

그러므로 배우지 않음으로써 오히려 잘 배웠다고 할 만한 것은 노魯나라의 어떤 남자가 홀로 거처한 일이요, 아궁이 수를 줄이는 전술을 역이용해 아궁이 수를 늘림으로써 적을 속인 것은 우승경虞升卿이 보여준 변통이다.

이로써 보건대, 하늘과 땅이 비록 오래되었어도 끊임없이 만물을 낳고, 해와 달이 비록 오래되었어도 그 빛은 매일 새로우며, 세상에 책이 비록 많으나 담고 있는 뜻은 저마다 다르다. 그러므로 날짐승·물고기·길짐승 중에는 혹 이름이 아직 알려지지 않은 것이 있는가 하면, 산천초목에는 반드시 숨겨진 신령함이 있게 마련이다. 썩은 흙에서 지초芝草가 돋고, 썩은 풀에서 반딧불이가 생겨난다. 예禮를 둘러싸고도 시비가 끊이지 않고 악樂에 대해서도 논의가 분분하다. 『주역』周易의 괘卦와 효爻는 기호 그 자체로 의미를 충분히 드러내지 못하므로 후에 괘와 효를 설명하는 말을 덧붙였고, 이것으로도 충분치 않아 다시 후대의 성인聖人이 부연 설명하는 글을 추가하였다. 그리하여 똑같은 대상을 두고도 어진 사람이 보면 어질다고 말하고 지혜로운 사람이 보면 지혜롭다고 말하게 된다.

그러므로 "백세百世 뒤에 성인聖人이 나타난다 할지라도 내 말에 의혹을 품지 않을 것이다"라는 말은 앞 시대 성인의 뜻이요, "순舜임금과 우禹임금이 다시 살아난다 할지라도 내 말을 바꾸지 않으실 것이다"라는 것은 후대 현인賢人의 말이다. 우임금과 후직后稷과 안회顔回는 그 도가 하나다. 편협함과 공손하지 않음은 군자가 추구할 바가 아니다.

박씨의 아들 제운齊雲은 나이 스물셋으로 문장에 능하며 호를 초정楚亭이라고 하는데, 나에게 배운 지 몇 년이 된다. 제운은 선진先秦·양한兩漢의 글을 흠모하여 글을 짓지만 옛글의 격식에 얽매이지 않는다. 그러나 진부한 말을 없애려고 애쓰면 혹 황당무계한 데 빠지기도 하고, 주장을 너무 높이 내세우면 혹 상도常道에서 벗어나는 데 가까워지기도 한다. 명明나라의 여러 문장가들이 법고法古와 창신刱新을 두고 서로 옥신각신 싸웠으나 양쪽 다 올바름을 얻지 못하고 함께 말세의 하잘것없는 데로 떨어져, 도를 돕는 데에는 아무런 보탬이 되지 못한 채 한갓 풍속을 병들게 하고 교화를 해치는 쪽으로 귀결되고 말았거늘, 나는 이 점을 두려워한다. 새것을 만들다가 공교工巧해지기보다는 차라리 옛것을 모범으로 삼다가 고루해지는 편이 나을 터이다.

내가 지금 『초정집』楚亭集을 읽은 후 공명선과 노나라 남자의 독실한 배움에 대해 이야

기하는 한편 회음후와 우후虞詡가 기묘한 계책을 낸 일을 이야기했는데, 이는 모두 옛것을
배워 잘 변통한 사례들이다. 밤에 초정과 더불어 이런 말을 하고, 마침내 그것을 책머리에
써서 권면한다.

소완정 기문
素玩亭記

1　　　완산完山 이낙서李洛瑞가 자신의 서재에 '소완'素玩이라는 편액을 내걸고
는 나에게 기문記文을 청하기에 나는 이렇게 물었다.

"물속에서 노니는 물고기는 물을 보지 못하는데 그거 왜 그런지 아나? 보이는 게
죄다 물이면 물이 없는 것과 같기 때문일세. 지금 낙서洛瑞는 책이 온 방에 가득
해 전후좌우에 책 아닌 게 없으니 이는 마치 물고기가 물속에서 노니는 것과 같
으이. 그러니 자네가 비록 동중서董仲舒처럼 방에 콕 틀어박혀 책만 읽고, 장화張
華 같은 박람강기博覽强記에 의지하고, 동방삭東方朔처럼 글을 달달 외운다 한들,
뭐 얻는 게 있겠나? 이래서야 되겠는가?"

낙서가 놀라서 물었다.

"그러면 어찌해야 좋겠습니까?"

　　　完[1]山 李洛瑞, 扁其貯書之室曰素玩,[2] 而[3]請記於余, 余詰之曰: "夫魚游[4]水中,
目[5]不見水者, 何也? 所見者皆水, 則猶無水也.[6] 今洛瑞之書, 盈棟而充架, 前後左右

---

1) 完　용재문고본에는 "宛"으로 되어 있으나 오기이다.
2) 素玩　한씨문고본에는 "素玩亭"으로 되어 있다.
3) 而　한씨문고본과 용재문고본에는 빠져 있다.
4) 游　승계본에는 "遊"로 되어 있다.
5) 目　용재문고본에는 "日"로 되어 있으나 오기이다.
6) **夫魚游水中～則猶無水也**　창강중편본에는 원권이 쳐져 있다.

無非書也, 猶魚之游水. 雖效專於董⁷⁾生, 助記於張君, 借誦於東方, 將無以自得矣, 其可乎?" 洛瑞驚曰: "然則將奈何?"

역문풀이

완산完山 이낙서李洛瑞: 이서구李書九(1754~1825)를 말한다. 완산은 전주全州의 옛이름으로 이서구의 본관本貫이다. '낙서'는 그 자字다. 호號는 강산薑山이며, 척재惕齋·녹천관綠天館·소완정素玩亭이라는 호를 쓰기도 하였다. 연암에게 수학했으며, 문과에 급제하여 전라감사·우의정 등을 지냈다. 문집으로『척재집』惕齋集이 전한다.

동중서董仲舒처럼 방에 콕 틀어박혀 책만 읽고: 동중서(기원전 179~기원전 104)는 한漢나라 때 사람으로,『춘추』春秋에 정통했으며「천인삼책」天人三策이라는 글로 무제武帝에게 발탁되었다. 저서로는『춘추번로』春秋繁露가 전한다. 동중서는 3년 동안 외출하지 않고 방 안에 틀어박혀 학문에만 전념한 것으로 유명한데, 여기서는 이 고사를 말한 것이다.

장화張華 같은 박람강기博覽强記에 의지하고: 장화(232~300)는 동진東晉 때 사람으로 자字는 무선茂先이다. 저서로『박물지』博物志가 전한다. 그는 기억력이 비상하여 천하의 온갖 일을 환하게 알았다고 한다.

동방삭東方朔처럼 글을 달달 외운다: 동방삭(기원전 154~기원전 193)은 한漢나라 때 사람으로 자는 만천曼倩이다. 일찍이 그는 무제武帝에게 스스로를 천거하면서 자신의 뛰어난 송재誦才를 자랑한 바 있는데, 여기서는 이 고사를 말한 것이다.

원문풀이

效專於董生:『한서』漢書 권56「동중서전」董仲舒傳에 "(董仲舒) 蓋三年不窺園, 其精如此"라는 말이 보이며, 안사고顏師古는 이 구절에 "雖有園圃, 不窺視之, 言專學也"라는 주석을 달았다.

助記於張君:『진서』晉書 권36「장화열전」張華列傳에 "華强記默識, 四海之內, 若指諸掌"이라는 말이 보인다.

借誦於東方:『한서』漢書 권65「동방삭전」東方朔傳에 "十六學詩、書, 誦二十二萬言, (…) 十九學孫、吳兵法, (…) 亦誦二十二萬言. 凡臣朔固已誦四十四萬言"이라는 말이 보인다.

---

7) **董** 창강초편본, 창강중편본, 망창창재본 갑에는 "蕫"으로 되어 있다.

1-1　　　지금 낙서洛瑞는~노니는 것과 같으이

- 이제 락서의 책이 방에 가득하고 시렁에 듬뿍 얹혀 앞이나 뒤나 바른 쪽이나 왼 쪽이나 전체가 책이고 보니 마치 물고기가 물 속에서 노는 것과 같은 것일세. 홍기문, 『박지원 작품선집 1』, 278면

- 이제 낙서 자네의 책이 마룻대까지 닿고 서가에 그득 꽂혀 전후좌우로 온통 책뿐이니 마치 물고기가 물 속에서 노는 것과 다름없네. 김혈조, 『그렇다면 도로 눈을 감고 가시오』, 36면

- 이제 자네의 책은 용마루에 가득차고 시렁을 꽉 채워 전후좌우 할 것 없이 책 아닌 것이 없으니, 물고기가 물에서 헤엄치는 것과 같단 말일세. 정민, 『비슷한 것은 가짜다』, 67면

- 그런데 지금 낙서 자네의 책이 마룻대까지 가득하고 시렁에도 꽉 차서 앞뒤 좌우가 책 아닌 것이 없으니, 물고기가 물에 노는 거나 마찬가지일세. 신호열·김명호, 『연암집 1』, 333면

1-2　　　그러니 자네가~이래서야 되겠는가

- 비록 동 중서(董仲舒)처럼 공부에만 전심하고 장 화(張華)더러 기록을 도와 달라고 하고 동방삭(東方朔)의 외는 재주를 빌려 온다고 하더라도 장차 될 일이 없네. 그래도 좋은가? 홍기문, 278면

- 독서하느라 3년을 방 밖으로 나오지 않았다던 동중서(董仲舒)에게 독서법을 본받고, 무엇이나 기록하기 좋아했던 장화(張華)에게 기록을 도움받고, 암송을 잘했던 동방삭(東方朔)에게 암송 재주를 빌려온다고 하더라도 아마도 자득(自得)할 수 없을 것이네. 그래서야 되겠는가? 김혈조, 36면

- 비록 동중서(董仲舒)의 전일(專一)함을 본받고, 장화(張華)의 기억력에 도움 받으며, 동방삭(東方朔)의 암기력을 빌려온다 해도 장차 스스로 얻지는 못할 것일세. 그래도 괜찮겠나? 정민, 67면

- 아무리 동생(董生)에게서 학문에 전념하는 자세를 본받고 장군(張君)에게서 기억력을 빌리고 동방삭(東方朔)에게서 암송하는 능력을 빌린다 해도, 장차 스스로 깨달을 수는 없을 터이니 그래서야 되겠는가? 신호열·김명호, 333면

② 　　　나는 이렇게 말했다.

"자네는 물건 찾는 사람을 보지 못했는가? 앞을 보면 뒤를 못 보고, 왼쪽을 보면 오른쪽을 못 보지. 왜 그런지 아나? 방 안에 앉아 있으니 자기 몸과 물건이 서로 가리고 눈과 대상이 너무 가깝기 때문이지. 그러니 방 바깥으로 나가 문풍지에다 구멍을 뚫어 그리로 들여다보는 게 나은 법일세. 한쪽 눈으로 뚫어져라 보면 방 안의 물건을 낱낱이 볼 수 있으니 말일세."

낙서가 감사해하며 말했다.

"선생님께서는 저를 '약'約 쪽으로 인도해 주시는군요!"

余曰: "子未見夫索物者乎? 瞻前則失後, 顧左則遺右. 何則? 坐在室中, 身與物相掩, 眼與空相逼故爾. 莫若身處室外, 穴牖[1]而窺之, 一目[2]之專, 盡擧室中之物矣."[3] <u>洛瑞</u>謝曰: "是夫子挈我以約也."

역문풀이

대상: 원문은 "空"이므로 '허공'이라고 직역해야 하겠으나, 글의 전체적 맥락을 고려할 때 '대상'이라고 번역하는 것이 더 적절하다고 생각된다.

약約: 이 말은 '요약'要約, '간요'簡要 등의 뜻을 담고 있는바, 여기서는 책 속에 함몰되거나 글 속에 갇히지 말고 그 요체 내지 정수精髓를 간파하거나 통찰해야 함을 뜻하는 말이다. 책읽기에 대한 어떤 태도 내지 능력을 지칭하는 이 '약'이라는 개념은 텍스트에 함몰되지 않고 텍스트와 일정한 비판적 거리를 둔 채 이루어지는 성찰적 글읽기를 강조하기 위한 것이다.

원문풀이

約: 『논어』「옹야」雍也에 "君子博學於文, 約之以禮"라는 말이 보인다.

번역의 동이

2-1   자네는 물건 찾는~가깝기 때문이지

- 자네 무엇을 찾으러 다니는 사람을 보지 못했는가? 앞을 보자면 뒤는 못 보고 바른 쪽을 살피려면 왼 쪽은 놓치네그려! 왜 그런가? 방 가운데 앉아 있어서 몸과 물건은 서로 가리게 되고 눈과 공간은 맞닿아 버리기 때문일세. 홍기문, 278~279면

- 자네는 물건을 찾는 사람을 보지 못했는가? 앞을 바라보면 뒤는 놓치게 되고 왼편을 돌아보면 오른쪽을 잃게 되네. 왜 그런가? 방 가운데 앉아 있으면 몸과 물건은 서로 가리게 되고 눈과 허공은 맞닿아버리기 때문일세. 김혈조, 37면

---

1) **牖** 창강초편본, 승계본, 망창창재본 을에는 "牏"으로 되어 있다.
2) **目** 용재문고본에는 "日"로 되어 있으나 오기이다.
3) **何則~盡擧室中之物矣** 창강중편본에는 방점이 찍혀 있다.

▪   그대는 저 물건 찾는 사람을 보지 못했던가? 앞을 보자면 뒤를 잃게 되고, 왼편을 돌아보면 오른
편을 놓치고 말지. 왜 그럴까? 방 가운데 앉아 있으면 몸과 물건이 서로 가리게 되고, 눈과 허공이 서
로 맞닿기 때문일 뿐이야. 정민, 68면

▪   자네는 물건 찾는 사람을 보지 못했는가? 앞을 바라보면 뒤를 놓치고, 왼편을 돌아보면 바른편을
빠뜨리게 되지. 왜냐하면 방 한가운데 앉아있어 제 몸과 물건이 서로 가리고, 제 눈과 공간이 너무 가
까운 때문일세. 신호열·김명호, 334면

2-2   그러니 방 바같으로~있으니 말일세

▪   차라리 몸이 방 밖에 나가서 창구멍을 뚫고 들여다 보는 것만도 못 하게 되네. 그렇게 하면 단 한
번 눈을 들어서도 방 속의 물건을 다 훑어 볼 수 있네. 홍기문, 279면

▪   차라리 자네 몸을 방 밖에 두고 창구멍을 뚫고 엿보는 것이 제일 낫네. 그렇게 한 눈을 감고 한 눈
으로 응시하면 방안의 물건을 죄다 훑어볼 수 있다네. 김혈조, 37면

▪   차라리 몸을 방밖에 두어 창에 구멍을 뚫고 살펴보아 한 눈의 전일함으로 온 방안의 물건을 다 보
는 것만 같지 못할 것일세. 정민, 68면

▪   차라리 제 몸을 방 밖에 두고 들창에 구멍을 내고 엿보는 것이 나으니, 그렇게 하면 오로지 한쪽
눈만으로도 온 방 물건을 다 취해 볼 수 있네. 신호열·김명호, 334면

2-3   선생님께서는 저를~인도해 주시는군요

▪   이것은 선생님이 요약할 줄을 알도록 나를 이끌어 주시는 것입니다그려. 홍기문, 279면

▪   이는 선생님께서 저에게 요약(約)할 줄 알도록 이끌어주시는 것입니다. 김혈조, 37면

▪   이는 선생님께서 저를 '약(約)', 즉 요약함을 가지고 이끌어 주시는 것이로군요. 정민, 68면

▪   이는 선생님께서 저를 약(約)으로써 인도하신 것이군요. 신호열·김명호, 334면

③   나는 또 이렇게 말했다.

"자네는 이미 '약'의 이치에 대해 알고 있군. 그렇다면 이번엔 눈으로 볼 게 아니
라 마음에 비추어 봐야 한다는 이치를 가르쳐 줌세. 대저 태양은 순수한 양陽의
기운으로, 사해四海를 비추어 만물萬物을 길러 내지. 진땅에 빛이 비치면 마른땅
이 되고, 어두운 곳이 햇빛을 받으면 환해지네. 그렇지만 나무에 불이 일게 하거
나 쇠를 녹이지는 못하는데 그건 왠지 아나? 빛이 퍼지는 바람에 정기精氣가 흩어
지기 때문일세. 그런데 만리萬里를 두루 비치는 빛을 쪼그맣게 모아서 둥근 유리
알을 통과시켜 동그라니 콩알만 하게 만들면 처음엔 연기가 희게 나다가 갑자기

불꽃이 팍 일며 활활 타는 건 왜 그런지 아나? 빛이 합해져 흩어지지 않고 정기가 모여 하나로 되었기 때문이라네.”
낙서가 감사해하며 말했다.
“선생님께서는 제게 ‘오’悟에 대해 가르쳐 주시는군요!”

余又曰: “子旣已知約之道矣, 又吾敎子以不以目視之, 以心照之, 可乎! 夫日者, 太陽也. 衣被四海, 化育萬物, 濕照之而成燥, 闇受之而生明. 然而不能[1]蒸木[2]而鎔金者, 何也? 光遍而精散[3]故爾. 若夫收萬里之遍照, 聚片隙之容光, 承玻璃[4]之圓珠, 規精光以如豆, 初亭毒而晶晶, 焱[5]騰[6]焰而熊熊者, 何也? 光專而不散,[7] 精聚而爲一故爾.” 洛瑞謝曰: “是夫子警我以悟也.”

역문풀이

사해四海: 천하를 가리키는 말.

원문풀이

化育: 생성하여 기른다는 뜻.

容光: 틈으로 들어오는 빛. 작은 빛.

玻璃: 유리琉璃.

規: 둥글게 한다는 뜻.

精光: 환한 빛.

亭毒: 『도덕경』道德經에 “道生之, 道畜之, 長之育之, 亭之毒之, 養之覆之”라는 구절이 보이는데, ‘亭毒’은 이 구절 중 “亭之毒之”에서 따 온 말이다. 여기서는 화육化育이라는 뜻으로 쓰였다.

---

1) **能**　망창창재본 갑에는 “知”로 되어 있다.
2) **木**　용재문고본에는 “本”으로 되어 있으나 오기이다.
3) **散**　용재문고본에는 “散”으로 되어 있다.
4) **璃**　한씨문고본, 창강초편본, 승계본, 영남대본, 용재문고본, 망창창재본 갑, 망창창재본 을에는 “瓈”로 되어 있다.
5) **焱**　창강초편본에는 “燄”으로 되어 있다.
6) **騰**　한씨문고본에는 “驣”으로 되어 있다.
7) **散**　용재문고본에는 “散”으로 되어 있다.

晶晶: 밝게 빛나는 모양. 여기서는 흰 연기가 나는 모습을 말한다.

熊熊: 왕성하게 불타오르면서 빛나는 모양. 『산해경』山海經에 "其光熊熊"이라는 말이 보인다.

警: 흔히 '경계하다'라는 뜻으로 번역해 왔는데, 실은 '깨우쳐 준다'는 뜻이다.

번역의 동이

3-1　　　그런데 만리萬里를~되었기 때문이라네

- 만약 만리에 두루 비치던 것을 거두어 들이여 조그만 틈으로 들어 갈만한 빛이 되도록 둥근 유리알로 받아서 그 정기를 콩만큼 만들면 맨처음에는 조고맣게 어른거리다가 갑자기 불꽃이 일어 풀썩풀썩 타버리는 것은 무슨 까닭인가? 빛이 전일해서 흩어지지 않고 정기가 뭉쳐서 한 덩이로 되는 것일세. 홍기문, 279면

- 만약 만리에 두루 비치는 빛을 거두어들여 조그만 틈으로 들어갈 만큼 빛을 모아서 둥근 유리알로 받되 그 정기를 동글동글하게 하여 콩알만한 크기로 만들면 처음에는 모락모락 연기가 나며 반짝이다 갑자기 불꽃이 일며 풀썩풀썩 타버리는 것은 무슨 까닭인가? 빛이 한 곳에 모여 흩어지지 않고 정기가 뭉쳐서 한 덩이로 되는 때문일세. 김혈조, 37면

- 만약 만리에 두루 비치는 것을 거두어, 좁은 틈으로 빛을 들여 모아서, 둥근 유리알에 이를 받아, 그 정채로운 빛을 콩알만하게 만들면, 처음에는 내리쬐어 반짝반짝하다가 갑자기 불꽃이 일어나 타오르는 것은 어째서겠나? 빛이 전일하여 흩어지지 않고, 정기가 한데 모여 하나가 되기 때문일세. 정민, 68면

- 만약 만리를 두루 비추는 빛을 거두어 아주 작은 틈으로 들어갈 정도의 광선이 되도록 모으고 유리구슬로 받아서 그 정광(精光 양광(陽光))을 콩알만 한 크기로 만들면, 처음에는 불길이 자라면서 반짝반짝 빛나다가 갑자기 불꽃이 일며 활활 타오르는 것은 왜인가? 광선이 한 군데로 집중되어 흩어지지 않고 정기가 모여서 하나가 된 때문일세. 신호열·김명호, 334~335면

4　　　나는 또 이렇게 말했다.

"천지 사이에 있는 게 죄다 책의 정精이라네. 이는 방 안에 틀어박혀 들입다 책만 본다고 해서 찾을 수 있는 게 아닐세. 그래서 포희씨包犧氏가 문文을 살핀 것을 두고, '우러러 하늘을 살피고 굽어봐 땅을 살폈다'라고 했는데, 공자孔子는 이러한 포희씨의 천지天地 읽기를 거룩하게 여겨 「계사전」繫辭傳이라는 글에서 '가만히 집에 있을 때는 괘사卦辭와 효사爻辭를 음미한다'라고 말했거늘, 무릇 '음미한다'

라는 것이 어찌 눈으로 봐서 살피는 것이겠나? 입으로 맛봐야 그 맛을 알 수 있고, 귀로 들어야 그 소리를 알 수 있으며, 마음으로 이해해야 그 정수精髓를 알 수 있는 법일세. 가령 지금 자네가 문풍지에 구멍을 내어 한쪽 눈으로 뚫어져라 보고, 둥근 유리알로 빛을 모으듯이 마음으로 깨닫는다고 치세. 비록 그렇더라도 창이 투명하지 않으면 빛을 받아들일 수 없고, 유리알이 투명하지 않으면 정精을 모을 수 없는 법일세. 대저 마음을 밝히는 도道란, 텅 비워 물物을 받아들이고 담박澹泊하게 하여 사사로움이 없는 데 있나니, 이것이 바로 이 서재 이름을 ‘소완’素玩이라고 한 이유일 테지.”

낙서가 말했다.

“벽에다 붙여 두려 하오니 선생님께서는 지금 하신 말씀을 글로 써 주셨으면 합니다.”

이에 낙서를 위해 이 글을 쓴다.

余又曰: “夫散[1]在天地之間者, 皆此書之精, 則固非逼礙之觀而所可求之於一室之中也. 故包犧氏之觀文也曰: ‘仰而[2]觀乎天, 俯而察乎地.’ 孔子大其觀文, 而係[3]之曰: ‘屈[4]則[5]玩其辭.’[6] 夫玩者, 豈目視而審之哉? 口以味之, 則得其旨矣; 耳以[7]聽之, 則得其音矣; 心以會之, 則得其精矣. 今子穴牖[8]而專之於目, 承珠而悟之於心矣. 雖然, 室牖[9]非虛, 則不能受明; 晶珠非虛, 則不能聚精. 夫明志之道, 固在於虛而受物 、澹而無私, 此其所以素玩也歟!” 洛瑞曰: “吾將付諸壁, 子其書之.” 遂爲之書.

<hr>

1) 散　용재문고본에는 “散”으로 되어 있다.
2) 而　승계본에는 “乎”로 되어 있으나 오기이다.
3) 係　창강초편본과 창강중편본에는 “繫”로 되어 있다.
4) 屈　한씨문고본, 창강초편본, 창강중편본, 승계본, 망창창재본 갑, 망창창재본 을에는 “居”로 되어 있다.
5) 則　승계본에는 “어떤 본에는 ‘則’ 자 아래에 ‘觀其象而’라는 네 자가 있다”(則下一有觀其象而四字)라는 두주頭注가 붙어 있다. 여기서 승계본에 언급된 ‘어떤 본’이란 창강초편본 내지 창강중편본을 가리키는 것으로 보인다.
6) 玩其辭　창강초편본과 창강중편본에는 이 앞에 “觀其象而”라는 네 글자가 더 있다.
7) 以　저본, 창강초편본, 승계본, 영남대본, 용재문고본, 망창창재본 갑, 망창창재본 을에는 “而”로 되어 있으나, 한씨문고본과 창강중편본에 의거해 바로잡는다.
8) 牖　창강초편본, 승계본, 망창창재본 을에는 “牗”으로 되어 있다.
9) 牖　승계본과 망창창재본 을에는 “牗”으로 되어 있다.

역문풀이

포희씨包犧氏: 중국 상고시대의 전설상의 임금인 복희伏羲를 말한다. 중국의 전설에 의하면
　　그는 하늘과 땅의 삼라만상을 관찰하여 『주역』의 팔괘八卦를 만들었다고 한다.

문文을 살핀 것: 여기서 '문'文은 좁은 의미의 문장이 아니라 천문天文과 지문地文, 즉 하늘에
　　있는 모든 문채 나는 것과 땅에 존재하는 모든 문채 나는 것을 두루 포괄하여 한 말이다.

천지天地 읽기: 여기서 '읽기'의 원문은 "觀"인데, 직역하면 '살피다', '관찰하다'라는 뜻이다.

「계사전」繫辭傳: 『주역』의 원리를 포괄적으로 설명해 놓은 글로, 상전上傳과 하전下傳이 있다.
　　『주역』에 관한 최초의 본격적인 철학적·형이상학적 해명에 해당한다. 전통적으로 공자
　　가 저술했다고 전해 오나, 요즈음에는 전국시대戰國時代 말末 이후에 여러 사람에 의해서
　　누적적으로 저술된 문헌이 아닌가 보고 있다.

괘사卦辭와 효사爻辭: 『주역』에서 하나의 괘는 6개의 효爻로 구성되어 있으며, 효에는 다시 양
　　효陽爻와 음효陰爻가 있는바, 괘사는 각각의 괘에 대한 풀이이고 효사는 각각의 효에 대
　　한 풀이이다.

한쪽 눈으로~마음으로 깨닫는다: 이 대목은 ②에서 '약'約이라는 개념을 통해 강조한 비판
　　적 거리를 통해 텍스트의 본질을 꿰뚫어보는 태도 및 ③에서 '오'悟라는 개념을 통해 강
　　조한 정신의 집중을 통해 텍스트의 정수를 파악하는 태도를 서로 연결시켜 말하고 있다.

물物: 단순히 물리적인 물체를 뜻하는 것이 아니라 '나' 이외의 일체의 대상을 뜻한다. 따라
　　서 요즘말로 하면 자연과 타자他者가 모두 포함된다.

담박澹泊: 욕심과 편견, 선입견이 없는 마음의 상태를 가리키는 말이다.

소완素玩: 요컨대 연암은 이서구의 이 서재 이름을 '마음을 비워 담박하게 책을 음미한다'라
　　는 뜻으로 해석하고 있는 셈이다.

원문풀이

包犧氏之觀文也: 『연암집』 권5에 수록된 「경지에게 보낸 답장」答京之의 두 번째 글에 "讀書
　　精勤, 孰與包犧? 其神精意態, 佈羅六合, 散在萬物, 是特不字不書之文耳"라는 말이 보이
　　고 『연암집』 권7에 수록된 「종북소선자서」鍾北小選自序에 "嗟乎, 包犧氏歿, 其文章散久
　　矣! (…) 故不讀『易』, 則不知畫, 不知畫, 則不知文矣. 何則? 包犧氏作『易』, 不過仰觀俯察,
　　奇偶加倍, 如是而畫矣"라는 말이 보인다.

仰而觀乎天, 俯而察乎地: 『주역』 「계사전」繫辭傳 상편에 "仰以觀於天文, 俯以察於地理"라는
　　구절이 보인다. 한편 「계사전」 하편에는 "古者包犧氏之王天下也, 仰則觀象於天, 俯則觀
　　法於地"라는 구절이 있어 참고가 된다.

係之:「계사전」을 지었다는 말이다. '계사'繫辭는『주역』의 괘사卦辭에다 설명을 붙여 놓았다
　　는 뜻이다.

居則玩其辭:『주역』「계사전」 상편에 다음과 같은 구절이 보인다: "君子居則觀其象而玩其辭,
　　動則觀其變而玩其占."

室牖非虛, 則不能受明: 조금 다른 각도에서 읽어야 할 글이기는 하나『장자』莊子「인간세」人
　　間世에 "瞻彼闋者, 虛室生白, 吉祥止止"라는 말이 보인다.

虛而受物、澹而無私:『장자』「인간세」에 "氣也者, 虛而待物者也. 唯道集虛. 虛者, 心齋也"라
　　는 말이 보인다.

번역의 동이

4-1　　　천지 사이에~살피는 것이겠나

▪　　대체 이 천지간에 흩어져 있는 것이 책의 정기가 아닌 것이 없은즉 바짝 눈앞에 들여 대고 보아
야만 할 것도 아니요 몇 간 방 속에서만 찾아야 할 것도 아닐세. 복희씨(伏羲氏)가 글을 보는 데는 우
러러 하늘을 고찰하고 굽어 땅을 살피었다고 했는데 공자가 그것을 굉장히 평가하면서 거기 잇대여
가만히 있을 때면 그 글을 완상(玩賞)한다고 했네. 완상한다는 말이 어찌 눈으로 보아서만 살핀다는
뜻이겠는가? 홍기문, 280면

▪　　무릇 이 천지 사이에 흩어져 있는 것은 모두가 책들의 정기이네. 그렇다면 바짝 눈앞에 들이대고
보아야만 할 것도 아니요, 한 방안에서 찾아야 할 것도 아닐세. 그러므로 복희씨(伏犧氏, 包犧氏)가 현
상을 관찰할 때 우러러 하늘을 관찰하고 굽어 땅을 살폈다고 했는데 공자가 그것을 대단하게 평가하
면서 거기 잇대어 '가만히 있을 때면 그 글을 완(玩)상한다'고 썼네. 완상한다는 말이 어찌 눈으로만
보아서 살핀다는 뜻이겠는가? 김혈조, 37~38면

▪　　대저 하늘과 땅 사이에 흩어져 있는 것이 모두 이 서책의 정기일세. 그럴진대 본시 바짝 가로막
고 보아 한 방 가운데서 구할 수 있는 바가 아닐세. 그래서 포희씨가 문장을 봄을 '우러러 하늘을 보
고, 굽어 땅을 살폈다'고 한 것이야. 공자께서 그 문장을 봄을 크게 여겨 이를 이어 말씀하시기를, '편
안히 거처할 때는 그 말을 익힌다(玩)'고 하셨지. 대저 익힌다 함이 어찌 눈으로만 보아 살피는 것이
겠는가? 정민, 68~69면

▪　　무릇 하늘과 땅 사이에 흩어져 있는 것들은 모두가 이 책들의 정기(精氣)이니, 제 눈과 너무 가까
운 공간에서 제 몸과 물건이 서로를 가린 채 관찰하고 방 가운데에서 찾을 수 있는 것이 본래 아니지.
그러므로 포희씨(包犧氏)가 문(文)을 관찰할 적에 '위로는 하늘을 관찰하고 아래로는 땅을 관찰했다.'
고 하였고, 공자(孔子)는 포희씨가 문을 관찰한 것을 찬미하고 나서 덧붙여 말하기를, '가만히 있을 때
는 그 말(辭)을 완미(玩味)한다.' 했으니, 무릇 완미한다는 것은 어찌 눈으로만 보고 살피는 것이겠는
가. 신호열·김명호, 335면

4-2　　　가령 지금~이유일 테지

- 이제 자네가 창 구멍을 뚫고 한꺼번에 훑어 보며 유리알로 받아서 마음 속에 깨달은 바가 있다고 하세나. 그렇지만 방과 창이 비지 않으면 맑아질 수 없고 유리알도 비지 않으면 정기가 모여지지 않느니. 대체 뜻을 환하게 하는 도리는 나를 비게 해서 남을 받아 들이고 마음을 맑게 해서 사사로운 생각이 없는 데 있단 말이야. 이러니까 애초부터 완상한다고 하는 것인가? 홍기문, 280면

- 이제 자네가 창구멍을 뚫어 한 눈으로 응시하고 유리알로 태양의 정기를 받듯 마음속에 깨달은 바가 있다고 하세. 그렇지만 방과 창구멍이 비어 있지 않으면 밝음을 받아들일 수 없으며, 수정구슬이 투명하게 비어 있지 않으면 정기를 모을 수 없으니, 대체 뜻을 밝히는 묘리(妙理)는 나를 비게 해서 남을 받아들이고, 마음을 맑게 해서 사사로운 생각을 없애는 데 있네. 이것이 본바탕을 깨끗하게(素) 해서 완상함이 아닐까? 김혈조, 38면

- 이제 자네가 창에 구멍을 뚫고서 눈으로 이를 전일하게 하고, 유리알로 받아 마음으로 이를 깨닫는다고 하세. 비록 그러나 방과 창이 텅비지 않고는 밝은 빛을 받을 수가 없고, 유리알이 비지 않으면 정기를 모을 수가 없을 것이네. 대저 뜻을 밝히는 도리는 진실로 비움에 있나니, 물건을 받음이 담박하여 사사로움이 없어야 하네. 이것이 자네가 바탕을 익히겠다는〔素玩〕 까닭인가? 정민, 69면

- 지금 자네는 들창에 구멍을 뚫어 오로지 한쪽 눈만으로도 다 보며, 유리구슬로 빛을 받아 마음에 깨달음을 얻었네. 그러나 아무리 그러해도 방의 들창이 비어 있지 않으면 밝음을 받아들이지 못하고, 유리알이 투명하게 비어 있지 않으면 정기를 모아들이지 못하지. 무릇 뜻을 분명히 밝히는 방법은 본래 마음을 비우고 외물(外物)을 받아들이며 담담하여 사심이 없는 데 있는 것이니, 이것이 아마도 소완(素玩)하는 방법이 아니겠는가. 신호열·김명호, 335~336면

❀ 김택영의 문두평

- 묘하다.[1]

  妙.

---

1) 이 평은 창강초편본, 창강중평본, 승계본에 있다.

소완정 기문

완산完山 이낙서李洛瑞가 자신의 서재에 '소완' 素玩이라는 편액을 내걸고는 나에게 기문記文을 청하기에 나는 이렇게 물었다.

"물속에서 노니는 물고기는 물을 보지 못하는데 그거 왜 그런지 아나? 보이는 게 죄다 물이면 물이 없는 것과 같기 때문일세. 지금 낙서洛瑞는 책이 온 방에 가득해 전후좌우에 책 아닌 게 없으니 이는 마치 물고기가 물속에서 노니는 것과 같으이. 그러니 자네가 비록 동중서董仲舒처럼 방에 콕 틀어박혀 책만 읽고, 장화張華 같은 박람강기博覽强記에 의지하고, 동방삭東方朔처럼 글을 달달 외운다 한들, 뭐 얻는 게 있겠나? 이래서야 되겠는가?"

낙서가 놀라서 물었다.

"그러면 어찌해야 좋겠습니까?"

나는 이렇게 말했다.

"자네는 물건 찾는 사람을 보지 못했는가? 앞을 보면 뒤를 못 보고, 왼쪽을 보면 오른쪽을 못 보지. 왜 그런지 아나? 방 안에 앉아 있으니 자기 몸과 물건이 서로 가리고 눈과 대상이 너무 가깝기 때문이지. 그러니 방 바깥으로 나가 문풍지에다 구멍을 뚫어 그리로 들여다보는 게 나은 법일세. 한쪽 눈으로 뚫어져라 보면 방 안의 물건을 낱낱이 볼 수 있으니 말일세."

낙서가 감사해하며 말했다.

"선생님께서는 저를 '약約' 쪽으로 인도해 주시는군요!"

나는 또 이렇게 말했다.

"자네는 이미 '약'의 이치에 대해 알고 있군. 그렇다면 이번엔 눈으로 볼 게 아니라 마음에 비추어 봐야 한다는 이치를 가르쳐 줌세. 대저 태양은 순수한 양陽의 기운으로, 사해四海를 비추어 만물萬物을 길러 내지. 진땅에 빛이 비치면 마른땅이 되고, 어두운 곳이 햇빛을 받으면 환해지네. 그렇지만 나무에 불이 일게 하거나 쇠를 녹이지는 못하는데 그건 왠지 아나? 빛이 퍼지는 바람에 정기精氣가 흩어지기 때문일세. 그런데 만리萬里를 두루 비치는 빛을 쪼그맣게 모아서 둥근 유리알을 통과시켜 동그라니 콩알만 하게 만들면 처음엔 연기가 희게 나다가 갑자기 불꽃이 팍 일며 활활 타는 건 왜 그런지 아나? 빛이 합해져 흩어지지 않고 정기가 모여 하나로 되었기 때문이라네."

낙서가 감사해하며 말했다.

"선생님께서는 제게 '오'悟에 대해 가르쳐 주시는군요!"

나는 또 이렇게 말했다.

"천지 사이에 있는 게 죄다 책의 정精이라네. 이는 방 안에 틀어박혀 들입다 책만 본다고 해서 찾을 수 있는 게 아닐세. 그래서 포희씨包犧氏가 문文을 살핀 것을 두고, '우러러 하늘을 살피고 굽어봐 땅을 살폈다'라고 했는데, 공자孔子는 이러한 포희씨의 천지天地 읽기를 거룩하게 여겨「계사전」繫辭傳이라는 글에서 '가만히 집에 있을 때는 괘사卦辭와 효사爻辭를 음미한다'라고 말했거늘, 무릇 '음미한다'라는 것이 어찌 눈으로 봐서 살피는 것이겠나? 입으로 맛봐야 그 맛을 알 수 있고, 귀로 들어야 그 소리를 알 수 있으며, 마음으로 이해해야 그 정수精髓를 알 수 있는 법일세. 가령 지금 자네가 문풍지에 구멍을 내어 한쪽 눈으로 뚫어져라 보고, 둥근 유리알로 빛을 모으듯이 마음으로 깨닫는다고 치세. 비록 그렇더라도 창이 투명하지 않으면 빛을 받아들일 수 없고, 유리알이 투명하지 않으면 정精을 모을 수 없는 법일세. 대저 마음을 밝히는 도道란, 텅 비워 물物을 받아들이고 담박澹泊하게 하여 사사로움이 없는 데 있나니, 이것이 바로 이 서재 이름을 '소완'素玩이라고 한 이유일 테지."

낙서가 말했다.

"벽에다 붙여 두려 하오니 선생님께서는 지금 하신 말씀을 글로 써 주셨으면 합니다."

이에 낙서를 위해 이 글을 쓴다.

『공작관 글 모음』 자서
『孔雀舘文稿』 自序*

[1]　　　글이란 뜻을 드러내면 족하다.

글을 지으려 붓을 들기만 하면 옛말에 어떤 좋은 말이 있는가를 생각한다든가 억지로 경전의 그럴듯한 말을 뒤지면서 그 뜻을 빌려 와 근엄하게 꾸미고 매 글자마다 엄숙하게 보이도록 만드는 사람은, 마치 화공畵工을 불러 초상화를 그릴 때 용모를 싹 고치고서 화공 앞에 앉아 있는 자와 같다. 눈을 뜨고 있되 눈동자는 움직이지 않으며 옷의 주름은 쫙 펴져 있어 평상시 모습과 너무도 다르니 아무리 뛰어난 화공인들 그 참모습을 그려 낼 수 있겠는가.

글을 짓는 일이라고 해서 뭐가 다르겠는가. 말이란 꼭 거창해야 하는 건 아니다. 도道는 아주 미세한 데서 나뉜다. 도道에 합당하다면 기와 조각이나 돌멩이인들 왜 버리겠는가. 이 때문에 도올檮杌이 비록 흉악한 짐승이지만 초楚나라에서는 그것을 자기 나라 역사책의 이름으로 삼았고, 무덤을 도굴하는 자는 흉악한 도적이지만 사마천司馬遷과 반고班固는 이들을 자신의 역사책에서 언급했던 것이다. 글을 짓는 건 진실해야 한다.

文以寫意, 則止而已矣. 彼臨題操毫, 忽思古語, 强覓經旨, 假意謹嚴,[1] 逐字[2]

矜莊者, 譬如招工寫眞, 更³⁾容貌而前也. 目視不轉, 衣紋如拭, 失其常度,⁴⁾ 雖良畫史, 難得其眞.⁵⁾ 爲文者, 亦何異於是哉! 語不必大, 道分毫釐, 所可道也, 瓦礫⁶⁾何棄?⁷⁾ 故檮杌惡獸, 楚史取⁸⁾名, 椎⁹⁾埋劇盜,¹⁰⁾ 遷·固是叙.¹¹⁾ 爲文者, 惟其眞而已矣.

역문풀이

공작관孔雀舘: 박지원의 또 다른 호號. 박지원은 35세 때인 1771년경부터 '연암'燕巖이라는 호를 사용했으며, 그 이전에는 '무릉도인'武陵道人 · '박유관주인'薄遊館主人 · '공작관'孔雀館 등의 호를 사용했다. '공작관'이라는 호는 32세 때인 1768년경부터 일시 사용한 것으로 보인다. 박지원은 1768년 백탑白塔(원각사 탑을 말함. 지금의 서울시 종로구 탑골공원에 있음) 근처로 집을 옮겼으며 이 집 당호堂號를 '공작관'이라고 짓고는 이를 자호自號로 삼은 듯하다. 박지원이 이 집에서 전의감동典醫監洞(지금의 종로구 견지동 일대)으로 이사한 것은 1772년 무렵이다.

도올檮杌: 흉악한 짐승의 이름. 한漢나라 때 동방삭東方朔이 지었다는 『신이경』神異經의 「서황경」西荒經에 따르면, 이 짐승은 몸은 호랑이 같고 털은 개와 같으며 얼굴은 사람 같다고 한다. 한편 『춘추좌전』春秋左傳 「문공」文公의 기록에 따르면, 도올은 요순堯舜 시절 4명의 악인惡人 가운데 한 사람의 이름이라고도 한다.

초楚나라에서는~이름으로 삼았고: 춘추시대 초楚나라는 자국의 역사책을 '도올'檮杌이라고 하였는데, 이는 역사 기록을 통해 악을 징치懲治하려는 의도에서였다. 『맹자』孟子 「이루」離婁 하下의 다음 구절에 관련된 내용이 보인다: "진晉나라의 『승』乘, 초楚나라의 『도올』檮杌, 그리고 노魯나라의 『춘추』春秋는 모두 역사책 이름이다."

무덤을 도굴하는: 원문은 "椎埋"추매이다. 한대漢代의 안사고顔師古(581~645)는 '사람을 때려 죽여 매장한다'는 뜻이라 주석을 붙였고, 청초淸初의 고염무顧炎武(1613~1682)는 안사고

---

3) 更 영남대본에는 "変"으로 되어 있다.
4) 失其常度 『종북소선』과 『병세집』에는 없다.
5) 眞 『종북소선』과 『병세집』에는 "意"로 되어 있다.
6) 瓦礫 『종북소선』과 『병세집』에는 "糞壤"으로 되어 있다.
7) 棄 『병세집』에는 "弃"로 되어 있다.
8) 取 『종북소선』에는 "是"로 되어 있다.
9) 椎 『종북소선』에는 "推"로 되어 있다.
10) 劇盜 『종북소선』과 『병세집』에는 "狗屠"로 되어 있다.
11) 是叙 『종북소선』에는 "生色"으로 되어 있다.

의 주석이 틀렸다고 보았으며 '새 무덤을 도굴하는 것'으로 해석했다.

무덤을 도굴하는~언급했던 것이다: 사마천의 『사기』史記에는 「화식열전」貨殖列傳을 비롯해 여기저기에 무덤 도굴을 일삼은 도적들에 대해 서술해 놓고 있다. 반고의 『한서』漢書에도 도둑이나 살인자에 대한 기록이 많이 보인다.

원문풀이

文稿: 자신이 쓴 글들을 모아 엮은 책을 이르는 말.

寫眞: 초상肖像을 그리는 일. '진'眞은 진영眞影, 즉 초상을 말함.

畵史: 화공畵工. '화사'畵師라고도 함.

所可道: 여기서 "道"는 말하다는 뜻이 아니고 '도'道라는 뜻임.

瓦礫: 기와와 조약돌. 흔히 쓸데없고 하찮은 물건을 뜻하는 말로 쓰임.

檮杌惡獸, 楚史取名: 『맹자』 「이루」 하의 다음 구절에 관련된 내용이 보인다: "晉之『乘』, 楚之『檮杌』, 魯之『春秋』, 一也."

劇盜: 흉악한 도적.

번역의 동이

1-1 　　　　매 글자마다~앉아 있는 자와 같다

▪ 글자마다 장중하게 만든다는 것은 마치 화가를 불러서 초상을 그릴 적에 용모를 고치고 나서는 것과 같다. 홍기문, 『박지원 작품선집 1』, 180~181면

▪ 글자마다 장중하게 만들려고 애쓴다는 것은 비유하자면 화공을 불러 초상화를 그릴 적에 용모가 고쳐져 나오는 것과 같다. 이동환, 『한국의 실학사상』, 261면

▪ 글자마다 공경〔矜莊〕스럽게 하는 것은, 비유하면 화공(畵工)을 불러서 진영(眞影)을 그리면서 얼굴 모습을 변경해서 앞에 나서는 것과 같다. 이익성, 『朴趾源』, 130면

▪ 글자마다 장중하게 만드는 것은, 마치 화공을 불러다 초상을 그리면서 용모를 고치는 것과 같다. 리가원·허경진, 『연암 박지원 산문집』, 17면

▪ 글자마다 장중하게 하려는 태도는 마치 화공을 불러 초상을 그리게 하면서 용모를 고치고 앞에 나서는 것과 같다. 김혈조, 『그렇다면 도로 눈을 감고 가시오』, 97면

▪ 글자마다 무게를 잡는 자는, 비유하자면 화공(畵工)을 불러 진영(眞影)을 그리는 데 용모를 고쳐서 나가는 것과 같다. 정민, 『비슷한 것은 가짜다』, 43~44면

▪ 글자마다 정중하게 하는 것은, 비유하자면 화공(畵工)을 불러서 초상을 그리게 할 적에 용모를 가다듬고 그 앞에 나서는 것과 같다. 신호열·김명호, 『연암집 1』, 294면

· 　말은 큰 것만 해서 맛이 아니다. 한 푼, 한 리(釐), 한 호(毫)만한 일도 다 말할 수 있는 것이다. 기와장이나 조약돌이라고 해서 내버릴 것이 무엇이냐? 홍기문, 181면

· 　말은 꼭 거창한 것만 골라 해야 맛이 아니다. 한 푼(分), 한 호(毫), 한 리(釐)만한 것도 다 말할 만한 것이다. 기와조각 따위 같은 것이라고 해서 왜 버릴 것인가? 이동환, 261면

· 　말을 반드시 크게 일러서 호리(毫釐)를 분간할 것이 아니며, 이를 만한 바이면 기와부스러기인들 어찌 버리랴. 이익성, 130면

· 　말은 꼭 큰 것만 할 필요가 없다. 호리(毫釐)까지도 나누어서 말할 수 있다. 기왓장이나 조약돌인들 어찌 내버리랴. 리가원·허경진, 17면

· 　말은 대단한 것만 한다고 해서 맛이 아니다. 털끝만큼 작은 것도 말할 수 있다. 말할 만한 것이라면 깨진 기와와 자갈 부스러기인들 내버릴 것이 무엇인가? 김혈조, 97면

· 　말은 반드시 거창할 것이 없으니, 도(道)는 호리(毫釐)에서 나누어진다. 말할 만한 것이라면 기왓조각 자갈돌이라 해서 어찌 버리겠는가. 정민, 45면

· 　말이란 거창할 필요가 없으며, 도(道)는 지극히 미세한 데까지 분포되어 있나니, 말할 만한 것이라면 부서진 기와나 벽돌인들 어찌 버리겠는가? 신호열·김명호, 294면

2　　　　이렇게 본다면, 글을 잘 짓고 못 짓고는 자기한테 달렸고, 글을 칭찬하고 비판하고는 남의 소관이다. 이는 꼭 이명耳鳴이나 코골이와 같다.

한 아이가 뜰에서 놀다가 갑자기 '왜앵' 하고 귀가 울자 '와!' 하고 좋아하면서 가만히 옆의 동무에게 이렇게 말했다.

"애, 이 소리 좀 들어봐! 내 귀에서 '왜앵' 하는 소리가 난다. 피리를 부는 것 같기도 하고 생황笙簧을 부는 것 같기도 한데 소리가 동글동글한 게 꼭 별 같단다."

그 동무가 자기 귀를 갖다 대 보고는 아무 소리도 안 들린다고 하자, 아이는 답답해 그만 소리를 지르며 남이 알지 못하는 걸 안타까워했다.

언젠가 어떤 시골 사람과 한 방에 잤는데 그는 드르렁드르렁 몹시 코를 골았다. 그 소리는 토하는 것 같기도 하고, 휘파람을 부는 것 같기도 하고, 탄식하는 것 같기도 하고, 한숨 쉬는 것 같기도 하고, 푸우 하고 입으로 불을 피우는 것 같기도 하고, 보글보글 솥이 끓는 것 같기도 하고, 빈 수레가 덜커덩거리는 것 같기도 했다. 숨을 들이쉴 땐 톱질하는 소리 같고, 숨을 내쉴 땐 돼지가 꿀꿀거리는 소리

같았다. 하지만 남이 흔들어 깨우자 발끈 성을 내며 이렇게 말했다.
"나는 그런 적 없소이다!"

以是[1]觀之, 得失在我, 毁譽在人, 譬如耳鳴而鼻鼾. 小兒嬉庭, 其耳忽鳴, 啞[2]然而喜, 潛謂鄰兒曰: "爾聽此聲! 我耳其嚶. 奏鞸[3]吹笙, 其團如星." 鄰兒傾耳相接, 竟無所聽, 閔[4]然叫[5]號, 恨人之不知也. 嘗與[6]鄕人宿, 鼾息磊磊, 如哇如嘯,[7] 如嘆[8]如噓,[9] 如吹火, 如鼎之沸, 如空車之頓[10]轍, 引者鋸吼,[11] 噴者豕狗. 被人提醒,[12] 勃然而怒曰: "我無是矣!"

역문풀이

한 아이가~꼭 별 같단다: 홍기문, 『박지원 작품선집 1』에 "이덕무의 『청장관전서』靑莊館全書에서는 이 이야기를 자기 아우의 일로 기록하고 있다"(182면)라는 언급이 보이는데, 정확히 『청장관전서』 권48에 수록된 『이목구심서』耳目口心書에 이 이야기가 수록되어 있다. 해당 부분을 소개하면 다음과 같다: "어린 아우 정대鼎大가 이제 겨우 아홉 살인데 타고난 성품이 매우 둔하였다. 언젠가 갑자기 '귀에서 쟁쟁 우는 소리가 난다'고 하기에 내가 '그 소리가 무엇 같으냐?' 물었더니 이렇게 대답하는 거였다. '그 소리는요, 동글동글한 게 별과 같아서 눈에 보이기만 하면 주울 수 있을 것 같아요.'"(稚弟鼎大方九歲, 性植甚鈍. 忽曰: "耳中鳴錚錚." 余問: "其聲似何物?" 曰: "其聲也, 團然如星, 若可觀而拾也.")

알지 못하는: 원문은 "不知"다. 연암의 이 글에서 '知' 자는 중요한 의미를 갖는바 다음 단락에 여러 차례 보인다.

---

1) **以是** 『종북소선』에는 "由是"로 되어 있고, 『병세집』, 한씨문고본, 용재문고본, 망창창재본 갑, 망창창재본 을에는 "是以"로 되어 있다.
2) **啞** 『종북소선』에는 "哦"로 되어 있다.
3) **鞸** 『종북소선』, 『병세집』, 영남대본에는 "躂"로 되어 있다. 그런데 이는 모두 '篳'의 오자가 아닌가 생각된다.
4) **閔** 『종북소선』에는 "悶"으로 되어 있다.
5) **叫** 『종북소선』, 『병세집』, 한씨문고본, 승계본, 용재문고본, 망창창재본 갑, 망창창재본 을에는 "呌"로 되어 있다.
6) **與** 『종북소선』에는 "与"로 되어 있다.
7) **嘯** 『병세집』, 한씨문고본, 승계본, 영남대본, 용재문고본, 망창창재본 갑, 망창창재본 을에는 "歔"으로 되어 있다.
8) **嘆** 『병세집』, 한씨문고본, 승계본, 영남대본, 용재문고본, 망창창재본 갑, 망창창재본 을에는 "歎"으로 되어 있다.
9) **如哇如嘯, 如嘆如噓** 『종북소선』에는 "如歎如哇"로 되어 있다.
10) **頓** 용재문고본에는 "傾"으로 되어 있다.
11) **鋸吼** 『종북소선』과 『병세집』에는 "鉅鍜"로 되어 있고, 망창창재본 갑에는 "鉅吼"로 되어 있다.
12) **提醒** 『종북소선』에는 "搖惺"으로 되어 있다.

啞然: 음은 '아연' 혹은 '액연'. '아연'이라고 읽힐 경우 놀라는 모습이나 그 소리를 뜻하고,
　　　'액연'으로 읽힐 경우 크게 웃는 모습이나 그 소리를 뜻한다. 여기서는 전자에 해당한다.

爾聽此聲～其團如星: 여기서 "聲"성, "嚶"앵, "笙"생, "星"성은 모두 운을 맞춘 글자이다.

閔然: 답답해하거나 애태우며 안타까워하는 모양.

鼾息한식: 코를 고는 것. 혹은 코를 고는 소리.

磊磊: 돌이 많이 쌓인 모양. 흔히 뜻이 커서 작은 일에 구애되지 않는 태도를 비유하는 말로
　　　쓰이나, 여기서는 소리가 큰 것을 형용하는 말.

豕狗 시후: 돼지가 우는 소리.

번역의 동이

2-1　　　이렇게 본다면～코골이와 같다

*　　이렇게 본다면 잘 짓고 못 짓는 것은 내게 있고 헐뜯고 칭찬하는 것은 남에게 있는 것이니 그 마
치 귀가 울고 코를 고는 것과 같다. 홍기문, 181면

*　　이로써 본다면 글을 잘 쓰고 못 쓰는 것은 나에게 있고, 헐뜯거나 칭찬하는 일은 남에게 있다. 비
유하자면 저 이명(耳鳴)과 코골기와 같은 것이다. 이동환, 261면

*　　이로써 본다면 잘함과 못함은 나에게 있어도, 헐뜯음과 기림은 남에게 있어, 비유하면 귀가 울고
코를 고는 것과 같다. 이익성, 131면

*　　이렇게 본다면 글을 잘 짓고 못 짓는 것은 내게 달려 있고, (그 글을) 헐뜯고 칭찬하는 것은 남에
게 달려 있다. 마치 귀가 울리거나 코를 고는 것과도 같다. 리가원·허경진, 18면

*　　이렇게 본다면 글을 잘 짓고 못 짓고는 내게 달려 있고 비방과 칭찬 등의 평가는 남에게 달려 있
어 마치 이명증(耳鳴症)이나 코를 고는 것과 같다. 김혈조, 97면

*　　이로 볼진대 얻고 잃음은 내게 달려 있지만 기리고 헐뜯음은 남에게 있다. 비유하자면 이명(耳鳴)
이나 코골기와 같다. 정민, 45면

*　　이로써 보자면 글이 잘되고 못되고는 내게 달려 있고 비방과 칭찬은 남에게 달려 있는 것이니, 비
유하자면 귀가 울리고 코를 고는 것과 같다. 신호열·김명호, 295면

2-2　　　얘, 이 소리～별 같단다

*　　너 이 소리 좀 들어보아라. 내 귀에서 잉하는 소리가 나는구나! 피리는 부는 소리, 생황을 부는 소
리가 다 들린다. 마치 별처럼 동그랗게 들린다. 홍기문, 181면

*　　얘, 너 이 소리 좀 들어봐. 내 귀에서 앵 소리가 나네. 피리 부는 소리, 생황 부는 소리가 다 들린
다. 마치 별처럼 동그랗게 들린다. 이동환, 261면

*　　네가 이 소리를 들어보라, 내 귀가 앵앵거린다. 칼고리 소리인 듯 피리를 부는 듯 소리가 둥글둥
글해서 별과 같다. 이익성, 131면

- 너 이 소리를 들어 봐라. 내 귀에서 잉 하는 소리가 난단다. 피리 부는 소리에다 생황 부는 소리까지, 마치 별처럼 동그랗게 들린다. 리가원·허경진, 18면
- 너 이 소리 좀 들어볼래? 내 귀가 앵앵거린다. 마치 생황(笙簧)을 부는 듯, 피리를 부는 듯 그 소리가 동글동글한 별 모양 같아. 김혈조, 98면
- 얘! 너 이 소리를 들어 보아라. 내 귀가 우는구나. 피리를 부는 듯, 생황을 부는 듯, 마치 별처럼 동그랗게 들려! 정민, 45면
- 너 이 소리 좀 들어 봐라. 내 귀에서 앵앵 하며 피리 불고 생황 부는 소리가 나는데 별같이 동글동글하다! 신호열·김명호, 295면

2-3 그 소리는~나는 그런 적 없소이다

- 휘파람을 부는 듯, 탄식을 하는 듯, 천천히 숨을 쉬는 듯, 불을 부는 듯, 물이 끓는 듯, 빈 수레가 덜컥거리는 듯한데 들이쉴 때에는 톱을 켜다가 내쉴 때에는 돼지처럼 씨근거리였다. 옆의 사람이 잡아 일으킨즉 그는 불끈 골을 내면서 말하기를 『내가 언제 코를 골았단 말요?』 홍기문, 182면
- 마치 숨이 막히듯, 휘파람을 부는 듯, 탄식을 하는 듯, 한숨을 쉬는 듯, 불을 부는 듯, 물이 끓는 듯 빈 수레가 덜컥거리는 듯한데 들이쉴 때는 톱을 켜는 듯하다가 내쉴 때는 돼지가 씨근거리는 듯했다. 같이 자던 사람이 흔들어 깨우자, 그는 불끈 골을 내면서 "내가 언제 골았단 말이요?" 했다. 이동환, 261면
- 노래 같고 휘파람 같으며 탄식 같고 한숨 같으며 불을 부는 것 같고 솥이 끓는 것 같으며 빈 수레 바퀴를 굴리는 것 같았다. 숨을 당겨 들일 때는 톱〔鋸〕소리가 나고 뿜어낼 때에는 돼지가 꿀꿀대는 것 같았다. 남이 흔들어 깨우자 벌컥 성을 내며, "나는 그런 일이 없다." 하였다. 이익성, 131면
- 게우는 소리 같기도 하고, 휘파람 소리 같기도 했다. 탄식하는 소리 같기도 하고, 숨을 내쉬는 소리 같기도 했다. 불을 부는 것 같기도 하고, 솥에서 물이 끓는 것 같기도 했으며, 빈 수레가 덜컥거리는 것 같기도 했다. 들이쉴 때에는 톱을 켜는 소리를 내다가 내쉴 때에는 돼지 소리를 냈다. 옆 사람이 잡아 일으켜 깨우자, 그가 불끈 성내면서 말하였다. "나는 코를 곤 적이 없소." 리가원·허경진, 18~19면
- 토하는 듯, 휘파람 부는 듯, 탄식하는 듯, 숨을 내뱉는 듯, 불을 부는 듯, 물이 끓는 듯, 빈 수레가 엎어지듯 하여 숨을 들이쉴 때는 뻑뻑 톱 켜는 소리가 나고, 내쉴 때는 씩씩 돼지가 씨근거리는 것 같았다. 옆 사람이 흔들어 깨우자 그는 벌컥 성을 내며, "내가 언제 코를 골았단 말인가?" 김혈조, 98면
- 게우는 소리 같기도 하고, 휘파람 소리 같기도 하고, 탄식하거나 한숨 쉬는 소리 같기도 하며, 불을 피우는 듯, 솥이 부글부글 끓는 듯, 빈 수레가 덜그덕거리는 듯하였다. 들이마실 때에는 톱을 켜는 것만 같고, 내쉴 때에는 돼지가 꽥꽥거리는 듯하였다. 남이 흔들어 깨우자 발끈 성을 내면서 말하기를, "내가 언제 코를 골았는가?" 하는 것이었다. 정민, 45면
- 마치 토하는 것도 같고, 휘파람 부는 것도 같고, 한탄하는 것도 같고, 숨을 크게 내쉬는 것도 같고, 후후 불을 부는 것도 같고, 솥의 물이 끓는 것도 같고, 빈 수레가 덜커덩거리며 구르는 것도 같았으며, 들이실 땐 톱질하는 소리가 나고, 내뿜을 때는 돼지처럼 씩씩대었다. 그러다가 남이 일깨워 주자 발끈 성을 내며 "나는 그런 일이 없소." 하였다. 신호열·김명호, 295~296면

3　　　쯧쯧! 제 혼자 아는 게 있을 경우 남이 그걸 모르는 걸 걱정하고, 자기가 미처 깨닫지 못한 게 있을 경우 남이 그걸 먼저 깨닫는 걸 싫어한다. 어찌 코와 귀에만 이런 병통이 있겠는가! 문장의 경우는 이보다 더 심하다. 이명耳鳴은 병이건만 남이 알아주지 않는다고 답답해하니 병이 아닌 경우에는 말할 나위가 있겠는가! 코를 고는 건 병이 아니건만 남이 흔들어 깨우면 골을 내니 병인 경우에는 말할 나위가 있겠는가! 그러므로 이 책의 독자가 이 책을 하찮은 기와 조각이나 돌멩이처럼 여겨 버리지 않는다면 저 화공畵工의 그림에서 흉악한 도적놈의 험상궂은 모습을 보게 되듯이 진실함을 볼 수 있으리니, 설사 이명은 듣지 못하더라도 나의 코골이를 일깨워 준다면 그것이 아마도 글쓴이의 본의本意일 것이다.

　　　嗟乎![1] 己所獨知者, 常患人之不知, 己[2]所未[3]悟者, 惡[4]人先覺,[5] 豈獨鼻耳有是病哉! 文章亦有甚焉耳.[6] 耳鳴, 病也, 閔[7]人之不知, 況其不病者乎; 鼻鼾, 非病也, 怒人之提醒,[8] 況其病者乎![9] 故覽斯卷者, 不棄瓦礫,[10] 則畵史之渲墨, 可得劇盜[11]之突鬐;[12] 毋[13]聽耳鳴,[14] 醒[15]我鼻鼾, 則庶乎作者[16]之意也.[17]

원문풀이

渲染: 색칠할 때 한쪽을 진하게 하고 다른 쪽으로 갈수록 차차 엷게 칠하는 일. 순우리말로 '바

---

1) **嗟乎** 『종북소선』에는 "故"로 되어 있고, 한씨문고본과 용재문고본에는 "嗟呼"로 되어 있다.
2) **己** 한씨문고본과 용재문고본에는 빠져 있다.
3) **未** 『종북소선』에는 "不"로 되어 있다.
4) **惡** 『종북소선』과 『병세집』에는 "衆"으로 되어 있다.
5) **惡人先覺** 한씨문고본에는 "惡人之先覺"으로 되어 있고 용재문고본에는 "惡人□先覺"으로 되어 있다.
6) **文章亦有甚焉耳** 『종북소선』에는 "文章亦然耳"로 되어 있다.
7) **閔** 『종북소선』에는 "悶"으로 되어 있다.
8) **提醒** 『종북소선』에는 "搖惺"으로 되어 있다.
9) **況其病者乎** 『종북소선』에는 "又況其病者乎"로 되어 있다.
10) **瓦礫** 『종북소선』과 『병세집』에는 "糞壤"으로 되어 있고, 영남대본에는 "瓦礫一作糞壤"이라는 두주頭註가 달려 있다.
11) **劇盜** 『종북소선』과 『병세집』에는 "狗屠"로 되어 있고, 영남대본에는 "劇盜一作狗屠"라는 두주가 달려 있다.
12) **鬐** 『종북소선』에는 "鬢"으로 되어 있고, 『병세집』에는 "鬂"으로 되어 있다.
13) **毋** 『병세집』에는 "無"로 되어 있다.
14) **毋聽耳鳴** 『종북소선』에는 "不問耳鳴"으로 되어 있다.
15) **醒** 『종북소선』에는 "惺"으로 되어 있다.
16) **者** 망창장재본 갑에는 "文"으로 되어 있다.
17) **庶乎作者之意也** 『종북소선』에는 "庶乎其作者之意也"로 되어 있다.

림'이라고 함.

突鬢: 봉두난발蓬頭亂髮을 뜻하는 말로, 『장자』莊子 「설검」說劍에서 유래한다. 해당 구절을 옮
　　기면 다음과 같다: "庶人之劍, 蓬頭突鬢垂冠, 曼胡之纓, 短後之衣, 瞋目而語難."

번역의 동이

3-1　　　쯧쯧~깨닫는 걸 싫어한다
▪　　아하! 자기가 혼자만 아는 것은 남이 몰라 주어서 걱정이요 자기가 깨닫지 못하고 있는 것은 남이
일깨워 주는 것도 마땅치 않다. 홍기문, 182면
▪　　아하! 자기 혼자만 아는 것은 남이 몰라 주어서 늘 걱정이요, 자기가 깨닫지 못하고 있는 것을 남
이 일깨워 주는 것이 마땅찮다. 이동환, 261면
▪　　아아, 제가 홀로 아는 바를 남이 알아주지 못함을 항상 걱정하고 제가 미처 깨닫지 못한 것을 남
이 먼저 깨쳤음을 미워한다. 이익성, 132면
▪　　아아, 자기 혼자만 아는 것은 언제나 남이 몰라 주어서 걱정이고, 자기가 깨닫지 못하고 있는 것
을 남이 먼저 일깨워 주는 것도 싫어한다. 리가원·허경진, 19면
▪　　아하! 자기 혼자만 아는 것은 남이 알아주지 못함을 항상 걱정하고, 자기가 미처 깨닫지 못한 것
은 남이 먼저 깨달을까 기피한다. 김혈조, 98면
▪　　아아! 자기가 혼자 아는 것은 언제나 남이 알아주지 않아 걱정이고, 자기가 미처 깨닫지 못하는
것은 남이 먼저 앎을 미워한다. 정민, 45면
▪　　아, 자기만이 홀로 아는 사람은 남이 몰라줄까 봐 항상 근심하고, 자기가 깨닫지 못한 사람은 남
이 먼저 깨닫는 것을 싫어하나니 신호열·김명호, 296면

3-2　　　그러므로 이 책의~본의本意일 것이다
▪　　그렇기 때문에 이 책을 보는 사람이 기왓장이나 조약돌과 같이 내던지지 않는다면 화가의 붓끝에
서 흉악한 도적놈의 협수룩한 대가리가 살아 나올 것이며 귀가 우는 것은 듣지 않더라도 코를 고는 것
만 일깨워 준다면 이 거의 작가의 본의로 될 것이다. 홍기문, 182면
▪　　그러므로 이 문고(文稿)를 보는 사람이 기와조각이라 해서 버리지만 않는다면, 화가의 붓끝에서
흉악한 도적놈의 그 창대 같은 구레나룻이 뻗친 험상궂은 꼬락서니를 볼 수 있을 것이다. 그리고 이명
은 들어주지 않는다 하더라도 코를 고는 것만 일깨워준다면 거의 작가의 본의가 될 것이다. 이동환, 262면
▪　　까닭에 이 책을 보는 자가 기와부스러기 같은 것도 버리지 않는다면 화사(畵史)가 먹물을 뿌려서
몹쓸 도적의 잡아맨 귀밑머리도 그려낼 수가 있을 것이다. 귀 우는 소리를 듣지 말고 나의 코 고는 것
을 깨우쳐주면 거의 작가의 뜻이겠다. 이익성, 131면
▪　　그러므로 이 책을 보는 사람들이 기왓장이나 조약돌같이 내버리지 않는다면, 화가의 붓 끝에서
극악무도한 도둑의 텁수룩한 대가리가 살아 나올 것이다. 귀가 울리는 것을 듣지 않고 코고는 것을 일
깨워 준다면, 작가의 뜻에 거의 가까워진 셈이다. 리가원·허경진, 19면

- 그러므로 나의 『공작관문고』(孔雀館文稿)를 보는 사람이 깨진 기와나 자갈 부스러기처럼 하찮은 것이라도 내버리지 않고 읽는다면 화공이 먹물을 바림질하여 흉악한 도적놈의 협수룩한 머리를 살아 있듯 그려낼 수 있을 것이다. 나의 병인 이명증은 들으려 하지 말고 나의 코고는 것만 일깨워준다면 얼추 작가의 진의(眞意)를 얻으리라. 김혈조, 98면
- 그러므로 이 책을 보는 자가 기왓장 자갈돌이라 해서 버리지 않는다면 화공(畵工)의 번지는 먹에서 흉악한 도적의 뻗친 수염을 얻을 수 있을 것이다. 이명을 듣지 않고 내 코골기를 깨닫는다면 작가의 뜻에 거의 가까워질 것이다. 정민, 46면
- 그러므로 이 책을 보는 사람이 부서진 기와나 벽돌도 버리지 않는다면, 화공의 선염법(渲染法)으로 극악한 도적의 돌출한 귀밑털을 그려낼 수 있을 것이요, 남의 귀 울리는 소리를 들으려 말고 나의 코 고는 소리를 깨닫는다면 거의 작자의 뜻에 가까울 것이다. 신호열·김명호, 296면

❀ 『종북소선』

[1] 文以寫意, 則止而已矣. 彼臨題操毫, 忽思古語, 强覓經旨, 字字矜莊者, 譬如招工寫眞, 更容
貌而前也. 目視不轉, 衣紋如拭, 雖良畵史, 難得其意. 爲文者, 亦何異於是哉! 語不必大, 道
分毫釐, 所可道也, 糞壤何棄? 故檮杌惡獸, 楚史是名, 推埋狗屠, 遷﹑固生色. 爲文者, 惟其眞
而已矣.

[2] 由是觀之, 得失在我, 毁譽在人, 譬如耳鳴而鼻鼾. 小兒嬉庭, 其耳忽鳴, 哦然而喜, 潛謂鄰兒
曰: "爾聽此聲! 我耳其嚶. 奏譯吹笙, 其團如星." 鄰兒傾耳相接, 竟無所聽, 悶然叫號, 恨人
之不知也. 嘗与鄉人宿, 鼾息磊磊, 如欸如哇, 如吹火, 如鼎之沸, 如空車之頓轍, 引者鉅鍜,
噴者豕狗. 被人搖惺, 勃然而怒曰: "我無是矣!"

[3] 故己所獨知者, 常患人之不知, 己所不悟者, 衆人先覺, 豈獨鼻耳有是病哉! 文章亦然耳. 耳
鳴, 病也, 悶人之不知, 況其不病者乎; 鼻鼾, 非病也, 怒人之搖惺, 又況其病者乎! 故覽斯卷
者, 不棄糞壤, 則畵史之渲墨, 可得狗屠之突鬢; 不問耳鳴, 惺我鼻鼾, 則庶乎其作者之意也.

❀ 『병세집』

[1] 文以寫意, 則止而已矣. 彼臨題操毫, 忽思古語, 强覓經旨, 字字矜莊者, 譬如招工寫眞, 更容
貌而前也. 目視不轉, 衣紋如拭, 雖良畵史, 難得其意. 爲文者, 亦何異於是哉! 語不必大, 道
分毫釐, 所可道也, 糞壤何弃? 故檮杌惡獸, 楚史取名, 椎埋狗屠, 遷﹑固是叙. 爲文者, 惟其眞
而已矣.

[2] 是以觀之, 得失在我, 毁譽在人, 譬如耳鳴而鼻鼾. 小兒嬉庭, 其耳忽鳴, 啞然而喜, 潛謂鄰兒
曰: "爾聽此聲! 我耳其嚶. 奏譯吹笙, 其團如星." 鄰兒傾耳相接, 竟無所聽, 閔然叫號, 恨人
之不知也. 嘗與鄉人宿, 鼾息磊磊, 如哇如欸, 如欸如噓, 如吹火, 如鼎之沸, 如空車之頓轍,
引者鉅鍜, 噴者豕狗. 被人提醒, 勃然而怒曰: "我無是矣!"

[3] 嗟乎! 己所獨知者, 常患人之不知, 己所未悟者, 衆人先覺, 豈獨鼻耳有是病哉! 文章亦有甚
焉耳. 耳鳴, 病也, 閔人之不知, 況其不病者乎; 鼻鼾, 非病也, 怒人之提醒, 況其病者乎! 故覽
斯卷者, 不棄糞壤, 則畵史之渲墨, 可得狗屠之突鬢; 無聽耳鳴, 醒我鼻鼾, 則庶乎作者之意也.

❀『종북소선』의 비평

〖 미평 〗

• 증자曾子는 왜 죽기 직전에 대자리를 바꾼 것일까? 대부大夫인 계손씨季孫氏가 하사한 선물이 싫었던바 죽기 직전에라도 대자리를 바꾸는 것이 예禮였기 때문이다. 어째서 예인가? 예에 맞지 않는 선물은 바꿀 수 있음으로써이다. 증자가 이 대자리에 누워 병이 위독할 때 머리는 혼미하고 숨이 가늘어지면서도 '사람이 죽을 땐 착한 말을 하고 새도 죽을 땐 구슬피 운다'는 말로 사람들을 깨우쳐 주고 또 '내 손과 내 발을 살펴보아라'라는 말로 사람들을 가르쳐 주었으되, 자신이 누워 있는 대자리에 대해서는 미처 깨닫지 못했다. 증원曾元 등은 옷의 띠를 풀거나 눈 붙일 겨를도 없을 만큼 경황이 없어 증자가 깔고 있는 대자리를 보지 못했을 터이고, 또 비록 보았다 하더라도 짐짓 아무 말도 않았을 것이다. 유독 동자가 총명하고 지혜로워 촛불로 대자리를 비추며 사실을 밝혀 말하였다. 증원이 그런 줄 알았으면서도 동자의 말을 제지한 것은 그 부친을 번거롭게 할까 염려해서였다. 그런데 그 말을 들은 증자는 증원을 꾸짖고선 깔고 있는 대자리를 바꾸게 했다.

　대저 '역책'易簀이라는 두 글자는 참으로 근엄한 말인지라, 사람마다 그런 행동을 할 수 있는 것도 아니요, 사람마다 그런 말을 쓸 수 있는 것도 아니다. 그런데 오늘날 남의 전기傳記를 짓는 자나 묘비墓碑며 묘지墓誌를 짓는 자나 제문祭文을 짓는 자나 행장行狀을 짓는 자는, 그 대상 인물이 위독해 죽게 되면 반드시 "대자리를 바꾸었다"라고 말하니 어찌 그리 예禮에 어긋나는지! 사람마다 모두 대부와 교제할 수 있는 것은 아니며, 비록 교제하더라도 반드시 선물을 하사받는 것은 아니며, 또 대자리를 하사받더라도 반드시 병이 위독할 때 허물을 깨닫는 것도 아니며, 비록 허물을 깨닫는다고 하더라도 반드시 증자처럼 대자리를 바꾸는 것도 아닌바, 결코 그런 말을 써서는 안 된다. 이는 경전의 가르침을 어둡게 하는 것이고, 글자의 본의本義를 잃게 만드는 것이며, 글 쓰는 법을 무너뜨리는 일이다. 글을 짓는 자는 이른바 '옛말에 어떤 좋은 말이 있는가를 생각한다든가 억지로 경전의 그럴듯한 말을 뒤져서는 참된 뜻을 얻기 어렵다'라는 말을 명심해야 할 것이다.

曾子何以易簀也? 惡夫大夫之賜也, 將終而易之者, 是禮也. 曷爲禮也? 克易其非禮之賜也. 曾子臥此簀而疾病也, 頭涔涔也, 息奄奄也, 謹言其善言善鳴之喩、啓手啓足之訓, 不自覺其簀也. 曾元之屬, 衣不解帶, 目不交睫, 不遑見之, 縱日見之, 故不言之. 惟童子明慧, 因燭輝而觸簀, 光而言之, 曾元知之, 從以止之, 恐其親之煩動, 曾子聞之, 責曾元而易厥簀也. 夫易字簀字, 丁寧謹嚴, 匪人人之可辨, 匪人人之可冒. 今夫傳人者, 碑誌人者, 祭文人者, 行狀人者, 言其人之疾病, 必曰易簀, 何其非禮也! 人未必有大夫之交, 雖有交焉, 未必有賜, 雖有賜簀, 未必疾病而覺之, 雖曰覺之, 未必如曾子而易之, 決不可以冒之也. 此經訓晦矣, 字義缺矣, 書法墜矣. 作文者, 不可不知此所謂 '忽思古語, 强覓經旨, 難得其意'者也.

역문풀이

대자리: 대로 결어 만든 자리. 원문의 "簀"책은 침상 위에 까는 대자리로, 대를 잘게 쪼개 엮은 자리를 말한다.

대자리를 바꾼 것: 원문은 "易簀"역책인데 죽음을 가리키는 말이다. 증자曾子는 일찍이 대부大夫 계손씨季孫氏로부터 대자리를 선물 받은 적이 있었다. 훗날 그는 병에 걸려 위독할 때 이 대자리를 침상에 깔고 누워 있었는데, 임종臨終할 무렵 자기가 그 대자리를 쓰는 것이 예禮에 합당한 일이 아님을 깨닫고는 그 대자리를 다른 것으로 바꾼 뒤 운명하였다. 여기서 이 말이 유래한다. 계손씨가 선물한 대자리를 사용하는 것이 예에 합당치 않다고 여겼던 데 대해서는 두 가지 설이 제기되어 있다. 하나는 대자리를 선물한 계손씨가 노魯나라에서 전횡을 일삼던 인물이기 때문이라는 설이고, 다른 하나는 증자 자신이 대부를 지낸 적이 없었으므로 대부용 대자리를 사용하는 일이 예에 맞지 않기 때문이라는 설이다. 미평眉評은 이 가운데 첫번째 설에 의거한 것처럼 보인다. 『예기』禮記「단궁」檀弓 상上의 다음 글에 해당 사실이 보인다: "증자가 와병 중이었는데 위독했다. 악정자춘樂正子春(노나라 귀족으로서 증자의 제자)은 병상 아래 앉아 있고, 증원曾元(증자의 아들)과 증신曾申(증자의 아들)은 발치에 앉아 있었으며, 동자는 구석에 앉아 촛불을 잡고 있었다. 동자가 말하길 '그림이 그려져 있고 화려한 걸 보니 대부의 대자리 같네요?'라고 하자, 자춘子春이 말하길 '잠자코 있게'라고 하였다. 증자가 이 말을 듣고 놀라며 '아!'라고 하였다. 동자가 거듭 말하길 '그림이 그려져 있고 화려한 걸 보니 대부의 대자리 같네요?'라고 하자, 증자가 말하기를 '그렇다. 이것은 계손이 하사한 물건인데 내가 아직 다른 대자리로 바꾸어 깔지 못했구나. 원元아! 일어나서 내 자리를 바꿔라'라고 하였다. 증원이 말했다. '아버지 병이 위독하셔서 지금 움직일 수가 없사오니 내일 아침에 바꾸었으면

합니다.' 그러자 증자가 이렇게 말했다. '네가 나를 사랑함이 저 동자만 못하구나. 군자가 남을 사랑함은 남의 덕을 이뤄 줌이요, 소인이 남을 사랑함은 남을 고식적으로 대해 줌이거늘, 내가 어느 쪽을 바라겠느냐? 나는 바른 것을 얻고 죽으면 그것으로 족하다.' 이에 증자를 부축하여 일으켜 자리를 바꿨는데 자리로 돌아가 채 눕기 전에 숨을 거두었다."

사람이 죽을 땐~구슬피 운다: 증자가 자신을 문병 온 맹경자孟敬子에게, 곧 죽을 사람이 하는 말은 들을 만하다고 하면서 자기가 들려준 군자의 몸가짐에 대한 충고를 명심하라는 의도로 한 말. 『논어』「태백」泰伯에 이 사실이 보인다.

내 손과 내 발을 살펴보아라: 임종을 앞두고 제자들에게 한 증자의 말로, 부모가 물려준 신체를 잘 보존하는 것이 효孝의 시작인바, 죽는 날까지 몸을 삼가 효도하는 마음을 가져야 한다는 점을 일깨우기 위해 한 말. 『논어』「태백」에 이 사실이 보인다.

증원曾元: 증자의 아들.

증원이 그런 줄~제지한 것: 여기에는 착오가 있는바, 『예기』「단궁」 상上에 따르면 동자의 말을 제지한 것은 증원이 아니라 증자의 제자 악정자춘樂正子春이다.

제문祭文: 한문 문체의 하나로 죽은 사람을 애도하는 뜻을 드러낸 글. 흔히 제물祭物을 올리고 축문祝文처럼 읽는다.

행장行狀: 한문 문체의 하나로 죽은 이의 친구나 제자, 자식이 죽은 이의 평생 행적을 자세히 기록한 글. 묘지명이나 묘갈명을 짓는 데 주요한 참고 자료로 쓰인다.

옛말에 어떤 좋은 말~참된 뜻을 얻기 어렵다: 이 작품 ①의 내용에서 따온 말.

원문풀이

曾子何以易簀也~責曾元而易厥簀也: 『예기』「단궁」 상의 다음 글에 이 사실이 보인다. "曾子寢疾病, 樂正子春坐於牀下, 曾元·曾申坐於足, 童子隅坐而執燭, 童子曰: '華而睆, 大夫之簀與?' 子春曰: '止!' 曾子聞之, 瞿然曰: '呼!' 曰: '華而睆, 大夫之簀與?' 曾子曰: '然. 斯季孫之賜也, 我未之能易也. 元! 起易簀!' 曾元曰: '夫子之病革矣, 不可以變. 幸而至於旦, 請敬易之.' 曾子曰: '爾之愛我也, 不如彼. 君子之愛人也, 以德; 細人之愛人也, 以姑息. 吾何求哉? 吾得正而斃焉, 斯已矣.' 擧扶而易之, 反席, 未安而沒."

傳: 한문 문체의 하나로 한 개인의 사적을 기록한 글. 사마천의 『사기』 열전列傳에서 유래한다.

碑誌: 한문 문체의 하나로 죽은 이의 생전의 사적을 기록한 글. 흔히 산문으로 이루어진 서문과 운문으로 이루어진 명銘으로 구성되며, 묘지명墓誌銘, 묘비명墓碑銘, 신도비명神道碑銘, 묘갈명墓碣銘 등이 여기에 해당된다.

涔涔잠잠: 병으로 괴로워하는 모양.

奄奄: 숨이 미약한 모습.

衣不解帶: 경황이 없어 띠를 풀 겨를도 없다는 뜻. 병든 부모를 효성스레 돌보는 자식의 태
    도를 표현한 말. 『진서』晉書 「왕상전」王祥傳에 “父母有疾, 衣不解帶, 湯藥必親嘗”이라는
    구절이 보인다.

目不交睫: ‘교첩’交睫은 잠을 자기 위해 눈을 감는다는 뜻인바, 눈 붙일 겨를도 없이 바쁘거
    나 경황이 없는 상황을 나타낸 말. 『한서』 권49에 수록된 「원앙전」爰盎傳에 “陛下居代時,
    太后嘗病三年, 陛下不交睫解衣, 湯藥非陛下口所嘗, 弗進”이라는 구절이 보인다.

善言善鳴之喩:『논어』「태백」의 다음 글에서 유래하는 말이다: “曾子有疾, 孟敬子問之. 曾子
    言曰: ‘鳥之將死, 其鳴也哀; 人之將死, 其言也善. 君子所貴乎道者三. 動容貌, 斯遠暴慢
    矣; 正顔色, 斯近信矣; 出辭氣, 斯遠鄙倍矣. 籩豆之事, 則有司存.’”

啓手啓足之訓:『논어』「태백」의 다음 글에서 유래하는 말이다: “曾子有疾, 召門弟子曰: ‘啓
    予足! 啓予手!『詩』云:「戰戰兢兢, 如臨深淵, 如履薄氷」, 而今而後, 吾知免夫, 小子!’”

- 　①의 “文以寫意, 則止而已矣”에 방점旁點이 찍혀 있고 “급작스럽게 시작되니 문장의 묘
결妙訣이구만”(斗然而起, 文章妙訣)이라는 행비가 붙어 있다.

- 　①의 “招工寫眞, 更容貌而前也. 目視不轉, 衣紋如拭, 雖良畵史, 難得其意”에 원권圓圈이
쳐져 있고 “글을 짓는 데 귀하게 여기는 바는 의도가 있는 듯하기도 하고 의도가 없는 듯하
기도 하며 어느 한쪽을 즉卽하지도 않고 어느 한쪽을 여의지도 않는 것이지. 그런데 저렇게
진흙으로 빚은 사람처럼 앉아 있다면 무슨 수로 그 모발을 생생히 형용한단 말인가”(所以貴,
有意無意, 不卽不離, 此泥做底人, 安狀其毛髮颯爽)라는 행비가 붙어 있다.

- 　①의 “爲文者, 惟其眞而已矣”에 “뜻을 드러내니까 진실된 거지”(寫意, 所以眞)라는 행비가
붙어 있다.

- 　②의 “得失在我, 毁譽在人, 譬如耳鳴而鼻鼾”에 방점이 찍혀 있고 “잘 결속結束하고 잘 나
누었네”(善束得判得)라는 행비가 붙어 있다.

- 　②의 “我耳其嚶”의 “嚶” 자에 원권이 쳐져 있다.

- 　②의 “奏蹕吹笙”에서 “蹕” 자와 “笙” 자에 방점이 찍혀 있다.

- 　②의 “其團如星”의 “星” 자에 원권이 쳐져 있다.

- 　②의 “悶然叫號, 恨人之不知也”에 방점이 찍혀 있고 “빼어나군”(英妙)이라는 행비가 붙

어 있다.

- ②의 "被人搖惺, 勃然而怒曰: '我無是矣'"에 방점이 찍혀 있다
- ③의 "己所獨知者, 常患人之不知, 己所不悟者, 衆人先覺. 豈獨鼻耳有是病哉! 文章亦然耳"에 원권이 쳐져 있다
- ③의 "耳鳴, 病也, 悶人之不知, 況其不病者乎; 鼻鼾, 非病也, 怒人之搖惺, 又況其病者乎"에 방점이 찍혀 있고 "이것저것 모아놓았으되 기운 흔적이 없군"(幫湊無痕縫)이라는 행비가 붙어 있다.

역문풀이

의도가 있는 듯하기도 하고 의도가 없는 듯하기도 하며: 의도가 있다는 말은 작위성 내지 목적의식이 있다는 말이다. 이는 의도하는 바가 있는 것과 의도하는 바가 없는 것의 '사이'를 가리킨다고 해석할 수 있다. 그럴 경우 이는 연암 인식론의 핵심적 원리인 '중'中과 결부된다.

원문풀이

斗然: 돌연突然과 같은 말.

妙訣: 신묘한 비결.

英妙: 빼어남. 매우 훌륭함.

不卽不離: '즉卽하지도 않고 여의지도 않는다'는 뜻을 가진 이 말은 원래 불교 용어인데, 연암은 도道를 인식하는 핵심적 원리로 이 말을 사용한 바 있다. 여기서는 대상과 글쓰기의 관계를 가리키는 말로 쓰였다. 『연암집』권11에 수록된 「도강록」渡江錄에 "乃佛氏臨之, 曰不卽不離, 故善處其際, 惟知道者, 能之"라는 구절이 보인다.

泥做底人: '진흙으로 빚은 사람'이란 뜻으로, 이 작품 ①의 "화공畵工을 불러 초상화를 그릴 때 용모를 싹 고치고서 화공 앞에 앉아 있는 자"(招工寫眞, 更容貌而前)를 염두에 두고 한 말로 보인다.

颯爽: 명료하고 분명함.

幫湊: 원래 '부스러기를 긁어모으다'는 뜻. 원굉도袁宏道(1568~1610)의 「『설도각집』 서문」(雪濤閣集序)에 "無才者, 拾一二浮泛之語, 幫湊成詩"라는 구절이 보인다.

- 이 글의 대지大旨는 '뜻을 잘 표현하면 그것이 바로 진실된 것이다. 이것이 글을 짓는 법 문法門이다'라는 것이다. 또 자신이 아는 것과 자신이 모르는 것, 남이 아는 것과 남이 모르 는 것을 총괄하여 한 편의 글을 이루었다.

  大旨, 得意則斯眞也, 爲文之法門也. 且以自知与不自知, 人知与不人知, 綜約成文.

역문풀이

법문法門: 원래 불법佛法으로 들어가는 문을 뜻하는 말인데, 여기서는 길 또는 방법이라는 뜻.
자신이 아는 것과~남이 모르는 것: 이 작품 ③의 내용과 관련되는 말. 자신이 아는 것은 이
    명耳鳴, 자신이 모르는 것은 코골이, 남이 아는 것은 코골이, 남이 모르는 것은 이명을 가
    리킨다.

원문풀이

綜約: '약속'約束과 같은 말로, 총괄한다는 뜻.

『공작관 글 모음』 자서

글이란 뜻을 드러내면 족하다.

글을 지으려 붓을 들기만 하면 옛말에 어떤 좋은 말이 있는가를 생각한다든가 억지로 경전의 그럴듯한 말을 뒤지면서 그 뜻을 빌려 와 근엄하게 꾸미고 매 글자마다 엄숙하게 보이도록 만드는 사람은, 마치 화공畵工을 불러 초상화를 그릴 때 용모를 싹 고치고서 화공 앞에 앉아 있는 자와 같다. 눈을 뜨고 있되 눈동자는 움직이지 않으며 옷의 주름은 쫙 펴져 있어 평상시 모습과 너무도 다르니 아무리 뛰어난 화공인들 그 참모습을 그려 낼 수 있겠는가.

글을 짓는 일이라고 해서 뭐가 다르겠는가. 말이란 꼭 거창해야 하는 건 아니다. 도道는 아주 미세한 데서 나뉜다. 도道에 합당하다면 기와 조각이나 돌멩이인들 왜 버리겠는가. 이 때문에 도올檮杌이 비록 흉악한 짐승이지만 초楚나라에서는 그것을 자기 나라 역사책의 이름으로 삼았고, 무덤을 도굴하는 자는 흉악한 도적이지만 사마천司馬遷과 반고班固는 이들을 자신의 역사책에서 언급했던 것이다.

글을 짓는 건 진실해야 한다.

이렇게 본다면, 글을 잘 짓고 못 짓고는 자기한테 달렸고, 글을 칭찬하고 비판하고는 남의 소관이다. 이는 꼭 이명耳鳴이나 코골이와 같다.

한 아이가 뜰에서 놀다가 갑자기 '왜앵' 하고 귀가 울자 '와!' 하고 좋아하면서 가만히 옆의 동무에게 이렇게 말했다.

"얘, 이 소리 좀 들어봐! 내 귀에서 '왜앵' 하는 소리가 난다. 피리를 부는 것 같기도 하고 생황笙簧을 부는 것 같기도 한데 소리가 동글동글한 게 꼭 별 같단다."

그 동무가 자기 귀를 갖다 대 보고는 아무 소리도 안 들린다고 하자, 아이는 답답해 그만 소리를 지르며 남이 알지 못하는 걸 안타까워했다.

언젠가 어떤 시골 사람과 한 방에 잤는데 그는 드르렁드르렁 몹시 코를 골았다. 그 소리는 토하는 것 같기도 하고, 휘파람을 부는 것 같기도 하고, 탄식하는 것 같기도 하고, 한숨 쉬는 것 같기도 하고, 푸우 하고 입으로 불을 피우는 것 같기도 하고, 보글보글 솥이 끓는 것 같기도 하고, 빈 수레가 덜커덩거리는 것 같기도 했다. 숨을 들이쉴 땐 톱질하는 소리 같고, 숨을 내쉴 땐 돼지가 꿀꿀거리는 소리 같았다. 하지만 남이 흔들어 깨우자 발끈 성을 내며 이렇게 말했다.

"나는 그런 적 없소이다!"

쯧쯧! 제 혼자 아는 게 있을 경우 남이 그걸 모르는 걸 걱정하고, 자기가 미처 깨닫지 못한 게 있을 경우 남이 그걸 먼저 깨닫는 걸 싫어한다. 어찌 코와 귀에만 이런 병통이 있겠는가! 문장의 경우는 이보다 더 심하다. 이명耳鳴은 병이건만 남이 알아주지 않는다고 답답해하니 병이 아닌 경우에는 말할 나위가 있겠는가! 코를 고는 건 병이 아니건만 남이 흔들어 깨우면 골을 내니 병인 경우에는 말할 나위가 있겠는가! 그러므로 이 책의 독자가 이 책을 하찮은 기와 조각이나 돌멩이처럼 여겨 버리지 않는다면 저 화공畵工의 그림에서 흉악한 도적놈의 험상궂은 모습을 보게 되듯이 진실함을 볼 수 있으리니, 설사 이명은 듣지 못하더라도 나의 코골이를 일깨워 준다면 그것이 아마도 글쓴이의 본의本意일 것이다.

『말똥구슬』 서문

蜋丸集序*

[I]　　　자무子務와 자혜子惠가 밖에 놀러 나갔다가 장님이 비단옷을 입고 있는 것을 보았다네. 자혜가 휴 하고 한숨지으며 이렇게 말했지.

"저런! 자기 몸에 걸치고 있으면서도 제 눈으로 보지 못하다니."

그러자 자무가 말했지.

"비단옷을 입고 컴컴한 밤길을 가는 사람과 비교하면 누가 나을까?"

마침내 두 사람은 청허聽虛선생한테 가 물어보았네. 하지만 선생은 손사래를 치며 이렇게 말했다네.

"난 몰라! 난 몰라!"

　　　子務、子惠出遊, 見瞽者衣錦. 子惠喟然[1]歎[2]曰: "嗟乎![3] 有諸己而莫之見也." 子務曰: "夫何與[4]衣繡而夜行者?" 遂[5]相與[6]辨之於聽虛先生, 先生搖手曰: "吾不知![7] 吾不知!"[8]

*** 蜋丸集序**　　『기하실 시고략』幾何室詩藁略에는 "蛣蜣轉序"로 되어 있다. 제목 아래에 "『길강전』은 기하공幾何公의 시집 초고草藁이다. 연암 박지원이 서문을 썼다"(『蛣蜣轉』, 卽幾何公詩藁也. 燕岩朴趾源序之)라는 주가 있다.

1) **然**　『기하실 시고략』과 용재문고본에는 "肰"으로 되어 있다.

2) **歎**　한씨문고본과 용재문고본에는 "嘆"으로 되어 있다.

3) **乎**　『기하실 시고략』과 『종북소선』에는 "哉"로, 한씨문고본에는 "呼"로 되어 있다.

4) **與**　『기하실 시고략』과 『종북소선』에는 "与"로, 한씨문고본과 용재문고본에는 "如"로 되어 있다.

5) **遂**　『기하실 시고략』과 『종북소선』에는 없다.

6) **與**　『기하실 시고략』, 『종북소선』, 용재문고본에는 "与"로 되어 있다.

7) **知**　『기하실 시고략』과 『종북소선』에는 "識"으로 되어 있다.

『말똥구슬』: 최근 발견된 『기하실 시고략』幾何室詩藁略 속에 이 시집이 들어 있다.

자무子務와 자혜子惠: 김명호 교수는 '자무'子務와 '자혜'子惠를 연암의 제자인 이덕무와 유득공으로 추정하였다. 이덕무의 자는 '무관'懋官이고 유득공의 자는 '혜보'惠甫인데, '자무'의 '무'務 자는 '무관'의 '무'懋 자에서, '자혜'의 '혜'惠 자는 '혜보'의 '혜'惠 자에서 가져온 것으로 보인다. '자무'나 '자혜'처럼 이름자 첫머리에 '자'子 자를 쓰는 명명법은 『장자』에 자주 보이는데, 『장자』는 이렇게 특이한 뉘앙스를 풍기는 명칭을 지닌 인물을 가설假設하여 우언적 메시지나 철리哲理를 전달하는 수법을 곧잘 보여준다. 이런 점에 유의할 때, '자무'나 '자혜'를 군이 특정인을 가리키는 것으로 보지 않고 하나의 문학적 장치로서 설정된 가상적 인물로 보아도 무방할 것으로 판단된다.

청허聽虛선생: '청허'聽虛라는 말은 '고요함을 듣는다'는 뜻도 되고, '허심탄회한 마음으로 듣는다'는 뜻도 되는데, 실제 존재하지 않는 허구적 인물을 지칭하는 것이라고 생각된다.

蜋: '량'으로 읽어야 한다. 범아재비를 뜻할 때는 '랑'으로 읽고, 말똥구리나 쇠똥구리를 뜻할 때는 '량'으로 읽는다.

吾不知: 『장자』莊子 외편外篇 「양왕」讓王에서 탕湯임금이 천하를 누구에게 물려주는 것이 좋을지 변수卞隨와 무광務光에게 묻자, 두 사람이 모두 '吾不知也'라고 대답하는 장면이 나온다. 또 『장자』 외편 「지북유」知北遊에서 태청泰淸이 도道를 아느냐고 묻자 무궁無窮은 '吾不知'라 대답하고, 무위無爲는 '吾知道'라고 대답하는데, 이에 대해 무시無始라는 인물이 도를 모른다고 하는 것이 오히려 도를 아는 것이라고 논평하는 대목이 나온다.

1-1   비단옷을 입고~누가 나을까

- 저 수놓은 옷을 입고 밤길을 걷는 사람과 비교해서는 어떻게 될고? 홍기문, 『박지원 작품선집 1』, 191면
- 대저 비단옷을 입고 밤에 다니는 것과 어느 쪽이 낫겠나. 이익성, 『朴趾源』, 138면
- 무릇 소경이 아닌 사람이 비단옷을 입고 밤길을 가는 것과는 어느 쪽이 나을까? 김혈조, 「그렇다면 도

---

8) **知** 『기하실 시고략』과 『종북소선』에는 "識"으로 되어 있다. 한편 『기하실 시고략』에는 "子務、子惠出遊, 見瞽者衣錦~吾不知! 吾不知!"에 방점이 찍혀 있다.

로 눈을 감고 가시오.』, 184면

- 비단옷을 입고 밤길을 가는 것과 비교하면 어떨까? 정민, 『비슷한 것은 가짜다』, 35면
- 비단옷 입고 밤길을 걷는 자와 비교하면 어느 편이 낫겠는가? 신호열·김명호, 『연암집 2』, 146면

1-2 마침내 두 사람은~ "난 몰라! 난 몰라!"

- 드디어 청허선생(聽虛先生)에게로 가서 결론을 청하였더니 선생은 손을 내저으면서 말하기를 『나는 모르네. 나는 몰라.』 홍기문, 191~192면
- 드디어 서로 더불어 청허선생(聽虛先生)에게 판단해주기를 청했다. 선생은 손을 저으면서, "나도 모른다, 나도 모른다." 이익성, 138면
- 드디어 서로 논변하다가 청허(聽虛) 선생을 찾기에 이르렀다. 선생도 손을 내저으며 "나도 모르네, 나는 몰라." 김혈조, 184면
- 마침내 서로 더불어 청허 선생(聽虛先生)에게 이를 물어보았더니, 선생은 손을 내저으며 "나는 모르겠네. 나는 모르겠어" 하는 것이었다. 정민, 124면
- 그래서 마침내 청허선생(聽虛先生)에게 함께 가서 물어보았더니, 선생이 손을 내저으며, "나도 모르겠네, 나도 몰라." 하였다. 신호열·김명호, 146면

2 옛날에 말일세, 황희黃喜 정승이 조정에서 돌아오자 그 딸이 이렇게 물었다네.

"아버지, 이 있지 않습니까? 이가 어디에서 생기나요? 옷에서 생기지요?"

"그럼."

딸이 웃으며 말했네.

"내가 이겼다!"

이번엔 며느리가 물었다네.

"이는 살에서 생기지요?"

"그럼."

며느리가 웃으며 말했네.

"아버님께서 제 말이 옳다고 하시네요!"

그러자 부인이 정승을 나무라며 말했네.

"누가 대감더러 지혜롭다 하는지 모르겠군요. 옳고 그름을 다투는데 양쪽 모두 옳다니요!"

황희 정승은 빙그레 웃으며 이렇게 말했네.

"너희 둘 다 이리 와 보렴. 무릇 이는 살이 없으면 생겨날 수 없고, 옷이 없으면 붙어 있지 못하는 법이니, 이로 보면 두 사람 말이 모두 옳은 게야. 그렇긴 하나 농 안의 옷에도 이는 있으며, 너희들이 옷을 벗고 있다 할지라도 가려움은 여전할 테니, 이로 보면 이란 놈은 땀내가 푹푹 찌는 살과 풀기가 물씬한 옷, 이 둘을 떠나 있는 것도 아니고, 꼭 이 둘에 붙어 있는 것도 아니거늘, 바로 살과 옷의 '사이'에서 생긴다고 해야겠지."

昔[1]黃政丞自公而歸,[2] 其女迎謂曰: "大人知蝨乎? 蝨奚生? 生於衣歟?"[3] 曰: "然."[4] 女笑曰: "我固勝矣!"[5] 婦請曰: "蝨生於肌歟?"[6] 曰: "是[7]也."[8] 婦笑曰: "舅氏是我!" 夫人怒曰:[9] "孰[10]謂大監智? 訟而兩是!" 政丞莞爾而笑曰: "女與[11]婦來! 夫蝨非肌不化, 非衣不傅. 故兩言皆是也. 雖然,[12] 衣在籠中, 亦有蝨焉,[13] 使汝裸裎,[14] 猶將癢焉.[15] 汗氣蒸蒸, 糊氣蟲蟲,[16] 不離[17]不襯,[18] 衣膚[19]之間."[20]

1) **昔** 『기하실 시고략』에는 없다.
2) **歸** 『기하실 시고략』, 한씨문고본, 용재문고본에는 "帰"로 되어 있다.
3) **歟** 『기하실 시고략』과 『종북소선』에는 "欤"로 되어 있다.
4) **然** 『기하실 시고략』과 용재문고본에는 "肰"으로 되어 있다.
5) **我固勝矣** 『기하실 시고략』에는 원권이 쳐져 있다.
6) **歟** 『기하실 시고략』에는 없고, 『종북소선』에는 "欤"로 되어 있다.
7) **是** 『기하실 시고략』에는 "肰"으로 되어 있다.
8) **也** 『기하실 시고략』에는 없다.
9) **舅氏是我. 夫人怒曰** 『기하실 시고략』에는 방점이 찍혀 있다.
10) **孰** 『기하실 시고략』에는 "誰"로 되어 있다.
11) **與** 『기하실 시고략』, 『종북소선』, 용재문고본에는 "与"로 되어 있다.
12) **然** 『기하실 시고략』과 용재문고본에는 "肰"으로 되어 있다.
13) **焉** 『종북소선』에는 "欤"로 되어 있다.
14) **裎** 『종북소선』에는 "䄇"으로 되어 있다.
15) **焉** 『종북소선』에는 "欤"로 되어 있다.
16) **汗氣蒸蒸, 糊氣蟲蟲** 『기하실 시고략』과 『종북소선』에는 "故蝨之生也"로 되어 있다.
17) **離** 『기하실 시고략』과 『종북소선』에는 "襯"으로 되어 있다.
18) **襯** 『기하실 시고략』과 『종북소선』에는 "浮"로 되어 있다.
19) **膚** 『기하실 시고략』에는 "肌"로 되어 있다.
20) **衣在籠中, 亦有蝨焉～不離不襯, 衣膚之間** 『기하실 시고략』에는 방점이 찍혀 있다.

풀기: 풀을 먹인 기운. 예전에 옷에다 풀을 먹였기에 한 말이다.

원문풀이

蒸蒸: 푹푹 찌는 모양. 「소완정이 쓴 『여름밤 벗을 방문하고 와』에 답한 글」(酬素玩亭夏夜訪友
  記)에도 이 말이 보인다.

蟲蟲: 원래는 뜨겁게 타오르는 모양이라는 뜻이나, 여기서는 풀기가 가득한 것을 형용하는
  말로 쓰였다.

번역의 동이

2-1   그러자 부인이~양쪽 모두 옳다니요

▪   그 부인이 화를 내면서 말하기를『누가 대감더러 판결을 잘한다고 하기에 이 편 저 편 다 옳다고
하고 계신 것입니까?』 홍기문, 192면

▪   부인이 노해서 '대감을 누가 슬기있다 하는가, 송사(訟事)하는 데에 양쪽을 다 옳다 하다니' 하
였다. 이익성, 138면

▪   황 정승 부인이 나무라며 말하기를, "누가 대감더러 슬기롭다 말할 것입니까? 시비곡직을 다투는
데 양쪽 모두 옳다고 하시니." 김혈조, 21면

▪   부인이 화를 내며 말하였다. "누가 대감더러 송사(訟事)를 잘 본다 하겠수. 둘 다 옳다니요?" 정민,
36면

▪   이를 보던 부인이 화가 나서 말하기를, "누가 대감더러 슬기롭다고 하겠소. 송사(訟事)하는 마당
에 두 쪽을 다 옳다 하시니." 신호열·김명호, 146면

2-2   이로 보면 이란 놈은~생긴다고 해야겠지

▪   땀내는 무럭무럭 발하고 풀내는 풀썩풀썩 나는 그 가운데서 어느 한 편을 떨어진 것도 아니요 어
느 한 편에만 꼭 붙은 것도 아니요 바로 살과 옷의 한 중간이란 말이다. 홍기문, 193면

▪   땀이 무럭무럭 나고 풀〔糊〕냄새가 풍기면 이는 옷과 살 사이에서 떨어지지도 않고 꼭 붙어 있지
도 않는다. 이익성, 139면

▪   피부에 땀냄새가 물씬물씬 나고 옷에 풀냄새가 풀풀 나는 중에 어느 한쪽에 떨어지지도 않고 어
느 한편에 붙지도 않는 바로 피부와 옷의 중간에 있느니라. 김혈조, 21면

▪   땀기운이 물씬하고 끈적끈적한 기운이 풀풀 나는 가운데, 떨어지지도 않고 붙어 있지도 않은, 옷
과 살의 사이, 바로 거기서 이는 생기느니라. 정민, 36면

▪   땀 기운이 무럭무럭 나고 옷에 먹인 풀 기운이 푹푹 찌는 가운데 떨어져 있지도 않고 붙어 있지
도 않은, 옷과 살의 중간에서 이가 생기느니라. 신호열·김명호, 147면

3   임백호林白湖가 말을 타려 하자 마부가 나서며 아뢨다네.

"나리, 취하셨나 봅니다. 목화木靴와 갖신을 짝짝이로 신으셨습니다."

그러자 백호가 이렇게 꾸짖었지.

"길 오른쪽에서 보는 사람은 내가 목화를 신었다고 할 것이요, 길 왼쪽에서 보는 사람은 내가 갖신을 신었다고 할 테니, 내가 상관할 게 무어냐!"

林白湖將乘馬, 僕夫[1]進[2]曰: "夫子醉矣. 隻履靴[3]鞋."[4] 白湖叱曰: "由道[5]而右者, 謂我履靴,[6] 由道[7]而左者, 謂我履鞋,[8] 我何病哉!"[9]

역문풀이

임백호林白湖: 16세기 후반에 활동한 시인인 임제林悌(1549~1587)를 말한다. 백호白湖는 그 호다. 자字는 자순子順이며 별호로 풍강楓江·벽산碧山 등을 썼다. 무인 집안 출신으로, 퍽 호방하고 다정다감한 시 세계를 펼쳐 보였다. 문집으로 『임백호집』林白湖集이 전한다.

목화木靴: 예전에 벼슬아치들이 사모관대를 할 때 신던 신. 바닥은 나무나 가죽으로 만들고 녹비(사슴가죽)로 목을 길게 만들었다. 요즈음의 어그 부츠와 비슷한 모양이다.

갖신: 가죽신을 말한다. 남녀용이 있는데 각기 모양이 다르다.

원문풀이

靴: '靴'와 같다. 목화木靴를 말한다. 목화는 화자靴子라고도 한다.

---

1) **夫** 『기하실 시고략』과 『종북소선』에는 없다.
2) **進** 『기하실 시고략』과 『종북소선』에는 "告"로 되어 있다.
3) **靴** 『기하실 시고략』과 『종북소선』에는 "靴"로 되어 있다.
4) **鞋** 『기하실 시고략』, 한씨문고본, 용재문고본에는 "鞵"로 되어 있다.
5) **道** 『기하실 시고략』에는 "塗"로 되어 있다.
6) **靴** 『기하실 시고략』과 『종북소선』에는 "靴"로 되어 있다.
7) **道** 『기하실 시고략』에는 "塗"로 되어 있다.
8) **鞋** 『기하실 시고략』, 한씨문고본, 용재문고본에는 "鞵"로 되어 있다.
9) **林白湖將乘馬, 僕夫進曰~謂我履鞋, 我何病哉** 『기하실 시고략』에는 방점이 찍혀 있다.

3-1   그러자 백호가~상관할 게 무어냐

- 백호가 꾸짖기를『길 오른편에서 보는 사람은 나더러 깁신을 신었다고 할 것이요 길 왼편에서 보는 사람은 나더러 갖신을 신었다고 할 것이다. 무엇이 어떻단 말이냐?』홍기문, 193면

- 백호가 꾸짖으며 '길 오른편으로 오는 자는 내가 목화를 신었다 할 것이고 길 왼편으로 오는 자는 내가 가죽신을 신었다 할 것인데 무슨 걱정이냐' 하였다. 이익성, 139면

- 백호가 꾸짖기를, "예끼. 길 오른편에서 보는 사람은 나더러 갖신을 신었다 말할 것이며 길 왼편에서 보는 사람은 나더러 짚신을 신었다고 말할 것이니, 웬 걱정이란 말이냐?" 김혈조, 21면

- 백호가 꾸짖으며 말하였다. "길 오른편에 있는 자는 날더러 가죽신을 신었다 할 터이고, 길 왼편에 있는 자는 날더러 나막신을 신었다 할 터이니, 나와 무슨 상관이란 말이냐?" 정민, 36면

- 백호가 꾸짖으며 "길 오른쪽으로 가는 사람들은 나를 보고 짚신을 신었다 할 것이고, 길 왼쪽으로 지나가는 사람들은 나를 보고 가죽신을 신었다 할 것이니, 내가 뭘 걱정하겠느냐." 신호열·김명호, 147면

④   지금까지 말한 것으로 볼진댄, 천하에 발만큼 살피기 쉬운 것도 없지만, 그러나 그 보는 방향이 다르면 목화를 신었는지 갖신을 신었는지조차 분간하기 어려운 걸세. 그러므로 진정지견眞正之見은 실로 옳음과 그름의 '중'中에 있다 할 것이네. 가령 땀에서 이가 생기는 것은 지극히 미묘해 알기 어려운바, 옷과 살 사이에 본래 공간이 있어 어느 한쪽을 떠나 있는 것도 아니고 어느 한쪽에 붙어 있는 것도 아니며, 오른쪽도 아니고 왼쪽도 아니니, 누가 이 '중'中을 알겠나. 말똥구리는 제가 굴리는 말똥을 사랑하므로 용의 여의주를 부러워하지 않고, 용 또한 자기에게 여의주가 있다 하여 말똥구슬을 비웃지 않는 법일세.

由[1]是論[2]之,[3] 天下之易見[4]者, 莫如足, 而所見者不同, 則鞾[5]鞋[6]難辨矣. 故眞

---

1) 由 『기하실 시고략』에는 "繇"로 되어 있다.
2) 論 『기하실 시고략』과 『종북소선』에는 "觀"으로 되어 있다.
3) 由是論之 『기하실 시고략』에는 방점이 찍혀 있다.
4) 見 『기하실 시고략』과 『종북소선』에는 "知"로 되어 있다.
5) 鞾 『기하실 시고략』과 『종북소선』에는 "靴"로 되어 있다.
6) 鞋 『기하실 시고략』과 용재문고본에는 "鞵"로 되어 있다.

正之見, 固在於是非之中. 如汗之化蝨, 至微而難審, 衣膚之間, 自有其空, 不離[7]不
襯,[8] 不右[9]不左,[10] 孰得其中?[11] 蜣蜋自愛滾丸, 不羨驪龍之珠; 驪龍亦不以其珠, 笑彼
蜋[12]丸.

역문풀이

진정지견眞正之見: '참되고 바른 봄', 즉 '진정한 인식'이라는 뜻이다. 여기서 '봄'이라는 말은
　　주목을 요한다. '봄'은 인식의 핵심적 과정으로서 대상과 세계에 대한 '견해'를 형성한다.

중中: 연암이 말하는 '중'은 산술적인 의미에서의 중간이 아니라 두 개의 대립항을 **지양하면
　　서 동시에 품는** 개념에 가깝다. 이런 점에서 '중'은 '포월'抱越, 즉 '대립자를 안고 넘어서
　　는 것'이다.

원문풀이

眞正之見: 이와 비슷한 뜻의 말로 연암은 『열하일기』熱河日記 「도강록」渡江錄에서 '평등안'平
　　等眼, '여래혜안'如來慧眼이라는 말을 썼으며, 『열하일기』 「환희기」幻戱記에서도 '광명안'
　　光明眼, '진정견'眞定見이라는 말을 썼다. '평등안'과 '여래혜안'은 원래 불가佛家에서 쓰는
　　말인데, 여기서 연암은 이 말을 편견이나 차별심 없이 사물을 바라보는 지혜로운 마음이
　　라는 뜻으로 쓰고 있다.

是非之中: 연암은 『연암집』 권2의 「답임형오원도서」答任亨五原道書에서도 도道가 '중'中에 있
　　다고 주장한 바 있다. 그 내용을 보이면 다음과 같다: "도道는 어디에 있는가? (…) '정'
　　正에 있다. '정'은 어디에 있는가? '중'中에 있다. (…) '중'이 아니면 '정'의 기준이 없고,
　　'정'이 아니면 '평'을 정할 수 없으며, '평'이 아니면 '지'에 편안할 수 없다."("道將惡乎在?
　　(…) 在於正. 正惡乎在? 在於中. (…) 非中, 則莫可以準正; 非正, 則莫可以定平; 非平, 則莫可以安止.")

衣膚之間: 여기에서 '간'間은 '중'中 또는 '제'際와도 통하는 말이다. 연암은 『열하일기』 「도
　　강록」에서도 다음과 같이 피아彼我의 교계처交界處, 즉 '제'際에 도道가 있다는 주장을 편

---

7) 離　『기하실 시고략』과 『종북소선』에는 "襯"으로 되어 있다.
8) 襯　『기하실 시고략』과 『종북소선』에는 "浮"로 되어 있다.
9) 右　『기하실 시고략』에는 "左"로 되어 있다.
10) 左　『기하실 시고략』에는 "右"로 되어 있다.
11) 天下之易見者, 莫如足~不右不左, 孰得其中　『기하실 시고략』에는 원권이 쳐져 있다.
12) 蜋　『기하실 시고략』에는 "蜣"으로 되어 있다.

바 있다: "이 강은 피아彼我의 교계처交界處로서, 언덕이 아니면 곧 물이지. 무릇 천하의 민이民彝(인륜)와 물칙物則(물리物理)은 물이 언덕에 제際한 것과 같다네. 도는 다른 데서 구할 것이 아니라, 곧 이 '제'際에 있다네."(此江乃彼我交界處也, 非岸則水. 凡天下民彝物則, 如水之際岸, 道不他求, 即在其際.) 한편 이러한 '제'際에 대한 강조가 박제가朴齊家에서도 발견되는데, 이는 연암의 영향인 것으로 짐작된다. 이에 대해서는 『정유각전집』貞蕤閣全集 하下의 「형암선생시집서」炯庵先生詩集序 등을 참조할 수 있다.

不離不襯, 不右不左: 이 말은 '중'中을 통해 현상계의 양극단을 넘어서야 한다는 연암의 사유를 보여주는 말이다. 특히 이러한 '非A 非B' 식의 논리는 대립물의 동시부정을 통해 근원적이며 전일적인 도를 체득하게 하는 효과가 있는데, 불교논리학에서 고도로 발달하였다. 연암은 이러한 논리에 대해 『열하일기』의 「막북행정록」漠北行程錄에서도 다음과 같이 언급한 바 있다: "지금은 고대광실에서 좋은 음식을 차려 놓고 시녀를 수백 명씩 거느리는 즐거움이라 할지라도, 불냉불온不冷不溫의 구들목에서 불고불저不高不低의 베개를 베고 불후불박不厚不薄의 이불을 덮고 불심불천不深不淺의 잔을 들고 부주부접不周不蝶의 간間에 노니는 것과 바꾸지 않으리라."(當是時也, 雖楗題數尺, 食前方丈, 侍妾數百, 不與易不冷不溫之堗, 不高不抵之枕, 不厚不薄之衾, 不深不淺之杯, 不周不蝶之間矣.)

得: '알다'라는 뜻.

蜣蜋: '길강'蛣蜣이라고도 한다. 쇠똥구리 혹은 말똥구리를 말한다. 쇠똥을 굴리는 것이 쇠똥구리요, 말똥을 굴리는 것이 말똥구리인데 종내기는 같다.

滾: '굴리다'라는 뜻.

驪龍: 몸빛이 검은 용을 말한다. '흑룡'黑龍이라고도 한다.

번역의 동이

4-1　　그러므로 진정지견眞正之見은~할 것이네

- 그렇기 때문에 정확한 관찰은 옳고 그른 한가운데 있는 것이다. 홍기문, 193면
- 까닭에 참되고 올바른 소견은 진실로 시비하는 속에 있다. 이익성, 139면
- 그러므로 참되고 바른 소견(眞正見)은 진실로 옳고 그르다는 그 중간에 있는 것이다. 김혈조, 21면
- 그런 까닭에 참되고 바른 견해는 진실로 옳다 하고 그르다 하는 그 가운데에 있다. 정민, 37면
- 그러므로 참되고 올바른 식견은 진실로 옳다고 여기는 것과 그르다고 여기는 것의 중간에 있다.

신호열·김명호, 147면

4-2　　가령 땀에서 이가~누가 이 '중'中을 알겠나

- 땀이 이로 되는 것도 지극히 미세해서 살피기가 어렵다. 옷과 살 사이에는 제대로 공간이 있으니

어느 한 편을 떨어지지도 않고 어느 한 편에만 꼭 붙지도 않고 오른편도 아니고 왼편도 아니다. 누가 그것을 맞추어 낼 것이냐? 홍기문, 193면

▪ 땀이 이로 화하는 것 같음은 지극히 미세(微細)해서 살피기 어려운데, 옷과 살 사이에 저절로 공간이 있어 떨어지지 않고 꼭 붙지도 않으며, 오른쪽도 아니고 왼쪽도 아닌데, 누가 그 바름을 알겠나. 이익성, 139면

▪ 예컨대 땀이 변해 이로 됨은 지극히 미세하여 살피기 어렵거니와, 옷과 피부 사이에는 본래부터 약간 떠 있는 공간이 있어 어느 한쪽에 붙지도 떨어지지도 않으며 오른쪽도 왼쪽도 아니니 어느 누군들 이가 그 중간에 있음을 알 것이랴? 김혈조, 21~22면

▪ 그러나 땀이 이로 변화하는 것 같은 것은 지극히 미묘하여 살피기가 어렵다. 옷과 살의 사이에는 절로 빈 곳이 있어 떨어지지도 않고 붙어 있지도 않으며 오른쪽도 아니요 왼쪽도 아니니 누가 그 '가운데'를 얻을 수 있겠는가? 정민, 37면

▪ 예를 들어 땀에서 이가 생기는 것은 지극히 은미하여 살피기 어렵기는 하지만, 옷과 살 사이에 본디 그 공간이 있는 것이다. 떨어져 있지도 않고 붙어 있지도 않으며, 오른쪽도 아니고 왼쪽도 아니라 할 것이니, 누가 그 '중간[中]'을 알 수가 있겠는가. 신호열·김명호, 147면

⑤ 자패子珮가 내 이야기를 듣고는 기뻐하며, "말똥구슬이라는 말은 제 시에 어울리는 말이군요"라고 하고는 마침내 그의 시집을 '말똥구슬'이라 한 후 내게 그 서문을 부탁하였다. 나는 자패에게 이렇게 말했다.

"옛날 정령위丁令威가 학으로 화化하여 돌아왔으나 아무도 그를 알아보는 이가 없었으니, 이 어찌 비단옷을 입고 컴컴한 밤길을 간 격이라 하지 않겠나? 또 『태현경』太玄經이 후세에 널리 알려졌으나 정작 그 책을 쓴 양자운揚子雲은 그것을 보지 못했으니 이 어찌 장님이 비단옷을 입은 격이라 하지 않겠나? 만약 그대의 시집을 보고 한쪽에서 여의주라고 여긴다면 이는 그대의 갖신만 본 것이요, 다른 한쪽에서 말똥구슬이라고 여긴다면 이는 그대의 목화만 본 것일 테지. 그러나 사람들이 알아보지 못한다고 해서 정령위의 깃털이 달라지는 건 아니며, 자기 책이 세상에 널리 알려진 걸 제 눈으로 보지 못한다고 해서 자운의 『태현경』이 달라지는 건 아닐 테지. 여의주와 말똥구슬 중 어느 게 나은지는 청허선생께 물어볼 일이니 내가 무슨 말을 하겠나."

子珮[1]聞而喜之曰: “是可以[2]名吾詩.” 遂名其集曰『蜋[3]丸』, 屬余序之. 余謂子珮[4]曰: “昔丁令[5]威化鶴[6]而歸,[7] 人無[8]知者, 斯豈非衣繡而夜行乎?『太玄』大行, 而[9]子雲不見,[10] 斯豈非瞽者之衣錦乎? 覽斯集,[11] 一以爲龍珠, 則見子之鞋[12]矣, 一以[13]爲蜋[14]丸, 則見子之韡[15]矣. 人不知, 猶爲令[16]威之羽毛,[17] 不自見, 猶爲子雲之『太玄』.[18] 珠丸之辨, 唯[19]聽虛先生, 在吾何云乎?”[20]

역문풀이

자패子珮: 유득공의 숙부인 유연柳璉(1741~1788)을 말한다. 1777년에 ‘금’琴이라고 개명했다. 자는 연옥連玉 혹은 탄소彈素, 호는 착암窄菴 혹은 기하幾何이다. 이덕무·유득공·박제가·이서구 네 사람의 시를 가려 뽑아『한객건연집』韓客巾衍集이라는 시집을 엮어 중국에 소개하였다. 기하학에 능했으며 이 때문에 남산의 자기 서재 이름을 기하실幾何室이라고 했다. 전각에도 조예가 있었다.

정령위丁令威: 중국의 전설에 나오는 인물이다. 원래 요동 사람인데, 영허산靈虛山에서 신선 술을 닦아 학이 되어 고향 요동에 돌아와 화표주華表柱(무덤 앞에 세우는, 여덟 모로 깎은 한 쌍의 돌기둥)에 앉았으나, 마을 사람들이 그를 알아보지 못하고 활을 쏘려고 하자 슬피 울

---

1) 珮 『종북소선』, 한씨문고본, 용재문고본, 망창창재본 갑에는 “佩”로 되어 있다.
2) 以 『기하실 시고략』에는 “目”로 되어 있다.
3) 蜋 『기하실 시고략』에는 “蜣”으로 되어 있다.
4) 珮 한씨문고본, 용재문고본, 망창창재본 갑에는 “佩”로 되어 있다.
5) 令 『기하실 시고략』과『종북소선』에는 “靈”으로 되어 있다.
6) 鶴 용재문고본에는 “雀”으로 되어 있다.
7) 歸 『종북소선』에는 없다.
8) 無 한씨문고본과 용재문고본에는 “无”로 되어 있다.
9) 而 『기하실 시고략』에는 없다.
10) 見 『기하실 시고략』에는 “知”로 되어 있다.
11) 集 『기하실 시고략』과『종북소선』에는 이 글자 뒤에 “者”가 더 있다.
12) 鞋 『기하실 시고략』과『종북소선』에는 “靴”로, 한씨문고본과 용재문고본에는 “鞵”로 되어 있다.
13) 以 『기하실 시고략』에는 “目”로 되어 있다.
14) 蜋 『기하실 시고략』에는 “蜣”으로 되어 있다.
15) 韡 『기하실 시고략』에는 “鞵”로 되어 있고,『종북소선』에는 “鞋”로 되어 있다.
16) 令 『종북소선』에는 “靈”으로 되어 있다.
17) **猶爲令威之羽毛** 『기하실 시고략』에는 “足以自喜”로 되어 있다.
18) **不自見, 猶爲子雲之『太玄』** 『기하실 시고략』에는 “不自見也, 足以傳後”로 되어 있다.
19) 唯 『기하실 시고략』과『종북소선』에는 “惟”로 되어 있다.
20) **昔丁令威化鶴而歸, 人無知者~唯聽虛先生, 在吾何云乎** 『기하실 시고략』에는 원권이 쳐져 있다.

며 날아갔다고 한다.

『태현경』太玄經: 한대漢代의 저명한 문인인 양웅揚雄(기원전 53~기원후 18)이 쓴 책으로『주역』
　周易과 비슷한 체재로 지어졌다. '현'玄은 천지만물의 기원을 말하며, '태'太는 그것의 공
　력을 말한다. 양웅의 저서로는『태현경』·『법언』法言 등이 있는데, 그는 비록 당대에는
　자기가 쓴 책의 진가를 알아보는 사람이 없을지라도 후대에 반드시 그런 사람이 있으리
　라고 기대하며 책을 썼다고 한다.

양자운揚子雲: 양웅揚雄을 말한다. '자운'子雲은 그 자字다.

번역의 동이

5-1　　자패가 내 이야기를~이렇게 말했다

- 자패(子佩)가 듣고 기뻐하면서 이로써 자기 시를 이름 짓겠다고 하고 드디어 그 시집을 랑환(蜋
丸)이라고 했다. 나더러 서문을 부탁하기에 홍기문, 194면
- 자패(子佩)가 그 말을 듣고 기뻐하면서 "이것으로써 나의 시(詩)를 이름할 만하다" 하였다. 드디
어 그의 시집을『낭환집』이라 하고 나에게 서문하기를 부탁하였다. 이익성, 139면
- 자패(子珮)가 이런 얘기를 듣고 기뻐하며 그것을 자기 시집의 이름으로 삼을 만하다 하여 드디어
말똥구리란 뜻에서《낭환집(蜋丸集)》이라 명명하였다. 나에게 시집 서문을 부탁하기에 김혈조, 22면
- 자패(子珮)가 이를 듣고 기뻐하며 말하기를, "이것으로 내 시집의 이름을 삼을 만하다" 하며 마침
내 그 시집을 이름지어《낭환집(蜋丸集)》이라 하고는 내게 서문을 부탁하였다. 정민, 37면
- 자패(子珮)가 이 말을 듣고는 기뻐하며 말하기를, "이로써 내 시집(詩集)의 이름을 붙일 만하다."
하고는 드디어 그 시집의 이름을 '낭환집(蜋丸集)'이라 붙이고 나에게 서문을 지어 달라고 부탁하였
다. 신호열·김명호, 148면

5-2　　그러나 사람들이~달라지는 건 아닐 테지

- 사람들이 알지 못하더라도 정 령위의 깃과 털은 그대로요 자기 스스로 보지 못하더라도 양 자운
의 태현경은 또한 그대로일세그려. 홍기문, 194면
- 사람들이 정영위의 학(鶴) 된 것도 오히려 모르고 자운이『태현경』을 만들고도 스스로 보지 않았
다. 이익성, 140면
- 남들이 자네 시를 알아주지 못한다면 이는 정령위가 학이 된 격이고, 시집이 세상에 크게 유행하
건만 자네 스스로 볼 수 없다면 이는 양자운의《태현경》과 같이 되는 격이네. 김혈조, 22면
- 사람들이 알아주지 않음은 정령위가 학이 된 것과 같고, 스스로 보지 못함은 양웅이《태현경》을
지은 것과 한가지이다. 정민, 37면
- 남들이 그대의 시를 알아보지 못한다면 이는 마치 정령위가 학이 된 격이요, 그대의 시가 크게 유
행할 날을 스스로 보지 못한다면 이는 자운이《태현경》을 지은 격이리라. 신호열·김명호, 148면

5-3 여의주와 말똥구슬 중~무슨 말을 하겠나

- 룡의 구슬과 말똥덩이의 결론에 이르러는 오직 청허선생이 계시거니 내가 무엇이라고 말하겠는가? 홍기문, 194면

- 여룡의 구슬과 쇠똥굴이의 뭉친 덩이를 판별하는 것은 오직 청허선생이 있을 뿐인데 내가 무엇을 이르겠나. 이익성, 140면

- 자네의 시집이 여의주가 될지 똥덩어리가 될지에 대한 논변은 오직 청허 선생만이 알 터이니 내가 무엇이라 말하겠는가? 김혈조, 22면

- 여의주와 말똥을 변별할 수 있는 것은 오직 청허 선생뿐이니, 내가 무슨 말을 하겠는가? 정민, 37면

- 여룡의 구슬이 나은지 말똥구리의 말똥이 나은지는 오직 청허선생만이 알고 계실 터이니 내가 뭐라 말하겠는가. 신호열·김명호, 148면

1 子務、子惠出遊, 見瞽者衣錦. 子惠喟朕歎曰:"嗟哉! 有諸己而莫之見也." 子務曰:"夫何与衣繡而夜行者?" 相与辨之於聽虛先生, 先生搖手曰:"吾不識! 吾不識!"

2 黃政丞自公而㱆, 其女迎謂曰:"大人知蝨乎? 蝨奚生? 生於衣㱙?"曰:"朕." 女笑曰:"我固勝矣!" 婦請曰:"蝨生於肌?"曰:"朕" 婦笑曰:"舅氏是我!" 夫人怒曰:"誰謂大監智? 訟而兩是!" 政丞莞爾而笑曰:"女与婦來! 夫蝨非肌不化, 非衣不傳. 故兩言皆是也. 雖朕, 衣在籠中, 亦有蝨焉, 使汝裸裎, 猶將癢焉. 故蝨之生也, 不襯不浮, 衣肌之間."

3 林白湖將乘馬, 僕告曰:"夫子醉矣. 隻履靴韡." 白湖叱曰:"由塗而右者, 謂我履靴, 由塗而左者, 謂我履韡, 我何病哉!"

4 繇是觀之, 天下之易知者, 莫如足, 而所見者不同, 則靴韡難辨矣. 故眞正之見, 固在於是非之中. 如汗之化蝨, 至微而難審, 衣膚之間, 自有其空, 不襯不浮, 不左不右, 孰得其中? 蛣蜣自愛滾丸, 不羨驪龍之珠; 驪龍亦不以其珠, 笑彼蜣丸.

5 子珮聞而喜之曰:"是可㠯名吾詩." 遂名其集曰『蜣丸』, 屬余序之. 余謂子珮曰:"昔丁靈威化鶴而歸, 人無知者, 斯豈非衣繡而夜行乎? 『太玄』大行, 子雲不知, 斯豈非瞽者之衣錦乎? 覽斯集者, 一以爲龍珠, 則見子之靴矣, 一㠯爲蜣丸, 則見子之韡矣. 人不知, 足以自喜, 不自見也, 足以傳後. 珠丸之辨, 惟聽虛先生, 在吾何云乎?"

1 子務、子惠出遊, 見瞽者衣錦. 子惠喟然歎曰:"嗟哉! 有諸己而莫之見也." 子務曰:"夫何与衣繡而夜行者?" 相与辨之於聽虛先生, 先生搖手曰:"吾不識! 吾不識!"

2 昔黃政丞自公而歸, 其女迎謂曰:"大人知蝨乎? 蝨奚生? 生於衣㱙?"曰:"然." 女笑曰:"我固勝矣!" 婦請曰:"蝨生於肌㱙?"曰:"是也." 婦笑曰:"舅氏是我!" 夫人怒曰:"孰謂大監智? 訟而兩是!" 政丞莞爾而笑曰:"女与婦來! 夫蝨非肌不化, 非衣不傳. 故兩言皆是也. 雖然, 衣在籠中, 亦有蝨㱙, 使汝裸裎, 猶將癢㱙. 故蝨之生也, 不襯不浮, 衣膚之間."

3 林白湖將乘馬, 僕告曰:"夫子醉矣. 隻履靴鞋." 白湖叱曰:"由道而右者, 謂我履靴, 由道而左者, 謂我履鞋, 我何病哉!"

4 由是觀之, 天下之易知者, 莫如足, 而所見者不同, 則靴鞋難辨矣. 故眞正之見, 固在於是非之中. 如汗之化蝨, 至微而難審, 衣膚之間, 自有其空, 不襯不浮, 不右不左, 孰得其中? 蜣蜋自愛滾丸, 不羨驪龍之珠; 驪龍亦不以其珠, 笑彼蜋丸.

5 子珮聞而喜之曰: "是可以名吾詩." 遂名其集曰『蜋丸』, 屬余序之. 余謂子珮曰: "昔丁靈威化鶴而人無知者, 斯豈非衣繡而夜行乎?『太玄』大行, 而子雲不見, 斯豈非瞽者之衣錦乎? 覽斯集者, 一以爲龍珠, 則見子之靴矣, 一以爲蜋丸, 則見子之鞋矣. 人不知, 猶爲靈威之羽毛, 不自見, 猶爲子雲之『太玄』. 珠丸之辨, 惟聽虛先生, 在吾何云乎?"

✿ 『종북소선』의 비평

〖 미평 〗

• 다행스럽고 묘하구나! 오늘의 나란 존재는. 나보다 먼저 태어난 사람도 내가 아니고, 나보다 뒤에 태어난 사람도 내가 아니다. 나와 더불어 같은 하늘을 이고, 나와 더불어 같은 땅을 밟고, 나와 더불어 같이 먹을 것을 먹고, 나와 더불어 같이 숨을 쉬는 사람 모두가 각자 ‘나’이기는 하지만, 나의 ‘나’는 아니다. 오늘 오시午時, 납창蠟窓은 환하고 상쾌하며, 어항 속의 물고기는 뻐끔뻐끔 물거품을 내고, 『한서』漢書는 앞에 쌓여 있고, 『시경』詩經은 책상에 펼쳐져 있는데, 이 붓과 벼루로 이 「양환집서」에 이렇게 붉은 글씨로 비평을 하면서 이렇게 무수한 ‘나’라는 글자를 쓰고 있는 사람, 이 사람이 정녕 ‘나’이다. 어제는 어제의 오늘이고, 내일은 내일의 오늘이지만, 모두 오늘의 오늘이 바로 목전目前에 있어 내가 정말 누리고 있는 것만 같지 않다. 내가 오늘 이 평을 쓰는 것이 다행스럽고, 묘하고, 공교롭구나! 이것은 큰 인연이고 둘도 없는 일이다. 마침 내가 시詩에 대해 말하고, 문文에 대해 말한 것을 책으로 엮어 오늘을 즐겨야겠다는 생각이 문득 들어, 이정규李廷珪의 먹으로 징심당지澄心堂紙와 금율장경지金栗藏經紙와 설도薛濤의 완화지浣花紙에 글을 필사하고, 몹시 붉은 주사朱砂와 몹시 푸른 청대靑黛로, 우열을 정하고, 원권圓圈을 치고, 방점傍點을 찍고, 행비行批를 붙이고, 평어評語를 달고, 구두句讀를 붙였다. 사람들은 혹 책망할지 모르나 나는 두려워하지 않았고, 술동이 하나, 오래된 검 하나, 향로 하나, 등잔 하나, 벼루 하나, 매화나무 하나가 있는 속에서 내 벗에게 이것을 읽게 하리라. 내 벗은 나를 아는 자이니, 나를 안다면 나를 사랑하는 것이고, 나를 사랑한다면 어찌 내 글을 잘 읽지 않겠는가? 이렇게 하는 것은 나의 오늘을 즐기고자 해서이다. 세상 사람들은 진정 오늘을 즐길 줄 모르나니, 나 죽은 뒤의 일을 미리 생각하는 것은 내 알 바 아니다.

幸哉、妙哉, 今日之吾也! 生吾前者非吾也, 生吾後者非吾也. 与吾同戴天、同履地、同食、同息者, 皆各自吾也, 非吾之吾也. 惟今日午時, 蠟囱明快, 盆魚呷沫, 『漢書』前堆, 國風披案, 捉

此筆研, 此硃評、此「蜋丸集序」, 書此無數吾字者, 是眞吾也. 昨日者昨日之今日也, 明日者明日
之今日也, 皆不如今日之今日, 近在目前, 眞爲吾有也. 吾爲此評於今日者, 幸矣、妙矣, 而又巧
矣. 此大因緣也, 大期也. 會因忽思纂吾之日詩、日文者, 以娛今日也, 以李廷珪墨, 寫澄心堂紙、
金栗藏經紙、薛校書十樣箋, 最紅之硃、太靑之靛, 甲之乙之, 圈之點之, (批之評之, 句之讀)[1]之.
人或責之, 吾毋思之, 酒尊一、古劍一、香爐一、燈一、硯一、梅樹一之中, 使吾友讀之. 吾友知吾者
也, 知吾則愛吾, 愛吾則豈不善讀吾書也哉? 如是而已者, 娛吾之今日也. 世之人不知眞娛今日,
預圖身後者, 非吾所取也.

역문풀이

오시午時: 오전 11시부터 오후 1시까지를 가리킨다.

납창蠟窓: 밀랍蜜蠟으로 모서리를 바르거나 밀랍을 먹인 종이로 바른 창.

정녕 '나': 원문은 "眞吾"다. '진오'는 동아시아 사상사 내지 문학예술사에서 아주 중요한 개
　　념이다. 이 개념은 양명학 좌파의 인물들, 특히 이탁오에 의해서 전통과 예교禮敎의 질
　　곡과 속박을 타파하고 인간 개성을 해방하며 주체의 자유로운 유로流露를 옹호하기 위
　　한 핵심적 개념으로 고안되고 구사되었다. 그리하여 이탁오에 의해 뚜렷이 정립된 이 개
　　념에 의해 명말청초의 문인들과 예술가들은 인간의 주체성을 적극적으로 긍정하면서 감
　　정과 욕망을 자유롭게 분출하는 작품들을 활발하게 창작할 수 있었다. 문학 쪽에서는 원
　　굉도袁宏道, 서위徐渭, 탕현조湯顯祖, 장대張岱 같은 사람이 이런 지향을 보인 대표적인 인
　　물이다. 중국의 영향을 받아 17세기 이후 조선에서도 자아를 긍정하고 감정의 자유로운
　　유로를 추구하는 문인들이 나타났다. 대표적인 인물로는 허균許筠, 이용휴李用休, 이언진
　　李彦瑱, 이옥李鈺, 김려金鑢 등을 꼽을 수 있다. 이덕무의 글쓰기에서도 이런 면모가 얼마
　　간 발견된다.

이정규李廷珪의 먹: 남당南唐의 묵장墨匠(먹을 만드는 장인) 이정규가 만든 먹. 이정규는 아버지
　　이초李超, 아우 이정관李庭寬과 더불어 먹을 잘 만들기로 유명했는데, 그 중에서도 이정
　　규의 솜씨가 으뜸이었다고 한다. 남당南唐의 후주後主 이욱李煜(937~978)도 그의 먹을 애
　　용한바, 이정규의 먹은 동시대의 징심당지澄心堂紙, 용미연龍尾硯과 더불어 '문방삼보'文
　　房三寶로 꼽혔다.

---

1) 『종북소선』 사진 자료에는 괄호 속의 글자들이 촬영되지 못했다. 여기서는 전후 문맥을 고려하여 추정에 의해 복원하
였다.

316

징심당지澄心堂紙: 남당의 후주 이욱이 징심당澄心堂에서 제조하게 하여 사용했던 어지御紙. '징
　　심당'은 남당 열조烈祖 이변李昪이 금릉金陵 절도사로 있을 때 연회 및 강회를 베풀던 장
　　소로, 도서·악기·문방사우文房四友 등이 갖춰진 곳이었다. 징심당지는 특히 북송대北宋
　　代 이래로 명지名紙로 널리 알려져 북송北宋의 문인인 구양수歐陽脩, 매요신梅堯臣 등이 애
　　호하였으며, 청대淸代에 이를 모방한 '방징심당지'倣澄心堂紙가 만들어질 정도로 후대에
　　까지 크게 유행하였다.
금율장경지金栗藏經紙: 중국 절강성浙江省 해염현海鹽縣 금율산金栗山의 금율사金栗寺에 소장되
　　어 있는 대장경에 사용된 북송대의 종이. 이 종이는 금율전金栗箋이라고도 하며, 금율산
　　장경지金栗山藏經紙라는 도장이 찍혀 있다. 명대 이후 개인이 소장하기 시작하여, 청대에
　　는 진귀한 서화의 겉을 싸는 종이나 책의 첫 번째 여백지로 이용되었다.
설도薛濤의 완화지浣花紙: 당나라의 여성 시인 설도薛濤(770?~830?)가 원진元稹, 백거이白居易,
　　두목杜牧, 유우석劉禹錫 등과 시를 주고받으면서 사용했던 붉은 빛의 작은 종이. 이 종이
　　는 설도가 만년에 완화계浣花溪 부근에 은거하며 사용하였기에 '완화지'라고 하는데, 일
　　명 설도지薛濤紙라고도 한다. '완화지'의 해당 원문은 '십양전'＋牋箋으로, 십양전은 익주
　　益州에서 나던 '십양만전'＋樣萬箋이라는 종이로 열 가지 색이 있었다. 이 가운데 붉은색
　　종이가 있었으므로 '십양전'이라는 말로 설도의 완화지를 가리킨 것이 아닌가 한다.
글을 필사하고: 여기서의 '글'이란 비평의 대상으로 삼은 글 원문을 말한다.
청대靑黛: 원문은 '전'靛인데, '쪽'에서 취한 심청색의 안료다.
평어評語: 『종북소선』에는 두 가지의 평어가 보이는바, 하나는 미평眉評이고, 다른 하나는 후
　　평後評이다. '미평'은 본문 상단의 여백에 씌어져 있고, '후평'은 작품 말미에 씌어져 있다.

원문풀이

眞吾: 이 말은 명말明末의 공안파公安派가 애용한 말이다.
薛校書: 설도를 가리키는 말로, '校書'는 문서의 교열을 맡았던 관직의 명칭이다. 덕종德宗 때
　　위천韋泉이 사천안무사四川按撫使로 있으면서 설도를 불러 시를 짓게 하고, 그 문재文才를
　　칭송하여 여교서女校書라 한 데서 비롯한 말이다.
甲之乙之: '甲', '乙'은 '甲乙'을 말한다. '甲乙'은 우열, 혹은 우열을 평가한다는 뜻이다.

- ①의 "瞽者衣錦"에 "첫번째 비유로군"(一喩)이라는 행비가 붙어 있다.

- ①의 "衣繡而夜行者"에 "두번째 비유로군"(二喩)이라는 행비가 붙어 있다.

- ②의 "昔黃政丞"에 "세번째 비유로군"(三喩)이라는 행비가 붙어 있다.

- ②의 "大人知蝨乎"에 "구법句法이 좋군"(好箇句法)이라는 행비가 붙어 있다.

- ②의 "夫蝨非肌不化, 非衣不傅～使汝裸裎, 猶將癢咳. 故"에 방점이 찍혀 있다.

- ②의 "蝨之生也, 不襯不浮, 衣肌之間"에 원권이 쳐져 있다.

- ③의 "林白湖"에 "네 번째 비유로군"(四喩)이라는 행비가 붙어 있다.

- ③의 "林白湖將乘馬, 僕夫告曰, 夫子醉矣"에 방점이 찍혀 있다.

- ③의 "隻履靴鞋"에 원권이 쳐져 있다.

- ③의 "白湖叱曰, 由道而右者～謂我履鞋, 我何病哉"에 방점이 찍혀 있다.

- ④의 "眞正之見, 固在於是非之中～不右不左, 孰得其中"에 원권이 쳐져 있고, 이 구절 중 "不右不左, 孰得其中"에 "목화와 갖신에 관련된 말을 삽입한 게 몹시 재빠르군"(揷入鞋靴, 甚捷疾)이라는 행비가 붙어 있다.

- ④의 "蜣蜋"에 "다섯 번째 비유로군"(五喩)이라는 행비가 붙어 있다.

- ⑤의 "昔丁靈威"에 "여섯 번째 비유로군"(六喩)이라는 행비가 붙어 있다.

- ⑤의 "太玄"에 "일곱 번째 비유로군"(七喩)이라는 행비가 붙어 있다.

- ⑤의 "而子雲不見, 斯豈非瞽者之衣錦乎"에 "이의 비유를 내다 버리고 여러 가지 비유를 많이 모아 썼거늘, 뒤섞여 가지런하지 않구만"(舍却蝨喩, 而衆喩溱集, 錯落不齊)이라는 행비가 붙어 있다.

- ⑤의 "覽斯集, 一以爲龍珠, 則見子之靴矣, 一以爲蝨丸, 則見子之鞋矣"에 방점이 찍혀 있다.

- 필세가 예리한데다가 아래위로 내닫는 것이 마치 무인지경無人之境에 든 것 같다. 저 『시경』에 나오는 "북을 둥둥 치자 펄쩍 뛰면서 칼을 휘두르네"라는 건 이런 글을 두고 한 말이다.

　　筆勢銛利, 上下騰踏, 如入無人之境. 『詩』云: "擊鼓其鏜, 踴躍用兵", 此之謂也.

원문풀이

擊鼓其鏜, 踴躍用兵: 『시경』 패풍邶風 「격고」擊鼓에 나오는 구절이다.

『말똥구슬』 서문

자무子務와 자혜子惠가 밖에 놀러 나갔다가 장님이 비단옷을 입고 있는 것을 보았다네.
자혜가 휴 하고 한숨지으며 이렇게 말했지.

"저런! 자기 몸에 걸치고 있으면서도 제 눈으로 보지 못하다니."

그러자 자무가 말했지.

"비단옷을 입고 컴컴한 밤길을 가는 사람과 비교하면 누가 나을까?"

마침내 두 사람은 청허聽虛선생한테 가 물어보았네. 하지만 선생은 손사래를 치며 이렇게 말했다네.

"난 몰라! 난 몰라!"

옛날에 말일세, 황희黃喜 정승이 조정에서 돌아오자 그 딸이 이렇게 물었다네.

"아버지, 이 있지 않습니까? 이가 어디에서 생기나요? 옷에서 생기지요?"

"그럼."

딸이 웃으며 말했네.

"내가 이겼다!"

이번엔 며느리가 물었다네.

"이는 살에서 생기지요?"

"그럼."

며느리가 웃으며 말했네.

"아버님께서 제 말이 옳다고 하시네요!"

그러자 부인이 정승을 나무라며 말했네.

"누가 대감더러 지혜롭다 하는지 모르겠군요. 옳고 그름을 다투는데 양쪽 모두 옳다니요!"

황희 정승은 빙그레 웃으며 이렇게 말했네.

"너희 둘 다 이리 와 보렴. 무릇 이는 살이 없으면 생겨날 수 없고, 옷이 없으면 붙어 있지 못하는 법이니, 이로 보면 두 사람 말이 모두 옳은 게야. 그렇긴 하나 농 안의 옷에도 이는 있으며, 너희들이 옷을 벗고 있다 할지라도 가려움은 여전할 테니, 이로 보면 이란 놈은 땀내가 푹푹 찌는 살과 풀기가 물씬한 옷, 이 둘을 떠나 있는 것도 아니고, 꼭 이 둘에 붙어 있는 것도 아니거늘, 바로 살과 옷의 '사이'에서 생긴다고 해야겠지."

임백호林白湖가 말을 타려 하자 마부가 나서며 아뢨다네.

"나리, 취하셨나 봅니다. 목화木靴와 갖신을 짝짝이로 신으셨습니다."

그러자 백호가 이렇게 꾸짖었지.

"길 오른쪽에서 보는 사람은 내가 목화를 신었다고 할 것이요, 길 왼쪽에서 보는 사람은 내가 갖신을 신었다고 할 테니, 내가 상관할 게 무어냐!"

지금까지 말한 것으로 볼진댄, 천하에 발만큼 살피기 쉬운 것도 없지만, 그러나 그 보는 방향이 다르면 목화를 신었는지 갖신을 신었는지조차 분간하기 어려운 걸세. 그러므로 진정 지견眞正之見은 실로 옳음과 그름의 '중'中에 있다 할 것이네. 가령 땀에서 이가 생기는 것은 지극히 미묘해 알기 어려운바, 옷과 살 사이에 본래 공간이 있어 어느 한쪽을 떠나 있는 것도 아니고 어느 한쪽에 붙어 있는 것도 아니며, 오른쪽도 아니고 왼쪽도 아니니, 누가 이 '중'中을 알겠나. 말똥구리는 제가 굴리는 말똥을 사랑하므로 용의 여의주를 부러워하지 않고, 용 또한 자기에게 여의주가 있다 하여 말똥구슬을 비웃지 않는 법일세.

자패子珮가 내 이야기를 듣고는 기뻐하며, "말똥구슬이라는 말은 제 시에 어울리는 말이군요"라고 하고는 마침내 그의 시집을 '말똥구슬'이라 한 후 내게 그 서문을 부탁하였다. 나는 자패에게 이렇게 말했다.

"옛날 정령위丁令威가 학으로 화化하여 돌아왔으나 아무도 그를 알아보는 이가 없었으니, 이 어찌 비단옷을 입고 컴컴한 밤길을 간 격이라 하지 않겠나? 또 『태현경』太玄經이 후세에 널리 알려졌으나 정작 그 책을 쓴 양자운揚子雲은 그것을 보지 못했으니 이 어찌 장님이 비단옷을 입은 격이라 하지 않겠나? 만약 그대의 시집을 보고 한쪽에서 여의주라고 여긴다면 이는 그대의 갖신만 본 것이요, 다른 한쪽에서 말똥구슬이라고 여긴다면 이는 그대의 목화만 본 것일 테지. 그러나 사람들이 알아보지 못한다고 해서 정령위의 깃털이 달라지는 건 아니며, 자기 책이 세상에 널리 알려진 걸 제 눈으로 보지 못한다고 해서 자운의 『태현경』이 달라지는 건 아닐 테지. 여의주와 말똥구슬 중 어느 게 나은지는 청허선생께 물어볼 일이니 내가 무슨 말을 하겠나."

경지에게 보낸 답장 1

答京之(一)

☐ 　　이별의 말 정다웠지만, 옛말에 '천리 밖까지 따라가 배웅할지라도 끝내는 헤어져야 한다'고 했거늘 어쩌겠습니까. 다만 한 가닥 아쉬운 마음이 떠나지 않고 착 달라붙어 있어, 어디서 오는지 자취가 없건만 사라지고 나면 삼삼히 눈에 아른거리는 저 허공 속의 꽃 같사외다.

　　別語關關, 所謂'送君千里, 終當一別', 奈何奈何. 只有一端弱緒, 飄裊纏綿, 如空裡[1]幻花,[2] 來郤無從, 去復婀娜[3]耳.

역문풀이

경지京之: 조선 후기의 저명한 서예가인 이한진李漢鎭(1732~1815)을 가리키는 것으로 보인다. 호는 경산京山이고 자는 중운仲雲이며, 본관은 성주星州이다. 벼슬은 선공감繕工監 감역監役을 지냈다. 성대중成大中과 이덕무李德懋의 글에 따르면, 이한진은 전서篆書와 퉁소에 능했으며 성대중, 홍대용洪大容, 박제가朴齊家, 홍원섭洪元燮 등과 교유했다고 한다. 『청성집』青城集 권6의 「유춘오留春塢의 악회를 기록하다」(記留春塢樂會)에 의하면, 이한진이 홍대용, 김억金檍, 홍원섭과 더불어 남산에 있던 홍대용의 집인 유춘오에 모여 퉁소를 연

---

1) 裡　한씨문고본, 승계본, 영남대본, 용재문고본, 망창창재본 을에는 "裏"로 되어 있다.
2) 花　망창창재본 갑에는 "芚"로 되어 있다.
3) 娜　저본, 승계본, 망창창재본 갑, 망창창재본 을에는 "娜"로 되어 있다.

주했다고 한다. 같은 책 권6의 「양양 부사로 부임하는 연암을 전송하는 글」(送燕巖之官襄
陽序)에서는, 문장으론 박지원이 뛰어나고 전주篆籀로는 이한진이 뛰어나다고 했다. 이덕
무 또한 『청장관전서』靑莊館全書 권12의 「칠석七夕 이틀 뒤에 나주계羅朱溪와 이경산李京
山, 이사천李麝泉과 청성靑城의 직려直廬에서 술을 마시며」(七夕後二日, 羅朱溪、李京山漢鎭、李
麝泉飮靑城直廬)와 권71의 「선고先考 적성 현감 부군府君 연보 하」(先考積城縣監府君年譜下)
에서 이한진의 전서를 높게 평가한 바 있다.

허공 속의 꽃: 원문은 "幻花"인데, 실체가 없는 가상假像을 일컫는 불교 용어이다. 흔히 "공중
화"空中花라고도 한다. 『능엄경』楞嚴經에 나오는 "제이월"第二月이라는 말과 같은 뜻으로,
있는 듯하나 실제로는 없는 사물을 가리킨다. 눈이 흐릿한 사람이 달을 바라보면 환幻에
의해 달이 두 개로 보여 하늘에 두 개의 달이 있다고 생각하게 된다. 즉 미망에 빠진 중생
들은 늘 망령되이 가상을 진상眞像으로 믿는바 이것은 마치 눈이 흐릿한 사람이 공중에
꽃이 있고 하늘에 달이 둘 있다고 오인하는 것과 같다는 것이다. 『능엄경』 권2 참조.

원문풀이

關關: 새 암컷과 수컷이 서로 소리를 주고받으며 다정하게 우는 소리. 『시경』 「관저」關雎 편
　　에 "關關雎鳩, 在河之洲, 窈窕淑女, 君子好逑"라는 시구가 있다.

送君千里, 終當一別: 떠나는 사람을 아무리 멀리까지 따라가 전송한다 할지라도 끝내는 이
　　별할 수밖에 없다는 뜻으로, 배웅하는 사람에게 멀리까지 따라올 것 없다고 만류할 때
　　쓰는 말이다. 명나라 왕신중王愼中의 「장정봉에게 보낸 편지 1」(與張淨峯書 一)에 다음과
　　같은 구절이 보인다: "與洪君同行, 故送公不能遠, 然雖遠, 亦終當一別, 意到正不在此
　　也." 『준암집』遵巖集 권23 참조.

飄裊표뇨: 간들거리는 모습, 혹은 호리호리 아리따운 모습.

纏綿: 착 달라붙어 있는 것을 가리키는 말.

婀娜: 날씬하고 아리따운 모양.

번역의 동이

1-1　　　이별의 말~어쩌겠습니까

·　이별의 말이 야단스러워도 이른바 '천리 길에 그댈 보내매 마침내는 한번 이별일 뿐이니 어찌 하
나' 하는 것일세. 정민, 「연암 척독소품의 문예미」, 『한국한문학연구』 31집, 58면
·　석별의 말을 주고받았으나 이른바 '그대를 천리까지 전송해도 한 번 이별은 종당 있기 마련'인 것
을 어찌하오리까. 신호열·김명호, 『연암집 2』, 76~77면

- 다만 한 가닥 가녀린 정서가 이리저리 감겨 면면이 끊어지지 않아, 마치 허공 속의 허깨비 꽃과도 같구려. 와도 어디로조차 오는지 모르겠고, 떠나가도 다시금 애틋할 뿐이라오. 정민, 58면
- 다만 한 가닥 희미한 아쉬움이 하늘하늘 마음에 얽혀 있어, 마치 공중의 환화(幻花)가 어디선가 날아왔다가 사라지고 나서도 다시 하늘거리며 아름다운 것과 같습니다. 신호열·김명호, 77면

2 　　　지난번 백화암白華菴에 앉아 있을 때 일이외다. 암주菴主인 처화處華가 멀리 마을에서 들려오는 다듬이 소리를 듣고는 비구 영탁靈托에게 이렇게 게偈를 읊더이다.

"탁탁 하는 방망이 소리와 툭툭 하는 다듬잇돌 소리, 어느 것이 먼저인고?"

그러자 영탁은 합장하며 이렇게 말했사외다.

"먼저도 없고 나중도 없으니 그 사이에서 소리가 들리옵나이다."

　　　頃坐白[1]華菴, 菴主處華, 聞遠邨[2]風砧, 傳偈其比丘[3]靈托曰: "拯拯[4]礑礑, 落得誰先?" 托拱手曰: "不先不後, 聽是那際."

역문풀이

백화암白華菴: 강원도 회양군 내금강 장연리 금강산 표훈사表訓寺 경내에 있던 암자. 연암은 29세 때인 1765년에 금강산 일대를 유람하던 중 이 암자에 묵은 적이 있다.

암주菴主: 암자의 주인 노릇을 하는 승려.

게偈: 산스크리트어 가타gatha를 한자음으로 표기한 것이다. 한어漢語로는 "송"頌이라 번역한다. 산스크리트어와 한어를 합쳐 "게송"偈頌이라고도 한다. 부처를 찬양하거나 깨달음을

---

1) 白　저본 및 모든 이본에는 "百"으로 되어 있으나 『연암집』 권3 「금학동 별장에서 작은 모임을 가진 데 대한 기문」(琴鶴洞別墅小集記)에 의거해 바로잡는다.
2) 邨　망창창재본 갑과 망창창재본 을에는 "村"으로 되어 있다.
3) 丘　저본에는 "北"으로 되어 있으나 한씨문고본, 승계본, 망창창재본 갑에 의거해 '丘'로 바로잡는다. 망창창재본 을에는 "止"로 되어 있다.
4) 拯拯　한씨문고본, 영남대본, 용재문고본에는 "楺楺"으로 되어 있다.

읊은 말이다. 여기서는 깨달음을 읊은 말에 해당한다.

번역의 동이

2-1   탁탁 하는 방망이~어느 것이 먼저인고
- "탁탁 톡톡 하는 소리 어디 먼저 떨어질꼬?" 정민, 58면
- "'탁탁 당당' 하고 허공에서 떨어진 그 소리 누가 먼저 들었겠느냐?" 신호열·김명호, 77면

2-2   먼저도 없고~소리가 들리옵나이다
- "앞도 아니요 뒤도 아니니 들은 바로 그 지점이지요." 정민, 58면
- "먼저도 아니고 나중도 아닌, 바로 그때에 들었습니다." 신호열·김명호, 77면

③   어제 당신께서는 정자 위에서 난간을 배회하셨고, 저 역시 다리 곁에 말을 세우고는 차마 떠나지 못했으니, 서로간의 거리가 아마 한 마장쯤 됐을 거외다. 모르긴 해도 우리가 서로 바라본 곳은 당신과 제가 있던 그 사이 어디쯤이 아닐까 하외다.

昨日足下, 猶於亭上, 循欄徘徊, 僕亦立馬橋頭, 其間相去, 已爲里許, 不知兩相望處, 還是那際.

역문풀이

차마 떠나지 못했으니: 당시 연암이 경지와 유별留別했기에 한 말이다.

번역의 동이

3-1   어제 당신께서는~아닐까 하외다
- 어제 그대가 정자 위에서 난간을 돌며 서성거릴 때 나 또한 다리 께에서 말을 세우고 있었는데, 그 사이의 거리가 하마 1리 남짓 되었더랬소. 모르겠소만 그때 우리 두 사람이 서로 바라보던 곳도 바로 그 사이가 아니었겠소? 정민, 58~59면
- 어제 그대가 여전히 정자 위에서 난간을 따라 배회하고 있을 때, 이 몸도 또한 다리 가에서 말을

세우고 있었는데, 서로 떨어져 있는 사이가 아마 1리쯤 되었지요. 우리가 서로를 바라보던 때도 역시
바로 '그때'였는지 모르겠습니다. 신호열·김명호, 77면

경지에게 보낸 답장 1

이별의 말 정다웠지만, 옛말에 '천리 밖까지 따라가 배웅할지라도 끝내는 헤어져야 한다'고 했거늘 어쩌겠습니까. 다만 한 가닥 아쉬운 마음이 떠나지 않고 착 달라붙어 있어, 어디서 오는지 자취가 없건만 사라지고 나면 삼삼히 눈에 아른거리는 저 허공 속의 꽃 같사외다.

지난번 백화암白華菴에 앉아 있을 때 일이외다. 암주菴主인 처화處華가 멀리 마을에서 들려오는 다듬이 소리를 듣고는 비구 영탁靈托에게 이렇게 게偈를 읊더이다.

"탁탁 하는 방망이 소리와 툭툭 하는 다듬잇돌 소리, 어느 것이 먼저인고?"

그러자 영탁은 합장하며 이렇게 말했사외다.

"먼저도 없고 나중도 없으니 그 사이에서 소리가 들리옵나이다."

어제 당신께서는 정자 위에서 난간을 배회하셨고, 저 역시 다리 곁에 말을 세우고는 차마 떠나지 못했으니, 서로간의 거리가 아마 한 마장쯤 됐을 거외다. 모르긴 해도 우리가 서로 바라본 곳은 당신과 제가 있던 그 사이 어디쯤이 아닐까 하외다.

경지에게 보낸 답장 2
答京之(二)

⑴   정밀하고 부지런히 글을 읽은 이로 포희씨庖犧氏만 한 사람이 있겠습니까? 글의 정신과 뜻이 천지 사방에 펼쳐 있고 만물에 두루 있으니, 천지 사방과 만물은 글자로 쓰지 않은 글자이며, 문장으로 적지 않은 문장일 거외다. 후세에 글을 부지런히 읽기로 호가 난 사람들은 기껏 거친 마음과 얕은 식견으로 말라붙은 먹과 문드러진 종이 사이를 흐리멍덩한 눈으로 보면서 하찮은 글귀나 주워 모은 데 불과하외다. 이는 이른바 술지게미를 먹고서 취해 죽겠다고 하는 격이니 어찌 슬프지 않겠습니까?

讀書精勤, 孰與¹⁾庖²⁾犧? 其神精意態, 佈羅六合, 散在萬物, 是特不字不書之文耳. 後世號勤讀書者, 以麤心淺識, 蒿目於枯墨爛楮之間, 討掇其蟫溺、鼠渤, 是所謂哺糟醨而醉欲死, 豈不哀哉?

역문풀이

정밀하고 부지런히~사람이 있겠습니까: 포희씨庖犧氏는 중국 고대의 전설상의 임금인 복희씨伏犧氏를 말한다. 복희씨는 우주의 삼라만상을 세밀히 관찰하여 그 근본 원리를 8괘라

---

1) **與** 영남대본에는 "与"로 되어 있다.
2) **庖** 한씨문고본, 승계본, 용재문고본, 망창창재본 갑, 망창창재본 을에는 "炮"로 되어 있다.

는 기호에 집약해 냈다. 그런데 복희씨가 삼라만상을 관찰한 행위는 바로 글을 읽는 것에 다름 아니다. 글의 에센스, 즉 글의 정수精髓는 바로 사물과 세상 속에 내재해 있기 때문이다. 그러므로 삼라만상을 잘 관찰하여 그 정수를 포착해 8괘를 만들어 낸 복희씨는 진정 글을 잘 읽은 사람이라 할 수 있다.

원문풀이

神精: 사물의 에센스. 다시 말해 사물의 정신 혹은 마음을 가리키는 말이다.

意態: 신정神精과 자태.

蒿目: 티가 들어가서 흐릿하니 잘 보이지 아니하는 눈.

蟫溺담뇨: 좀벌레의 오줌.

鼠渤: '鼠勃'이라고도 쓴다. 쥐똥을 말한다. 여기서는 '蟫溺'와 함께 책 속의 하찮고 시시한 구절을 말한다.

번역의 동이

1-1   글의 정신과~문장일 거외다

▪ 그의 정신과 심경은 천지 사방에 흩어 나열되고 만물에 산재해 있으니 이는 다만 문자로 표현하거나 글로 쓰지 않은 자연 그대로의 문장이라. 김혈조, 『그렇다면 도로 눈을 감고 가시오』, 68면

▪ 그 정신과 의태(意態)는 천지만물을 포괄망라하고 만물에 흩어져 있으니, 이것은 다만 글자로 쓰이지 않고 글로 되지 않은 글일 뿐이다. 정민, 『비슷한 것은 가짜다』, 85면

▪ 그 정신과 의태(意態)가 우주에 널리 펼쳐 있고 만물에 흩어져 있으니, 이는 단지 문자나 글월로 표현되지 않은 문장입니다. 신호열·김명호, 『연암집 2』, 77면

1-2   후세에 글을~어찌 슬프지 않겠습니까

▪ 후세에 독서를 잘한다고 하는 사람은 거친 마음과 얕은 식견으로 말라빠진 먹과 문드러진 종이 사이에서 눈을 지치게 하고, 책장에 붙은 좀벌레의 오줌과 쥐똥을 찾아 주워모으고 있으니 이야말로 술지게미를 먹고 취해 죽겠다고 하는 격이니 어찌 불쌍치 않은가? 김혈조, 68면

▪ 후세에 독서를 부지런히 한다고 하는 자들은 거친 마음과 얕은 식견으로 마른 먹과 썩어문드러진 종이 사이에 눈을 부비며 그 좀오줌과 쥐똥을 엮어 토론하니, 이는 이른바 술지게미와 묽은 술을 먹고 취해 죽겠다는 꼴이다. 어찌 슬프지 않겠는가? 정민, 85면

▪ 후세에 명색이 부지런히 글을 읽는다는 자들은 엉성한 마음과 옅은 식견으로 마른 먹과 낡은 종이 사이에 시력을 쏟아 그 속에 있는 좀오줌과 쥐똥이나 찾아 모으고 있으니, 이는 이른바 "술찌끼를 잔뜩 먹고 취해 죽겠다." 하는 격이니 어찌 딱하지 않겠습니까. 신호열·김명호, 77면

2 　　　저 하늘을 날아가며 우는 새는 얼마나 생기가 있습니까? 그렇건만 적막하게도 새 '조'鳥 자 한 글자로 그것을 말살하여 새의 고운 빛깔을 없애 버리고 그 울음소리마저 지워 버리지요. 이는 마을 모임에 가는 촌 늙은이의 지팡이 머리에 새겨진 새 모양과 무엇이 다르겠습니까? 새 '조'鳥 자의 진부함이 싫어 산뜻한 느낌을 내고자 새 '조' 자 대신에 새 '금'禽 자를 쓰기도 하지만, 이는 책만 읽고서 문장을 짓는 자들의 잘못이라 할 거외다.

　　　彼空裡[1]飛鳴, 何等生意? 而寂寞以一鳥字抹摋, 沒郤彩色, 遺落容聲, 奚[2]异[3]乎赴社邨[4]翁杖頭之物耶? 或復嫌其道常, 思變輕淸, 換箇禽字, 此讀書作文者之過也.

번역의 동이

2-1　　　저 하늘을~무엇이 다르겠습니까

• 　저 허공을 날며 우는 새의 소리야말로 얼마나 생기 넘치는가. 그런데 적막하게도 새 조(鳥) 한 글자로 새들의 빛나는 색깔을 말살하고 몰각시키며 그 모습과 소리를 놓치고 없애버리니, 이는 마실 가는 촌노인의 지팡이 꼭대기에 새겨진 새 모양과 무엇이 다르랴. 김혈조, 68면

• 　저 허공 속을 울며 나는 것은 얼마나 생의로운가? 그런데 이를 적막하게 '조(鳥)'란 한 글자로 말살시켜 빛깔도 없애고 그 모습과 소리도 누락시켰으니, 이 어찌 마을 제사에 나아가는 시골 늙은이의 지팡이 위에 새겨진 새와 다르랴! 정민, 85면

• 　저 허공 속에 날고 울고 하는 것이 얼마나 생기가 발랄합니까. 그런데 싱겁게도 새 '조(鳥)'라는 한 글자로 뭉뚱거려 표현한다면 채색도 묻혀 버리고 모양과 소리도 빠뜨려 버리는 것이니, 모임에 나가는 시골 늙은이의 지팡이 끝에 새겨진 것과 무엇이 다를 게 있겠습니까. 신호열·김명호, 78면

---

1) 裡　한씨문고본, 창강초편본, 승계본, 영남대본, 용재문고본, 망창창재본 을에는 "裏"로 되어 있다.
2) 奚　용재문고본에는 "何"로 되어 있다.
3) 异　창강초편본에는 "異"로 되어 있다.
4) 邨　망창창재본 갑에는 "村"으로 되어 있다.

3　　　아침에 일어나니 푸른 나무 그늘이 드리운 뜨락에 여름새들이 찍찍 짹짹 울고 있더이다. 나는 부채를 들어 책상을 치며 이렇게 외쳤소이다.

"저것이야말로 '날아가고 날아온다'라는 문자이고, '서로 울며 화답한다'라는 문장이다! 갖가지 아름다운 문채를 문장이라고 한다면 저보다 더 나은 문장은 없으리라. 오늘 나는 진정한 글읽기를 했노라!"

　　　朝起, 綠樹蔭庭, 時鳥鳴嚶, 擧扇拍案, 胡叫曰: "是吾'飛去飛來'之字, '相鳴相和'之書, 五采之謂文章, 則文章莫過於此. 今日僕讀書矣."

원문풀이

時鳥: 철에 따라 나타나는 새.

五采: 다섯 가지 색깔. 즉 청靑, 황黃, 적赤, 백白, 흑黑을 가리킨다.

번역의 동이

3-1　　　저것이야말로~글읽기를 했노라

▪ "이것이야말로 새가 날아가고 날아온다는 정경의 문자이고, 서로 울며 화답한다는 모습을 담은 글이다. 아름다운 채색을 일러 꾸밈(문장)이라 말한다면, 문장은 이 광경보다 더 나을 것은 없다. 나는 오늘 참독서를 했도다." 김혈조, 68면

▪ "이것은 내 날아가고 날아오는 글자이고, 서로 울고 서로 화답하는 글이로다" 하였다. 오색 채색을 문장이라고 한다면 문장으로 이보다 나은 것은 없을 것이다. 오늘 나는 책을 읽었다. 정민, 85면

▪ "이게 바로 내가 말하는 '날아갔다 날아오는' 글자요, '서로 울고 서로 화답하는' 글월이다. 다섯 가지 채색을 문장(文章)이라 이를진대 문장으로 이보다 더 훌륭한 것은 없다. 오늘 나는 참으로 글을 읽었다." 신호열·김명호, 78면

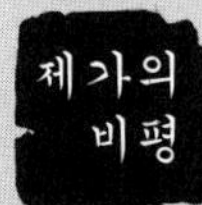

🏵 김택영의 문두평

- 이하 여러 글은 모두 절묘하여 흡사 소동파蘇東坡의 글 같다.[1]

  以下諸則, 并妙絶, 大都似東坡.

---

1) 이 평은 창강초편본에 있다.

경지에게 보낸 답장 2

정밀하고 부지런히 글을 읽은 이로 포희씨庖犧氏만 한 사람이 있겠습니까? 글의 정신과 뜻이 천지 사방에 펼쳐 있고 만물에 두루 있으니, 천지 사방과 만물은 글자로 쓰지 않은 글자이며, 문장으로 적지 않은 문장일 거외다. 후세에 글을 부지런히 읽기로 호가 난 사람들은 기껏 거친 마음과 얕은 식견으로 말라붙은 먹과 문드러진 종이 사이를 흐리멍덩한 눈으로 보면서 하찮은 글귀나 주워 모은 데 불과하외다. 이는 이른바 술지게미를 먹고서 취해 죽겠다고 하는 격이니 어찌 슬프지 않겠습니까?

저 하늘을 날아가며 우는 새는 얼마나 생기가 있습니까? 그렇건만 적막하게도 새 '조' 鳥 자 한 글자로 그것을 말살하여 새의 고운 빛깔을 없애 버리고 그 울음소리마저 지워 버리지요. 이는 마을 모임에 가는 촌 늙은이의 지팡이 머리에 새겨진 새 모양과 무엇이 다르겠습니까? 새 '조'鳥 자의 진부함이 싫어 산뜻한 느낌을 내고자 새 '조' 자 대신에 새 '금'禽 자를 쓰기도 하지만, 이는 책만 읽고서 문장을 짓는 자들의 잘못이라 할 거외다.

아침에 일어나니 푸른 나무 그늘이 드리운 뜨락에 여름새들이 찍찍 짹짹 울고 있더이다. 나는 부채를 들어 책상을 치며 이렇게 외쳤소이다.

"저것이야말로 '날아가고 날아온다'라는 문자이고, '서로 울며 화답한다'라는 문장이다! 갖가지 아름다운 문채를 문장이라고 한다면 저보다 더 나은 문장은 없으리라. 오늘 나는 진정한 글읽기를 했노라!"

경지에게 보낸 답장 3
答京之(三)

① 그대는 태사공太史公의 『사기』史記를 읽었으되 그 글만 읽었을 뿐 그 마음은 읽지 못했사외다. 왜냐고요? 「항우본기」項羽本紀를 읽을 땐 제후들의 군대가 자신의 보루堡壘에서 초나라 군대의 전투를 구경하던 광경을 떠올려 보아야 한다느니, 「자객열전」刺客列傳을 읽을 땐 고점리高漸離가 축筑을 타던 장면을 생각해 보아야 한다느니 하는 따위의 말은, 늙은 서생의 케케묵은 말일 뿐이니, 살강 밑에서 숟가락 줍기와 뭐가 다르겠습니까?

足下讀太史公, 讀其書, 未嘗讀其心耳. 何也? 讀「項羽」, 思壁上觀戰, 讀「刺客」, 思漸離擊筑, 此老生陳談, 亦何異於廚下拾匙?

역문풀이

제후들의 군대가~구경하던 광경: 다음의 이야기가 『사기』 「항우본기」項羽本紀에 보인다: 진秦나라 말기 진승陳勝의 난으로 천하가 혼란에 빠지자 항우項羽(기원전 232~기원전 202)는 작은아버지 항량項梁과 함께 봉기하여 초나라 군대를 이끌고 각 전투를 승리로 이끌었다. 항우가 거록鉅鹿이라는 곳에서 진나라 군대와 싸울 때 여러 제후국의 군대들은 항우의 위엄에 놀란 나머지 보루堡壘에서 전투를 관전만 했을 뿐 감히 참전하지 못했다.

고점리高漸離가 축을 타던 장면: 다음의 이야기가 『사기』 「자객열전」刺客列傳에 보인다: 위魏나라의 자객이었던 형가荊軻는 연燕나라 태자 단丹의 부탁을 받고 진시황을 암살하기 위해 역수易水라는 강가에서 장도에 오르는데, 이때 그의 벗인 고점리가 축이라는 악기를

타며 이별의 슬픔을 연주하자 형가는 "바람 소리 쓸쓸한데 역수가 차갑구나. 장사는 한
번 가면 다시 오지 못하리"라는 노래를 불렀다. 그 노랫소리가 얼마나 비장했던지 태자
단을 비롯해 형가를 전송하기 위해 나온 사람들의 머리카락이 모두 **빳빳**이 섰다고 한다.
형가는 노래가 끝나자 표표히 진나라를 향해 떠나갔다.

살강 밑에서 숟가락 줍기: 우리말 속담. '살강'은 옛날집에서 그릇을 얹어 놓기 위해 부엌의
벽 중턱에 설치해 둔 선반을 이르는 말이다. '살강 밑에서 숟가락 줍기'란, 크게 어렵지
도 의미 있지도 않은 일을 해 놓고선 자랑하는 것을 이르는 말이다.

원문풀이

筑: 거문고 모양의 현악기.

번역의 동이

1-1　　　「항우본기」項羽本紀를 읽을 땐~뭐가 다르겠습니까

· 　항우 본기(項羽本紀)를 읽거든 각국의 군사들이 초(楚) 나라 군사의 전투를 구경하는 장면을 생
각하라거나 자객렬전(刺客列傳)을 읽거든 고점리(高漸離)가 줄악기를 타는 마디를 생각하라거나 그런
이야기는 늙은 서생의 진부한 말입니다. 또 실경 밑에서 숟가락을 줏는 그것과 무엇이 다릅니까? 홍기
문, 『박지원 작품선집 1』, 405면

· 　〈항우본기(項羽本紀)〉를 읽을 때 각국 군사들이 초나라 군사의 전투를 구경하고 있는 장면을 생
각하라거나, 〈자객열전(刺客列傳)〉을 읽을 때 고점리(高漸離)가 악기(筑)를 타는 정경을 생각하라는
식의 이야기는 늙은 서생의 진부한 말입니다. 이쯤이야 시렁 밑에서 숟가락을 줍는 것과 무엇이 다릅
니까? 김혈조, 『그렇다면 도로 눈을 감고 가시오』, 67면

· 　〈항우본기〉를 읽으면 제후들이 성벽 위에서 싸움 구경 하던 것이 생각나고, 〈자객열전〉을 읽으
면 악사 고점리가 축(筑)을 연주하던 일이 떠오른다 했으니 말입니다. 이것은 늙은 서생의 진부한 말
일 뿐이니, 또한 부뚜막 아래에서 숟가락 주웠다는 것과 무에 다르겠습니까. 정민, 『비슷한 것은 가짜다』, 65
면

· 　(왜냐하면) 항우본기(項羽本紀)를 읽고서 성벽 위에서 전투를 관망하던 장면이나 생각하고, 자객
열전(刺客列傳)을 읽고서 고점리(高漸離)가 축(筑)을 치던 장면이나 생각하니 말입니다. 이런 것들은
늙은 서생들이 늘 해 대는 케케묵은 이야기로서, 또한 '살강 밑에서 숟가락 주웠다'는 것과 무엇이 다
르겠습니까 신호열·김명호, 『연암집 2』, 78~79면

2　　어린아이가 나비를 잡는 광경을 보면 사마천의 마음을 알 수 있사외다. 앞다리는 반쯤 꿇고 뒷다리는 비스듬히 발꿈치를 들고서는 손가락을 '丫'아 자 모양으로 하여 살금살금 다가가 잡을까 말까 주저하는 순간, 나비는 그만 싹 날아가 버리외다. 사방을 돌아봐도 아무도 없자 씩 웃고 나서 부끄럽기도 하고 분이 나기도 하나니, 이것이 바로 사마천이 『사기』를 쓸 때의 마음이외다.

見小兒捕蝶, 可以得馬遷之心矣. 前股半跽,[1] 後脚斜翹, 丫指以前, 手猶然疑, 蝶則去矣. 四顧無人, 哦然而笑, 將羞將怒, 此馬遷著書時也.

원문풀이

猶然: 망설이는 모습.

번역의 동이

2-1　　앞다리는 반쯤 꿇고~날아가 버리외다
- 앞다리는 반쯤 꿇고 뒷다리는 비스듬히 뻗치면서 두 손가락으로 집게를 삼고 살살 들어 가다가 잡을가 말가 할 때 나비는 벌써 날아 갔습니다. 홍기문, 405면
- 앞정강이는 반쯤 굽히고 뒷다리는 비스듬히 발돋움하며 두 손가락을 집게 모양으로 만들어 살금살금 다가가며 잡을까 말까 망설이는 순간 나비는 그만 훨훨 날아가 버립니다. 김혈조, 67면
- 앞발은 반쯤 꿇고 뒷발은 비스듬히 들고, 손가락을 집게 모양으로 해가지고 살금살금 다가가, 손은 잡았는가 싶었는데 나비는 호로록 날아가 버립니다. 정민, 65면
- 앞다리를 반쯤 꿇고, 뒷다리는 비스듬히 발꿈치를 들고서 두 손가락을 집게 모양으로 만들어 다가가는데, 잡을까 말까 망설이는 사이에 나비가 그만 날아가 버립니다. 신호열·김명호, 79면

2-2　　사방을 돌아봐도~쓸 때의 마음이외다
- 사면을 돌아 보나 사람이 없으니까 씩 한번 웃고 나서 부끄러운 듯도 하고 속이 상하는 듯도 합니다. 이것이 사마 천이 글을 짓고 앉았는 때입니다. 홍기문, 405면
- 사방을 돌아보지만 아무도 보는 사람이 없어 '에이씨' 하며 웃고 맙니다. 한편 부끄럽기도 하고 한편 속이 상하기도 합니다. 바로 이 마음이 사마천이 글을 지을 때의 마음입니다. 김혈조, 67면
- 사방을 둘러보면 아무도 없고, 계면쩍어 씩 웃다가 장차 부끄럽기도 하고 화가 나기도 하는, 이것

---

1) 跽　창강초편본, 승계본, 망창창재본 갑, 망창창재본 을에는 "跪"로 되어 있다.

이 사마천이 책을 저술할 때입니다. 정민, 65면

■　　사방을 둘러보아도 사람이 없기에 어이없이 웃다가 얼굴을 붉히기도 하고 성을 내기도 하지요.
이것이 바로 사마천이 《사기》를 저술할 때의 마음입니다. 신호열·김명호, 79면

경지에게 보낸 답장 3

　그대는 태사공太史公의 『사기』史記를 읽었으되 그 글만 읽었을 뿐 그 마음은 읽지 못했사외다. 왜냐고요? 「항우본기」項羽本紀를 읽을 땐 제후들의 군대가 자신의 보루堡壘에서 초나라 군대의 전투를 구경하던 광경을 떠올려 보아야 한다느니, 「자객열전」刺客列傳을 읽을 땐 고점리高漸離가 축筑을 타던 장면을 생각해 보아야 한다느니 하는 따위의 말은, 늙은 서생의 케케묵은 말일 뿐이니, 살강 밑에서 숟가락 줍기와 뭐가 다르겠습니까?

　어린아이가 나비를 잡는 광경을 보면 사마천의 마음을 알 수 있사외다. 앞다리는 반쯤 꿇고 뒷다리는 비스듬히 발꿈치를 들고서는 손가락을 'Y'아 자 모양으로 하여 살금살금 다가가 잡을까 말까 주저하는 순간, 나비는 그만 싹 날아가 버리외다. 사방을 돌아봐도 아무도 없자 씩 웃고 나서 부끄럽기도 하고 분이 나기도 하나니, 이것이 바로 사마천이 『사기』를 쓸 때의 마음이외다.

찾아보기